振兴东方文化
迎接二十一世纪

季羡林 敬题

21世纪外国文学系列教材

The History of
Oriental Literature

东方文学史

(第二版)

郁龙余 孟昭毅 ◎主编

北京大学出版社
PEKING UNIVERSITY PRESS

图书在版编目(CIP)数据

东方文学史 / 郁龙余，孟昭毅主编 .—2 版 .—北京：北京大学出版社，2015.8
（21 世纪外国文学系列教材）
ISBN 978-7-301-26203-0

Ⅰ.①东… Ⅱ.①郁… ②孟… Ⅲ.①文学史—东方国家 Ⅳ.① I109

中国版本图书馆 CIP 数据核字 (2015) 第 188929 号

书　　名	东方文学史（第二版）
著作责任者	郁龙余　孟昭毅　主编
责任编辑	张　冰　严　悦
标准书号	ISBN 978-7-301-26203-0
出版发行	北京大学出版社
地　　址	北京市海淀区成府路 205 号　100871
网　　址	http://www.pup.cn　　新浪微博：@北京大学出版社
电子信箱	zpup@ pup.cn
电　　话	邮购部 62752015　发行部 62750672　编辑部 62754149
印刷者	北京虎彩文化传播有限公司
经销者	新华书店
	720 毫米 ×1020 毫米　16 开本　30.25 印张　610 千字
	2001 年 8 月第 1 版
	2015 年 8 月第 2 版　2022 年 1 月第 2 次印刷
定　　价	88.00 元

未经许可，不得以任何方式复制或抄袭本书之部分或全部内容。
版权所有，侵权必究
举报电话：010-62752024　电子信箱：fd@pup.pku.edu.cn
图书如有印装质量问题，请与出版部联系，电话：010-62756370

《东方文学史》编委会

主　编：　郁龙余　孟昭毅
编　委：　（以姓氏笔画为序）
　　　　　卢蔚秋　叶舒宪　刘　铁
　　　　　邢化祥　李永彩　李均洋
　　　　　陈　融　陈春香　张朝柯
　　　　　何文林　何镇华　孟昭毅
　　　　　郭来舜　郁龙余　易新农
　　　　　俞久洪　侯传文　梁　工
　　　　　管三元

目　　录

再版序言 ·· 郁龙余　1
前言 ·· 郁龙余　1
序言：迎接东方新纪元 ····································· 郁龙余　1

第一卷　古代东方文学

第一章　古代埃及文学 ·· 3
　　第一节　概述 ··· 3
　　第二节　《亡灵书》 ·· 10
第二章　古代巴比伦文学 ······································ 16
　　第一节　概述 ·· 16
　　第二节　《吉尔伽美什》 ··································· 23
第三章　古代希伯来文学 ······································ 30
　　第一节　概述 ·· 30
　　第二节　《圣经·旧约》 ··································· 35
第四章　古代印度文学 ·· 45
　　第一节　概述 ·· 45
　　第二节　《吠陀本集》 ····································· 54
　　第三节　两大史诗 ·· 63

第二卷　中古东方文学

第五章　中古印度文学 ·· 89
　　第一节　概述 ·· 89
　　第二节　《本生经》和《五卷书》 ···························· 92
　　第三节　迦梨陀娑 ·· 96
　　第四节　古典文艺理论 ··································· 102
　　第五节　虔诚文学 ······································· 111

第六章　中古波斯文学 ·· 117
第一节　概述 ·· 117
第二节　菲尔多西 ·· 129
第三节　萨迪 ·· 135
第四节　内扎米 ·· 142

第七章　中古阿拉伯文学 ·· 149
第一节　概述 ·· 149
第二节　《古兰经》 ··· 156
第三节　《一千零一夜》 ·· 162

第八章　中古越南文学 ·· 169
第一节　概述 ·· 169
第二节　《金云翘传》 ··· 176

第九章　中古印度尼西亚文学 ··· 182
第一节　概述 ·· 182
第二节　《杭·杜亚传》 ·· 188

第十章　中古朝鲜文学 ·· 192
第一节　概述 ·· 192
第二节　《春香传》 ··· 201

第十一章　中古日本文学 ··· 207
第一节　概述 ·· 207
第二节　《万叶集》 ··· 215
第三节　《源氏物语》 ··· 221

第三卷　近代东方文学

第十二章　近代日本文学 ··· 233
第一节　概述（明治期） ·· 233
第二节　夏目漱石 ·· 242
第三节　岛崎藤村 ·· 250
第四节　概述（大正期及昭和前期） ······························ 257
第五节　芥川龙之介 ··· 264
第六节　小林多喜二 ··· 271

第十三章　近代印度文学 ··· 277
第一节　概述 ·· 277
第二节　泰戈尔 ·· 285
第三节　伊克巴尔 ·· 295

- **第十四章　近代阿拉伯文学** …… 303
  - 第一节　概述 …… 303
  - 第二节　纪伯伦 …… 309

第四卷　现当代东方文学

- **第十五章　现当代日本文学** …… 321
  - 第一节　概述 …… 321
  - 第二节　川端康成 …… 328
  - 第三节　井上靖 …… 339
  - 第四节　野间宏 …… 346
  - 第五节　大江健三郎 …… 352
  - 第六节　村上春树 …… 356
- **第十六章　现当代朝鲜、韩国文学** …… 366
  - 第一节　概述 …… 366
  - 第二节　李箕永和韩雪野 …… 372
- **第十七章　现当代印度尼西亚文学** …… 380
  - 第一节　概述 …… 380
  - 第二节　普拉姆迪亚 …… 386
- **第十八章　现当代印度文学** …… 393
  - 第一节　概述 …… 393
  - 第二节　普列姆昌德 …… 401
  - 第三节　克里山钱达尔 …… 409
- **第十九章　现当代伊朗文学** …… 417
  - 第一节　概述 …… 417
  - 第二节　赫达雅特 …… 421
- **第二十章　现当代非洲文学** …… 428
  - 第一节　概述 …… 428
  - 第二节　塔哈·侯赛因 …… 442
  - 第三节　马哈福兹 …… 448
  - 第四节　沃尔·索因卡 …… 456
  - 第五节　纳丁·戈迪默 …… 462

- **后　记** …… 468
- **【附录】东方文学研究著作要目** …… 469

再版序言

郁龙余

我和孟昭毅教授主编的《东方文学史》，自1994年由陕西人民出版社首版至今已有21年了，2001年由北京大学出版社出版修订版至今，也已14年。承蒙读者垂爱，一版再版，成了所谓的常销书。这次再版，动力主要还是来自读者。他们不断催问，何时能有新版的《东方文学史》？于是，我给责编老友江溶先生写信商议。考虑到老友已经退休，我建议新版工作由外语编辑部张冰主任负责。经出版社领导协调，同意了我的想法。

2014年9月，在吉林延吉市召开中国比较文学学会第十一届年会暨国际学术研讨会。会议期间，我和孟昭毅教授、张冰主任正式商定了《东方文学史》新版之事。考虑到日本现当代文学发展较快，村上春树颇有获诺奖的呼声，回到深圳大学，我即请外国语学院阮毅教授修改、增订第十五章《现当代日本文学》。今年5月，张冰主任寄来了出版合同。我问阮毅教授，修改、增订情况如何？他说还要一个月时间。今年6月6日，在北京大学召开"21世纪东方文化论坛首届国际学术研讨会"。在会上，张冰主任把小将严悦介绍给我，说今后具体工作由他来负责。之后我就把出版合同签好交给了张冰主任。

《东方文学史》本版与上一版不同之处，除了对书中的少量错字作了订正之外，主要是请阮毅教授对第十五章"现当代日本文学"作了相当的修改增订。

阮毅教授，是日本爱知大学的首位文学博士学位获得者。回国后二十多年如一日，一直心无旁骛地从事日本文学教学与研究。他的作风是典型的日本学院派，做学问追求完满，讲究严谨，不肯人云亦云。第十五章新增村上春树的内容，是他在阅读村上春树全部著作的基础上，写出来的。另外，他还花了大量时间，对第十二、十五章的内容，作了通检和必要的修订。他的精神在令我感动之余，也使我坚定了一个念头，再过若干年，我们用阮毅精神将整本《东方文学史》再修订一遍，再出一个新版。

中国东方学是由中国学者为主体创造、营建的研究东方的学问。它显然不同于西方的东方学或译东方主义（Orientalism）。东方学最早出自西方著作，是指西方人研究东方的学问，包括诸多分支，如中国学、伊朗学、印度学、埃及学、亚述学等等。西方从东方获得的知识、技术和思想，成了社会发展前进的强大动力。后来，随着资本主义的发展，西方的东方学逐渐变了味。对于这种变味的东方主义，提巴威(A. L. Tibawi)、萨义德(Edward Said)、齐亚乌丁·萨达尔(Ziauddin Sarder)等学者给予了批判。萨达尔说："东方主义学问过去是——现在也是——有关政治欲望的学问；其将西方的欲望融入诸学科中，并且将这种欲望投射到有关东方的研究中。"它"变成了一个使自己永存不废的封闭的传统，它盛气凌人地抵抗所有内部的和外部的批判；其变成了一种专横的制度，今天，它依然如殖民时代一样活跃"。萨达尔还进一步指出："权利是东方主义的一个本质因素。""东方主义正是在于证明其对亚洲人民的剥削以及政治征服是合理正当的。"

中国东方学和西方恰恰相反，以人类全部历史为考量，客观、公允地评价东方文明，对西方文明给予认真分析、理性批判和充分借鉴，旨在为建立以"世界大同"为特征的人类新文明贡献力量。

这本《东方文学史》是中国东方学的一个组成部分。我们有责任将其不断完善提高。

是为序。

2015年7月20日
深圳大学印度研究中心

前　言

郁龙余

我和孟昭毅教授主编的《东方文学史》自1994年出版以来,得到同行专家的好评。朱维之先生就曾充分肯定该书的"新":"首先是执笔者多数为中青年的新专家、新学者,其中不少年富力强、活动能力强的新秀,颇多新思路,敢说敢写,较少条条框框的滥调。其次是在评价作家作品时,颇多现当代的新作家新作品,如日本的野间宏、印度的伯勒萨德、非洲的索因卡、戈迪默等,加以专节叙述,打破'东方的长处在过去'的旧观念。其三在写法上也有新的风格。突出文学思潮,以文学思潮引出作家,使文学史的脉络更显条理分明,而不是一本流水账。还有一点,是突出文学影响,作家作品在该地区乃至世界文学坐标中的地位,打破欧洲中心论的谬论。总之,这部《东方文学史》使我们闻到21世纪东方飞腾的气息。"

时间过得飞快。我曾在该书初版"序言"中这样写道:"我们谨以此书献给广大读者,迎接21世纪——东方新纪元的到来!"转眼间七年时间已经过去,世界已经跨进21世纪的门槛。在这七年间,东方文学有了许多新发展,东方文学研究也有了不少新成果。正是在这种新形势下,我们决定对《东方文学史》进行修订,交付享有盛名的北京大学出版社出版。

《东方文学史》修订版,除了将原先的两册合成一册外,主要做了两方面的工作:一是对原书进行了认真的修订,有增有删,对错漏予以纠正;二是请深圳大学文学院外文系主任郭来舜教授增写"大江健三郎"一节,使本书内容的下限有了新的延伸。这样,或许使这部《东方文学史》得以继续保持"新"的面貌。

21世纪的东方,越来越显示出她的光辉与魅力。《东方文学史》必将在新的世纪拥有更多的读者朋友。

2001年3月16日
于深圳大学文学院

序言:迎接东方新纪元

郁龙余

东方是人类文明的发祥地,不但是四大文明古国、三大文化中心和五大宗教的摇篮,而且也是西方文明的一个重要源头。

大约三千年前,古希腊文化开始崛起。古希腊人通过文化交流,从东方的腓尼基人那里学到了字母文字,从埃及、巴比伦人那里学到了各种先进的生产技术以及天文、数学、几何等等。在艺术创作方面,他们也是从学习东方开始的。① 古希腊人后来居上,他们的文化获得了极大的发展和繁荣。后来,古希腊为古罗马所灭。古罗马只是部分地继承了古希腊文化,古希腊卓越的学术传统没有得到继承。自从古罗马衰亡,欧洲便进入漫长的中世纪的黑夜之中。古希腊的学术几乎被欧洲人全部遗忘,大量古籍也散失殆尽。一直到十字军东征,欧洲人才重新发现了自己的古代文化。"拜占庭灭亡时抢救出来的手抄本,罗马废墟中发掘出来的古代雕像,在惊讶的西方面前展示了一个新世界——希腊的古代;在它的光辉的形象面前,中世纪的幽灵消逝了……"② 欧洲人了解到阿拉伯人是古希腊文献的主要保存者,就掀起了学习阿拉伯的热潮。到 13 世纪,通过学习与翻译阿拉伯文献,欧洲人基本上掌握了古希腊的学术思想,并使之得到继承与光大,直接推动了文艺复兴与现代文明的到来。

由此可见,文化的兴衰有着客观的规律。任何一种文化的发展,一是靠自身的创生更新能力,靠自己由少到多、由浅入深、由低级到高级的不断积累和进步;二是靠外来文化的不断补充、丰富、启发、刺激,在与外来文化的摩擦、撞击、竞争、交流和融合中发展壮大自己。

然而,欧洲自文艺复兴以来,随着现代文明的发展,欧洲中心论在相当一部分人心中滋生蔓延,影响其思维方式和学术观点,成了他们一个沉重的精神包袱。英国著名科学史家李约瑟(Joseph Needham)曾一针见血地指出:"由于西

---

① 参见朱龙华:《外国古代文化艺术》(一),北京:商务印书馆,1985年,第238页。
② 恩格斯:《自然辩证法》,《马克思恩格斯选集》第3卷,北京:人民出版社,1972年,第444—445页。

欧现代科学技术的勃兴,给人类带来了前所未有的控制自然的力量,从而使美洲人和欧洲人产生了一种似乎不自觉的统治心理。""许多西欧人和美洲人认为自己是文明的代表,负有统一世界的使命。"①

欧洲中心论作为一种意识形态的历史产物,其影响是根深蒂固的。一战前夕,德国历史哲学家奥斯瓦尔德·斯宾格勒(Oswald Spengler)构思并写下了《西方的没落》一书。此书表面上承认西方文化已经走向没落,但实质上宣扬的仍然是欧洲中心论。尽管这样,这部著作还是引起了西方知识界很大的忧虑与不安。1963 年,美国史学家麦克尼尔(W. H. Mcneill)干脆反其意而用之,写了一部《西方的兴起》。此书宣扬的则是彻头彻尾的西方中心论。

历史的发展是无情的。进入 20 世纪 90 年代,随着 21 世纪的日益临近,无论在东方还是西方,越来越多的人都在谈论新世纪到底是谁家的天下。尽管众说纷纭,有的说"美国仍是上升中的太阳",有的说"错过了 20 世纪初良机的欧洲可能在 21 世纪初获得成功";然而,有一个愈来愈强的声音告诉我们:世界中心将在下一个世纪东移,以西方为中心的时代将逐渐结束,21 世纪是一个东方的世纪。中国著名学者季羡林引用俗语"三十年河西,三十年河东"形象而深刻地指出:"到 21 世纪,三十年河西的西方文化就将逐步让位于三十年河东的东方文化,人类的发展将进入一个新时期。"

在 21 世纪中,东方经济发展将继续保持强劲势头。据日本经济研究中心预测,在未来的 20 年中,亚太地区的经济增长可望达到 6.5%,高出世界平均年增长率一倍多。在科学技术方面,著名华裔美籍物理学家杨振宁则预言,至 2050 年,中国将在世界科技方面再度处于领先地位。在经济、科技发展的同时,东方文化将出现空前兴旺繁荣的局面,东方文化热将在世界各地旷日持久地掀起,东方文学、哲学、宗教、伦理、道德、政治、法律、历史、艺术、民俗、医学等等将成为世界各国学者研究的热门。东方文化在 21 世纪将得到极大的弘扬和提升。由于东方人自古形成天人合一的世界观和天下大同的和平观念,所以,在 21 世纪东西方关系可望比 20 世纪变得缓和,渐趋协调与正常。

我们正是怀着振兴东方文化、迎接东方新纪元的强烈愿望来着手编著这部《东方文学史》的。在整个编写过程中,我们始终注意以下几点:

(1) 继承前辈。我国有以季羡林先生为首的一批研究东方文学的老专家。他们学识宏富,治学严谨,在东方文学研究领域内辛勤耕耘几十年,著作等身,在国内外享有盛誉。我们正是在他们的关怀与支持下来编写此书的。在编写过程中,我们努力继承他们的研究成果。

(2) 突出重点。东方国家众多、历史悠久,文学作品浩如烟海,要介绍的内

---

① [英]李约瑟:《四海之内》,劳陇译,北京:三联书店,1987 年,第 2、18 页。

容与本书的容量发生矛盾。怎么办？我们的办法是在重视完整系统的同时突出重点，不搞平均主义，着重介绍具有世界意义的东方作家与作品，因为只有这些作家与作品，才真正能代表东方文学的水平，才能反映东方文学的真实面貌。

（3）努力创新。我们力求运用新材料、新观点、新角度、新思路，争取有新开凿、新突破。应该说我们的努力是有成绩的。如印度古代文艺理论是世界三大文艺理论之一，具有重要的地位，但以前很少涉及，本书则辟有专节介绍，及时反映了我国学者的最新研究成果；又如，我们除泰戈尔之外，还分别辟有专节介绍川端康成、索因卡、马哈福兹和戈迪默等诺贝尔文学奖得主。这样，本书讲述的内容有了新的延伸，克服了以往讲东方文学重古代轻当代的倾向。

（4）注重关联与比较。注重文学与其他文化类别之间的关联。注重东方文学同西方文学、中国文学以及东方文学相互之间的关联。同时，还注意相互比较，注意它们之间的异与同。这样，有利于东方文学在世界文学坐标中定位，有利于认识东方文学的本质特征。

参加编写的都是全国各高校讲授东方文学多年的中青年专家教授。尽管由于水平与资料所限，书中不足之处在所难免，但值得告慰的是大家都在现有的条件下尽了最大的努力。

我们谨以此书献给广大读者，迎接21世纪——东方新纪元的到来！

1994年2月6日

于深大新村

第一卷

古代东方文学

第一章 古代埃及文学

第一节 概述

埃及是世界历史上最早出现的文明古国之一,古代埃及对世界文化的发展作出过巨大的贡献。具有辉煌成就的古代埃及文学,约产生于公元前3000年前,大致可分为古王国、中王国和新王国三个时期。

古王国时期的文学,神话占有很大的比重。它们产生较早,丰富多彩,成就甚大,但保留到今天的只是其中的一小部分。其中最具代表性的是关于拉神的神话和关于奥西里斯的神话。

关于拉神的神话,反映了古埃及人对开天辟地和创造人类的理解。传说在清浊不分的一团混沌之中,拉神从莲花的花蕾中升起,显形为一轮太阳,因而,他给大地带来了光明。拉神生了地神盖勃和天神努特。他的眼泪产生了人类。他的骨头变成了银子,肉变成了金子,头发变成了青金石。拉神成为诸神和众人的统治者。后来,在诸神和人类不再听话时,他非常气愤,便派哈托尔女神毁灭人类。然而,在哈托尔女神开始消灭人类时,拉神突然改变了主意,想要制止女神对人类的杀害。但是,哈托尔不听。拉神想出一条妙计:让哈托尔喝酒,她醉后睡着了,人类因此而得救。此后,拉神便移居到天上。

在这一神话中,太阳神是一切事物的创造者和主宰。其中反映了古埃及人对天地的出现、人类的产生和金银的来源等问题的理解。虽然这种认识是幼稚的、虚妄的,但是,却反映了古埃及人的求知欲望和探索精神。同时,也可从中看出古埃及人对自然力——太阳的尊敬。他们尊崇太阳,并不完全是出于对自然力的畏惧,而更多的是由于对太阳的重视。阳光的温暖可以使植物生长、动物繁殖,给人类生产带来巨大的好处。因而,对太阳神的尊敬也反映了古埃及人对生产的重视,更表达了古埃及人对光明的追求与生命的热爱。

这一神话在长期口头流传的过程中,出现许多异义。如:拉神是在水神努的体内孕育成形,以蛋形的花苞升出水面。又如:拉神的眼睛睁开,大地立刻光明;眼睛闭上,黑暗便降临大地……他能给人类造福,也能给人类降灾——造成水灾或火灾。这种现象,反映了口头文学创作的变异性。

值得注意的是,关于拉神的神话,在古王国时期曾遭到奴隶主阶级的利用而成为国王神化说的注脚。如法老自命为"太阳之子",把拉神吹捧为国神,是国王的保护神,后来甚至把自己同拉神等同起来。神化国王的目的在于兜售王权神授的说教,使人们像尊重、服从拉神那样尊重、服从国王。

关于奥西里斯的神话,相当著名,有多种传说,流传极广。最初,奥西里斯是自然神,是水和植物之神,是尼罗河、土地和丰收之神,也是农业和文化的传播者。传说他是盖勃和努特两神的长子,是古埃及的国王,深受人民的爱戴。满心嫉妒的弟弟塞特害死了奥西里斯,篡夺了王位。奥西里斯的妻子伊西丝,对丈夫忠贞不渝,四处寻找丈夫尸体,终于找到。后来,伊西丝生了一个遗腹子——赫鲁斯。赫鲁斯长大以后,去找塞特报仇,取得了胜利。他要求诸神惩处塞特,并使他得到统治国家的继承权。赫鲁斯实现了自己的愿望。奥西里斯复活后,把王权交给赫鲁斯,自己却到冥国去做国王,成为死者崇拜的中心人物。古埃及人认为:在奥西里斯身上死而复活的永恒力量,也是人类死后获得再生的重要保证。奥西里斯从自然之神到永生之神的转变,反映了氏族社会到奴隶社会的变化,也曲折地表现了从氏族酋长之间的矛盾到奴隶主之间的矛盾的变化。

其他像关于创世神话中的《万物之创造者》,关于狮身人面的神话,以及关于凤凰的神话,也都是著名的神话传说。

在古王国时期,传记文学开始出现。因为资料不足,无法说明传记文学发展的具体情况。从铭文记载和出土文献资料上看,传记文学作品,数量不多,质量不高,反映了散文发展初期阶段的水平。

《梅腾传》是人们能看到的最早的传记文学作品。梅腾大约生于第三王朝末年到第四王朝初期,即公元前2700年左右。传记说:他出身于法官和书吏的家庭,曾被任命为食品仓库的首席书吏、财产监督、法官、城市首长和州尹等。国王曾赐给他很多财产和土地。《梅腾传》尽管行文简单,艺术手法不高,但是却据实记录了梅腾的经历、职务和财产,具有早期的现实主义因素。在第四王朝以前,传记文学的创作水平,一般都没有超过《梅腾传》的。

第六王朝出现的《大臣乌尼传》,对生平事迹的记述,比较详尽。传记中描述:他由管理房屋的长官逐渐爬到国王宠臣的地位。他按照国王的意志,组织了几万人的军队,去进行掠夺战争,去镇压暴动人民。传记中用诗歌赞颂了乌尼带有血腥气味的武功:"这个军队安然归来了,在破坏贝都因人的国境之后","这个军队安然归来了,在摧毁那里的堡垒之后";"这个军队安然归来了,在那里(夺得了)无数(队伍)以为俘虏。陛下因此极力夸奖我"。传记中把乌尼描写为奴隶制时代的英雄,在对他文治武功的赞颂中蕴含着对奴隶主暴力思想的宣扬。

古王国时期的箴言作品,有较高的文学价值,既有规劝的意味,又有训诫的作用，往往成为统治者教育子弟的课本。王子教育儿子的《王子哈尔杰德夫箴言》和讲述就餐规矩的《对卡盖姆尼之箴言》，大约都产生在第四王朝时期。这一时期的箴言中，保存得比较完整、内容较为丰富的是《大臣普塔霍蒂普箴言》。全部作品共由37节箴言诗组成，每一诗节，多少不一，最少的4句，最多的12句。箴言中涉及到待人接物的美德——自我克制、谦逊、正直、诚实、慷慨和仁慈等。

古王国时期也出现了戏剧作品。《金字塔铭文》中保存了宗教剧的片断——对奥西里斯的哀悼和对他复活的歌颂。埃及学者认为：在米那王朝（前3200—前2980）已经产生了人类最早的戏剧，不仅比希腊戏剧早3000年左右，而且对希腊戏剧产生了影响。

《金字塔铭文》中的宗教诗篇，是适应宗教祭祀活动的产物，赞颂的对象是当时的神祇。

中王国时期的文学，继承并发展了古王国时期的文学成就，获得了空前的发展，进入了繁荣阶段，即古埃及文学的古典时代。这一时期的作品，体裁多样，丰富多彩，在艺术水平上有了很大的提高。

在异常丰富的各种类型的诗歌中，劳动歌谣产生得较早，但保留至今的却很少。在第十八王朝（前16世纪）用象形文字记录下来的、保存在埃尔·开布地方的帕赫里墓壁上的三首歌谣，是最早的。

> 赶快，领队的人，/快驱打那群公牛！/瞧，王爷站在那儿，/正望着我们呢。（《庄稼人的歌谣》）

歌中真实地表现了奴隶劳动的不自由，在"王爷"的监视下，怀着紧张、慌恐的心情被迫地从事劳动。

> 给自己打谷，给自己打谷，/哦，公牛，给自己打谷吧！/打下麦秆来好给自己当饲料，/谷子都要交给你们的主人家，/不要停留下来啊，/要晓得，今天的天气正风凉。（《打谷人的歌谣》）

内容深刻地揭示了：奴隶是牛马不如的生产工具。尽管他们终日劳动，然而却一无所得，正如歌谣中奴隶对公牛说的话："打下麦秆来好给自己当饲料，谷子都要交给你们的主人家！"

> 难道我们应该整天/搬运大麦和小麦吗？/仓库已经装得满满，/一把把谷子流出了边沿；/大船上已经装得满满，/谷子也都滚到了外面，/但还是逼着我们搬运，/好像我们的心是用青铜铸成！（《搬谷人的歌谣》）

它尤为鲜明地表现了奴隶对无尽无休的、繁重劳动的愤懑和不满，仓库里和大船上都已装得满满，"但还是逼着我们搬运，好像我们的心是用青铜铸成"！

这三首劳动歌谣，在怨愤不平的曲调中抒发了奴隶对奴隶主的仇视、对剥削的怨恨！在艺术风格上也有独特的表现：反复重叠的节奏、朴实明快的语言、真实生动的白描手法和直抒胸臆的对话形式，反映了古埃及歌谣的古朴风貌。

中王国时期出现了很多世俗诗篇，这是在古王国时期难以见到的。如《竖琴之歌》，宣扬了重视今生、怀疑来世的思想。诗中说：没有人是从死者那里来的，更无法讲出冥国的事情。因而，必须处理好自己眼前的尘世生活。这首诗，反对了相信冥国的宗教信条。又如《饮宴歌》，也表现了相同的思想：

> 快乐地过一天吧，祭司，/吸入芳香和香膏的气味吧……/把一切恶事抛在脑后吧。/在你停泊在喜欢沉默的国土的那天到来以前，/就只想快乐的事情吧。

在诗中，诗人鼓励人们抛开冥国的幻想，享受现实的欢乐。

同样，《绝望者和自己灵魂的谈话》表现了对当时社会制度的正义性和宗教信仰的真实性的大胆怀疑。作品中叙述：在当时社会里，到处是掠夺，人心冷酷无情，每个人都在抢劫着自己兄弟的东西，暴力统治了整个人间。同时，也描写了人们心灵的混乱，对死后冥国的怀疑和对永久生命的否定，并相信死亡对富人和穷人是完全一样的。总之，这部作品否定了"神圣"的王权统治，抨击了"永世"的宗教信仰，鞭笞了"庄严"的道德学说，对奴隶主贵族的传统世界观进行了尖锐的讥刺。

从中王国时期开始，民间故事的创作得到了巨大的发展和空前的繁荣，达到较高的艺术水平。有一些故事，虽然出于统治阶级御用文人之手，但是，其中仍含有民间口头文学的因素。

《船舶遇难的故事》（或译《遇难水手的故事》《沉舟记》）描写了国王使臣航海遇难的危险经历。故事表现了奴隶主阶级的冒险精神和对海外财富的极大兴趣。

《辛努赫特的故事》（又译《赛努西故事》），以第十二王朝初期的历史事件为创作题材，具有很大的真实性。故事中的辛努赫特，具有明显的奴隶制时代的武士性格——醉心征伐、贪图掠夺、崇尚暴力和尊重王权。他的一切举动，都是以私有观念和占有欲望为轴心的。他那几乎是近于兽性的暴力行为，无疑都是出于最卑劣的动机和情欲。

《乡民与雇工》（又译《能说会道的农夫的故事》《有口才的庄稼人的故事》），深刻而尖锐地指出：强盗正是掌握政权的官宦集团，有力地揭露了统治阶级在光天化日之下抢劫百姓财物、毒打乡民的罪行。故事中的赛克赫提，是遭劫者，也是反抗者。他的善于辞令的辩才和据理力争的毅力，表现了劳动人民的斗争智慧和反抗决心。他的胜利结局，表现了劳动人民必将战胜统治阶级的乐观愿望。

新王国时期的民间口头文学创作，有了很大的发展，获得空前的繁荣。劳动歌谣、爱情歌谣、战斗歌谣以及各种民间的小调，极为盛行。可惜的是，许多珍贵的遗产，并没有记录保存下来。

爱情歌谣，在诗歌作品中占有很大比重。这种情歌是可以用乐器伴奏进行歌唱的。人民大众的真挚热烈的爱情、健康朴实的心愿，在情歌中得到鲜明的反映。如：《爱情对唱》便是通过相思表现了双方灼热的爱情：

  爱者说：她一个人，一个没有伙伴的妹妹，/她比所有的人都妩媚。/看呀，她象是星之女神升起，/在那幸福年份的开始。/她用来凝视的眼睛多么秀丽，/她用来说话的嘴唇多么甜蜜。/她的颈子修长，她乳头发亮，/她的头发如同真正的蓝宝石。/她的手臂胜过黄金，手指犹如百合，/她的腿显出了她的美丽，/她在地上走着，步伐轻盈，/她拥抱我时俘虏了我的心。

  被爱者说：哥哥的声音扰乱了我的心。/他使我害了病，/他是我母亲家里的邻居，/可是我不能到他那里去。/我想起他时心里烦闷，/他的爱情已俘虏了我。/啊，他多傻，可是我和他一样。/到我这里来吧，让我看到你的英俊，/我的父亲母亲也都会高兴。

  爱者说：到昨天为止已经有七天了，/我没有见到妹妹，/而病魔侵袭了我，/我感到四肢沉重，/即使高明的大夫来看我，/他们的药石也不能使我的心舒适；/只有她的名字能使我复元。/当我看见她，我的病就会好了；/当她睁开眼，我的四肢就会变得壮健了；/当她开口说话，我就精神百倍，/当我拥抱她时，她把恶魔从我身上赶走。/可是她离开我已经七天了。

歌中这种真挚的爱情，表现了专一的、平等的爱情理想，纯洁的、高尚的情操。

新王国时期宗教诗篇的杰出代表《阿顿颂诗》，是埃及文学史上最美、最长的太阳神颂歌。第十八王朝法老埃赫那顿在宗教改革后，独尊太阳神阿顿，否认其他神；阿顿被推崇为一切生物的创世神、保护神，基本上成为一神教。因而，阿顿取代了原来多神教中太阳神早、午、晚的三种称呼——赫普里、拉、阿图姆，成为至高无上世人独尊的神。

《阿顿颂诗》没有把赞颂对象当成超人的偶像和抽象的神明，而是直截了当地颂扬了太阳这一自然界的具体事物，真实地描绘了太阳给人类带来的温暖、幸福和一切好处：

  但您从东方升起，/世界又重见光明。/……伟大的造物主，/鸡雏在未破壳而生之前，/就有了生命。/它的生命就是您赋予的。/是您，使它孵化，/是您，使它呼吸，/是您，使它破壳而出。/……神啊，您是无所不能的，/虽然我看不见您，/但我们知道，您才是唯一的真神。/唯有您具有如此大力，/创造大地，/创造人类，/创造牲畜，/创造天上飞的，/创造地上爬的。/……/您视埃及,/您视叙利亚,/您视努比亚,/您视任何国家都为一体。①/……

诗中,人们不仅把太阳看成是人类幸福、劳动条件和安定生活的赐予者,而且把太阳看成是伟大的创造者,又是埃及、叙利亚和努比亚以及全世界的宇宙神。这表明:埃赫那顿推行的宗教改革,不仅要用阿顿崇拜的一神教废除对其他地方神的多神崇拜,剥夺阿蒙贵族祭司集团的一切,而且要使自己的统治权威横贯叙利亚、努比亚,以至于全世界。同时,还宣扬埃赫那顿是阿顿的儿子,了解神意的唯一的人,以树立王权神授的威权。

《尼罗河颂》,也是一篇宗教诗篇的佳作,有较高的艺术水平。

新王国时期的民间故事,同中王国时期的相比,有着明显的不同:有些故事在情节上更加曲折、离奇,有更浓重的浪漫主义色彩。保留到今天的,还不算少。除《占领尤巴城》《真理和虚假的故事》和《韦南门的航行》等,还有下列优秀作品。

《厄运被注定的王子》是一篇情节离奇、带有神秘色彩的故事,其中揭示了神意安排和命运观念是决定人们生活的主要力量。王子力图违抗神意和战胜命运,曾采取积极行动,并表现了藐视命运的精神。但是,王子的坚强意志、勇敢行动和美好爱情,都无法使他摆脱厄运注定的死亡。这种生活和命运的冲突,反映了人心和神意的矛盾——人对神的厌恶。作品表明:是神决定了王子的厄运,是神毁灭了王子的幸福。这就宣告了神的"厄运",判决了神的"死刑"。在那宗教迷雾笼罩一切的时代,这种思想是具有进步意义的。

《昂普、瓦塔两兄弟》,是富有神话色彩的另一种风格的故事。农夫兄弟二人经过重重磨难,最后相继做了国王的基本情节,折光地反映了劳动人民反抗王权统治的强烈愿望和必胜的信心。瓦塔是优秀的劳动者,在他的不断地死而复活的浪漫主义描写中,既影射了自然界死而复苏的奥西里斯神,又显示了劳动人民、被压迫阶级百折不挠的不可战胜的巨大力量。国王的形象反映了奴隶主阶级的昏庸无道、愚蠢无能和荒淫无耻。故事中的两妇女都是诡计多端、颠倒黑白、居心叵测的坏人。这说明妇女地位的低落,遭到鄙视和厌恶。

此外,传记文学也有了进一步的发展。《乌努·阿蒙游记》《桡夫长亚赫摩斯传》和《图特摩斯三世年代记》等作品,同古王国时期的《梅腾传》《大臣乌尼传》相比,写作水平有了明显的提高。

这一时期,也出现了探讨创作问题的文章。第十九王朝时期,有一封长信中谈到如何描写叙利亚和巴勒斯坦的事物。信中含有讽刺意味地嘲笑了作者的无知和缺乏经验。这可算是古埃及文艺理论的萌芽。

---

① [美]威尔·杜兰特:《世界文明史》,台北:幼师文化事业公司,1975年,第139—148页。

在几千年的发展过程中,神话、诗歌和民间故事在古埃及文学中获得了突出的成就,反映了相当的创作水平,对世界文学作出了重要贡献。

古代埃及文学,富有民间口头文学的艺术特色,尤其是诗歌创作的艺术技巧,多种多样,往往喜欢运用相同词语和句式的重复,特别是善于运用"首句重复法"加强艺术效果。如:《大臣乌尼传》中,"这个军队安然归来了"是颂诗中的首句,在全诗中一再地重复运用这句诗。又如:《献给喜兹多斯三世之歌》,在为国王歌功颂德的同时,还颂扬了当地的神祇:

> 这座城市的神多么伟大,/他是河渠,控制着泛滥的河水!/这座城市的神多么伟大,/他是凉爽的卧室,让人睡到拂晓!/这座城市的神多么伟大,/他是防御西奈的铜墙铁壁!①

这首诗不仅运用了首句重复法,而且还运用了巧妙的比喻。诗中对抽象的神加以形象化,通过比喻把看不见的神变成了可感的具体事物——河渠、卧室和墙壁,形象地显示了神的作用。

古代埃及文学是埃及文学的伟大开端,为现实主义和浪漫主义文学的发展开辟了道路,对后代埃及文学、西亚文学和古希腊文学的发展产生了明显的影响。

古埃及的神话对西亚和希腊的神话产生了多方面的影响。古埃及的《人类之毁灭》,是一篇描写人类反叛太阳神拉而遭受惩处的神话。学者们认为:"这一神话主题后被美索布达米亚和《圣经》中的洪水故事所吸收。"②"有些西方学者把俄赛利斯(即奥西里斯——引者)、伊西丝和荷拉斯(即赫鲁斯——引者)视作埃及宗教中的'三体合一'神,认为基督教中耶和华、玛利亚和耶稣的故事即源于此。"③从希腊神话中看,斯芬克斯是源于埃及的;伊西丝本来就是埃及女神、奥西里斯的妻子;哈耳波克剌忒斯就是赫鲁斯的希腊名字;希腊的凤凰神话是从埃及传入的。"伊西丝抱着赫鲁斯这一形象在埃及流传很广……这个形象对于'圣母'抱着婴儿基督形象的创造是有影响的。"④

从民间故事中看,《昂普、瓦塔两兄弟》影响了约瑟在埃及护卫家长拒绝波提乏妻子引诱的情节;《占领尤巴城》的故事主要描写的是在礼品中隐藏的埃及士兵被抬到城里,战胜了敌人,这影响了希腊的"木马计"。

---

① [德]汉尼米、朱威烈等:《人类早期文明的"木乃伊"》,杭州:浙江人民出版社,1988年,第80页。
② 同上书,第59—60页。
③ 同上书,第61页。
④ [俄]阿·尼·格拉德舍夫斯基:《古代东方史》,北京:高等教育出版社,1965年,第186页。

从埃及戏剧上看,古埃及的宗教剧对希腊宗教剧的影响,是不可否认的。

这些事例表明:古埃及文学不仅是世界文学宝库中最古老、最珍贵的遗产之一,而且对西亚文学、希腊文学和世界文学的发展作出了不可轻估的贡献。

第二节 《亡灵书》

《亡灵书》是宗教诗篇的庞大总集,其中汇编了大量的歌谣、祈祷文、颂神诗、咒语诗、神话诗等,内容驳杂,种类繁多,是古埃及神话传说的宝库。《亡灵书》既是一部具有珍贵文学遗产价值的诗歌总集,又是一部保存了重要生活习俗的历史文献。

善本《亡灵书》中的某些篇章,曾见于古王国时期的《金字塔铭文》,也见于中王国时期的《石棺铭文》。这表明:前者是在后者的基础上形成的。但是,两者之间存在明显的差异:《亡灵书》既不同于放置在金字塔中的铭文,只用于法老的亡灵,又不同于镌刻在石棺上的铭文,仅用于达官贵人的亡灵;到了新王国时期,抄写在纸草上的《亡灵书》有了更广泛的使用范围,自由民阶层也开始使用了。

《亡灵书》是宗教观念、冥事崇拜和来世思想的产物。按照古埃及人的想法:人的灵魂是超自然的,在人们生命终结之后,其灵魂依然继续存在。《亡灵书》的中译者蒋锡金教授说:"古埃及人认为人生并不以现世为限。有一种眼睛看不见的'卡'(Ka),是与人一同生存,并为人的生存服务的;人死后,它依然单独生存,住在坟墓的周围。所以在坟墓中要备上水和食物,以供养'卡'。而人的灵魂叫做'库'(Khu),人活着时它住在人的体内,有时也在人睡觉时离体外出,这就成了梦;死后它去游历下界,以后如能回到死者的身体中,就再生了;《亡灵书》就是给它读的,所以我们不译作'死者'或'死人',而译成'亡灵'。另外还有一种人首鸟体的'巴'(Ba),则是尸体的守护者。"①如果保存好躯体,灵魂可以再回来,人就会复活了。为此,古埃及人就设法保存尸体,制造木乃伊,使它保存几千年。他们把死而复活的奥西里斯尊奉为冥国的主神。他们认为:凡是虔诚崇信奥西里斯的,都能像奥西里斯那样得到复活。

在早期王国时期,奥西里斯同冥事崇拜和来世生活的信仰习俗并没有什么直接关联。但是,到了古王国时期,在金字塔铭文中,奥西里斯的名字经常出现;后来逐渐地他成为冥世之主和亡灵的审判者。于是,古埃及人把对来世生活的宗教幻想和对死者生前言行的冥府审判联系在一起。这种冥世审判的信仰增强了宗教和道德的联系,对古埃及人的伦理生活产生了双重影响:一方面,出于对冥府审判的恐惧,使善良正直的好人更加控制自己的言行;另一方面,使为非作

---

① 蒋锡金:《关于〈亡灵书〉》,《亡灵书》,长春:吉林人民出版社,1957年,第1页。

歹的恶人更加肆无忌惮。古埃及人的宗教观念使他们相信:《亡灵书》中提供的巫术咒语和颂神诗篇,可以使亡灵被除不祥,逢凶化吉,甚至在接受审判之后会得到再生。学者们认为:古埃及人这种独特的冥府审判和灵魂再生的信仰,是基督教末日审判观念的源泉。

《亡灵书》同一般宗教经卷迥然不同:各卷的思想内容并不完整统一,前后各章更无必然的联系,各诗篇的艺术成就,也参差不齐。

在《亡灵书》中,最著名的代表作品是《阿尼的纸草》[①]。全书由190章构成。阿尼是底比斯的祭司,他以自己为模特儿记载了进入"奥西里斯冥土"时的程序、各种咒语和有关的神话。第1章是在死者葬礼之日吟唱的祭文;在第2、第3章中记载了死者在冥府中得到自由活动的方法。接着,一直到第13章连续记载了死者在墓中能自由出入的咒文,能打倒敌人的咒文。在第15章中记录了日出、日落时对太阳的赞歌,对死神奥西里斯的哀歌。第17章记录了古代埃及诸神的起源,天和地的起源以及关于神话形象的各种说法等重要事情。第20到第24章,叙述了使死者能开口讲话、教给措词的各种方法。在第26到第30章中,述说对死者赐予心脏的仪式,常常记述的是心脏形状的护符。在第33到第40章中,记录的是防御死者的敌人——鳄鱼、蛇、山猫、化身的恶神塞特的阿匹匹龙的咒文。在第52章以下,记述了在墓中获得空气和水的方法;在第60章以下,记述的是获得离开坟墓力量的方法;第74章以下,记的是获得化身为底比斯守护神普塔神或奥西里斯神能力的方法。第89章中记的是得到将灵魂和肉体合而为一能力的方法。在第91到第92章中,记的是使灵魂从墓中潜逃的咒文。在第94到第96章中,记的是同智慧、学问之神透特神结合的咒文。第98、第99章中,记的是魔法船以及乘这船赴奥西里斯神住处火岛的咒文。第101到第102章中,叙述的是有关拉神乘坐的船。在第108章以下,说的是死者去的乐园(即阿门提,在西方)以及在那里的几个城市。

第125章,是最著名的部分。用图画展示出在奥西里斯神前对阿尼的审判,同图画连接在一起的还有一些有关的歌曲和说明文字。在这图画里,首先是书记阿尼和他的妻子,底比斯神殿的女祭司将他们引入审判的地方。奥西里斯神是在审判殿堂的最右边,在周围端坐着从埃及各地前来的42位天神。其次,记的是叫做《心脏之章》的一种歌曲。"啊,我的心,我的母亲",用这句话开头,并记述着:希望诸神对其灵魂的审判不要表示敌意和死者的祈祷。在这一部分常常刻有斯卡拉贝(甲虫型的护符)。接着,到了对阿尼审判的紧要关头,将阿尼的灵魂(显示为心脏的形状)放在巨大的天秤上,将表示真理女神玛阿特的羽毛作为

[①] 参见[日]矢岛文夫:《古代东方的神话传说》,见《世界神话传说总解说》,东京:自由国民社,1983年,第105—107页。

砝码也放在天秤上,阿努匹斯(金狼犬)在进行着称量。在图画上,这一称量测定是均衡的。这表明:阿尼的灵魂是合格的。在阿努匹斯的背后,知识或记录之神——伊匹斯鸟形状的透特神记录着审判的结果。在他的背后,有一个叫阿蛮的奇特的怪物,如果死者被判为恶人,就要被它吃掉。在审判中合格的阿尼,将被显现为鹰形状的赫鲁斯(奥西里斯和伊西丝的儿子)引导到奥西里斯面前。右边的奥西里斯得到了做为妻子的妹妹伊西丝和纳莫提丝的支持,将衣服整顿好的阿尼,在他面前奉献供品,赞美奥西里斯。

在这之后,《阿尼的纸草》还有许多章在连续着,各章记述的有:奥西里斯的神态、种种咒文、取得复活的方法、奥西里斯神的颂歌以及其他各种各样的内容。《亡灵书》中的《死人起来,向太阳唱一篇礼赞》写道:

> 礼赞你,阿拉,向着你的惊人的上升!/你上升,你照耀!诸天向一旁滚动!/你是众神之王,你是万有之神,/我们由你而来,在你的中间受人敬奉。/……/你的光线,照上一切人的脸;你是不可思议的。/一世又一世,你的生命是新生的热切的根源。/时间在你的脚下卷起尘土;你永远不变。/时间的"创造者",你自己超越了一切的"时间"。/……/礼赞你,阿拉,你使生命从昏沉中苏醒!/你上升!你照耀,呈现了你的光辉的形象,/千万年过去了,——我们不能把你数目算清,/千万年将到来,你是高过于千万年之上!

拉(瑞的希腊语音),是太阳神。伴随着第五王朝的日益强大,拉神的地位也在不断升高,从赫利奥玻利斯的地方神上升为全埃及的最高神。在埃及宗教史上,太阳神始终名列第一。人们把他看成是"完善""永恒"之神,是"众神之王""万有之神"。不管埃及历史上政局如何变动,神的地位怎样变化,拉神的地位总是不可动摇的,最终发挥重要作用的还是太阳神。

古埃及人有亡灵佑护神的观念,不同的地方有不同的佑护神。然而,到了古王国时期,太阳神和奥西里斯神,成为普遍尊崇的亡灵佑护神,地位之高远远超出其他佑护神。古埃及人笃信灵魂不死,死者和死者的灵魂将像太阳一样落入西方;人们关于西方的冥世观念正是产生于"日落于西"的长期观察和生活经验。同样的,"日出于东"的事实,也使人萌发了死而复苏的再生观念。因而,死者对太阳的礼赞正是对再生的渴望。《亡灵书》诗篇中颂扬太阳"是新生的热切的根源""你使生命从昏沉中苏醒",是"时间的'创造者'",又可以超过一切时间,"高过于千万年之上"。这种对太阳神的颂扬,恰恰反映了颂扬者的理想和愿望:渴望新生,追求永恒,像太阳神一样"高过于千万年"。

因而,亡灵希望同太阳神合而为一,在《他把自己与大神拉合而为一》一诗中说:"我是光明的主宰","我是'年岁'的王子;我的躯体是'永恒';我的状貌是'无尽',把黑暗践踏在下面"。我同太阳神的合一,就会使我像太阳一样"永恒""无尽"。这正像在《他把自己与那肢体分为多神的唯一之神合而为一》一诗中说的："我是他,再不会死亡;无论人,无论成圣的死者,甚至无论众神也不能从我的不朽的道路上拖我回转!"冥事崇拜观念认为:如果能同太阳神合而为一,就能得到永生,不会死亡。

《他向奥西里斯,那永恒之主唱一篇礼赞》中写道:

> 荣耀归于奥西里斯,"永无穷尽"的王子,/他通过了千万年而直入永恒,/以南和北为冠冕,众神与人群的主人,/携带了慈悲和权威的拐杖和鞭子。
>
> 啊王中的王,王子中的王子,主人中的主人,/世界重又回春,由于你的热情;/"昔是"和"将是"都成为你的扈从,你把他们率领,/你的心将满足地安息于隐秘的山顶。……

对奥西里斯神的崇拜源于原始社会的上埃及,他被尊崇为自然神、尼罗河之神、土地之神,植物生长和丰收的保护神。他的地位几乎可以同拉神并列。考古文物表明:奥西里斯神像的造型是在木框中的沃土上用谷种播为人形;还有宗教画上描绘:奥西里斯像大地一样平卧着,禾苗生长并植根于他的身体上,祭司好像用甘露滋润他的身体。埃及每年都举行祭祀奥西里斯的仪式,每一次祭祀活动长达18天。学者们认为:奥西里斯的死亡与再生,反映了古埃及人关于一切植物秋死春生的观念;他们相信对奥西里斯的赞颂可以使亡灵像奥西里斯一样成为"'永无穷尽'的王子","通过了千万年而直入永恒";像奥西里斯使"世界重又回春"一样,他也将使亡灵得到再生,"进入永恒"。

古代对奥西里斯的崇拜观念使人相信:通过《亡灵书》的咒语和法术,可以使亡灵与奥西里斯合而为一,并像奥西里斯那样死而复生。最初,只有法老才能享受这种荣耀;在金字塔铭文中有记载:将死去的法老称为奥西里斯。后来,日益扩大范围,凡是死者都可以称为"奥西里斯某某"。在中王国时期,奥西里斯成为冥世崇拜的主要对象,日趋普遍。在诗中最后一节中说:"在'凛寒之屋'中,让你援我以食粮","并且让我在幸福的草原中有一个家","在那些有阳光的田野,我能播种和收获小麦和大麦",表现了人民大众或劳动者的情绪、愿望和世界观。这表明:到了新王国时期,对奥西里斯的崇拜已经成为普遍的习俗,不单单为法老、奴隶主贵族所独有。

《他行近审判的殿堂》一诗,十分生动地表现了亡灵在接受审判之前的心理活动和再生愿望:

> 啊我的心,我的母亲,我的心,我的母亲,/我的本体,我的人间生命的种子,/啊仍旧与我同留在那"王子"的殿堂,/谒见那持有"天平"的大神。
>
> 而当你是放在天平中,用真理的羽毛/来称量时,不要使审判对我不

利;/不要让"判官"在我面前呼喊:/他曾惯作恶事,言而无信。

而你们,神圣的众神,云一样地即位,抱着圭笏,/在掂量言词时,请向奥西里斯把我说得美好,/把我的案件提交给四十二位"判官",/让我不致再在阿门提脱死亡。

瞧啊,我的心,倘若我们之间不须分离,/我们明天将共有一个名字,/对了,千秋万岁是我们共署的名,/对了,千秋万岁,啊我的母亲,我的心!

对心脏的衡量,是在奥西里斯真理的殿堂上审判亡灵的重要环节。古埃及人认为:心脏和灵魂有密切关系,心脏被想象为亡灵生前善恶活动的根源。因而,在亡灵审判时,必须将心脏从人体中抽出检查。审判者认为:心脏是一个人精神活动的中心,是人在行为上决定义与不义的重要器官。这正像近现代人所说的:有无"良心"。亡灵生前的一切:善良、老实、纯正,还是邪恶、虚伪、卑劣,都可以通过心脏的称量而真相大白。亡灵渴望顺利通过审判的急切心情、讨好诸神拯危救难渡过难关的热切祈求,以及摆脱死亡向往新生、"千秋万岁"永世长存的再生企图,在诗中都得到了生动的表现。

亡灵在奥西里斯面前接受审判时,往往为自己辩护,用事先准备好的言词应付奥西里斯,企图蒙混过关:

最伟大的神,真理之神啊!向你致敬!神啊!我恭顺地来到您面前,景仰您!神啊!我是一身清白而毫无谬误地来到您身边的。我没有欺负过别人,没有误入过歧途,没有言而无信,没有心怀邪念去窥视亲人的妻子,也没有伸手偷过别人的钱财,我没有撒过谎,骗过人,没有违背过神的旨意,没有诬陷过他人的奴隶。神啊!我没有忍心让别人啼饥号寒,我没有杀过人,没有暗算过人,也没有怂恿别人去杀人,我没有从寺庙中偷过祭品,没有侵占过不义之财,没有对亡灵亵渎不敬,我没有荒淫放荡过,也没有在粜粮时做过手脚……我是纯洁的,我是纯洁的,我是纯洁的……我既然清白无辜,神啊!请高抬贵手放过我吧!①

在真理的殿堂上,这种自我辩护,恰恰是自我暴露,如同"此地无银三百两"。对生前种种罪错的否认、掩盖和抵赖,却真实地暴露了祈求者的丑恶本质——他说没干过的正是他生前全干过的!诗中的"我"正是想用这样的咒语诗混过审判,逃脱罪责,躲避审问,从而求得再生。

《亡灵书》中也有些篇章或一些诗句,真实地表现了人民大众的理想和愿望。他们热爱生活、热爱劳动、热爱生命的强烈愿望,在一些诗篇中有鲜明的表现。如在《另一世界》中所说的:"这里,有为你的身体预备的饼饵,为你的喉咙预备的

---

① 季羡林主编:《简明东方文学史》,北京:北京大学出版社,1987年,第15—16页。

凉水""在这里的河旁,喝水和洗你的手脚罢,或者撒下你的网,它一定就充满了鱼"。

《亡灵书》是埃及最古老的诗歌总集,也是世界上最古老的三大诗歌总集之一。但是,同一般的诗集有别,它有独特的创作成就。

这部诗集同印度的《吠陀》和我国的《诗经》不同,它具有大量的插画,在每一首诗的上边,都有一小幅用黑墨汁绘画的、与诗歌内容相适应的"头画"。此外,还有关于日出日落的、真理殿堂上审判亡灵的、极乐世界的等等各种大幅的图画。其中,有用各种颜色绘制的。如:《亡灵书》第 125 章《阿尼纸草》上"奥西里斯法庭图",就是用各种颜色画成的。因而,完全可以说《亡灵书》是一部图文并茂的诗集。

《亡灵书》中的诗歌,都是在宗教思想和魔法观念的笼罩下创作出来的;无论是对拉和奥西里斯的颂诗,还是神话诗、祈祷诗、咒语诗,古埃及人认为都会发出一种神奇的作用——使亡灵在冥间幸福,并能复活再生。因而,《亡灵书》中任何美好的理想和愿望,都没有摆脱宗教思想和魔法观念。

《亡灵书》反映了古埃及文学的高超艺术水平。学者认为:古埃及诗歌是讲究节奏和韵律的,无论是长诗还是短诗,都有严格的节奏形式,重视词语和句子的节奏感。但是,几经转译,又难于领会其特色了。另一方面,也特别重视艺术语言中比喻作用。如:用"凤凰"比喻再生、用"莲花"比喻纯洁、用"蛇"比喻复活等等,是《亡灵书》中惯用的艺术手法。

《亡灵书》表现了古代埃及社会生活的各个方面:思想意识、理想愿望、道德规范、宗教信仰、民间习俗以及政治、经济、哲学和历史等各方面的知识,是古埃及的一部"百科全书",为我们认识古代埃及提供了极丰富的生动资料。

《亡灵书》中的题材和主题,特别是关于神话方面的,对西亚、希腊,对后来的东方和世界的文学,都产生了深远的影响。

第二章　古代巴比伦文学

第一节　概述

作为世界四大文明古国之一的巴比伦,早在公元前5世纪的古希腊历史学家希罗多德的著作中便有猎奇式的记载,但对这一文明古国及其文学成就的真正了解,却是19世纪后期以来西方考古学大发现以后的事了。试看19世纪前期最渊博的学者黑格尔《历史哲学》一书便可知,当时世人对巴比伦文明的了解与希罗多德时代相差不多。就连希罗多德无法解释的奇风异俗也照样以谜的形式保留在《历史哲学》第一部《东方世界·波斯篇》中。① 过了不到一个世纪,当德国考古学家布鲁诺·麦斯纳出版《巴比伦和亚述国王》一书时,两河流域伟大古文明的全貌便昭然若揭,其2000年历史中历代国王的名字和生存年代也大致有了清晰的线索。这一切都是现代考古学和语言学并肩作战所创造的奇迹。

从1802年德国一位名叫戈罗特芬德的中学语文教员首次破译出楔形文字中的若干字母,到1847年法国昆虫学家博塔出版第一部亚述学专著,再到1867年英国驻巴格达总领事罗林逊等编出亚述语基础语法,"东方学"这门发源于西方的学问终于借助语言学和考古学的双重进展和汇通而初具规模。随后,伦敦印刷厂青年排字工乔治·史密斯发现了巴比伦史诗《吉尔伽美什》。1872年,年仅32岁的史密斯在钻研楔形文字泥板文书时偶然译读出一个大洪水故事,它竟然同他从小就读得烂熟的《圣经》中上帝发洪水惩罚人类的神话惊人地相似! 由于这些泥板文书属于公元前7世纪的亚述古城尼尼微的图书馆,上面记载的传说约出于公元前2000年的巴比伦人之口,而《圣经·旧约》的编撰晚在公元前5世纪,因此史密斯断定,《圣经》中的洪水神话源出于巴比伦。1872年12月3日,史密斯在新成立的"圣经考古学会"上宣读了他所翻译的巴比伦洪水故事,引起轰动,同时也受到教会方面的围攻。为了寻求更多的证据,史密斯亲自来到古城尼尼微遗址,两次进行实地考察,从废墟中又搜集到了几千块泥板文书的残

---

① 参看[德]黑格尔:《历史哲学》,王造时译,北京:三联书店,1956年,第227—229页。

片。经过精心的整理复原，史密斯得出结论：这批泥板文书记载的是一部失传了的古代巴比伦史诗，泥板总数为 12 块，洪水故事只是记在第 11 块泥板上的史诗中的一段插话。

《吉尔伽美什》史诗的再发现，是一个沉睡了 5000 年的伟大古代文明之发现的序幕。继史密斯之后，考古学家在两河流域进行了大规模发掘，使大批埋没已久的古代城市、神庙、墓葬、宫殿、艺术品和数以万计的楔形文字泥板重见天日。有鉴于这些新材料，自希罗多德至黑格尔的传统历史观为之一变，一部世界史必须重新改写。

人类文明的起点不在欧洲南端的希腊半岛，甚至也不在埃及的尼罗河畔，而在西亚的两河流域。《圣经·旧约》把底格里斯河与幼发拉底河之间的区域叫阿拉姆-纳哈莱姆，意为"两河间的叙利亚"（叙利亚在希伯来文中意为土地），与希腊文"美索不达米亚"含义相同。按照《圣经·旧约》所反映的古代希伯来人的观念，巴比伦和亚述的统治者都是凶恶的敌国之王，他们不信上帝，应从人世上除名。今天这一地区属于伊拉克，首都巴格达。它北接土耳其，西邻约旦，南邻沙特阿拉伯，东濒波斯（即伊朗）。这里远在公元前 4000 年左右，就有了人类最早的文字，这些楔形文字的发明者是苏美尔人。他们早在公元前 3500 年就建立了世界上最古老的城邦国家，发展起繁荣的城市文明。公元前 2300 年左右，苏美尔诸城邦先后被来自北方闪米特族的阿卡德人所吞并。到了公元前 19 世纪中叶，另一个闪米特族的游牧部落重新统一了这一地区，以幼发拉底河畔的巴比伦城为中心，建立起新的奴隶制国家——巴比伦王国。

巴比伦王国在苏美尔、阿卡德文明的基础上继续发展，在公元前 18 世纪第一王朝第六代国王汉谟拉比（约前 1792—前 1750）统治期间，建立起完备的中央集权制度。国家的一切权力，无论在立法、行政、审判和宗教方面，都掌握在王者手中。西方学者据此概括出所谓"东方专制主义"的地缘政治理论，但据新发现的苏美尔城邦民主制，可知这种理论不免以偏概全，并不适用于东方各国。汉谟拉比时代的一项重要文化遗产是《汉谟拉比法典》，这是迄今所知世界上最早的一部完整的大型法典，也是巴比伦中央集权制的典型文献。汉谟拉比在位期间，巴比伦国家军力强大，统一了两河流域地区，社会经济、文化也获得繁荣。首都巴比伦城在此后相当长的时期内一直是西亚文化的中心，还一度成为东方世界最大的经济贸易中心。不过，汉谟拉比死后，继位者萨姆苏伊鲁纳时期便开始国势衰落，名叫里姆新的首领发动了两河流域南部的暴动，占据了乌尔、乌鲁克等邦。当时的一件王室书简中说，鉴于国中混乱，不得不豁免地租和实物租。研究者称此为巴比伦的"解负令"，它比雅典梭伦的解负令约早千年。巴比伦王朝从此以后一蹶不振，来自东部伊朗高原的加喜特人乘虚而入。在公元前 1600 年左右，属于雅利安族分支的赫梯人大举入侵，毁灭了巴比伦城，灭亡了巴比伦国。

古代巴比伦文学同先于它而存在的苏美尔、阿卡德文学具有一脉相承的渊源关系,因而有必要先了解苏美尔、阿卡德文学的一般情况。苏美尔文学堪称世界上最早有文字记载的文学,比古希腊的书面文学足足早了2000多年,比中国商代的甲骨卜辞也早了大约1700年。从译读出的泥板文献看,苏美尔文学中已经有了多种主要的文学体裁,如神话、传说、颂歌、祈祷文、史诗、寓言、谚语等。其中最重要的是神话和史诗。苏美尔神话的特殊性质在于它与宗教信仰的内在联系,表现出人与自然尚未完全分化时期原始思维的某些特征。苏美尔人信奉数以千计的神灵,众多的神出自大地、天空、植物、谷物和动物等种种自然现象的圣化。有些神具有人的形象,更多的神处在人形与动、植物形象之间,有如埃及的人面狮身像和《山海经》中所述怪异之人。① 用哲学眼光看,这正是人类自我意识尚未从自然世界中超脱出来时那种万物有灵观的表现。

苏美尔神谱中主要的大神有以下几位。天神安(An),他是天上诸神集会(映射着人类城邦议会制)的领袖。他的象征是一颗星和数字60(苏美尔人计算制的基数)。安神由来极古,但随着时间的推移而渐失影响力。《汉谟拉比法典》亦录入他的名字。风神恩利尔(Enlil)取代安在天空中居于主神地位,被称为"众神之父"和"天上地下的王"。他的武器是威力无比的风暴,这使人联想到希腊主神宙斯的雷暴,可见同为某种自然力量的人格化。恩利尔具有毁灭性的力量,人们畏惧他,又崇拜他,视之为苏美尔的保护者。在尼普尔(Nippur)城的神庙里刻写着颂扬他的诗句:

> 没有恩利尔,这伟大的山,就没有城池,/就没有居室,没有畜舍,也没有羊栏,/没有国王能被推举出来,/没有大祭司的降生,/河流及其洪水不会泛出,/海中的游鱼也不会产卵,/天上的鸟儿也不会在地上筑巢。② ……

恩基(Enki)是苏美尔水神,主管江河湖沼,是恩利尔之子。有时也被当成安之子或孙。他的主要神庙在厄里杜(Eridu)。恩基以其智慧受人尊崇,是所有城邦的赞助者,人类的朋友。是他教会人类农耕技术和驯养动物的方法,因而他同普罗米修斯一样,是文化创造者的形象。后来的阿卡德人把他叫做埃阿(Ea),这一称呼一直保留到巴比伦文学中。

第四位大神是母神宁图(Nintu),又叫宁胡萨格(Ninhursag)或宁妈(Ninmah)。她被视为"一切生物之母",主要崇拜中心在阿达布(Adab)和基什(Kish)。早先时候宁图女神又同地母神基(Ki)相混同。一首颂诗称述她接受了

---

① Thorkild Jacobsen: *Toward the Image of Tammuz and other Essays on Mesopotamia Religion and Culture*, Harvard University Press, 1970, p. 16.

② S. N. Kramer: *The Sumerians: Their History, Culture, and Character*, University of Chicago Press, 1964, pp. 120—121.

恩基之水后第九日化出第九张嘴——女性特有的生育之"嘴"（the months of "womanhood"）：

> 就好像脂肪，像……脂肪，像黄油，/宁图，大地之母，像脂肪，/生育出女神宁撒尔（Ninsar）。①

将母神比喻为肥硕之脂肪的神话观念表明，宁图的远源可上溯到旧石器时代出土的"史前维娜斯"雕像，那些以肥胖多脂为造型特征的母神孕妇形象正是以脂肪为女性生殖力之源的原始崇拜的活化石，中国新石器时代崇拜的猪与猪龙形象地反映着同样的信仰和观念。② 宁图女神作为最早出现于人类文学中的生育之母，具有承前启后的重要作用；她上承史前维纳斯所代表的生殖崇拜和孤雌生育观，下启阿卡德——巴比伦的生育女神易士塔，又辗转衍化为塞浦路斯和希腊的爱神阿佛洛狄忒，成为西方文学中爱与美主题的永恒化身，可谓源远流长。

由于内容的丰富性和年代的古老性，苏美尔神话在世界神话总体中占据首屈一指的独特地位。它所提供的许多母题，如创造、洪水、人类起源、农牧之争、杀妖屠龙、地狱之行等都在后代神话中反复出现，成为世界性的母题。苏美尔的神话故事和观念渗透在整个两河流域文明之中，成为科学地认识古代近东世界的一块基石。③

史诗或长叙事诗在苏美尔文学中亦相当发达，其中有五部以苏美尔城邦乌鲁克的王者吉尔伽美什为主人公的作品最为引人注目，它们是：

（1）《吉尔伽美什和生物之国》，讲述主人公同战友恩启都率领50名战士去杉林征伐妖怪芬巴巴。

（2）《吉尔伽美什和天牛》，讲述主人公拒绝天后印南娜求爱，后者降下天牛破坏城邦，主人公战胜天牛。

（3）《吉尔伽美什之死》，讲述主人公寻求长生不死但未能如愿，终于倒地身亡。

（4）《吉尔伽美什、恩启都和另一世界》，两位主人公关于阴间情况的问答对话。

（5）《吉尔伽美什和阿伽》，讲述苏美尔两城邦之间的斗争。这部作品的叙述近似于真实的历史记录，并没有超自然和超人类的神话因素。④

---

① S. N. Kramer：*Sumerian Mythology*, Memoirs of The American Philosophical Society, vol. XXI, 1944, p. 56.

② 参看叶舒宪：《高唐神女与维纳斯》第一章，北京：中国社会科学出版社，1993年。

③ 参看 Kramer：*Sumerian Mythology*, p. 29.

④ 这部作品有中译文，见周一良等编：《世界通史资料选辑》上古部分，北京：商务印书馆，1962年，第31—36页。

这些史诗彼此之间并无联系,其中的前四部后被巴比伦改编者经过增删和再创造,写进了一部更大规模的统一作品《吉尔伽美什》(详见下节)。

阿卡德文学(约前2300—前2000)深受苏美尔遗产的影响和制约,从内容到形式都是因袭多于创造,只是把本民族所信奉的神灵整合到原有的苏美尔神谱之中时,阿卡德人才多少显示出他们的独创性。像月神辛(Sin)、太阳神舍马什(Shanash)、晨星晚星兼生殖女神阿什塔尔(Ashtar)(巴比伦人称之为易士塔,腓尼基人叫阿丝泰忒,希腊人称阿佛洛狄忒)等都产生于阿卡德时期。除了神话和颂诗外,阿卡德文学中最著名的作品是关于开国君王萨尔贡出生的传说。相传萨尔贡(Sargon,前2334—前2279)出身微贱,刚刚问世时便被母亲遗弃,装在一个篮子里漂流于河上,由一位园丁拣起收养长大。他的父亲是谁无人知晓,他自幼的名字叫什么连自己都不知道。成人后,先在神庙中当司酒者,后来当了苏美尔北部城邦基什的领袖,率军先后战胜乌鲁克、拉格什等城,最终征服了整个两河流域,创建阿卡德王国——世界上第一个大帝国。他自封为"正义之王"和"四方之王",成为闻名遐迩的风云英雄。

曾几何时,这位显赫一时的君王,连同他所建立的大帝国都随着历史的变迁而销声匿迹了。除了研究古代史的人,很少有人知道他给自己的封号——"四方之王"。不过,关于他神秘出生的传说却不胫而走,真正传遍了"四方",并且在希伯来文学、波斯文学、印度文学、古希腊罗马文学等众多国家和不同时期产生直接或间接的反响,不断催生出种种不平凡人物的出生传说。像著名的摩西、俄狄浦斯、阿塔兰忒、居鲁士、黑天、沙恭达罗、罗慕洛和瑞摩斯,乃至中国文学中的胡广、玄奘、岳飞等,他们的神秘出生故事均可视为同类"弃儿型"(Exposed child type)传说的派生或变体。① 由公元前24世纪阿卡德文学留下来的那个中心表象——初生儿被装在容器中漂流在水上,几乎发展为世界性的文学母题。

巴比伦文学在全面继承苏美尔、阿卡德文学传统的基础上发展起来,在文学视野、题材和体裁等方面均有开拓和建树。保存下来的作品仍然是用楔形文字刻写在泥板上,但其数量之多已超过了苏美尔时期。亚述人在记录、保存和传播巴比伦文学方面起到了重要作用,一大批作品都是本世纪以来的考古学家从亚述都城尼尼微的国家图书馆遗址中发掘出来的。神话和叙事诗依然是最主要的两类作品,不过与地上的中央集权政治进程相对应,天上的神明世界也发生着明显的权力集中现象。众神会议的民主制场景被群神拥戴年轻的主神马杜克的场景所取代,从中不难看出从原始宗教的多神信仰向人为宗教的一神信仰发展过渡的某些迹象。这种过渡在后来的希伯来人宗教神话中终于完成,但其渊源却在巴比伦祭司们改造苏美尔神话的时候便开始了。

---

① 参看叶舒宪:《水与生命——原型、类型、文学整体》,《批评家》1988年第5期。

巴比伦人在日常生活中用闪族的语言取代了苏美尔语,但在宗教生活中却依然沿用苏美尔语。原有的主要神祇及其崇拜仪式也相应地得到保留。安和恩利尔等仍被当作大神受到尊崇,但他们原有的主神地位却被巴比伦人自己的神马杜克接替了。"马杜克是天神世界的绝对君主,正像巴比伦国王是地上世界的绝对统治者一样。"① 巴比伦神话中最重要的作品是题为《艾努玛·艾利什》(Enuma elish)的创世史诗,它从开天辟地的大背景中突出表现了马杜克确立其主神权威的过程。史诗开篇写道:

> 当初天地还未命名,/当初上面没有天的名,/下面没有地的名,/只有天地的生父阿卜苏/和天地的生母提阿马特,/那时他们的水还混合在一起,/干旱的陆地还未形成,/甚至看不到沼泽,/那时所有的神皆没有出世,/既无名号称呼他们,/他们的命运亦未固定。

接下来叙述了众神如何从原父母阿卜苏和提阿马特的混合水流中诞生。新出生的神们在混沌水面上喧闹着,引发了原父母同他们之间的争斗。智慧神埃阿(其苏美尔原型为恩基)杀死了生父阿卜苏。提阿马特暴怒,率领混沌海怪大军向神子神孙们发动攻击。群神惊恐万状之际,求助于埃阿之子马杜克,拥戴这个晚辈小神做了统帅:

> 你是大神中最荣耀的,/你的命运无以伦比,/你的命令如同安努(Anu)。/马杜克啊,/……/从今以后,/你的命令不可改变。/孰升孰降,/你主沉浮!/你金口玉言,/令不可违!/众神之中无人能冒犯你的特权。/……/我们赋予你/统驭全宇宙的神圣权力。②

马杜克不负众望,用四方来风作武器杀死提阿马特,将其尸体一分为二,上半造天,下半造地。又用敌军首领金古(Kingu)之血造出人类,全诗至此结束。

《艾努玛·艾利什》作为世界文学中现存最早的完整的创世神话,在文学史和思想史上都有重要价值。它不仅为后代的创世神话如《旧约·创世记》和希腊赫西俄德的《神谱》提供了原型范本,而且某些特殊观念也一直延伸到西方宗教和哲学之中。例如,讲述创世前的"无名称"状态,就直接派生出希伯来创世主耶和华用语言"命名"的方式创造世界的"太初有言"观;以水为世界万物和生命之本源的观念再度出现在希腊神话和宇宙论中;子辈神杀死父辈神的争斗母题也为希腊文学所继承和发挥,并从弑父情节中引申出阉割母题,等等。③ 就连记载

---

① N. C. Nilson: *Religions of the world*, New York, 1983, p. 50.
② David Leeming: *Mythology*, New York, 1976, pp. 161—162.
③ See Henri Frankfort: *Before Philosophy*, London, 1949, Pelican Books, pp. 237—253.

《艾努玛·艾利什》的泥板数"7"也同《圣经·旧约》的7日创世观有着潜在的联系。

《易士塔下冥府》(*The Descent of Ishtar into the Nether World*)是巴比伦文学中又一部具有深远影响的作品。这则神话的前身是苏美尔的《印南娜下冥府》。巴比伦改编者把它再造为一个以神界的生死恋为主题的美丽故事。易士塔(又译伊什妲尔)是巴比伦宗教中最重要的女神,被尊为"生命之母""种子的生产者"。她同时又是爱神和战神,有些地区还奉她为解梦之神。有些传说把她描绘为忠于爱情的好女神,另一些传说则把她说成逢场作戏的荡妇或专横残暴的恶神。《易士塔下冥府》属于前一类作品。该神话讲述她的恋人植物神塔穆斯(又称阿都尼斯)死后被阴间女王埃列什-吉加尔(Eresh-Kigal)扣留,易士塔奔向阴间去解救。当女神离开阳界之时,世上一切生物都停止了繁衍生长。植物凋零干枯,动物不再交配,人类也不再怀孕生育,大地上弥漫着愁惨和死亡的气息。人类学家弗雷泽对这个神话的解释是:

> 人们确信塔穆斯每年都要死一次,离开欢乐的地上世界,进入到那阴暗的地下世界中去;而他的神圣配偶也要每年一度地踏上寻找丈夫的旅程。……与这位女神联系得极为密切的乃是动物王国中的性功能。女神离去时,动物的性功能就停止了作用。面对这种情形,大神埃阿派出使者去地下解救那自然界赖之以生息繁衍的女神。……阴间女王勉强同意了使者的要求,给易士塔洒上生命之水,允许她离去,或许还让她带走了她的情侣塔穆斯。于是,二位神祇得以重返阳世,伴随着他的归来,大自然又复苏了。①

从上述解说不难看出,《易士塔下冥府》是用男女二神生死相恋的故事来解释大自然一年一度的季节变迁和生命循环的。这种象征性的解释模式经过叙利亚、腓尼基、塞浦路斯,一直传播到古希腊,置换为阿佛洛狄忒与阿都尼斯生死恋的神话,以及谷神得墨忒耳下冥府寻女儿珀塞福涅的神话。又经过罗马诗人奥维德《变形记》中的加工改造,直到莎士比亚的处女作《维纳斯与阿都尼斯》,这个古老神话的象征解释意蕴逐渐淡化消失,转化为纯粹的情爱故事,激发着一代又一代诗人的灵感和想象。不仅如此,《易士塔下冥府》所突出表现的死而复生的主题连同遍布西亚各地的阿都尼斯(塔穆斯)崇拜仪式,为后起宗教思想奠定了基本思路。死而复生的植物神则在基督教中置换为救世主耶稣基督的形象,受到信徒们的永久拥戴。苏美尔-巴比伦神话遗产对西方文明的深远影响于此可窥一斑。

《阿达帕》(*Adapa*)是又一则流传甚广的巴比伦神话,考古学家曾在埃及发

---

① [英]弗雷泽:《阿都尼斯的神话与仪式》,叶舒宪选编:《神话——原型批评》,西安:陕西师范大学出版社,1987年,第52页。

现它的残本,亚述学家们则将男主人公"阿达帕"的名字认同为希伯来语中"亚当"(Adam),因此可以把这一作品视为"人祖神话"①。故事讲述阿达帕是智慧神埃阿之子,埃阿造他时把他当作"人类之范本",赐予他智慧,但未给他永生。他成为巴比伦最古的城市厄里杜的祭司王,其职责包括在神庙中供上鲜鱼。有一次在钓鱼时遭到南风袭击,阿达帕用箭射伤了南风的翅膀,使之不能每日正常吹拂大地。天神安努见状,召见阿达帕加以质问。埃阿预先忠告他说,如果安努给你死亡面包和死亡之水,你一定要拒绝,当他给你一件外衣和圣油时,你可接受。阿达帕来到天庭后依照埃阿的吩咐行事,安努问他为什么这样选择,他如实相告,天神宣布由此他将失去神赐的最珍贵赠品——不死。阿达帕被送回地上的厄里杜城,带着神的某些保佑,也带来了不幸和疾病。这个神话很容易使人联想亚当神话,人祖被逐出乐园,失去永生,从此开始人间的苦难和劳作生活。就连耶和华赐给亚当、夏娃兽皮衣的细节②,也直接源自安努赐衣给阿达帕一事。两次赐衣均与失乐园及死亡降临人间有关,看来绝非出于偶然。

《咏正直受难者的诗》是巴比伦叙事诗中的代表作。诗中描述一虔诚老实的人,唯神意是从,唯王命是听,却依然被苦难的命运所笼罩,因而不得不对神的"正义性"产生怀疑,发出愤激的理性质询。在这首诗中可以清楚地看到《旧约》中思想最深沉的篇章《约伯记》的大致雏形,其间的渊源关系是不言自明的。

第二节 《吉尔伽美什》

史诗(Epic)又称英雄史诗,这个出自西方文论的概念今天已为国际通用。人类学者和文学史家们公认,史诗是伴随着人类自野蛮迈向文明的历史进程而产生的最早的文学样式之一。世界上许多民族都有过歌颂祖先创业或部落征伐的英雄史诗。过去,文学史家总是把古希腊的荷马史诗奉为史诗的始祖和楷模。自19世纪70年代乔治·史密斯发现巴比伦史诗《吉尔伽美什》这部4000年前的西亚伟大作品以后,把史诗出现于文学史的上限向前推移了足足1000多年。

《吉尔伽美什》共有3000多行,用楔形文字记述在12块泥板上。史诗的故事情节可分为以下六个部分:

(1) 吉尔伽美什与恩启都结交(第1、第2块泥板)。吉尔伽美什是乌鲁克城的王,他的统治过于残酷,人民祷告天神求助。天神造出一个体魄、气力非凡的野人恩启都来同暴君抗衡。两位巨人在广场上交战,胜负未分却结为好友。

(2) 征讨杉妖芬巴巴(第2、第4、第5块泥板)。大神恩利尔派巨妖芬巴巴

---

① S. H. Hooke: *Middle Eastern Mythology*, Penguin Books, 1963, pp. 56—57.
② 参看《旧约·创世记》第3章,第21节。

守在杉树林。这妖怪的"吼叫就是洪水,他嘴一张就是烈火,他吐一口气就置人于死地",对世间构成威胁。吉尔伽美什和恩启都启程去征讨他,初战失利,恩启都受伤。吉尔伽美什求助于太阳神舍马什,靠神助杀死芬巴巴。

(3) 女神伊什妲尔的求爱和迫害(第 6 块泥板)。吉尔伽美什的英姿"使大女神伊什妲尔顿萌情意"。她要求英雄做她的丈夫,遭到拒绝后图谋报复,要挟天神为她造了一只天牛降灾人间,吉尔伽美什和恩启都杀死天牛,女神对他们发出诅咒。

(4) 恩启都之死与吉尔伽美什的悲悼(第 7、第 8 块泥板)。众神会议决定杀死天牛的两英雄中必死一个。于是恩启都患重病不起,12 天后死去,吉尔伽美什悲痛不已,"他就像狮子一样高声吼叫,与被夺走子狮的母狮不差分毫。他在朋友跟前不停地徘徊,一边把毛发拔下散掉,一边扯去、摔碎身上佩带的各种珍宝"。

(5) 吉尔伽美什远游,探求生命的奥秘(第 9、第 10、第 11 块泥板)。挚友的死使吉尔伽美什预感到自己会有同样的命运,他决心去寻找人类始祖乌特那庇什提牟,了解生命的奥秘,求得长生。他历尽艰险,找到了始祖,后者讲述了天神引发洪水毁灭人类,以及自己受到特赦造大船幸免于难,并加入神籍获得永生的故事,结论是人之必死由神决定,但海底有棵生命之草可使人长生不老。吉尔伽美什入水取得生命草,却又在回城途中不慎被蛇叼走,失望而归。

(6) 吉尔伽美什同恩启都亡灵对话(第 12 块泥板)。这一部分与全诗情节没有必然联系,显然是后添上的。史诗《吉尔伽美什》中出现的主要人物形象有两个,即吉尔伽美什和恩启都。作为远古时期的君王和英雄,他们身上既有某些共同的特性,又有独自的个性特征,二者相互补充、相互作用的微妙关系,是推动全诗故事情节发展的一条重要线索。

吉尔伽美什是乌鲁克城的国王,他一出场就被描绘为一个具有非凡的体魄和智慧的英雄:

> 此人见过万物,足迹遍及天边;/他通晓一切,尝尽苦辣甜酸;/……/大力神塑成了他的形态;/天神舍马什授予他俊美的面庞;/阿达特赐给他堂堂丰采;/诸大神使吉尔伽美什姿容秀逸。/他有 9 指尺的宽胸,11 步尺的身材![1]

然而,身为城邦领袖,他的统治专横而残暴。他迫使人民修筑城墙,还随心所欲地行使所谓"初夜权"一类的特权,"连那些已婚的妇女,他也要染指,他是第一个,丈夫却居其次"。对于这样一个暴君,城邦人民忍无可忍,怨声载道:"这是

---

[1] 《吉尔伽美什》,赵乐甡译,沈阳:辽宁人民出版社,1981 年。以下引诗均出自该书,不另注。

我们的保护人吗？虽然强悍、聪颖、秀逸！"他们祷告天神把他们从苦难中拯救出来。天神便造出了一个浑身是毛的野人与吉尔伽美什相匹敌。这个野人便是恩启都。

> 他不认人，没有家，一身苏母堪（即/家畜神）似的衣着。/他跟羚羊一同吃草，/他和野兽挨肩擦背，同聚在饮水池塘，/他和牲畜共处，见了水就眉开眼笑。

这样一位兽性未尽的野人，一旦同吉尔伽美什派来的神妓结合，就萌生了人性，脱离了动物世界，来到乌鲁克城邦。他听说了"初夜权"之事，义愤填膺，立即去同暴君决斗。谁知胜负未分，两位英豪却握手言和，成为一对形影不离的朋友。这段传奇般的结交过程使吉尔伽美什的性格发生转变，此后，他同恩启都一起战杉妖，诛天牛。我们看到的不再是残暴君王，而是一个征服自然暴力，为城邦社会造福的名副其实的英雄，并因此而受到人们的赞誉。

如何看待主人公人格的前后变化，是理解作品文化蕴意的重要线索。从文明史的角度看，可以说恩启都的出现和吉尔伽美什的性格转变反映了古代两河流域不同民族和不同文化的冲突与融合，以及广大人民的价值观念和道德理想。吉尔伽美什在作品中以修建了"无与伦比"的城墙而自豪，他的一个代称是"拥有广场的乌鲁克王"，这些都显然是城市文明的标记和荣耀。因此，我们说他代表着已经发展到城邦国家水平的高层文化。与此相对，恩启都则被看作尚处在野蛮的或半开化状态的游牧部落文化的代表，因为他不仅穿着牧民保护神（苏母堪）的衣服，而且还行使过该神的职能："他为饲羊人夜里能够安睡，他曾捉了狼，还把狮子猎取。那些牧者的头领，才得躺躺歇息。"

这样，一位城邦的英雄，一位牧野的英雄，他们的决斗与和解不正是苏美尔人的城市文化同闪族的阿卡德人、巴比伦人的游牧文化之间的冲突与融合的一幅奇妙的缩影吗？在历史上常有这样一种现象，不发达的民族虽征服了发达民族，但终究要为发达的文化所同化，罗马人之于希腊人便是如此，巴比伦人和阿卡德人之于苏美尔人又何尝不是如此。① 从这一意义上看，史诗中的一个疑点便豁然开朗了：既然神造出恩启都就是让他与吉尔伽美什敌对的，为什么两位大力士才一交手便以势均力敌而言和了呢？原来，阿卡德和巴比伦是地理上的征服者，文化上的被征服者，苏美尔人是地理上的被征服者，文化上的征服者，彼此之间各据优势，胜负相互抵消，剩下的最佳选择只能是和解、友谊和互补。事实上也正是这样，吉尔伽美什派城邦神庙中的神妓把开化和文明带给了与兽为伍的半野人，使恩启都奇迹般迅速地完成了进化中的超升；而恩启都则将山野之中

---

① 苏美尔文化的本身发展也经历过由畜牧到农耕的转变，可参看 S. H. Hook：*Middle Eastern Mythology*，Penguin Books，1963，pp. 22—23.

古朴善良的原始美德带给了城邦奴隶主领袖,使吉尔伽美什从一个被民众所厌恶的暴虐君王转变成建功立业的民族英雄。如果说恩启都的人化暗示着人类从蒙昧走向文明,那么吉尔伽美什的两重性格以及民众对他的两种态度,就是从氏族社会的原始平等到阶级社会的奴隶主专制这一漫长的历史变迁中广大人民的政治愿望和道德理想的一种曲折表现。可以说,这两个形象的对立和统一,通过象征思维生动地揭示了历史发展的辩证法。

《吉尔伽美什》这部古朴而独特的史诗在结构上的突出特点是象征对应。英国学者史本斯(L. Spence)曾根据罗林逊的推测,分析主人公与太阳神舍马什间的暗中对应关系,肯定史诗的叙述展开隐喻着太阳一年12个月的行程。① 不过,他们把作品的这种象征结构作为一种特异现象来处理,未能从神话思维普遍逻辑方面来认识问题。现代的原型批评理论似可对此现象作出新的理性阐释。

关于原型产生的心理基础,荣格指出:"原始人对于客观理解显而易见的事务并不感兴趣,但是他有一种本能的需要,或者说他的无意识心理有一种不可压制的冲动,要把所有外在的感官经验同化(assimilate)为内在的通灵的(psychic)事件。看到日出与日落,对于原始人的心理来说是不能满足的,这种对外界的观察必须同时代表着某一神或英雄的命运,而这一神或英雄归根结底只存在于人的灵魂之中。"②这也就是说,客观的自然过程在原始心理中都被神话化,有灵化了。表现在远古文学中便是自然现象与人事生活的混同一体,用神或英雄的行为和命运对自然运行的诸经验现象做象征性的解释。由于这种象征解释植根于人类认识水平的不发达阶段,所以在理性时代到来以前,始终是唯一的、权威的解释。由它们所构成的"自然——人"的原型成为相对固定的信息单位,作为一种生成性的"结构素",不断促成新的作品诞生。加拿大批评家弗莱进一步指出,原型通常表现为被赋予了某种人类意义的自然物象,在文学史上反复重现。③具体地说,"一天日出、日落的循环,一年不同季节的循环,以及人的生命的有机循环,其中都有同样意义的模式;根据这一模式,神话环绕某个形象构成了具有中心地位的叙述——这形象一部分是太阳,一部分是茂盛的草木,一部分是神或原型的人"。从原型批评的视角看《吉尔伽美什》的象征结构,可以把它视为定居农业文化的原型模式"英雄与太阳"在史诗文学中的投射。其结果使作品整体除了表层叙述意义外,还具有深层象征蕴含。

在表层结构的叙述中,我们先后看到英雄诞生的追述和赞美诗;化敌为友的传奇经历;战胜杉妖和天牛的喜剧性胜利;战友逝去的悲剧与英雄探求失败的结

---

① L. Spence: *Myths and Legends of Babylonia and Assyria*, London, 1920, Ch. 4.
② C. G. Jung: *The Archetype of the Collective Unconscions*, London, 1968, p. 6.
③ N. Frye: *Anatomy of Criticism*, Princeton University Press, 1971, pp. 99, 113.

果。从总体上看,表层结构呈现出由喜转悲,由生的赞美到死的恐惧这样一个过程,而决定这一过程的则是由太阳运行所构成的深层结构。如前所述,主人公吉尔伽美什与太阳神舍马什有着特殊的对应关系。史诗中宣称主人公"三分之二是神,三分之一是人",是太阳神舍马什"授予他俊美的面庞",给他以"厚爱";他则于征战之前或危难之际向太阳神献祭祈祷,这位神又总是赐给他特别的帮助和庇护。如战胜杉妖芬巴巴;在众神会议上为杀死天牛的二位英雄辩护,等等,英雄与太阳神的这种关系在无形中透露了表层结构与深层结构的相互对应:前者以主人公经历为线索,后者以太阳的行程为线索。

进一步探讨,可以证明这种对应关系的出现并不是偶然的。按照巴比伦人当时的习惯,日月星辰常被设想为生物。他们把太阳运行的黄道圈叫做"太阳轨道",划分出黄道十二宫,并在天象观测的基础上建立了巴比伦历法,把一年分为12个月,每一天分为12个时辰。① 这种来自天象历法的十二进位制在史诗中出现得十分频繁。尤其值得注意的是恩启都恰恰在生病后12天死去,而吉尔伽美什虽没有明确写出他的死,却也恰在第12块泥板结束了他的必死生涯的故事。可见"12"这个数字的用法是赋有象征意义的。太阳的日周期和年周期运行均有先上升后下降的模式轨道。与太阳上升的行程相应,主人公从出场到诛杉妖这一段生涯一直是征服者和胜利者的生涯,即使遭到全民的反对和天神造出的巨人威胁,他都能化险为夷,化敌为友。即使面临无法征服的杉妖,也能借助于太阳神的威力而获胜。从第1块泥板到第6块泥板结束,他始终处于前进和上升状态,如日中天。但从第7块泥板起,他的运气便戏剧性地逐渐消失:首先是好友之死,由此引发他的悲痛和忧惧。为了免遭同样的命运,他踏上求永生的旅程。然而正像过了中午的太阳必然要走下坡路一样,英雄的这次行动也不再像往昔那样幸运和成功了。等待着他的是必然的失败。在此次旅程中出现了许多与太阳有关的意象来暗示主人公的命运,并有一处点明说:英雄是"沿着太阳的路"行进的。对于太阳而言,永久停留在生命世界上是不可能的。第11块泥板叙述的英雄侥幸得到不死草一事,也不过像西沉前夕的残阳,闪现出最后一道希望之光,不久将堕入黑暗的地下。果然在第12块泥板,英雄已将全部注意转向那阴森凄凉的阴间世界。史诗表层叙述的后半部以各种不同方式突出着一个主题:永生不可得,英雄必死无疑。这一主题由弱到强,全诗的基调也逐渐从高昂化为低沉,英雄业绩的颂歌终于变成英雄末路的悲歌。

然而,从原型的循环意蕴上看,表层叙述的英雄末路背后仍有深沉的寄托:日落之后会有新的日出,主人公紧随太阳运行之路或有超越死亡的可能。他对

---

① 参看阿·尼·格拉德舍夫斯基:《古代东方史》,北京:高等教育出版社,1959年,第83—84页;赫罗兹尼:《西亚细亚、印度和克里特上古史》,北京:三联书店,1958年,第131页。

太阳神的如下呼告也表达了这一愿望：

> 难道我白白地在旷野里跋涉，/我的头颅仍然必须躺在大地的正中，/仍然必须年复一年地长眠永卧?! /请让我的眼睛看到太阳吧，使我浑身广被光泽，/那有光的地方，黑暗便告退，/让我仰沐太阳神舍马什的光辉，/将死亡给予那些死者!

我们已知苏美尔史诗《吉尔伽美什之死》中明确交待了英雄倒地身亡的结局。这表明苏美尔人从经验中升华出来的理智告诉他们，人是必有一死的，哪怕是超凡绝伦的英雄。巴比伦人无法否认这理智的声音，但他们又太不情愿承认那黑暗的永劫了! 于是，在史诗表层叙述中虽然奏出了英雄必死的挽歌调子，但并不直写英雄之死，反而借一个古老的原型为英雄的再生做出深沉的寄托，其用心之良苦，足以使4000年后的读者为之感慨。面对这表面上(从表层叙述看)似终未终而实质上(从象征意义看)寓意深长的英雄结局，恰似从高山之巅眺望长河落日，如血残阳，任何一个热爱生命、向往光明的观者都会因之触动情感的波涛，引发无限的思考。

从人类认识发展的宏观背景上审视《吉尔伽美什》的象征蕴含，使我们对这部文明之初的伟大史诗在思想史上的意义有更深切的体会。正像巴比伦神话《易士塔下冥府》的实质在于用社会生活现象解释自然现象(季节运行)，《吉尔伽美什》则试图反过来用自然的必然性来解释人生命运的偶然性。德国现代哲学家斯宾格勒说，原始人只有对他能够做出解释的事物才不会感到惊恐，不管这种解释荒谬到何种程度。儿童心理学的观察也表明，孩子长到一定年龄，会产生某种"解释癖"，即对众多的陌生事物总要问一个为什么。如果我们把神话的发生看做是史前人类对自然现象的象征解释，那么史诗作为神话的历史化或历史的神话化，又何尝不是迈向文明门槛的人类对社会生活的象征解释呢(如荷马史诗把特洛依战争解释为神灵世界中一场金苹果之争的结果)? 用太阳运行解释人类宿命固然远远算不上一种科学的解释，但用意识到了的自然必然性来解释尚未意识到其必然性的社会生活现象，这毕竟是认识过程的一大跃进。人类好奇的目光从纷纭变化的宇宙万物转向更加纷纭万变的人生和命运，这恰恰说明人已经在把自身从自然界中提升出来。把宇宙运行的结构、秩序和规律投射在尚无从把握其结构、秩序和规律的社会生活过程上，也正反映着人类竭力挣脱疑惑和恐惧，把自己从偶然性中拯救出来的顽强愿望。

如果说自己便是对必然的认识，那么诚如黑格尔所言，处在蒙昧无知中的人是谈不上有多少自由的。然而，"好奇心的推动，知识的吸引，从最低级的一直到最高级的哲学见识，都只是发源于一种希求，就是要把上述不自由的情形消除掉,使世界成为人可以用观念和思考来掌握的"①。从这一层来看,吉尔伽美什,这位呼唤着太阳、执著于生命奥秘的远古巨人,正象征着人类从必然迈向自由的伟大而艰难的步伐。

  这部史诗的影响很大,大概世上很少有其他作品能与之相比。史诗问世后被翻译、改编成各种不同文字的版本,在西亚地区广为流传,从而辗转影响了希腊神话和荷马史诗、希伯来人的《圣经》,甚至在古印度的造型艺术中也留有痕迹。在西方家喻户晓的神话英雄赫拉克勒斯、《伊利亚特》中阿喀琉斯与帕特洛克罗斯的生死交谊、《奥德赛》中俄底修斯的浮海远游以及同女巫喀耳刻的关系、《圣经》中的亚当和夏娃与挪亚方舟、伊甸园里的生命树与蛇、大卫和约拿单的手足之情、约伯对生命限度的感叹等等都可以直接或间接地从《吉尔伽美什》中找到原型。尤值得注意的是,中国上古大英雄羿的神话与《吉尔伽美什》在基本情节乃至某些细节上都有惊人相似之处。从已归纳出的九大母题(如罪恶、转变、杀妖、求永生、得不死药、失不死药等)的对应上看,足以说明远古东西亚文化和文学之间的某种因缘关系。② 而汉民族是否曾有英雄史诗的问题,也可由此得到新的思考。

---

  ① ［德］黑格尔:《美学》第 1 卷,朱光潜译,北京:商务印书馆,1979 年,第 125 页。
  ② 参看叶舒宪:《英雄与太阳——中国上古史诗的原型重构》,上海:上海社会科学院出版社,1991 年。

第三章 古代希伯来文学

第一节 概述

希伯来人（即古代犹太人或以色列人）是闪米特族的一支，最初游牧于阿拉伯半岛西南部地区。公元前三四千纪之交，他们离开半岛，到美索不达米亚北部的名城乌尔居住。此后，传说的第一代族长亚伯拉罕携家向西北迁徙，越过幼发拉底河，经由叙利亚草原，逐渐进入迦南（即后来的巴勒斯坦）地区。他们被迦南土著居民称为"希伯来人"，意思是"越河而来的人"。

公元前17世纪，希伯来人因饥荒逃到埃及。大约400年后，他们又因不堪忍受法老的压迫，在摩西的率领下逃出埃及，强渡红海，穿越西奈旷野，返回迦南。接着进入长达200年的士师时代。士师是希伯来各支派的首领，集军、政、教三权于一身，战时是军事指挥员，平时是管理民事的审判官和主持宗教活动的祭司。经过与当地居民的多次争战，他们在迦南逐渐立稳脚跟。

为适应联合抗敌的需要，公元前11世纪下半叶，以色列民众推选便雅悯人扫罗作第一任国王（约前1028—前1013在位）。扫罗阵亡后，犹大支派的大卫成为"以色列－犹大"联合王国的王（约前1013—前973在位）。大卫挥师降伏四周强邻，将王国的疆域扩张到北起黎巴嫩山、南至埃及边界、西及地中海沿岸岛屿、东达约旦河东岸的辽阔地区，并在内政、外交、宗教、文学、艺术等方面做出诸多建树。大卫死后，其子所罗门继位。所罗门以智慧著称，他执政时（约前973—前933），希伯来民族进入繁荣兴旺的鼎盛时代。

所罗门统治末期，以色列12支派明显分裂为南北两大集团。所罗门一死，联合王国遂分裂成犹大和以色列南北两国。双方相互敌视，长期内战不断，严重削弱了彼此的国力。在民族危机日深之际，自公元前8世纪中叶起，一批被称为"先知"的仁人志士登上希伯来政治舞台，开展了一场影响深远的先知运动。然而，先知们终究无法左右时局的发展。北国以色列除在暗利和耶罗波安二世秉政时一度回光返照外，200年中每况愈下，终于在公元前722年沦陷于亚述军的铁蹄之下。此后，南国犹大又惨淡经营130多年。公元前586年，新巴比伦王尼布甲尼撒二世攻陷犹大京都耶路撒冷，掳掠国民数万人，其中包括王公贵族、宗教界要员、军队首领、祭司、歌手、工匠等大批犹大精英，造成著名的"巴比伦之囚"事件。至此，政治上独立自主的以色列－犹大王国彻底沦亡。

公元前538年，波斯王居鲁士战胜新巴比伦，成为西亚地区新的霸主，被囚的希伯来人得以重归耶路撒冷。公元前332年，马其顿的亚历山大击败波斯，占领西亚。他不久后病死，西亚大半划入塞琉古王朝的版图。巴勒斯坦先由托勒密王朝所占，继而成为塞琉古王朝的领地。塞琉古王朝强行推广希腊文化，激起希伯来人的不满与反抗。公元前168年，祭司马提亚及其三个儿子率众起义，一度建成神权政体"马卡比（'锤子'或'挥锤者'）王国"。公元前64年，罗马大将庞培东征，又使迦南沦为罗马帝国的行省。罗马人实行更野蛮的统治和更横暴的掠夺，致使反抗斗争连绵不断。不同规模的武装起义于公元前53年、公元前4年、公元6年、公元66年相继爆发。尽管大批起义者惨遭虐杀，反抗的烈火仍不止息。公元1世纪至2世纪初，初期基督教在犹太教的母体中孕育成熟。公元135年，由巴尔·科赫巴（"星之子"）领导的最后一次民族大起义又遭罗马人镇压，至此，希伯来民族的历史全部结束。其后，希伯来遗民（自"巴比伦之囚"后渐被称为犹太人）被迫流散于西亚、北非、欧洲和世界其他地区；基督教则从犹太教中独立出来，传遍罗马帝国四境。

在交织着希望、追求、抗争、挫败、挣扎与哀叹的漫长岁月中，希伯来人创造了光辉灿烂的民族文化。尤其在宗教、文学、法律、伦理学等方面，他们取得举世公认的重大成就。

希伯来文学，即希伯来人在各个时期创作的各类文学作品，是希伯来文化的重要组成部分。它们主要用希伯来文书写，也有少量用亚兰文、希腊文或拉丁文写成，因荟萃于《圣经·旧约》《希伯来圣经》《次经》《伪经》"死海古卷"等著作中而流传迄今。

《圣经·旧约》是希伯来文学的主要代表作。

《次经》的书名源于希腊文ἀπόκρυφος，本义是"隐藏"，指私人或私人团体所藏之书，或隐蔽而不公开的书卷；后引申为正典以外的书卷，并特指被《七十子希腊文译本》和拉丁文通俗译本所收，而《希伯来圣经》中所无的一批经卷。为适应希腊化时代犹太人阅读的需要，它们中的一部分最初就用希腊文写成，其余则先用希伯来文或亚兰文写作，尔后又译为希腊文。成书大多在公元前2世纪，少数延至公元2世纪。作者全部是犹太人。所含卷数略有歧异，一般认为共15卷：《托比传》《犹滴传》《以斯帖补篇》《所罗门智训》《便西拉智训》《巴录书》《耶利米书信》《三童歌》《苏撒娜传》《彼勒与大蛇》《马卡比传上卷》《马卡比传下卷》《以斯拉续编上卷》《以斯拉续编下卷》和《玛拿西祷言》。这批经卷被天主教、东正教奉为正典，与《旧约》和《新约》并列，其重要性由此可见一斑。

《伪经》书名的本义是"伪仿之作"原指《希伯来圣经》和《次经》之外的签署假名作品。作者本是犹太教徒或犹太裔基督徒,但却常托古代某圣贤(如摩西、所罗门)之名写作。篇目众说不一。成书年代多在公元前200年至公元200年之间。一般分为两大类:(1)"巴勒斯坦伪经",用希伯来文或亚兰文写成,作于巴勒斯坦,包括《十二族长遗训》《犹比理书》《以赛亚殉难记》《耶利米剩余语录》《众先知生平》《约伯的遗命》《亚当和夏娃的生平》《所罗门诗篇》《以诺一书》《巴录二书》《摩西升天记》等;(2)"亚历山大里亚伪经",用希腊文写成,写于埃及的亚历山大城,包括《亚里斯提亚书信》《神巫的预言》《马卡比传三书》《马卡比传四书》《以诺二书》《巴录三书》等。《伪经》之"伪"不含贬义,这批著作亦有很高的文学价值。

"死海古卷"是20世纪中期在巴勒斯坦死海西北部山区陆续发现的一批犹太教古代书卷的统称,包括约600份手抄经卷和数以万计的残篇,分别用希伯来文、亚兰文、希腊文和拉丁文写成。作者(或抄写者)是犹太教艾赛尼派的一支(后称为"库姆兰社团"),活动于公元前130年至公元68年之间,以库姆兰山区为聚居点。犹太—罗马战争(66—77)期间,他们躲避镇压时将这批古卷藏匿在深山的洞穴里。此外,132年至135年间犹太起义领袖巴尔·科赫巴也曾退守该地,将一批文件隐藏于此。死海古卷的内容可分为三大类:(1)《希伯来圣经》《次经》《伪经》的抄本、注疏和外传;(2)库姆兰社团的文件,如《训导手册》《感恩圣诗》《战争书卷》《圣殿古卷》等;(3)有关巴尔·科赫巴起义的命令、信件以及当时的商贸协议、婚姻契约等。因具有多方面的文献价值,死海古卷被西方学术界誉为自文艺复兴以来世界最重大的考古发现。其中许多作品对了解和研究古代希伯来文学具有十分重要的意义。

此外,基督教文学的早期成果《圣经·新约》也含有希伯来文学的性质,既是基督教文学的源头,又是古代后期希伯来文学的重要分支。《新约》共27卷,用希腊文写作,可分为四部分:(1)福音书,即《马太福音》《马可福音》《路加福音》和《约翰福音》,主要记述基督教创始人耶稣的生平和思想;(2)历史纪事,特指《使徒传》,记载耶稣升天后使徒们四处传道、初期教会不断发展的经过;(3)使徒书信,共21卷,包括《罗马书》《加拉太书》等"保罗书信"13卷,无名氏的神学论文《希伯来书》和《雅各书》等"公普书信"7卷,所载内容大抵是基督教的教义和信条;(4)启示书《启示录》,用启示文学的独特笔法描写末日的景观和新天新地的图景。

古代希伯来文学在诸多方面表现出与众不同的特色,其中荦荦大者,是强烈的民族性、宗教性、抒情性和理想性。

古代希伯来文学是希伯来人在两千多年的历史生活中创作的民族文学,具有鲜明的民族内容、民族气质、民族形式和民族风格。它们形象地记载了希伯来人的起源和发展,几乎毫无遗漏地述及他们在各个阶段的主要活动:早期族长迁徙迦南,因饥荒流亡埃及,摩西率众出埃及,约书亚挥师攻占迦南,士师秉政,统一王国建立、兴盛、分裂,北国以色列亡于亚述,南国犹大亡于新巴比伦,犹太人从囚居地回乡,以斯拉、尼希米领导复国活动,马卡比家族反抗塞琉古王朝的统治,古代后期犹太教发生分化,初期基督教兴起并不断发展,巴尔·科赫巴反抗罗马人失败。围绕着这一历史主线,希伯来作家们不厌其详地讲述了丰富多彩的神话、传说、民情、风俗、典章、律例、家谱、文告、歌谣、诗篇、格言、警句、故事、传奇……绘出一幅宏伟壮阔的希伯来民族社会生活的巨型画卷。这幅画卷生动地说明,希伯来民族史是一部多灾多难的历史,希伯来人在旷日持久的战争磨难和深重的亡国之痛中,表现出强烈的爱国主义精神和坚韧不拔的顽强意志(如《耶利米哀歌》《以斯帖记》《犹滴传》《马卡比传(上、下卷)》《战争书卷》等书所示);同时,他们也向往世俗幸福,憧憬美满的婚恋生活(如《雅歌》《路得记》《托比传》等书所示);他们又是一群聪慧睿智、见微知著的人,乐于探求并善于总结人生和社会的经验(如《箴言》《传道书》《约伯记》《所罗门智训》《便西拉智训》等书所示);他们中还涌现出若干目光远大、胸襟开阔的伟大哲人,能于弱国寡民的逆境中阐扬出某种"世界大同"的博大理想(如《第二以赛亚书》《约拿书》、福音书和保罗书信中的若干章节所示);最后,宗教在他们的漫长历史中发挥了重要而复杂的作用(在绝大部分作品中都有显示)。在艺术形式方面,除继承并完善前人(指苏美尔、巴比伦、古埃及、迦南等民族)已有的各种文学体裁外,希伯来作家还创造出许多新兴样式,如大型诗剧、较成熟的小说、先知文学、启示文学和福音书文学;在表现手法上也有不少独创,如诗歌中的平行体和贯顶体,散文中的天启体和异象体。就艺术风格而言,古代希伯来文学的许多作品源于人民口耳相传,流溢出民间文学清新、质朴、优美、健康的情致;另一些作品出自文人手笔,富于饱满的诗情、绚丽的幻想、犀利的语言和精巧的辞章,体现出希伯来作家不同凡响的文学素养。因上帝形象几乎遍布所有作品,古代希伯来文学又从整体上具有某种神话特质,展示出一种神秘、威严、崇高、宏伟的民族风格。

由于希伯来作家往往兼为犹太教的祭司或文士,其作品成书前后大都直接间接地应用于犹太教的崇拜活动,古代希伯来文学与宗教结下了不解之缘。如果将希伯来人的全部作品连缀成一部洋洋大书,可以认为,基本主题就是上帝与其子民希伯来人的相互关系:上帝如何创造了世界和人类,从地上万族之中唯独拣选出希伯来人,许诺他们繁荣昌盛、胜过世上的万民;而希伯来人却屡屡犯罪:追随异神、祭拜偶像、杀人流血、奢侈放纵,从而招来上帝的暴怒和严厉惩罚,直至国破家亡、沦落异邦;但上帝仍将信守与希伯来人所立之约,最终仍要眷顾他们、救赎他们。初期基督教进而宣称,上帝救赎世人的新时代已经开始,圣子耶稣降临人间,在十字架上流血献身,就是上帝拯救计划的最高实现。如此的主题决定了古代希伯来作品中神迹描写和颂神之语举目可见，上帝有时以人格化的形象直接参与历史活动(如《创世记》《出埃及记》《约拿书》、福音书等所示)，有时也隐藏于幕后，只借助其世间的代言人发号施令(如十余卷先知书所示)。从信徒的角度看，他们的不少诗章本身就是圣殿唱诗用的歌词(如《诗篇》《所罗门诗篇》中的多数作品)，另一类虽不直接用于颂神，但也或多或少地服务于宗教目的(如《士师记》中的古典战歌、《箴言》中的某些智慧言论等)。

　　古代希伯来文学的又一突出特点是浓烈的抒情性。较之尊重理性、表现出较多客观倾向的希腊思潮，希伯来思潮更尊重感情，显示出更多的主观倾向。如果说古希腊人擅长创作叙事性的神话、史诗和戏剧，那么可以认为，希伯来人更长于吟诵和书写抒情性作品。他们是一个富于宗教感情的种族，对爱、憎、欢乐、哀伤、忧愁、期待……的体验非常强烈，对抒发个人及全民族的情感、愿望和追求更为热衷，写作起来也更加得心应手。《诗篇》中大量的祈祷诗、赞美诗、忏悔诗、咒诅诗、朝拜诗，《耶利米哀歌》中的哀悼诗，《雅歌》中的爱情诗，以及福音书中的《尊主颂》《撒迦利亚的颂歌》等，便是其中的翘楚之作。除抒情诗外，希伯来文学中还有为数不少的哲理诗和若干叙事诗，它们也程度不同地表现出某种抒情色彩，如《传道书》在表达怀疑主义、享乐主义观念的同时，流露出浓厚的悲观厌世情绪；《底波拉之歌》叙述了反抗异族入侵的故事，又通篇洋溢着顽强抗敌、决战决胜的激情。散文创作也有类似情况，显而易见的是几乎灌注于各处的颂赞上帝之情。再深入分析，可知作品中的宗教感情其实都与某种人伦感情或社会感情相联系。比如，路得向婆婆拿俄米表示"你的上帝就是我的上帝"时，流露了深沉的婆媳之爱；耶利米说"我若不奉耶和华的名宣讲，便觉得心里似有燃烧着的火"，借抒发宗教感情表达出对社会邪恶势力无比愤慨的情绪。

　　古代希伯来文学还具有浓郁的理想色彩。两千年中希伯来人历尽坎坷，除短暂的繁盛和安定外大半在四邻强国的奴役下痛苦挣扎与呻吟，至安条克四世及罗马人统治时，甚至失去最后的精神避难所，连宗教活动也被禁止。愤怒的人们揭竿而起，得到的却是失败、受难和惨遭驱逐……在黑暗中摸索的人更向往光明，在现实中缺损的人更渴望得到精神的补偿——这是希伯来作家热衷于描绘理想世界的思想根源。一部《圣经》从上帝创世开端，既抒发了希伯来人对造物主的崇敬，也寄寓了他们对创造天地之伟力的神往。紧随创世的伊甸园神话绘出一个浑然天成、超越现世、凌驾于人类经验之上的永恒、完美的神妙境地，反映了希伯来人对至乐、永生之境的热烈渴求。《圣经》接二连三地记载上帝与希伯来人的立约，津津乐道地讲述上帝对他们的应许，立约和应许的内容亦可视为以神圣化的形式出现的希伯来人现实理想的本身——从族长时期的人丁兴旺、后裔繁多、牲畜增殖，到摩西时期的斗败法老、出走埃及，士师时期的惩罚敌族、占领迦南，王国时期的国家强盛、王位稳固，分国时期的弘扬公义、完善道德，直到亡国以后时期的民族复兴和普世博爱。古代希伯来文学的基本主题之一是对弥赛亚(或复国救主、救世主)的盼望,其本质便是理想主义——希冀在强有力的君主(或救主)保护下战胜仇敌,获得新生。希伯来文学的重要体裁之一是启示文学,其本质也是理想主义——预言罪恶的现世必将终结,全然公义的新世纪必然到来。希伯来作家正面描写理想境界的篇章不胜枚举,如以赛亚叙写了"新天新地",以西结设计了"新圣城和新圣殿",何西阿描绘了"以色列的新生",拔摩岛上的约翰详述了"新耶路撒冷"的盛况……希伯来文学遗产的主要代表《圣经》从创世之初的伊甸园开始,到《启示录》末尾的新耶路撒冷终结,可谓对理想世界的憧憬纵贯始终。

古代希伯来文学在世界文学史上占有十分显著的地位。它与古代中国文学、印度文学和希腊文学比肩而立,共同构成世界文学大厦的四根台柱。在中东和欧洲文学的发展进程中,它尤其扮演了重要角色。立足中东,它吸取"苏美尔—巴比伦"和古埃及文学的成果并予以改造,创造出体制庞大、观念新颖的新一代文学;而其体系一旦形成,又通过三个主要渠道深刻影响了后来的世界:(1)借助基督教的传播,在中世纪与基督教神学融为一体,成为欧洲独占统治地位的观念形态;在近代又继续渗透欧、美、澳等地区的社会意识,影响力迄今不衰。(2)通过伊斯兰教创始人穆罕默德,一定程度地影响了伊斯兰教基本教义(如独尊一神、不拜偶像等)的确立,乃至整个阿拉伯文化的发展。(3)为后世犹太文学的繁荣提供了深湛的思想材料和丰富的创作题材。自2世纪中叶至今,犹太作家不论在何处生活,使用何种语言写作,无一例外地都从本民族古典传统中获得过丰厚滋养。由于基督教和伊斯兰教已传遍整个世界,犹太人的足迹也无处不在,可以不加夸张地说,古代希伯来民族的文学因子已遍及当今世界的各个角落。

第二节 《圣经·旧约》

《圣经·旧约》是基督教对《希伯来圣经》的称呼。此书原先并无书名,其希伯来文名称《托拉、纳毕姆、纪土宾姆》是后人追加的,意思是"律法书、先知书、圣文集"。此名有时也缩写为《塔纳克》,含义同上。

从这个希伯来名称可以看出,《旧约》起初并不是一部统一的书,而是三部书的合集。这三部书是陆续编在一起的:先有律法书(成于前5世纪中叶),其次有先知书(成于前3世纪),末后才编出圣文集(1世纪)。《旧约》汇纂成书后,律法书、先知书和圣文集自然成为它的三大部类。后来,一些学者又将先知书分成"历史书"和"先知书"两类,改三分法为四分法。四分法的内容大致是:

(1)律法书。又称"摩西五经",即《旧约》开头的五卷书:《创世记》《出埃及记》《利未记》《民数记》《申命记》。它们记载了希伯来人的远古神话,关于族长亚伯拉罕、以撒、雅各的传说,民族英雄摩西的非凡业绩,以及与文学故事交织出现的犹太教的教义、教规,希伯来人的民事法律、伦理规范等。

(2)历史书。包括《约书亚记》《士师记》《撒母耳记》(上、下)《列王纪》(上、下)《历代志》(上、下)《以斯拉记》《尼希米记》10卷书。它们记述了自约书亚攻入迦南,经以色列——犹太王国的建立、兴盛、分裂、衰亡,直到以斯拉、尼希米重建圣殿、复兴故国时期的历史概况。

(3)先知书。习惯上指四大先知书和十二小先知书,但其中的《但以理书》和《约拿书》分别具有启示文学和小说的特点,应归入圣文集,因此这部分实际是指《以赛亚书》《何西阿书》《阿摩司书》等14卷书。它们是生活于"巴比伦之囚"前后数百年的先知们针对当时的现实问题发表的各种政论。

(4)圣文集。系历代文学作品的汇集,共10卷书。有抒情诗集《诗篇》《耶利米哀歌》《雅歌》,智慧文学《箴言》《约伯记》《传道书》,小说《路得记》《约拿书》《以斯帖记》和启示文学《但以理书》。

上述39卷书的作者和编者皆为希伯来人。除个别章节杂有亚兰语外,所用文字全部是古希伯来语。

希伯来神话集中记载于《创世记》第1至第11章,其中最著名的是创造天地、伊甸园和大洪水神话。"创造天地"的梗概是:起初,上帝从"空虚混沌"中创造天地万物,第一天造出光,第二天造出空气,第三天造出陆地和海洋,第四天造出日月星辰,第五天造出游鱼飞鸟,第六天造出野兽昆虫,并"照着自己的形象造男造女"。第七天,因为"天地万物都造齐了",上帝就"歇了他一切的工,安息了"。上帝赐福给第七天,将其定为"安息日"。接下去是伊甸园神话:上帝在东方建造了美丽的伊甸园,把他造的人亚当安置在那里,又用亚当的一根肋骨造成一个女人夏娃,作他的配偶。夏娃、亚当受了蛇的引诱,违背上帝旨意偷吃智慧树上的果子,从而"眼睛明亮了",有了分别善恶的能力,懂得了羞耻。上帝得知后非常气愤,就对蛇、夏娃和亚当发出严厉诅咒。因唯恐人类再"摘生命树上的果子吃"而"永远活着",就把他们从伊甸园中赶出去。再往后是大洪水神话:上帝发现人类的罪恶越来越大,深为造出了人而懊悔,于是决定发一场大洪水消灭人类。但唯独对义人挪亚开了恩,让他造一只方舟,带着妻子、儿子、儿媳和飞禽走兽各一对进入其中。七天后天降暴雨,洪水泛滥,世上一切生灵都葬身水底,只有方舟在水面上飘荡。洪水过后,挪亚一家和各种活物离开方舟,人类及各种禽兽得以生存繁衍下去。

神话是上古初民以原始思维形式对自然、社会和人生现象所作的朴素解释。创造天地神话表现了希伯来人对万物形成和人类起源的独特理解。伊甸园神话反映了他们对至乐、永生的向往,及其对人类无法至乐、永生原因的深沉思考。大洪水神话则是西亚地区远古历史的真实回声,形象地展示出西亚上古居民对洪水的畏惧心理、战胜洪水的强烈愿望,以及他们与洪水作斗争时的聪明才智和顽强意志。

《创世记》第 12 至第 50 章生动繁详地记载了希伯来早期族长亚伯拉罕、以撒、雅各和约瑟的传奇故事。第一代族长亚伯拉罕被尊为信仰的始祖。他遵从上帝的指令从哈兰迁往迦南,在那里与上帝立约,最早使希伯来人成为上帝的"子民"。他最突出的事迹是"燔祭献子":上帝要他将独生子以撒献为燔祭,他毫不迟疑地带着儿子来到指定地点,亲手举起尖刀,要杀死他。这时天使出现,保护了以撒,说:"现在我知道你是敬畏上帝的了,因为你没有将独生子留下不给上帝。"这惊险的一幕充分显示出亚伯拉罕无条件服从上帝的虔诚性格。雅各的传说也很有名。雅各自幼就聪颖过人,机敏诡诈。他趁哥哥以扫劳累饥饿之机,以一碗红豆汤换取了他的长子继承权,又在父亲老眼昏花时,乔装改扮,骗得他对长子的祝福。成年后,雅各娶舅舅拉班的两个女儿为妻,靠勤劳和机智牧养出远远超过拉班的肥壮羊群,并生养 12 个儿子,他们就是日后以色列 12 支派的祖先。约瑟的传说长达 10 余章,情节曲折多变,描写绘声绘色。作者娓娓动人地述说了约瑟早年因妄自尊大被哥哥们卖为奴隶,在埃及因拒绝女主人引诱被诬告入狱,为法老圆梦后得以高升,当宰相后治国有方,厚待籴粮的众兄长,以及将老父亲雅各接往埃及等丰富经历。其中与哥哥们相认一幕尤以细腻的心理刻画和浓郁的抒情性感人至深。俄国大作家列夫·托尔斯泰曾称这篇作品是世界性的艺术典范。

希伯来传说形成于民族文明史的晨昏蒙影中,不少地方还保留着神话的痕迹,如亚伯拉罕招待三位天使作客、上帝降天火毁灭罪恶之城所多玛和蛾摩拉、雅各与上帝摔跤并战而胜之等。但族长们又不同于古希腊传说中赫剌克勒斯一类半人半神式的英雄,他们不具备任何神性,只是普通的凡人;不像古希腊英雄那样富于尊重自我、无视权威的品格,而是希伯来上帝的忠实追随者。

接下去,《旧约》气势磅礴地记载了希伯来民族史上的划时代事件——出埃及。雅各家族迁往埃及后约 400 年,以色列人在尼罗河畔"生养众多、增长迅速",招致法老的极端仇视和残酷迫害。他们不堪忍受苦难,便吹响摆脱奴役、寻求自由的号角,出走埃及,向"流奶滴蜜之地"迦南进军。

出埃及的壮举与摩西的名字紧密地联系在一起。摩西是带领以色列人出埃及、过红海、穿越西奈沙漠,最终抵达约旦河东的民族领袖和军事首领,也是犹太教的创始人、天才的立法者、卓越的行政管理家和才华横溢的诗人兼演说家。他的一生充满紧张曲折的戏剧性经历。他诞生于一个利未人家庭,出生时正值法老颁布杀害以色列男婴的命令。母亲把他放在涂抹了石漆和柏油的蒲草箱里,置于尼罗河边的芦荻丛中。前来沐浴的埃及公主发现这个孩子,动了恻隐之心,就把他收为养子,使他受到良好的宫廷教育。及长,他血气方刚,极具"路见不平拔刀相助"的勇气。一次他看到埃及人欺负希伯来人，愤怒地将那埃及人杀死，尔后逃往西奈山附近的米甸旷野。就在这里，他听到上帝的呼唤，让他再回埃及，带领同胞摆脱为奴之境。他奉命返回，要求法老允许希伯来人离开埃及。法老最初拒不应允，后来接连遭到十种灾难（血灾、蛙灾、虱灾、蝇灾、畜疫之灾、疮灾、雹灾、蝗灾、黑暗之灾、除灭长子之灾）的打击，才被迫让步。摩西带领族人浩浩荡荡离开埃及，法老的兵马穷追不放。行至红海岸边时，摩西向海中挥杖，海水分向两边，露出一条旱路，希伯来人平安过海；摩西再向海中挥杖，海水复原，把法老的追兵全部淹死。在西奈半岛，摩西率众流徙多年，其间最重要的事件是颁布上帝授予的十条戒律。最后，历尽艰难险阻的希伯来人终于来到约旦河东岸的迦南边境。120岁高龄的摩西走完了轰轰烈烈的人生历程，临终前发表洋洋洒洒的三篇演说，回顾出埃及以来的艰辛岁月，告诫众人忠于信仰，严守诫命，合力同心，共谋振兴。

摩西率众出埃及是希伯来民族的伟大史诗。它不仅深受历代犹太人喜爱，而且产生了广泛的世界性影响。在后世，"出埃及"成为民族独立和社会解放的象征，"不论是摆脱外国的压迫，还是从贫困和屈辱中解放出来，人们总是用以色列人迁出埃及的壮丽场景象征一种可能的变化，即'奴役将转化为自由，黑暗将变为光明'"（以色列学者阿巴·埃班语）。

在征服迦南、建立联合王国、反抗异族入侵、维护民族信仰的漫长年代中，希伯来民族涌现出无数著名人物，如约书亚、底波拉、基甸、耶弗他、参孙、撒母耳、扫罗、大卫、所罗门、以利亚、以利沙等，他们的事迹经艺术加工后载入史册，形成一类风格独特的史传文学。

约书亚是摩西的继承人，他秉承摩西遗志，出色地挥师攻占迦南，将迦南土地分给以色列12支派。底波拉是威震敌胆的女士师，在重兵压境之际率领义军机智勇猛地战胜强敌，被誉为"以色列的母亲"。参孙是著名的大力士，能徒手撕裂狮子，用一块驴腮骨杀死1000非利士人。非利士人收买了他的情人大利拉，设计将他抓获，挖去双眼。一天，非利士人举行宗教祭典时奚落侮辱他，他奋力推倒支撑大厅的双柱，与在场的3000仇敌同归于尽。参孙与敌人血战到底的精神被后人广为传颂，弥尔顿的名著《斗士参孙》即取材于此。

大卫的故事尤其精采。在《旧约》中，他首先是个勇敢无畏的英雄。他还是个牧羊少年时，就曾用拳头打死过偷袭羊群的狮子和熊。后来扫罗与非利士人作战失利，他主动出阵，用弹弓和石子战胜不可一世的非利士巨人歌利亚，使以色列人大获全胜。接着，作品又通过他和扫罗的交往，揭示出他个性中宽宏仁义、气度非凡的一面。他的成功赢得了民心，却招来国王扫罗的嫉恨。扫罗不但明火执仗地当面行刺，还阴谋借刀杀人，使他丧生在非利士人手中。对待这样一个阴险凶残的暴君，大卫不是冤冤相报，而是一再忍从退让，甚至以德报怨。最典型一例是"山洞遭遇"：次，扫罗追捕大卫的途中到一个山洞大便，恰逢大卫正藏在洞的深处。大卫原可以轻易地杀死扫罗，而他却克制了自己。扫罗出洞后，大卫随后追出，诚挚地向他表露心迹，将铁石心肠的扫罗感动得"放声大哭"："我以恶待你，你却以善待我。……人若遇见仇敌，岂肯放他平安无事地过去呢？"然而，作者并未把大卫写成尽善尽美的超人，他不仅具备凡人的七情六欲，还犯过令人发指的罪行。他称王之后看中一位名叫拔示巴的妇女，便与她同居，致使其怀孕。为掩盖丑行，大卫先是施展移花接木之计，将拔示巴之夫乌利亚从前线召回，让他回家与妻子亲热；阴谋破产后，又密令元帅约押把乌利亚派到阵地前沿，使他死在敌人的刀剑之下。乌利亚死后，大卫将拔示巴纳入宫中。可见，大卫既仁慈宽厚，又阴险狡猾；既是威震敌胆的一代英豪，又是荒淫卑劣的昏君和凶犯，具有丰厚复杂的性格特征。

《旧约》史传文学的主人公大都有真实的历史原型，后代作者以此为基础，又以渲染、夸张等笔法赋予其不同程度的传奇色彩，使之产生强烈的艺术感染力。但在特定的民族文化背景中，英雄的非凡之举常常被解释成神恩所致：参孙与敌人同归于尽时，超人之力来自上帝；大卫创建了丰功伟绩，也是因为"上帝的灵降临到他身上，给予他很大的能力"。

希伯来小说在远古传说、寓言、故事、传记等叙事文学的基础上形成和发展起来，从公元前5世纪至前2世纪，一批较成熟的作品相继问世，收入《旧约》的有《路得记》《约拿书》和《以斯帖记》。

《路得记》形成于公元前5世纪末。当时希伯来人的宗教领袖为了净化民族信仰，禁止与异族通婚，规定已通婚者必须离婚，否则就要被驱逐。《路得记》不赞成这种作法，而以士师时代的社会生活为背景，借古讽今地赞扬民族之间的团结互助和联姻。故事大意是：犹太族妇女拿俄米和丈夫、两个儿子到摩押地逃荒，两个儿子都娶了摩押族女子为妻。后来丈夫和儿子们先后死去，拿俄米要回故乡，便叫两个媳妇回娘家改嫁。大媳妇回去了，二媳妇路得却不肯走，执意跟婆婆回夫家。回到夫家后，她又嫁给犹太族人波阿斯，长老们也同意这桩异族间的婚姻。新婚夫妇悉心奉养拿俄米，不久生下一子，取名俄备得。后来俄备得成为名王大卫的祖父。《路得记》在田园诗般的抒情氛围中，以朴素的白描手法勾画了摩押女子路得的贤惠、忠贞和勤劳，赞许了她与拿俄米之间的婆媳之情和她与波阿斯的恋情，形象地说明异族通婚并非坏事，具有使希伯来人繁衍生存的意义。

《约拿书》的主题与《路得记》相仿。通过小先知约拿到尼尼微城传道的奇异经历，批驳狭隘民族主义观念，主张不同的民族之间应消除隔阂，团结互助。

《以斯帖记》约成书于公元前2世纪末。主要故事是：波斯王亚哈随鲁废黜王后瓦实提，另立犹太族女子以斯帖为后。宠臣哈曼位高权重，不可一世，唯独以斯帖的养父末底改不向他跪拜。哈曼怀恨在心,蛊惑国王杀尽全国的犹太人,并做了五丈高架,欲将末底改吊死。以斯帖闻讯后,将个人安危置之度外,巧妙地劝说亚哈随鲁王收回成命,反而将哈曼吊死在自己制作的木架上。最后,犹太人在行将受戮之际奋起反击,转危为安。《以斯帖记》的中心人物是美貌的犹太女子以斯帖。她身为波斯王后,享有荣华富贵,但却事事以民族利益为重;为使同胞免遭屠戮,她随时准备以身相殉。在艺术上,《以斯帖记》的情节跌宕起伏,峰回路转,极富戏剧性。如哈曼做好了五丈高架,次日清晨就请求波斯王将末底改吊死,波斯王却突然想起末底改曾经救过他的往事,于是故事急转直下,哈曼搬起石头反而砸了自己的脚。《以斯帖记》的结构也很完整,全文从以斯帖被册封为后开头,继而着力描写战胜哈曼的始末,最后以犹太人欢宴胜利终篇,紧凑洗练,一气呵成。作品的主要人物都有独特的个性,以斯帖聪明勇敢,末底改坚毅老成,哈曼飞扬跋扈,波斯王喜怒无常,在人物性格的鲜明对比中,以斯帖形象得以突出显现。此外,全篇文字清新,没有一次提到神,没有一点宗教意味,这在希伯来文学遗产中极为少见。

希伯来人富于宗教感情,千百年中创作了大量情真意挚的抒情诗,其中规模最大的诗集首推《诗篇》。《诗篇》收入150首作品,大多表现希伯来人的宗教生活和情感,如虔诚信徒对罪过的忏悔与反省,对上帝的赞美和祈求;也有一些抒发其他方面的人生体验,如第137篇描写一群囚居于巴比伦的希伯来人对耶路撒冷的怀念和对仇敌的痛恨:

> 耶路撒冷啊,要是我忘了你,/愿我的右手枯萎,再也不能弹琴!/要是我不记得你,/不以耶路撒冷为我最大的喜乐,/愿我的舌头僵硬,再也不能唱歌!/……/巴比伦哪,你定要被毁灭!/照着你加给我们的残暴报复你的人,/他是多么有福啊!/抓起你的婴孩,把他们摔在石头上的人,/他是多么有福啊!

声泪俱下,感人至深。又如第1篇述说了弃恶从善的哲理,第45篇描绘了宫廷婚礼,渲染了新婚的喜悦。

《耶利米哀歌》是《旧约》中描写最凄惨、情调最悲切的诗歌书,分为五章,传由大先知耶利米写成。通过对公元前586年耶路撒冷被攻陷、犹大国民遭掳掠的描绘,淋漓尽致地抒发了诗人的亡国之恨与忧民之情。在写作技巧上,《耶利米哀歌》达到炉火纯青的程度。它的前四章均用严格的"贯顶体"写成。贯顶体是一种独特的希伯来字母序诗,一般由22节组成,每节的头一个字母依次使用希伯来文的22个字母:第1节用希伯来文的第1个字母"Aleph",第2节用第2个字母"Beth"……依此类推,第22节(全诗最后1节)用希伯来文的最后一个字母"Taw"。在原著中,这种煞费苦心、精雕细刻的诗作能给人严密工整的视觉感受,为读者的阅读和记忆提供极大方便。《耶利米哀歌》还成功地运用了"气纳体"韵律。气纳体是一种用于哀悼的诗体,每行五个强音,分为前后两段,前段三个,后段两个,前后之间有一表示哭泣吞声的短暂停顿,颇能造成悲哀不已、泣不成声的艺术气氛。气纳体可用中国的"骚体"对译,每行两段,前段 6 字,后段 4 字,中间用"兮"字隔开并表示哀泣之意,甚能传神。比如:

(1) 何黄金之变色兮,纯金黯淡,/彼神阙之圣石兮,弃诸路畔!
(2) 叹锡安之众子兮,贵比精金,/今贱于陶工手兮,所制瓦瓶。
(3) 顾猛犬能哺幼兮,厥性柔和;/何民女而犷悍兮,沙漠之鸵。
(4) 彼婴儿之失乳兮,舌贴焦膛,/儿求饼而嗷嗷兮,孰与干粮?(第 4 章 1 至 4 节,朱维之译)

《雅歌》,又名《歌中之歌》或《所罗门之歌》,是一卷精选的爱情诗集。它通篇没有一点宗教气味,而以优美的词句、丰富的想象和巧妙的譬喻,细腻地描写了男女恋人的美貌及彼此慕悦、依恋、挚爱。思念的感情,流溢出希伯来人欢快、健康的生活情趣和对甜美婚姻的热烈追求。比如英俊少年对美貌少女的夸赞:

> 我的爱人啊,你真是美极了!/你那面纱掩映的眸子如同鸽子的美目,/你的秀发好像跃下基列山冈的羊群。/你的皓齿白如新剪洗净的羊毛,/排列整齐,毫无缺遗。/你的樱唇好像朱红的线,你的嘴儿嫣红欲滴。/你的桃腮在云鬓间艳似石榴。/……/亲爱的,你的唇似有蜂房滴蜜,/你的舌下有蜜糖和奶油。/你的衣服散发出幽香,/恰似黎巴嫩芬芳怡人的香柏树。

又如少女对情郎的炫耀:

> 我的爱人英武出众,超乎万人之上。/他有硬朗的头颅,乌润浓黑的卷发,/他的眼睛纯良和善,深沉而平静。/他有凤仙花和香草一般的双颊,/又有散发着没药香气、百合似的嘴唇。/他的双臂好像镶满水苍玉的金杖,/他的身体如同嵌上蓝宝石的象牙。/他的双腿犹如精金座上的白玉石柱,/又像黎巴嫩山中挺拔的香柏树。/他嘴里的话语叫人心甜,/他整个人儿都那么可爱。

诗句遍采自然界中的优美物象,将少女的妩媚体态、情郎的雄健身姿刻画得唯妙唯肖。它们说明,在欣赏和再现人体美方面,希伯来人并不亚于同时期成就卓越的希腊人和印度人;只是由于战乱的劫掠和犹太教祭司们的删饰,这类作品才所剩无几。据考,古时希伯来人的新婚庆典要连续举行 7 天(或 14 天),期间,新婚夫妇把自己化装成国王和王后,载歌载舞,祝贺的亲友们也都高唱赞美新人的情歌。《雅歌》很可能是用于这种新婚庆典的情歌集。

希伯来人善于总结人生和社会的经验,千百年中创作了大量智慧文学作品(哲理诗),代表作是《旧约》中的《箴言》《约伯记》和《传道书》。《箴言》是一部由数百首短诗汇编而成的哲理诗集。全书从推崇智慧和智者、针砭愚昧和愚人开始,随后以主要篇幅总结和概括希伯来人的各种伦理道德准则。诗章判断是非的出发点是当时流行的善恶观念,认为崇尚智慧能使人向善,愚蠢蒙昧则使人作恶;善良的含义是敬神、公义、仁爱、诚实、贞洁、谦卑、勤勉、慷慨等,邪恶的表现则是渎神、不义、仇恨、奸诈、放荡、傲慢、怠惰、悭吝等。如主张公义:

不义之财,毫无益处;/唯有公义,能救人脱离死亡。

提倡仁爱:

吃素菜,彼此相爱,/强如吃肥牛,彼此相恨。

宣扬善有善报:

好施舍的,必得丰裕;/滋润人的,必得滋润。

倡导勤劳致富:

手懒的,要受贫穷;/手勤的,却要富足。

等等。在诗体方面,上述作品讲究前后两行诗之间的对称、和谐与表意的相对完整,构成一种独特的"平行体"短诗。平行体是智慧文学,也是全部希伯来诗歌的基本诗体。

《约伯记》的中心议题是探索人类悲剧命运的根源。全书贯穿着一个好人受难的故事:上帝为了证实义人在困境中是否忠实,允许撒旦对完美无疵的约伯进行极为残忍的考验,使他丧失所有儿女和全部家产,并从头到脚长满毒疮。面对人生际遇的突变,约伯开始严峻地思考义人受难的原因。他的三个朋友以利法、比勒达和琐法试图用正统的"神义论"说服他:上帝的公义是不容置疑的,遭受惩罚是犯罪所致。但约伯据理力争,拒而不纳。青年人以利户认为好人受苦乃是上帝对其虔心的考验,约伯也未予理睬。后来上帝从旋风中回答:任何寻找受难原因的企图都是徒劳的,因为上帝的意志是人类永远无法把握的。约伯最后再蒙神恩,得到更多的财富,又生了七男三女,长寿而终。《约伯记》的内容属智慧文学,语言以优美精湛的诗体为主,形式是完整、宏伟的戏剧结构。全剧分为开端(1、2章)、发展(3—37章)、高潮(38—41章)、结局(42章)四个阶段,发展阶段又分为四场(3—14章,15—21章,22—31章,32—37章),起承转合,脉络非常清晰。它的场景也极其壮阔——上至天上上帝与撒旦的对话,下及人间约伯和朋友们的论辩;开端时天上密谋和人间灾难交替出现,高潮中上帝又与约伯直接对话,从而将天与地、神与人组合成一个宏大整体。这种艺术构思丝毫不亚于典范的古希腊悲剧。

《传道书》是一部流露出浓重虚无悲观情绪的哲理诗集,核心概念是"虚空":

> 虚空的虚空,虚空的虚空,凡事都是虚空。人的一切劳碌,就是他在日光之下的劳碌,有什么益处呢?一代过去,一代又来,地却永远长存。日头出来,日头落下,急归所出之地。风往南刮,又向北转。不住地旋转,最终返回原道。江河都往海里流,海却不满;江河从何处流,仍旧归还何处。万事令人厌烦,不能说尽。眼看,看不饱;耳听,听不足。已有的事,后必再有;已行的事,后必再行。日光之下,并无新事。……我见日光之下所作的一切事,都是虚空,都是捕风。

纵观全书,凡事都被视为"虚空"的慨叹多达29次,知识、劳动、利禄、功名都失去旧有的价值,信仰的灵光也泯灭于虚无怀疑的沉沉夜幕。这是一些希伯来人屡遭磨难后悲观厌世心理的真实写照。

先知文学是最能体现希伯来文学民族特色的文类之一。按照犹太传统,"先知"是最先领受上帝旨意的人,亦即上帝在世间的代言人。实际上他们是一批生活于巴比伦之囚前后三四百年的希伯来爱国志士。在内忧外患的年代,他们目睹各种社会罪恶,深感民族危机的严重,就愤激地吟诗撰文,抨击当权者,告诫国民明辨时局,弃恶扬善,同心协力,共渡难关。他们的言谈被后人辑录成册,收入《旧约》,即流传迄今的14卷先知书。在文章形式上,先知文学运用了"天启体""异象体"等独特体裁。天启体以"上帝独白"的第一人称陈情表意,以示其内容乃是"上帝从天上传来的启示",意在对听众(信仰上帝的犹太教信徒)造成强大的精神威慑力,达到最佳的表意效果。在异象体中,读者首先看到一幅含义晦涩的幻觉或梦境,随后又看到上帝、天使或先知对它所作的解释。

最早产生的先知文学是《阿摩司书》。阿摩司活动于公元前8世纪中叶,原是南国犹太伯利恒附近一个小村庄的村民,以牧羊和修剪桑树为生,后来才到北国以色列传道。当时以色列在耶罗波安二世的统治下到处一派繁荣景象,阿摩司却发现,繁荣不过是表面假象,其实发财致富的只是少数贵族统治者和商人,大量下层人仍处于贫穷和苦难之中。于是,他愤怒揭露王公、贵族的奢侈生活:他们住着"象牙的房屋",躺卧在铺有绣花毯的象牙床上,"弹琴、鼓瑟、唱着消闲的歌曲";"大碗喝酒,用上等的油抹身"……并指出他们纵情挥霍的财富无不来自欺诈和掠夺:他们"践踏贫民,向他们勒索麦子";"苦待义人,收受贿赂,在城门口屈枉穷乏人";"卖出用小升斗,收银用大戥子,用诡诈的天平欺哄人;用银子买贫寒人,用一双鞋的价换穷乏人,将坏了的麦子卖给人"。先知还注意到整个国家道德低下、世风堕落的状况:父子与同一个女人行淫;女人怂恿丈夫压榨、欺凌他人,自己则酗酒作乐……阿摩司对此极为愤慨,便以上帝的名义警告作恶者:

> 在地上万族之中,我唯独认识你们,/因此,我必追讨你们的一切罪孽!

同时呼唤正义说:

> 唯愿公平如大水滚滚，/使正义如江河滔滔！

阿摩司以刚直不阿的品格、嫉恶如仇的精神被誉为"以色列的良心"，他的著述也因见解精辟、情绪激昂和风格犀利博得后世的高度评价和普遍赞誉。

启示文学是希伯来文学中最晚出现的文类，发展、繁盛于公元前2世纪至公元1世纪。"启示"一词译自希腊文άποκαλύπτειν，原义是"以神谕方式揭开隐蔽的真理"。这一内涵规定了启示文学的基本特征：大量描写各种奇异怪诞的异象，在"传达上帝启示"的名义下隐蔽地宣传作者的政治见解和社会主张。《旧约》中最重要的启示文学作品是《但以理书》。据载，但以理是公元前586年尼布甲尼撒二世摧毁耶路撒冷时所掳俘囚的一员，在巴比伦获选入宫侍奉皇帝。《但以理书》共12章，可分为两部分，前6章写但以理在巴比伦及波斯为维护犹太信仰而斗争的事迹，后6章是一系列异象，用隐喻手法说明巴比伦等帝国的兴衰和世界的最后结局。如但以理在梦中看到的一个异象：

> 我夜里看异象，看见风从四面八方吹来，刮在大海之上。有四头巨兽从海中上来，形状各有不同：第一头像狮子，有鹰的翅膀；……第二头如熊，用两只后腿站立，口中衔着3根肋骨；……又有一头如豹，背上有4头鸟的翅膀；……第四头强壮可怕，令人恐怖，它用大铁牙咬碎猎物，然后用脚践踏。它与前三头巨兽不同，头上有十角。……我正观看的时候，见有宝座设立，上面坐着亘古常在者，衣服洁白如雪，头发如纯净的羊毛。……他坐着要进行审判，案卷都展开了。……我走到一位侍从面前，请他为我解释这一切。于是他解释说："这四头巨兽是指将在世界上兴起的四个帝国。但是至尊上帝的子民将要接受王权，拥有这王权，直到永永远远。"

显然，这卷书的真正作者不会是但以理，而是几百年后某一熟悉巴比伦、波斯、希腊、罗马等帝国兴衰史的人。关于此书的写作目的，恩格斯曾指出："《但以理书》的作者在164年名王安条克死前不久的时候，把关于波斯、马其顿的世界统治的兴衰和罗马的世界统治开始的预言，放在好像尼布甲尼撒时代的但以理的嘴里，以便通过这种证实自己预言的效验的办法，使读者能够接受最后关于以色列人会克服一切困难，终将胜利的预言。"（《论早期基督教的历史》）

《圣经·旧约》作为基督教的经典流播世界各地，其中的希伯来文学内容，已成为世界文化宝库的重要组成部分，至今仍为广大人民所熟悉。

第四章 古代印度文学

第一节 概述

印度,又译身毒、贤豆、天竺等,因分东西南北中五大地区,故又常称五印度、五天竺,为世界文明古国之一。印度民族是伟大而智慧的民族。他们创造了光辉灿烂的文化,其中包括丰富多彩而又风格独特的文学。

印度河流域是印度文化的发源地。大多数学者认为,印度河文化由达罗毗荼人(Dravida)所创造,其年代为公元前2500至前1750年。考古发现表明,当时印度河流域经济活跃,城市繁荣,农业、畜牧业、手工业相当发达,城建、冶炼、度量衡、历算、文艺等的发展水平,尤为杰出。印度河文化并不是孤立存在的,与其他地区和民族的文化有着广泛的联系与交流;如在这里出土的印章上,刻着两河流域古代英雄吉尔伽美什降服狮子和恩启杜勇斗天牛的故事,只是将狮子变为老虎,天牛改成了独角兽;又如,印度人最早培育种植棉花,并发明了制棉技术,它的外传给世界各地带去了衣被之福。

约在公元前17世纪,印度河文化开始衰落。其原因是多方面的,如外族入侵、自然灾害、贫富悬殊造成阶级矛盾激化等等。但是,外族入侵是主要的。原先生活在伏尔加河流域的雅利安人,大概是由于特大天灾的原因,约在公元前2000年开始南迁。后来,其中一支向西进入了伊朗(波斯)境内,一支向东进入印度。所以,伊朗雅利安人与印度雅利安人不但同种,而且有着同一文化的渊源,在语言、宗教、神话等方面,存在密切的亲缘关系。

雅利安人的到来,开启了印度文化发展史上的新时代——吠陀时代。这一时代的文化被称作吠陀文化,但是,如果将吠陀文化看作纯粹的雅利安文化,那就未免失之偏颇了。实际上,吠陀文化是雅利安人与以达罗毗荼人为主要代表的土著民族共同创造的,是他们各自的文化互相交汇、融合的结果。这种交汇、融合经历了一个漫长的历史过程,其间充满矛盾、冲突和痛苦。当时,印度河文化已进入农耕时代,而雅利安人则尚处于游牧阶段。尽管雅利安人赢得了战争的胜利,并取得了政权,但文化则在很大程度上被当地民族同化了。这种同化,在归属性不强的物质文化方面,是和平甚至悄然无声地进行的;在归属性很强的精神文化尤其是宗教信仰方面,斗争则是异常激烈的,甚至有时要付出血的代价。从结果来看,吠陀文化乃至以后各个时期的印度文化中,印度河文化的成分十分明显。例如,雅利安人所铸钱币,从形制、符号和印章文字,都与印度河文化相类似。印度河文化对动物、树木、江河、阳物的崇拜等等,都为雅利安人所继承。达罗毗荼人信仰的一头三面神——百兽之王,后来成了印度教的三大主神之一——湿婆(Siva)。当然,从总体上讲,达罗毗荼人受雅利安人的影响更深。

总之,以达罗毗荼人为代表的土著民族最早创造了印度河文化,在对外交流过程中汲取外来文化营养,发展和壮大了自己;后来雅利安人的民族大迁徙,带来了自成体系而风格迥异的雅利安文化,自雅利安人入主印度以后,民族斗争转化为种族冲突,继而又进一步衍化为纷繁的种姓斗争和教派斗争;在永无休止、错综复杂的斗争中,雅利安文化与印度河文化渐渐合流,并不断吸收其他民族的文化,汇成了属于整个印度民族的吠陀文化以及后来各个时期的印度文化。这是印度文化发展的基本史纲。印度文化的种种风格与特征,均由此而来;印度文学的种种风格与特征,也均由此而来。

一、四大吠陀

印度河流域出土有大量铭文文物,但文字都较简短,加上这些文字至今仍未译读成功,所以很难肯定当时已有文学。一般认为,《吠陀》(Veda)是印度最古老的诗歌总集。吠陀原意为知识、学问,后来转化成教义、经典之意。通常所说的吠陀,是指四大吠陀本集,即《梨俱吠陀本集》(Ṛgveda-samhitā)、《娑摩吠陀本集》(Sāmaveda-samhitā)、《夜柔吠陀本集》(Yajurveda-samhitā)和《阿闼婆吠陀本集》(Atharvaveda-samhitā)。我国曾分别意译成《赞诵明论》《歌咏明论》《祭祀明论》和《禳灾明论》。其成书时间一般认为在公元前1500年至公元前500年,其中以《梨俱吠陀》为最早、最重要,也最具文学意义。

吠陀使用的语言,是梵语的前身,语法繁琐、复杂,一般称作"吠陀语"。以四大吠陀本集为主,再加上注释、阐述吠陀的《梵书》《森林书》《奥义书》等,组成了一个庞大的"吠陀文献"。梵语中"文献"与"文学"是同一词汇,人们通常说的"吠陀文学"是指吠陀文献中富于文学性的成分,主要有颂诗、神话、咒语诗、传说等。吠陀文献中包含一整套宗教哲学思想体系,雅利安人借此建立起自己的宗教——吠陀教。后来吠陀教发展成婆罗门教和印度教,也都奉吠陀为根本经典。吠陀是印度最早的文献总汇,几千年来对印度人产生了深远而巨大的影响(详见本章第二节)。

雅利安人进入印度河流域之后,不断向东推进。四大吠陀本集的内容告诉我们雅利安人由西向东移动的路线:最古老的《梨俱吠陀》和《娑摩吠陀》表明,当时的雅利安人活动在印度河流域;到《夜柔吠陀》时代,他们已进入恒河流域;《阿阇婆吠陀》最晚，其时雅利安人已到达孟加拉地区。公元前 1000 年至公元前 500 年，有学者称这段时间为"后吠陀时期"或"梵书、森林书、奥义书时期"。四大吠陀从总体上说是韵文作品，《梵书》《森林书》《奥义书》则基本上是散文作品。

二、梵书（Brāhmaṇa）

梵书又称净行书、婆罗门书，是一大类典籍的总称，现存 10 多种，主要有《爱达雷耶梵书》(Aitareya-Brāhmaṇa)、《侨尸多基梵书》(Kausītaki-Brāhmaṇa)、《二十五梵书》(Pañcaviṃsa-Brāhmaṇa)、《二十六梵书》(Ṣaḍ viṃśa-Brāhmaṇa)、《阇密尼耶梵书》(Jaiminīya-Brāhmaṇa)、《牛道梵书》(Gopatha-Brāhmaṇa)、《台提哩耶梵书》(Taittirīya-Brāhmaṇa)、《百道梵书》(Satapatha-Brāhmaṇa)等。其中以《百道梵书》为篇幅最长，共 14 卷 100 章。各种梵书分属四大吠陀，其主要内容是介绍如何进行祭祀。所以，梵书实际上是婆罗门祭司的职业用书。它的意义主要集中在宗教与文学两个方面。

雅利安人为了取得对土著人的精神统治权，大力发展宗教，四大吠陀的编纂正是这种努力的结果。但是，随着征服和反征服、统治和反统治斗争的发展，吠陀渐渐显出不能满足需要。于是，婆罗门企图通过编纂梵书来对吠陀进行修正与改造。这种修正与改造，主要表现为以下两点：一是在吠陀圣典化的同时，将以自然崇拜为基础的吠陀教，改造成以尊奉三大主神为特征的婆罗门教；二是扩大四大种姓之间的阶级差别，提高婆罗门祭司的地位。婆罗门教的三大纲领是：吠陀天启，祭祀万能，婆罗门至上。在吠陀中有众多自然之神，如日神（Surya）、雷神（Indra）、风神（Vayu）、雨神（Parjanya）、水神（Āpas）、火神（Agni）等等。到梵书中，这些神都变得越来越不重要，而吠陀中一些次要的神的地位得到提高。以此为肇始，到史诗、往世书时期，以众神之王因陀罗（雷神、战神）为首的自然之神终于变得徒有虚名，无足轻重，大梵天（Brahmā）、毗湿奴（Viṣnu）和湿婆终于成了宇宙间三大最高之神。雅利安人在未到印度之前，内部只有三种人，即祭司婆罗门（Brāhmaṇa）、武士刹帝利（Kṣatriya）和从事农牧和手工业的吠舍（Vaiśya），三者之间基本上是平等的，可以互相转换和通婚。随着不断南侵，雅利安人征服了越来越多的土著居民，将其沦为奴隶。这些奴隶被称作"达娑"（Dāsa），构成了第四种人"首陀罗"（Sūdra），处于社会的最底层。"瓦尔那"（Varṇa）一词在吠陀中意为颜色，并无种姓的含义。《梨俱吠陀》称雅利安人和土人为"雅利安色"和"达娑色"，可见当时是以肤色来区别内外的。随着种姓制度形成和发展，种姓间的阶级地位越来越悬殊，前两个种姓，特别是婆罗门地位越来越高。《百道梵书》称："众神是天上之神，有学问的婆罗门是人间之神。"与此同时，后两个种姓的地位每况愈下，尤其是首陀罗。《爱达雷耶梵书》亦裸裸地称首陀罗是"别人的奴仆，可以随意驱逐残杀"。种姓制度是民族压迫（后转化为种族压迫和阶级压迫）的产物，而梵书对于种姓制度的建立与巩固，起着重要的作用。

为了阐述礼仪的起源与意义,梵书经常引用一些故事性很强的神话传说。如《百道梵书》中有一则著名的优哩婆湿的故事,讲天女优哩婆湿与凡人补卢罗婆娑真诚相爱,一波三折,最后有情人终成眷属。这个故事最早见于《梨俱吠陀》,在后来的大史诗和《毗湿奴往世书》等诸多往世书中,都有详略不一的记载,到了一代文学巨匠迦梨陀娑手里,这个故事又被编成一个世界著名的五幕剧。可见,梵书在文学上上承吠陀,下启史诗、往世书。

还有一个犬阳的故事,讲一位贫困落魄的婆罗门,不得已将儿子犬阳卖给国王做人祭,临祭那天无人敢绑犬阳,国王就再出 100 头牛买通婆罗门亲自来绑他。犬阳无奈,只得念诵《梨俱吠陀》中颂神诗,祈求神的保护。当念到黎明女神颂诗时,身上的绳索自动松开,犬阳得救了。最后,他当了众友仙人的义子。这个故事后来流传很广,成了一个拥有众多不同版本的国际性故事。

三、森林书(Araṇyaka)

像《梵书》是《吠陀》的附属一样,《森林书》是《梵书》的附属。然而从现存的八种森林书来看,其作者不是梵书思想的继承者,而是其反叛者或对立派。《梵书》为了提高婆罗门的地位,大肆宣扬繁琐的礼仪。《森林书》却大背其道,积极倡导内在的、精神的祭祀的神秘意义,由此提出了人与自然、灵魂、鬼神的关系等富于哲学思辨的问题。由于《森林书》的作者当时处于反对派的地位,所以他们在远离城镇的森林里秘密著书立说,秘密传授。《森林书》一名即由此而来。

《森林书》反对婆罗门垄断知识,在当时是进步的。后来,很多非婆罗门的大学问家的涌现,不能说与此无关。《森林书》开启的对诸多哲理问题的探讨,虽然尚属初步,但却是梵书的"礼仪之路"迈向奥义书的"学问之路"的不可或缺的过渡。

四、奥义书(Upaniṣad)

《奥义书》附于《森林书》之后,数量巨大,有 200 多种,最古老的约有 13 种。梵语 Upaniṣad 的原义是"坐在某人身旁",有"秘传"之意。《奥义书》内容庞杂,有的内容与吠陀传统毫不相干。如有一部《安拉奥义书》(Allāh-Upaniṣad),阐述的是伊斯兰教的观点。《奥义书》成书年代前后相差甚远,最晚出的一般认为是公元 16 世纪的作品。《奥义书》的最大意义,在于开创了一个有系统理论的印度哲学时代。

在《奥义书》中,"梵"(Brahman)是万物的始基,世界终极的原因,世上一切客观与主观的存在。梵具有真相和显相,两者关系犹如形与影一样。"我"(ātman),音译"阿特曼",有真我与命我、大我与小我之分。认为阿特曼是万物内在的神妙力量,宇宙统一的原理。这样,经过哲学思辨将"梵"与"我"这两个概念统一起来,建立了"梵我同一"(Brahmātmaikym)的理论。这个理论认为,作为外在的、宇宙终极原因的"梵"(大宇宙)和作为内在的、人的本质的"我"(小宇宙),是统一的。"宇宙即梵,梵即自我。"这一理论的出现,给梵书鼓吹的礼仪主义以很大的冲击。在浩渺的宇宙和狂热的神灵崇拜中发现自我,是一次思想大解放。当然,这个理论也是为种姓制度服务的,有着鲜明而狭隘的阶级性。它公然宣称只有婆罗门和刹帝利的灵魂才能与梵或神相通,其他种姓是不可能的。

《奥义书》的另一个贡献是建立了轮回业报论。这是一种哲学思想,也是一种宗教伦理学。其主要内容是:人的灵魂不死,人死后通过灵魂转移可以再生;再生形态可以是神、人、兽、草、木等等,取决于人在世时的"羯磨"(Karma),即业或行为。《广林奥义书》说:"依照人的行为,决定那个人将来要成为什么样,行善的成善,行恶的成恶。"人生的最高目标是超脱轮回,途径就是证悟梵我同一。如何才能达到梵我同一呢?主要通过三道:即知识之道——研学吠陀,对物质和精神进行哲理探讨;行为之道——恪守本分,嘉言懿行;敬神之道——虔诚事神,勤于祈祷供奉。轮回业报思想为高级种姓的特权服务,同时也是对低级种姓的一种欺骗与麻醉。这种思想不仅是婆罗门-印度教的重要武器,也为佛教、耆那教、锡克教所接收和张扬,在印度有广泛而根深柢固的影响,至今仍是印度社会的精神支柱。随着佛教东传,轮回业报思想也传到了我国,对我国的影响也不可低估。

对轮回业报思想,不应只看其消极落后的一面,还应看到它在历史上曾经起到的积极进步的一面。首先,它在客观上起到劝人为善的作用。其次,它是对神造论的一种反动。神造论认为上帝造物,一切天定,不容变化。轮回业报论认为"众生各依所作善恶业因,在六道(天、人、阿修罗、地狱、饿鬼、畜生)中生死相续,升沉不定,有如轮之动转不停"。人做坏事变狗,狗做好事变人,这种玄想虽然不科学,但比神造论总是进了一大步。进化论讲生物演变,遵循进化规律,猿变成人。那么在人类认识史上,"人变狗,狗变人"的轮回业报论,能否认为是从神造论迈向进化论的一个过渡?

《奥义书》不是文学作品,但有一定的文学性。它的梵我同一和轮回业报思想,几乎成了印度人的思维定势,其对印度文学创作的影响,无时无处不在。

五、《摩奴法典》(*Manu-smrti*)

婆罗门上层人物不但通过梵书、奥义书从宗教、哲学的角度为种姓制度大造舆论,而且还直接通过立法手段,来强制推行种姓制度。古代印度有众多法典、法经,其中以《摩奴法典》最为著名。这部法典成书于公元前2世纪到公元2世纪,内容庞杂,涉及法律、宗教、哲学、政治、伦理、习俗等问题,其中纯粹法律性质的内容约四分之一,是研究古代印度社会和文化的极有价值的历史文献。它本身虽不是文学作品,但也记载了不少神话和传说。第1卷《创造》,实际上是一个《创世纪》故事,神话色彩浓厚。全书的写作通过众仙人向被神化了的至圣摩奴请教法律,摩奴及他的儿子跋梨求向他们一一道来的形式展开,类似今天的记者组采访知名学者一样,颇具文学手法。《摩奴法典》常常在印度文学作品中被提及,它的思想特别是人生四行期和种姓制度对社会生活和文学创作的影响是不可抗拒的。人生四行期规定印度教徒一生须经历以下四个阶段:梵行期(Brahmacārin),从师习艺,研修吠陀;家居期(Gṛhastha),娶妻生子,经营家业;林栖期(Vanaprastha),入林苦行,修身养性;遁世期(Sannyāsin),服务四方,以求解脱。这种人生历程虽不是人人都遵从,但有极大的指向作用。关于种姓制度,玄奘在《大唐西域记》中说:"凡兹四姓,清浊殊流;婚娶通亲,飞伏异路;内外宗枝,姻媾不杂;妇人一嫁,终无再醮;自余杂姓,实繁种族,各随类聚,难以详载。"种姓制度是森严而残酷的,《摩奴法典》以法律条文的形式作了真实的记录。它不知给多少印度人带来悲欢离合与生死荣辱,正是这一代又一代人的悲欢离合与生死荣辱,构成了印度文学创作的一大主题。

六、两大史诗

印度古代文学史上,吠陀文学之后的又一个高峰是史诗文学。《摩诃婆罗多》(Mahābhārata)和《罗摩衍那》(Rāmāyana)并称印度两大史诗,不但是印度文学宝库中的无价之宝,也是世界文学天空中彪炳千秋的星座。吠陀文学的作者,以婆罗门祭司为主,其创作目的是建立雅利安人的宗教,以便对被征服的达罗毗茶土著人进行精神统治。两大史诗的作者主要是"苏多"(Sūta)阶层。这是一个特殊阶层,按《摩奴法典》说,是"刹帝利男子和婆罗门妇女结婚所生的儿子",因是逆婚所出,只得与旃陀罗(caṇdala)等为伍,位列六种低贱小种姓之首。这只是反映婆罗门反对自己的女子下嫁给刹帝利的一种愿望,实际上历代婆罗门女子嫁给刹帝利的屡见不鲜,所生苏多更不在少数。他们由于受到婆罗门的歧视,所以在政治上倾向刹帝利,常以编唱英雄颂歌为业,以博得王室赏识。如果说吠陀文学是宗教文学,那么以两大史诗为代表的英雄颂歌则是宗教化了的世俗说唱文学。两大史诗的形成与发展,是一个漫长的历史过程,除苏多之外,还经过了无数婆罗门和民间歌手的加工修改。随之,内容越来越繁杂,篇幅越来越庞大。尤其《摩诃婆罗多》,号称 10 万颂,内容包括宗教、哲学、军事、政治、伦理、经济、文化、艺术、习俗等等,完全是一部百科全书式的巨典。

两大史诗被看作印度教圣典,在印度家喻户晓,妇孺皆知,是印度人精神生活中不可少的太阳和月亮,也是进行文学再创造的最重要的源泉。没有任何一个国家,没有任何文学作品能像两大史诗这样,对它的人民产生如此深广而久远的影响。两大史诗的世界意义,也正在被越来越多的人所发现和认识(详见本章第三节)。

七、《往世书》(Purāṇa)

以《摩诃婆罗多》和《罗摩衍那》为代表的英雄史诗,印度人称之谓"历史传说"。与此几乎同时,还出现了大量"古代传说"。古代传说实际上是神话故事,以《往世书》著称于世。《往世书》的种类很多,除18部大《往世书》之外,还有18部小《往世书》。两者的题材性质没有多大差异,只是小《往世书》比大《往世书》更具地方色彩和教派倾向。然而,人们一般都重视大《往世书》,小《往世书》地位不高。

史诗定型时间较早,《往世书》定型时间则拖得很晚,一般认为在公元7世纪至12世纪之间。这样,《往世书》不间断地得到扩充和衍化,容量越来越大。根据《长寿字库》载,《往世书》可归为五大主题,即所谓"五相":世界创造,世界毁灭后再创造,神仙族谱,各摩奴时期,帝王世系。后来,这五相定义被突破,在《薄伽梵往世书》中提出了"十相"之说,可见其内容越来越多。最后,像两大史诗一样,成了无所不包的百科全书式的典籍。其规模之巨大,令人惊叹,仅是18部大《往世书》就超过40万颂,相当于《摩诃婆罗多》的四倍之多。

八、三大主神

史诗和往世书互为相长,共同创造一个不同于吠陀时代的宗教新世界。在这个新世界里,昔日自然神的星辰黯然失色,有的甚至已经殒落;代之而起的梵天、毗湿奴和湿婆却如日中天,光焰万丈,被尊为三大主神。梵天,主管创造,为创造之神;毗湿奴,主管保护,为保护之神;湿婆,主管毁灭,为毁灭之神。

梵天在往世书里有时为英俊男子,有时为白胡子老汉。从他的大拇指上生出了第一个女子娑罗室伐蒂(Sarasvatī 又译辩才天),为文艺女神,美艳无比。梵天按捺不住自己的冲动,目光如剑地盯着她。她因害羞四处躲避,梵天就在头的左、右、后面又长出三张面孔。娑罗室伐蒂只得躲到空中,但梵天很快在头顶上又长出一张脸。文艺女神无奈,只得嫁给了他。梵天头顶上的面孔后来被湿婆削去,所以他常以四面神的形象出现。梵天在三大主神中,名义上地位最高,实际地位远不如其他两位。梵天没有形成自己的教派,据说现在全印度只有一座庙是专门奉供他的。这可能与他的"只管创造,不分善恶"的功能特征有关。

毗湿奴又译遍入天。他长有四手,各执神螺、神盘、神杵和荷花,有时端坐莲座,有时背靠千头眼镜蛇,有时以大鹏鸟为坐骑。他的妻子勒克希米(Lakṣmī),又译吉祥天女,为财富女神,是毗湿奴指挥天神和阿修罗搅乳海所获的十宝之一。为了保护善良与正义,毗湿奴曾无数次化身下凡。按照印度神话,神的化身有暂时化身、部分化身和完全化身三种。往世书描写毗湿奴完全化身有十次,其中两次最著名。一次化身成罗摩,消灭十首魔王罗波那;一次化身黑天,为民间除暴安良。毗湿奴在印度的崇拜者极多,形成印度教中势力最大的毗湿奴教派。其中,还分成罗摩派、札格纳特派和黑天派等小宗派,庙宇林立,香火兴盛。

湿婆,意译大自在天。其原来的地位在三大神中最低,被人瞧不起。他岳父(梵天之子)举行祭祀时竟没有他的席位。他的妻子受不了这种羞辱,投火自焚。

湿婆闻讯怒不可遏,大打大闹,不可收拾。最后梵天出来调停,宣布今后只要举行祭祀,首先必须设湿婆的席位。于是,湿婆威名大震,谁也不敢再小视他了。湿婆后来与雪山女神(原妻投胎而生)结婚,生下战神室犍陀(Skanda),智慧神迦尔希(Gaṇeśa即象头神)。湿婆的形象一般赤身裸体,腰围一块兽皮,骑一头大白牛,脖子上挂一串骷髅项链,缠着眼镜蛇,生有三只眼,额间的第三只眼只要一睁开,就会喷出烈焰,毁灭一切。他也有四只手,各执三叉戟、手鼓、水罐和念珠。湿婆虽是毁灭之神,但更具保护功能和创造功能。传说大梵天有一次曾与他商议如何创造世界,他没有理会就潜入海底修行去了。待他出海,世界已创造好了。他觉得已无自己用武之地,一气之下将自己的生殖器(Linga,林迦)割下来扔于人间。这是他的创造力的象征。于是印度东西南北中,布满了供奉各种材质雕成的"湿婆林迦"的庙宇,不分男女老幼,顶礼膜拜者络绎不绝。湿婆教派是印度教中仅次于毗湿奴教中的第二大教派。

梵天、毗湿奴、湿婆三大主神,创造——保护——毁灭三个环节周而复始。他们既鼎足而立,又互为一体,共同组成印度神话世界的最高领导,统率各路神将天兵演出了一幕又一幕的神话剧。

九、神话发达的原因

古代印度神话,以其恢宏博大、精妙绝伦著称于世。在世界神话中,古希腊的《奥德修记》和《伊利昂记》堪称上品,但它们加起来也只有印度两大史诗的八分之一。吠陀文学和往世书文学又是两大史诗的四倍,可见印度神话数量之巨大。这不仅是印度的宝贵文学遗产,也是对世界文学的一份伟大献礼,大大丰富了全人类的文学财富。

为什么神话在印度特别发达呢?

第一,印度宗教发展使然。自从雅利安人入主印度,为了战胜和统治土著民族的需要,将原始的自然崇拜改造为吠陀教,后来又将吠陀教发展成婆罗门教和印度教。印度教由三大派组成,即毗湿奴派、湿婆派和舍格底派(崇拜三大主神配偶),派中有派,盘根错节,枝蔓纷繁。除了印度教之外,印度还有佛教、耆那教等。宗教是神话的摇篮,神话是宗教的温床,两者互为引发,互为相长。每个宗教和教派都需要创造属于自己的神话。于是,各宗各派互相攀比、竞争,造成了古代印度神话盛极的局面。

第二,印度人重神话、轻历史。印度古代没有专职的史官,只有苏多的一项职责保存帝王的族谱,与中国史官的职责相类似。但印度人不看重史料的真实性,却热衷于将历史神话化,将神话与历史相混淆。对《摩诃婆罗多》,我们认为是神话,印度人却认定是历史。正是这种观念上的混淆和差异,造成印度史学的落后。有人说,古代印度史一片黑暗,唯一的光柱是释迦牟尼。其实,就是佛陀的生卒时间至今也有争议。失之东隅,收之桑榆。印度以史学的荒芜,换来了神话的繁荣。

第三，口耳相传的传播形式。印度文字发明很早，但印度人似乎不大重视书写，而特别借重口耳相传。这大概与婆罗门垄断知识的心态有关。当然，印度气候炎热潮湿，其主要书写材料树皮、贝叶之类难以长期保存，也是重要原因。所以，在19世纪以前，印度的典籍（包括神话）主要是靠口耳相传保存下来的。口耳相传，最有利于神话的创造与再创造，致使印度神话长期不能定型，获得不断丰富和发展。《罗摩衍那》在玄奘旅印时只有1.2万颂，而今天通行的本子有2.4万颂，足见增速之快。

第四，得天独厚的自然环境。曾经有人说过，印度天气热，物产丰富，温饱容易解决，人们得以躺在芭蕉叶上白日做梦。这个说法有点诙谐，遭到过一些批评，但平心而论，此说有一定道理，至少是印度神话发达的原因之一。得天独厚的自然地理环境为神话创作提供物质条件，符合文化地理学的基本原理。很难设想一个地处寒冷、食物缺乏地区的民族，在终日劳苦而难得温饱的条件下，能创造出如此丰富多彩而富于浪漫气息的神话来。

另外，还有些其他因素，如印度统一的时间少，更没有像中国儒家这样长期占统治地位的重人本、轻鬼神的思想体系；印度人形象思维发达，又好用大数字，动不动生一万个儿子，发兵百万，斩妖恒河沙数以及婆罗门和刹帝利（及其歌手苏多阶层）为了互争高低都以神话为武器等等，大概都不无关联。

十、桑伽姆文学

印度民族众多，民族语言也极为丰富，这就为多样性文学的产生提供了肥沃的土壤。约在公元前5世纪至公元2世纪，与北方的史诗、往世书创作相辉映，在印度南方以泰米尔语为代表的达罗毗荼语系，涌现出大量优秀诗作，史称"桑伽姆文学"。由于年代久远，大量作品已经散失。现存的桑伽姆文学，主要有三部典籍：《朵伽比亚姆》《八卷诗集》和《十卷长歌》。

《朵伽比亚姆》既是一部语法书，又是一部创作论。相传为泰米尔语言文学祖师阿伽斯蒂王的得意弟子朵伽比亚尔所著。全书用诗体写成，共3卷27章1600颂。第1卷《正字篇》和第2卷《词源篇》，属语言学范畴，讲发音、拼写、构词及语法等问题。第3卷《题材篇》，专讲泰米尔文学（实际是诗歌）的题材、修辞、格律、体裁等，是作者对古代泰米尔文学创作实践的总结。作者认为，泰米尔文学可分为两大类：一类为"阿哈姆"，即爱情诗；一类为"普拉姆"，即"非爱情诗"，亦称"勋业诗"。《朵伽比亚姆》对文学的分析深刻透彻，而且有独到见解，是古代泰米尔文学理论的第一个高峰。《朵伽比亚姆》本身不是文学作品，但它总结了古代泰米尔文学的成就与经验，从而能够使我们高度综合而概括地了解桑伽姆文学的盛况。

《八卷诗集》和《十卷长歌》，是数百年间集体创作的产物，由学者在国王支持下收集整理而成的诗歌总集，成书时间一般认为在公元 2 世纪左右。两书共收诗歌 2000 多首，除了 102 首佚名诗外，其余出于 473 人之手。其中著名诗人迦比拉尔的作品最多，有 235 首之多。作者来自各个不同阶层，有来自王室贵族，也有来自劳动阶层，少数诗歌是女子的作品。《八卷诗集》为短诗集，所收诗歌最短者仅三行，最长者也只有几十行。《十卷长歌》顾名思义是长诗集，但泰米尔人与雅利安人不同，没有像《摩诃婆罗多》那样的鸿篇巨制，《十卷长歌》中最长的一首也仅 700 多行。泰米尔诗歌注意格调韵律，刻画细腻，情节生动活泼，内容的现实主义倾向比较鲜明。

《八卷诗集》和《十卷长歌》是桑伽姆文学的两部代表作，标志着古泰米尔文学的发达与繁荣。

第二节 《吠陀本集》

《梨俱吠陀本集》《娑摩吠陀本集》《夜柔吠陀本集》和《阿闼婆吠陀本集》，号称印度四大吠陀。一般认为，它们是印度上古先民的集体创作。雅利安人作为一个游牧民族进入印度，遇到了以达罗毗荼人为首的土著民族的顽强抵抗。这种抵抗，开始以军事为主，继而在政治、文化、宗教、经济等方面全面开展。为了挫败这种抵抗，巩固军事的胜利，雅利安人的婆罗门祭司自觉不自觉地认识到，必须将自己的文化遗产结集起来，创造一种新的宗教，在精神上牢牢统治土著人。如果说，希伯来人在当"巴比伦之囚"时，他们的先知为挽救民族的沦亡，而收集编纂一部《圣经》；那么，是雅利安人的婆罗门祭司，为全面战胜土著民族，而收集编纂成了《吠陀》。当然，《吠陀》的收集编纂，也是雅利安人内部阶级地位变动和部落斗争的需要，但是雅利安人与土著人之间的民族斗争（后来转化为种族斗争）是最主要的因素。在"吠陀"中，天神（雅利安人的化身）的主要对手是妖魔（达刹，魔化了的达罗毗荼人）。他们之间的殊死斗争，是"吠陀"的重要内容，也是以后的史诗和往世书的一大主题。天神的另一对手是"阿修罗"（Asura）。在《梨俱吠陀》中阿修罗颇有神性，与天神是同宗同祖，但在某些晚出的颂诗中开始受到贬斥，到后期吠陀文献中则完全变成了妖魔。这表明，雅利安人内部的阶级分化和部落斗争日趋激烈与公开。

关于《吠陀》成书年代，欧洲学者与印度学者之间看法差距很大。一般认为，它们约产生于公元前 1500 年到前 500 年。其中以《梨俱吠陀》最为古老，有人估计成书于前 1500 年左右，有的作品，可能在前 2000 年左右即已出现。《娑摩吠陀》和《夜柔吠陀》成书较晚，约在公元前 1000 年以后。大概由于巫术保密的原因，以巫术诗歌为主要内容的《阿闼婆吠陀》成书最晚，一般认为在前 500 年左右。其中许多巫术诗的产生年代则相当古老。

一、《梨俱吠陀本集》

《梨俱吠陀本集》简称《梨俱吠陀》,共 10 卷,1028 首诗。一般认为第 2 卷至第 7 卷最为古老,第 1 卷、第 10 卷为晚出,第 8 卷 11 首诗为后期附入。每首诗有 10 节左右,最少的只有 1 节,最长的为 58 节,全书为 10589 节。"梨俱"在梵文里是诗节之意,1 节就是 1 个"梨俱"。诗律主要由音量体现,即每行诗句的最后四五个音节须符合规定的长短音排列秩序。诗律共有 10 多种,最常用的只有 3 种:特梨希杜波诗律(4 行,每行 11 个音节,前 7 个音节长短自由,后 4 个音节为长、短、长、自由);迦耶特利诗律(3 行,每行 8 音节,前 4 个音节长短自由,后 4 个音节为短、长、短、自由);格提诗律(4 行,每行 12 音节,前 7 个音节长短自由,后 5 个音节为长、短、长短、自由)。总的来讲,吠陀语诗律(与梵语诗律一脉相承)繁而不难,不像汉诗格律那样束缚人。

关于本书的作者,已不可考。按印度传统说法,是出自"仙人"之手。这些仙人,实际上是婆罗门祭司中的圣贤,他们主要做收集、编纂、加工工作。其中一小部分是他们自己的创作。他们是一个群体,第 2 卷至第 7 卷出自六个著名仙人家族,第 8 卷出自两个仙人家族,第 1 卷、第 9 卷则出自众多仙人之手。广博仙人(Vyāsa,毗耶娑)大概是古代印度的一位大学问家,相传吠陀由他所编集,实际上他是众多仙人的代表。

《梨俱吠陀》虽然是上古时代的作品,古奥艰深,号称难读。但经过一代代学者的努力,今天其大多数内容的意义是明晰的。

1. 歌唱大自然。

雅利安人原是一个豪放、粗犷、不畏艰险的北方游牧民族,他们进入印度以后,对新的家园充满着喜悦与希望,对美好的明天满怀信心。他们的这种心情常常构成创作冲动,创作出大量歌颂、赞美大自然的诗歌。太阳、大地、天空、火、河流、风、雨、云、朝霞、黑夜、森林等等,无一不在歌唱之列。这些雅利安人的先民怀着一颗纯朴的心,对大自然或热爱、或赞叹、或惊异、或希羡、或敬畏,所作诗篇自然、奔放、毫无做作或拖泥带水之感。

《梨俱吠陀》中歌唱黎明女神(朝霞)的约有 20 首,其中第 4 卷第 52 首是这样的:

> 这个光华四射的快活的女人,从她的姊妹那儿来到我们面前了。天的女儿啊!(1)
>
> 像闪耀着红光的牝马一般的朝霞,是奶牛的母亲,是双马童的朋友,遵循着自然的节令。(2)
>
> 你又是双马童的朋友,又是奶牛的母亲,朝霞啊!你又是财富的主人。(3)
>
> 你驱逐了仇敌。欢乐的女人啊!我们醒来了,用颂歌迎接你。(4)

欢乐的光芒,像刚放出栏的一群奶牛,现在到了我们面前。曙光弥漫着广阔的空间。(5)

光辉远照的女人啊！你布满空间,用光明揭破了黑暗。朝霞啊！照你的习惯赐福吧！(6)

你用光芒遍复天穹。朝霞啊！你用明朗的光辉照耀着广阔的太空。(7)

印度地处热带,一年分春、夏、雨、秋、凉、冬六季,夏季少雨,酷热难熬,热浪所到之处,人畜倒毙。大旱望云霓,雨季一到,一片欢腾,顿时林木青葱,万物充满生机。这是印度特殊的地理环境所造成的。第7卷第103首诗《蛙》,淋漓尽致地描写了雨季到来时的欢乐情景:

雨季到来了,雨落了下来,/落在这些渴望雨的青蛙身上。/像儿子走到了父亲的身边,/一个鸣蛙走到另一个鸣蛙身旁。(3)

一对蛙一个揪住另一个,/他们在大雨滂沱中欢乐无边。/青蛙淋着雨,跳跳蹦蹦,/花蛙和黄蛙的叫声响成一片。(4)

一个模仿着另一个的声音,/好像学生学习老师的经文。/他们的诵经声连成了一片,/像雄辩家在水上滔滔辩论。(5)

一个像牛叫,一个像羊嚷,/一个是花纹斑驳,一个遍身黄,/颜色不同,名字却一样,/他们用种种声调把话讲。(6)

河流在印度至关重要,它是生命之源,财富之源;同时它又桀骜不驯,常常泛滥成灾。《梨俱吠陀》中有不少以河流为题材的诗歌。在这些诗歌中,除了赞颂河流的汹涌磅礴,势不可挡之外,还常常向河流表示祈祷,希冀给他们带来平安与幸福,免除水患之灾。有一首歌颂娑罗室伐蒂河的诗这样写道:

她凭借强大的波涛,/像掘藕人,冲破山脊;/让我们用颂歌祷词;/向娑罗室伐蒂求祈。(Ⅵ.61.2)

但愿你不要泛滥成灾,/但愿你引导我们富强,/但愿你和我们友好,/别让我们远走他乡。(Ⅵ.61.4)

这些歌唱大自然的诗歌,写得非常朴实、生动、清新,就像即兴口占一样,没有什么雕琢,也没有宗教色彩,使我们强烈感受到印度先民们与大自然的亲缘关系。他们把大自然当作自己的朋友、母亲或师长,在尽情歌颂赞美的同时,毫无保留地提出自己的希望与要求。从这些希望与要求中,我们看到了先民们的忧虑与痛苦,看到了他们的创作动机。

2. 描写社会生活。

《梨俱吠陀》中有大量反映社会生活的诗歌,为我们描绘了一幅壮阔而绚丽的印度先民们的生活画卷。雅利安人自进入印度境内,就与土著人发生连年不断的战争。在征服土著人之后,雅利安各部落之间又纷争不止,战争成了当时印度人生活中的重要组成部分。为了赢得战争,战胜敌人,尚武精神得到颂扬:

战士身披盔甲冲锋,/犹如乌云发出雷鸣,/但愿你安然无恙,/但愿你胜利回营!

让我们用箭战胜敌人,/让我们用箭赢得牛群,/让我们用箭征服敌国,/带给敌人忧伤和悔恨!(Ⅵ.75.1—2)

战争是残酷的。将士阵亡,活着的人忍住悲伤,从死者手中接过弓箭,为了生聚,为了赢得胜利,呼喊阵亡将士的妻女节哀,重新结婚,投入生活:

妇女啊,起来!走向活人的世界,/你是睡在这失去生命的人身边。/你的丈夫在拉你的手,在恳求,/你成为他的妻子吧。/我从死人手上接过了弓,/为我们的权力、威力和光荣,/那边是你,这边是我们,富有英雄(子孙),/我们要打败一切敌人的进攻。(X.18.89)

战争的创伤由历史的进步来补偿。雅利安文化与达罗毗荼文化的交流汇合,使社会生产力大为发展,经济明显增长,社会分工日益细致,生活增添了斑斓的色彩。《苏摩酒》一诗以诙谐、生动的笔调,勾勒出了各行各业不同的职业心理:

人的愿望各色各样:木匠等待车子坏,医生盼人跌断腿,婆罗门希望施主来。苏摩酒啊!快为因陀罗流出来。(1)

铁匠有木柴在火边,有鸟羽扇火焰,有石砧和熊熊的炉火,专等着有金子的顾主走向前。苏摩酒啊!快为因陀罗流出来。(2)

我是诗人,父亲是医生,母亲忙推磨,大家都像牛一样为幸福而辛勤。苏摩酒啊!快为因陀罗流出来。(3)

马愿拉轻松的车辆,快活的人欢喜闹嚷嚷,男人想女人到身旁,青蛙把大水来盼望。苏摩酒啊!快为因陀罗流出来。(4)

爱情是生活的花朵,《梨俱吠陀》中有为数不多的爱情之歌。其中有一首阎摩和阎蜜的对话诗,一直令学术界争论不休。这首诗的后几节是这样的:

阎摩!你真是个软弱的人。/我看你是没有感情和勇气。/好像藤萝紧抱着大树,/别人会像腰带一样抱住你。(13)

对这首情歌尽管众说纷纭,但大多数的意见认为,这是从血缘婚姻向族外婚姻(普那路亚婚姻)过渡的真实纪录。从心理上分析,女子一般比较保守,阎蜜代表的正是维护血缘婚姻的旧传统,而阎摩向往的是新生事物族外婚姻。在印度语言中,阎摩(阳性)与阎蜜(阴性)有"对偶"的意思。此诗中他们是孪生兄妹(姐弟),阎蜜是落花有意,阎摩却流水无情,这反映的正是新旧婚姻之间的矛盾。

爱情并非全甜蜜,生活更不是都美好。《骰子》一诗反映的是一种不良的社会现象赌博。赌博虽是古代印度的恶行之一,但这首诗却写得十分精采:

  跳跳蹦蹦的,高树上采来的骰子,/是风地所生,在骰板上旋转;/像最好的苏摩酒的醉人美味,/它们使我得到无限狂欢。(1)

  她不跟我争吵,也从不生气,/她对朋友,对我,都十分善良,/只因为掷出的数目多了一个,/我舍弃了我忠顺的妻房。(2)

  岳母恨我,妻子赶我走,/倒霉的人得不到同情,/还不如一匹牵去卖的老马,/看来赌徒是一无所能。(3)

  胜利的骰子贪图了他的财产,/他的妻子现在被别人拥抱,/父母兄弟都对他说:/我们不认识他,把这受缚的人带跑。(4)

  我想到不再跟这些朋友走,/朋友走了,把我撒在身后。/这些黄东西掷下时发出呼声,/我立刻去了,像赴密约的女流。(5)

  赌徒到赌场,全身发抖,/自己问自己:会不会赌赢?/骰子违反了他的愿望,/让他的对手交了好运。(6)

  骰子真是带钩又带刺,/骗人,烧人,使人如火焚;/像孩子给东西,让人到手又夺回;/骰子像拌上了蜜糖,迷惑嗜赌人。"(7)

3. 赞颂神灵。

印度先民将诸多自然现象和社会现象人格化,继而进一步将其神格化,这就出现了大量颂神诗,并构成了《梨俱吠陀》的主体。在颂神诗中,表现出雅利安人的强烈愿望:祝愿自己胜利、幸福,希望敌人失败、蒙受灾难。于是就造出了大量的神,体现了一种多神教的倾向。由于《梨俱吠陀》中的颂神诗尚属原始神话阶段,比较粗疏、古拙,所塑造的神还都比较简单、抽象。按照印度传统;吠陀中的众多神灵可以分为天上诸神、空中诸神和地上诸神三类。天上诸神主要有太阳神、黎明女神、道路之神(Pāṣan)、伐楼那(Varuṇa)和他的对偶神密多罗(Mitra)、双马童(Asvinau)、无限女神(阿底提,Aditi)、天空神(提奥,Dyaus)、大地女神(普利提维,Pṛthvī)、工艺神(陀湿多,Tvaṣṭṛ;三位利普,Ṛbhu)等等。毗湿奴在吠陀中地位不高,称号"大步",故事不多,但后来演化成了印度三大主神之一。空中诸神主要有众神之王因陀罗(Indra)、风神伐由和伐多(Vāyu、Vāta)、水神阿波那(Āpamnāpat)、水女神阿波(Āpas)、云雨神波尼耶(Parjanya)、风暴雨神摩录多(Marut)等等。楼陀罗(Rudra)被称作"天国野猪",在吠陀中地位不重要,后来演变成三大主神之一湿婆。地上诸神主要有火神阿耆尼(Agni)、酒神苏摩(Soma)、武士神兼祭司神婆利诃斯波提(Bṛhaspati)等等。死神阎摩,是第一个死去的人,居住在天国。后来他成了阴间之王。天神的分类并不是绝对的,有的神如大地女神普利提维可以同属三类。

在众多神灵中,因陀罗地位最高,被称为神王。他既是一位雷电之神,又是战神,力大无穷,手持金刚杵,每到之处,所向披靡,无数达刹死于他的手下。显然,他是雅利安人的英雄化身,以其卓越战绩赢得了广泛的赞颂。在《梨俱吠陀》中有近250首他的颂诗,约占全书的四分之一,居第一位。其中有一首诗的一开始是这样歌颂他的:

> 天赋权力的主神,/众神的保护者,/吹口气便使两界震颤,/人啊,他是因陀罗!

在《梨俱吠陀》中,除因陀罗之外,颂诗最多的就是火神阿耆尼,共有200多首,可见火神在雅利安人心目中的地位之高。火的使用,大大提高了先民们向大自然斗争的能力,同时也大大改善了他们的生活条件。对于火的产生和功能诗中是这样描写的:

> 阿耆尼的父母亲,/互相摩擦成焦色,/生产婴儿阿耆尼。/婴儿火舌朝东方,/越燃越旺驱黑暗,/小心谨慎加保护,/为使主人增财富。

《梨俱吠陀》除了对一般火的颂诗之外,更主要的是对祭火的赞颂。他的形象是红须红发、金牙齿、尖下巴。祭火是神圣的,是家庭和家族的保护者。在颂诗中常称作"家主"和"家庭祭司",在十卷《梨俱吠陀》中,火神颂通常都位于卷首。

在《梨俱吠陀》中排第三位的,是酒神苏摩的颂诗,有120多首。苏摩是一种植物,苏摩酒就是从这种植物中榨出的棕红色汁液,具有兴奋作用。诗中说它是天神的饮料,人间的甘露琼浆,能延年益寿,包治百病。从众多颂诗中,我们可以知道雅利安人作为一个游牧民族,是十分爱好饮酒的。他们将苏摩神化。终于成为崇拜的对象。这种崇拜,除了生活嗜好的意义之外,还有增强战斗力、鼓舞士气的意义。

4. 探究神秘现象。

这一类诗在《梨俱吠陀》中的数量不多,但其影响十分深远,是印度哲学的萌芽。在生活中,印度先民遇到了许多无法理解的事物和现象,但又想努力去解释。由于当时科学水平的低下,不可能有正确的认识,只能用朦胧的语言去表述这些事物和现象。加上年代久远,一些章节和难字难句的意义没能获得满意的译解,常出现一些令人不可思议的非逻辑论断。因此,这些诗歌常常被西方人归称为"东方神秘主义"之列。随着时代的前进,经过一代又一代学者的不懈努力,其中不少诗歌已经获得了令人信服的解释。著名的《无有歌》一向被认为是难解的神秘诗:

> 那时,既无无,也无有,既无天空,也无其上的天界。何物在来回的转换? 在何处? 在谁的庇护下? 何物是深不可测的水? (1)
>
> 那时,既无死,也无永生,无昼与夜的迹象。风不吹拂,独一之彼自行呼

吸。在它之外，没有任何别的东西。(2)

泰初，黑暗掩于黑暗之中；所有这一些都是无法识别的洪水。为虚空所包围的有生命力者，独一之彼由于它那炽热的欲望之力而出生。(3)

泰初，爱欲临于其上，它是识的第一种子。智者索于内心，经过深思熟虑，使有之连锁在无中被发现。(4)

他们的绳尺横贯其中。那么，有在上者吗？又有在下者吗？那里有含种子者，那里有延伸的力量。下面是欲望，上面是满足。(5)

谁实知之？谁实明之？他们何来？造化何来？诸神在这个（世界）被创造后才来的。谁实知之，它自何处发展而来？(6)

此造化何从而来，是他造作的或者不是——他是此（世界）的在最高天的监视者，只有他知道，除非他也不知道。(7)

这首诗到底说的是什么呢？有的认为是客观唯心主义，有的认为是主观唯心主义，有的认为是神秘主义，众说纷纭，莫衷一是。与此诗相似的还有《金胎歌》(即《生主之歌》，X.121)、《水胎歌》(X.85)、《造一切者歌》(X.82)等等。在这些诗中有几个重要概念："独一之彼""卵""金胎"等。独一之彼是关键词，它到底指什么，只要把含义搞清楚，这几首诗的意义就可迎刃而解了。著名东方学家季羡林教授经过认真研究，指出：独一之彼＝生主＝Linga(林伽)＝男根。这样，运用生殖崇拜论揭开了蒙在这几首神秘诗上的神秘面纱。生殖在先民们的头脑中，是一件不可捉摸的事情。在人类征服自然的能力十分低下的上古时代，死亡率很高，人的平均寿命很短，人类的延续显得无比重要，生殖成了第一神圣的事业。生殖崇拜便应运而生。在母系社会，生殖崇拜主要表现为女阴崇拜；到父系社会则主要表现为男阳崇拜。这说明，父系社会代替母系社会，不仅是因为男子在社会经济活动中的地位大为提高，而且是先民们认识到了男子在生殖中的作用。印度的林伽崇拜，是典型的例子。中国也不例外，有许多富于说服力的例子：如"神"字，甲骨文中写作引申，就是男性生殖器形象，一条阴茎，两个睾丸；还有"祖"字，甲骨文中写作且，就是男根的模样，和印度林伽如出一辙。人的生产是第一生产，物的生产为第二生产。此诗用第一生产去解释世界。万物的产生本来是很朴素、很自然的事。但由于古人对第一生产不能科学理解，所以对世界、万物产生的解释是模糊而抽象的。这些颂诗被送进神龛后更增添了神圣而神秘的光环。后来形形色色的道学家、神学家不是对此一无所知，就是避之若浼。于是，这些诗歌就成了难解之谜。

印度人崇拜牛，敬牛如神。这与《梨俱吠陀》的许多颂牛诗有着渊源关系。牛的重要性首先表现在经济生活中。雅利安人作为一个游牧民族来到印度之后逐步进入农业社会。牛既是畜牧业中的主要畜种，又是农业的主要畜力。牛成了联系两个社会的纽带。印度人崇尚素食，唯独对牛奶特别钟爱，是他们的主要食品。牛成了印度人的衣食父母,财富的象征。战争是为了得到牛,战争一词的含义就是"求牛"。渐渐牛从可亲可爱发展到可敬可畏,成了神圣之物。牛崇拜成了印度文化的一部分。《梨俱吠陀》开启的这种牛崇拜后来变得越来越玄奥。如在《阿闼婆吠陀》中说:"牛支持天地,牛支持空间,牛支持六方,牛进入万物"(Ⅳ.11.1),"神靠牛存在,人靠牛存在,太阳照耀下,一切皆是牛"(Ⅹ.10.34)。这些诗歌对牛的贡献和作用极而言之,令今人难以理解。其中很重要的一个原因,是古人无法对阳光——大地——植物——牛——牛奶的转化过程作出解释,于是陷入神秘主义,牛被说成是至上的"达摩"和"梵"。

除了以上四种诗歌之外,《梨俱吠陀》中还有一些哲学诗、巫术诗、格言诗、世俗诗、对话诗、谜语诗。这些诗虽然数量不大,但对后世的影响不容忽视:哲学诗作为印度哲学的萌芽,对《奥义书》及以后整个印度哲学有着直接影响;巫术诗是《阿闼婆吠陀》巫术诗的先导;格言诗被视为印度智慧文学的滥觞;世俗诗则是印度世俗文学的源头;对话诗为史诗和戏剧文学的发展开了先河;谜语一直被看作开启民智的重要手段,印度是一个谜语发达的国度,这不能说与《梨俱吠陀》中的谜语诗的影响没有关系。

二、《娑摩吠陀本集》

"娑摩"是曲调之意。《娑摩吠陀本集》是一部上古歌曲集,在印度音乐史上具有重要地位。全书共有1875节诗,除75节外,全部选自《梨俱吠陀》,所以在文学上此书并不重要。

三、《夜柔吠陀本集》

"夜柔"是祭祀或祭祀用语的意思,《夜柔吠陀》实际上是婆罗门祭司的职业用书。此书分"黑""白"两种,《黑夜柔吠陀》比《白夜柔吠陀》更古老,除了祷词之外,还有对祭祀仪式的讨论。《白夜柔吠陀》大部分是祷词,小部分是散文和诗歌,诗歌大多选自《梨俱吠陀》。所以,它在文学史上意义不大。

四、《阿闼婆吠陀本集》

"阿闼婆"的原义是"拜火祭司"或"拜火巫师",同时还有"祝福咒语"的意思。《阿闼婆吠陀本集》是一本婆罗门祭司的巫术诗集,共20卷,731首。巫术与颂神有着亲缘关系。颂神诗的世俗动机是取悦于神,乞求神的各种恩赐。巫术诗(咒语诗)是对语言功能的夸大,企图以命令和劝导来直接达到自己的目的。所以,巫术诗富于极强的主观色彩,以此表达自己对客观世界的强烈愿望。《阿闼婆吠陀》的巫术诗,涉及的内容十分广泛。有的诅咒各种各样的疾病,企图以咒语治病。如其中一首咒语诗,是防止小产的。《相思咒》是一首著名的爱情诗,它描述一个男子向女子求取爱情:

像藤萝环抱大树。/把大树抱得紧紧;/要你照样紧抱我,/要你爱我,永不离分。

　　像老鹰向天上飞起,/两翅膀对大地扑腾;/我照样扑住你的心,/要你爱我,永不离分。

　　像太阳环着天和地,/迅速绕着走不停;/我也环绕着你的心,/要你爱我,永不离分。(Ⅵ,8.1—3)

咒语的作用在《阿闼婆吠陀》中几乎无所不包,除了治病、求爱之外,求子、求寿、求福、求德、求家庭和睦、求风调雨顺、求战争胜利。有的篇章颂诗与咒语互相结合:

　　大神俯视尘世间,/仿佛就在人身边;/纵然做事极秘密,/也难避过诸神眼。

　　谁站着?谁走动?/谁隐藏?谁潜逃?/两人坐下悄悄语,/伐楼那神全知道。

　　一切属于伐楼那,/无限大地和苍穹;/他的肚皮是大海,/却也躺在小池中。

　　纵然能够越过天,/也难回避伐楼那;/他的间谍有千眼,/从上到下细搜查。

　　天地之内天地外,/伐楼那神全看见;/犹如赌徒掷骰子,/他能数清人眨眼。

　　你的绞索七乘七,/条条松开为捆人;/但愿它们捆骗子,/莫捆那些老实人。

　　百条绞索紧收束,/不给骗子留生路,/让这歹徒肚皮裂,/犹如木桶掉了箍。

　　………

　　我用绞索捆住你,/某某家族之某人,/某某母亲之某儿,/我用此法制服你!(Ⅳ.16.1—7.9)

在古印度,咒语成了人们互相伤害的武器。有矛必有盾,为了保护自己,便有了反诅咒,出现了一场诅咒和反诅咒之战:

　　有一千只眼的诅咒/驾起了车子向这儿出发。/找那咒我的人去吧,/像狼找牧羊人的家。(1)

　　诅咒啊!绕一个弯过去吧,/像大火绕过湖;/打那咒我的人去吧,/像雷电打倒树。(2)

　　我们没咒他,他倒来咒我;/我们咒了他,他又来咒我;/我把他投向死亡,/像把骨头投向狗窝。(3)

这些咒语诗,作为迷信,已经成为历史陈迹。我们透过这些陈迹,却可以看到古代印度社会生活的方方面面。

五、地位与影响

四大吠陀对印度宗教、哲学、政治、文学、艺术、社会生活产生过极大影响，始终为吠陀教、婆罗门教、印度教尊为根本经典，是正统派哲学（正理派、胜论派、数论派、瑜伽派、弥曼差派、吠檀多派）的主要思想源头。印度历史上各派哲学之争，往往是围绕对吠陀含义的不同理解而展开的。到近代，在民族独立运动中，印度人举起吠陀的旗帜，提出"回到吠陀去"的口号。吠陀及由其开启的印度哲学，传入西方后，对西方许多哲学派别如生活意志论、人格主义、存在主义等等有过重要影响。当前，不少印度学者和西方学者一起，在国际上掀起一个学习、弘扬吠陀的热潮，指出吠陀是一切现代科学和文明的种子和源泉，出现了种种运动、学派和主义。

中国对吠陀并不陌生，不少古籍都有记载。最早见于三国时所译的《摩登伽经》："昔者有人名为梵天，修习禅道，大有知见，造一围陀，流布教化。其后有仙，名曰白净，出头于世，造四围陀：一者赞诵，二者祭祀，三者歌咏，四者攘灾。"

吠陀的内容至少在二十多部汉译佛典中有所记述。由于佛教与印度教互相视为外道，这种记述是零散的、实用主义的。中国南北朝时，印度哲学数论派（僧佉派）的主要经典《金七十论》译成汉语。在其注释中，译有《梨俱吠陀》第 8 卷第 48 首诗的第 3 节诗："四违陀中说言：我昔饮须摩味故成不死，得人光天，识见诸天。是昔怨者于我复何所求？死者于我复何所能？"这是最早的汉译吠陀诗句。中国古代汉译印度典籍汗牛充栋，但一直没有完整的吠陀译本。这与佛教（其他宗教亦然）的排他性有关。

第三节 两大史诗

《摩诃婆罗多》和《罗摩衍那》并称印度两大史诗，这是西方学者的文学观念。在印度人的观念里，《摩诃婆罗多》是"历史"（Itihāsa）或"历史传说"；《罗摩衍那》是"大诗"（Mahā Kāvya）和"最初的诗"。客观而论，其中只有《罗摩衍那》与西方所谓史诗的诸要素比较相似。然而，由于印度两大史诗的说法流传日久，现已世界通行。

一、史诗作者

相传，《摩诃婆罗多》的作者是毗耶娑（Vyāsa），意译广博仙人。这位毗耶娑，按照印度人的传统说法，还是四大吠陀的编订者，《往世书》《梵经》的编写者。这些著作成书时间前后相距上千年，由某一个人完成是不可能的。所以毗耶娑实际是群体编订者的代称或专名。在《往世书》中，提到 28 个毗耶娑。在《摩诃婆罗多》中，毗耶娑是个重要故事人物。传说他是波罗沙罗大仙和鱼香女贞信的私生子。因其皮肤黧黑,生于岛上,故名"岛生黑仙人"。后来鱼香女重获童贞嫁与福身王,生有二子,这二子先后登基,又相继死去。贞信太后唯恐绝后,召来岛生黑仙人,让他与两位王后同房,借种生子,分别生下瞎子持国和般度(意为苍白)。持国生有难敌等百子,般度生有坚战等五子。后来持国的百子(俱卢族)和般度五子(般度族)为争夺王位,展开了一场毁灭性的战争。毗耶娑隐居森林,目睹了孙儿们互相厮杀的全过程。他以此为题材,创作大史诗《摩诃婆罗多》,并让弟子们传扬于世。

《罗摩衍那》的作者一般认为是跋弥(VāLmiki,又译瓦尔米基),意译"蚁垤"。相传早年曾做过强盗,杀人越货。有一次,他在行劫时遇到两位天神点化,终于使他悔悟,口念"摩罗"(罗摩的倒写),专心修行数年,蚂蚁在他全身做窝而不觉,因此得名"蚁垤"。此时,他已脱胎换骨,成了著名仙人。一次他去河边,看到一对麻鹬正在嬉水交欢,突然一箭飞来射杀雄禽,雌禽哀鸣不止。蚁垤悲从心来,出口成诗。诗成,他深为惊讶。反复琢磨吟诵,知道自己创造了一种新诗体——"输洛迦"(Sloka,偈颂)。后来,他遵大梵天之命,用这种诗体创造了《罗摩衍那》。其实,输洛迦这种诗体在蚁垤之前早已产生,这个故事只是史诗情节安排的需要。这部史诗除头尾两章为明显晚出外,其余5章的内容、风格比较一致,很像出自一位卓越诗人之手。所以,蚁垤有可能是《罗摩衍那》的作者或主要编订者。当然还一定有许多其他作者和编订者。

二、成书年代

两大史诗成书时间,至今众说不一,没有定论。

《摩诃婆罗多》的成书,大概经历了三个阶段:第一阶段只是一个核心故事,名叫《胜利之歌》(Jaya),只有8800颂;后来广博仙人的弟子护民在这个基础上补充扩大到2.4万颂,并以《婆罗多》的名字流传;在流传过程中,又经过许多民间歌手、苏多、婆罗门的加工、修改、扩充,最后成了10万颂的《摩诃婆罗多》。按照印度传统说法,这部史诗成书于公元前3100年。有的西方学者认为《摩诃婆罗多》的雏形,可能在公元前1000年已经出现。大多数学者比较同意德国温德尼茨(M. Winternitz)的说法,认为成书于公元前4世纪至公元4世纪之间。

关于《罗摩衍那》的成书时间,分歧更为巨大。有的学者认为是公元前6000年至前5000年的产物,有的学者则认为形成于公元5世纪。一般学者大都认为《罗摩衍那》成书于公元前4世纪至公元2世纪之间。

三、传本简况

史诗在印度长期师徒口耳相传。这种传播形式在史诗中亦有所反映:《摩诃婆罗多》由广博仙人授给弟子,歌手从广博的弟子那里得到传承;《罗摩衍那》说蚁垤创作完后,悉心传授给罗摩的两个儿子(悉多被逐后在森林所生),由他们到罗摩举行的祭祀大典上去诵唱。以上情节本身不一定真实,但告诉了人们两条信息：一是史诗诞生之初和在以后的一段相当长的时期内，传播形式是师徒、歌手之间的口耳相传，而并不是书面形式；一是史诗的编写与传播具有功利性，世俗的、宗教的动机十分明确。口耳相传决定了史诗的可变性，世俗动机和宗教动机则为史诗的变化规定了方向。后来史诗书面形式的出现，大概与固定变化了的内容、使其更好地为改编者所代表的利益群体服务有关。这种抄本一般都写在贝叶、桦树皮上。由于很难长期保存，所以到底最早抄本出现于何时，还没有得到实物证明。现存的抄本大多是在公元15世纪后的东西，只有极少数产生于公元10世纪以前。抄本不足以使史诗内容真正固定下来，史诗依然在变化发展。公元10世纪前不久，随着梵语的衰落，各种方言兴起。各方言区为各自的发展，争相传写、编译、改写两大史诗，进一步加剧了版本繁多的局面。这种情况直到19世纪的印刷本出现之后，才得到控制和改观。

《罗摩衍那》的各种传本很多。在方言编译本中，以16世纪印地语诗人杜尔西达斯（Tulasidās）的《罗摩功行之湖》（已有金鼎汉教授的汉译本行世）和9世纪泰米尔语诗人甘班（Kamban）的《罗摩下凡》最为著名。印刷本中以孟买本、孟加拉本、南方本和西北本最有影响。其中以孟买本最可靠，流行最广。《罗摩衍那》精校本，于1960年到1975年在印度先后出齐。

《摩诃婆罗多》的手抄本，主要有南北两大体系。每一体系又有诸多不同文字的传本，其内容、篇幅互有差别。总体来说，南方传本长于北方传本。流传最广、影响最大的是产生于17世纪晚期的属于北方传本的"青项本"。印本中有影响的是根据北方传本编写的加尔各答版（1834—1839）、孟买版（1963）和根据南方传本编写的马德拉斯版（1931）。为了有一个公认的可靠版本，印度从1919年开始，编订《摩诃婆罗多》的精校本，至1933年出第1卷，1966年19卷全部出齐，前后历时近半个世纪。

两大史诗为印度民众所喜闻乐见，除了语言通俗易懂之外，所用诗律也简明易记。这种诗律称"阿奴湿图朴体"（anustubh），又称"输洛迦"。这种诗体有许多变体，但最常见的是每个诗节（输洛迦）2行4音步，每个音步8个音节，总共32个音节。按规定，每个音步的第5个音节要短，第6音节要长，第7音节长短交替。除了阿奴湿图朴体之外，两大史诗中还偶用其他诗律。

《摩诃婆罗多》共18篇，再加1个附录"诃利世系"（HariVamsa）。《罗摩衍那》共分7篇。

四、主干故事

两大史诗卷帙浩繁，内容包罗万象。特别是《摩诃婆罗多》，号称10万本集。在印度一提《摩诃婆罗多》，就相当我们中国一部二十四史，有七天七夜说不完之意。为了便于了解和掌握，我们将两大史诗的最基本的主干故事作如下介绍。

《摩诃婆罗多》主要分三部分：一是主干故事，讲婆罗多族后裔般度族与俱卢族之间的争斗,约 2 万颂,占全书的五分之一;二是各种插话,共有 200 多个,其中《那罗传》(又译《那罗与达摩衍蒂》)和《莎维德丽》最著名;三是哲学、宗教、政治、道德、法律、风俗等方面的说教文字,以宗教哲学长诗《薄伽梵歌》影响最重大。主干故事像一根线,插话和说教文字像穿在这根线上的珠玉,倘若失去这根线,就会珠玉四散。

(1)《初始篇》:福身王自恒河女神生下毗湿摩离去后,又娶鱼香女贞信,生下花钏和奇武二子。花钏、奇武先后继位和亡故,都没有留下后嗣。贞后与毗湿摩商议后,找来她在婚前的私生子黑岛生(毗耶娑),让他与花钏、奇武的两个遗孀生下持国和般度,并与一个宫女生下维杜罗。持国眼瞎,王位由般度继承。持国娶妻甘陀利,生有难敌等百子。般度娶妻贡蒂和玛德利,生有坚战、怖军、阿周那、偕天和无种五子。前者称为俱卢族,后者称般度族。般度死后,持国执政。待般度长子坚战成年,持国指定其继位。但难敌等反对,设计让般度五子和贡蒂住进紫胶宫,阴谋一举烧死他们。幸亏有维杜罗暗中报信,般度族得以从预先挖好的地道中逃脱,过着隐姓埋名的生活。后来般遮罗国王的女儿黑公主举行择婿大典,般度五子前往应征。阿周那取胜赢得黑公主。于是,般度五兄弟合娶黑公主为妻。他们的真实身份亦因此暴露。持国闻悉,不顾儿子们的反对,听从老族长毗湿摩的劝告,召回般度五子,分给半壁江山,般度五子定教天帝城,建设自己的家园。

(2)《大会篇》:坚战派出四位弟弟征服四方,举行盛大王祭(统治世界的象征),邀请各国国王和王子参加。难敌在天帝城看到般度族的巨大财富,嫉火中烧,必欲除之而后快。沙恭尼为难敌设下赌博的圈套。喜赌博而技艺不精的坚战不知是计,接连输掉了一切财产、四个兄弟和自己,最后竟把他们共同的妻子黑公主也押上赌输了。持国预感凶兆,采取明智的行动,放般度五子和黑公主回去。坚战一行还未回到天帝城,难敌派遣的使者追了上来。坚战认为祸福天定,又随使者返回象城进行了第二次赌博。结果般度五子被流放 12 年,第 13 年还须埋名隐姓,若被人认出,还须重新流放 12 年。

(3)《森林篇》:讲述般度五子在森林里流放期间的所见所闻,展示了古代印度的各种社会生活图画。作为受屈辱的弱小者,般度族在苦难中受到磨炼,变得越来越坚强。为了鼓励和安慰般度五兄弟,修道仙人为他们讲述了《那罗传》、《罗摩传》、《莎维德丽传》三个著名插话。难敌等到森林中游猎,趾高气扬。在与乾达婆的阵战中,难敌被缚。坚战不计前嫌,力排众议,命令部属搭救俱卢族。流放即将期满,般度四兄弟饮了魔水而死去。坚战以其智慧和公心回答了魔池主人药叉的种种难题,药叉大受感动,赐以恩典,让四兄弟死而复活。原来,这药叉是死神阎摩变的,目的是为了考验坚战。最后他拥抱坚战并向他表示祝福。

(4)《毗罗吒篇》:写般度五兄弟和黑公主来到摩差国隐居。他们在国王毗罗吒的宫中当差：坚战担任侍臣，怖军当厨师，阿周那充当太监，无种驯马，偕天放牛，黑公主当宫女服侍王后。国舅空竹权倾朝野，又是好色之徒，几次想玷污黑公主。怖军乔装成黑公主，杀死了空竹。空竹之死，使俱卢族怀疑般度五兄弟隐居在摩差国，于是举兵来犯。般度五兄弟全力保卫摩差国，取得胜利。但因他们乔装的身份低微，没有引起国王的重视。王子优多罗言明实情，国王喜不自胜，和阿周那做了儿女亲家。此时，流放13年已届期满。

(5)《备战篇》：般度五兄弟在水没城集合，经激烈辩论，决定一面和盟国一道备战，一面派人去象城和平谈判。黑天是双方都想争取的对象，阿周那和难敌同时到达多门城。难敌要了黑天英勇的军队，阿周那则要了黑天本人。黑天十分高兴，答应为阿周那当御者。摩德罗国王沙利耶是无种和偕天的亲舅舅，征集大军准备支持般度族。难敌设法拉拢沙利耶。沙利耶许诺支持俱卢族，后来他又反悔，答应暗中帮助般度族。谈判在继续，坚战作出让步，只要五个村庄就行。难敌蛮不讲理，针尖大的地方也不肯给。黑天来到象城，作最后斡旋。结果劝和失败，战争不可避免。般度族由黑公主的哥哥猛光出任统帅，俱卢族的统帅是老族长毗湿摩，双方大军向俱卢之野结集。

(6)《毗湿摩篇》：讲的是毗湿摩当俱卢族统帅十天期间的战事。阿周那眼看一场同族相残的血战即将开始，内心十分激动和犹豫。黑天对阿周那说教，以坚定其信心，这便是著名的哲学诗《薄伽梵歌》。战前坚战向毗湿摩、德罗纳、慈悯、沙利耶等祈求祝福。然后双方主将、著名武士开始一对一交战，普通战士则展开不选对手的混战。战斗在进行，互有胜负，死伤惨重。第9天晚，般度五兄弟及黑天直接向毗湿摩请教，一直处于矛盾之中的毗湿摩决定以死求得解脱，说出夺取胜利的办法。第十天，阿周那遵照毗湿摩所说，躲在束发战士（前生是女子）身后放箭，老英雄毗湿摩浑身中箭倒下，他让阿周那用三支箭支撑脑袋，宣布躺在箭床上直至太阳移到赤道北。

(7)《德罗纳篇》：毗湿摩死后，由德罗纳担任俱卢族5天统帅。德罗纳老当益壮，所向披靡，难敌要求德罗纳活捉坚战，德罗纳几经努力，终不能得手。难敌对德罗纳产生怨言。难敌妹夫胜车杀死阿周那之子激昂，阿周那为子报仇杀死胜车。迦尔纳又将怖军爱子瓶首杀死。德罗纳杀死木柱王（黑公主之父）和毗罗吒王，对般度族构成巨大威胁。黑天设计：由怖军击杀一头与德罗纳儿子马勇同名的大象，冲到阵前高叫"我杀死马勇了"。德罗纳心中大惊，问坚战是真的吗？从不肯撒谎的坚战说："马勇确实死了"。德罗纳一听，万念俱灰，怖军趁机对他一阵喝骂，他丢下武器，在战车上打坐入定。猛光跳上举剑一挥，老将德罗纳的首级被割了下来。

(8)《迦尔纳篇》：德罗纳一死，俱卢军任命迦尔纳为统帅。双方的战斗又重新开始。第一天，双方战绩平平。第二天，沙利耶答应替迦尔纳当御者，但在战车上辱骂迦尔纳，弄得他心慌意乱。难降集中力量对付怖军，怖军决定实现13年前的誓言，饿虎似地扑上去，扭断了难降的一条手臂，吸着难降体内的鲜血。迦尔纳看到这可怕的情形，心中不免战栗。沙利耶这时向迦尔纳鼓气，说难降一死，全军的希望全落在他身上。迦尔纳听后为之一振，命沙利耶驾车直向阿周那冲去。一场血战开始了，支支金箭向阿周那飞去，御者黑天将战车压入泥中五指深，使得飞来的箭只能带盔而去。突然，迦尔纳的战车陷入了泥泞，他下车拽拔车轮，要阿周那遵守武士道德，不得乘机暗算。黑天驳斥迦尔纳，要阿周那莫失良机。阿周那射出一箭，要了迦尔纳的性命。

(9)《沙利耶篇》：迦尔纳战死后，俱卢军推选沙利耶当统帅。般度军方面由坚战亲自率领，双方势均力敌，久久相持不下。号称"仁慈化身"的坚战打得令人惊奇的英勇，他掷出一支矛，击中了沙利耶。沙利耶一死，俱卢军失去了最后一员大将，军心浮动，形势急转直下。难敌收拾残军，但独木难支，只得败逃，躲进一个水池。后来难敌被坚战用话激出池塘，与怖军对打，不分胜负。黑天告诉阿周那，怖军会实行当年的誓言。怖军闻言便像狮子一般用铁杵猛击难敌的双腿。难敌大骂黑天施展诡计，至死不悔。天神为他的死降下花雨。

(10)《夜袭篇》：垂死的难敌任命马勇为俱卢军统帅，将全部希望寄托在他身上。马勇受猫头鹰夜袭乌鸦的启示，决定对般度军进行夜袭。马勇等三人来到般度军的帐篷，将全部将士杀死，只有坚战五兄弟、黑公主和黑天因不在军营而幸免。夜袭成功，三人急忙去向难敌报告。难敌听罢欣慰地闭上了双眼。坚战得知全军在睡梦中被歼，悲痛万分。五兄弟和黑天去找马勇报仇。马勇承认失败，将胎中带来的宝石交出。怖军将宝石交给黑公主，黑公主将宝石交给坚战，要他安在王冠上。

(11)《妇女篇》：18天大战结束，象城成了丧城，所有妇女为阵亡将士哀号哭泣。持国在成千上万妇女的伴同下来到俱卢之野，残酷的景象惨不忍睹，一片哀号之声。坚战五兄弟拜见持国、甘陀利。持国拥抱坚战，但毫无感情。当怖军上前拜见时，黑天将一尊铁像移至持国面前。瞎眼老国王将它紧紧抱在怀里，竟将铁像挤得粉碎。经过这一宣泄，持国的心情平静下来，祝福般度五兄弟。般度五兄弟又去拜见甘陀利，聪明善良的甘陀利也终于克制住自己的感情，向般度五子祝福，并劝慰在这场战争中丧失所有儿子的黑公主。应老国王持国的要求，坚战为所有战死的将士举行了葬礼。

(12)《和平篇》：面对大战后的惨况，坚战神情沮丧。那陀罗大仙安慰他，但是他仍然不能安心。贡蒂后也劝他不必为迦尔纳的死而过分自责。坚战责怪贡蒂隐瞒了迦尔纳的真实出身，诅咒从此一切女人再也不能保守秘密。在众人的一再劝说下，坚战终于在象城依礼即位。在正式管理之前，坚战去看望了躺在箭床上的毗湿摩，毗湿摩讲述了作为一个国王在正常时期和非正常时期的职责。

还讲述了如何摒弃世俗生活而获解脱的方法。

(13)《训诫篇》：坚战尽管听了毗湿摩的长篇治国之道，但内心依然不能平静。为此，毗湿摩对他继续进行开导教诲，一一解答他提出的问题，安慰他那痛苦的心。教诲结束，毗湿摩的灵魂离他而去。坚战按古老习俗举行祭奠。祭仪完毕，坚战又悲不自胜，晕倒在地。最后，老国王持国劝慰他，为他分担悲伤与责任，鼓励他挑起治理国家的重担。

(14)《马祭篇》：战争造成的重大伤亡，尤其是毗湿摩和迦尔纳的死，给坚战带来无穷的哀思。众人的相劝，无济于事。广博仙人毗耶娑告诉坚战，洗涤罪孽的最佳办法是进行祭祀。于是坚战决定进行马祭。祭马四处漫游，阿周那跟随祭马，征服祭马所到的所有王国。一年后，祭马和阿周那回到象城。毗耶娑选定吉日，正式举行马祭大典。这次马祭十分隆重堂皇，一切按照祭祀的规定，所有的人都十分满意。可是一只半身金色的鼬鼠一鸣惊人，它讲了一个俱卢之野穷苦婆罗门因布施而上天堂的故事，然后说"你们盛大的马祭比不上那位婆罗门施舍客人的小米面"。说完，鼬鼠消失了。

(15)《林居篇》：坚战对持国十分尊敬和优待，大小国事都向他请教，并约束四个弟弟，不得冒犯伯父。过了一些时候，怖军渐渐不受约束，开始冒犯老人。持国和甘陀利在坚战治理下过了15年，对怖军的谩骂无礼再也无法忍受，他和甘陀利开始绝食苦行，最后告别般度五子来到森林过隐居生活。跟随持国去森林的，除王后甘陀利之外，还有般度的王后贡蒂。三年后，三位老人死于森林大火。般度族获悉，前往恒河祭奠。

(16)《杵战篇》：黑天治下的多门城，有一支雅度族，放荡不羁，全不讲礼法。他们将一个男子打扮成女子戏弄几位仙人，问这位太太将生男孩还是女孩？仙人们知道是无礼的戏弄，诅咒说他不生男也不生女，将生铁杵毁灭你们全族。第二天这位男子果然生出一根铁杵。惊恐的雅度人将铁杵磨成粉撒在海中，雨季里海边长出了无数灯芯草，后来，雅度人在海边玩耍，因口角而厮打起来。黑天知道自己命定的时刻即将到来，就到海边和大家一起拔灯芯草。灯芯草变成铁杵。结果，在一场杵战中，全体雅度人都死了。黑天在旷野漫步沉思，然后躺在地上睡着了。一位猎人误认为是一头野兽，一箭射去，结束了黑天下凡生涯。

(17)《远行篇》：黑天的死讯及雅度族灭亡的消息传到象城。般度五兄弟和黑公主对尘世便无丝毫留恋。他们将国家交给阿周那之孙受验管理，自己离开京城，朝天神居住的须弥罗山走去。路途中，黑公主、偕天、五种、阿周那、怖军先后死去，只有一条狗跟着坚战。众神之王因陀罗驱车来接坚战上天堂，但不肯让狗也上天堂。坚战宁肯自己不进天堂而不愿撇下狗。坚战的忠义，使正法之王阎摩十分满意，这是他对坚战的考验，狗是正法的化身。

(18)《升天篇》：坚战上了天堂，看见难敌端坐在宝座之上，女神和仙女环侍左右,却不见一个自己的亲人。他惊异万分,大骂难敌,不肯与难敌同在天堂享福。仙人那陀罗要坚战忘记凡世的一切,可是坚战不肯,他得知四位弟弟和黑公主他们全在地狱受苦,气愤之极,发誓不肯回天堂,而宁愿在地狱受苦。因陀罗和阎摩闻讯赶来,说这一切都是假象,是对坚战的又一次考验。坚战从人变成神,愤怒、仇恨等凡人之心一并消失。这里他看到众兄弟和持国的儿子们,全都成了天神,仪态万方。大家在天国获得了真正的和平和幸福。

《罗摩衍那》的主干故事:

(1)《童年篇》:十车王膝下无子,请鹿角仙人主持求子大典。罗刹王罗波那为非作歹,众神束手无策。他们吁请大神毗湿奴下凡降服罗波那。毗湿奴答应众神之请,下凡降生为十车王的四个儿子:罗摩、婆罗多、罗什曼那和设睹卢祇那。罗摩长大成人后,应众友仙人之请,到净修林降妖除怪。事后,众友又带罗摩到弥提罗城参加国王阁那竭的祭典。一路上众友仙人讲了许多故事。他们受到国王的热情接待。国王有一从垄沟里拣来的爱女悉多。悉多自己择婿,罗摩拉断了神弓,国王将悉多许配给罗摩。

(2)《阿逾陀篇》:十车王考虑自己年事已高,决定立长子罗摩为太子,继承王位。妃子吉迦伊受驼背宫女挑唆,要立自己的儿子婆罗多为太子,将罗摩流放森林14年。十车王在患难时曾许诺吉迦伊可以任意向他提出两个要求。十车王无奈,只得答应吉迦伊。罗摩决心让父王顺心,甘愿流放。悉多、罗什曼那也自愿随罗摩流放。十车王郁郁而死。在舅舅家的婆罗多赶回阿逾陀,闻讯罗摩流放一事,立即率众追赶。罗什曼那出于误解,想和婆罗多厮杀。其实婆罗多是请罗摩回王都登位的,可是罗摩不肯违背父命,不到流放期满,决不回去。最后,婆罗多带回了罗摩的一双鞋子,供在宝座,以示代兄摄政。

(3)《森林篇》:罗摩一行来到森林中,为民除害,杀了不少罗刹。女罗刹首哩薄那迦对罗摩十分爱慕。罗摩把她介绍给罗什曼那,可是罗什曼那严词拒绝。女罗刹迁怒于悉多,被罗什曼那割去鼻耳。她求救于哥哥魔王罗波那,宣扬悉多美貌天下无双。罗波那来到林中,用计抢走悉多。路上金翅鸟与罗波那搏斗,结果非但没有救成悉多,自己反而受到重伤。罗摩一行到处寻找悉多,不知下落。后来发现悉多脚上掉下的脚钏,又遇上了金翅鸟,才知道悉多的去向。悉多被掳到楞伽城,魔王带她游遍王宫,展示他的财富和豪华。但悉多不为所动,发誓对罗摩忠贞不渝。罗波那无奈,只得将她囚于后宫无忧树园中。

(4)《猴国篇》:在春意盎然的般波湖畔,罗摩一行遇见神猴哈奴曼。哈奴曼劝罗摩去找猴王。猴王须羯哩婆正与哥哥波林争斗。罗摩与猴王结盟,答应帮助他杀死波林,猴王答应派兵帮助寻找悉多。在猴王和波林决斗时,罗摩施放暗箭,射死了波林。接着罗摩为猴王举行灌顶礼。猴王说雨季过后帮助打听悉多下落,可是猴王沉湎于酒色,雨季已过,仍无动静。罗什曼那痛斥其失信。猴王挨骂后才派兵寻找。哈奴曼南下途中遇见金翅鸟王的弟弟僧婆底,他亲眼看见悉多被劫往楞伽城。猴兵来到海边,面对茫茫大海,只能望洋兴叹。哈奴曼不负众望,他从摩享陀罗山上纵身一跃,跳过大海。

(5)《美妙篇》:哈奴曼来到楞伽城,摇身一变成了一只猫。黄昏后潜入城中到处探视。最后在无忧树园中找到了悉多。他现出原身向悉多交出罗摩作为信物交给他的一只戒指。悉多听了哈奴曼的讲述,大为感动,要罗摩赶快来救她,否则两月后魔王要向她下毒手了。神猴目睹了魔王对悉多的威胁利诱,但悉多坚贞不屈,所以十分放心。悉多摘下头上一块宝石作为信物交给神猴,又向他讲了一件只有罗摩和她知道的事情,作为他此行成功的见证。神猴告别悉多,想试试魔王的威力,大闹王宫,结果被魔王儿子因陀罗耆用梵箭擒住。两军相争,不斩来使。小妖们用油布缠在猴尾上点燃,神猴满城乱窜,全城一片火海。哈奴曼一跳过海,向罗摩禀报一切。

(6)《战斗篇》:罗摩听了神猴的报告,心中大喜,十分称赞哈奴曼。罗摩率领大军征讨魔王,魔王闻讯便开会商讨对策。会上王弟维毗沙主张送还悉多,以求修好。魔王痛骂维毗沙。维毗沙出逃投奔罗摩。海神派那罗为罗摩大军造桥。桥成,罗摩大军与十首魔王罗波那的罗刹兵展开了一场生死大搏斗。这场战斗斗智斗勇,惨烈空前,罗摩、罗什曼那等都受了伤,是哈奴曼搬来长着仙草的山,才救了罗摩兄弟性命。最后,罗什曼那杀死了因陀罗耆,罗摩亲自将罗波那斩首,才彻底击败了罗刹兵。维毗沙被立为国王。罗摩见到悉多,不问所受苦难,只是怀疑她的贞洁。悉多投火自明,火神将她托出,证明其洁白无辜。夫妻破镜重圆,14年流放期限也已满。罗摩回国复位,立婆罗多为王位继承人。

(7)《后篇》:此篇为后出。除了讲罗波那的身世和哈奴曼的故事外,主要讲罗摩和悉多的婚姻曲折。在罗摩统治下,国泰民安。过了一些时候,悉多有孕,民间流言,怀疑她在魔宫不贞。罗摩派罗什曼那将悉多放逐。罗什曼那十分痛苦,但又不能违背王兄之命。悉多在森林中孤苦伶仃,蚁垤仙人收留了她。悉多生下二子,长大后由蚁垤授以《罗摩衍那》。一天,罗摩举行马祭,蚁垤带领徒弟来到王城,并叫他们演唱《罗摩衍那》。结果,罗摩发现两位演唱者竟是自己的儿子。蚁垤又将悉多领来,证明其贞操。罗摩表示难以让百姓信服。悉多求救于地母,大地顿时开裂,悉多一跃投入地母的怀抱。大梵天预言,罗摩全家将在天堂团圆。

五、著名插话

两大史诗中有众多能独立成篇的插话(Upākhyāna),包括神话、传说、寓言、童话、故事等等。而其中又以《摩诃婆罗多》的插话为多,有二百个左右。插话不是无目的的文字堆积,而是为史诗主题服务的,是情节发展的需要。只有极少数是例外,如由于流传过程中修改、增补者众多,不免掺入一些与主题思想不符合的佛教、耆那教的内容。

在《摩诃婆罗多》众多插话中,《那罗传》《罗摩传》《莎维德丽传》最为著名。这三个插话都出自第3卷《森林篇》。五兄弟失国后流放到森林中,垂头丧气。修道仙人为了安慰和鼓励他们,向他们讲了这些故事。

《那罗传》说尼奢陀国的国王那罗和毗德尔跋国公主达摩衍蒂由天鹅为媒,相互爱慕。公主按习俗举行择婿大典,各方英雄豪杰云集。公主选择那罗,因而得罪了恶神。这个恶神在尼奢陀国呆了12年,终于找到了报复的机会,挑拨那罗的兄弟与那罗掷骰子。结果那罗受迷惑,输掉了王位和一切财产,只得和达摩衍蒂逃入森林。在林中,那罗趁妻子睡熟独自出走,达摩衍蒂哭寻丈夫,历经周折,来到一座城市为王后收留当了宫娥。那罗丢妻后在森林大火中救了一条大蛇,蛇咬了他一口使他改变了形象,并指点他到一位国王那里当马车夫兼厨师。

毗德尔跋国王派人四处寻找。终于找到女儿达摩衍蒂,并发现一个丑陋的车夫能回答婆罗门的隐语。达摩衍蒂诈称要举行再嫁的择婿大典。那罗以驭马的绝活用一天时间就和主人国王一起赶到了目的地。国王为了学会驭马术,就将自己精通的赌术作为交换教给了那罗。事已至此,一直附在那罗身上的恶神被迫离去。达摩衍蒂从驭马术认出了那罗,但他的形象变了,于是派宫娥去试探,让儿女去见他,后来她自己还出来当面责备。那罗终于现出本来的面目。最后那罗以从主人国王那里学来的赌博绝活,重新赢回了自己的王国。

《莎维德丽传》讲摩德罗国王马主的女儿莎维德丽,不但美貌绝伦,而且贤淑守礼。她奉父命前往一处净修林,相中了如意郎君萨谛梵。萨谛梵是失位国王辉军的儿子,辉军双目失明,正和全家在林中苦修。仙人那罗陀反对这桩婚姻,原因是萨谛梵虽然品行高尚,才华出众,但只有一年的阳寿。莎维德丽忠于自己的爱情,说她只挑选一次夫君,决不再挑第二人。仙人和国王深受感动,都赞成了莎维德丽的选择。莎维德丽嫁到净修林与萨谛梵一家过着清贫的苦修生活。她对丈夫温柔体贴,敬重公婆,给净修林带来了祥和与欢乐。但莎维德丽心中一直记着仙人那罗陀的话。在丈夫死期大限到来之前,为了拯救丈夫的性命她决定进行凶险的"三夜斋"。斋毕,莎维德丽仍不肯进食。萨德梵要去林中砍柴和采摘野果,莎维德丽万分不安,坚持要陪丈夫一同去。萨德梵在林中采好果实,正在砍柴时阎王来收了他的魂。莎维德丽哀求阎王归还她的丈夫。由于她言词哀婉恳切,话语悦耳甜润,阎王先后许了四个愿,第四个愿就是答应莎维德丽有一百个儿子,个个刚健。为使阎王许的愿兑现,莎维德丽请求让萨谛梵重返人间。在睿智、贤德的莎维德丽的一再恳求下,阎王终于解放了萨德梵的灵魂。后来,莎维德丽请的愿,都一一得到实现:她的公公双目复明,被迎归本国再登王位;自己的无儿子的父王生了百子;她自己和萨德梵也生有百子,而且个个是英勇无敌的好儿郎。

《罗摩传》是大史诗《罗摩衍那》的故事提要,在此不再介绍。

除了文学性的插话之外,《摩诃婆罗多》中还大量插入宗教、哲学、政治、伦理性的文字。《和平篇》、《训诫篇》是大战结束后,毗湿摩对坚战的长篇说教,共有2万多颂,几乎占了全诗的四分之一。在众多说教文字中,《薄伽梵歌》(Bhagāvadgītā)最为著名。

《薄伽梵歌》意译《神之歌》或《世尊歌》,共18章,700多颂。尽管它是《摩诃婆罗多》的一部分,但在印度不论是古代还是现代,都有一部分大师和学者认为,它比整部大史诗更重要。它不但是薄伽梵教义的主要经典,而且和《奥义书》、《吠檀多经书》一起,成为印度古代各宗教教派的基础。《薄伽梵歌》在国外也有广泛而深刻的影响。各国学者经过研究,得出各自不同的结论,善行说、美德论、伦理学、伦理分析、天职论、行止律和社会维持论等等,不一而足。

实际上,《薄伽梵歌》是综合性的宗教哲学诗,摄取印度古代三大哲学派别数论、瑜伽、吠檀多的思想与观念,宣扬通过业瑜伽(行为)、智瑜伽(知识)和信瑜伽(虔信)的修炼,达到个体灵魂"我"和宇宙灵魂"梵"的结合,进入脱离生死轮回的最高境界——涅槃。三种瑜伽是有机整体,相辅相成。由于面临大战,阿周那出现心理危机,所以黑天有针对性地对他重点讲述了业瑜伽。黑天认为:行为是人类本质;停止行为,世界便会毁灭;行为本身不构成束缚。所以,业瑜伽要求以超然的态度来履行个人的社会职责,不计成败得失,不能抱有个人的愿望。因为这种超然态度容易走向消极,所以必须与智瑜伽和信瑜伽结合起来:认知梵(绝对精神)的存在,达到梵我同一,不但使行为无私无畏,而且能保持个人灵魂的纯洁;同时崇信黑天,将一切行为视为对黑天的献祭,这样就能摆脱恶果,获得解脱。

《薄伽梵歌》是建立在来世论上的,了解了这一点才能认识《薄伽梵歌》的实质。《薄伽梵歌》神化黑天,宣扬对黑天的崇拜,开创了中世纪印度教虔诚运动的先河,同时也为虔诚文学的出现和发展定下了基调。

六、两者异同

《摩诃婆罗多》和《罗摩衍那》的关系,是许多学者感兴趣的问题。通过两者比较,找出两者之间的相同之处与不同之处,对我们进一步了解和认识两大史诗,大有裨益。中国著名印度学家季羡林教授曾在《印度古代文学史》中,根据国内外学者的意见以及他本人的见解,作了详尽的论述。为了便于掌握,我们将其概括成十点相同之处和十点不同之处。

相同之处:

(1) 两部史诗产生的时间大体相同(见前述),核心故事发生的时代也基本一致,都是公元前10世纪中叶国家已经形成时的情况。后来窜入的部分,则讲到以后甚至公元后的事情,两部史诗均有这种情况。

(2) 两大史诗的地理背景都比《梨俱吠陀》大为扩大,不再局限于西北部,而扩展到印度北部和东部,甚至涉及到了南部。

(3) 使用的语言、诗律相同。两大史诗所用的语言都是史诗梵语,诗律也一致,主要是输洛迦。

(4) 两大史诗都描写大战,战争的起因都相同,都是对女子的非礼。

(5) 情节安排有很多相同之处,两部作品都花大笔墨描写英雄美女、王国政治、流放生涯、林中遇妖,都是天上、人间、地府三界互为一气,最后都是以大团圆结局。

(6) 有相同的信仰。吠陀时代名扬一时的大神,在史诗中都黯然失色,代之而起的是一代新神,尤其是毗湿奴,在两大诗史中都有极为显赫的地位,黑天和罗摩四兄弟都是他的化身。

(7) 对战争场面的描写相同。战争方式原始,使用武器也相同,除金属、木石武器之外,还有各种法宝。

(8) 两者都描写城市生活、宫廷生活和森林生活,而对一般乡村生活则几乎没有描写。

(9) 两者都描写择婿仪式、深闺制度、童婚习俗和大夫小妻现象。

(10) 两者都歌颂真理和正法(达摩),歌颂正义战胜邪恶,正法战胜非法。

不同之处:

(1)《摩诃婆罗多》和《罗摩衍那》的规模、篇幅不同,前者约是后者的四倍。前者内容纷繁,像一片无垠的大黑森林,后者则像一条清沏的溪流。

(2)《摩诃婆罗多》诗(kāvya)、论(sāgstra)、传承(smṛti)三位一体,被印度人称为历史或历史传说;而《罗摩衍那》只是诗,被称为"最初之诗"。

(3)《摩诃婆罗多》保留了民歌原始形式,说话者用散文标出;由多组英雄民歌组成;《罗摩衍那》的形式已经成熟,不用散文标出说话者,全诗只有三组英雄民歌。

(4)《摩诃婆罗多》是发展中的史诗,民歌成分较多,所用输洛迦诗体较为粗糙,且用有部分吠陀韵律;《罗摩衍那》是成熟的史诗,语言文学性强,输洛迦诗律精致,民歌味消失。

(5)《摩诃婆罗多》反映的是粗野的社会。对妇女强调肉欲享受,丈夫可以拿妻子当赌注,得胜者喝战败者的血等等;《罗摩衍那》描写的是文明社会,多理想色彩,百姓有觉悟和理智。

(6)《摩诃婆罗多》中女子地位卑微,一妻多夫(黑公主嫁给坚战五兄弟),不重视贞洁;《罗摩衍那》十分强调女子贞洁,歌颂一夫一妻制,没有一妻多夫的描写,不反对寡妇再嫁。

(7)《摩诃婆罗多》产生于印度西部,牲畜是最重要的财产,对农业不感兴趣；《罗摩衍那》产生于印度东部，牲畜是交换媒介，对农业特别重视。

（8）《摩诃婆罗多》中的"苏多"与《摩奴法典》所说一致，是婆罗门女子与刹帝利男子所出；《罗摩衍那》中的"苏多"，则是婆罗门。

（9）《摩诃婆罗多》中多处提到《罗摩衍那》，插话《罗摩传》更是《罗摩衍那》的精确缩写；而《罗摩衍那》则一次也没有提到《摩诃婆罗多》。

（10）《摩诃婆罗多》的哲学专章（薄伽梵歌），在数论、瑜伽、吠檀多三大传统哲学派别中，较倾向于瑜伽派，全诗反映婆罗门的材料较多；《罗摩衍那》没有哲学专章，在反映的哲学思想中较倾向于吠檀多学派，全诗接受的婆罗门资料较少。

七、艺术特色

印度喜用"味"（Rasa）论作品。艳情、滑稽、悲悯、暴戾、英勇、恐怖、厌恶、奇异、平静和慈爱，是为十味。两大史诗虽说各有侧重，但都十味俱全。至于用今人的观点来讲两部作品的艺术特色，则更是指不胜屈。现就其荦荦大者，略述如下：

1. 气势恢宏，博大精深。

《罗摩衍那》和《摩诃婆罗多》作为印度民族的伟大作品，给人的一个强烈印象是气势恢宏，博大精深。首先，篇幅宏大，卷帙浩繁。无论是古希腊的荷马史诗，还是印度的其他长诗，都无出其右。《摩诃婆罗多》号称十万本集，是世界最长的史诗。

其二，结构庞杂。两大史诗采用的是框架结构形式，在主线故事中套进一个又一个插话，大故事中套小故事，使人觉得千头万绪，繁复纷杂，稍有不慎，便如入迷宫。

其三，史诗的内容更是包罗万象，天上、人间、地府，应有尽有。《摩诃婆罗多》中说，世上有的诗中都有，诗中没有的世上也不会有。这不是随意的夸张之辞。

其四，以磅礴的气势，用一支如椽大笔，描写一系列大事件、大场面，呈现在读者面前的是一个伟大民族的壮丽历史画卷，尽管其中许多内容并无历史的真实性。在史诗中，在太子灌顶、国王登位、公主择婿大典、国王婚典，有王祭、马祭，无不场面浩大，轰轰烈烈。诗中写得挥洒自如，淋漓酣畅。至于描写大战争，更是史诗的拿手好戏，不论是俱卢族和般度族的 18 天大战，还是罗摩率领的联军和罗波那的罗刹军之间的大战，都是千军万马，惊天动地，流血漂杵，伏尸遍野，创作难度很大。但史诗却从容不迫，游刃有余，将大战写活了，写神了。

两大史诗不但气势磅礴、内容宏富，而且极为精妙深邃。这也是其他史诗很难企及的。像《摩诃婆罗多》中黑天对阿周那的教化《薄伽梵歌》、毗湿摩对坚战的教化《和平篇》和《训诫篇》等，都对印度哲学产生过巨大的影响。尤其是《薄伽梵歌》,以其丰富、深邃的内涵,成了古代印度哲学的一个典范。后来印度哲学思想的发展,常常以注释《薄伽梵歌》的形式出现。可以这么说,印度两大史诗不仅给了人们一座故事的巨大森林,而且给了人们一个深邃的智慧海洋。

2. 三界汇通,情景交融。

世界上各民族的史诗,几乎都有鬼神世界,都写人间与神界相通,但印度两大史诗中的神鬼世界特别兴旺、发达。除了天神、冥王等各民族常见的神祇之外,还有不少印度独有的神鬼类别,如夜叉、罗刹、阿修罗等等。从血缘论,两大史诗里神、鬼、人三者更是你中有我,我中有你,互为姻亲。如福身王和恒河女神所生的毗湿摩,是《摩诃婆罗多》中的重要人物,《罗摩衍那》的主角十车王之子罗摩是毗湿奴大神投胎下凡。神与人不但可以通婚,而且在感情、行为上也完全是可以沟通。著名插话《莎维德丽传》,最精采的情节就是写莎维德丽为了救丈夫性命,一路上跟死神阎摩求情,最后阎摩的心被打动,将其丈夫的灵魂解脱,夫妇得以重新团聚。除了人能和神、鬼相通外,还与猴国、鸟国相通。印度人的想象力特别丰富,形象思维极为发达。神话世界,出于幻域,顿入人间,为印度人提供了一个广阔的用武之地,他们凭借自己非凡的想象力和形象思维,超越感官界,在想象的广阔天空中尽情遨游。所以在两大史诗中,打破时空界限,将天上、人间、地府相连,神、人、鬼、兽同登一台,亦真亦幻,为我们创造了一个神奇美妙的艺术世界,观古今于须臾,抚四海于瞬间,融三界于一体。印度两大史诗浪漫瑰丽,魅力无穷,可叹为世界神话观止。

印度人讲"梵天同一",与中国的天人合一有共通之处,表现在文学作品中,情景交融的描写比比皆是。

《摩诃婆罗多》以两族纷争的事件为中心,所以物随人迁,景随情移,对景的描写简洁、精练、明快,与情紧密相关。著名插话《那罗传》,写到达摩衍蒂在山中寻夫,哀哭着问山、问树、问仙、问兽,用周围环境烘托、反衬的手法,将她的悲苦急切的心情表现得淋漓尽致。又如《莎维德丽传》讲到莎维德丽为救丈夫,进行凶险的"三夜斋"绝食之后,陪伴丈夫来到森林砍柴采摘野果,一路上"一处处森林如画,风光奇妙娱人心,孔雀声声鸣不住。看这些山川流泻功德水,还有那山岭巍峨开满花",以此来衬托莎维德丽的贤惠和忠贞。

《罗摩衍那》以人物为主线,罗摩和罗波那的矛盾贯穿全诗,故事情节随着两者矛盾的发展而逐步展开。所以,此诗中情与景的和谐统一,往往不像《摩诃婆罗多》那样简洁、明快而表现得更加浑厚、舒展、深沉。如罗摩流放之初,由于悉多的恩爱相伴,忘掉失位之苦而沉浸在大自然的美景之中,他一一给爱妻指点美景,所点之处,娓娓道来,无论是水、树、花、鸟、鹿、象,无不充满欢乐。借景抒情,以情写景,景中有情,情中有景,浑然一体,沁人肺腑。但也有不少简练明快的,如《猴国篇》是这样描写电闪雷鸣和罗摩思妻之情的:

闪电的金色的鞭子,/好像是抽打着天空;/天空感觉非常痛楚,/从里面发出阵阵雷鸣。/闪电靠在黑色的云边,/它好像在那里颤抖震动;/我仿佛看到贞静的悉多,/战抖在罗波那的怀中。

罗波那是个好色之徒,在他的眼中美丽的那摩陀河完全成了妩媚的女子:"树木繁花似锦,做成了她的冠冕;莲花是她的眼睛,一对鸳鸯是她的双乳,发光的河岸是她的大腿,成行的天鹅是她鲜艳的束带。她的四肢扑满花粉,她用带泡沫的波浪做成自己的衣袍。摸一摸她,准叫人十分快意。"

3. 形象生动,现身说法。

两大史诗以娴熟的手法,塑造了一系列神采飞动、栩栩如生的艺术形象。这些形象,不论是主要角色,还是次要角色,都有血有肉,有感情,有个性。同为英雄豪杰,但音容笑貌不同,才识胆力迥异;都是妖魔鬼怪,但体态举止有别,道行术数不一。两大史诗塑造的是互为配套的艺术群像。

其中有理想国王的典型罗摩和坚战,他们都是天神的化身,代表正法,主持正义,忠厚宽容,德勇双全,是德政明主的象征。这两个形象,特别是罗摩在印度家喻户晓,妇孺皆知。罗摩和坚战互不雷同,他们的个性往往用他们各自的弱点、缺点、污点来刻画,如罗摩自尊心强,近乎冷酷,暗害波林;坚战爱赌,在战场上说谎后又自欺欺人等。

悉多、黑公主、莎维德丽和达摩衍蒂是贞女贤妻的楷模。她们美貌绝伦,才德双全,心地善良,对丈夫忠贞不渝,不管面临怎样的威胁利诱决不屈服。除了共同一面之外,她们也有各自的个性,如悉多温存贤惠,黑公主刚烈,莎维德丽和达摩衍蒂智慧。在印度,悉多的形象影响最大,是印度女性的最高榜样。

阿周那、罗什曼那为忠勇武将的典范。在般度五兄弟中,阿周那的武艺最为高强,他以无与伦比的箭术在择婿大典上赢得了黑公主,先后射杀俱卢军两位统帅毗湿摩和迦尔纳,为般度族的胜利立下汗马功劳。阿周那还是一位富于智谋的战将,他在神通广大的黑天本人和强大的黑天军队面前,挑选的是黑天本人。罗什曼那是罗摩军中武艺高超的大将,在与楞枷兵的大战中,杀死武艺最高的罗刹将领因陀罗耆。他忠诚无私,疾恶如仇,但与理智冷静的阿周那比起采,往往容易冲动。

怖军和难降是一对蛮悍之将的典型,在《摩诃婆罗多》中,他们是死对头。当坚战把黑公主输掉后,难降野蛮地侮辱黑公主,动手剥她的衣服。怖军发誓要撕开难降的胸膛,喝他的血。13年后,怖军实现了自己的誓愿,扭断难降的一条手臂,喝他胸中的血。后来,他还用铁杵击断难降双腿,踩着难降的身子和头狂舞。怖军属于正义的般度族,他的蛮悍主要表现为报仇雪耻。难降属于非正义的俱卢族,他的蛮悍常表现为对弱小者的欺凌和挑衅。

黑天、哈奴曼在史诗中亦人亦神,是史诗中的重要艺术形象。黑天是多门岛国王,阿周那的御者,实际上是般度族的军师,幕后决策者。他是毗湿奴大神的化身,法力无比,体现命运和天意,对道德和正法有解释权,是一位神化了的政治家。神猴哈奴曼忠勇聪慧,神通广大,一降生就以为太阳是果子,就飞去想把它摘下来,在与罗刹兵大战中,屡建奇功。如当罗摩和罗什曼那身负重伤,急需药救时,他飞往北方,托来长有仙草的神山,终于治好罗摩兄弟,打败罗波那。哈奴曼身上除有神和人的性格外,还有猴的性格,所以更显活泼可爱。不少学者认为,哈奴曼与中国的孙悟空有着某种联系。

罗波那和难敌是罪魁祸首的代表。他们象征邪恶、非正义、非道德、非正法,是罗摩和坚战的对立面。罗波那号称十首王,苦修万年,三界无敌。他依仗大梵天恩赐的本领,无恶不作,为害三界,是一个贪婪、奸诈、荒淫无道的暴君。难敌和罗波那一样,也是一个暴君。他权欲熏天、嫉妒心极重,而且阴险毒辣,一意孤行。在史诗中,他们不但武艺高强,也有不少不得不让人佩服的地方。如难敌临死前,天神为他喝采,鼓乐齐鸣,撒下阵阵花雨。这样,使得这些反面人物的内涵更加复杂和丰富,增添了艺术的真实感。

除了以上介绍的典型之外,两大史诗中还有大量生动逼真、呼之欲出的艺术形象,如清丽绝世的恒河女神,一辈子处在矛盾中的毗湿摩,心善总是迁就儿子的瞎眼国王持国,尊礼义守孝悌的婆罗多,一夜之间使般度族全军覆没的马勇等等。

两大史诗是印度教的圣典。可以说,没有两大史诗便没有印度教。但史诗不是干巴巴的教义。佛教认为:教义是药,故事是包裹药的树叶。印度教做得更彻底。在史诗中,药和叶往往互为一体、水乳交融。史诗中的各种形象不论是英雄人物还是妖魔罗刹,都是在用各自的语言行为现身说法,从正面或反面宣传印度教教义。对一般的印度百姓来说,印度教的教义并不是从《吠陀》、《奥义书》等古奥的典籍中获得的,而主要是从两大史诗、往世书等喜欢闻乐见的作品中获得的。尊梵天、毗湿奴、湿婆为三大主神,吠陀天启、祭祀万能、婆罗门至上的三大纲领、四大种姓制度,善恶因果,生死轮回,梵我同一等等教义,通过艺术形象指导和影响一代又一代的印度人。如《罗摩衍那》中主人公罗摩和悉多是印度男女百姓效法的楷模。各地的《出生歌》中,反复出现"生个男儿似罗摩"、"生个女儿像悉多"的祝词。两大史诗的作者毗耶婆和蚁垤仙人本身也是史诗中的重要角色。所以可以认为,两大史诗的作者在自觉不自觉的文以载教的思想指导下,与诗中自己创造的众多艺术形象一起现身说法,共同宣传弘扬印度教。

夸张的大量运用,构成两大史诗的又一艺术特色。如《罗摩衍那》中讲到罗摩拉断神弓,声响如飓风、如大山崩裂,将人震倒在地。两大史诗中还常常采用数字的夸张。在《罗摩衍那》中说罗波那"一共有10亿罗刹,另外还有22亿",说到猴子则有"成亿成兆"。在《摩诃婆罗多》中,则常用精确的天文数字来达到夸张的目的,如俱卢大战后,阵亡者死体共1,660,044,165亿具。这种夸张的气魄和认真在其他民族史诗中实属难见。

运用比喻得心应手,也是两大史诗的一个艺术特色。史诗中,运用了各种各样的比喻,有明喻、隐喻、借喻、群喻等等。"莲花脸""莲花眼""鹿眼女""狮子勇士"等等是独具印度民族特色的比喻,像中国"人面桃花""牡丹仙子""丹凤眼""虎将"一样,极具感染力。在两大史诗中,比喻还常与象征结合在一起,如在《摩诃婆罗多》的《妇女篇》的一个故事中,人迹罕至的大森林象征世俗生活,各种野兽象征疾病,可怕的女人象征色衰的老年,陷阱象征肉体,井底的蟒蛇象征毁灭一切生物的时间,缠住婆罗门的树藤象征求生欲望,六嘴十足大象象征六季十二月,黑鼠、白鼠象征黑夜和白天,蜜蜂象征情欲,流下的蜜汁象征感官快乐。通过这一连串的比喻和象征,将人引入了一个深邃的哲理世界。

八、主题思想

两大史诗的作者,实际上是一个历史的群体,有众多婆罗门、苏多、民间歌手。他们的创作目的各不相同,所以史诗所涵思想内容,错综繁复,包容万流。学者们的研究,也见仁见智,难以定论。我们试从以下几个方面,分析作品的主题思想:

1. 正法与非法之争。

正法(达磨)和非法之争,是两大史诗的重要主题思想。达磨是印度的一个哲学概念,众多学者作过不同的诠释。简而言之,达磨就是信仰、职责、法则、天性和万物本则。两部史诗中,达磨主要是指人的行为准则和社会责任,具有至高无上的地位。区别崇高与卑劣、伟大与渺小、正义与非正义、英雄与魔鬼的标准,就是对达磨的态度。遵行、维护达磨的,就是正面人物,反对、破坏达磨的就是反面人物。对达磨遵行维护得越坚决,就越受人尊敬;反对、破坏达磨愈烈,就愈遭人唾弃。罗摩、坚战是史诗中的头号正面人物,并非因为他们膂力过人、武艺超人,而是因为他们是达磨的代表。论膂力武艺,怖军、阿周那、罗什曼那都比他们强,但他们遵奉、执行达磨最坚定、最彻底,所以达磨给了他们名誉和力量,成了战无不胜的头号英雄。罗波那和难敌所以成为头号凶顽,并非他们一无长技,而是因为他们对达磨违反践踏得最猖狂。史诗中,自始至终以罗摩和罗波那、般度族和俱卢族的矛盾发展来展开情节,他们之间的斗争实质上是正法与非法的斗争。

史诗中的主线故事、插话都是紧紧围绕正法和非法的斗争来安排的。从实力和舆论来说,罗摩根本不必自我流放,但是为了使父亲实现诺言,为了尽到一个儿子应尽的责任,他义无反顾地实行自我流放。难敌一伙设下圈套,使坚战失去王国和一切,不得不流放13年,也是为了履行赌博时立下的协议。在史诗中,罗摩、坚战不是自然人,而是"法人"的代表。对他们来说,法是灵魂,比一切都重要。正如坚战所说:"我把法看得比生命本身,甚至比进天堂更重要。王国、儿子、名誉、财富,所有这些的重要性还抵不上真理之法的十六分之一。"两大史诗讲的正法,包括宗教、政治、哲学、伦理、武德等各方面。从时间上讲,《摩诃婆罗多》宣示的正法更古一些,主要是奴隶社会的东西,还有氏族社会后期的东西,如认为母亲是比大地更伟大的养育者,父亲比天还高,妻女是居家时的朋友,显然没有上升到严格的封建伦理。《罗摩衍那》宣示的正法,除了奴隶社会的东西之外,还有大量封建社会的东西,如忠、孝、恭、贞等等。

尊法是为了守法,守法必须护法,必须与非法、反法者斗争。这种斗争是历史进步的动力。人类社会从野蛮到开化,从混沌蒙昧到文教昌明,经历了漫长而痛苦的历程。在这一历程中,祖先们深深感到了法和执法的重要。所以,他们不顾一切地执法,与一切破坏法、反对法的人和事作殊死的斗争。这就是正法与非法的斗争成为人类文学一大母题的根本原因,也是其构成印度两大史诗重要主题思想的根本原因。

2. 新法与旧法之争。

两大史诗的另一个主题思想是新法与旧法之争。正法与非法之争,主要表现在两大敌对阵营之间;新法与旧法之争,除了表现在敌对阵营之间,还表现在同一阵营内部。

法在人类社会的进程中有着重要作用,但法是一定历史条件下的产物。随着时代的进步,一些旧法已不适应发展了的社会的需要,一些新的法便应运而生。这样,新法与旧法之间就会产生不可避免的斗争。例如,在印度古代对阵打仗,曾有过这样一些法:

只能白天交战,晚上双方和平共处,所以不担心遭到夜袭;交战双方必须对等,骑士不能与步卒交手,不能不宣而战,偷袭是非法的;交战时不能打击对手臀部以下的部位;不得施放暗箭;不可打心思专注别处或心不在焉的敌人。

后来,这些所谓武士之道的正法,统统被打倒在地。在《摩诃婆罗多》中,破坏这些法的,有般度族,也有俱卢族。但总体来看,般度族是主要破坏者,俱卢族极少。

试看:怖军用铁杵击断难敌双腿,在他身上狂舞,破坏了不得打击臀部以下部位的法;阿周那躲在束发身后向毗湿摩施放暗箭,破坏了不准放暗箭的法;德罗纳听到儿子马勇已死的谎言,就在战车上打坐入定,无心战事,猛光却一剑挥去砍下他的首级,这就违反了不打心思专注别处的人的法;阿周那一箭射杀正在将战车从泥泞中拔出的迦尔纳,违反了对等公平交手的法;在《罗摩衍那》中,罗摩放暗箭,射死篡位的猴王波林。

违法者不是普通人,而命令或促成这些违法行为的首要人物几乎都是毗湿奴的化身。如阿周那面对战车陷入泥泞的迦尔纳,不敢做不合武士之道的事,黑天就极力怂恿,最后高叫:阿周那,别浪费时间,快射箭,杀死那狡猾的敌人!

以上几宗违法行为,都是关系到战争胜败的大局。也就是说,正义者的胜利很大程度上是靠违法,如果不违法,便不能赢得胜利。这一点,是没有疑义的。那么,正义者违法,不是不符合逻辑吗?不是,这反映的正是新法与旧法之争。罗摩、般度族及其实际领袖黑天,不仅代表正法,而且进一步代表新法;代表正法与非法作斗争,同时还代表新法向旧法作斗争。这正是两大史诗的高明伟大之处。它塑造的正面英雄守护的不是一成不变的法,还是随着时代进步而不断有所滚动变化发展的法。

法从无到有,是进步。但像其他文化悖论一样,法和守法意识一旦建立起来,人们往往会死守旧法,成了时代再进步的障碍。如何排除这种障碍,使新法战胜旧法,在史诗时代只得依靠神的力量了。所以,在史诗中竭力神化黑天和罗摩,除了大神毗湿奴自己,谁能负得起破坏法的责任?

旧法新法之争是十分激烈的。黑天唆使怖军打断难敌双腿。难敌临死前大骂黑天:你用诡计害死一名遵照规矩作战的战士,凭真本领光明正大打仗,你休想战胜迦尔纳、毗湿摩或者德罗纳,你难道丝毫不觉得羞愧吗?舆论对黑天的压力也很大。大力罗摩一开始就反对这场战争。战争快结束时,他正好看见怖军与难敌作战的一幕,于是他愤怒地谴责怖军。在般度军内部,意见也不一致,坚战内心十分苦恼,阿周那缄默不语。难敌临死,天神撒下花雨,奏起乐曲,天空骤然明亮,而黑天和般度五子感到自己渺小了。

在《摩诃婆罗多》中,只有黑天一人为破除旧法大声疾呼,不遗余力,可见力量单薄。所以,在史诗中只是以实际行动破了许多旧法,而还没有将"兵不厌诈"一类的新法堂而皇之地立起来。这说明史诗反映的旧法和新法之争,还处于交织状态,但发展的趋势是明确的。黑天尽管充满神的光环,实际上他代表出身低贱的新贵。用难敌的话来说,他是个下贱的东西,他老子是个奴才,所以他是个小奴才,不配和王子们坐在一起,说起话来像个无耻小人。这说明所谓旧法新法之争,实际上是新兴的统治者为树立自己的权威向老统治者发动斗争,所以,具有普遍性。中国《吕氏春秋·察今》讲的就是旧法与新法之争,认为先王成法不可法,"世易时移,变法宜矣"。印度史诗则以神话故事的形式,讲的也是这个道理。黑天曾对发怒的哥哥大力罗摩说,现在已是世界历史的第四时代,前一时代订下的法已不适用了。两者真有异曲同工之妙。

3. 王权与神权之争。

两大史诗中还隐含着一个重大的主题思想,就是王权与神权之争。而王权与神权之争的实质,则是婆罗门与刹帝利两大种姓之间的权力之争。

既然是重大的主题思想,怎么会是隐含着的呢?首先,两大史诗的主旨是歌颂刹帝利的,罗摩和坚战都是刹帝利,所以有大量对刹帝利的颂词;其次,四大种姓的职责分明，井然有序，婆罗门司宗教、文化，刹帝利司军事，执王权，两者各得其所；其三，两大史诗是印度教的，圣典，吠陀天启、祭祀万能、婆罗门至上为印度教的三大纲领，作品中有大量颂扬婆罗门的章节，人们很难想象，在两大史诗中还会有婆罗门诋毁刹帝利和刹帝利攻击婆罗门之事。实际上，不但有，而且相当多，只是比较分散和隐蔽罢了。对这个问题，印度学者大概由于信仰的原因，不大讲；西方学者讲得也不多，讲得最深透的是中国学者季羡林教授。他认为："在印度古代社会中，这两个高级种姓之间有着错综复杂的关系。他们有的时候联合起来，共同压迫和剥削其他低级种姓。有的时候又剑拔弩张，互相斗争。"

种姓制度是印度的特产。《摩奴法典》将婆罗门、刹帝利、吠舍和首陀罗四大种姓各自的义务与分工，作了十分明确的规定。种姓之间，等级森严，决无僭越之理。法典第 1 卷中写道："婆罗门来到世间，被列在世界的首位""世间所有的一切，可以说全为婆罗门所有"。婆罗门和刹帝利的关系，法典第 7 卷是这样规定的："国王于黎明即起后，应向通晓三圣典和伦理知识的婆罗门致敬，根据他们的教义立身行事。""要经常尊敬年高有德、掌握吠陀、身心纯洁、令人尊敬的婆罗门。"

社会地位是由诸多因素决定的，其中经济、政治的作用十分重要。婆罗门只握有宗教、文化之权，而刹帝利拥有王权，掌握军队与经济。这样，婆罗门凌驾一切之上的欲望与他们的实际地位有一个很大的差距，刹帝利的权力与法典为之规定的地位也无法平衡。两者之间的矛盾和斗争是不可避免的。这种矛盾和斗争，早在吠陀时代即已存在，在《梨俱吠陀》和《阿闼婆吠陀》中都有记载。至于《摩奴法典》，我们应该将它看作两大种姓斗争过程中的产物，是婆罗门的精神武器，而并非社会生活的实际写照。两大史诗则较客观地反映了当时婆罗门和刹帝利的真实关系：既勾结又争斗。

在印度神话中，有一位武功极好的持斧罗摩，是一位极端的婆罗门至上主义者，与刹帝利不共戴天，非得斩尽杀绝不可。据说他曾将刹帝利彻底消灭过 21 次之多。在《摩诃婆罗多》的《初篇》中，持斧罗摩将刹帝利男子杀光，刹帝利女子便纷纷找婆罗门男子借种生子。在《罗摩衍那》中，这位持斧罗摩也出场了，不过这回他打败了，败在了刹帝利罗摩之手。罗摩与罗波那之间的斗争，实际上也是种姓斗争，罗摩是刹帝利，代表正义、善良，罗波那代表邪恶与强暴。然而魔王罗波那却是一个婆罗门，是生主的后裔，他的父亲是婆罗门仙人中的最优秀者。

在《罗摩衍那》中，罗摩的阿逾陀城代表的是农耕文化，非常重视农业；罗波那的楞伽城则没有农业，只是大量吃肉，是一种猎狩游牧文化。这两种生产方式和文化，在文明发展史上有先进、落后之分。这样，罗摩不仅代表正义善良，而且代表先进的生产方式和文化，而罗波那不仅代表邪恶、强暴，而且代表落后的生产方式和文化。

综上所述，我们可以清楚看出，《罗摩衍那》中尽管不乏歌颂婆罗门的章节，但总的倾向是褒赞刹帝利,贬抑婆罗门。

4. 非战思想和贞操观念。

除了上述三大主题思想之外,《摩诃婆罗多》的非战思想和《罗摩衍那》的贞操观念,也值得一提。

《摩诃婆罗多》,又译《大战书》,似乎是一部战争的颂歌。其实不然。从总体来看,《摩诃婆罗多》非但不歌颂战争,而且表现出强烈的非战思想。

全诗共18篇,真正描写战争的只有5篇。这说明,战争描写在篇幅上并不占重要地位。大战发生之后,并不是热烈庆祝战争的胜利,而是用大量篇幅描写对大战的忏悔。战后的象城,一片哀号之声,悼念阵亡将士,整座城市成了哭丧之城。坚战心中十分痛苦,他对那陀罗大仙说,虽然他成了王国之主,可是亲戚儿子全死了。这胜利无异于惨败。由于思念战争中死去的亲人,一天更比一天痛苦,决定到森林中苦修,以赎罪过。在众人的再三劝说下,他才治理国事。后来,当听到黑天神死去的消息,便丧失了对尘世最后的一点留恋,带着五兄弟、黑公主和一条象征正法的狗,走向雪山去苦修。最后,坚战来到天堂,见难敌端坐宝座,神女环列,心中极端气愤。几经周折,天神们终于让他消去俗身凡心,不再仇恨和嫉妒,心平气和地与俱卢族兄弟一起享受和平与真正的幸福。

综上所述,《摩诃婆罗多》的非战思想是极为明显的。

《罗摩衍那》中,非战思想也有所表现,但不如《摩诃婆罗多》突出。人类在进入父系社会后,随着财产和权力继承的问题越来越变得突出,贞操观念也越来越得到强化。其核心内容,是为了确保财产与权力真正由自己的后代来继承,不致落入他人之手。《罗摩衍那》描写的是奴隶社会向封建社会过渡的时期,在一夫多妻现象大量存在的情况下,歌颂一夫一妻制,这是《罗摩衍那》一个令人称道的进步思想。罗摩是一夫一妻制的鼓吹者和模范执行者,作为女性崇拜偶像,能始终如一地抵制异性的诱惑。同时,他十分强调悉多的贞操。他出生入死从魔王罗波那手里救出悉多后,想到的是悉多的贞操,逼得悉多投火自明。后来民间流言四起,罗摩又怀疑悉多在魔宫不贞,不顾她怀着身孕将其放逐山林。《罗摩衍那》中的悉多,贞洁而蒙受冤屈;罗摩则是重视贞操而近乎无情。两者是一对矛盾,而在注重贞操这一点上是一致的。都希望以子孙血统的纯洁,来保证王位继承的万世一系,只是两人在史诗中扮演的角色不同罢了。

九、传播与影响

两大史诗是古代印度文学的伟大宝库,其对印度的影响,无论怎样评价都不会过高。

作为诗歌,《摩诃婆罗多》早在公元7世纪即被古典小说家波那称为"诗歌顶峰";《罗摩衍那》则一直享有"最初的诗"和"众诗中之最优秀者"的称号。两大史诗,是印度文学创作的一个取之不尽的源泉。自古至今,根据两大史诗改写、编译的各种诗歌、戏剧、故事、小说,数不胜数。印度有学者曾这样说过:如果把受这两部作品的影响的文学创作排除在一边,那么,在梵语中称得上优秀的作品就屈指可数了。印度古代的文论,也几乎都是以两大史诗为作品依据,分析了各种创作规律之后写出来的。

在印度,两大史诗绝不仅仅是文学作品,同时还是宗教圣典,政治和伦理教科书,知识百科全书,对印度民族的思想、哲学、文化、艺术、习俗、社会生活等,无不产生巨大的影响。在寺庙中,净修林里,婚宴上,家用器皿上,官府王宫中,长老会上,各种节庆中,民曲山歌里,市井舞台上,硕学大哲的书斋里,都能找到两大史诗的深刻影响。这种影响不但深广,而且久远。如《摩诃婆罗多》中的《薄伽梵歌》,作为综合性的哲学诗,对印度人民的宗教生活和世俗生活都具有指南的意义。在学术上,印度教哲学思想的发展常以注释《薄伽梵歌》的形式出现。现代圣哲泰戈尔曾这样指出:"光阴流逝,世纪复世纪,但《罗摩衍那》和《摩诃婆罗多》的源泉在全印度始终没有枯竭过。"①

印度境内种族繁多,语言复杂,历史上列国纷争,统一的时间少而分裂割据的时间多。然而,印度民族依然能以一个独立的民族屹立于世界民族之林。其中一个重要的因素,是两大史诗为印度民族统一所作的不可替代的努力。可以说,两大史诗是印度精神的支柱,没有两大史诗就没有今天的印度。

两大史诗的外传,起始很早。公元6世纪,柬埔寨的一块石碑提到了《摩诃婆罗多》。这说明这部史诗至晚在6世纪已经传入柬埔寨。这种传播是与印度教、佛教的东渐同时进行的,所以速度很快。公元9世纪以后,泰国、缅甸、爪哇、马来等国陆续出现本地语言的编译本。许多地方的寺庙里,都有取材于两大史诗的浮雕。公元16世纪,在印度莫卧儿王朝阿克巴大帝的赞助下,两大史诗译成了波斯语。

两大史诗的西传和欧洲启蒙运动与浪漫主义密切相关。为了向教会神权、封建专制作斗争,宣扬个性解放、人权天赋,欧洲学者对风格迥异的东方文学表示出极大的兴趣。他们陆续介绍、翻译两大史诗,从中汲取了丰富的养分。英国查尔斯·威尔金斯于1785年翻译出版了《薄伽梵歌》,十年后又译出《沙恭达罗传》。《那罗传》首先由德国人弗郎茨·博普于1819年译成拉丁文,以后又被译成德文并改编成德文诗,于是这个插话风靡欧洲。1869年被改编成戏剧在佛罗伦萨上演,1898年至1899年又被改编成俄文歌剧。包括有《莎维德丽传》的《摩诃婆罗多插话集》于1829年出版德文本,后来这些插话又被译成各种欧洲文字。两大史诗的欧洲语言的全译本,首先是1847年至1858年在巴黎出版的《罗摩衍那》意大利文本,接着是1854年至1858年出版的法文本,1870年至1874年出版的英文本之后,陆续有几种英文本问世。《摩诃婆罗多》的第一个散文体英译

---

① 倪培耕:《泰戈尔论文学》,上海:上海译文出版社,1988年,第144页。

本出版于1883年至1893年，诗体英语全译本出版于1895年至1905年。英语改写本或缩写本的版本则较多，如罗梅什·琼德尔·杜德的诗体缩写本和拉西戈帕拉查利的散文体缩写本。两大史诗的俄文、日文本亦已问世。世界其他各种语言的改写本、节译本非常繁多，各国对两大史诗研究的专门论著更是多得无法统计，美国则成立有专门研究印度史诗的学会。

印度史诗传入中国与佛教有关。在公元427年译出的《杂宝藏经》第1卷第1个故事《十奢王缘》，讲十奢王（即十车王）之太子罗摩失国流放，期满回国，弟婆罗陀（多）还政于兄。于是全国出现政通人和、百业兴旺的喜人景象。公元251年译出的《六度集经》第5卷第46个故事《国王本生》，讲国王如何失妻，在猴王相助之下又重新得妻。这两个故事合起来，就是史诗《罗摩衍那》的内容提要。《罗摩衍那》中十车王因误杀苦修者而被诅咒将有失子之痛的这段故事，也在不少汉译佛典中被提到。

约在唐代，《罗摩衍那》即已被译成藏文；在敦煌石窟里就发现有五个编号的藏文《罗摩衍那》，1439年，祥雄·却旺智巴模仿其内容，创作了一部名为《可伎乐仙女多弦妙言》的诗著，后来又有人为此书作注。在《佛宗宝库》等不少书中，都有繁简不一的《罗摩衍那》的故事。这部史诗一直流传在藏族人民口头，对藏族史诗《格萨尔王》，从人物性格的塑造到故事情节的处理，都产生深刻影响。《罗摩衍那》对我国傣族人民也有深刻影响，其脍炙人口的长篇叙事诗《兰嘎西贺》与泰国的《拉马坚》是姊妹篇，都是源于《罗摩衍那》。这部史诗还影响到我国蒙古族地区和新疆等地，至少有四种蒙文的罗摩故事，在古和阗塞种语和古吐火罗语A，（即焉耆语）中，都有罗摩的故事。由于北传佛教的排他性，号称印度研究发达的中国汉地，则一直没有两大史诗的全译本。这一局面到1980年至1984年才为我国当代著名学者季羡林教授所打破，他的诗体全译本《罗摩衍那》共7卷8册终于出版问世。

第二卷

中古东方文学

第五章 中古印度文学

第一节 概述

中古印度文学,包括古典文学和虔诚文学,上承史诗文学和早期佛教文学,下启近代文学。从时间上讲,大约开始于公元1世纪,结束于公元19世纪。中古印度文学的内涵极为丰富,拥有许多伟大的世界级著名作家和作品。然而,它走的却是一条从辉煌渐趋衰落的道路。

在印度中古时期,有三件事对印度文学的发展产生重大影响。

第一,佛教和印度教的互为消长。

雅利安人进入印度境内,将原始的吠陀教改造、提高成婆罗门教,取得了精神领域里的统治权。但是,到公元前5、6世纪,这种统治权遭到了挑战。挑战来自新兴的各种各样的非婆罗门思潮,统称为沙门思潮。当时,印度思想学术界十分活跃,呈现出百家争鸣的局面。其中,以佛教的势力为最大。刹帝利出身的释迦牟尼,反对种姓制度,反对婆罗门第一,主张四种姓平等,提出"四谛""五蕴""十二因缘"等基本教理,受到刹帝利、吠舍和首陀罗的拥护上佛教得以迅速发展。宗教具有排它性,此兴而彼伏。随着佛教的兴旺,婆罗门教逐渐衰落了,佛教在印度取得了统治地位。公元4世纪前后,婆罗门教为了生存和发展;在吸收各地民间信仰的同时,还吸收了佛教、耆那教等教义。到公元8、9世纪,在商羯罗的改革下,婆罗门教以新的面貌出现,逐渐形成印度教,即新婆罗门教。印度教的重新崛起,伴之而来的是佛教的衰落。佛教经过原始佛教、部派佛教、大乘佛教之后,约在公元7世纪,大乘佛教中的一部分派别开始同婆罗门教混合形成密教而丧失自己的特点。到公元13世纪,佛教在印度本土就基本消亡了。印度又成了印度教的天下。大约从公元前3世纪印度孔雀王朝的阿育王时代开始,佛教不断向境外传播,成了世界性的宗教。印度教和佛教在国内此起彼伏、互为消长的历史,对中古印度文学的影响是不可低估的。

第二,伊斯兰文化的进入。

从公元7世纪后半叶开始,印度开始不断受到伊斯兰势力的影响。公元

986年起,阿富汗伽色尼王朝逐渐征服印度。马默德(Mahmud)于公元1001年至1027年,先后17次远征印度,占领了整个印度西北部。这种远征以掠夺奴隶、财物和使印度人改宗伊斯兰教为目的,虽然并不是长期占领统治,但是对印度教、佛教的打击十分严重。后来伽色尼王朝被新兴的廓尔王朝灭亡。1175年以后,廓尔王朝几次派王弟西哈布·乌德·丁·穆罕默德出征印度,经过20多年的征战,到1202年,在北印度终于确立了伊斯兰的统治。1206年,王弟死后,其部将库德布·乌德·丁·艾伯克自立为王,在德里建都,史称德里苏丹国。公元1526年,莫卧儿帝国建立,这就是在印度建立的最强大也是最后一个伊斯兰王朝。1857年民族大起义后,帝国最后一名统治者被英国当局放逐,王朝名存实亡。

新统治者的不断入侵,国王与部将之间的争斗,使印度蒙受了一次又一次的战争。伊斯兰教的进入,使本已衰落的佛教在印度销声匿迹,耆那教也仅一线尚存,与之抗争的唯有印度教。在长期的抗争中,印度教和伊斯兰教各自都发生了不少变化,同时互相作用、渗透、融合,产生了新的宗教和语言。印度教面对伊斯兰教的侵入,出现了"虔诚运动";伊斯兰教面对印度教的影响,出现了清净派运动。为了缓冲两大宗教的碰撞,一部分宗教界人士致力两教的合一。这样融印度教和伊斯兰教于一体的一个新的宗教——锡克教诞生了。两种不同宗教的相撞,长期互相斗争、摩擦、渗透和交融,其对印度文学的影响是不言而喻的。

第三,各地方言的兴起。

印度境内人种繁多,语言十分复杂。古代印度,梵语文学,被视为正宗。到佛教、耆那教兴起,梵语一统天下的地位被动摇,俗语、巴利语文学兴盛一时。与梵语一样古老的泰米尔语,则一直是南方地区文学创作的主要语言。

梵语脱离百姓口语,逐渐走向衰落。相对而言,巴利语和俗语比较接近口语,就得到蓬勃发展。俗语演变发展成各地的阿波布朗舍语,这些阿波布朗舍语约在公元10世纪前后,又随着时代的发展,演变成印度中部、北部地区印欧语系的各种方言,主要有印地语、信德语、旁遮普语、孟加拉语、马拉提语和古吉拉特语等等。南方的达罗毗荼语系,也产生了泰卢固语、卡纳尔语和马拉雅拉姆语等新方言。由于伊斯兰政权在德里建立,随着波斯语和波斯文学的传入,德里方言,经过一段时间的兼收并蓄,发展成乌尔都语。

随着古典梵语文学的衰落,各地新兴方言文学应运而生。这些方言文学一方面深深扎根于当地人民,汲取本地区民间文学营养,在发展中形成各自的特色;另一方面,都受到梵语文学很大的影响。它们大都直接继承了梵语文学的传统,所以一开始便有相当成熟的作品问世。即便是产生得较晚的乌尔都语文学,也因它继承、借鉴了梵语文学和波斯文学,所以其初始阶段的作品,就有很高的水平。

中古印度文学的主要成就有以下几个方面：

首先，是独步世界的故事文学。印度是个故事大国，世界各地的许多故事都可以溯源到印度。而中古时代，是印度故事的丰产期。主要有《本生经》和《五卷书》(详见本章第二节)，另外还有《故事海》《僵尸鬼的故事》《鹦鹉的故事》《宝座故事》《益世嘉言》和耆那教的《婆苏提婆游记》《人生寓言》《沙摩奈奢》《法鉴》等等。

其次，诗歌的传统得到了继承和发扬，并且取得了辉煌的成就，涌现出众多佳作。抒情诗有迦梨陀娑的《云使》(详见本章第三节)、伐致呵利的《三百咏》、阿摩卢的《百咏》、摩由罗的《太阳神百咏》、毗尔诃纳的《偷情百咏》、牛增的《阿利耶七百首》、胜天的《牧童歌》、格比尔达斯的《真言集》等等。叙事诗主要有五部"大诗"——迦梨陀娑的《罗怙世系》《鸠摩罗出世》，婆罗维的《野人和阿周那》，摩伽的《童护伏诛记》和室利诃奢的《尼奢陀王传》；另外还有佛教诗人马鸣的《佛所行赞》，跋底的《罗波那伏诛记》，毗尔诃纳的《遮娄其王传》，迦尔诃纳的《王河》，泰米尔诗人甘班的《甘班罗摩衍那》，泰米尔语史诗《大往世书》，印地语长篇叙事诗《地王颂》《赫米尔王颂》，加耶西的《莲花公主传》，苏尔达斯的《苏尔诗海》，杜勒西达斯的《罗摩功行之湖》等等。

第三，梵语戏剧的崛起。戏剧最早兴起于古埃及，到古希腊，出现了一个兴盛期。但到中古时代，戏剧的太阳却照耀在印度的上空，戏剧在印度出现了空前的繁荣，形成了世界戏剧史上的又一个高峰。印度戏剧的成就，主要是古典梵语戏剧。古典梵语戏剧一般都有以下特征：(1)戏文韵白相间；(2)雅语(梵语)俗语杂糅；(3)各幕时空自由变化；(4)设有丑角；(5)以献诗、序幕开场，幕间有插曲，闭幕前有献诗；(6)常以大团圆结局，多喜剧、悲喜剧，少悲剧。印度戏剧起源于公元前，但现存的剧本都是公元以后的作品。最早的是公元1、2世纪的佛教诗人马鸣的三部戏剧。现在只有残卷传世，其中一部剧名《舍利弗传》，是九幕剧，其他两部残缺过甚，连剧名都无从知晓。从《舍利弗传》来看，印度戏剧当时已进入成熟阶段。著名戏剧大师跋娑有13部作品问世，它们是《惊梦记》《负轭氏的誓言》《五夜》《善施》《使者瓶首》《宰羊》《神童传》《仲儿》《迦尔纳出任》《断股》《黑天出使》及《灌顶》《雕像》。《惊梦记》(有中译本，韩廷杰译，中国戏剧出版社1983年出版)是跋娑的代表作。他在古代印度名声很大，许多著名古典梵语作家如迦梨陀娑、波那等都曾在作品中提及他。他为以后印度戏剧创作高峰的到来奠定了基础。

在讲到印度古典戏剧时，首陀罗迦的《小泥车》是不能不提的。这部伟大作品的诞生时间至今无法确定，一般认为是出于跋娑和迦梨陀娑戏剧之间，约在公元3世纪左右。这是一部十幕剧，角色有34个，还有众多群众角色。婆罗门善施、妓女春军和国舅蹲蹲儿是剧中三个主角。描写妓女春军为逃避国舅的追逐，躲进声名卓著而家道中落的婆罗门善施家中,由此产生了一段曲折爱情。国舅霸占春军不成,便向她下毒手,并嫁祸于善施。善施蒙冤,被押赴刑场。这时,曾得到善施帮助的牧人起义成功,推翻暴君,解放了善施和被救活的春军,准其正式结为夫妻。《小泥车》情节曲折复杂,扣人心弦,而又时时洋溢着诗情画意,充满风趣和幽默,语言质朴流畅,并利用不同语言为不同角色服务,自然生动。总之,《小泥车》具有极高的艺术造诣,以其深刻鲜明的主题思想和炉火纯青的表现手段,与迦梨陀娑的《沙恭达罗》堪称印度古典梵剧史上的双峰。

迦梨陀娑的戏剧,标志着印度古典梵语戏剧创作达到鼎盛阶段,并且独领世界戏剧风骚,直到中国元、明戏剧兴起(详见本章第三节)。

迦梨陀娑之后,著名的作品有戒日王喜增的《妙容传》《璎珞传》《龙喜记》和毗舍怯达多的《指环印》,薄婆菩提的《茉莉和青春》《大雄传》《后罗摩传》,婆吒·那罗延的《结髻记》等。从公元7、8世纪起,梵语戏剧逐渐走下坡路,尽管还是出了不少知名的剧作家,如王顶、牟罗利、克里希那弥湿罗等等。但此时的作品已经每况愈下,呈现出衰落之象,如取材越来越依赖史诗和往世书;夸耀诗才,玩弄文字技巧;人物性格僵化,图解宗教或哲学原则,戏剧性不强;格调不高,低级趣味等等。

第四,古典梵语小说。总的来说,印度古典小说不及诗歌发达,但其文体十分有特点,除了韵律之外,叙事诗的一切修辞手段,如双关、比喻、夸张、谐音、用典等等几乎全用上,简直是无韵的叙事诗。也正因为这样,创作难度很大,束缚了小说的发展。著名的作品有苏般度的《仙赐传》、波那的《戒日王传》和《迦丹波利》、檀丁的《十王子传》等。

第五,古典文艺理论。中古印度文学的又一个突出成就,是包括戏剧学和诗学在内的文艺理论的建立,这些具有印度特色的文艺理论,与欧洲和中国的理论成鼎立之势,构成了世界文艺理论的三大体系(详见本章第四节)。

第二节 《本生经》和《五卷书》

一、《本生经》(Jātaka)

佛教文学是印度文学不可分割的组成部分。《本生经》《大事》《神通游戏》《百缘经》《天譬喻经》《佛所行赞》《妙法莲华经》等等,在佛教文学中具有重要地位。其中又以《本生经》最为重要。按照佛家的说法,释迦牟尼在成佛之前,经过了无数次轮回转生。他曾做过国王、王子、婆罗门、商人、妇人、大象、猴子、鹿等等。每一次转生,便有一个行善立德的故事。这些故事被称为"本生故事",现存的共有547个,收集在巴利文经藏《小尼迦耶》中。现存的本生故事并非原典,是一位斯里兰卡比丘约在公元5世纪根据僧伽罗文译本译写的。本生故事,都有一套固定的格式：(1)今生故事，交待佛陀讲述前生故事的地点、身份及缘由，起引导的作用；(2)前生故事内容；(3)偈颂，穿插在散文故事之中；(4)注释，对偈颂中的词语作出解释；(5)对应，点明前生故事中的人物即是今生故事中的某某，一一对应起来。

本生故事，内容丰富多彩，具有多方面的价值。它生动形象地保存了古代印度人经济、政治、思想、道德、文化、风俗等方面的宝贵资料，为后人研究印度古代社会提供了方便。其文学价值，不但在印度文学史上备受尊崇，而且在世界文学史上也占有重要地位。它是人类最古老的寓言文学之一。这些故事原是流传在印度民间的寓言、神话、传说、童话和传奇，经过佛家的改造、加工，蒙上了一层神秘的宗教色彩。

从思想内容来分，本生故事大体有以下几类：

1. 歌颂菩萨智慧与神通。

这应该说是编著者的主要创作思想，《本生经》的几乎每一篇故事，都在程度不同地歌颂释迦牟尼，除了歌颂他的道德、情怀、知识、英明、魄力之外，还常歌颂他具有神异的力量。如《芦苇饮本生》，讲菩萨比身为猴王，一天率领8万猴子玩耍。猴子渴了欲下莲花池喝水，可是池里有水妖。于是菩萨命令池塘四周的芦苇统统将节打通，猴子以芦苇为吸管，不用下池就饮到清凉的池水。从此，这个池塘周围的芦苇的节都是通的，并与兔子形象留在月亮中、大火烧过的地方不再火烧、陶工住地不受雨淋等称为"四大奇迹"。

2. 主张平等，反对种姓歧视。

佛教是反婆罗门教的沙门思潮的一种，反对种姓制度，提倡平等博爱，是其重要的思想武器。这一点，在本生故事中有充分的体现。《白幢本生》讲婆罗门白幢回答不出贱民旃陀罗的问题，而受胯下之辱。化身老师的菩萨告诫白幢，别生气，并夸奖旃陀罗孩子聪明。《芒果本生》直接鞭挞了忘恩负义的婆罗门。说菩萨化身旃陀罗，身怀绝技，念咒语能使树木反季节结出果子。婆罗门青年费尽心机向旃陀罗学到了咒语，于是受到国王青睐。但是当国王问起咒语的来历，青年违背诺言，羞于说出师从旃陀罗，撒谎说是从一位婆罗门那里学来的。于是，这个婆罗门青年受到惩罚，忘记了咒语，最后孤苦伶仃地死在森林里。

3. 讽刺鞭挞愚蠢迷信。

在遥远的古代，由于愚昧，迷信总是大有市场。本生故事难能可贵，直截了当地反对迷信活动。《星宿本生》讲一个城里人相中了一位乡下姑娘，娶亲那天问苦行者，今天的星宿吉利不吉利？苦行者因定了婚期才问他，很生气，故意说不吉利。乡下人见城里人不讲信用，没来娶亲，就把姑娘嫁给了别人。第二天城里人赶到乡下便争执起来。一位智者问清了原委，说："这关星宿什么事？娶新娘这事本身就是吉祥的星宿！"接着唱了一偈："祈望吉祥星，失却吉祥女；吉祥自吉祥,不关星宿事"。《妙生本生》提倡节哀,反对愚孝,讲祖父死了,父亲整天在灵塔前祭供哀哭,不吃不喝不做事。儿子(菩萨化身)为了开导他,带了水草去喂郊外的一头死牛,一股劲地对死牛说:吃吧！喝吧！众人以为此人疯了。消息传到父亲耳里,赶忙来看儿子。儿子趁机开导父亲,使他消除忧愁和悲伤。

4. 宣扬经商发财。

大概由于佛教提倡种姓平等,被压在婆罗门、刹帝利两大高等种姓之下的吠舍,表现得特别活跃。所以,在本生经中弥漫着浓厚的商人气息,许多故事描写的都是经商的题材,如《真理本生》《小商主本生》《果子本生》《奸商本生》《露露鹿本生》等等。《真理本生》描写菩萨转生在商队长家中,成人后率 500 辆车,四处经商,大智大勇,战胜各种险境,低进高出,获利二三倍而归。《小商主本生》则描写菩萨的化身小商主,指导一个家道中落的青年从一只死鼠起家,成了拥有 20 万元的富翁,并招他为婿。《本生经》主张同本同利,反对倚老卖老,多占分成。《奸商本生》就是抨击商人大智出一样的本钱,想拿双份利,结果受到小智(菩萨化身)的惩治。《本生经》同时反对利用不正当手段来聚敛财物,如著名的《吠陀婆本生》就是讲一千个强盗为求不义之财而互相残杀无一生还。能看天相、使之下珠宝雨的师傅,因不听徒弟(菩萨化身)的叮嘱也惨遭毒手。

《本生经》中有大量寓言故事,讽喻欺诈虚伪,自私残暴;歌颂团结友谊,知恩图报;赞扬坚贞和忠于爱情。当然,由于受到时代局限,《本生经》中也有不少糟粕,如宣扬消极宿命思想,无原则忍辱等等,显得最为突出的是蔑视妇女,不少故事污蔑妇女天性不贞。

本生故事的影响远远超出了印度国界,是许多世界性的著名故事的源头。《本生经》并未完整地译成汉文,但有十几部汉译佛典收有本生故事。每部收录的数目不等,有的几个,有的几十个,最多的是 121 个。这些故事对中国文学、雕塑、绘画等产生过深刻的影响。

二、《五卷书》(*Pañcatantra*)

《五卷书》是具有世界影响的印度故事集。它的译本之多,仅次于《圣经》,作为一本故事集,这是一个奇迹。它与《本生经》堪称印度故事文学的双璧。两者所收的主要是寓言故事,一个是佛教徒编订的,一个是婆罗门文人编订的。

寓言故事在印度之所以发达,一方面是宗教生活的需要,另一方面也是印度特殊的世俗政治的需要。印度历史上存在无数大大小小的王国,纷争不断,政局变幻莫测。不但小民百姓不能把握自己的命运,就是统治者自己也感慨世事之多变。老百姓渴望安居乐业,统治者追求长治久安,于是以物讽人、以事喻理的寓言故事便有了肥沃的土壤。

《五卷书》由《绝交篇》《结交篇》《雅枭篇》《得而复失篇》《轻举妄动篇》组成,被称作"王子教科书"。它讲一位国王生了三个蠢儿子,毫无读书兴趣,更谈不上治国安邦之术了。一位大臣出了个主意,请来一位婆罗门在六个月里将所有的"利论"(Arthaśāstra)和"正道论"(Nītiśāstra)教会王子。这"利论"和"正道论"是广义的政治学,包括治国的大政方针和谋略,道德规范和人情世故。《五卷书》就是婆罗门为王子编写的教材。据说谁学了《五卷书》,连天神之王因陀罗也奈何不得。

《五卷书》和两大史诗一样,也采用连串插入式的创作方式。全书有五个主干故事。第一个讲君臣关系,第二个讲团结就是力量,第三个讲策略权谋,第四个讲交友之道,第五讲谨慎行事。主干故事只起穿针引线的作用,在每个主干故事中又插入了许多别的故事,全书共 80 多个。《五卷书》的思想内容十分丰富,除了五个主干故事所涵示的主题思想之外,以下思想内容也给人很深的印象:

1. 歌颂智慧,抨击愚昧。

第 5 卷第三个故事,讲四个婆罗门,三个熟读经书有知识却无理智,一个有理智而不管什么经书。有一次他们结伴外出,在森林里发现一摊狮子骨头。第一位有知识的婆罗门将狮骨凑弄到一起,第二位添上了皮、肉和血,第三位正要使其活过来,第四位没知识而有理智的婆罗门说:如果让它活了,就会把我们都杀死!结果他遭到一顿臭骂:你这个笨蛋,我学了知识,不能不用!结果这个婆罗门只得先爬到树上逃命,那三个有知识而无理智的婆罗门全被狮子咬死了。智慧包含知识和理智。光有知识而无理智,等于愚蠢;光有理智而无知识,等于无能。这个故事揭示的,正是知识与理智相辅相成的关系。

第 2 卷第一个故事在《本生经》中也有,讲一只名叫婆伦多的鸟,有两个头。一天,一个头找到了甘露,第二个头也争着要。第一个头不给,第二个头就故意找毒药吃,结果这只鸟就一命呜呼了。愚昧和自私常常是一对孪生兄弟。为了自己的一己私利,损害整体的利益,结果自己也遭到灭顶之灾。这就是婆伦多鸟给我们的深刻启示。

2. 安身立命须讲人情世故。

在古代印度,社会复杂,人有旦夕福祸。要想安身立命,必须小心谨慎,讲究人情世故,不要多管闲事。不然好心不得好报,甚至招来杀身之祸。

第 1 卷第二十五个故事,讲一只鸟,看见一群猴子在冬天里用萤火虫来取暖,便好心地告诉它们:不要自寻烦恼,这是萤火虫,不是火!猴子不听。这只鸟唠叨不休,还用翅膀去拍打猴子,猴子被惹急了,一把抓住它,使劲往地上一摔,给摔死了。

3. 居安思危,临危不惧。

为避免各种不测,必须未雨绸缪,才能防患于未然。一旦遇到危险,应沉着智斗,才能绝处逢生。第 1 卷第十九个故事描写一只老天鹅,见到自己做窝的无花果树下,长出一棵藤蔓的幼苗,便叫其他天鹅趁它还柔弱就砍掉。可是它们没有去砍,藤蔓一天天长大了,终于包围了无花果树。一天,一个猎人顺着藤蔓爬上无花果树,在天鹅的窝里下了绊索。傍晚天鹅们飞回窝里一只只都被套住了。这时,老天鹅吩咐其他天鹅,猎人来的时候统统装死。天一亮,猎人爬到树顶,看见天鹅都"死"了,就一只只解开绊索扔到地上。当猎人正准备下树时,天鹅们遵照老天鹅的计谋,一齐起飞逃走了。

和《佛本生》一样,《五卷书》也有不少消极的内容。比较突出的有相信命运、诬蔑妇女和金钱万能等等。有的故事为种姓制度服务,鼓吹荣辱贵贱都是前世所定;有的公然宣称,女子天性不贞,好女不如坏男;有的散布钱能通神,"有钱就有朋友,有钱就有姻亲;有钱就有学问,有钱在世为人"。这些消极思想,打有时代局限的烙印,而且至今仍在影响人们的思想。

《五卷书》确切的诞生年代,已经很难考证了。在流传过程中,有过许多不同的版本。其中一个版本在公元6世纪中叶,波斯国王下令,由医生布尔诺从梵文译成了巴列维语。这个本子后来又改译成阿拉伯语,书名改成《卡里来和笛木乃》,以后就传遍了欧洲和世界,对意大利薄伽丘的《十日谈》、英国乔叟的《坎特伯雷故事集》、德国格林兄弟的《格林童话》的创作,产生过影响。由于宗教的排它性,佛教徒始终没有将《五卷书》译成汉语。但是,其中不少故事在中国都有广泛的传播。这主要是靠汉译佛典,佛典中不少故事是与《五卷书》相同或相似的。

1959年由著名印度学家季羡林教授直接从梵文译出的《五卷书》汉译本在中国问世,大受欢迎,已多次再版。

第三节　迦梨陀娑

迦梨陀娑(Kālidāsa)是印度中古文学史上最杰出的诗人和剧作家。生卒年月不详,大概生活在公元3世纪中叶至4世纪中叶。以其卓越的才华,他身前即已为"宫廷九宝"之一;1956年,世界和平理事会又将他列为世界十大文化名人之一。迦梨陀娑为后人留下了众多的作品:剧作《优哩婆湿》《沙恭达罗》《摩罗维迦与火友王》;长篇叙事诗《鸠摩罗出世》《罗怙世系》;长篇抒情诗《云使》;抒情短诗集《六季杂咏》等。附在他名下的作品,据说有41种之多,但一般认为,除了上述作品之外,剩下的就不一定可靠了。

迦梨陀娑的天才是善于"点铁成金"。他的创作往往取材于吠陀、梵书、史诗、往世书和民间故事,进行增删、加工、提高并赋予其全新的艺术生命。许多古老的题材,经他再创造之后,立刻牧女变天仙,成为不朽名作。

《优哩婆湿》又译《广延天女》,描写天界歌伎优哩婆湿与国王补户罗婆娑的悲欢离合。这是一个古老的故事,《梨俱吠陀》《百道梵书》《摩诃婆罗多》《莲花往世书》等典籍中都曾出现,但比较粗糙简单。迦梨陀娑以生花妙笔,将其创造加工成一出使人回肠荡气的五幕剧。第一幕讲补卢罗婆娑在礼拜太阳后的归途中,从恶魔手中救出天界歌伎优哩婆湿。优哩婆湿从昏迷中醒来,两人一见钟情。第二幕讲国王回到王宫后相思成疾。优哩婆湿探得国王心迹,便收起隐身术与国王见面。突然天庭传来声音,催优哩婆湿回去。第三幕讲优哩婆湿在天宫演戏时,竟将剧中人名错念成补卢罗婆娑,被班头逐出天界。在大神因陀罗的帮助下,她在一个月夜下凡与国王喜结良缘。第四幕讲优哩婆湿误入禁地,变成一棵藤蔓。国王苦苦寻找,最后靠一块"团圆宝"才使优哩婆湿显出真形。第五幕讲一个偶然机会,国王见到自己与优哩婆湿生的儿子,但根据因陀罗的诺言,优哩婆湿得返回天界。国王听了昏死过去。醒来后,决定由儿子继位,自己隐退山林。这时,又传来因陀罗的命令,准许他和优哩婆湿白头偕老。于是,以大团圆结局。此剧有季羡林的中译本问世。

《时令之环》又译《六季杂咏》,是迦梨陀娑的早期诗作,虽不乏优美隽永之笔,但与其他成熟名作相比,不免显出稚拙之处。

《鸠摩罗出世》是取材于古代神话的长篇叙事诗,讲山神之女波哩婆提(湿婆前妻萨蒂转世)通过苦修,与湿婆结合生下战神鸠摩罗。鸠摩罗不负众望,助天神打败魔王多罗迦。作品歌颂爱情战胜苦行,入世战胜出世。

《罗怙世系》是以罗摩家世为重点的帝王世系传说,共19章1569节。此诗格调高雅,画面绚丽,韵律优美,被喻为梵语古典叙事诗的最高典范。

《摩罗维迦和火友王》是一个五幕剧,描写宫娥摩罗维迦和火友王的爱情。与迦梨陀娑其他剧作相比,此剧显得比较幼稚。所以,文学史家一般认为是他的早期之作。

在迦梨陀娑众多作品中,《云使》和《沙恭达罗》是其艺术成就的代表作。

一、《沙恭达罗》(*Abhijñānasākuntala*)

印度古谚:韵文里最优美的就是英雄喜剧,
  英雄喜剧里《沙恭达罗》总得数第一。

这就不容置辩地告诉人们,《沙恭达罗》在印度人的心目中,具有十分崇高的地位。在世界戏剧史上,它也当之无愧地被列为千古名剧之一。

《沙恭达罗》基本剧情源于《摩诃婆罗多》和《莲花往世书》,描写净修女沙恭达罗和国王豆扇陀之间悲欢离合的爱情故事。全剧共七幕,正式开幕前有一个序幕:内容有献诗、舞台监督和女优伶对话,向观众致意及介绍剧情。

第一幕《狩猎》:讲英俊勇健的国王豆扇陀,打猎时追赶一头梅花鹿,来到净修林。苦修者告诉他,这鹿为净修林所养,不可追杀。豆扇陀谦恭地听从劝告,换了便装走进净修林。沙恭达罗是净修林主人干婆的养女,天生丽质,清纯得像刚开的茉莉花。她正和女友们提壶浇花。豆扇陀躲在树后,看见秀色天成的沙恭达罗,顿时心迷神驰。一只蜜蜂飞来,惊得沙恭达罗连声呼救,豆扇陀趁机上前保护。两人一见钟情,相见恨晚。

第二幕《故事的隐藏》:豆扇陀为沙恭达罗所倾倒,决定停止狩猎,在净修林附近住了下来。他对沙恭达罗朝思暮想,但是苦于没有机会接近她。恰巧,罗刹来侵扰净修林,修行者前来请他住下,以便保护净修林。这时,王太后派人来,要豆扇陀回宫过节。豆扇陀左右为难,一面母命难违,一面恋情难舍。最后,他命随从统统回京,自己一人留在净修林。

第三幕《爱情的享受》:豆扇陀和沙恭达罗都相思成疾。一天,沙恭达罗倚在铺满鲜花的石头上,正和两位女友倾吐自己的心曲。用指甲在荷叶上写下了一首情诗,并朗诵了出来。躲在一边的豆扇陀听罢,情不自禁地走上前来,坦诚表明自己同样强烈的爱慕之心。沙恭达罗顿时羞得面红耳赤。两位女友说国王有众多后宫佳丽,不可欺骗沙恭达罗。豆扇陀信誓旦旦,表示对沙恭达罗永远坚贞不二。女友听罢走开,让她们尽情享受爱情的欢乐。

第四幕《沙恭达罗的离别》:国王豆扇陀和沙恭达罗以"干闼婆"方式自由结婚,沉浸在甜蜜之中。不久,豆扇陀回京,临别前将一只刻有自己名字的戒指作为信物送给沙恭达罗。豆扇陀走后,沙恭达罗终日看着戒指情思绵绵,怠慢了一位大仙。大仙很是生气,发出咒语:你那个人绝不会再想起你来!女友急忙跪倒求情,大仙减轻诅咒:豆扇陀见到信物,才会记起爱情。养父回到净修林,祝贺养女的婚事;并派徒弟送已经怀孕的沙恭达罗赴京找豆扇陀。沙恭达罗与净修林众女友、养父、鸟、兽、花、木一一告别,依依不舍。

第五幕《沙恭达罗的被拒》:沙恭达罗在干婆的两位徒弟的护送下来到王宫,可是豆扇陀竟不相认。沙恭达罗急忙想拿出信物,可是戒指在途中脱落水中。任凭她如何讲述在林中相爱的细节,都丝毫不能唤起国王的回忆。两人争吵起来,沙恭达罗骂豆扇陀是卑鄙无耻之人。她悲痛欲绝,向天求告,只见天际一道金光,沙恭达罗的生母——天女弥那迦接她上天。国王见此,心中不安,怀疑这个被自己拒绝的女子真的是自己的妻子。

第六幕《沙恭达罗的遗弃》:过了一些日子,一位渔夫捕到一尾红鲤鱼,剖肚发现有一枚戒指,便拿去出售,刚好被巡检发现,就把戒指交给国王。这正是豆扇陀赠送给沙恭达罗的信物。国王一见到它,立刻恢复了对爱情的记忆,对自己拒绝沙恭达罗悔恨不已。他终日若痴若呆,画着沙恭达罗的肖像,沉浸在深深的思念之中。天神因陀罗同情豆扇陀,想减轻一点他的痛苦,便邀请他到天国协同征讨妖魔。

第七幕是尾声,没有幕名。讲豆扇陀得胜归来,途经金顶仙山,见到一位满身王气的男孩正在戏耍狮子。从两个仙女与孩子的谈话中得知,他是沙恭达罗生的孩子。恰在这时,沙恭达罗来了。豆扇陀上前下跪求情,此时沙恭达罗已知道他不是故意遗弃,而是仙人的诅咒起了作用,便与他重归于好。他们一起拜别仙山上的列位尊师,携带儿子婆罗多高高兴兴地回到京城。这婆罗多就是印度民族的先祖,传说中最早的国王——转轮王。

《沙恭达罗》所以成为印度古典名剧之冠,艺术魅力历经千古而不衰,主要是以美取胜。首先,沙恭达罗的青春美给人以不可抗拒的魅力。她灵秀妙丽,色佳天下,如林中的鲜花一样,是那么清纯、温柔、恬静、质朴、多情。当她初见豆扇陀时,是那样的惊慌和害羞,而当她爱起豆扇陀来,又是那么热切、执着。其二,净修林的自然美令人心旷神怡,美不胜收。那里到处是嘉木芳草,珍禽瑞兽,清泉流水,使人如入仙境,大有流连忘返之感。其三,是沙恭达罗和净修林的和谐美。清丽纯朴的沙恭达罗,从小生活在这样圣洁的净修林中,显得那么自然和谐。第四幕,当沙恭达罗要进京离别净修林时,她和小鹿、树木、藤蔓等依依惜别,是那样的动情,简直是灵魂与灵魂的拥抱和沟通。其四,是性格刚柔相济的适度美。印度文学史上有不少千古传诵的女子形象,像悉多和黑公主等。但作为文学形象,显然沙恭达罗比她们更加可爱,因为沙恭达罗的性格刻画十分适度,恰到好处。她既不像悉多那样逆来顺受,又不像黑公主那样刚烈泼辣,而是柔中见刚,刚柔相济。第五幕中,豆扇陀见了她拒不相认,而且出口不逊,沙恭达罗善良纯朴的心受到了欺侮,她怒骂豆扇陀披上一件道德的外衣,实际上是一口盖着草的井,表现出她身上相当的反抗精神,符合观众和读者的愿望,使得她在大家心目中的形象更加完美。

显然,这四种美不是并列的,而是有主有从。沙恭达罗的青春美(包括肌体美和心灵美)是第一位的,净修林的自然美是对沙恭达罗青春美的一种衬托,是为其服务的。和谐美和适度美也是为刻画沙恭达罗青春美服务的。

纵观全剧,人物性格鲜明,形象生动,刻画细腻;情节曲折多变,引人入胜;结构严密完整;自始至终充满诗情画意,弥漫着浓郁的抒情色彩,给人以超脱凡俗的美感。

《沙恭达罗》在印度有许多不同版本。18世纪末,被先后译成英文和德文,于是震惊了整个欧洲。迦梨陀娑也因此而蜚声西方文坛。歌德曾这样赋诗赞美:

> 春华瑰丽,亦扬其芬;/秋实盈衍,亦蕴其珍。/悠悠天隅,恢恢地轮;/彼美一人,沙恭达罗。

他的《浮士德》的舞台序幕,就是仿照《沙恭达罗》而写的。

席勒对《沙恭达罗》更是推崇备至。他说:"在古代希腊,竟没有一部书能够在美妙的女性温柔方面,或者在美妙的爱情方面与《沙恭达罗》相比于万一。"[①]

[①] 转引自《中国大百科全书·外国文学卷》I,北京:中国大百科全书出版社,1982年,第482页。

英国著名梵文学家莫尼尔·韦廉斯说:"迦梨陀娑的其他作品都是优秀的,但是没有法子和这个剧本相比。这个剧本体现了他的丰富的写诗天才,深湛的想象能力,温暖的感情,变幻的思维。这个剧本也告诉我们,他对于人类心理的了解是如何的深刻,他细致地体会人类心灵的最娇嫩和最高尚的情感,他熟悉那种情感的活动和矛盾。说得简练一些,他当得起印度的莎士比亚。"①

现在,世界上已经有了《沙恭达罗》的几十种译本,而且被广泛搬上舞台。《沙恭达罗》在中国也有多种译本,如焦菊隐于1925年从英文本转译出第四、第五幕,名为《失去的戒指》。王哲武据法文本转译此剧。王维克也从法文转译此剧,于1933年和1954年两度出版单行本。卢冀野据英文本将此剧改译成南曲《孔雀女金环重圆记》,于1954年印行。王衍孔据法译本转译此剧,于1950年印行。季羡林于1956年直接从梵语译出此剧,由人民文学出版社出版。中国青年艺术剧院于1957年和1982年两度按季羡林的本子将《沙恭达罗》搬上舞台,获得了巨大的成功。

二、《云使》(Meghadūta)

《云使》是迦梨陀娑的长篇抒情诗,分《前云》与《后云》,共115颂。这部作品是印度文学史上第一部抒情长诗,被誉为印度梵语诗歌的"六大名诗"之一,不但奠定了长篇抒情诗在印度文学史上的地位,而且代表了印度古代长篇抒情诗的最高艺术成就。迦梨陀娑以其卓越的天才,开一代诗风。在《云使》之后,印度出了"信使诗热",模仿之作不断涌现,诸如《风使》《鹦鹉使》《蜜蜂使》《天鹅使》《月使》《杜鹃使》和《孔雀使》等等。在各国文学史上,只有旷世杰作的诞生,才会出现这种现象。

长诗第1颂至第5颂讲:有一个药叉(印度神话中的一种小神仙,是财神俱毗罗的侍从)住在北方的阿罗迦城。由于怠忽职守,受到主人的诅咒,要忍受远离爱妻的痛苦,被贬谪一年,到阴影浓密的罗摩山树林中居住。他在山中住了几个月,思念娇妻,身体憔悴。7月初他看见一片雨云飘上山顶,便向云献上野茉莉鲜花,想将自己一腔思恋,托云带给自己的妻子。从第6颂到第63颂,都是药叉对雨云所说的话。首先颂扬云雨的高贵身份,称他是"因陀罗的大臣""焦灼者的救星",诉说自己的不幸"迫于命运,远离亲眷",因此向雨云求告:"请为我带信,带给我那因俱毗罗发怒而分离的爱人。"接着,他告诉雨云要经过蚁蛭峰、玛罗高原、芒果山、毗地沙城、优禅尼城、尼文底耶河、信度河、恒河、玛那莎湖等等,对一路上的景物、风光,药叉充满感情地一一加以描绘,并对雨云该怎么办,逐一指点关照。最后到了阿罗迦城,药叉说道:"逍遥自在的云啊,当你看到阿罗迦城在山上如倚爱人怀中,有恒河如绸衣滑下,你不会不认识她:她在你到来时以高

---

① 转引自吴晓铃:《迦梨陀娑和他的剧本》,《剧本》1956年第10期。

楼承雨,像美女头上承着密结珠络的乌云辫发。"从第64颂开始,是为《后云》,也全是药叉对雨云说的话。第64至第74颂,讲阿罗迦城美好而快乐的景象。第75至第81颂,讲他家的方位、庭院、房屋的标志以及各种陈设。第82至第96颂,极力描写他妻子的美丽,以及妻子对他的思念。第97、第98两颂,药叉吩咐雨云应该如何对自己的妻子说话。第99至第113颂,是药叉请雨云带给妻子的情话。最后两颂,是药叉问雨云是否决定帮他捎信,并对他表示祝愿和谢意。

《云使》在印度抒情长诗中,获得空前绝后的成功。这主要是由于迦梨陀娑充分展示其艺术天才,充分发挥了抒情诗四大艺术因素——炽热的情感、丰富的想象、形象的语言、优美的韵律的功能。

"月有阴晴圆缺,人有悲欢离合。"离愁别恨是人类社会生活的一种永恒的感情存在,也是人类文学描写的永恒主题之一。《云使》紧紧抓住了这个主题。人类有各种各样的离愁别恨,最强烈、最典型的是年轻夫妇的离愁别恨。《云使》描写的正是这种最富典型意义的离愁别恨。迦梨陀娑将最典型的题材与最具表现力的艺术形式完美地结合在一起。加上他杰出的艺术才能,将药叉被逼离别娇妻的离愁别恨,描写得淋漓尽致,无以复加。在印度,父母如果没有将女儿及时嫁出去,就忧心如焚,有一种负罪感,因为印度人认为有丈夫的女子是幸福之人,没有丈夫的女子是最不幸之人。丈夫如果不能使妻子幸福,就是最大的失职,应引以自咎。第105、第106、第107颂,这样描写药叉对爱妻思念,思念中不乏请罪:

> 我用红垩在岩石上画出你由爱生嗔,/又想把我自己画在你脚下匍匐求情;/顿时汹涌的泪水模糊了我的眼睛,/在画图中残忍的命运也不让你我亲近。/我有时向空中伸出两臂去紧紧拥抱,/只为我好不容易在梦中看见了你;/当地的神仙们看到了我这情形,/也不禁向枝头洒下珍珠似的泪滴。/南来的风曾使松树上的芽蕾突然绽开,/它沾上了其中的津液因而芳香扑鼻;/贤德的妻啊,我拥抱这从雪山吹来的好风,/因为我想它大概曾经接触过你的身体。

迦梨陀娑具有超凡的想象力,在《云使》中他的想象力得到了充分的表现。例如,当雨云飘过山顶,诗中是这样描写的:

> 七月初他看到一片云飘上了顶峰,/像一头巨象俯身用牙戏触土山。

当雨云飘到一座叫蚁垤峰的山峰时,诗中又是这样写的:

> 前面蚁垤峰头出现了一道彩虹,/仿佛是种种珠光宝气交相辉映;/你的黑色身躯将由它得到无穷美丽,/像牧童装的毗湿奴戴上闪光的孔雀翎。

迦梨陀娑是语言大师,他的作品以语言凝炼著称。《云使》以形象生动的语言,刻画出一个思念爱妻的药叉,栩栩如生,使人读了之后好像看到了他的眼泪,听到了他的哀叹。比喻的成功运用,使《云使》的语言更加生动优美,更富表现力。如第82颂是这样描写药叉的娇妻的:

> 那儿有一位多娇,正青春年少,皓齿尖尖,/唇似熟频婆,腰肢窈窕,眼如惊鹿,脐窝深陷,/因乳重而微微前俯,以臀丰而行路跚跚,/大概是神明创造女人时将她首先挑选。

寥寥几句,一位符合印度审美要求的绝色佳人跃然纸上,让人感叹不已。《云使》使用的是称做"缓进"的韵律。每颂有两联,每联两行,每行17个音节。前4个为长音节,表达绵绵不绝的思念之情;接着是5个短音节,表达焦急不安;最后是3组1短2长的切分音节,表达思念加焦急,前途难料,忧心如焚。柳无忌曾在《印度文学》中说:"在描写别情和两地的相思时,《云使》更是一部绝妙的佳作,其激动情绪的力量,在别的抒情诗中很少能找到。我们的旧诗中颇多'闺怨'等类题目,诗人尤爱好并擅长描写在空闺中新妇的悲哀,但是像这样大规模的诗篇,把相思的感情分缕得这样详尽而细腻,这样凄恻而宛转,恐怕要推迦梨陀娑为第一人了。"只要读过此诗,就觉得柳先生说得恰如其分。

早在1813年,《云使》便由英国著名梵文学家霍勒斯·海曼·威尔逊译成英文。之后,便出现了德、法等多种欧洲文字的译本。我国早在七八百年前,即有了藏语译本。汉语本是王维克于30年代转译的,发表在1937年《逸经》第33期。金克木先生于1956年直接从梵语翻译成汉语,由人民文学出版社于当年出版。

第四节 古典文艺理论

文艺理论在世界上主要有三大体系,中国、欧洲和印度。印度文艺理论风格迥异,宏富深邃。

从时间上讲,印度文艺理论可分为古典和近代两部分。古典文艺理论又可分为三个不同的发展阶段:创立期,发展期,阐释期。从印度文艺理论滥觞到公元初婆罗多的《舞论》问世,为创立期;从《舞论》到11世纪新护的《舞论注》《韵光注》,为发展期;从新护到17世纪世主的《味海》,为阐释期。也有学者将阐释期的下限定到莫卧儿王朝垮台、英女王兼任印度女王的19世纪中叶。实际上,自17世纪英国殖民势力进入印度之后,印度在古典文艺理论方面就没有重要作家和著作出现,形成了一个相对的"空白期"。将这一"空白期"作为新文艺理论的孕育期而归入近代文艺理论发展阶段,无疑更为合理些。

在印度,文艺理论发轫很早,至少可以追溯到吠陀时代。在《梨俱吠陀》中,已经提到味、修辞、程式,还提到类似艳情、滑稽、英勇、恐怖和悲悯诸味。各种

《吠陀》《奥义书》中，有大量明喻、隐喻、夸张的修辞例证。《摩诃婆罗多》和《罗摩衍那》提出了艳情味和诗的关联。公元前2、3世纪的《欲经》，对味的物质性、精神性和审美性有所阐述。随着文艺创作实践的不断向前发展，作为创作实践总结和指导的文艺理论，也越来越丰富和系统。到公元前2世纪左右。婆罗多的《舞论》诞生了。这是迄今为止发现的印度第一部系统而完整的文艺理论著作。它的问世具有里程碑的意义，标志着印度古典文艺理论创立期的结束，新的发展期的开始。

婆罗多以其严密、系统的理论，建立起印度味论派的文论体系。在他身后几个世纪里，一直没有出现像样的继承人，味论派文论长期处于沉寂、停滞状态。而在这一时期，庄严（修辞）派文论获得巨大发展。对修辞的注意和研究，在印度也起始极早。但从传世的材料来看，一直没有专门著作出现。到公元6至7世纪，婆摩诃的《诗庄严论》终于问世，宣告庄严论派的正式创立。7世纪檀丁的《诗镜》、9世纪优婆吒的《诗庄严精华萃集》、楼陀罗吒的《诗庄严论》相继出现，庄严论派声势大振，发展成为与味论派双峰相峙的一大学派。8至9世纪，伐摩那著成《诗庄严经》，建立风格论派。到10至11世纪，新护的《舞论注》《韵光注》问世，开创印度文艺理论的新天地，味论和韵论更加理论化，并为印度古典文艺心理学奠定了基础。正是新护这位天才的文论家的出现，宣告了印度古典文艺理论的发展期的结束，一个新的阐释期的来临。

新护之后，印度文艺理论主要以"阐释"的形式发展。这种阐释，不是对味论、庄严论等进行一般意义上的阐述、注释，而是以阐释为名，创立自己的观点和理论。而这些观点和理论又往往与被阐释的观点和理论相对立，形成了颇为独特的学术现象。在这时期，也出现了一些新的学派，如10至11世纪，恭多罗（或恭多迦）著有《曲语生命论》，创立了曲语论派；11世纪安主著有《相宜思考论》，创立了相宜（合适）论派；14世纪，维代韦什沃尔以《惊奇月亮》创立了惊奇论派。但是与前面两个时期相比，再也没有产生像味论派、庄严论派这样的大学派。这说明，印度古典文艺理论已进入发展的末期。好像是回光返照，17世纪印度出现了两位杰出的文论家，一位是阿伯耶·迪卡什特，著有《析义注释》《彩论》《荷喜》三部诗学著作；一位是世主，有《彩论批判》《味海》等专著问世。这二位是印度古典文艺理论的末代大家，随着他们的去世，整个印度古典文艺理论便宣告结束。

从学术思想上讲，印度古典文艺理论分为七个学派，即味论派、庄严论派、风格论派、韵论派、曲语论派、相宜论派、惊奇论派。其中，味论派和庄严论派是两大基本阵营，其他属小学派。印度文艺理论提出和探讨了一系列重要概念，如味、韵、庄严、相宜、曲语、惊奇、风格、诗德、诗病、情、色等等。在印度文艺理论各学派的产生和发展过程中，涌现出一大批经典作家和经典著作。下面，我们对各学派略作介绍与分析。

一、味论派（Rasa-sanpradāya）

"味"是印度一个基本的诗学概念，是读者（观众）对作品感情基调的艺术享受。最初认为味有八种，即艳情、滑稽、悲悯、暴戾、英勇、恐怖、厌恶和奇异。后来味数不断增加，有宁静、友爱、贪婪、游戏、慈爱、羞涩、痛苦、幸福、高尚、粗野等等，甚至有人认为味是无数的。

味论派是印度古典文艺理论中最具影响的一大学派。它的创始人是婆罗多（2世纪），代表作是《舞论》。《舞论》（Nātya-sāstra）又译《剧论》或《乐舞戏剧学》，是印度现存的最早的戏剧学著作，共36章，诗体偶尔夹杂散文，对戏剧的起源、性质、功能、颜色诸神崇拜、舞蹈艺术、颂歌、四大表演（形体、语言、装饰、感情）、手指表演、身体表演、剧务、舞台、剧情发展、韵律、俗语戏剧语言、戏剧体裁特征、戏剧联结、感情表演、一般表演法则、表演程序、形象表演、畸形表演、音乐、角色本质、丑角、戏剧场所等等都作了专门的论述，同时对味论、韵论、修辞（庄严）论进行研究，提出了诸如味、情、式、德、病、修辞、风格、相宜等一系列重要的诗学概念，为以后印度文艺理论的发展提供了一部开山之作。《舞论》所涉及的内容不局限于戏剧，更不是一般戏剧工作手册，而是一部内容丰富、意蕴深刻的百科全书式的文艺学著作。

这部著作的一个重要贡献，就是从经典意义上阐明了味论，建立了味派理论。实际上，在《舞论》问世前一千多年，印度人即已开始注意和研究味。《舞论》实际上是对前人研究的总结，并在此基础上对味的本质、种类、形成，味与情的关系，味在创作和欣赏过程中的作用，进行了深入的探讨。婆罗多认为，味是可尝性物质（asuadya），是产生于情，而不是情产生于味；各种情（别情、随情和不定情）有独立品格，但都融化在味中，味以独立完整的形态出现；三情和种种表演的结合，常情就转化为味；味是世俗的，人们通过品尝常情（由种种情结合组成）获得快感。

味论经过几个世纪的沉寂之后，到9世纪又恢复了生机。跋吒·劳勒特提出了别情、随情、不定情和常情结合而产生味的观点，修正和完善了婆罗多有关味的生成公式——味产生于别情、随情和不定情的艺术结合，使常情得到了应有的重视。同时跋吒认为：别情生产常情，随情使人感知常情，不定情孕育常情，进而产生味；由于人的习性和环境的影响，常情表现为种种不定情。常情以隐蔽形式存在于下意识的心灵之中，通过种种不定情才得以显露；常情有成熟与不成熟之分，成熟的常情就转化为味。可见，婆罗多是味论的结合主义者，跋吒则是味论的产生主义者。

到9世纪下半叶，又出现一位味论的模仿主义者辛古卡。他认为常情无法独立而自由地存在，因而与之结合无从谈起。对婆罗多和跋吒都谈到的常情转化为味,他认为只有通过对味的三个因素的模仿,才能揭示常情。味就是常情模仿的形式。模仿的形象具有似真非真的审美特征。9世纪,味论学派还出现了一位享受主义者跋吒·那药迦。他认为:诗歌欣赏有三个过程,即(理性的)字面意义的认知、(情感的)诗的情感体验和(下意识的)诗的享受体验三个审美阶段;生活经验和审味经验之间有区别,主要表现在普遍性原则上,审味经验具有普遍性;通过艺术手段,使特殊变为一般,将个别的经验感受变成为社会读者的经验感受。他强调真实性(理性)在审味经验中的作用。

10至11世纪,味论学派出现了从朴素唯物审美倾向逐步向主观审美倾向的转变。新护著有《舞论注》《韵光注》,这两部著作名义上是注解,实际上是有独到见解的理论专著,甚至比原著影响还要大。他认为,诗只有通过味才有生命,修辞、诗德、相宜等只是味的助手;味是暗示的结果,只能通过暗示,味才能实现,别情、随情、不定情都是暗示手段,欣赏者应把握暗示,唤醒自身潜在的印象感情;味是快乐(喜)的形式,即通过味感享受达到欢乐享受的境地;诗的目的是感受满足和快乐满足;尽管欣赏法多种多样,但一切美都融化在味之中;表现十分重要,味是被表现的;味只有通过感受满足才能被享受,并非所有人都能享受所有味,英雄不识悲悯味,苦行者最懂安静味。

新护在许多方面发展了味论,使味论更加理论化。如:婆罗多认为味是作品的首要因子,新护认为味不是作品的组成部分,审味经验就是整个作品的欣赏结果;诗意就是味,宁静味为最高味;注重感情和理性,多种味同时存在时,主角常情相关的味决定作品的主要倾向;味非常情,常情为世俗生活中的人之常情,作品中体验的主要是味而不是常情,常情只有艺术化或与艺术美结合,才会具有味性。所以一般意义上的常情体验与审味体验有着本质的不同,只有后者才有形象性、艺术性、普遍性、自由性和享乐性等审美特征。味感经验依靠三个基础,即艺术技巧、个人欲望和艺术环境。由于他将表现因素艺术技巧列为第一基础,所以有人称他为表现主义味论家。新护对审味经验的描述是深刻而多方面的,从总的来讲使味论研究接近了近代审美心理学。

新护之后的主要味论家是11世纪的婆阇。他强调爱欲,认为一切情都包含在爱欲里,因而视艳情味为主味,含摄一切味,所有的审味体验都是爱欲或快乐的享受。他还认为,爱欲是自我的本质形式,自我在所有的情里获得抚育、发展和表现。这些超前的观点与弗洛伊德的观点很相似,但当时并没有引起太大的重视。与婆阇同一时代的味论家罗摩琼德拉则认为并非一切味都具有快乐意味,有些味具有痛苦意味,经过提炼之后,读者可以获得一种惊奇,进而获得快感。也就是说,艺术技巧产生的惊奇是味感的基础,惊奇的形式就是艺术享受,快感产生于体验经过艺术处理带有痛苦常情的味。这实际上是从艺术技巧的惊奇性来谈悲剧美。不足之处是未能结合内容的崇高性来深入研究。

14世纪味论家毗首那他和新护一样,坚持味的一元论。他对味的审美特征作如下解释:味能唤醒心灵的美德,使人品德高尚,趣味净化;味不可分割,味是自我完善,味对人人平等;味自我表露,不需任何媒介,味在知性里显示不同于物质享受的快乐;味的生命是超脱世俗的惊奇,惊奇使人获得有益于心灵发展的快乐;味不接触任何知识,味不带任何学说,审味状态不受时空限制、自己或别人的影响,完全是一种沉醉状态;味享受类似梵享受,截然不同于感官享受和物质享受,又不同于永恒的静态的梵享受,不脱离世俗内容,又具非世俗性格;生活中的悲剧产生痛苦,艺术中的悲剧会产生欢乐;味与世俗事物不同,没有结果存在形式和知性存在形式;味不能用语言完全表达,它是暗示的、难以言状的审美特征。毗首那他的经典名言是:"有味的句子就是诗。"

16世纪,随着伊斯兰势力的东进,印度出现了席卷全国的虔诚文学。孟加拉地区的一批毗湿奴派的味论家,起到推波助澜的作用。他们都主张甜蜜为主的诗歌创作,将虔诚味视为最高味,并且身体力行。这样,就构成了古典味论的三立:一支是婆罗多为首的味论客观派,一支是新护为首的味论主观派,一支是孟加拉毗湿奴派文论家的味论实践派。17至19世纪味论没有重大进展。至19世纪以后,人们从现代心理学、现代美学、社会文化学等等不同角度研究味论,形成了一个生机勃勃的现代味论。

二、庄严论派(Alankāra-sanpradāva)

庄严(修辞)是印度文艺理论中的一个重要概念。它是形成诗歌魅力的因素,同时也是一种对诗歌价值进行评判的标准。印度文论家很早就对修辞的审美本质、特征和内容进行探讨研究,逐渐形成修辞(庄严)论,并与味论一起并称印度文艺理论的两大支柱。

印度文论家对庄严的定义和审美本质有着不同的观点,曾围绕以下问题展开过激烈的讨论:(1)庄严(修辞)是美的创作者,还是增添美的工具?(2)庄严是美的主体,还是美的助手?(3)庄严是诗人所要实现的审美内容,还是实现审美内容的工具?这种争论主要在庄严论者与味论、韵论者之间展开。婆摩诃、檀丁等庄严论者认为:修辞是诗的生命和灵魂,具有产生诗光辉(美)的永恒本质;修辞就是字和义所具有的惊奇,就是美;修辞是诗光辉的基本原因,诗所有的美、德、味、程式等诗的因素全依仗于修辞;几乎所有庄严论者都拒绝承认味具有独立品格,而将其视作修辞的一种。味论者、韵论者与之针锋相对,认为修辞是实现审美内容的工具,不是所实现的审美内容;修辞是味、情等被修辞物的表现者;修辞是诗的非本质因素,缺乏味、情,任何语言只是语言惊奇;修辞只是增添诗光辉的助手。正是在这种论战中,庄严论派得到成长和发展。

庄严论的奠基者,是6至7世纪的婆摩诃,他在《诗庄严论》中认为:修辞是诗的光辉(美)的本质因素,诗人的职责就是组织修辞,没有修辞的作品不是诗。

他首次界定了诗的定义,认为诗是由字和义结合而成,字和义与修辞相连。《舞论》中,诗歌被当作戏剧的辅助因素,归在语言表现类里,婆摩诃的贡献在于第一个将修辞理论从戏剧学中独立出来。所以,他常被称为印度诗学的创始人。

7世纪的檀丁是继婆摩诃之后的第二位庄严论家。《诗镜》是其代表作,内容承前启后,是一部有重要影响的形式主义诗学著作。在书中他对修辞的审美本质作了更深入的阐述,认为修辞是诗中最重要的因素,是诗歌的灵魂。同时,对其他理论采取宽容态度,承认味、风格、曲语和德的地位。他提出诗的十德:紧密、显豁、同一、甜蜜、柔和、易解、壮丽、高尚、美好、暗喻。同时,他还提出了诗的十病:意义混乱,内容矛盾,词义重复,含有歧义,秩序颠倒,用词不当,失去停顿,韵律失调,缺乏连声及违反地点、时间、技艺、习俗、正理、经典等。他认为诗病在一定条件下可以转化为诗德,如意义混乱表现在醉汉、疯子身上,词义重复为了表现同情,诗病就变成了诗德。他描述了两种风格(程式),4种音修辞,32种明喻,35种义修辞,315种叠词。

9世纪上半叶,优婆吒著有《诗庄严精华萃集》,描绘了41种修辞,并归为六大类,使修辞进一步系统化,并提出了韵(言外之意)对修辞的重要作用。同世纪下半叶的伐摩那在《诗庄严经》中认为,美就是修辞。德是诗产生美的因素,使美达到顶点的因素是修辞。修辞主要是明喻,其他只是明喻的扩展。曲语是修辞的一种,并非修辞的生命。楼陀罗吒(9世纪)是一位修辞论、味论的调和者。他在《诗庄严论》中对修辞和味都作了客观的不偏不倚的探讨。他描绘了68种修辞,并科学归纳分类。他将意修辞分为真实、相似、夸大、双关4种,音修辞有曲语、谐音、叠词、双关语和彩词。他对男女角色做了广泛的、科学的分类,如将男主角分为专一型、非专一型、虚伪型、无耻型,将女主角分为妻子型、情妇型和妓女型。他还提出了22种病,6种词病,3种句病,9种意病,4种比喻病。他的分类,大多数为后来的文论家所接受。

11世纪下半叶,婆阇在《辩才天女的颈饰》中描绘了72种修辞,将其分为外修辞(音修辞)、内修辞(义修词)和两者兼有的混合修辞。他一方面承认修辞是诗光辉的因素,同时更强调德在诗中的重要性。到12世纪,曼摩吒《诗光》中明确认为德是诗的本质因素,修辞是诗的非本质因素,是味的助手,是被修辞物即味的表现工具。他是一位韵论家,又是一位具有综合倾向的文论家。12世纪的一位佚名作者《火往世书》里,又重申了檀丁的观点,认为修辞具有产生诗光辉的本质。产生意义惊奇的修辞叫义修辞,缺乏意义惊奇、唯有音修辞的诗缺乏魅力,没有义修辞的诗如同寡妇。

13世纪出了一位著名的修辞论家胜天,《月光》是其主要诗学著作。他认为"没有修辞的诗等于没有热的水",再次肯定修辞是诗的永恒的本质或必然因素,没有修辞的诗毫无意义。他对诗下了一个综合性的定义:"无病与程式,德修辞、味、风格相结合的话语。"到14至15世纪,修辞论的地位又在毗首那他这位著名的味论家那里受到动摇。他在文论名著《文镜》中再次确认修辞是诗的外表的非本质因素,是味的表达工具。

16至17世纪的阿帕耶·迪卡什特是印度南方的一位达罗毗荼文论家,著有《析义注》《彩论》《荷喜》三部诗学著作。与他相对立的是北方的世主,他著有《味海》和《彩论批判》。阿帕耶·迪卡什特是位修辞论者,强调修辞美(彩)。世主是位韵论家,同时也承认味论。他的味论观建立在不二的吠檀多观点上,认为味即是享受,享受过程须保持心灵的绝对专一,毫无妨碍。所以他对强调形式美的《彩论》进行了批判。这两位学者是印度古典文艺理论的末代大师,随着他们逝世,印度古典文艺理论(包括古典修辞论、味论)而告结束。

三、风格论派（Rīti-sanpradāya）

Rīti一词,由8世纪的伐摩那最早使用,意为"特殊的词的构造"。所谓特殊,就是"德",就是词的光彩(美),Rīti也就是"美的词结构",通常将它译为法式或程式。此词又有道路、潮流、规则、风格的意义,所以现在一般将其译为风格。伐摩那著有《诗庄严经》,在这部著作中,他提出了"风格是诗的灵魂"说,系统地论述了诗体(音与义)、诗病、诗德、庄严和运用。他认为,诗德不同风格,德是诗产生光辉(美)的本质。德分两种,一是音德,一是义德。他提出了诗的三种风格:毗陀婆风格含一切德,显示中和之美;乔罗风格含壮丽、美好之德,显示阳刚之美;庞迦利风格含甜蜜、柔和之德,显示阴柔之美。

伐摩那是风格论的奠基人,他的"风格是诗的灵魂"的命题为以后印度诗学的发展提供了重要启发。但是,他不是风格论的最早发现者。在《梨俱吠陀》中不少地方谈到风格。婆罗多则用"思潮"代替"风格",在婆摩诃和檀丁那里,风格则又被"道路"所代替。风格(程式)、思潮、道路,内涵不尽一致,而大体相同。他们都曾对风格作过较多论述。尤其是檀丁,在《诗镜》第1章《辨风格》里详尽地探讨这个问题。他认为世界上有多少诗人,就有多少风格,就是属同一风格的诗人之间,互相也存在细微差别;风格与诗德关系紧密;毗陀婆含有十德,所以毗陀婆风格的诗是最理想的诗;乔罗风格除易解、高尚、暗喻之外,与其他七德相悖,所以是诗的下品。有人认为檀丁是诗学发展史上第一个将风格提到重要地位的文论家,并被喻之为风格主义者。当然,风格论的深入研究,建立系统理论的还是伐摩那。

风格论大体上经历了四个发展阶段:第一阶段从婆罗多至巴那·帕吒,风格以地域因素为基础;第二阶段从伐摩那至楼陀罗吒、欢增,风格以复合词、德和味为基础;第三阶段有王顶等人,地域因素的基础受到动摇,风格以题材内容、德为基础;第四阶段自恭多罗开始,风格以诗人性格为基础。风格论自11世纪恭多罗之后,没有重大发展。至近代,它又受到文论家的重视,进入了一个新的综合发展阶段。

四、韵论派（Dhvani sanpradāya）

韵是印度重要的诗学概念。它的原意是发声、音响、余音。在印度，公元 9 世纪的欢增首先将"韵"运用到了诗学中。他在《韵光》中写道："当意义使自己或字使自己意义成为次要之后，表达那个暗示义或诗歌的特殊（意义），就叫韵。"显然，韵就是言外之意。欢增是韵论奠基人，《韵光》是韵论的代表作。他宣布韵是诗的唯一本质因素。韵论派强调韵的重要意义，认为韵是诗的灵魂和生命，没有韵便无所谓诗，无所谓美，无所谓享受。韵论的一个重要贡献是促使味从客观载体向主观审美意识转化，从而奠定了印度文艺心理学的基础。

在韵论产生之前，味论、庄严论、风格论已经确立，但它们都存在各自的缺陷，欢增为了克服上述各论的缺陷，突出言外之意的韵，注意揭示艺术表现结构和艺术内在美，强调创作者和欣赏者的审美意识及想象意识。韵的审美特征主要有以下几点：(1)词有三个功能，表示功能、指示功能和暗示功能。这三种功能所显示的意义分别为字面义，引申义和暗示义。暗示义产生的惊奇比字面义和引申义产生的惊奇更多，更有艺术魅力。当暗示义超过字面义、引申义时，韵就产生了。(2)暗示义必须在字面义、引申义的理解受阻之后才会出现，即暗示功能必须在表示功能、指示功能耗尽之后才能发生作用。(3)暗示义的惊奇有世俗性和非凡性两种，只有非凡性的暗示义才产生艺术惊奇效应，才是韵。(4)不是所有词句都能产生艺术惊奇效应的暗示义，它们必须具备形象性、联想性等特点。(5)暗示义依赖于字面义，暗示义是光，字面义是蜡烛，但人们欣赏的是光而不是蜡烛。(6)味是韵的组成部分，味不能独立存在，而是通过暗示义而不是字面义体现出来的。(7)韵论除了味之外，还把其他所有文论内容如庄严、曲语、风格、诗德、诗病等等统统纳入自己的范围，都用韵的角度去分析阐述。(8)韵主要有三种，即味韵、修辞韵和本事韵。味韵是最优秀的韵。以味韵为主的诗是最优秀的诗。(9)按韵的情况，诗分三品，以暗示义为主，有艺术魅力的为上品，暗示义占次要地位的诗为中品，没有暗示义的诗为下品。

新护的《韵光注》是韵论派的又一部重要著作。他承认韵是诗的灵魂，但不是诗的最高本质。味是诗的最高本质，单纯的韵构不成诗，只有味美的韵才构成诗。他举了一个著名的例子：恒河上的茅屋，有韵（暗示义），但不是诗。他还认为修辞韵和本事韵也使人获得味感。进而他揭示味不是靠字面义产生，而是靠暗示义获得的。很好地解决了韵和味的互相关系，巩固了韵论在印度诗学中的地位。

关于韵的争论，从 9 世纪一直到 17 世纪从未中断。最激烈的反对者是 11 世纪的摩希曼·跛吒，他著有《辨明论》一书，专门反驳韵论。他是位猜测论者，否认韵的存在。所有类别的韵，统统都是猜测，不是什么暗示。言外之意是因猜测而被感知,而不是什么暗示体验。猜测义有三种,即本事猜测、修辞猜测和味猜测。他强调理性猜测,否认想象。他的观点,遭到了曼摩吒的逐条批驳,论证了韵的独立品格,从而捍卫了韵论。此后,韵论无重大发展。到近代,韵论重获生机,出现了四派争鸣的局面。

五、曲语派论(Vakrokti sanpradāya)

11世纪,文论家恭多罗(恭多迦)宣称:"曲语是诗的灵魂。"曲语是印度古典文艺理论的一个术语。它本义是"曲折的话语",在文论家那里有不同的理解:一种为惊奇或夸大;另一种为修辞方法,包括音修辞和义修辞;还有一种为"巧妙的话语"。恭多罗在《曲语生命论》中,运用曲语是巧妙的言语这一概念,系统而深入地阐述了曲语理论,创立了印度古典文艺理论中的曲语论派。恭多罗认为:"不同于流行的话语的巧妙言语或描述风格,就是曲语。它是由富于技艺的曲折所生成的言语。技艺的含义是指才干或诗人实践才干的曲折或光辉,(巧妙)言语依赖于它。(简言之)巧妙的言语(措词)就是曲语。"曲语不是追求花样翻新的文字游戏,它必须具有纯朴之美和净化作用,崇尚自然质朴的语言,反对流行的、粗俗的陈词滥调。恭多罗等企图用曲语论来解决以下三个诗学理论问题:(1)艺术风格不同于实践风格,艺术语言有别于实践语言。这就划分了诗与非诗的界限。(2)强调诗人不是媒介,而是创造者,诗是诗人创造活动的成果。这样,从创作层次强调了诗人的主体性和个性因素,对味论或韵论只注重欣赏层次的研究而忽略创作层次的研究来说,是重要的理论上的完善。(3)曲语论认为,诗人天才的主要任务是,在词和义里创造一种绝伦的美。诗人天才是一种迷人形式的创造力量,它不是科学形式(实践形式)的创造力量。这样,打破了天才的神秘论,强调了天才的继承性和实践性的相结合。曲语论的生命力,就在于它解决了以上三大理论问题。

早在6世纪,婆摩诃就提到过曲语。但直到恭多罗的《曲语生命论》问世,才全面、系统地对曲语的本质、特质、分类等进行了探讨与论述。曲语论的出现,表明印度古典文艺理论的深入发展。恭多罗是曲语论的创立者,《曲语生命论》是曲语论派的主要著作。

六、相宜论派(Anucitya-sanpradāya)

印度曾经有不少文论家都探讨过相宜问题,尽管他们使用的术语互有不同,但内涵却是相同的。11世纪,安主著成《相宜思考论》,提出相宜是"诗的永恒生命",是"惊奇的基础",从而正式建立了相宜论。所谓相宜,是指"一事物与他事物相适应。"相宜以相互关系为基础,这关系既指事物之间的关系,又包括事物内在和外在之间的关系。相宜的审美功能给诗注以活力,艺术失去相宜就不成其为艺术。不论是味、韵、修辞、风格、曲语还是惊奇,只要离开相宜,就不会有审美效应,更谈不上美的享受。相宜的审美特征一般包含以下内容:(1)广泛性。相宜就是和谐,是有序的社会生活和协调的人际关系的前提,所以它广泛存在于人类社会生活之中。同样,相宜也是文艺领域中的普遍现象。一切作品离开相宜,便不成其为作品,便会丧失其存在价值。所谓相宜,是指相互关系的协调。这种关系十分广泛,创作与生活、创作与传播、内容与形式、内在因素与外在因素等等。(2)审美价值。相宜是惊奇的基础,相宜就是和谐、平衡、匀称、有分寸感,含有量的规定性和质的确定性。尽管修辞、风格、韵味、曲语、韵律等都是美的因素,但如果违背相宜,过或不及,就会破坏审美效应和审美享受。这破坏的不仅是形式美,而且包括其包含的价值内容。(3)动态性。相宜是诗的生命,其形式和内容应与时空相适应,应随时空的变化而变化,其内涵是动态的,变化的,不是静态的,一成不变的。(4)既是创作规范又是评品标准。相宜论要求作家在创作时多考虑读者的欣赏因素,要适合读者的欣赏情趣。不少评论家以相宜的多寡作为评价作品的尺码,区别诗与非诗,区别诗的上品、中品和下品。

在安主之前,从公元初的婆罗多一直到婆摩诃、叶肖沃尔玛、楼陀罗吒、欢增、新护、婆阇等众多文论家,都从不同角度对相宜的本质特征及其内容、分类作了大量探讨。安主在前人的基础上,加以总结提高,创建相宜论。在《相宜思考论》中,安主描述了 27 种相宜类型。它们是:词相宜、句相宜、结构相宜、德相宜、修辞相宜、味相宜、动词相宜、格相宜、性相宜、数相宜、形容词相宜、前缀相宜、语法相宜、时间相宜、地点相宜、种族相宜、诺言相宜、因素相宜、特征相宜、目的相宜、本性相宜、内容相宜、天才相宜、情势相宜、思想相宜、行为相宜、祝福相宜等。到近代,相宜论派获得很大发展,有人提出 34 种相宜类型,其中包括社会生活相宜、历史相宜、情感相宜、时机相宜、描述相宜、抒情相宜、虚构相宜、起源相宜等。

七、惊奇论派(Camatkāra-sanpradāya)

惊奇在印度诗学中有几个同义词。欢增、新护、毗首那他等都曾对其进行过研究。14 世纪,文论家维代韦什沃尔著成《惊奇月亮》,提出"惊奇是诗的灵魂",从而建立了惊奇论。按照惊奇论派的观点,惊奇具有非凡性,作品不反映世俗性;惊奇具有奇特性,从而满足人们的好奇心理;惊奇具有崇高性,它超越娱乐性,能净化人们的心灵。总之,惊奇是无阻碍的、充分满足的文学艺术的感受。所以,它不仅是奇异味的常情,而且是所有味的一个本质属性。

惊奇论派在印度古代文艺理论中,是一个小的流派。惊奇论始终没有构建成一个独立的、完整的理论体系。所以,它常常被归入韵论中。

第五节 虔诚文学

随着伊斯兰教的不断进入,印度教和伊斯兰教之间的冲突越来越激烈。这种冲突逐步导致双方内部都出现了重大变化。这主要表现为印度教的虔诚运动和伊斯兰教的苏菲主义。起始于 6 至 9 世纪的南印度虔诚运动,经过罗摩奴阇(1017—1137)、罗摩难陀(1356—1467)等人的推动,到 15 世纪在印度北方迅速发展起来。面临伊斯兰教的攻势,印度教低等种姓不堪高等种姓的压迫,纷纷归宗伊斯兰教。虔诚运动主张各宗教平等,消除互相之间的隔阂,提倡同一宗教内部一视同仁,取消高等种姓对低等种姓的歧视,不可接触者可以享受膜拜大神的权利;认为个体灵魂通过虔诚都可以达到与神结合的目的。但是并不取消种姓制度。虔诚运动汇成一股强大的社会思潮,得到广大印度教徒,特别是低等种姓的拥护。崇拜罗摩和黑天的毗湿奴教派就是在虔诚运动中渐渐形成的。

这一思潮,对印度文学创作产生了巨大而深刻的影响,以致后世的文学史家将这一时期的文学称之为"虔诚文学"。虔诚文学是印度 13 至 17 世纪文学的主流,或者说印度虔诚文学的主体是在这段时期完成的。一般来讲,虔诚文学可以分成两派四支:无形派,含明理支和泛爱支;有形派,含罗摩支和黑天支。无形派认为神明无形,反对偶像崇拜。明理支主张通过理性来达到与神合一,泛爱支主张通过爱来与神合一。有形派认为神明有形,主张用虔诚的感情来膜拜神的化身,主张崇拜罗摩的为罗摩支,主张崇拜黑天的为黑天支。

在虔诚文学时期,印度出现了大批具有重大影响的诗人和作家,主要有印地语的格比尔达斯、加耶西、苏尔达斯、米拉巴伊、杜勒西达斯,孟加拉语的钱迪达斯,马拉提语的埃格那特,古吉拉特语的那尔森赫·默赫达等。与虔诚文学相呼应的苏菲派文学则主要出现在受波斯、阿拉伯文学影响的乌尔都语文学中。在众多虔诚文学作家中,最重要的是格比尔达斯、加耶西、苏尔达斯和杜勒西达斯。

格比尔达斯生活在 14 世纪后期到 16 世纪初期的某一段时期内,具体生卒时间不详。他出生在贝拿勒斯一位低等种姓的织布匠家中,他本人也是织布匠。他祖上信奉印度教,但在他出生前已改信伊斯兰教。他反对种姓制度,谴责印度教,也谴责伊斯兰教;否定偶像崇拜,主张一神论,认为神是无形的,神存在于万物之中,万物皆有神性,不赞成"化身说",认为化身说局限了无时无处不在的神性;但他有时也承认化身,认为有时父母、师尊、主人、朋友身上体现神性。他提倡用理性和理智(不排除爱)来求取与神的同一,提倡一种简单、朴素、被人易于接受的宗教观。追随者大都是贫苦的劳动者,他逝世后即被奉为教派祖师。

由于格比尔达斯出身低微,没有受过正规文化教育,他的诗都是口头创作,由他的弟子记录而流传下来。传本很多,但一直没有定本。各种传本的容量差异很大,多者几千首,少者数百首。现在编订的《真言集》分"见证者""短曲""短诗"三部分。他的作品有不少是批判印度教和伊斯兰教的。如有一首诗是这样鞭挞婆罗门和印度教的:

听婆罗门的教言,好比是上了贼船;/坐船的人看不见,任它拖到哪一边。

对伊斯兰教和阿訇们,他是这样讽刺的:

> 石头和石子,砌成清真寺,/阿訇寺上叫,真主岂聋了?/阿訇啊阿訇,真主耳不聋。/他就在你心,内心去寻踪。

格比尔达斯出身伊斯兰教家庭,竟如此嘲弄自己的宗教,所以遭到伊斯兰教上层人物乃至皇帝的反对和迫害。他祖上从印度教改信伊斯兰教,他又以一个异教徒的身份批判印度教,所以又受到印度教婆罗门的攻击。但是,印度教和伊斯兰教的许多底层人民团结在他身边。他死后,形成一个格比尔教团。

除了阐述自己的宗教观之外,他还有不少诗是写社会问题的,揭露各种丑恶现象,并认为金钱是万恶之源,须像船里进水一样,及时将其清出。还有一些诗是宣扬神秘思想和悲观论的。他的处世哲学是修身养性,不贪欲、不好色、不生气、不骄傲、不干坏事、不吃酒肉、不违师命。所以他被许多人称为"贤哲诗人"或"修士诗人"。

格比尔达斯的诗通俗易解、明白如话,在广大劳动人民中有广泛的拥护者。尽管他的诗抨击了印度教和伊斯兰教,但他毕竟是在虔诚运动中涌现的诗人,被视为虔诚文学"无形派"中的"明理支"诗人的代表。

加耶西(1493—1542)出身于印度北方邦的一个农人家庭,一耳失聪,一目失明,7岁时父母双亡,自小生活穷困。他生于伊斯兰教家庭,但随印度教修行者四处云游,对宗教不怀偏见。他认为不应有印度教和伊斯兰教的区别。实际上他的信仰属于印度伊斯兰教的苏菲派,他认为最高的神明(世界灵魂)和万千灵魂(个体灵魂)是相通的。苏菲派认为最高神明无形,所以反对偶像崇拜,而主张给予最高神明以爱,而不是什么虔诚和膜拜。

加耶西的作品传说有二十多种,现存仅三种,其中以长篇叙事诗《莲花公主传》最为著名。这部长诗共分58章,1.1万多行。长诗叙述了狮子国莲花公主伯德马沃蒂和基道尔的王太子宝军的生死爱情故事。宝军从鹦鹉嘴里得知狮子国公主伯德马沃蒂美丽无比,于是带领修行人历经种种苦难来到狮子国京城。他见到绝色公主后顿时魂飞天外,醒来后便如痴如醉。后来因想再见公主而围城,几乎被国王杀死。在大神的救护下,他如愿以偿,与莲花公主喜结良缘。宝军的第一个妻子龙女独自留在基道尔,凄楚孤独。她托飞鸟带信,让宝军回到故国。经过许多艰险,宝军和公主终于回到基道尔。然而,德里的伊斯兰教皇帝听了婆罗门杰登的报告,便派大军来索取公主。八年大战,不分胜负,双方议和。皇帝不守信用,设计捉住宝军。公主与将军们设法救出宝军。回国后,宝军又与邻国国王作战,结果全都战死。此时,德里皇帝又兵临城下。但是,他仍然没有得到公主,只看到公主殉节自焚后的一堆灰烬。

这篇长诗,是一部爱情悲剧,不是一般意义上的艳情诗,具有深刻的社会意义和艺术感染力。莲花公主和宝军代表纯洁的爱情,德里皇帝代表邪恶势力对爱情的摧残。这一主题,在封建社会有其普遍性。加耶西在继承印度优秀文学传统的基础上,又汲取民间文学的精华,使得这个爱情悲剧流传不息。

在一些版本中,长诗的最后一节是这样写的:基道尔代表人的躯壳,宝军代表灵魂,狮子国代表心,莲花公主代表神明,鹦鹉代表师父,龙女代表世俗羁绊,杰登代表邪魔外道,皇帝阿拉乌丁代表幻想。有人认为这是对全诗的一个总结,是诗人宣传伊斯兰教苏菲派教义的根据。但也有学者持不同意见,对这段文字的可靠性表示怀疑。

苏尔达斯是印度中世纪最伟大的诗人之一,约生活在15世纪七八十年代至16世纪七八十年代之间的某一时期。一般认为他是北方邦人,少年时即酷爱音乐,青少年受到宗教大师瓦拉帕的赏识。大师吸取他加入自己的教派,并指导他的演唱。诗人曾见过阿克巴大帝,大帝要他充当宫廷诗人,但被他拒绝了。他始终是一位民间歌手。

苏尔达斯双目失明,宗教上特别崇拜毗湿奴的化身之一黑天。因此,他被认为是虔诚诗人中的有形派黑天支的代表。他的作品有三部,《苏尔诗海》是其诗歌全集。现存《苏尔诗海》有不同版本,贝拿勒斯本分12篇共4936首诗。这些诗除一小部分是叙事诗之外,大多数是抒情诗,中心内容是歌颂大神黑天,全诗篇目顺序与梵语《薄伽梵往世书》相仿。所以,有人认为《苏尔诗海》是《薄伽梵往世书》的印地语编译本。中国学者刘安武经过认真客观比较研究之后认为:《苏尔诗海》是以《薄伽梵往世书》所提供的故事线索为素材,用印地语的伯勒杰方言进行加工改写的一部带叙事诗色彩的抒情诗。①

黑天是印度教大神毗湿奴的两大主要化身之一。他具有三重身份:平民牧童、贵族公子和下凡大神。在《苏尔诗海》中,诗人突出了他的牧童形象。从黑天降生到成长为少年,作者以大量组诗反复吟唱,如《黑天出生》《黑天童年》《母子之情》《偷吃醍醐》《林中放牧》《夏日野游》《河中戏水》《笛声传信》《情中生嗔》《喜荡秋千》《春日之兴》等等,对降妖的故事,往往处理得很简单,形不成独立的组诗。这样,出现在大家面前的是一个活泼可爱的牧童,同广大百姓过着一样的生活,有着一样的喜怒哀乐。当然,黑天具有超凡神力,为百姓降妖消灾,代表着劳苦大众的希望与理想。这就是几百年来《苏尔诗海》的内容在印度家喻户晓,牧童黑天的形象深受喜爱的原因。

在印度有一种说法:苏尔达斯是太阳,杜勒西达斯是月亮。这说明这两位诗人在中世纪印度的影响了。

杜勒西沃斯(1532—1623)的影响实际上比苏尔达斯大得多。原因是由他塑造的罗摩形象拥有越来越多的信徒。罗摩派越来越昌盛,不但成了毗湿奴

---

① 季羡林主编:《古代印度文学史》,北京:北京大学出版社,1991年,第504页。

派的主流，而且成了整个印度教的主流。在当今印度境内，凡信奉印度教的，大多数都是罗摩派。当然，罗摩和黑天同是毗湿奴的化身，不但不相冲突，而且互为相长。同时，罗摩派也尊重印度教其他教派，尊敬其他教派的大神。杜勒西达斯的地位随着罗摩地位的提高而不断提高。在印度教信徒的心目中，他不仅是诗人，而且是一位神，许多寺庙中都供奉着他的神像，甚至还有专门供奉他的寺庙。

实际上，杜勒西达斯是北方一位农村婆罗门的儿子。出生后不久，父母双亡，自幼沿街乞讨，受了不少磨难。后来，随师到贝拿勒斯学习梵语和印度教经典。一生中他云游四海，到过许多宗教圣地。他的作品有12种，如《罗摩功行之湖》《谦恭书》《歌集》《双行诗集》《黑天歌集》等等。其中，以《罗摩功行之湖》（有金鼎汉中文译本问世，1988年人民文学出版社出版）最负盛名。

印度自蚁垤的《罗摩衍那》问世之后，两千年间不知有多少种方言的改写本、编译本问世。然而，其中最成功、影响最大的是杜勒西达斯的《罗摩功行之湖》。由于各种原因，印度人对《罗摩衍那》中的罗摩故事渐渐淡忘了，而对《罗摩功行之湖》中的罗摩故事却是家喻户晓，出口成诵。所以可以说，《罗摩功行之湖》在印度老百姓中的实际影响，要比梵文的《罗摩衍那》大得多。笔者曾赴印度参加第十届罗摩衍那国际大会，到北方邦、中央邦、古吉拉特邦的印度教圣地参观巡礼，所到之处，教徒们所唱的几乎全是《罗摩功行之湖》中的章节，寺庙及住所墙上写的也全是《罗摩功行之湖》的诗句。可以说，现在印度教中的罗摩，完全是虔诚运动塑造的偶像，主要得力于杜勒西达斯的《罗摩功行之湖》。当然，在文学史上两者不能相提并论，《罗摩衍那》的地位要比《罗摩功行之湖》高得多。

那么，蚁垤的《罗摩衍那》和杜勒西达斯的《罗摩功行之湖》之间的关系究竟如何呢？

简单来说，《罗摩功行之湖》在撰写过程中参考了《罗摩衍那》以及它的另一个改写本《神灵罗摩衍那》。《罗摩衍那》分7篇，译成汉语有7万多行；《罗摩功行之湖》也分7篇，但容量缩小了，译成汉语有1.6万多行。《罗摩功行之湖》的基本故事与《罗摩衍那》相仿，但是在许多情节上作了重大修改。这种修改的指导思想是进一步增强罗摩的神性，使其在道德上更加十全十美。

由于《罗摩衍那》成书较早，封建道德规范还不那么齐备，所以尽管它的主旨是歌颂罗摩，但在不少具体描写上显得较为粗糙、生硬。随着时代的发展，到公元16至17世纪封建主义进入后期，其伦理道德也日臻完善。《罗摩衍那》中的不少内容，已不符合变化了的道德需要，有损大神形象。这样，杜勒西达斯在进行再创作时，对这些内容理所当然地作了修改。

例如，在《罗摩衍那》中悉多被魔王掠去，引出对悉多的贞洁的怀疑，罗摩迫于舆论压力，逼迫怀孕的悉多流放到森林中去。《罗摩功行之湖》干脆釜底抽薪，说魔王根本没有劫走悉多,他劫走的只是悉多的幻影,删去了罗摩第二次摒弃悉多的情节,将第二次分离改成一往情深。

又如,《罗摩衍那》中猴王须羯哩婆之妻被其兄波林所占,但他以前当王时也占其嫂,当罗摩放暗箭射杀其兄后,猴王又占寡嫂。这样,作为罗摩盟军的猴王的形象并不高大,罗摩放暗箭射杀波林有失公道。杜勒西达斯在《罗摩功行之湖》中删繁就简,光写猴王之妻被波林强占,这样猴王就成了一个正义者。

杜勒西达斯的修改既有积极的一面,也有消极的一面。他坚持平等的观念,认为只要信奉罗摩,经常念诵罗摩的名字,聆听罗摩事迹,就人人平等。在作品中,罗摩对许多低等种姓的人不但不歧视,而且十分尊重。这与《罗摩衍那》比起来,是一个明显的进步,是有积极意义的。这反映了当时伊斯兰教和印度教斗争,社会要求宗教改革,要求废除种姓制度,在宗教面前人人平等。尽管杜勒西达斯并没有从根本上否定种姓制度,但他描绘了一个理想社会:在罗摩的治理下,出现了一个太平盛世,平等、富庶、祥和、安宁。这给了印度人极大的精神安慰和追求的目标。这也是印度人民几百年来无比喜爱《罗摩功行之潮》的根本原因。当然,杜勒西达斯的修改也有消极的一面。例如为了解决悉多的贞洁问题,他把十首王劫走悉多改写成劫走悉多的幻影,实际上等于没有劫走悉多。这样,以后罗摩出兵征讨十首王就师出无名,罗摩的失妻之痛和寻妻之苦也都成假戏真做,失去了它的真实依据。看来,在杜勒西达斯那时候宗教道德第一,艺术服从宗教道德的需要,所以会出现这样顾头不顾尾的情况。

《罗摩功行之湖》刻画人物十分成功,尤其是罗摩刻画得栩栩如生。他具有双重性格,一方面是毗湿奴大神的化身,体现所有的道德和理想,庄严肃穆,令人顶礼膜拜;另一方面他是一个普普通通的人,具有七情六欲,生活在俗世凡人中间,使人感到亲切可爱。所以,罗摩在印度人心目中既是神明和理想,又是榜样和朋友,拥有广泛的崇拜者和拥护者。《罗摩功行之湖》也具有双重性,一方面是印度教的经典,一方面是印度中世纪最重要的文学作品之一。印度前总理英迪拉·甘地说得好:"杜勒西达斯的《罗摩功行之湖》是印地语文学中最伟大的成就。它不仅是当时一切优秀作品的代表,而且对后来的文学产生了极大的影响。这部伟大的长诗对印度人民、印度语言和印度文学都有着极为深刻的影响。"[①]

---

① [印度]杜勒西达斯:《罗摩功行之湖·译者前言》,金鼎汉译,北京:人民文学出版社,1988年。

第六章 中古波斯文学

第一节 概述

中古波斯的断代时间一般可界定为7世纪中叶至18世纪初。它以两个历史事件为标志：651年萨珊帝国的末主被诛和1709年萨非王朝的总督被杀。历史在这里无情地借两颗人头落地溅血为界，划分出中古波斯的千年历程。

但是，在文学史上，中古波斯文学的概念通常只体现于10世纪到15世纪这一段黄金时期，其情形犹如我们说到"古希腊文学"时，实际上所指的仅仅是古希腊古典时期这一段文学一样，因为古代波斯的文学材料至中古前期已大多佚散，尤其是阿拉伯人入侵之初，常在原琐罗亚斯德庙殿之上改建清真寺，把所藏文典书籍视为异教邪说而付之一焚。连《阿维斯塔》这部波斯上古最重要的诗歌、神话总汇，虽在萨珊王朝时期曾被重新收集、整理，但结果也不能幸免于难，以至于我们今日所见的《阿维斯塔》仅为原作的四分之一。15世纪之后的波斯文学又成就平平，相对来说，从10世纪到15世纪这五百年古典时期的文学却异常丰满，名家辈出，杰作迭起，即便放至同一时间框架内的世界文学总背景之上，也决不逊色。因此，用精华的部分替代整体在这里也同样顺理成章。

古典时期的波斯文学繁荣昌盛，然而，这一历史时期的波斯人民却灾难深重。7世纪初，伴随着伊斯兰的兴盛，阿拉伯人在西亚崛起。穆阿维亚为整个叙利亚地区的总督，开始把征服的目标对准波斯。萨珊王朝的国王伊嗣俟（即耶斯提泽德三世）为挽救波斯的灭亡，曾与阿拉伯人进行了长期的殊死斗争。但是，卡的西亚一战决定了波斯失国的命运，统帅鲁斯塔姆阵亡，波斯军一溃千里。伊嗣俟逃到东部边境谋夫，又遭突厥人奔袭，最后被一磨坊主所杀，头颅落入水磨的激流之中。从此，波斯沦为阿拉伯人的一个藩属行省，被强按于异族的骚扰和凌辱之下，时间长达一个多世纪。只要翻阅一下中古时期的中亚历史，我们就可发现战争的频繁与严酷为史所罕见。阿拉伯人内部的政派、教派之争，屈波底对中亚的征战，突厥人的兴起以及与阿拉伯人的争势，唐王朝的征西，还有吐蕃的扩张等等，战事连年不断，并且几乎每一次战火都会祸及波斯。波斯的地理方位以及作为阿拉伯帝国入侵中亚后方基地的战略地位,决定了它难逃战神肆虐的厄运。阿拉伯帝国瓦解以后,波斯又先后遭受塞尔柱人、蒙古人的侵占。再加上天灾频频,饥馑和瘟疫不断,波斯贵族和宗教僧侣又残忍地压迫和盘剥人民,致使民不聊生、饿殍载道的惨烈景象时有所见。波斯人民在这风雨交攘的千年历史中遭受种种蒙难:血腥的战争给他们带来死亡和悲痛;动荡的社会使他们畏惧和颤栗。不幸与悲哀谱成了这个时期波斯人民的断肠之曲。

然而,这还只是波斯人民蒙受历史灾难的外在生活处境,另一方面,受异族侵略、奴役而造成的内在精神创伤也不容忽视。虽然,中世纪的侵略者并不像他们的后代那样注重对奴役国人民的心灵侵占,但虔诚的宗教信仰却又常使他们不自觉地对此进行补充。阿拉伯人在占领波斯期间,就以血腥弹压和"免交人丁税"软硬兼施,全面推行伊斯兰教,"阿拉伯统治者有一个信念,认为他们的力量的源泉在于伊斯兰教,被征服的人民如果信仰了伊斯兰教,将不会反对阿拉伯的统治"①。正是从这种信念出发,他们无情摧毁波斯人的传统宗教琐罗亚斯德教,并强行用阿拉伯文字替代巴列维语。诚然,正如许多文学史论强调指出,波斯的文化传统并未因此而中断;相反,因为波斯文化要比入侵者的文化高出一个层次,在两种文化碰撞、交融的漫长岁月里,阿拉伯人反而被波斯文化所同化。这固然有许多历史事实可以证实,但更大的事实铁铸难移,不可疏略,那就是波斯民族心灵的受辱受欺。强调这一点相当重要,因为就是在这种精神上遭受创伤,生活上苦难维艰的漫长现实环境中,生发出中古波斯文学的总体美感特征。

中古波斯文学的总体美感特征,可以用四个字归纳,即"苍凉沉郁"。中古波斯文学的成就主要在诗歌方面,波斯也素有诗国之称。然而,在这个诗的国度里,很难看到静谧而暖融融的诗情画面,及那种用轻倩柔美的笔调绘制的田园风光景象;很难听到明丽而欢乐的牧歌短笛,及那种跳跃着明亮音符显示人生乐趣的生命乐章;也难寻与外部世界恬然相处,充满和谐的韵味情致;更少见绮靡浮响的轻巧或雍容华贵的缱绻。在众多杰出的波斯诗人那里,普遍可见的是一种苍凉沉郁的美学意味。它时而浓烈,时而浅伏,但总如丝线串珠,承续不断。几乎所有的波斯诗人在青年时代就已崭露头角,凭着天赋与才华,以优美的诗歌征服了世人,获得王公贵族的青睐。可是到了晚年,他们却又大多遭受冷遇,或穷困潦倒,沿街持钵乞讨。由于个人身世的坎坷,他们对民族苦难的体味格外深切,人民所蒙受的不幸与厄运,更使他们焦灼与不安。然而冷酷的现实又非他们所能扭转,寄人篱下的处境又常常提醒着他们自身的卑微。于是,郁结的心田便时时泄露出一股愁绪,滚淌于诗行辞间。因此他们不约而同地谴责世道的险恶,一方面高亢悲慨之情溢于言表,另一方面又因无揽天之力而悲凉叹感。他们全

---

① 王治来:《中亚史》,北京:中国社会科学出版社,1980年,第231页。

都执着追求真情真义,颂扬母子之情、兄弟之情、友朋之情、爱侣之情,希冀用爱来修补这残缺的世界。然而,命运不公,社会无情,爱的甜蜜之中总掺入了厚重的悲愁苦涩,或遭抛弃,或遭分离,甚至父亲误杀亲子,爱侣双双殉情。他们一一追问苍天,深究宇宙的奥秘、人生的真谛,表现出倚重理性,蔑视荒谬神性的无畏气概。但同时,却也因理性的疲软不足以充当信念的支柱,最终又难免回归于迷惘与忧愤之中。因此,中古波斯诗人几乎个个都写出大量的酒的颂歌,这不仅仅是民俗民风的酿制,更内在的原因还在于酒能使人解愁、泄愤、狂徉、超脱。他们举起酒杯,不是小酌,不是浅斟,而是和着忧伤与愤懑,吞饮下去……这正是波斯中古文学的总体美感特征——苍凉沉郁。它虽然属于"崇高美"的范畴,但又独具特色:是大漠与草原,驼队与古道,沙丘与琼浆,这些地貌、气候、习俗的产物,更是上述波斯特定时期社会历史内容的诗意表达。

这种总体美感特征还与宗教有着密切的关联。从根本上说,人对于生存的痛苦和抑郁,只能在两个阀口中得到释放:一是审美,一是信仰。波斯诗人从诗的创作中激发心中的沉郁,在信仰的道路上摸索,企望找到可以寄托的"伊甸园"。由于伊斯兰教在中古的强大势力,波斯诗人几乎全都受到穆斯林圣水的浸润,但如果说他们都是虔诚的真主信徒,显然与事实不符,因为在他们的诗中随处可见怀疑、诘问,甚至嘲讽真主的诗句。如果说他们是激越的叛教者,以大无畏的气概彻底背叛神的旨意,否定真主的存在,那也未免失之偏颇,因为他们中的每一个人都写下了大量的颂神诗作。他们与宗教的关系,应该说相当复杂,既真诚地期望有一个主持正义、扬善惩恶的上帝,又深深地怀疑冥冥之中是否真有一个明察秋毫、全知全能的救主。这是一种极其矛盾的心理,前者是对真善美的迫切呼唤,希望个人与世界获得拯救;后者是拯救的迟迟不到,因天课与礼拜屡屡失效而产生的困惑。但二者又有一个共同的基础相统一,那就是对现实的深刻的失望。

正是这种与宗教的复杂关系,绝大多数中古波斯诗人都不同程度地靠近了泛神论与神秘主义。对他们来说,上帝是不能没有的(怀疑其有,正是希望其有的一种心理反映),否则谁来慰藉因严酷现实的碾磨而破碎的心?谁来恩赐生存的希冀和评判道德的善恶是非?因此,与其全信宗教人士所宣扬的那个冷漠而玄远的真主,不如也信一草一木均有神性的万物有灵,因为后者更使人亲近而具有实感,也符合他们追求真情真义,追求仁爱的要求。同样的道理,既然真主不能缺少,那么他们在怀疑真主显灵的同时,也开始怀疑人的自身——一定是哪个环节出了问题,是修炼方式抑或祈祷内容,还是什么地方,以致与真主有了隔阂——于是便相信依靠直觉和内心经验亲近真主,其结果便走向了神秘主义。

当然,中古波斯诗人的泛神论和神秘主义倾向并非仅仅来源于他们自身的内在感悟,传统的泛神论思想与中古盛行的苏菲主义也从外部给予他们极大的影响。古代琐罗亚斯德教的教义中既有神秘主义的因素,也不乏泛神论的因子。在《阿维斯塔》中,由阿胡拉·马菲达创立的世界由善恶两极组成,光明、火焰、白日代表善;黑夜、疾病、罪行体现恶,在善恶转换、灵魂不灭、轮回转世的观念中都含有万物有灵的因子。到公元9世纪,巴亚齐德·比斯塔米和塔拉兹分别把"寂灭"与"永存"的观念渗进苏菲学说之中,使泛神论与神秘主义糅成一体,为苏菲派普遍接受,也因此而影响整个中古波斯社会。神秘主义坚信人生的目的在于追求与主合一,而此种合一主要靠内在的"精神照明"和个体的出神、顿悟,并不需要依靠教长或精神导师为中介,沟通人与真主的神圣交感。这正与上述波斯诗人的内心经验相符,因此也极易被他们所接受。神秘主义的苏菲派在中古后期的波斯相当盛行,一些诗人本身就是神秘主义的思想家。因此诗歌与宗教神秘主义便很自然地联手同行。但是,不管是诗人的内在感悟,还是宗教的外在影响,泛神论与神秘主义都不能从根本上消除中古波斯诗人的焦灼和沉郁。

于是,这种苍凉沉郁的美感特征便以两种迥异的色彩呈现在波斯文学作品之中。一是暗色调的,悲观虚无的思想是其主要内容;一是明色调的,豁达不羁的精神气度为其外在表征。这两种色调时而交替出现,时而相融汇合,贯串于中古波斯文学的发展之中。在第一类作品中,诗人常常面对现实的灾难和社会的不平发出种种疑问,寻根究底,责斥真主为何视而不见。然而有问却无所答,因为答案根本就无从寻找,这样悲观虚无的思想便占据上风。这类作品大多如惨伤的长啸,显得悲怆有力。第二类作品也有对社会的批判与谴责,在情歌恋曲、生活故事之中藏伏刺戟的尖锋;面对黑暗的现实,他们也曾忧心忡忡地遍寻解脱结症的良方,但也同样以失败而徒手空还。问题是,在经历了迷惘——激愤——失望之后,他们大多走上超脱之路,以豁达不羁的态度对待自知无力挽回的现实。当然,他们不可能做到真正的超脱与豁达,在此背后仍然伴随着对世事人生的悲凉与感伤。应该说,这是一种无可奈何的超脱。因而这一类作品大多显得沉郁有余。当然,上述明暗色调的类别区分,只是一种总体美感特征的宏观把握。在两者之间,也不乏明暗相融或交替的诗人歌手,但也正是因为有如此不同层次的色调类别,才丰富了中古波斯文学的总体美感特征——苍凉沉郁。

中古波斯文学在这种苍凉沉郁的美感氛围中孕育了一大批优秀诗人。

鲁达基(约858—940)历来被人们视为中古波斯诗歌的奠基人。其原因在于,无论是在思想内容上,还是在艺术形式上,鲁达基都开创了这一历史时期波斯文学的先河。

鲁达基一生的诗歌创作相当丰厚,据说多达130万行。可惜年久失传,现只存一千余首对韵诗。从现存的诗作看,鲁达基诗歌的最大特点,是擅长在沉沉的怀旧意绪中,将昔日的锦华与今日的凄清作痛切肺腑的对比,引发出浓郁的人生感喟和悲凉叹息。他的代表诗作《咏暮年》最显目地体现了这一特点。过去是年少英俊,卷发散发着迷人的麝香,"两颊柔纤似绫缎",美女佳酿伴他度良宵;他的诗作到处受到欢迎,他的歌声"有如夜莺婉啭鸣啼"。总之,荣耀与富贵,情爱与美酒,都因诗人顶袭的桂冠而不请自来。可是世事沧桑,现在已今非昔比,"卷发成了树脂色","牙齿全部脱落","我已失去了朋友,周围都是陌生人",只能"持棍荷袋去乞讨,哪怕是白发苍苍"。是什么原因造成了如此悬殊的落差?"那恶运来自何方?"诗人一开始就提出这个问题,回答是:

啊,不是撒旦的过错。是谁?你听我说:/那就是真主,亘古以来的规律就是如此。/世界的命运就是这样循环旋动。/时光流动着,有如泉水,有如滚滚洪流。

这似乎是一种公正的自答。时光的流逝必然会裹挟去过去所拥有的某些东西,韶华难留,青春不再,这是自然的规律。然而,问题是,暮年与不幸并不必然同步,友情、富裕、荣耀也非独独钟情于青春少年。难道鲁达基不懂这简单的道理?反过来说,假如他真的满足于自己的答案,又为何在诗歌的字里行间布满浓烈的艾怨和不平?假如在暮年的残余时光里只配有如此的光景,假如真的"亘古以来的规律就是如此",他又何必去作无谓的惨痛回忆?

鲁达基出身于一个普通的农民家庭。境况清寒,但聪慧过人。8岁就熟谙《古兰经》,成为故乡远近闻名的诵咏者。稍长,又精于音律,能和琴而歌,优美动人。他还精通阿拉伯语言文学,熟悉古希腊哲学,通晓天文地理。丰富的学识和卓越的诗歌才华使他声名遐迩,年轻时就被萨曼王朝的第三代统治者纳赛尔召进宫内,成为首屈一指的宫廷大诗人。他也曾在诗中写道:

无论我走进哪一个贵族的府邸,/我都得到了美食和装得满满的钱袋。/他曾经到处挥金如土,在这个城里,/赏给每个酥胸的土耳其女人以金币。/别人极难得到,而我毫不费力地得来了——/绝色的容颜,名贵的美酒,挺秀的身腰。

可见,青年时代的鲁达基春风得意,荣华富贵,俯首可得。然而到了晚年,他却因为失宠于权贵,被逐出宫廷,穷苦潦倒,双目失明,过着行乞的日子。这种前后反差极其悬殊的生存境遇,使他不能排遣对失落的昨天的追忆与对现实的今日的压抑。因此,《咏暮年》并非是一个老者对凄凉晚景的悲叹,也非是对生命由盛至衰的规律的顿悟,而是面对人生苍黄反覆,命运瞬息多变的迷惘和叹咏。

诗人在无数客观现实的惨痛经历中,在动荡不安、灾难不断的社会面前,深感命运不平,天道不公,进而丧失了对人生价值意义的忠信。按照传统的琐罗亚斯德教的教义,世界本应有善恶截然不同的区分,善战胜恶之必然如同光明必然取代黑暗,但是鲁达基所处的时代恰恰是善恶不分;按照伊斯兰教的教诲,真主洞察一切,主持正义,把无限的仁爱广播于世界每一个角落,然而现实境况却绝非如此,对正直的诗人"真主却拿绝望来奖赏我"。("为了下贱的肉体安逸,我不能使灵魂屈辱。")这样,诗人很自然地从迷惘和困惑跌入价值的虚无。因此他说,

> 你整个的存在——不外是瞬间梦幻,/而梦幻一去,永不复回。
> 临终之日,一切对你都是一样,/连善与恶——你都分辨不了。(《无论能活多久》)

假如鲁达基的疑惑和惆怅仅仅来自于个人的升迁沉沦,来自于失却权贵庇护收养后的窘迫,那么他的《咏暮年》这类的诗篇便很难为世人所共鸣,并流传于西亚广大地区。他的可贵之处在于:能够把自身痛苦的心灵感受与广大下层人民的悲切遭遇联结在一起,写下那个时代的普遍境遇。例如:

> 这些人桌上摆满了肴肉和精制的杏仁糕,/那些人却饥肠辘辘,连大麦饼也难寻到。

因而他用个人心弦拨出的那一片违世之音,能够沟通、慰藉一颗颗被现实的尘垢和荆棘蒙屈受辱和刺戟受伤的心;即便是他描写的世界与人生价值的虚无感和无措感,也为现实是非的颠倒混乱、难逃社会灾难及无路可寻的人们所认同。这是因为他的歌声多多少少冲淡了飘忽在黑暗时代上空的血腥味,给挣扎在痛苦深壑中的人们带来安慰与温热。

鲁达基还写下不少关于酒的颂歌。例如,

> 你还没有战胜心中的困苦吧?/那就喝酒吧;没有比这更好的治疗!
> 今日世界,嗨,无非是捏造和尘埃,/随它去吧,姑且举觞痛饮聊以自慰!

波斯诗歌中历来有颂酒的传统。在《阿维斯塔》的《亚斯纳》中就有琐罗亚斯德和苏摩酒的著名对话。以后,在《缅怀托里尔》以及历代《王书》中都有关于颂扬酒的神奇功能的诗篇。这种传统的形成,不仅仅与波斯人喜欢饮酒酬唱的风俗有关,而且与古希腊和印度外来文化的传入有联系,尤其是印度的颂酒诗篇直接助长了波斯诗歌中的颂酒习风。鲁达基写下的关于酒的诗篇,虽说是上述传统的一种延续,但他已不再停留在对酒的色泽、醇味和使人迷醉快意的赞叹之上,而是接过酒杯,浇己块垒,唱出了对现实人生的怨愤、不平,以及随之而来的虚幻、无措。他似乎举起酒杯,劝人劝己:不必过于忧伤,借酒浇愁,聊以自慰。

因此,从鲁达基诗歌所表达的思想内容看,悲凉是其主要特色。他从个人的切身体味中引出了对人生命运的惨淡见解,其中所蕴含的沉郁思绪正与那个时代的普遍精神感受所契合;虽说他最终跌入了世界价值意义的虚无,但这也正是那个时代许多穷苦潦倒人们的真实心理写照。从这个意义上看,鲁达基引导了中古波斯诗人的创作方向,也为中古波斯诗歌定下了基调。苍凉沉郁的波斯文

学美感特征首先从他的诗歌中现出。因此,伊朗文学史家公认鲁达基为"波斯诗歌之父",决非溢美之辞。

从诗歌创作的形式看,鲁达基也无愧于"诗歌之父"的荣誉。他参与了对叙事诗、抒情诗等十余种诗体形式的改进工作,并将它们初步定型。他的四行诗、箴言、警句等都给予后继者很多艺术创作上的启迪。

鲁达基之后,中古波斯诗坛开始出现异彩纷呈,群星闪烁的繁荣景象。接踵而上的有大诗人菲尔多西和海亚姆。前者推进了由鲁达基改造定型的叙事诗创作艺术,写下了卷帙浩繁的史诗《王书》(详见本章第二节);后者则拓宽了四行诗的表现内容,使其在艺术上更臻完美,为波斯文学走向世界作出了卓越的贡献。

欧玛亚·海亚姆(1048—1122),诞生于霍腊桑省尼沙普尔。自幼受到良好教育,后因父亲病故,家境窘迫而辍学外出谋生。他知识渊博,才华出众,在数学、天文、医学、哲学上都有极高造诣,因而被引进布哈拉塞尔柱王朝马立克沙赫苏丹宫廷,在那里专心从事科学研究。1092年马立克沙赫崩逝,海亚姆失去庇护,被逐出宫廷,从此过着颠沛流浪生活,一度曾靠替人算命度日,晚年在贫病中死去。

海亚姆在中古波斯文学发展史上占有不可替代的重要地位,他的出现标志着一个新的文学时代的开启。

在海亚姆之前,中古波斯诗歌的主题主要表现为颂扬帝王公侯的赫赫业绩。鲁达基虽然写过一些以社会世态为描写对象的抒情诗歌,但总体而论,他的诗歌题材仍偏重于王侯的"战功与飨宴"。其他诗人更是以富丽典雅的颂辞献歌于王室贵族。然而,自海亚姆始,波斯诗风大变,诗人的目光开始移向民间,把昔日酬酢唱和的清歌慢曲换成了凄楚沉郁的悲歌愤词。诗人们更多地关注黎民百姓的生死疾苦,对王室上下横征暴敛、草菅人命,贵族大臣助纣为虐、奉承谄媚的抨击大量地出现于诗人笔下。中古波斯诗歌突破了贵族化的樊篱,踏上了现实坚硬的土地,开创了一个新的局面。而首创这一代诗风的,就是海亚姆。

在海亚姆的四行诗中,有对贫富悬殊、黑白颠倒的不公平世道的愤懑之情:

> 为什么世道对悭吝者如此慷慨?/供他享受浴池磨房,府第楼台。/正直的人却被迫赊买晚餐面包,/屁都不如,这算是什么世道?

有对善恶不分,是非难辨的抗议之辞:

> 如若世事能用公正之尺衡量,/如若不公正之事我也找不到一桩,/如若天地间居然有公平二字,/正直的人怎会有百结的愁肠?

有对现实苦难的生动描绘,对愁苦无告的下层人民深切的同情:

> 看啊,苍穹好像我们伛偻的躯身,/阿姆河水是我们晶莹的泪珠滚滚,/阴森的地府是我们无端的忧虑,/天堂是我们的悠然一瞬。

对黑暗现实的观照触发了诗人的思索：人间的不平和蛮横何以漫无边际？人生的苦难何时才是尽头？难道真如伊斯兰宗教人士所宣扬的今世的苦痛必能换取彼世的幸福？……一连串疑问萦绕在诗人心头，于是对宗教神学的怀疑与质问便自然产生。这种怀疑精神在日后的中古波斯诗歌创作中随处可见，而开此先河者仍然是海亚姆。

海亚姆对宗教神学的非难与质疑完全是针锋相对，直言不讳的。伊斯兰教认为，世界是真主的造物，而海亚姆偏偏发问："我们来去匆匆的宇宙，／上不见渊源，下不见尽头，／没有谁能解释清楚，／我们自何方来，向何方去？"对神造的世界结构表示了大胆的怀疑。伊斯兰教宣扬人类总有一天面临真主的"末日审判"，以极乐天堂的诱惑和严酷地狱的威胁进行宗教道德说教。而海亚姆却对此付予轻蔑一笑。在他看来，极乐世界只是虚无缥缈不可捉摸的臆造物，有谁死后送来过天堂的传报？（"但无一人从彼世带来信息，报告那些旅人们的近况。"）与其空怀进天堂的奢望，不如享受眼前现实的欢乐。（"取下这现钱，别去管那契券。"）假如能在绿荫下，铺就一张毡毯，放上"一卷诗抄，一大杯葡萄酒，加一个面包"，还有心爱的姑娘在身旁喃喃私语，"这天堂已够美好"！假如真有地狱存在，也无忧虑疑惧的必要，因为与世上许多残暴不义之人相比，他的心灵要清洁干净许多，更何况这世界本来就黑白颠倒，无正义公理可言，谁又是清白无罪之人？（"如此世道有谁清白无罪？你说，清白无罪者怎能过活？你说。"）

总之，在海亚姆的四行诗中充满了对伊斯兰教教义离经叛道的内容。但是，我们也不能因此而断定海亚姆是个宗教叛逆诗人，因为在他怀疑、非难、揶揄、嘲讽宗教的同时，也表现出过真主的渴慕、驯良、眷顾和叹服。例如，他在一首诗中写道：

> 他隐而不露，化万物的脉络中，／水银般地滚动，避开你的阵痛，／他所赋形的万物，从鱼到月亮，／在变化消亡，而他却永存无终。

这里的"他"，无疑是指真主。他赋形于万物，隐匿其间，随形变化，如水银流动，无痕无迹，一切都在真主的掌股之中。他无处不在，无时不在，万物有消亡，更生，而他却"永存无终"。

可见，海亚姆并不断然否定真主的存在，他只是不同意世俗教主们宣扬的那一套上帝学说。在他看来，有真主，但真主存在于自然的万物之中，至深至大，包孕万物，超越一切，又融解于一切。人与真主的关系并不是主与仆的关系，人也不必匍匐于真主的威力之下乞求来世的幸福。人与真主的关系应该是一种无法分切，难以割离的即"是"又"不是"的关系。他的一首四行诗把这种思想表述得相当清楚：

> 我把灵魂向那幽冥之境派去，／想讨个死后生活的一言半语；／没多久我

的灵魂已回来复命,/他说"我本身便是天堂和地狱"。

因此,海亚姆的思想已接近于泛神论的范畴,但他又不是一个彻底的泛神论者,如印度的泰戈尔,因为泛神论不仅把上帝视为融化于自然之中的神,而且从根本上否认宇宙间存在着一种超自然的力量可以主宰一切。海亚姆还不能突破有神论的樊篱。在这一点上,他与托尔斯泰很相似。他们都是坚决否认世俗宗教所宣扬的天堂、地狱学说,否认教士们的无稽之谈;但另一方面,又相信冥冥之中确有一个主宰一切、摆布一切的超自然力量的"他",操纵人生、社会的变化,希望"他"能主持正义、公道。海亚姆之所以会有如此自相矛盾的思想,主要导源于两个方面:一方面他是科学家,也是个哲学家。科学家要求对一切事物都有明晰、合理的解释,哲学家又要求一切现象都应该有严密的、符合逻辑的因果关系。这就决定了他必然要寻根究底,不满足于世俗宗教所提供的现存答案,对世界、人生等重大问题不断地发出疑问。另一方面更主要的是,现实迫使他思索。海亚姆的一生处在塞尔柱王朝统治下社会动荡不安的年代里,虽然阿拉伯对波斯的统治在当时已名不符实,但波斯人毕竟仍是隶属于阿拉伯的下等人。统治阶级的腐化奢侈,鱼肉百姓,引起社会普遍不满。作为一个爱国爱民的诗人,海亚姆怎能不忧心憔悴?他不相信世俗宗教的神学说教,但历史与现实又何以能提供他解释社会不平,批判现实社会的武器?他是个科学家,但并不能因此而保证他思想的科学。因此在他的诗中只有怨,只有愤,只有疑问,而没有回答。到头来,他还是需要一个真主,否则他就思无所托。费尔巴哈在《基督教的本质》中说:"宗教,是属于人的本质在自身之中的反映。"他还说:"上帝起源于缺乏感,人缺乏——不管这是特定的,因而有意识的缺乏还是无意识的缺乏——什么,上帝就是什么"。① 海亚姆在精神困惑中暴露出来的自相矛盾以及宗教观上的二律背反,其原因盖出于此。或许他自己也意识到了这一点:

  一手执杯,一手执《古兰经》,/时而虔诚敬主,时而亵渎神明,/我们置身于翡翠色的苍穹之下,/是异教徒,不处处昧主,是穆斯林,又不事事虔诚。

这首诗极其贴切地表现了这个中古波斯诗人的迷惘困惑,表现了他与伊斯兰教不即不离的关系。

这种无法克服的矛盾性导致了海亚姆思想上的悲观主义。在他的诗中随处可见忧郁、悲凉的诗行,虚无的色彩比鲁达基有过之而无不及。他奉劝世人以酒解愁,及时行乐,"快喝个够""活着就一醉""用一杯杯给禁绝的酒,淹掉对这些无礼问题的记忆"!这种悲观主义以及由此衍生的颓废情绪在日后其他波斯诗人

---

① [德]路德维希·费尔巴哈:《费尔巴哈哲学著作选集》下卷,北京:三联书店,1962年,第92、103页。

的作品中都不同程度地存在，个中原因不能排除海亚姆深刻的影响力。应该说海亚姆的诗属于上述苍凉沉郁美感特征中的暗色调，如惨伤的长啸，显得悲怆有力。

19世纪中叶，海亚姆的四行诗由英国著名译者费兹杰拉德（1809—1883）翻译介绍到西方，引起轰动。此后一百年内，海亚姆的诗集有32种英译本，16种法译本，12种德译本和数十种亚非各国语种译本。仅费兹杰拉德的英译本，到1925年就再版了139次。海亚姆也因此蜚声世界文坛，为世界人民所喜爱。1922年，郭沫若把海亚姆诗歌译成中文出版，取名《鲁拜集》。次年，闻一多撰文介绍海亚姆。1927年，郑振铎在他的《文学大纲》中称海亚姆为"东方最伟大的诗人"。海亚姆也成了中国读者最喜爱的域外诗人之一。

海亚姆病逝于12世纪20年代。稍后，波斯诗坛又涌现两位大诗人：内扎米（1141—1209）和萨迪（1208—1292）。内扎米以他杰出的叙事诗为中古波斯文学增添异彩；而萨迪则以他的精巧故事散文和短诗赢得声誉。他们都为中古波斯文学作出了巨大贡献。

12世纪下半叶，苏菲文学开始耀眼于波斯诗坛。"苏菲"原意为"穿粗毛织品的人"，禁欲、苦行的内在思想与其名称相符一致。"苏菲"自成一派，为伊斯兰教内部神秘主义思想派别。若沿流溯源，则可追溯至8世纪女圣徒拉比亚（717—801）。她自称梦会先知穆罕默德，得知要与真主合一，必禁欲克己，弃绝尘念，不以索取天堂恩赐为回报，无私挚爱真主。这种排除中介，通过自身修行，直接与主交汇的神秘主义思想，在战乱成灾、民不聊生的年代，极被人接受，不少诗人也因此深受影响。另一方面，苏菲派长老为了传播、普及教义的便利，常托借诗歌形式，寓苏菲思想于抒情叙事诗歌之中，因此逐渐形成了苏菲文学。从12到13世纪，诗人阿塔尔（1145—1221）和莫拉维（即鲁米，1207—1273）的出现，使苏菲诗歌创作走向了高峰。

阿塔尔的代表作是《百鸟朝凤》。他以百鸟寓指苏菲派教徒，以朝凤旅途的艰辛比喻信徒修行的磨难。众鸟飞越高山深壑，大漠草原，企望寻找凤凰，可是最终却未找到。此时剩余的30只鸟才幡然醒悟，原来他们就是凤凰，就是世所罕见的鸟王。阿塔尔以此显示苏菲派的教义：只要真心信奉，刻苦修行，便能与真主合一。真主存在于每一个信徒心中。

莫拉维创作了一部抒情诗集和六部叙事诗。他1273年撰述的巨著《神圣的玛斯纳维》，影响深远。这部诗集分6卷，大约5万余诗韵，以譬喻、寓言、民间故事、历史传说的形式阐述苏菲思想和教义。例如叙事短诗《店家和倒翻油瓶的鹦鹉》，鹦鹉倒翻了油瓶，主人一气之下拔光它的羽毛，鹦鹉也不再饶舌学话。一天，来了个僧人，鹦鹉突然开口："秃子，是哪一个把你的头发夺去，莫非你也在哪儿不小心倒翻了油？"众人大笑。在叙述了这个短小有趣的故事之后，诗人告诫读者：

> 我们判断他人的事时任凭己见，/所以世界就在黑暗中徘徊不前。/为了要能戒除贪欲、劣性和恶习，/我们本可以和先知圣人们相比。

也就是说，要能明察是非，杜绝荒谬，必须"戒除贪欲、劣性和恶习"，这样才能与先知圣人一样，与真主同在。这无疑是苏菲派神秘主义的思想观念。

苏菲文学汇集了大量波斯的民间故事、寓言、警喻、传说、轶闻，为保存和传播这部分文学遗产起到了积极作用；它在艺术上也相当精巧圆润，给中古波斯文学增添了异彩。特别值得一提的是，在蒙古人入侵之后，大批波斯诗人逃散，正是由于苏菲派诗人的努力，诗坛才不至于沉寂。但是，它毕竟是一种宗教文学，其动机和效果都未能脱离宗教思想，所借用的艺术手段也囿于象征与寓意，因此很难说苏菲诗歌壮阔了中古波斯文学的主流。真正承续传统，继往开来的诗人，还属14世纪的抒情诗人哈菲兹。

哈菲兹(1320—1391)是抒情诗大师，在本国和世界上都享有极高声誉。他20多岁时显露出过人才华，通晓阿拉伯文，熟背《古兰经》，又善于赋诗，因此深受君主、贵族的宠爱。巴格达和德里的君主就曾千方百计地邀请他去做自己的宫廷诗人。但是，诗人晚景凄凉，成了靠乞讨度日的托钵僧，最后在贫病交加中死去。青年得志，中年得意，晚年不幸的人生道路最容易引发出人生的感喟，因此，宣泄人生的感慨是哈菲兹抒情诗的一大特色。

统观哈菲兹的抒情诗，我们可以发现它集中于两个对象物：一是女人，一是美酒。他的情诗有两个明显的特点：第一，没有固定的钟情对象，不像彼得拉克、但丁等西方诗人的爱情诗，都有实际的情人等待着诗人的跪献；第二，是没有感官的欲念。引发诗人浅斟低唱，流连光景的女人自然艳丽，但诗人的描述也仅止于体态婀娜，秀发飘逸，媚眼乌发，语言甜蜜，诗人的欲求也只限于美人的一顾、一笑、一颦或一吻。更多的内容倒是欲爱不能，欲求不得，心有所思，却无处寻绎的苦苦追求和处处落空。综合上述两个特点，我们可以体味到，与其把没有实际对象，没有感官欲念的情诗看成是爱情的咏叹调，毋宁把它们视为诗人内心追求与现实处境永无契合点的人生感叹。当哈菲兹把这种人生感叹掺和进他的抒情诗的第二个对象物——美酒中去的时候，他奉献给世人的便是一杯五味俱全的人生醇浆。哈菲兹的酒有借酒浇愁之意：有所求而无所得；有借酒泄愤之义：命运不平，天道不公；有借酒狂徉之心：桀骜不驯伏于醉态之下；有借酒超脱之味：看破尘世间的熙攘纷扰。下列四行诗很有代表性：

> 萨吉啊，把酒杯斟满！/让我在酒浪里沐浴；/我将满怀喜悦之情，/挣脱出深渊地狱。

一切幽愤、悲愁、焦灼和抑郁都将在酒浪中洗涤，在朦胧的醉眼中，诗人看到了一个清朗宁静的世界。

因此,哈菲兹的抒情诗中有不少篇什符合这样一个心理模式:追求(往往表现为对情人的思念与追求)——怨艾(表现为与情人离别或遭情人抛弃)——迷惘或幽愤(表现为无所适从或怨命运、天道不公)——超脱(表现为借美酒催生智慧,认识人生的真谛)。如前所述,哈菲兹诗歌中的情人只是人生追求的一种符号,所以这种心理模式也完全可以看作诗人对人生的见解,其最后的归结是解脱。

因此,在精神特质上,哈菲兹和海亚姆不同。前者是豁达,后者是怨愤。豁达的精神气度是在对纷扰的客观世界深刻入微的洞察之后,宣泄情感的郁结,抚慰心灵的震颤,最终走入澄澈心境的产物,是一种主体价值取向的体现。它与如下两点不相矛盾:其一,豁达并不意味着主体剔除了一切情感因素,无爱无憎,绝圣弃智,只不过他的追求超越了世俗的利害得失,最终总能以自身的价值尺度调整情感的爱憎波动,归结为一种平静状态;其二,豁达也不意味着与客观世界的完全隔绝,因为它毕竟只是主体的一种精神属性,再豁达的人也不可能排除世事的骚扰。因此,哈菲兹对现实仍有精悍凝炼的描述,如

  从南到北,从西到东,/鬼魅横行,一片黑暗。

对宗教有暗寓蔑视的篇章,如:

  丢开寺院的祷告,/快快换上美酒,/把那骗人的青衫,/快用醇酒代替!

对权贵有发自心底的诅咒,如:

  大地张开它的大口,/吞食了卡隆家财万贯;/这来自上帝的愤怒,/来自托钵僧神圣的法典。

这些诗句都表现出忧郁之心和犀利的批判力量。但是,统观全体,这种政治色彩显目的诗行仍属少数,更多的还是以曲折的方式传达诗人沉郁的人生感受。其中原因主要有两点:其一,是出于艺术上的考虑,因为像哈菲兹这样文学修养极高的大手笔,是不肯剑拔弩张地拿着批判的武器一往无前地冲杀;其二,就是由诗人的内在精神气度所决定。这种豁达的精神气度使哈菲兹的诗显得伤感沉郁,在中古波斯文学苍凉沉郁的总体美感色谱中,属于明色调的一种。

哈菲兹的诗为波斯文学赢得了世界声誉。19世纪初,德国诗人汉默翻译介绍了哈菲兹的抒情诗,受到西方读者的热烈欢迎。歌德为此写下了著名的《东西诗集》,对哈菲兹赞叹备至。他把哈菲兹比作一只巨大的航船,把自己比作一叶舢舨,"哈菲兹啊,我的愿望,乃是做你的信徒中的唯一的信徒"。《东西诗集》出版之后,许多西方诗人纷纷效仿,普拉腾出版了《加宰里诗集》,吕开特发表了《东方的玫瑰》,连傲世的戈吉埃也承认,他的《珐琅和玉雕》也是东施效颦。恩格斯

也赞赏哈菲兹的诗,他曾说,"读放荡不羁的老哈菲兹的音调十分优美的原作,是令人十分快意的。"

15世纪,波斯文学繁荣时期的最后一位诗人是贾米(1414—1492)。其主要作品是《七卷诗》(又名《七宝座》),其中4卷论述神学,3卷是叙事诗。他的叙事诗主要模仿内扎米,散文著作《春园》则模仿了萨迪的《蔷薇园》。

第二节 菲尔多西

一、生平与创作

菲尔多西(940—1020)以其《王书》闻名于世。在中古波斯文学史上,是他首次尝试以达里波斯语进行叙事诗创作,并取得了恢宏的成就。如果说鲁达基以他绚丽多彩的抒情诗为中古波斯文学的发展打下了坚实的基础,那么菲尔多西则在叙事诗方面为后人树立了一块里程碑。

菲尔多西940年出生于霍拉桑省的图斯。关于他的真实姓名历来传说纷呈,莫衷一是。菲尔多西为其笔名,意为"天上乐园"。据说他的父亲是个破落贵族,家境平平。菲尔多西自幼受到良好教育,爱好诗歌艺术。成人后又对历史、神学和哲学深感兴趣,并能熟练掌握阿拉伯语和中古波斯语(即巴列维语)。他曾说,"我辛劳不倦,阅读典籍,有的是阿拉伯语,有的是巴列维语。"在潜心钻研古代史籍的同时,他常到民间采风,寻访历史传说,考察古代遗迹。菲尔多西肯定还创作过其他类型的诗歌作品,然而至今却已佚散不存,只留下他的代表作《王书》。一般认为,《王书》创作于10世纪80年代,即菲尔多西40岁之后,成书于11世纪初,前后经历了30余年。

应该指出,在菲尔多西的《王书》问世之前,波斯已有五部同名著作出版。其作者分别为阿卜·姆耶德·巴尔希、阿卜·阿里·穆罕默德、曼苏尔、玛斯乌德·姆鲁兹伊和塔吉基。其中曼苏尔的《王书》开天辟地写到萨珊王朝的没落,资料详尽,叙述生动,列数各朝帝王功过、轶闻典故、民间传说,为菲尔多西创作《王书》时的主要历史资料。可惜年远日久,上述五部《王书》都已失传。

菲尔多西完成《王书》创作之后,依循中古波斯诗人的传统习惯,将史诗献给当时统治霍拉桑的伽色尼王朝国王玛赫穆德,但是却遭到国王的冷淡拒绝。伽色尼国建于公元962年,现阿富汗、伊朗东部、中亚南部、花刺子模和北印度当时都在其版图之内。玛赫穆德专断孤行,穷兵黩武,好大喜功,曾远征印度17次,劫掠大量珠宝,供己享乐。他对波斯人民肆意欺压,残忍暴虐。为了表示"对穆斯林正统思想和哈里发的忠诚",烧杀掳掠异教徒,骚扰平民百姓。菲尔多西曾写诗谴责、嘲讽玛赫穆德,因而引起他的不满和忌恨。另外,玛赫穆德是在萨曼王朝之后统治霍拉桑,他本人又原是突厥佣仆出身,靠武力篡夺王位,因此《王书》中的反侵略思想和正统观念也使他耿耿于怀。献书遭到拒绝,显然是个凶兆。菲尔多西不得不远走他乡,四处流浪。他先到了赫拉德(今叙利亚境内的阿勒颇),后到黑海附近塔巴列斯坦各地城镇漂泊,以后又流亡巴格达,晚年归返故乡。

菲尔多西逝世后,穆斯林寺院教长不允其遗体葬入穆斯林公墓,朋友们只能将诗人草葬在他宅内的园子里。1934年,伊朗全国为菲尔多西诞生一千周年举行盛大纪念活动,(当时人们认为菲尔多西诞生于934年,后确证为940年)并把旧墓地改建为菲尔多西陵墓,将他出生的城市改名为菲尔多西城。

二、《王书》

菲尔多西的《王书》共12万行,分50章,记述了50位波斯神话传说中的国王和历史上萨珊王朝统治时期的国王。就内容而言,全书可分为三大部分。

(1) 神话传说。史话从传说中的人类起源写起,收汇各种神话故事,为波斯国家的确立寻找神话与历史依据。传说国王法里东把世界分给三个儿子,大儿子萨拉姆分得罗马和整个西方,二儿子图尔分到土兰与中国,三儿子伊拉治分得勇士之乡波斯。内中还写到铁匠卡维率众造反,高举铁匠围裙为义旗,反对暴君佐哈克的故事。

(2) 勇士故事。记述波斯与敌国土兰交战的经过,塑造了数十个勇士的形象。这是《王书》中最精彩的部分,其中主要英雄鲁斯塔姆的业绩尤为感人。除鲁斯塔姆误杀亲子苏赫拉布的故事外,还包括鲁斯塔姆的父母查理与鲁德佩的恋爱故事、西雅乌什殉难的故事、伊朗勇士比然与突朗公主玛尼什的故事等。

(3) 历史故事。主要描述阿拉伯入侵之前萨珊王朝统治时期的重大事件。这部分内容虽说是历史的记述,但与史实并不一致,人物也有虚构。

从《王书》的内容看,主要描述对象是国王和勇士。在菲尔多西笔下,国王分为两类:贤君与暴君。贤明国王,如开-霍斯洛夫、萨桑尼·阿努什尔旺等,他们体察民情,怜爱士兵,平时倾力治国,战时率兵拒敌,创下英雄业绩。贤君中不少人本身就是勇士,冲锋陷阵,勇不可当。这类贤君明主受到诗人的赞颂,寄托了诗人的理想。暴君欺压黎民百姓,好大喜功,肆意残杀,贪婪荒淫,则受到无情谴责。例如暴君佐哈克,肩上长有两条毒蛇,每天都得用年轻人的脑髓喂养。铁匠卡维的18个儿子全被抓去喂蛇,惨不忍睹,以至于卡维忍无可忍,举旗造反。值得注意的是,《王书》中许多暴君形象都是外来入侵者,例如突朗侵略者阿甫拉西雅布国王、阿尔札斯普以及上面提到的佐哈克等。通过对他们的针砭与抨击,表现了菲尔多西的爱国主义思想。

勇士是《王书》着意刻画的人物形象,也是《王书》之所以深受人民喜爱的主要原因之一。菲尔多西塑造了数十个善良、正直、勇敢、豪爽的古代勇士,把他们置于激烈冲突的矛盾斗争之中,由此展示他们的英雄性格。然而,这些胸襟宽阔、品德高尚、武艺高强的勇士,虽能驰骋沙场,孔武剽悍,无敌天下,但最终却都以悲剧性的死亡而告终。诚然,他们的悲剧下场都与自身的"过失"有关:或过于单纯,如伊拉治,对于肇起萧墙之内的杀身之祸浑然不察;或缺乏明智和审慎,如苏赫拉布,胜利在望之际过于自负,终于遭受暗算酿成大错;或愚忠、轻信,如埃斯凡迪亚,只知父王之命不可违抗,殊不知父王戈什塔斯帕是出于不让位于他的卑下目的而驱他冒险出征。但若进一步细察即可发现,勇士的"过失"只是他们悲剧命运的表层原因,深层次的原因还是在于社会政治因素的诱发。王位争夺、土地分封、侵占扩张、抢班继承等,是《王书》中悲剧冲突背景上经常出现的画面。正是在国与国之间的战乱和王室内部激烈的夺权斗争之中,许多勇士纷纷步入死亡的深渊。菲尔多西之所以这样处理勇士的悲剧命运,显然有某种事实依据,因为传说中的古代英雄确实未能逃脱如此的历史劫难。但更为重要的原因,还在于中古的残酷现实正在重演历史的悲剧,因此而触动诗人写下一个个可歌可泣的勇士故事。为什么历史与现实都不能为正直高尚的英雄安置一个美满的结局?为什么暴虐狡诈的统治者却总是施展阴谋并且次次得逞?这些问题纠缠着诗人,身处中古时代的菲尔多西显然无力作出正确解答。因此,《王书》中怨天恨世的色彩相当显目。诗人怨天道不公,命运无情,恨恶人当道,善良受欺,这就使得菲尔多西的《王书》在整个中古波斯文学苍凉沉郁的美感风格中呈现出典型的暗色调。

《王书》在世界文学史上也占有重要地位。13世纪上半叶,就有阿拉伯人班达里将史诗的部分篇章译成阿拉伯文,15世纪在土耳其出现了散文体译本。18世纪后,《王书》被译成英、法、德、俄、意、日、拉丁文,或诗体,或散文件,共有40余种译本。车尔尼雪夫斯基在《小说中的小说》一文中,把菲尔多西和弥尔顿、莎士比亚、薄伽丘、但丁相提并论,认为他们同属第一流的诗人。歌德和海涅也对菲尔多西有过很高的评价。1934年,我国学者伍实(即傅东华,1893—1971),在《文学》杂志第3卷第5号上撰文首次介绍菲尔多西和《王书》,文后还刊载了一则译自《王书》的故事《贾姆席德与佐哈克的故事》。1964年潘庆龄教授根据俄译本译出《王书》故事《鲁斯塔姆和苏赫拉布》。

三、《鲁斯塔姆和苏赫拉布》

鲁斯塔姆是波斯民间传说中最著名的英雄人物,也是菲尔多西《王书》中最重要的主人公,许多脍炙人口的《王书》故事都与他有直接或间接的关联。因此,不少研究者认为,一部《王书》也可看作是一部颂扬鲁斯塔姆的英雄史诗。苏赫拉布是鲁斯塔姆的儿子。关于他们父子俩的故事《鲁斯塔姆和苏赫拉布》历来被视为所有关于鲁斯塔姆故事中最精彩、最震撼人心的篇章。如是说,则可见《鲁斯塔姆和苏赫拉布》在《王书》,乃至整个中古波斯文学史上的地位。

《鲁斯塔姆和苏赫拉布》的情节曲折生动。鲁斯塔姆外出狩猎,走失坐骑,循迹来到突朗,撒马尔罕公主达赫米娜久闻鲁斯塔姆英雄大名,深夜私访,两人一见钟情,结成姻缘。"转眼四十个礼拜过去了,母亲幸福的时刻来临了。"达赫米娜生下了苏赫拉布。此时突朗和波斯两国关系紧张。她深恐鲁斯塔姆把儿子接去,传授武艺,尔后进攻突朗,对她的祖国不利。因此,派人传信给鲁斯塔姆,佯称生了个女儿。鲁斯塔姆深信不疑。苏赫拉布长大成人,孔武有力,骁勇善战。他从母亲处得知自己是英雄之子,决心率军攻打波斯,既为自己赢得勇士的荣誉,也为寻找生父制造机会。奸王阿甫拉西雅布闻讯,急派两个心腹谋臣随军同行,伺机除去苏赫拉布和鲁斯塔姆。当时鲁斯塔姆已年迈,但在波斯无一大将可以抵挡突朗军入侵的情况下,他毅然应召赴战。父与子阵前相遇,但互不相识,恶战数番,不分胜负。但苏赫拉布毕竟年轻,鲁斯塔姆渐渐感到体力不支。无奈之中,鲁斯塔姆设计诈骗,苏赫拉布轻信上当,被刺中倒地。临终前报出自己是鲁斯塔姆之子,此次本是寻找生父,报答养育之恩。鲁斯塔姆大惊,多方求医,想挽救亲生儿子性命,可惜悲剧已定,苏赫拉布在父亲怀中死去。

这是一部自始至终充满沉郁情绪与悲壮气氛的古典史诗。从情节上看,它相似于亚里士多德所说的悲剧模式,即情节的进展经历了"突转""发现"和"苦难"三个阶段。敌对双方首战之际,苏赫拉布占上风。他奔袭白堡,与守城骁将哈吉尔交战,只打了几个回合,就把这个"威名远播的军事领袖"俘虏。接着又战胜古尔达法里德,长驱直入波斯沙赫军营。鲁斯塔姆奉命应战,然而两次交锋,都是苏赫拉布获胜。连往日屡战屡胜的盖世英雄鲁斯塔姆也不得不承认:"我可没有见过这样的鳄鱼、妖怪——居然那么神力无穷,骁勇无畏。"并预感到胜利将属于年轻的苏赫拉布:"明朝啊,只要天一亮,我的皇帝——说不定,鲁斯塔姆会声名狼藉。"至此,战争的胜负始终朝着有利于苏赫拉布的方向发展。但是,在鲁斯塔姆与苏赫拉布的第三次交锋中,情势发生了意外的"突转"。鲁斯塔姆施展计谋,杀害了苏赫拉布。在弥留之际,苏赫拉布吐出了心中的隐秘:"母亲曾交给我父亲的护身符——达罕坦·鲁斯塔姆给她的礼物。我到处找寻父亲,已经有很长的时间。如今,我没见到他的慈颜就会含恨死去。"父与子竟在如此的境况下相遇、"发现"。于是,情节自然而然地进入"苦难"阶段。苏赫拉布带着深深的遗憾告别了年轻的生命,而鲁斯塔姆也从此无法走出苦难的深渊,搏击与酣斗再也与这位英雄无缘,"朝朝暮暮在儿子的坟墓旁守灵,鲁斯塔姆的悲痛无法减轻"。父与子都从生走向了死:一个是肉体上彻底走向灭绝,一个是精神上陷入永久的沉寂。

从人物形象看,鲁斯塔姆与苏赫拉布都体现了强烈的悲剧精神。首先,悲剧形成的原因都涉及到这两个人物自身的"过失"。鲁斯塔姆过于自信,自认为勇猛盖世,天下无敌,英雄勇士无不闻其名而丧胆。他在出征前根本不把苏赫拉布放在眼里,照样欢宴宿醉,以为"只要我把旌旗高举,敌人一定胆颤心惊……我们哪能把这区区小事放在心上"！殊不知他已年迈,勇力已今非昔比,因此他最后只能靠谎言与诡计取胜。这种违背勇士道义以换取英雄美誉的行为最终引来了严厉的惩罚。鲁斯塔姆的过于自信还表现在他向国王卡乌斯恳求灵药的过程中。他自信依仗昔日建下的丰功伟绩,不难向君王求得帮助,获得灵药拯救亲子的性命。然而卡乌斯却深恐苏赫拉布起死回生,鲁斯塔姆如虎添翼,进而威胁到他的王位。对君王的忠贞并未换取应有的恩宠,悲剧也就在所难免。苏赫拉布的过失在于过于"轻信"。他相信辅将鲍曼与呼曼,视之亲信,至死也不知中了他们的父子相残的奸计。他释放古尔达法里德,轻信她会献城献身,却不料放虎归山,反遭奚落。在与鲁斯塔姆的交战中,他更是单纯,轻信了鲁斯塔姆的谎言,以至于在稳操胜券的情况下铸成大错,饮刀身亡。总之,这两个英雄人物的遭难都程度不同地与他们自身性格中的弱点有关。而这些弱点,不管是过于自信还是过于轻信,都是我们人类身上所常见的,与伦理道德上的罪恶没有关系。因此,当英雄最后遭受如此严厉惨重的惩罚时,确实会使读者惋惜不已,由怜悯而产生悲剧所特有的快感。

其次,鲁斯塔姆与苏赫拉布悲剧的形成又与命运有关。在史诗中,悲剧冲突存在着两个方面,一方面是鲁斯塔姆与苏赫拉布之间的矛盾冲突,双方各代表本国的利益在战场上厮杀恶斗;另一方面是苏赫拉布与阿甫拉西雅布,鲁斯塔姆与卡乌斯之间的矛盾冲突。后者虽然不是史诗描述的重点,但对悲剧结果起决定因素的恰恰是后者,因为正是阿甫拉西雅布施展阴谋,使英雄父子相遇不识,互相残杀;也正是卡乌斯驱使鲁斯塔姆上战场,并拒绝赐予灵药拯救苏赫拉布,才造成子亡父悲的结局。菲尔多西显然意识到了罪恶的政治势力在酿制这场悲剧中的巨大力量,因此他在诗中无情揭露和谴责阿甫拉西雅布和卡乌斯,对这两个位高权重的人物多用嘲讽的口吻加以描述,把他们写成近似小丑的形象,表现出对善恶是非斗争的鲜明立场。然而,进一步的思索却使诗人踌躇不前。为什么善良不得回报,邪恶却能得逞？这个横踞在中古波斯诗人面前亘古不解的难题,菲尔多西与其他诗人同样百思不解。于是,和一切古代诗人一样,菲尔多西只能把答案和命运联系在一起。他在诗中写道：

> 世界啊,你的安排是多么令人可畏,/你亲手缔造的东西,又由你亲手破坏。

他还通过苏赫拉布说出,"命运注定不让我见到父亲",并在临终之际悲叹：

> 苍天决定了我的命数,/我生下就注定这样的命运。

由此可见,在诗人眼中,命运的高深莫测和反复无常,以及它在冥冥之中操纵一切,主宰一切的神秘力量是这场父子相残悲剧之所以产生的根本原因。因此,从这个意义上说,《鲁斯塔姆与苏赫拉布》又是一部抒写英雄与命运抗争的史诗。既然鲁斯塔姆与苏赫拉布都是品质高尚的勇士，他们身上的弱点以及所犯下的过失都不能掩盖他们的英雄本质；既然鲁斯塔姆为捍卫祖国而战，皓首白发仍在驰骋沙场，苏赫拉布为寻找生父，建立不朽荣誉不惜以身相搏，他们都出于高尚的动机，正当的要求，那么，无情地施予他们惨烈遭遇的命运便具有了邪恶的性质。

因此，在《鲁斯塔姆与苏赫拉布》中，具有邪恶性质的命运具有相当复杂的构成：既有可见可析的表层因素，如突朗沙赫的险恶与阴诈，波斯暴君的无耻与残忍；也有无法剖析的因果关系，如苏赫拉布帐下唯一认识鲁斯塔姆的人恰恰死于鲁斯塔姆手下，以至于无人告知苏赫拉布真相。又如哈吉尔被苏赫拉布俘虏，他供出了所有波斯将领的姓名，却恰恰不肯吐露谁是波斯人的主将。这些巧合都程度不一地带有违背生活常理的痕迹。然而，从另一个角度看，越是背反常情常理，越能显示出命运的无常与恐怖，似乎冥冥之中自有一股神秘的力量驾驭着一切。它既是有形的：凭借罪恶势力，特别是统治者的奸诈和险恶迫害正义高尚的英雄；又是无形的：以种种巧合与偶然制造人生悲剧。于是，英雄不可避免地走向末路。

菲尔多西的命运观与宗教观存在着很大的差异。首先，它与传统的宗教观有区别。如本章概述中所说，古代波斯的琐罗亚斯德崇尚善恶二极思想，善恶之争的结局必然是光明战胜黑暗，善良战胜邪恶。然而，我们在《鲁斯塔姆与苏赫拉布》中所看到的，却是恶占领上风，善处处被动，直至堕入毁灭。其次，菲尔多西的这种悲观思想也与中古时代占统治地位的伊斯兰教伦理观有差别。在伊斯兰教的神学中，尽管也有安拉与魔鬼的斗争，但以神的无上权威和正义之力，最终总是以魔鬼的失败而告终。宗教总是以光明的预约奉献给世人，让生活在现实苦难中的人们信仰神的力量，然而，菲尔多西却在英雄死亡的哀鸣声中传出对神的诺言的疑惑，用英雄与命运的抗争表现人的自主与自立。

当然，与波斯其他诗人一样，菲尔多西决不是个宗教叛逆者。他之所以表现出这种有悖于传统与现实的宗教伦理观念的思想，我们认为是出于两方面的原因：其一是现实使然。《王书》创作之际，阿拉伯入侵与占领波斯已有三百年之久。一方面传统的琐罗亚斯德教受到排挤，即便诗人依然信仰古代波斯宗教，那么他也不能不看到这个事实。受排挤这个事实本身就是对琐罗亚斯德教的最基本教义——善恶二极观的极大讽刺。因此，还有什么理由要人坚信善必然战胜恶？另一方面，占统治地位的伊斯兰教尽管势力强盛，但它并没有兑现诺言，给波斯人民带来和平与安宁。侵占与欺压本身就是不正义、不道德的恶的表现。诗人完全有理由从现实的炼狱之火中锤炼出怀疑之剑，去挑破宗教谎言的美丽外衣。

其二是受到希腊文化的影响。波斯文化与希腊文化有着深远的历史姻缘关系。波斯地处欧亚交界地带,是欧洲与亚洲的交通走廊。公元前500年,古代波斯人远征欧洲,与希腊各个部落都发生过直接的冲突。波斯帝国横跨欧亚非三洲,造就了波斯文化与希腊文化长时间交融汇合的机会。至公元前331年,亚历山大率军远征,占领波斯长达八十余年。希腊文化对波斯文化的渗透更是广泛而又深刻。希罗多德曾说"波斯人比任何其他民族更喜欢仿效外国人的习惯"①,这对于善于接受外来影响,兼收并蓄异族文化的波斯民族,应该说是个相当客观公允的评价。因此"在古代波斯人的艺术中,可以看到希腊文化影响的某些痕迹"(阿甫基耶夫:《古代东方史》),已为许多专家学者所认可。古希腊文学艺术崇尚自然,在表现人与苦难的主题中,常常强调命运观念,以人与命运的抗争凸现英雄本质。在古希腊的三大悲剧作家埃斯库罗斯、索福克勒斯与欧里庇得斯的作品中,我们经常可以见到英雄屡遭命运打击,虽陷入绝境却不甘就范,苦斗奋战的悲剧故事,以及由此而升华出来的强烈的悲剧精神。虽然,由于历史材料的失散,至今已无法证实菲尔多西创作《王书》时确实曾受到古希腊悲剧的影响,但是,上述希腊文化渗透进波斯文化的历史事实确实存在;菲尔多西所处的文化氛围中会有希腊文化的因素确实可信;《鲁斯塔姆与苏赫拉布》中所表现的命运观和悲剧精神与古希腊悲剧有相似之处也确实有目共睹,因此,从比较文学的角度看,不能排斥菲尔多西创作与希腊文学之间的关系。

《王书》是文人史诗,但在艺术上又富有口头文学的特色。全诗融神话传说和史实为一体,比喻生动自然,内容丰富多彩。人物性格相当鲜明,在描绘人物外在行为特点的同时,注重刻画内心复杂的心理变化。运用宏大的结构,组织众多惊心动魄的勇士故事使《王书》具有了雄浑的气势和感人至深的艺术力量。

第三节 萨迪

一、生平与创作

萨迪(1208—1292)在伊朗人民心目中享有崇高的地位,历来被称誉为"诗圣"、诗人之"先知"。1958年,萨迪被尊为世界四大文化名人之一,受到各国人民的纪念与颂扬。

然而,有关萨迪生平的资料却留存极少。据说他创作丰盛,写有诗歌与散文20余种,但至今只见两部著作:《果园》(1257)和《蔷薇园》(1258)。下述关于诗人生平的介绍大多出于这两部著作中的有关自叙以及他同时代人留下的只语片言。

萨迪生于设拉子。该城是波斯名城,阿塔伯亲王朝的首都,经济相当繁荣发

---

① [古希腊]希罗多德:《历史》,《国外文学》1991年第1期。

达。萨迪的父亲是个伊斯兰教宗教人士。在萨迪七八岁时,父亲病逝,由保护人萨德·本·詹吉收养、照顾。大约在20岁时,萨迪写了一首长诗,献给尼札米亚学院文学教授沙姆·鸣德丁。该学院是当时伊斯兰教世界的中心——巴格达的最高学府。教授赞赏萨迪的才华,引荐他进尼札米亚学院公费学习。这首献诗现尚存片断,确可看出青年萨迪华彩四溢,英气逼人。在大学里,萨迪学习了《古兰经》、哲学、历史和诗学理论,但未等毕业,便离开了巴格达。诗人为什么中途辍学?其因不详。主要原因可能是不满于异族侵占者对家乡人民的蹂躏和欺压。他曾自述:

> 我长期在外流浪,/你问我这是什么原故?/我离开自己的家乡,/是因躲避土耳其匪徒。/土地被他们蹂躏扫荡,/成为埃塞俄比亚人的乱发,/他们像是披着人皮的豺狼,/到处杀人如麻。/天使一样的人民住在城中,/狮子一样的敌兵在外逡巡。

从此诗人开始了漫长的流浪漂泊生活。作为一个托钵僧,他有时靠沿途说教和演讲维持生计,有时靠乞求布施来获得温饱。他云游四海长达30余年,到过亚非许多国家和城市。埃及、摩洛哥、埃塞俄比亚、叙利亚、土耳其、阿富汗、印度以及我国新疆的喀什等地都曾留下他的足迹。其间还14次到过圣地麦加,朝拜天房。长时间的流浪使他丰富了人生阅历,积累了生活经验,与社会各个阶层人物的广泛结识又使他阅尽人生世相,收汇到许多生动有趣、内含哲理的生活故事。这些都为他的创作奠定了坚实的基础。三十余年后(约1257年)他回到故乡设拉子,此时他已完成诗体故事集《果园》。次年,写了《蔷薇园》。这两部著作深受读者欢迎。萨迪曾自豪地说:

> 在我的身体化为尘土之后,/我的诗文将会继续存留;/世间的一切都是变动不居,/我的图画却将永远留下记忆。/也许将来会有某一位圣徒,/在他祈祷的时候为我祝福。

诗人晚年深居简出,闭门隐居。他在《蔷薇园》的前言中用隐晦的言语说出"我不肯供职和闭门隐居的缘由",大意为自己已识破尘世间的纷争,不愿涉足矛盾,宁可以安宁平静的心情打发余生。1292年,萨迪病逝,葬于设拉子。其墓至今犹在,已成为著名游览陵园。

《果园》分十卷,以小故事与短诗构成,分述治国、行善、慈念、谦虚、知命、知足、教育、感恩和祈祷之道,行文流畅,内容生动,为《蔷薇园》之姐妹篇。

二、《蔷薇园》

蔷薇,是古代波斯人民所珍爱的一种鲜花。阳春时节,蔷薇盛开,艳丽多彩,芳香浓郁。据传,伊斯兰教的创始人穆罕默德,曾在夜间乘卜拉格飞马,随着迦伯利神,登九霄,驾云彩,游览天堂,俯瞰人间。那天夜里,他流下的汗水凝成了白蔷薇,迦伯利神的汗水凝成了红蔷薇,而卜拉格飞马的汗水凝成了黄蔷薇①。古老的神话传说清楚地表明了波斯人民对端庄艳丽的蔷薇怀着一种神圣的情感,他们种蔷薇,爱蔷薇,常常把蔷薇花作为最高洁的礼品互相馈赠。

也许正是出于这种古老悠久的民族习俗,诗人萨迪把他的散文集定名为《蔷薇园》。他在书前的《写作〈蔷薇园〉的缘由》中说,有一天,有位朋友去拜访他,临走时用衣襟满满地兜了许多蔷薇花,想要带回城里去。萨迪由此而获得灵感:他想,蔷薇花虽美,但四季轮换,鲜花总难免要凋谢,不能永久。他决心写部《蔷薇园》,那里将四季常青,满绽新绿,饱含生机,"它的绿树不会被秋风的手夺去,它的新春的欢乐不会被时序的循环变为岁暮的残景","世间的一切都是变动不居,我的绘画却将永远留下记忆"。他要把这永恒的美奉献给酷爱蔷薇的波斯人民,让他们世世代代在他的《蔷薇园》中浏览观赏姹紫嫣红的景色。1285年的春天,当他家中满园的蔷薇盛开的时候,萨迪开始写作,几个月后,自然界的蔷薇开始萎顿凋零,诗人苦心经营的《蔷薇园》却已向世人开放。

《蔷薇园》的问世,立刻引起了巨大的反响。萨迪在当时已是负有盛名的大诗人,他的十卷诗体故事集《果园》早已传遍波斯,脍炙人口,现在又出了《果园》的姐妹篇《蔷薇园》,人们争相传诵,交口称赞。与萨迪同时代的一位学者姆吉杜丁·本·哈姆古利兹迪提出的诗"要向著名的萨迪学习优秀的诗歌语言,他是学者的天房,他的心好似汩汩清泉"。另一位同时代的诗人哈吉·霍玛姆丁也不无感慨地说,"霍玛姆丁的语言优美流畅,但无奈设拉子人(指萨迪)更胜一等。"17世纪,萨迪的作品传到欧洲,同样引起巨大的震惊,成为欧洲一些国家最早翻译的东方名著之一。伟大的诗人歌德和普希金都曾先后给予萨迪很高的评价。以后,随着人们对诗人的认识不断加深,他的作品逐渐传遍全球,代表作《蔷薇园》也成了东西方人民公认的世界名著。

《蔷薇园》写了180个小故事,彼此独立成篇,互不关联,没有一个故事的情节是离奇曲折的;每个故事之后都附有短诗,也绝少慷慨激昂或危言耸听之词。但是,如果把这180个故事联系成一个整体作一番思索,就可发现,尽管诗人把全书分成8卷组建成他的艺术花苑,但流贯于他艺术天地之中的,却有着一种共同的、强烈的东西:那就是不可遏制的、真挚的、对人民的热情。在所有这些质朴无华的短小故事里,在一首首精悍凝炼、明白易晓的短诗中,我们几乎都可以感受到诗人对人民赤诚的拳拳之心在跳动。他的揭露、批判、讽刺、规劝、教谕,他的愤慨、嘲讽、赞美,无不与此有关。尽管诗人对人生的见解,对理想的追求未必都经得起当今读者的科学分析和评判,但他的人道主义思想,他那颗多思的、宽厚的、聪慧的心,毕意赋予了他的《蔷薇园》较高的格调,较深的旨趣,较大的意

---

① 参见[美]希提:《阿拉伯通史》(上),北京:商务印书馆,1979年,第412页。

义。这就是萨迪的《蔷薇园》几百年来能赢得读者之心的重要原因。

最能说明萨迪人道主义思想的，莫过于第1卷《记帝王言行》中的第十个故事。诗人记载了他在大马士革大寺院里与一位阿拉伯国王的对话。国王是个有名的暴君，现在遇到了强敌，临时抱佛脚，前来寺院朝拜、祈祷。他要萨迪帮助他向神祈祷。萨迪一针见血地向他指出，"你有强硬有力的手掌，不应加在弱小无告的人民身上"；"你既种下一颗恶的种子，休想获得善的果实。你不听取人民的要求，总有懊悔不及的时候"。最后，诗人正告他：

亚当的子孙是一个身体上的四肢，/原来来自同样的一种物质。/这一肢如果受到压迫和痛苦，/其他各肢也难安享幸福，/你不同情别人的不幸遭遇，/你就算不得亚当的后裔。

"亚当子孙皆兄弟"，这是萨迪人道主义思想的集中表述。在诗人看来，人类源于同一祖先，彼此本是兄弟姐妹，怎能容忍压迫欺凌？一个人如果没有同情、宽恕、仁爱之心，就失去了做"人"的资格。这一思想比英国人文主义者托马斯·莫文提出的"四海之内皆兄弟"还要早一百多年。"亚当子孙皆兄弟"已被联合国采为阐述其宗旨的箴言，成了各国人民友好相处的准则。

由此，萨迪提出了人与人之间的平等观念。他认为人生没有贵贱高低之分，社会地位的贵贱，伺候人与被人伺候，富有与穷困，只是暂时的。他虽然没有说帝王将相宁有种乎，但在下面的诗行中这种思想已表达得相当清楚了：

今日你见这人飞黄腾达，/那人在困苦中挣扎；/你不要轻易妄下判断——/且等两人同为黄土所掩。/一朝生命告了终结，/帝王奴隶毫无区别；/纵使有人掘启坟墓，/也难分辨谁贫谁富。

这种高贵不在于血统，不在于地位，不是靠天生的说法，使人们很自然地想起塞万提斯笔下堂·吉诃德的一段话："人生的舞台上，有人做皇帝，有人做教皇，反正戏里的角色样样都有，他们活了一辈子，演完这出戏，死神剥掉各种角色的戏装，大家在坟墓里也都是一样的了。"

萨迪对人民的热爱有时还具体表现在对自食其力的劳动者的歌颂和赞美上，这就使他的作品在思想、意境和格调上比一般封建时代的文人作品高出许多，在中古波斯文学史上也不多见。按照封建统治阶级的道德标准，胝手胼足的劳动人民都是低劣下贱的粗人，劳动是不光彩的事情，而萨迪却用激情的歌喉唱出了违世之音。《蔷薇园》中有个故事，讲到兄弟两人，一个在苏丹那里做官，一个靠双手劳动，自食其力。有钱的兄弟劝那贫穷的也来伺候苏丹，以摆脱苦重的劳动。穷兄弟回答："你若摆脱你这伺候人的可耻地位，岂不更好？圣人说：'与其腰束金带，服侍别人，不如坐在地上自食其力。'"

与其抱手而立伺候权贵，/不如动手操劳搅拌泥灰。/可贵的生命，为何如此,/夏日为衣,冬日为食,/糊涂昏聩的肚子!/你应满足一片面包——/胜过让我在贵人面前折腰。

劳动人民尊重自我人格,以劳动为荣,以依附封建权贵为耻的高贵品质通过这个短小的故事获得了鲜明的体现。萨迪还热情地歌颂了劳动人民的聪明才智,他们常常运用巧智与统治阶级斗争,最后获得胜利。例如有个故事写某国王的仆人潜逃后被捕,宰相昔日与这个仆人有怨,此次趁机发泄私仇报复,下令把仆人处死。仆人对国王说:"我不愿使你在来世因为我的死罪而受苦。你若定要把我处死,莫如按照法律办事,来世就不会受罚了。"国王表示惊诧,问:"怎样按法律行事?"仆人回答:"请容我先把宰相杀死,然后作为抵命,再来判我死刑。"宰相听到后怕连累自己,不得不劝国王释放仆人。从这些故事中可以看出萨迪对劳动人民的态度。

《蔷薇园》中还有不少赞美青春、爱情,歌颂友谊、忠诚的故事。第5卷第8个故事记述了萨迪年轻时候对一个少女的爱慕之情。写得朴素真切,感人至深。在一个酷暑干燥,热风把人的骨髓也要吹干的天气里,诗人受不住炙晒,浑身发烫,干渴难熬。一个素不相识的少女端来了一杯芳香甘甜的冰露,他情不自禁地吟出了"若为爱情所醉,末日才是黎明"的诗句。少女的容貌光艳照人,脸上的蔷薇使他难忘,但更使他终生眷恋的是少女同情他人苦痛,解救他人困难的纯朴良知和美好天性。萨迪认为,人与人应该和睦相处,互相帮助,他甚至这样说:

为了结交朋友,/父亲的果园可以卖掉;/为了招待朋友,/家具可以当作柴烧。

应该指出,诗人对朋友、情谊的态度是有严格界限的。他曾说:"对温厚的人应该像尘土一样谦虚,对仇人应把沙子扬在他的眼里。"因此诗人并非一味地吟唱温和柔美的赞歌,他也敢于对敌人横眉怒目,揭露他们的丑恶。《蔷薇园》里有不少篇什大胆抨击了封建统治阶级,表现了可贵的现实意义。

萨迪谴责封建君主贪得无厌,如豺狼猛虎,横征暴敛,草菅人命,"对统治国家漠不关心,对军队极为凶残","帝王虽然已经富有天下,仍在盘算着另一次征伐";抨击大臣们鱼肉百姓,靠无耻的奉承和谄媚获取权势和钱财,"税吏为了充实国王的府库,不惜使百姓家破人亡","酷吏用石头打伤一个好人的头部,那穷人不敢还手"。第1卷第22个故事十分典型:某国王得了一种不便细说的绝症,四处求医无效,最后荒诞地要用一个孩子的胆汁来下药。他出钱打动了一个农家孩子父母的心,让他们同意杀掉自己的儿子给他治病。法官竟也引经据典,证明完全可以杀掉这个无辜的孩子,说:"以臣民的性命保全国王,完全合法。"封建君主的自私和残暴,以及法官的助纣为虐,在这个短小的故事中得到了淋漓尽致的揭露和尖锐深刻的批判。

面对这样一个不合理、不公正的黑暗社会现状,诗人从他的人道主义立场出发,迸发出愤怒的呼喊。他借古代暴君尤素福与一位圣徒的对话,说出了广大人民的心愿:为一个暴君作最好的祈祷,莫过于祝愿他早死。因为:

> 暴君,暴君,你是人民的灾难,/你应该立即关闭你的市廛!/王权对你有害无益,/你的死胜于你的暴力。

在另一个故事中,他又写道:

> 暴君决不可以为王,/豺狼决不可以牧羊,/国王对人民任意榨取,/正是削弱国家的根基。

对于鱼肉百姓的贪官污吏,他给予尖锐的讽刺和嘲弄:

> 所有的人的牙齿都怕酸的,/法官的牙齿是最受不住甜的。/你把五条胡瓜送给法官,/他会判给你十分瓜田。

在封建势力统治的黑暗年代里,敢于把暴君喻为豺狼,称为人民的灾难,诅咒他早日死亡;敢于谴责法官不公,受贿贪污,足见萨迪的胆气和无畏的精神。与中古波斯的其他诗人相比较,萨迪的散文故事与短诗显得明白晓畅,所表述的思想更加直露坦率;与欧洲中世纪的诗人相比较,例如但丁,他虽然也在《神曲》中对封建统治者的残暴专横作了尖锐的揭露,深刻的讽刺,但其气魄、战斗性、现实性都不如萨迪。萨迪之所以有如此显著的特点,原因还是在于他的人道主义思想。对人民深沉、真挚的情感使他的忧愤更为深广,批判也更为犀利。

在猛烈抨击封建暴政,诅咒暴君的同时,萨迪也赞颂了理想君主的仁政,通过对照,加深对前者的批判。他在《蔷薇园》中数次提到古代明君努什旺王的爱民事迹,说"唯有努什旺王的善行,代代留下美名"。有一则故事讲到努什旺王外出狩猎,烹调野味缺盐,仆人去百姓家索取。努什旺王特意嘱咐不要忘了付钱,因为"一切的罪恶最初都是微不足道,由于相习成风,最后便不可收拾了"。几颗盐粒事小,君主的表率作用关系重大。这里反映了萨迪对理想君主的看法。他认为贤明的君主都应该关心人民疾苦,宽宏大度,秋毫不犯。否则,"苏丹如果放纵了自己,拿走5个鸡蛋,他的臣属就会杀死百姓家的一千只母鸡"。萨迪通过对理想君主的赞颂向封建统治者发出规劝,要他们注意那受害者的叹息:"否则那后果你会知道得太晚!你不要使任何的心灵哭泣,因为那声音能使地覆天翻。"人民的力量不可轻视,谁若欺压百姓,那么:

> 烈火焚烧柴木,一时不会烧光,/人民痛恨暴君,转眼叫他灭亡。

萨迪的批判锋芒也针对了伊斯兰教宗教人士。《蔷薇园》中有许多故事对欺世盗名、愚弄人民的所谓圣徒进行讽刺与挖苦。一个修士多年在野外修行,只靠吃树叶度日,一日受宠于国王,有了美餐佳肴、山珍海味,身边又有美丽的丫头与俊秀的小厮,他就不再标榜苦行,变得体态丰满,面色红润起来。还有一个圣徒,在国王召见之前,为了显得清癯憔悴,服用使人清瘦的药物,结果误服毒药而送命。至于圣徒们的自私、贪婪、偷窃、伪善等种种丑行,在《蔷薇园》中更是举不胜举。萨迪在第 2 卷《记僧侣言行》的第一个故事中,用一句话概括了他对宗教人士的看法,"从外表上我看不出他有什么不好,至于他的内心,我一无所知。"话语幽默,意味却十分深长,充分反映了他对宗教人士的态度。

总之,对封建统治者的否定和批判,和对人民的肯定与歌颂,构成了《蔷薇园》所反映的主要社会内容,它们交织在一起,正如大自然中的蔷薇,既有鲜艳的花朵,又有尖利的,可以扎人出血的青刺。它根植于诗人的人道主义思想的沃土之中,获取养料,因而有着强大的生命力。

当然,作为一位生活在中古时代的波斯诗人,萨迪不可能超越时代,他的身上同样存有时代打下的烙印。他一生追求的是君主仁慈爱民,臣民效忠明主的和谐、友爱、人道的理想社会,但现实给予他的回答却只能是幻灭,因而愤懑、怨怒、悲观的情绪常在他的作品中流露。面对冷酷的现实,他一方面大声抗议,以尖锐的刺戟反抗现实社会的压迫;一方面又以无可奈何的超脱与豁达对付人生社会。他反复告诫人们:"富贵不可强求,知足才能常乐。"

强大的膂力不会使你得到幸运;/如同眼药治不好瞎子的眼睛。/你的每根汗毛上都有两百种才干,/倒楣的命运也不会改变。

倒楣的力士能有什么用?/谁的手臂能和命运抗衡?

因此,知命达观,委曲求全,避祸保身,节制求乐便成了萨迪时常吟唱的诗句。从总体上看,他的诗歌风格不同于海亚姆,后者是暗色调的,幽愤激越,如岩浆喷射,不可抑制;而萨迪的诗歌是明色调的,抗议与规劝相济,以明亮的超脱与豁达反衬出诗人内心的沉郁与无奈。也许哈菲兹与他相近似。只不过哈菲兹大多是在爱情这一方园地里耕耘,而萨迪的《蔷薇园》则包容了社会人生的方方面面。

一部文学作品能够对读者产生久远的吸引力,总离不开它本身所具备的艺术魅力。作为波斯文学史上的里程碑作品,《蔷薇园》在艺术上也有它独特的贡献。萨迪在《跋》中说,"与其借用别人的服装,不如缝补自己的旧裳",正是说明了诗人对艺术独创性的重视与追求。

《蔷薇园》有浓郁的生活气息。180 个故事似乎都是作者信手拈来,涉笔成趣,但集聚在一起,却从整体上反映了那个时代的社会生活。从金碧辉煌的宫廷到破落衰败的农舍,从两军对垒的战场到庄严肃穆的大清真寺,从无边无际的沙漠到热闹喧嚣的集市,无处不被摄入其内;而活动在如此广阔背景上的人物,则有残暴的君主,诏媚的大臣,伪善的修士,苦难的奴隶,以及手工业者、运动家、学者、歌手、船工、小偷、强盗等等。他们的际遇悲欢、情绪愿望,错综复杂地交织在一起，构成了中世纪波斯封建社会异常生动的生活画面。从中古波斯文学史上看，菲尔多西主要写帝王将相。内扎米虽然在《雷莉与马杰农》中描写了某些生活场景，但毕竟在广度上不能与萨迪相比。海亚姆和哈菲兹在诗歌创作上都负有盛名，但他们的成就主要建筑在主观感情的抒发上。因此勾勒出栩栩如生的生活画面，反映广阔社会风貌的特点，实为萨迪独特的贡献。

《蔷薇园》诗文相间，故事中穿插诗歌，点出意义，指出教训，画龙点睛，抒发诗情，故事写得简明，幽默的话语中常常含有深刻的哲理；诗歌用词朴素自然，格言谚语比比皆是。如："学生没有恒心，如同情人没有金钱；旅人没有常识，如同飞鸟没有羽翼；学者不去实践，如同树木不结果实；圣徒没有学问，如同房屋没有门户。"又如：

> 年轻时如果行为不端，/成年后一定没有出息。/嫩枝容易弄弯，/枯枝就得放在火上才能弯曲。/若是绿枝，容易弄直；若是枯枝，就会太迟。

比喻贴切，含意深远。《蔷薇园》中类似的章句词语举不胜举。萨迪的语言纯朴、明朗、简洁。散文部分质朴无华，言之有物；韵文部分对仗严整，协韵自然，一向被人们视为波斯语的典范。有的文学史家甚至把今天流行的波斯语称为"萨迪的语言"，从中可以看出萨迪对波斯语的影响。

《蔷薇园》经受了时间的考验，七百多年来，它的影响已超越了国界的限制，为世界上越来越多的人所阅读。萨迪当初的愿望已经达到，他的《蔷薇园》确实至今生机勃发，春色常在。人们赞赏诗人对人民真挚的情感，对封建统治者批判的勇气，对人生睿智的见解，感谢他给人类奉出了一园永不凋谢的蔷薇。

第四节 内扎米

一、生平与创作

内扎米（1141—1209）是继菲尔多西之后中古波斯最著名的叙事诗诗人。他的长篇叙事诗风格独特，形式完美，历来为文学史家称道。除叙事诗创作外，他还写有大量的抒情诗、四行诗、颂赞诗，因此人们又常把他与萨迪并举，称之为"波斯最伟大的诗人""运用波斯语言的大师"。

内扎米1141年生于阿塞拜疆的甘芝城。幼年时失去父母，由舅舅抚养长大。年轻时爱好广泛，天文、地理、数学、医学、文学、历史、哲学、逻辑学、星象学、神学等都有涉及，特别是文学与哲学，爱好更甚。在语言方面，亦很有天赋，精通波斯文、阿拉伯文，还懂得巴列维文。他是个好学勤勉的人，曾在诗中写道：

> 但是只要在世间生活，/我就须勤奋不倦地劳动；/有如蚂蚁搬运米粒，/竭尽全部的智慧才能。

他对自己的知识才华充满自信：

> 本来我的技艺十分高超，/连吹毛求疵的人也竞相称颂。/知识如太阳放射出光芒，/照亮了我冥顽的心灵。

内扎米才华横溢，聪慧过人，青年时代起声名遐迩。然而，他的一生却始终过着隐居生活，杜绝富贵，闭门谢客，修身养性，没有像别的波斯诗人那样一生中总有一段时间依附权贵，充当宫廷诗人。这在中古波斯诗人中实属罕见。他的一生基本上是在甘芝城中度过的。相传只有一次应召朝见卡扎勒·阿尔萨朗国王，但此次也只在宫中停留一个月，便归返故里。内扎米一直过着清贫俭朴的生活，靠些许薄地维持生计。对此，他并不在意：

> 即使贫穷折磨着我的贱体，/即使痛苦动摇着我的诚意，/我也情愿隐居在一个角落，/让忧闷的箭矢以我的心作的。/内扎米性喜深居简出，/虽怡然自得也不乏痛苦，/横溢的才情似泉水涌流，/虔诚的心于世无所需求。

内扎米对生活取这样的态度，自然与他的性格禀性有关，但更主要的，还在于他所信仰的宗教思想。内扎米深受苏菲派的影响，奉行禁欲克己、弃绝尘念、洁身修行以敬奉真主的人生准则。步入中年后，他更是严格遵循苏菲教规，坚持进行"切列涅什尼"，即一年中要有40天住在简陋的修道堂里与世隔绝，每天以祈祷真主、赎罪修行为功课。①

内扎米在创作上的突出贡献集中表现在他的代表作《五卷书》中。《五卷书》用波斯文写就，采用"玛斯纳维"诗体，由各自独立的五百长诗组成，最初分别发表，后辑录成册。此五首诗分别为《秘密宝库》（1176）《霍斯鲁和希琳》（1181）《蕾莉和玛哲农》（1188）《七个美女》（1197）和《亚历山大书》（1200）。

《秘密宝库》是一部道德警喻性故事诗，共有60节，含50多个故事，每个独立完整，并附有诗人的随感评议。例如故事诗《谏言》记叙一国王凶残暴戾，每天夜里派大臣到各地探听消息。某日，一佞臣报告，说有个老人辱骂国王为暴君，谴责他杀人成性，狠毒残忍。国王大怒，逮捕老人处以极刑。老人临危不惧，直面控诉国王罪行："老老少少有多少人被你杀戮，城镇乡村哪里不是充满恐怖。"说自己之所以直言不讳，是因为只想"把事实挑明"，犹如一面反映善恶的明镜，照出国王的真实面貌。极刑惩处无异于摔破明镜，对国王本人并无益处。国王幡然醒悟，不但释放了老人，而且"决心以后对臣民慷慨宽宏"。这个故事简洁明白，反映了诗人对暴君的批判以及希望他们改邪归正，善待臣民的期望之心。《秘密宝库》中还有不少小故事属于日常生活中的琐谈趣闻，诗人慧眼识察其中

---

① 参见《涅扎米诗选·序》，张晖译，乌鲁木齐：新疆人民出版社，1988年。

蕴藏的生活哲理,便在叙描故事之后,用几行诗句滤出,给世人以规劝和训诫。这是波斯诗人常用的一种写作手法,也是这个游牧民族在劳累一天之后,围坐篝火弹唱自娱时最受欢迎的一种艺术形式。不过,对内扎米来说,故事诗《秘密宝库》只是他初试锋芒,因为他以前专攻抒情诗、四行诗和颂赞诗,并没有在叙事诗上着意耕耘。现在他积累了短篇故事诗的创作经验,便开始了长篇叙事诗的探索。

1181年,内扎米发表了《霍斯鲁和希琳》。全诗长8000行,取材于萨珊王朝第25任国王霍斯鲁·帕尔维兹和阿美尼亚公主希琳的爱情故事。菲尔多西也曾将它写入《王书》,但在《王书》中这只是一个国王选妃的插曲。内扎米通过巧妙的构思和丰富的想象,使故事情节越加曲折多变,人物形象更加丰满复杂,因此在反映时代色彩、社会内容的包涵量上要远远超越菲尔多西的插曲。诗中的霍斯鲁是个多情善感、风流倜傥的国王。不能说他不爱希琳,他在婚娶玛利姆、召幸什喀尔之后,仍然深深地眷恋着希琳。但封建统治者所固有的占有欲和欺霸性决定了他在追求方式上的不择手段和狡诈残忍。当他得知希琳和石匠法尔哈德的关系后,立即召见法尔哈德,以利害诱骗,要他放弃对希琳的爱恋;遭拒绝后,霍斯鲁又出难题,要法尔哈德凿石开山,企图以此为赌,赢得希琳。不料法尔哈德凿山开路成功,霍斯鲁一计不成,又下一策,自食誓言,捏造谎言害死法尔哈德。至此,封建统治阶级奸滑残暴的本性得到了淋漓尽致的揭露和批判,充分表现了诗人憎恨邪恶,抨击暴虐的凛然正气。但是,值得赞许的是,内扎米并没有把霍斯鲁处理成一般意义上的暴君形象。他在展示霍斯鲁性格中丑恶面的同时,还着意刻画了他对希琳的多情和善解其意,知错悔改,执着追求的个性特征。正是他的真诚与执着,打动了希琳的心,才使她最终同意婚嫁,并在霍斯鲁被弑之后为他赴死献身。如果说诗人对霍斯鲁的刻画褒贬相融,毁誉参半,那么他对工匠法尔哈德的描述则贯注了深深的同情之心。在法尔哈德身上,有着劳动者坚毅、勇敢、正直、善良的美好品质。他为了让希琳每天能够饮食到甘甜的鲜乳,不畏艰险,在崇山峻岭之中开出一条渠道;为了能够与希琳结合,应诺赌赛,含辛茹苦地移山凿路。应该说法尔哈德也是一个把爱情置于一切之上的情种,与霍斯鲁相比,则要专一、高尚。因此他的无辜被害为全诗增添了悲悯的美感。希琳是全诗的主人公,也是内扎米心目中理想的贵族妇女。她秀丽端庄,宽厚待人,没有鄙视卑贱的偏见,亦无矫揉造作的恶习。显赫高贵的王后之位不能使她动心,为了爱情她可以义无反顾地壮烈赴死。在她与霍斯鲁、法尔哈德的关系上,我们可以看到不同凡响之处:一般说来,囿于古代东方的传统道德习俗,文学作品中常见的爱情纠葛,均是男主人公可以先后有不同的眷恋对象,而女主人公则多是从一而终,悲剧的形成在很大程度上由男性始乱终弃的行为直接造成。而《霍斯鲁和希琳》则是例外。希琳开始爱上了霍斯鲁,后又为法尔哈德的忠诚与真挚而献出忠贞。在法尔哈德死后,由于霍斯鲁的悔改与苦恋,复又婚嫁于他。这就越发显现出希琳勇敢、真诚,视爱情为第一生命,敢于反叛封建礼教的性格特征。

继《霍斯鲁和希琳》之后,内扎米于1188年又创作了另一部爱情长篇叙事诗《蕾莉和玛哲农》。这两部长诗堪称双绝,突出地表现了内扎米思想上的锐意进取和艺术上的圆润成熟。尤其是《蕾莉和玛哲农》,历来受到人们的称道,被视为内扎米诗歌的代表作。

《七个美女》和《亚历山大书》是内扎米晚年的作品。前者又称《七座宫殿》或《别赫拉姆书》,取材于《王书》中对萨珊王朝的别赫拉姆五世的记载和有关他的传说。别赫拉姆国王命人建筑七座宫殿,分别涂以不同颜色。七个公主各住一座宫殿,别赫拉姆每天去一所宫殿,拜会一个公主。每个公主都向他讲一个故事。这种把民间传说的故事用框架镶嵌在一部作品中的结构方式与阿拉伯文学作品《一千零一夜》相似;在故事内容上则有许多与印度民间故事相似的地方。这说明东方文学的交流与相融在内扎米时代已十分普遍。但是,内扎米的《七个美女》还是有它自身的特点:主人公别赫拉姆的形象十分突出,不仅通过他的种种冒险经历凸现他鲜明的性格特征,而且从他的出生写到他的死亡;他所听到的七个故事也分别演化为对七种颜色的意义诠释。这样就使全诗的主体叙述更加显明,也使本来独立成篇的民间故事具备了整体上的完整性和系统性,从而剔除了一般框架结构组织的故事集体所难以避免的零乱和纷杂。《亚历山大书》分为上、下两篇,上篇题为《光荣篇》,塑造了亚历山大这个征服世界的英雄形象;下篇题为《幸福篇》(又名《智慧篇》),诗人让亚历山大周游世界,会见学者名流,探索宇宙奥秘,颂扬这个以武力征服世界的英雄在知识领域里同样无可匹敌。亚历山大和《七个美女》中的别赫拉姆身上都体现了内扎米鲜明的创作意图,即通过对历史上贤明君主的描述,树立理想的君主形象,以规劝现实中的统治者仁政爱民,把国家利益放在第一位,纳贤除恶。

内扎米1209年逝世,死后葬于家乡甘芝。

二、《蕾莉和玛哲农》

这部长篇叙事读取材于古老的阿拉伯民间传说。在内扎米之前已有不少文人以此为题材进行创作,如艾布·卡提比在《诗与诗人》中记载了此故事;艾布·法尔杰在《乐府诗集》中记述了有关情节。但在内扎米看来,这些诗人都没有真切地传达出这个故事所蕴含的思想意义,只是人云亦云地记录了民间传说的一个哀艳故事。他要"唱出一番新的意象",赋予它震撼人心的情感力量和思想力量。于是,在1188年,他花了三个月的时间完成了这部长篇叙事诗。

全诗的故事情节并不复杂曲折。阿梅里部落酋长之子吉斯10岁进了学校,结识一位娇美的女孩蕾莉。蕾莉,她来自另一个部落。两人耳鬓厮磨,长大后便生爱慕之心。吉斯爱蕾莉如狂似痴，因此人们称他为"玛哲农"，即"疯子"之意。蕾莉的父亲听说女儿爱上了一个疯子，不禁大怒，领回蕾莉，不允许她再去上学。玛哲农失去情人，痛苦万分，其父得知，携重礼去蕾莉家登门求亲。不料遭拒绝。玛哲农更加悲伤，独自住到荒野中忧伤度日。他衣着褴褛，面黄肌瘦，与野兽为伴，时常为爱情而悲嚎，这就更加引起蕾莉部落人的不满。蕾莉的父亲强迫将蕾莉嫁给贵族阿本·萨拉姆。玛哲农闻讯，悲痛异常，将头撞在岩石上。蕾莉即去荒野寻找玛哲农，向他再次表示忠贞不二的爱恋之心。不久，玛哲农的父母相继死去，玛哲农在悲痛中收到蕾莉的情书，信中除对他宽慰外，再一次表明她对爱情的坚贞不移。蕾莉的丈夫因得不到蕾莉的爱情，十分苦恼，终于病逝。蕾莉借此痛哭，发泄她对玛哲农的深情。由于怨伤过度，不久她也病危。临终前她将自己的心事倾吐给母亲。玛哲农听到蕾莉已死，奔到她的坟墓前哀哭，直至悲伤死去。人们为之动容，将蕾莉墓挖开，将一对情人合葬在一起。

这是一个男女青年相爱不成，双双殉情的普通故事，在中古波斯文学史上有不少类似题材的诗篇。但是，内扎米的《蕾莉和玛哲农》却与众不同，在平凡普通的爱情故事中寄寓了不平凡的思想意义。

玛哲农与蕾莉的爱情悲剧首先来源于双方家庭的阻碍。而这种阻碍又是以爱的形式出现：玛哲农的父亲溺爱独子，是因为玛哲农是万贯家财的继承人；蕾莉的父亲逼迫女儿嫁给萨拉姆，是因为"与他结亲定会受到他的保护接济，从今以后不必担心再被人欺"。正因为造成爱情悲剧的原因是以爱的形式出现，其中既无专横暴虐的统治者插足干涉，也无势利小人挑拨是非，因而显示出其深刻性。因为在这种父母对子女的爱的背后，隐藏着典型的封建思想道德观念，即子女是父母的私有财产，父母有权支配子女的婚姻大事，包办婚姻天经地义，自由恋爱愚顽疯癫。蕾莉的父亲甚至说，"假如你们中的任何一个人想同我的女儿结婚，或者你们打算杀死她，然后焚化她的尸骨，我都同意立即交出，任你们处置。但是假如你们想把我的女儿交给那个疯子，那么我就亲手杀死她，把她的头颅放在托盘上端来。"充分说明了封建家长为"保全自己的名节"，宁愿葬送儿女青春和幸福的自私和残忍。

其次，蕾莉和玛哲农的爱情悲剧还来源于社会舆论的阻碍。叙事诗中一再点明，部落内外的流言蜚语是扼杀这对恋人的罪魁祸首。同窗之情发展为异性相爱，本来是最自然不过的情感果实，可是世人却视为异物，说长道短，诋毁攻击。他们把苦恋之中的吉斯称为"疯子"，肆意夸大他的反常言行。结果恋人分手，蕾莉的父亲也偏听偏信，拒绝了玛哲农的求婚。这说明传统道德观念极其顽固地支配着世人的价值取向，不自觉地充当着爱情与生命的刽子手。诗人把流言蜚语称之为"像狗一样嗷嗷叫"，正是表达了他对封建礼教灭绝人性、残杀人生自由的抗议。

最后，这场爱情悲剧的深刻性还表现在恋爱双方自身所构成的阻碍。尽管蕾莉和玛哲农海誓山盟，生死相爱，但他们的爱恋只是停留在口头表达上，不敢越雷池一步，行动上处处拘泥。如果说，蕾莉和玛哲农的遭遇类同于莎士比亚笔下的罗密欧和朱丽叶，那么后者却因得人文主义风气之染，敢于跨越封建陈腐礼教的樊篱，较少传统思想的自我束缚，而前者却处处受掣，终于走向自我毁灭。玛哲农长期压抑情感，导致精神分裂，无法自主；蕾莉幽居独处，以泪洗面，为"清白""名节"畏缩不前，最后忧郁而亡，都说明了封建礼教无处不在的顽固性与渗透性。

总之，内扎米通过蕾莉和玛哲农的悲剧故事，鞭挞了封建社会的道德观念，指出了这种道德观念违背人性，违背青年人愿望，毁灭青年人幸福的伪善与罪恶。

内扎米诗歌的艺术风格尤为突出。他是中古波斯诗人家族中的一位杰出代表，其诗歌在苍凉沉郁的总体美学风格中属于暗色调与明色调相兼的那种混合型类。也就是说，在他的诗歌中，既有像海亚姆那样的幽愤与惨痛：一方面从史实或传说出发，也从现实逻辑发展的必然性出发，将他的长篇叙事诗中的主人公一一葬入死亡的坟墓；另一方面也以无法抑制的愤懑和不平，为他们唱出悲愤激越的挽歌。与此同时，他也有像萨迪、哈菲兹那样的豁达与睿智。在抚平内心情感的激荡之后，发出沉郁悲痛的规劝与训诫，希望在这黑白颠倒的世界上，善良者尽量避免、减少可怕的牺牲与痛苦。内扎米身上之所以会产生这种明暗色块相兼的情况，主要源于他的处世方式和处世观念。他的隐居生活和宗教信仰使他淡泊、超脱、豁达，而他对人民的拳拳爱心，以及从宗教的爱念出发厌恨罪恶的情感，又构成了他的幽愤之源。正是在这种意义上，内扎米不失为一位全面代表中古波斯诗人的典型。也正因为如此，在产生了鲁达基、菲尔多西、海亚姆、哈菲兹、萨迪等伟大诗人之后，内扎米仍然能在中古波斯文学史上占据与他的前人同样荣光而重要的席位。

内扎米诗歌的艺术特点十分显明。第一，情感充沛、细腻。他特别擅长于如诉如泣的悲歌，以发自肺腑的真情打动读者的心弦。例如，在《蕾莉和玛哲农》中，蕾莉死后，其母为她裹尸埋葬：

> 她扑到女儿身上把老泪哭尽，/还紧紧抱着女儿的面颜亲吻。/她的泪水流得如此之多，/泪干血涌，血亦成河。/她仰天悲叹，咨嗟哀泣，/叹息声直达遥遥天际。/她哭出的血水把顽石感动，/熏染得石头似玛瑙般艳红。/月亮悲伤得哭掉了星星花环，/肝脾凄怆得暴裂成为几瓣。

极其真切而细腻地描写出母亲对爱女之死的哀痛与绝望。

第二，想象丰富，比喻生动。内扎米贴切自然的比喻增添诗歌的生动性，并有意延续比喻的力度，丰厚描述对象的质感。在他的诗中，明喻多于暗喻，这使他所勾勒的图景更为清晰、流畅，读者也因此而更容易融入他所精心构建的艺术世界。

第三，情景交融，以景配情。内扎米的叙事诗以描写人物遭遇为主线，抒写起伏跌宕的悲欢情感。但是，他又不时插入景色描写，以景配情，衬托出人物的感情。例如，他写希琳的孤寂，(《霍斯鲁和希琳》)以大段的笔墨描写夜空，"暗夜如凝滞的鸦群密布高天，像在乌鸦的双翅上压着大山""寒气逼人""更夫昏睡不醒""飞鸟游鱼都在静静歇息""银河颜色土黄像稻草般惨淡，天空则比沤草的水还要灰暗"。好像一顶巨形黑伞罩盖大地，一切都被溶入黑暗之中，连声音也被盖没。在这种背景之上，希琳的孤寂就显得越加真切与动人。

第四，表达方式多样。内扎米不但擅长各种诗体的写作，而且在每一诗体中，也常常变化手法，以适应内容的表达。他有时抒情，有时说理，有时问答，有时类比，手法极其娴熟与多样化。

内扎米的作品在波斯以及世界其他地区都产生了广泛的影响。波斯15世纪的诗人贾米（1414—1492）写过《七卷诗》，显然受了内扎米的影响，其中《蕾莉和玛哲农》连题目也相同。有学者作过统计，后人中以《五卷诗》中的内容作为自己诗歌题材的诗人，多达71人。在印度，近十个学者注释过《亚历山大书》，还出版过《〈亚历山大书〉辞汇集》《〈亚历山大书〉词解》等辞典类工具书。《蕾莉和玛哲农》影响更大，问世后不久便被翻译成土耳其文。内扎米的作品现在已被翻译成英、法、德、土、俄、阿拉伯、西班牙、阿塞拜疆以及中文等文种，受到各国读者的欢迎。歌德曾在《东西诗集》中赞誉内扎米，认为他最善于描写爱情，并找到了一条艺术的"正路"。总之，内扎米已成了一个享有世界声誉的中古波斯诗人。

第七章　中古阿拉伯文学

第一节　概述

中古时期阿拉伯文学，最初指阿拉伯半岛人民的文学，以后主要指阿拉伯帝国时期的文学（其中含阿拉伯人占领西班牙南部后所创造的"安达卢西亚文学"），也包含而后蒙古人和土耳其人统治该地区时期的文学，时间大致从475年到1798年。

5、6世纪，阿拉伯半岛内陆的贝都因人，还处于原始部落阶段，过着游牧生活，部落之间常常为争夺水草发生冲突和战争。6、7世纪之交，原始部落逐渐解体。在伊斯兰教创建之前，半岛上的古国主要有希木叶尔王国、纳巴泰王国、巴尔米拉王国、希拉王国和安萨王国等。半岛的西北部和西南部原来农业、手工业、商业很发达。西北部红海岸边的汉志地区，自古以来就是东西方的通商要道，麦加和麦地那是该地区的重要商业城市；西南部的也门地区素有"阿拉伯半岛皇冠"之称，是中国和西方贸易的中转站，先后建立过萨巴、希木叶尔等王国。但当时这两个地区由于拜占庭帝国和波斯等大国的频繁入侵和掠夺，经济遭受严重破坏，对外贸易往来受到很大影响，直接威胁麦加等地新兴奴隶主阶级的政治地位和经济地位；再加上贫富日益悬殊，阶级关系渐趋紧张，由于内外矛盾交织在一起，社会秩序动荡不安。阿拉伯氏族贵族为了镇压奴隶和平民的反抗，保护和发展对外贸易，并对外掠夺土地和财富，迫切需要建立一个统一的强大国家。下层人民为了摆脱贫困，过安定的生活，也渴望将犹如一团散沙的各部落联合起来。在这种情况下，体现这种统一要求的一神教——伊斯兰教便应运而生了。

穆罕默德（570—632）是伊斯兰教的创建人。610年左右，他顾及阿拉伯人固有的宗教信仰，参照犹太教和基督教的教义，破除了当时盛行的多神教和偶像崇拜，把原来古莱氏部落的主神安拉奉为唯一的神，他是安拉的使者。为免遭麦加古莱氏部落贵族的迫害，622年他带领部分信徒迁居麦地那。该年被定为伊斯兰教历元年，标志着伊斯兰教的正式诞生。穆罕默德把伊斯兰教建成一个武装的政治实体,进行圣战,终于在630年攻战麦加,把它定为伊斯兰教的圣地。此后,他又征服了阿拉伯半岛的其他地区。到632年他去世时,一个以伊斯兰教为共同信仰的、政教合一的、统一的阿拉伯国家已大体形成了。

穆罕默德之后,是四大哈里发时期(632—661)。"哈里发"指穆罕默德事业的继承人,中古阿拉伯将国家首脑称为"哈里发"。起初的四大哈里发均由穆斯林部落选举产生。第二任哈里发欧麦尔(634—644在位),发动了一系列对外战争,先后征服拜占庭帝国统治下的叙利亚、巴勒斯坦和埃及,占领了从波斯湾到高加索,从伊拉克到波斯本土的广大地区,为阿拉伯帝国的建立奠定了基础。661年,倭马亚家族出身的叙利亚总督穆阿维亚即位,定都大马士革,建立了倭马亚王朝(661—750),从此哈里发改为世袭。王朝再次发动大规模的对外战争,到8世纪中叶,建立起版图包括阿拉伯半岛、西亚、中亚、北非和西班牙等地的横跨亚、非、欧三大洲的大帝国。伊斯兰教也随之传布各地。

750年,倭马亚王朝被推翻,建立了阿拔斯王朝(750—1258),首都迁至巴格达。王朝建立后最初一百年是阿拉伯帝国的极盛时期。以后盛极而衰,1258年,蒙古人攻陷巴格达,帝国灭亡。1258年至1798年,该地区先后为蒙古人和土耳其人所统治。

阿拉伯帝国的形成与发展,伊斯兰教的创建与传播,对外贸易往来的繁荣与兴旺,促进了文化的交流与融合。阿拉伯人在征服埃及、叙利亚、美索不达米亚、波斯等文化发达较早的地区之后,在阿拉伯固有文化的基础上,接受了这些民族先进文化的影响,还吸收希腊、罗马和印度文化的许多成分,并加以创新,创造了阿拉伯的新文化。阿拉伯新文化迅速崛起,迎头赶上,跨入世界文化的先进行列,成为中古亚非地区三大文化中心之一。这一文化是帝国境内各族人民共同创造的,它使用阿拉伯语,具有伊斯兰特点,所以又称为阿拉伯—伊斯兰文化。

阿拔斯王朝建立的最初一百年间,即8世纪中叶到9世纪中叶,是阿拉伯文化的黄金时代。为了学习和研究外国古典文化遗产,在哈里发的倡导和支持下,阿拉伯帝国境内出现了"百年翻译运动"。来自各地的翻译家集中在巴格达的"智慧宫",将亚里士多德、欧几里得、托勒密等人的著作译成阿拉伯文。在此基础上,阿拉伯学者开展了大量卓有成效的研究工作,在天文、数学、医学、哲学等广泛的领域,都取得了辉煌成就,在世界上曾长期处于领先地位。

阿拉伯天文学家创造的回历太阳历计算精确,比目前世界上通用的公历还要准确。阿拉伯学者的许多学术著作被翻译介绍到欧洲,成为中世纪欧洲各大学的主要教科书,如数学家花拉子密的《积分和方程计算法》、医学家伊本·西那的《医典》和拉齐的《秘典》。在哲学领域内,肯迪、法拉比等著名哲学家,他们将希腊哲学思想与伊斯兰教的观念互相融为一体,推崇理性,提倡以理性思考为哲学的基础,对欧洲科学、文化的发展起到了促进作用。

阿拉伯帝国地跨东西方，是东西方文化交流的重要桥梁。它通过翻译希腊、罗马著作，把西方文明介绍到东方，又通过经商等途径把中国的四大发明和印度的数字和十进位法等传入西方。阿拉伯对欧洲文化的贡献，还在于它通过翻译保存了古希腊文化，又通过西班牙、西西里岛等地传回欧洲，促进了欧洲文化的发展和文艺复兴运动的兴起。

阿拉伯文学就是在繁荣兴旺、丰富多彩的阿拉伯文化的基础上形成、发展起来的。

从5世纪末到伊斯兰教诞生之前(475—622)这段时期，历史上叫做贾希利叶时期（即蒙昧时期）。诗歌是该时期阿拉伯文学的主要形式，其主要体裁是"卡色达"，它具有特定的格律和结构，一般长20至100余行，通篇有前后一贯的尾韵。7篇"悬诗"是卡色达体长诗中的瑰宝，被视为阿拉伯诗歌的典范。相传，当时在麦加附近的欧卡兹每年都要举行一次赛诗会，评出的优胜作品，用金水写在布上，悬挂在"克尔白"天房的墙上，供大家鉴赏，故称为"悬诗"（阿拉伯语称作"穆阿葛莱特"），后由古诗收集家哈马德·拉维叶(649—772)搜集成册，它至今还被阿拉伯人作为诗歌的典范。

在7篇悬诗中，最优秀的当推乌姆鲁勒·盖斯(约497—520)的作品，其次是骑士诗人安塔拉，本·舍达德(525—615)的作品。盖斯的悬诗长81行，先有一段"纳西勃"（即情诗）作为前奏曲，以凭吊情人故居的遗址为引子，触景生情，接着回忆他对少女娥奈宰的爱恋和两人邂逅相遇的情景，这就开创了以情诗为序曲的阿拉伯古典长诗模式。接下来是描述自然风光、沙漠景象。这首诗真实地反映了游牧人的生活环境、思想感情，也表现了诗人放荡不羁的个性。诗歌想象丰富，韵律自然和谐，大量运用比喻、拟人、借代等手法，多以游牧生活中常见的事物作为设喻对象，因而生动、具体，产生了独特的艺术效果。盖斯被公认为阿拉伯诗歌的开创者，对后世诗歌有很大影响。

除七位悬诗作者外，还有一些比较著名的诗人，如游侠诗人塔阿巴特·舍拉(？—约450)和尚法拉(？—525)，他们生活贫困，性格粗犷、豪放，诗中表达了对权贵的蔑视和仇恨，流露出对平等社会的憧憬和向往；又如以写悼亡诗著称的女诗人韩莎(575？—664？)。

伊斯兰教初期和倭马亚朝时期(622—750)，诗歌仍然是阿拉伯文学的主要形式，具有强烈的宗教、政治色彩。主要诗人有哈桑·本·萨比特(？—674)、艾赫泰勒(约640—约708)、法拉兹达格(641—733)和哲利尔(653—733)。后三人的讽刺诗、辩驳诗蜚声文坛，影响极大，被并称为"倭马亚朝三诗王"。

在这时期，在汉志地区的繁荣都市麦加、麦地那等处，一种新的恋爱抒情诗体——"厄扎尔"非常流行。它是由"卡色达"的爱情前奏曲"纳西勃"脱胎而成的。其主要代表是麦加诗人欧麦尔·本·艾比·赖比阿(644—711？)，他出身于名门望族,为人风流倜傥、放荡不羁。他的情诗反映了骄奢淫逸、沉湎声色的城市生活。他的诗有情节,有对话,描写细腻,语言流畅,韵律轻松、活泼,便于传唱。他是中古阿拉伯最著名的情诗诗人。诗人盖斯·伊本·穆拉威特·阿米里叶(? —677)也颇有影响,由于他在诗中表达了对少女莱伊拉的一片痴情,并为此而殉情,因此他被称为"马季农·莱伊拉"(意为"莱伊拉的情痴"),后来由此产生的传说,成为阿拉伯文学和波斯文学的一个著名题材。

这一时期,阿拉伯散文也有很大发展。其主要成就《古兰经》,大约是穆罕默德去世后19年(650)编定的。它不仅是伊斯兰教的经典,而且还是阿拉伯文学史上第一部散文巨著。它对阿拉伯乃至亚洲广大地区的政治思想、社会生活、文学艺术,都产生了深远的影响(详见本章第二节)。

阿拔斯王朝时期是中古阿拉伯文学最繁荣的时期,特别是王朝的最初一百年是阿拉伯文学的黄金时代。诗歌仍然占有突出地位,并且有所创新和发展。

诗人艾布·努瓦斯(762—814)是阿拔斯王朝初期的著名诗人,他出生于波斯阿瓦士,双亲都是波斯人,深受波斯、希腊、印度文化影响,因写颂诗得宠而成为宫廷诗人。他传世的诗作有1.2万多行,在各类题材中以饮酒歌最为有名,故被称为"酒诗魁首"。他富有自由思想,反对宗教禁欲,表达了追求个性解放的愿望。他甚至这样写道:愿意变成一只狗,蹲在麦加的门口,以便咬每一个前往那里祈祷的人。他放荡不羁,主张尽情欢乐、享受人生,但又借酒消愁,委婉地表达对社会的不满,他在《酒之歌》中写道:

> 当我醒时,每一刻都是诅咒与穷苦,/当我醉得东倒西颠时,我却是富人。

他的诗歌热情奔放,清新流畅,突破了传统诗歌的题材和形式,他对后世影响很大,有人认为他是阿拉伯文学黄金时代最伟大的诗人。

艾布·泰伊卜·穆太奈比(915—965),原名艾哈迈德·本·侯赛因,被誉为中古阿拉伯诗坛的泰斗。他生于伊拉克的库法,出身贫寒,少年时代曾与游牧人为伍,学会了击剑和骑术,养成豪爽的性格。他曾自称先知,因此被称为"穆太奈比"(意思是"假先知")。他写有颂诗、挽诗、讽刺诗、爱情诗和哲理诗等多种体裁的诗。他的诗反映他的清高、自负,要求个性解放,具有反叛精神。他在诗中写道:"我不愿生时得不到赞扬,而死后即遭遗忘。寻求荣耀,不管它在地狱;抛弃屈辱,即使身在天堂。"他的诗富于哲理性,有诗人兼哲学家之称,他的不少诗句已成为脍炙人口的格言和警句,如:

> 如果阳光的存在还要论证,/世上就没有让人理解的东西。/埋葬他人的也终将为他人埋葬,/我们的后代踩着前人的颅骨。

在艺术上,他既继承古典诗歌传统,又有所创新,是阿拉伯诗歌革新的倡导者和先驱。

艾布·阿拉·麦阿里（973—1057）是继穆太奈比之后的又一位著名诗人。他出生于叙利亚北方，幼年因患天花双目失明。他流传至今的主要著作有：诗集《燧火》、长诗《鲁祖米亚特》和散文作品《宽恕书》。《鲁祖米亚特》表达了他对宗教、社会、宇宙、人生等问题的看法，他揭露抨击封建统治者，甚至将矛头直指宗教。他还提出了改良社会的主张，强调理性的作用。但他的诗常常流露出悲观主义情绪。他的著名散文作品《宽恕书》是用书信形式写成的，内容是描写学者伊本·格利哈游历天堂、地狱的故事，并通过这一故事批评社会现实，指责统治阶级，对宗教、对天堂地狱等传统观念大胆提出怀疑。《宽恕书》篇幅宏大，想象奇妙，构思新颖，思想深刻。后人往往把它同但丁的《神曲》相比拟，有人说，他的《宽恕书》"对于但丁的《神曲》发生了决定性的影响"①。麦阿里的作品充满哲理，被誉为"哲学家诗人和诗人哲学家"。

8世纪初到15世纪末，阿拉伯人入侵并统治了西班牙南部地区，阿拉伯文学在该地区也繁荣发展起来，这时期该地区的文学被称为"安达卢西亚文学"，是阿拔斯王朝时期文学的一部分。9世纪，安达卢西亚诗人在阿拉伯传统诗歌的基础上，吸收了西班牙民歌的长处，创造了一种更适合吟咏、弹唱的新诗体"彩诗"，阿拉伯语称为"穆瓦舍赫"。这种诗体形式灵活、多样，便于诗剧、史诗的写作，为人民所喜闻乐见。因而不仅在西班牙，而且在阿拉伯各地广为流传，为阿拉伯诗歌开辟了一条新的途径。阿拉伯学者伊本·赫勒敦（1332—1406）认为"彩诗"是由穆格达姆·本·穆阿菲尔·法里里首创的。

在蒙古人和土耳其人统治时期，阿拉伯诗坛萧条冷落，只有生于埃及的诗人蒲绥里（1211—1296）创作了颂扬穆罕默德及其家属的宗教长诗《斗篷颂》，它被译成世界多种文学，1890年被译成中文，名为《天方诗经》。

中古阿拉伯诗歌对欧洲诗歌的发展产生了一定影响，一些专家、学者指出："流行于西班牙北部和法国南部的抒情诗，受到过阿拉伯抒情诗、行吟诗的影响"②，"见于普罗旺斯诗歌以及彼特拉克和其他早期意大利诗人作品里的理想化妇女概念，在很大程度上应归功于阿拉伯诗歌"③。

阿拔斯王朝时期，散文进一步发展，有书信、游记、论说文、故事和玛卡梅体韵文故事等多种形式。

伊本·穆格发（724—759），是王朝初期著名散文家、翻译家。他生于波斯，既受波斯文化熏陶，又有广博的阿拉伯文化知识，还深受希腊哲学影响。早年信

---

① [美]希提：《阿拉伯通史》上册，北京：商务印书馆，1979年，第548页。
② 郅溥浩：《登霄传说和世界文学》，《阿拉伯世界》1982年3期。
③ [巴基斯坦]赛义德·菲亚兹·马茂德：《伊斯兰教简史》，北京：中国社会科学出版社，1981年，第217－218页。

奉祆教,后改信伊斯兰教,但宗教观念淡薄。他曾任巴士拉总督的文书,他不满阿拉伯统治者对非阿拉伯人的歧视和压迫,主张社会改革,后来在统治阶级互相倾轧中受牵连,以"伪信罪"被哈里发曼苏尔杀害。他的《小礼集和大礼集》是一部行为、道德、哲理方面的箴言集,表达了作者的社会政治理想和道德改良观点。寓言故事集《卡里来和笛木乃》是他的代表作,全书共 15 章(有的版本为 16 章)。它源于印度的《五卷书》。大约在 6 世纪中叶,《五卷书》被译成古代波斯巴列维语,在翻译过程中有所增删。750 年左右,伊本·穆格发又把巴列维语译本翻译成阿拉伯文,再次进行了大胆增删和改造。据考证,这部作品的绪论部分的四章是作者在翻译中增加的,正文部分也有几章出自他的手笔。所以,它不是一部单纯的译著,而是以《五卷书》的故事为基础,进行加工和再创作的一部译、著并重的作品。作品序言中谈到其目的是"用各种形式表现动物的思想,借此影射帝王的心理,帝王能用这本书规劝自己,胜于普通消遣"。可见,作者想通过寓言故事劝诫统治者,阐发他治理国家的主张。《卡里来与笛木乃》是第一部被译成阿拉伯文字的世俗散文作品,在阿拉伯文学史上开了译介其他民族文学的先河。它的文笔优美、流畅,被视为阿拉伯散文的典范。它既是阿拉伯文学与印度文学、波斯文学交流的重要结晶,又对世界文学产生了巨大影响。通过它,印度古代名著《五卷书》几乎传遍了全世界。它的德文译本作者佛尔夫说过:"除了《圣经》以外,这部书要算译成全世界各种语言最多的了。"①

贾希兹(775—868)也是该时期的一位著名散文作家。他本名阿慕尔·本·巴哈尔,贾希兹是他的别名,意为"凸眼"人。他出生于巴士拉,据说有非洲黑人血统。由于他刻苦学习,成为知识渊博的著名学者。他的《吝人传》刻画了各种吝啬鬼的形象,是阿拉伯古典故事文学的代表作之一。他的《修辞与阐述》论述修辞的标准与途径,是阿拉伯文学批评史上的重要著作。《动物志》是他的代表作,共分 7 卷,描写各种动物的特征、习性,记录了大量动物故事和传说,还穿插了许多诗歌、格言和逸事。贾希兹是百科全书式的作家,善于将各种文化有机地融合在一起。埃及现代著名学者艾哈迈德·爱敏指出:"《动物志》一书是展现阿拉伯文化、希腊文化、波斯文化和印度文化等各种文化的陈列室,是介绍摩尼教、琐罗亚斯德教、无神论者、犹太教、基督教和伊斯兰教等各种宗教文化的讲台。"②他使哲学和科学带上文学色彩,并继伊本·穆格发之后,开创了一种叫做"艾达卜"的新文体,以生动活泼、富有风趣的形式传授知识,进行教育。这种文体对后世影响很大。

---

① 转引自温德尼兹:《印度文学和世界文学》,《外国文学研究》1981 年第 2 期。
② [埃及]艾哈迈德·爱敏:《阿拉伯-伊斯兰文化史》第二册,北京:商务印书馆,1990 年,第 376 页。

阿拔斯王朝中期出现了玛卡梅体散文作品,即用带韵的散文写的故事。"玛卡梅"原意为"集会""聚会",引申为在聚会场所讲述的故事,类似我国古代的"话本"和近代的"评书"。白迪阿·宰曼·赫迈札尼(969—1007)是玛卡梅体故事的奠基人。他生于波斯,少年时期即离家到处流浪,广泛结交从王公贵族到乞丐的各阶层人士,这些经历对他创作玛卡梅故事颇有好处。相传他写过400篇,流传下来的只有52篇。各篇故事内容互不相关,但都有一个共同的主人公——聪明的流浪汉艾布·法特哈·伊斯坎德里,并由同一个说书人伊萨·本·希沙姆讲述,类似系列短篇故事。故事主要讲主人公在流浪途中常常陷入绝境,但由于他机智老练,总能用玩笑和欺骗手段摆脱困境。这些故事反映了当时知识阶层的艰难处境,披露了当时社会的不良风气,流露出对社会的不满。由于其情节幽默风趣,富有戏剧性,并用带韵的散文和诗歌叙述,因而娓娓动听。继赫迈札尼之后,哈里里(1054—1122)模仿他的前辈创作了五十篇玛卡梅故事。几百年来,这些故事备受称赞,甚至被推崇为仅次于《古兰经》的著作。玛卡梅故事是阿拉伯古典小说的雏形,历来有不少阿拉伯作家模仿这类体裁进行创作。这两位作家的玛卡梅故事很早就传到欧洲,并被译成多种文字。有人认为"西班牙流浪汉小说,如《小癞子》,实际是受阿拉伯《玛卡梅韵文故事》影响的产物"①。

　　阿拉伯人从生活和战争中积累了许多故事素材,还借取和翻译其他民族的故事文学,形成了具有本民族特性和价值的故事文学。其中最著名的有两部,一部是享誉世界的阿拉伯民间故事集《一千零一夜》(详见本章第三节),另一部是长篇故事《安塔拉传奇》。它们都由民间故事整理加工而成,前者主要反映阿拉伯城市生活,后者则是古代阿拉伯沙漠部落生活的写照。

　　一般认为,《安塔拉传奇》是9世纪阿拉伯说书人艾绥迈伊根据民间传说整理的,到10世纪由尤素福·本·易司马仪加工增补成书。传奇的主人公安塔拉是7篇悬诗的作者之一,他虽是历史上的真实人物,但作品有不少虚构成分,带有强烈的传奇色彩。作品把他描写成一个理想的骑士,自小就力大无比,勇敢非凡。他虽是部落头人之子,但系黑人女奴所生,出身低微,因而备受歧视,在爱情上不得志。他身处逆境,仍顽强奋斗。在外出行侠的过程中,他扶弱除强,多次打败强敌。他还以少胜多,一再粉碎敌人的侵犯,为保卫部落屡建奇功。他终于冲破了血统、门第、等级观念的重重限制,成为众望所归的英雄,被尊为"骑士之父",也赢得了堂妹阿卜莱的爱情。安塔拉这个为自己部落和民族献身的英雄,唤起了阿拉伯人的民族自豪感,也给受压迫的下层人民带来希望,因而引起强烈共鸣。作品长期以来一直广泛流传,它的近代、现代通俗版本纷纷问世。此书约于19世纪前后介绍到欧洲,被誉为阿拉伯的《伊利昂纪》。

---

① 郅溥浩:《登霄传说和世界文学》,《阿拉伯世界》1982年3期。

伊本·图菲勒(？—1185)是出生于西班牙安达卢西来的阿拉伯作家、哲学家。他的代表作是《哈伊·本·叶格赞的故事》。小说通过一个王族私生子独自在孤岛上生活的经历，强调理智的作用，否定人们对世俗利益的追求，宣扬伊斯兰教苏菲派神人合一的神秘主义观点。小说早在17世纪就传入欧洲，译成多种文字，有人认为《鲁滨逊漂流记》可能受到了它的影响。

阿拔斯王朝灭亡之后，还产生了一些有影响的作家，伊本·白图泰(1304—1377)就是其中之一。他生于摩洛哥的丹吉尔，是阿拉伯著名旅行家和游记作家。他的《伊本·白图泰游记》是阿拉伯游记文学中的代表作之一。他先后三次出游，行程12万公里，历时28年，到过亚、非、欧三大洲许多地方，其中包括中国、印尼、俄罗斯、西班牙等。游记中既有真实的记载，又穿插了许多奇闻轶事，文笔清新明快，幽默动人，富有文学性。游记还记述了各国的风土人情，对研究各国文化史和社会史有重要参考价值。

阿拉伯文学通过各种途径传到西方，对欧洲文学，尤其是诗歌、小说、寓言的发展产生较大影响。但丁的《神曲》、文艺复兴早期意大利诗人的作品、薄伽丘的《十日谈》、西班牙的流浪汉小说《小癞子》和塞万提斯的小说《堂·吉诃德》、法国拉封丹的寓言等，在题材、结构、风格等方面，都曾得益于阿拉伯文学。

第二节 《古兰经》

《古兰经》(又译《可兰经》、《古兰真经》、《古尔阿尼》)是伊斯兰教的基本经典，是阿拉伯-伊斯兰思想文化体系的基础和核心，也是阿拉伯文学史上第一部散文巨著。《古兰经》在穆斯林[①]的宗教活动和世俗生活中地位非常重要，它是阐述伊斯兰教教义和立法的首要依据，也是伊斯兰教的信仰学、法学、伦理学以及历史学等赖以建立与发展的基础，还是穆斯林个人行为的准则。

穆斯林认为，《古兰经》是真主安拉的言论，是安拉通过天使吉卜利勒降给先知穆罕默德的一部天启经典，实际上是穆罕默德在创立伊斯兰教和传教的23年(610—632)期间的言论汇集。

穆罕默德出身于麦加古莱氏部落哈希姆家族一个没落贵族家庭，父亲在他出生前已去世。6岁时又失去母亲，先后由祖父和伯父抚养。他幼年失学，替人放牧。12岁起，随伯父到巴勒斯坦、叙利亚等地经商。成年后曾为麦加富孀赫蒂彻经商，25岁时同她结婚，经济状况大为改善。

他广泛接触社会各阶层人物，对社会因贫富悬殊、部落间的仇杀而造成四分五裂的情况有较深了解，因而能体察到人们渴望统一和摆脱困境的迫切心情。

---

① 穆斯林，意为"顺从者"，指顺从安拉的人，是伊斯兰教徒的通称。

当时,各部落中偶像崇拜还很盛行,但这种原始宗教信仰已开始动摇。犹太教和基督教虽早已传入阿拉伯半岛,并产生了一定影响,但没有能够广泛传播。社会上一些有识之士兴起一种反对偶像崇拜、寻求正统一神教的思想倾向,但他们不愿接受犹太教或基督教。他们自称为"哈尼夫"①,提倡到僻静的地方去潜修,寻求适合本民族的宗教真理,但尚未形成组织。穆罕默德在经商过程中,曾多次接触过基督教僧侣,早就熟悉犹太教、基督教的教义。他妻子赫蒂彻的堂兄韦赖盖和宰德·本·阿慕尔既是基督教的学者,又是"哈尼夫"一神论思想的传播者。他深受其影响,在610年他40岁时,经常到麦加附近的希拉山洞里沉思冥想,并声称在山洞里接到了安拉给他的启示,要他作安拉在人间的"使者",传播安拉的启示,从此开始了他的传教活动。

起初,他只是在近亲和密友中秘密传教。612年,他才开始公开向麦加居民传教,信徒大多是社会地位低微的贫苦人和奴隶。由于他的许多改良社会的主张,顺应社会进步的客观要求,也符合劳苦大众的期望,因而伊斯兰教的影响日益扩大。但这也激起了麦加的部落贵族、富商和其他宗教领袖的强烈反对。这时不少麦地那人邀请他去那里,622年他动员大多数教友,离开麦加秘密迁往麦地那,继续传教。他打破穆斯林间以血缘关系为基础的部落界限,号召以共同的宗教信仰为纽带,在"穆斯林都是弟兄"的口号下团结起来,建立起以他为首的穆斯林宗教组织,他以先知兼政治、军事领袖的身份统帅一切。他不仅是宗教领袖,而且还执行国家元首所能执行的一切世俗职权。630年,他率领1万多名穆斯林军进攻麦加,麦加贵族被迫宣布改信伊斯兰教,承认他的先知地位和宗教、政治权威。于是,他不战而胜,进驻麦加城,随后下令清除克尔白大寺中的一切偶像,禁止异教的活动,并将麦加定为伊斯兰教的宗教中心。631年年底,各部落相继归顺伊斯兰教,半岛基本统一,一个政教合一的阿拉伯国家形成了。632年,他率领10万穆斯林到麦加进行一次经过改革的朝觐,同年病逝。

《古兰经》编订成册是经历较长的过程的,穆罕默德在生前的传教活动中,曾陆续宣讲了许多言论。在麦加传教时期,虽已有人记录他宣布的启示,但主要还是靠口传和背诵记忆的。迁到麦地那的后期,他正式设置了专人作记录,同时也有其他人记录他们所听到的启示,这些启示记录在皮革、石片、兽骨或椰枣叶柄上。但在他生前,他的言论并没有整理汇集起来。他去世后,这些言论还零星、散乱地保存在各记录者手里及一些人的记忆中。穆罕默德的继承者——第一任哈里发艾卜·伯克尔(632—634在位),为了防止这些言论被散失和遗忘,并使穆罕默德开创的伊斯兰事业得以继续发展,决定由曾专门记录启示的宰德·伊

---

① 哈尼夫,阿拉伯原意为"脱离偶像崇拜者",后转为"崇正者,"即遵循原来的真正一神宗教的人。

本·萨比特主持这项工作,搜集、整理分散的记录及心记的启示,并予以核对、誊清,汇编成册。但民间仍有不同的抄本流传,到第三任哈里发奥斯曼(644—656在位)任期,因抄本和读法不同而发生严重争斗事件。为了增强团结,宣传教义,奥斯曼决定统一不同抄本。他又指派宰德等人,以艾卜·伯克尔时期的汇集本为基础,再次进行整理、校订,统一《古兰经》的内容和章节、次序编排,并以古莱氏语统一其文字。整理成书后,称为"标准汇集本",也称为"奥斯曼定本",并宣布其他抄本一律无效,全部焚毁。至今,全世界穆斯林仍都通用这个定本。

奥斯曼定本的《古兰经》共 30 卷,114 章,6236 节。其篇幅约等于《新约》阿拉伯语译本的五分之四。经文各章的长短不等,最长的有 286 节,最短的只有 3 节。各章的先后顺序,不是按时间先后安排的,而是基本上按篇幅长短编排的,长的在前,短的在后。只是全篇第 1 章《开端》例外,这章虽然只有短短 7 节,却提纲挈领地阐明了伊斯兰教教义,为突出其重要性,故放在全经之首。

《古兰经》的主要内容包括:穆罕默德在传教期间同半岛的多神教徒和犹太教徒斗争的记录;阐述以信仰安拉,反对多神崇拜为中心的宗教主张;宗教制度和礼仪;针对当时阿拉伯社会的状况提出改革社会的各项主张,以及为宣传伊斯兰教教义而引用讲述的有关古代先知的神话传说等。后来,《古兰经》的研究者以穆罕默德迁徙麦地那为界限,迁徙前的称为"麦加章",共 86 章,约占全经的三分之二;迁徙后的称为"麦地那章",共 28 章,约占三分之一。麦加章包括伊斯兰教的基础,如信仰真主,抛弃偶像崇拜,其中最突出的是支持穆罕默德的使命,主张一神、反对多神、反对偶像崇拜、肯定来世等。麦地那章包括伊斯兰教的宗教仪式和处事的立法基础,有斋戒、天课、朝觐等方面的宗教立法、婚姻、继承、离婚等方面的社会立法,还有与伊斯兰敌人进行斗争方面的政治立法等。

《古兰经》明确阐述了伊斯兰教的五大信仰:信安拉、信先知、信启示、信天使和信末日。其中信仰安拉是信仰的核心和基石。《古兰经》强调安拉是最高的存在,唯一的主宰,宇宙万物的创造者。他全能全知,无所在又无所不在,所向无敌,永自生存,独一无二。第 3 章第 26、27 节最充分地赞颂了真主的全能、伟大和绝对权威:"真主啊!国权的主啊!你要把国权赏赐谁,就赏赐谁;你要把国权从谁手中夺去,就从谁手中夺去;你要使谁尊贵,就使谁尊贵;你要使谁卑贱,就使谁卑贱;福利只由你掌握;你对于万事,确是全能的。你使夜入昼,使昼入夜;你从无生物中取出生物,从生物中取出无生物;你无量地供给你所意欲的人。"《古兰经》要人们相信,安拉曾派遣过许多先知或使者,向人们布道,穆罕默德则是众先知中最后一位先知,也是最伟大的一位先知。而《古兰经》是"安拉的言语",是安拉通过穆罕默德"降示"的最后一部经典。《古兰经》贯穿着对安拉的无限崇拜、敬仰之情。在维护伊斯兰教一神信仰的基础上,还规定了五大宗教义务:信仰的表白、礼拜、斋戒、施舍和朝觐。针对当时存在的社会问题,《古兰经》

作出关于政治、经济、法律的一系列规定，提出伦理道德方面的主张。其中如怜恤孤贫、释放奴隶、禁止高利贷、禁止虐杀女婴以及反对无故杀人等主张，如鼓励一夫一妻制并有条件、有限制地允许多妻或纳婢为妾的婚姻法，都具有进步意义并起到了积极作用。《古兰经》反映了7世纪初发生在阿拉伯半岛的一场社会变革，它对推动社会的全面变革，对维护、稳定已经确立的社会关系和社会秩序，对加速阿拉伯帝国的形成与发展起了重大的促进作用。

《古兰经》中引用了许多神话传说、历史故事、格言谚语等，其中有少量阿拉伯神话传说故事。如《古兰经》是珍藏在七层天上的天经的神话，穆罕默德首次接受启示的故事，以及关于他"夜行登霄"的著名传说；关于阿德人和赛莫德人、鲁格曼、象兵等故事，以及为逃避多神教迫害，躲进山洞沉睡三百年后重返人间的"七眠子"的传奇等。然而，《古兰经》所引述的神话传说，绝大部分与《圣经》相类似。这类经文约占《古兰经》的四分之一。在经文提及的28位重要人物中，《圣经》人物占24位，不过已把原书中的名字改为阿拉伯通用的名字。其中《旧约》中的亚当（阿丹）、挪亚（努哈）、亚伯拉罕（易卜拉欣）等，曾各出现70多次。摩西（穆萨）出现次数最多，达到130次。耶稣（尔萨）被列为六大先知之一，其母玛利亚（马尔彦）也被经常提及。在《古兰经》中，除了尤素福（即《旧约》中的约瑟）的故事是完整的以外，其他故事往往只是零星地多次反复提到，其目的是为了证实宇宙一神、天启经典、先知和使者等概念，并作为教导、训诫的材料。

《古兰经》作为中古阿拉伯文学史上影响最大的一部作品，其文学成就十分突出。

《古兰经》独具一种新奇美妙的文体。在它之前，阿拉伯文学的主要体裁是诗歌。伊斯兰教是一个崭新的宗教，要宣传新思想、新教义就需要新形式。为此，穆罕默德借鉴古代诗歌、咒语、占卜韵文的某些手法，学习《圣经》中天启式体裁的一些长处，首创了一种具有独特节奏和韵律的散文。它既不像"卡色达"体诗那样一韵到底，也不是以若干押韵的短节来表达一个意义。它既不是自由体，也不能称为骈韵体。每节经文能表达一个独立的意义，各节互相衔接，每节终了，刚好是读者在气势上和情感上需要停顿之处。这就改变了阿拉伯原来惯用的天启式文体的那种结构松散、内容晦涩的弊病，成为句句相联、组织严密、比喻新奇、音调铿锵的新文体。它以独特的魅力和音乐感打动了当时的阿拉伯人，他们不得不承认《古兰经》是诗歌、咒语、卜辞这三种最能迷惑人的东西的集合体。总之，这是一种既出自这三者，又远远超出这三者的一种崭新的文体。

《古兰经》的风格是庄严、堂皇、典雅的。作为宣传安拉的最高真理的文辞，几乎每章都以"奉至仁至慈的真主之名"开头，风格自然是神圣威严的。但它在不同时期、不同场合，其风格也是有发展变化的。麦加章的最早的一些章节是简短、抒情式的劝善文和对末日来临的警告。如第82章1至5节的警告："当穿苍破裂的时候,当众星飘堕的时候,当海洋混合的时候,当坟墓被揭开的时候,每个人都知道自己前前后后所做的一切事情";又如第 2 章 24 节发出的恐吓:"如果你们不能作——你们绝不能作——那么,你们当防备火狱,那是用人和石做燃料的,已为不信道的人们预备好了"。上述警告和恐吓都是要让人们对安拉产生敬畏之心,进而顺从他。总起来看,麦加章,经文短小,音韵起伏,言辞比较激烈,文体优美而有力。而麦地那章,多以立法为主题,内容发生了变化,语言结构和风格也发生了变化,大多是长篇大论,经文平缓,语调平静,富有气势。尽管前后风格有发展变化,但总起来说,其风格都是威严、堂皇、雄浑有力的。

《古兰经》中的不少描述以形象、生动、具体而见长,其中又以末日审判和火狱、乐园的来临最为精采,表现了非凡的想象力,具有独特的魅力。这些描写虽然出自《圣经·新约》,但已经大大丰富和发展了。《古兰经》描绘了火狱的阴森可怖的景象,宣扬它是恶人们的必然归宿。火狱有 7 道门,每道门收纳一部分恶人,并根据他们犯罪程度的轻重而处以不同的刑罚。恶人们都将受到烈火的炙烤,并受到毒风、沸水、黑烟这三大"怪物"的折磨、制裁和报复。《古兰经》宣称:"不信道者已经有为他们而制裁的火衣了,沸水将倾注在他们的头上,他们的内脏和皮肤将被沸水所溶化,他们将享受铁鞭的抽打。他们每因愁闷而逃出火狱,都被拦回去。你们尝试烧灼的刑罚吧!"在《古兰经》中,天堂又是另一番景象,天堂分为 7 层,其中乐园是最美好而诱人的地方。当那些信道而又行善的人们列队来到乐园门口时,管理乐园的天神对他们说:"祝你们平安!你们已经纯洁了,所以请你们进去永居吧!"住在乐园之中,真主会消除他们之间的怨恨,人与人都成为弟兄。他们"不再尝死的滋味","穿着绫罗绸缎","长生不老的僮仆,轮流着服侍他们","白皙的、美目的女子,做他们的妻子","丰富的水果,四时不绝,可以随意摘取",泉边流淌着奶、酒与蜜的河流,可以随时饮用。这是一个多么令人神往的理想世界啊! 当时,阿拉伯人大多是文盲,要宣传教义、讲清道理,靠单纯的说教是不行的。因此,《古兰经》通过火狱和乐园的独创性描写,以生动、具体的叙述打动人心,以达到劝善戒恶的目的。这些描写在一定程度上影响了但丁的《神曲》,并在某些方面超过了后者。

为了使经文更有说明力,更加雄辩,《古兰经》还成功地运用了排比、对比、设问、反问、反复、夸张、比喻等多种修辞手法。《古兰经》对修辞十分重视,经文中几次出现真主"创造了人并教人修辞"的句子。经文中常常将多种修辞手法巧妙地加以综合运用,产生了绝妙的效果。如第 24 章 35 节:"真主是天地的光明,他的光明像一座灯台,那座灯台上有一盏明灯,那盏明灯在一个玻璃罩里,那个玻璃罩仿佛一颗灿烂的明星,用吉祥的橄榄油燃着那盏明灯……真主引导他所意欲者走向他的光明。"这是《古兰经》中最优美的章节之一。它把明喻、隐喻、顶针等修辞手法组合在一起,以美丽的想象组成了一个光彩夺目的意象,用来赞颂真主的英明和伟大。《古兰经》还经常使用排比、反复手法。在这方面,最典型的例子是第 55 章,它以排比手法列数真主的恩典和威力,陈述火狱的恐怖和乐园的幸福,而在这中间先后 31 次插入问句:"你们究竟否认你们的主的哪一件恩典呢?"这一设问句如此多次地反复出现,使全篇层次分明,层层深入,富有节奏感,并且使全文显得规模宏大、气势恢宏,既雄辩,又富有说服力,给人以不容置疑的感觉和难以忘怀的印象。

《古兰经》对阿拉伯乃至整个伊斯兰世界的政治思想、宗教信仰、社会生活、文学艺术、语言文学都产生了非常深远的影响。《古兰经》对阿拉伯语言的统一和规范化作出了重大贡献。它将古莱氏族所用的语言变为阿拉伯的通用语。由于它作为宗教经典、祈祷书、文选,并居各派穆斯林的第一本律书的崇高地位,伴随着伊斯兰教的广泛传播,阿拉伯语逐渐成为一种世界性的语言。在历史上,它对散居在许多不同国家的阿拉伯人维系其语言和心理上的统一,产生过巨大作用。直到今天,阿拉伯各国还使用着被它所规范化了的标准的阿拉伯语。

埃及现代著名学者艾哈迈德·爱敏精辟地指出:"《古兰经》……是阿拉伯文化和学术的源泉"①,它也是阿拉伯人文学科和宗教学科的基础。为了正确理解《古兰经》的经文,收集了穆罕默德及其教友的言行,产生了《圣训》,进而创建了圣训学、教律学、教义学、法理学,并促进了阿拉伯世界历史学、哲学的发展。为了深刻领会经文的读法、词意、内容和表达方式,一些学者经过悉心研究,创立了语音学、文字学、语法学、修辞学。还有些人对经文中一些难懂的字句进行认真考证,将古代的民间歌谣、传说和故事记录下来,汇集成册,从而促进了对古代阿拉伯文学的研究。

《古兰经》对阿拉伯文学的影响是无法估量的。它对阿拉伯诗歌发展的直接影响是促使征战诗歌的诞生,它对散文的影响更要大得多。它为后世作家提供了大量创作题材。它对末日的描写曾影响到麦阿里的《宽恕书》。它的思想、语言、风格、节奏或多或少地渗入了以后的文学作品,在《一千零一夜》可以明显地看到这种影响。现在,有些"阿拉伯语作家,还在自觉地努力模仿《古兰经》的风格"②。

《古兰经》是全世界七八亿穆斯林的经典,它的影响早就越过阿拉伯国家和地区,遍及亚洲、非洲、东南欧的许多国家和地区,从而对伊斯兰世界的文学产生了巨大影响。目前,世界上约有 60 余种文字的《古兰经》译本。

早在 651 年(唐朝永徽年间),伊斯兰教就已传入我国。但直至明末清初,在

---

① [埃及]艾哈迈德·爱敏:《阿拉伯-伊斯兰文化史》第二册,北京:商务印书馆,1982年,第 288 页。

② [美]希提:《阿拉伯通史》上册,北京:商务印书馆,1979 年,第 148 页。

一些精通汉语的伊斯兰教学者的著作中才有少量引证《古兰经》经文的译句。19世纪中叶出现马致本翻译的《古兰经》选本(名为《孩提解释》),1927年出版了由铁铮翻译的最早的汉语全译本。1981年马坚教授从阿拉伯原文翻译的《古兰经》全部正文出版,这是目前比较理想的译本。

第三节 《一千零一夜》

《一千零一夜》是阿拉伯中古时期一部著名的民间故事集,被高尔基誉为世界民间文学创作中"最壮丽的一座纪念碑"。

《一千零一夜》的出现和伊斯兰教的产生及阿拉伯帝国的形成密不可分。它在中古阿拉伯—伊斯兰新文化的沃土中酝酿成熟,是阿拉伯文化吸收融合波斯、印度、希腊等民族文化所取得的重大收获,也是阿拉伯帝国境内各族人民共同智慧的结晶。

《一千零一夜》吸收了波斯、埃及、印度、希腊、希伯来、中国等国的故事。它的故事来源主要有三个:一是波斯和印度,943年,历史学家马苏地(?—956)曾经指出,《一千零一夜》译自波斯故事集《赫左尔·艾夫萨乃》(意为"一千个故事"),后者成为全书的核心并建起全书的框架。据考证,它最初可能来自印度,后由梵文译为古波斯文,再译成阿拉伯文。《一千零一夜》中的第一个故事《山鲁亚尔及其兄弟的故事》及《国王太子和嫔妃的故事》《渔翁的故事》都来源于印度;二是伊拉克,即以巴格达为中心的阿拔斯王朝(750—1256)时期流行的故事,主要是何鲁纳·拉施德和麦蒙两位哈里发当政时期的故事,它们的现实性比较强;三是埃及麦马立克王朝(1250—1517)时期所流行的故事。这部分故事占的比重是很大的。另外,在《一千零一夜》中可以明显地看到埃及古代故事的影响,在《辛伯达航海旅行的故事》中智斗吃人的巨人的情节,显然是受到希腊的荷马史诗《奥德修纪》的影响。

《一千零一夜》这部巨著决非一人一时一地之作,而是中东地区广大民间艺人、文人作家经过长期努力,融汇集体智慧的结晶。它从流传、收集、提炼、加工到编定,前后经历了将近一千年的时间。早在6世纪左右,《一千零一夜》中的某些神话与传说就已经产生,并开始流传,它的早期手抄本开始流传的时间大约是8、9世纪之交,但它的最早的编者已无从查考。据记载,10世纪中叶,伊拉克作家哲海斯雅里曾邀集许多说书的民间艺人,记录选取了一千个民间故事,在此基础上进行整理编写,可惜他只写了四百多个故事,就因去世而中断了。以后又经过多次编选和改写,直到16世纪才在埃及编定成书。各地流传着各种出入很大的手抄本。1814年至1818年,也门的谢赫根据流传于印度的手抄本,主持出版了"加尔各答头版本",这是首次出版的阿拉伯原文印本。1835年,由埃及政府订正并在开罗附近的布拉格刊印的"布拉格本",被公认为善本。

《一千零一夜》的名称出自这部故事集的开头。该故事写宰相的女儿山鲁佐德为拯救无辜的姐妹免遭国王的屠杀,自愿嫁给国王,接连讲了一千零一夜故事,终于感化了他,促使他放弃了残暴行为。故事集由此而得名。但它实际上并没有这么多故事。按阿拉伯人的语言习惯,在一百或一千之后加上一,以渲染其多。据统计,全书共有134个大故事,连上它们所套的小故事,因版本不同而数字有出入,最多的总共264个故事。

《一千零一夜》的内容丰富,体裁多样,人物众多。它的体裁有神话传说、童话寓言、婚姻恋爱故事、航海经商冒险故事、历史故事、道德训诫故事、笑话等等。它的人物上至帝王将相、富翁巨商,下至医生裁缝、渔翁脚夫、强盗窃贼,各个阶层无所不包。此外,还有神仙妖魔。这些故事背景广阔,涉及亚、非、欧三大洲的许多国家和地区,但又深深地打上了阿拉伯民族和伊斯兰教的印记,反映了阿拉伯中世纪的社会面貌、风土人情、宗教习俗等,是中古阿拉伯城市社会生活的一部百科全书。

《一千零一夜》通过丰富多彩的故事反映人民的生活、思想,表现他们的理想、愿望,全书贯穿着善必定战胜恶的思想,具有深刻的民主精神和强烈的时代气息。

在《一千零一夜》中,恋爱与婚姻的故事占有重要的地位,歌颂婚姻自主、追求爱情自由是其重要主题。当时,一夫多妻制盛行,阿拉伯广大妇女自身受封建制度、宗教清规戒律和夫权等多重压迫和束缚,地位极其低下。在这种情况下,男女之间很难有真正自由幸福的婚姻爱情可言。针对这种黑暗的现实,不少故事否定了以男子、丈夫为中心的封建伦理道德,强调婚姻要以爱情为基础,赞扬男女双方对爱情的专一与忠诚。《白第鲁·巴西睦太子和赵赫兰公主的故事》中的海石榴花,原是海洋里一个国王的女儿,她毅然离开海洋,与陆地上的国王佘赫鲁曼结为夫妇,她坦诚地对国王说:"如果不是因为你爱我,把整个心都给了我,那我是不愿跟你在一起待上一个钟头的。"《赛义符·姆鲁可和白狄尔图·赭曼丽的故事》中的男女主人公分别是太子和神王之女,他们赤诚相爱,并山盟海誓地表示:"决心从今以后,谁都不得舍弃对方,再从人或神中,另选对象。"

要实现婚姻自主和爱情自由,就必须同封建邪恶势力作坚决的抗争。《巴士拉银匠哈桑的故事》中的男主人公哈桑,为了寻找失散、落难的妻子——神女买娜伦·瑟诺玉,勇往直前,不惜牺牲,经过七道深谷、七个大海和七座高山,越过无人能生还的飞禽、走兽、鬼神地带,终于来到了神王所居住的瓦格岛,救出了爱妻和两个儿子。买娜伦·瑟诺玉也始终对爱情忠贞不渝,她不顾父亲神王和大姐胡达女王的疯狂反对与残酷迫害,尽管被打得遍体鳞伤,也决不屈服,最后终于战胜了父亲神王等所代表的反动势力,放弃了天上的优裕生活,毅然同丈夫哈桑返回了人间。这则描写凡人和仙女婚姻爱情的故事，曲折地反映中古阿拉伯青年男女为争取婚姻爱情自由所进行的艰苦斗争。《一对牧民夫妇的故事》中，牧民之妻肃尔黛的形象是很有光彩的。她丈夫因遭瘟而破产，她父亲与县官勾结，威逼她与丈夫离婚，嫁给县官。哈里发现她美丽可爱，也起了邪念，想利诱她和牧民，让她嫁给他。牧民回答哈里发说："除了肃尔黛本人之外，即使你把整个江山送给我，我也不会接受的。"哈里发问肃尔黛：在他、县官和牧民当中究竟谁最可爱，并要她决定选谁做丈夫。尽管她的前夫饥寒交迫，衣食无着，她还是毫不犹豫地选择了他。她对哈里发说："故夫遭逢天灾人祸，我可不是漠不关心，见死不救的人。我和他情投意合，彼此间有着不可遗忘的旧情和不可磨灭的爱情。因此，像过去我们同甘那样，我应该和他共苦到底。"肃尔黛及牧民不顾威胁利诱，决心同患难共命运，这种真诚、坚贞的爱情体现了劳动人民高尚的情操和朴素的爱情理想，是十分感人的。此外，如《乌木马的故事》《努伦丁和玛丽亚的故事》等也都是描写婚姻爱情生活的名篇。上述故事大多富有神话传奇色彩，有些故事的主人公是王公贵族，还有的是外国人甚至是神仙，但他们在一定程度上突破了阶级、民族的界限，体现了进步的爱情观和婚姻观，表现了劳动人民的优秀品质和高尚感情，表达了他们要冲破封建礼教和宗教束缚，追求爱情自由、婚姻自主和男女平等的美好理想。

中古阿拉伯地区商业往来和海外贸易十分繁荣、发达，《一千零一夜》中收入了不少关于这方面的故事，如《商人阿里·密斯里的故事》《朱德尔和他两个哥哥的故事》《辛伯达航海旅行的故事》等，其中又以后者最有代表性。故事主人公辛伯达是积极从事海外贸易的新兴商人和航海家的典型。他先后7次出洋远航、冒险，最远到过印度、中国。仅第7次航海旅行，从出发到归来，就历时27年。虽然，他每次归来都发了大财，"拥有的财产，比先父遗留下来的有过之无不及"，但他从不安于现状，发财致富的欲望和对异国新鲜事物的向往，促使他一次又一次地到海外去旅行冒险。他几乎每次都遭到毁灭性的打击，但他总是以顽强的毅力和超人的智慧，满怀信心，沉着应对，终于化险为夷，绝处逢生。在第6次旅行中，他所乘的船遇难，只剩下他孤身一人，身陷荒岛，面临绝境。但他发现岛上有河流，想到一定能找到有人烟的地方，便冷静下来，找寻、搜集木材，造了一条小船，顺流而下，终于闯过险关，并获得大量财富。他坐船出发前所吟的一首小诗颇能说明他的心境：

　　去吧，/离开危险地区，/勇往直前，/宁可撇下屋宇，/让建筑者凭吊、哀怜。/宇宙间到处有你栖身之处，/可是你的身体只有一具。/别为一夜天的事变而忧心，/任何灾难总有个尽头。

它极好地表达了辛伯达以四海为家的豪迈气派，表现了他不畏艰险的开拓精神和永不满足的进取精神，体现了当时新兴商人的本质特征，而这些正是阿拉伯帝国上升时期朝气蓬勃的时代风貌的鲜明反映。当然,辛伯达也有挥霍无度、醉生梦死和不择手段、损人利己的一面;暴露了他作为剥削者的某些劣根性。但总起来说,他的积极向上的一面是主要的。

中古阿拉伯社会中尖锐的阶级矛盾在《一千零一夜》里也得到反映,不少故事揭露了封建统治阶级的罪行,反映了人民的悲惨处境。故事集的开篇《山鲁亚尔及其兄弟的故事》不仅在结构上起到贯通全书的作用,而且深刻地揭露了封建帝王荒淫残暴的本性和滥杀无辜的罪行。在《脚夫和巴格达三个女人的故事》中,揭露了王太子艾敏的暴行。《驼背的故事》中套有许多小故事,都是揭露统治阶级罪恶的,其中前四个故事是写法官昏庸无能,草率从事,乱判死刑,几乎酿成大冤案,充分说明封建官僚、衙门草菅人命的反人民本质;后六个故事是写理发匠的五个兄弟受迫害的故事。这五个兄弟都是穷苦人,由于官府与坏人勾结,他们横遭陷害,被捕入狱,遭受毒打,被游街示众,受尽凌辱后,又被驱逐出境。他们不仅在精神上和肉体上备受摧残,而且好不容易积攒下来的一点钱财也被盘剥一空。这些故事都有力地说明封建专制统治是劳动人民不幸与贫困的根源。在这黑暗的社会里,脚夫、渔翁等生活在社会最底层,他们终日辛劳,疲于奔命。《三个苹果的故事》中的老渔翁穷极潦倒,无人同情,他哀叹道:"如此惨淡生活,比睡在坟墓里还差得多。"《渔翁的故事》里的渔翁,终日挣扎在死亡线上,"衣食的来源已经断绝",他发现"衣食不是靠劳力换来的","辛勤劳动"的人一无所有,不事劳动的人却"坐享其成",故事借他之口对"鹰隼沉沦,鸭子飞腾"这种坏人当权,好人受欺的黑暗世道发出了愤怒的诅咒。

广大人民是不甘心受压迫、受奴役的。不少故事突出地表现了他们的反抗精神。《辛伯达航海旅行的故事》中的脚夫辛伯达凄然吟诗:"谁都是父精母血,我和他都是一体,本质上并无差别;可是彼此间都隔着一道鸿沟,有如酒、醋之别",喊出了反对贫富悬殊,要求人人平等的心声。《第二个僧人的故事》更喊出了"江山不是某姓的专利品,否则那第一位君主如今他在哪里"的声音,反映了下层人民的大胆怀疑和觉醒。《死神的故事》中的死神是一个幻想的形象,也是正义的化身。故事写正当几个骄横、暴虐的国王得意忘形、为所欲为的时候,他先后闯进了王宫,对他们作了无情的宣判,并迅速地摄走了他们的灵魂。这一故事生动地反映了人民要推翻暴君的强烈愿望。《白侯图的故事》写奴隶白侯图用谎言这个特殊的武器来回敬主人对他的凌辱,赞扬了他不屈不挠的斗争精神和巧妙的斗争艺术。《女人和他的五个追求者的故事》写一个商人的妻子,利用国王、宰相、省长、法官等的好色心理,巧妙地捉弄了他们,赞扬了下层人民的大胆反抗精神。

《一千零一夜》的许多故事不仅描写了下层人民的反抗黑暗、邪恶势力的斗争,而且赞扬了他们善良正直、聪明机智、敢作敢为的高贵品质。《渔翁的故事》

中的渔翁在生死关头沉着冷静,用计谋制服了无恶不作的魔鬼。《阿里巴巴和四十大盗》中的女仆更是智勇双全,她先后4次发现并粉碎了强盗们的罪恶阴谋。《阿拉丁和神灯的故事》中的阿拉丁是一个穷裁缝的儿子,他靠自己的聪明和机智,又凭借神灯和魔戒指之力,战胜了诡计多端的非洲魔法师,不仅发了财,致了富,而且当上了驸马和皇帝。《阿里·沙琳和祖曼绿蒂的故事》中的女主人公祖曼绿蒂的事迹更富有传奇色彩,她被坏人抢走并与丈夫失散之后,女扮男装出逃,意外地被某国国民迎为国王。她当政后,秉公执法,关心百姓疾苦,取消苛捐杂税,并为民除害,处死了几个曾加害于她和百姓的坏蛋,举国上下呈现出一派国泰民安的景象。故事着意颂扬了妇女治理国家的才能。上述故事从各个方面反映了人民的智慧和才能,表达了他们追求美好生活和当家作主的社会理想。

在《一千零一夜》这本优秀的民间故事集中,民主性的精华是占主导地位的。在颂扬劳动人民的优秀品质之外,新兴商人、市民阶层的发展、扩大,也给作品注入了一些比较先进的、符合时代潮流的思想。但是,它是在漫长的封建社会中流传并加工定型的,封建统治阶级的思想必然会给作品带来一些不良影响。文人在加工、编订过程中,也会加进一些封建性的糟粕。劳动人民所受的封建思想影响也会在作品中表现出来。因此,在作品中良莠并存或掺杂在一起是不足为奇的。《一千零一夜》在思想内容上也有明显的局限。如一些故事美化封建君王,把哈里发何鲁纳·拉施德写成能使一切问题迎刃而解的开明君王。有些故事写劳动者在战胜邪恶势力后,有的享尽荣华富贵,有的过上了美满的自足生活。这固然反映了当时劳动者的愿望,但也表现了小生产者的思想局限。另外,浓厚的宗教色彩和宿命论思想,对妇女的蔑视等,也都是作品的糟粕。

《一千零一夜》在中古阿拉伯文学中占有很重要的地位。它把民间故事这种文学体裁向前推进了一大步,使之由简单到复杂,由零散到系统化。它取得了很高的艺术成就。

浓郁的浪漫主义色彩是其最重要的特点。它丰富的想象、大胆到近乎荒诞的夸张、曲折离奇的情节,给全书涂上一层神奇的色彩。《辛伯达航海旅行的故事》中出现的貌似海岛的大鱼,能遮住太阳光的巨大神鹰、一口能吞下一头大象的巨蟒,还有那满是宝石却难以达到的神秘山谷,既使人生畏,又令人神往。许多故事中还出现了一些有神奇力量的宝物,如能日行一年路程的神骑,能随意从中取出各种食物的鞍袋,能任意飞翔的乌木马、飞毯,可以驱使神魔的神灯、戒指、手杖。它们能帮助人们克服重重困难,战胜邪恶势力,获得财富和幸福,这一切反映了劳动人民要征服自然并战胜反动势力的美好愿望。不少故事的情节曲折离奇,富有传奇色彩。如《巴士拉银匠哈桑的故事》把幻想的仙界和人间世界结合在一起。《驼背的故事》中,驼背意外地死去,官府追查凶手,而凶手却一变再变,故事最后又以驼背突然复活结束,情节跌宕起伏,曲折多变,引人入胜。

《嫉妒者和被嫉妒者的故事》中公主与魔鬼斗法,人妖两者多次变形,情节紧张惊险,也大大加强了故事的感染力。

《一千零一夜》结构巧妙,采用大故事套小故事的环环相扣的连锁式结构,把所有的故事组织在一个大框架之中。全书以山鲁佐德给国王讲故事开篇,并以此穿针引线,把众多零散的故事连结在一起,一个大故事下面常常套有一些小的系列故事。如《商人和魔鬼的故事》,写一个商人吃完枣子以后,随手将枣核一扔,不料竟打死了魔鬼的儿子。魔鬼愤怒异常,定要杀死商人抵命。商人请求宽限一年,待他料理好后事之后再来偿命,魔鬼答应了。一年后,商人按期前来。他等候魔鬼时,先后来了三位老人,分别牵着羚羊、猎犬和骡子。他们都很同情商人,决心搭救他。他们和魔鬼讲定,他们每人都把自己经历的事情讲出来,如能感动魔鬼,就免商人一死。果然,三位老人讲的故事都很稀奇古怪,使魔鬼受了感动,宽恕了商人。这三个小故事既是独立的,又因围绕一个中心而紧密地联系在一起,显得很自然。这种结构形式可以激发读者或者听众的好奇心,促使他们饶有兴味地继续观看或听下去,充分体现了民间文学的特点。

《一千零一夜》还常常使用对比和夸张手法来突出人物的主要特征,使人物的善恶、美丑更加分明,体现了鲜明的爱憎。如《阿拉丁和神灯的故事》中的阿拉丁和非洲魔法师,《补鞋匠马尔鲁夫的故事》中的马尔鲁夫和他的妻子发颓麦等,不仅善恶相对照,而且通过反复夸张,使善者更完美,使恶者更丑恶,大大增强了艺术感染力。

诗文并茂、说唱结合是《一千零一夜》的又一重要特点。它的语言吸收了大量民间口语,通俗易懂,优美流畅,还常常在情节发展的关键地方,插入饱含感情和哲理的诗歌,起到渲染环境气氛,抒发人们强烈的内心感受的作用。前面引用的《辛伯达航海旅行的故事》中主人公辛伯达所吟唱的那首短诗就是最好的例证。

《一千零一夜》在世界各国广泛流传,影响深远。大约在十字军东征期间,它的一些故事就已经传到欧洲。意大利薄伽丘的《十日谈》、英国乔叟的《坎特伯雷故事集》等名著,在题材和结构方法上都受到它的影响。塞万提斯的长篇小说《堂·吉诃德》,莎士比亚的剧本《终成眷属》《辛白林》,莫里哀的喜剧《乔治·唐丹》,斯威夫特的小说《格列佛游记》等也都直接或间接地受到它的影响。欧美各国的音乐、绘画、雕塑、电影等也经常从中选取题材。法国的大作家伏尔泰、斯丹达尔,俄国的大文豪列夫·托尔斯泰等都十分喜欢《一千零一夜》。

早在18世纪初,法国人加朗根据叙利亚手抄本,首次把《一千零一夜》译成法文出版,立即轰动了欧洲。这一法译本比首次出版的阿拉伯原文本要早一百年。我国从1900年起开始翻译这本故事集,该年,周桂笙在上海清华书局印行的《新庵谐译·上卷》中转译了它的部分故事。由于我国在明朝以后习惯称阿拉伯为"天方国",书中的故事又都是在晚上讲的,所以,早期译本的名称大多与英译本名称《阿拉伯之夜》相对应而称为《天方夜谭》。我国回族翻译家纳训在从原文翻译《一千零一夜》方面做出了重大贡献。解放前几年,他就已出版过选译本。解放后,1957年至1958年,人民文学出版社出版了他的3卷选译本;1982年至1984年又由该社出版了6卷本的全译本。1999年,中国文联出版社出版了李唯中译的此书的"分夜足译"本,共6卷,400余万字,将过去删去的部分悉数"原汁原味"地译出。他还写了序和后记,并选编了中外名家的有关评论。它的出版有助于学者和读者对《一千零一夜》有更全面、深入的了解,从而在很大程度上推动了教学和研究工作。

第八章　中古越南文学

第一节　概述

越南位于中南半岛东部,东南濒临北部湾和南海,西与老挝、柬埔寨接壤,北与中国为邻。还在周秦之际,中国的东南部及南部地区生活着一个支系繁多的民族,史称"百越"族,其中的瓯越和骆越两支,即为今日越南民族的主要组成部分,当时他们居住的地区被称为交趾或交州,居民以渔猎为生。秦始皇于公元前221年统一六国后,在今越南地区设置了南海、桂林、象郡。公元前112年汉武帝在南方设置九郡,其中交趾、九真、日南三郡即是今日越南北部和中部地区。自此,越南正式纳入了中国封建王朝的版图,开始了越南史书称的近千年之久的"北属时期"。

这一时期,越南还没有成文文学,主要是民间口头文学,如神话故事、民间传说、寓言谚语乃至民歌民谣等。它们像一面镜子,反映出人民生活的真实面貌。早期神话故事内容丰富,有解释天地起源的《天柱神》,民族起源的《貉龙君传》;有描写和自然作斗争的《山精水精》;也有抒写人民美好愿望,希望多生产些物质财富的《稻谷神》《火神》等。还有反映民族意识的《金龟传》《雍圣传》,反封建意识的《癞哈蟆告玉皇大帝》以及反映民俗风情的《槟榔传》《薄持蒸饼传》等。目前能见到这些传说的最早记录,则是中国黄恭和曾究所著的《交州记》了。不过这是中国人用汉文记录的,可能与原作面貌有出入。这些神话传说与中国有些神话传说有不少类似之处,如《天柱神》与《盘古神话》《骆龙君传》与《柳毅传》,《金龟传》与《龟化城》《雍圣传》与后稷传说故事等等。越南早期民歌民谣大部分是以生产劳动、自然风景、男女爱情为题材,是越南人民生活的写照。其内容丰富,形象鲜明,感情真挚,语言生动,词汇丰富,又富于音乐性,很适宜于歌唱。因此,它是民族文学的源头,对后世诗歌影响极其深远。越南著名的文人阮攸就在他的力作长诗《金云翘传》中,选取了一些富有生命力的民歌民谣来丰富其表现力,再如著名女诗人胡春香(19世纪)的诗歌,也吸收了民间歌谣语言犀利的特色,获得了很大的成功。民歌民谣是越南民族的"土特产",但经过口耳相传和后人的增删与加工,也能从中发现汉文化的印痕。如越南一首歌谣中写道:"贫困暂居市场旁,姑亲表舅不上门,富豪远住老挝国,虎叼蛇咬也来问。"或者"有钱宾客满堂堂,贫穷近亲躲一旁"。这与中国俗语"贫居闹市无人问,富在深山有远亲"就很近似。再如越南歌谣中也常用赋比兴的手法,有歌谣写道:

> 雨水从庭院中流过,瞬息即逝;/少女嫁了个白头翁,度日如年。

这妙龄少女见到了雨水、庭院,马上联想到自己的青春年华如水一样,真是不尽之意寓于言语之外。

越南民间口头文学丰富多彩,是越南文学宝库中不可缺少的一部分,但由于没有文字记录,在流传过程中,它们不断被增添、删节,打上不同时代的烙印,致使许多作品的真实面貌、产生的时代背景和确切年代往往不易寻求。

当时交趾地区生产力低下,与中原相比各方面都很落后。中国封建王朝对它实行"书同文""车同轨""行同信"的政策,因此汉文化随之传入到该地区。锡光、任延、士燮等太守是传播汉文化的先驱,教民礼仪,嫁娶;开办学校,还派遣如张重、李进、阮琴等交趾士子到中原学习汉语。后李进代贾琮为刺史,阮琴以文辞入仕中原。此外,由于当时中原战乱频仍,许多知名之士避难到交州,这也促进了汉文化的传播。到了唐代,交趾派往中原学习者更多,不少人为唐朝命官,其中最有名之一当推官至宰相的姜公辅。据《新唐书》卷一五二《姜公辅传》载:"姜公辅,爱州日南人。第进士,补校书郎,以制策异等授右拾遗,为翰林学士。……公辅有高材,每进见,敷奏详亮,德宗(唐德宗,780—805)器之。"他的汉文造诣很深,写有著名的《白云照春海赋》。洋洋千言,铺陈写意,缥缈迷离,气氛朦胧,把人引入无限遐想的境地;词藻华丽,声韵优美,句式整饬,具有中国汉赋特色。此名篇被越南文士们尊为"越南千古文宗"。继姜公辅之后,诗人廖有方,曾中进士,任唐朝校书郎。他对汉语与汉文学颇为精通,在《唐安南三贤佚文辑录序》里说他"为唐诗有大雅之道"。而且他常与柳宗元唱和诗篇,柳宗元有送诗人廖有方序、答廖贡士论文书。另唐代王维、沈佺期、贾岛、张籍等名士、诗人,也都有与交趾来唐的僧人和士子共同唱和的诗篇。

公元 939 年,吴权建立起吴朝,结束了北属时期。越南第一次宣告成为独立国家,但仍与中国保持藩属关系。越南王朝的一切建制皆仿中国,汉字还被定为全国通用文字,凡公私文牍,全悉依中国文体,因此,汉语文学非但没有减弱,相反在历代统治者提倡与鼓励之下,日渐发展。越南文学在这时期的一个突出的特点,就是与中国文学有密切的关系。但初始,许多作品因未见于文献,因此,目前能见到的不多。李公蕴建朝(974—1028)后,曾于 1010 年下诏迁都升龙(今河内),名为《徙都升龙诏》,这是越南至今尚存的最早的历史文献,也是越南书面文学的滥觞。全文仅寥寥二百余字,却以中国古代盘庚迁殷为本,以周王朝至成王三徙都为据写成。李太祖不仅运用了汉字、中国的艺术表现形式,而且表现了与中国类同的思想内涵与感情色彩。他运用中国历史典故来和越南当时形势进行比较,指出迁都的目的在于"为亿万世子弟之计",并不为"徇己私",同时他还运用了中国古典文学中常用的隐喻、比附、稽古、用典甚至谦敬词等,使其文采大雅多姿。同时,李朝还采取了一系列文化措施,如 1018 年派遣道清和尚到中国请《三藏经》,1031 年在全国建立很多寺庙,把佛教定为国教。同时,大力提倡儒学,于 1071 年在京都建立第一座文庙,塑孔子和周公像;1075 年开科取士,翌年设国子监等等。这些措施为汉语文学的滋长繁茂创造了条件。从李太祖开始,皇帝大多是能用汉文写作之人,另有四十多位贵族僧侣也善于吟诗作赋,但至今流传下来的仅有万幸(?—1018)、满觉(1052—1096)、圆照(999—1091)、空路(?—1119)、广严(1121—1190)、妙因(1041—1113)等 26 位禅师的偈和诗文,以及卿喜(1067—1142)的《悟道诗集》、保觉的《圆通集》等。他们的作品并非只是传经播道,而是涉及民族命运、社会问题、人生价值等等。

万幸法师俗名李万幸。曾与其他朝臣一起拥立李公蕴建李朝,得封为国师。他在即将涅槃时,写了一首《示弟子》的诗:

> 身如电影有还无,万木春荣秋又枯。/任运盛衰无怖畏,盛衰如露草头铺。

这首短诗一方面宣扬了佛教虚无玄妙的观点,即世上万物(包括人自己)既有也无,它们只是一个本体的千姿百态的表现;另一方面,又肯定自己修身的本领,并鼓励子弟们在变幻莫测、生死轮回的世界面前,不要惊慌,要安然自在,要静观变化,要相信自己。这种对人的主观世界的肯定态度是有积极意义的。

满觉大师俗名李长。仁宗在位时对他非常器重,常向他请教学问及国家大事。他仅留下一篇有名的偈文《告疾示众》:

> 春去百花落,春到百花开。/事逐眼前过,老从头上来。/莫谓春残花落尽,庭前昨夜一枝梅。

这篇偈文从宗教的审视角度看,阐述了佛教的哲理,世界是轮回变化、无限循环的。实际上,它客观地阐述了人生的哲理,对待生活要有积极的态度。"事逐眼前过,老从头上来"这是客观规律,然而,人从主观方面讲,如何对待呢?作者指出"莫谓春残花落尽,庭前昨夜一枝梅",鼓励大家要像梅花那样不畏寒,勇敢地迎接未来。这两句与中国宋代陆游的名句"山重水复疑无路,柳暗花明又一村"产生了相同的意境,给人们新的信心和力量,使人奋进。同时,这短短几句诗中,运用"春""花""梅"作比兴的事物,把现实与遐想联系起来,十分贴切、自然。

到了陈朝,越南封建制度日趋发展与巩固。三次击败元蒙军的入侵,大大增强了越南民族的自豪感。对内则采取了一系列的文化措施,如推崇儒学,实行开科取士制度,建国子院诏天下学者讲授四书五经等。这一切都促进了社会经济的发展,同时在文学上也得到反映。汉语文学在前朝盛行的基础上,加之陈朝各代皇帝的倡导,则日见风行。从太宗起就能诗善文,并著有专集《太宗御集》,其后圣宗、仁宗也都喜爱文学,他们几乎个个都有专集问世。但遗憾的是多数已散失,只有少数留传下来。

陈仁宗(1258—1308)在位时,运筹帷幄,团结军民,先后击败了元蒙军的三次入侵。史载:"仁宗在位十四年,逊位五年,出家八年……"他不仅是个皇帝,而且也是个诗人,还是个和尚,并且开创了越南佛教禅宗四大支派之一的竹林派,自号竹林居士。他的作品很多,著有《仁宗诗集》《大香海印诗集》,但散失很多,现能见到的也都已散于各书。现存《登宝山台》一诗是其具有代表性的作品。

地僻台逾古,时来春未深。/云山相远近,花径半晴阴。/万事水流水,百年心语心。/倚栏横玉笛,明月满胸襟。

仁宗的诗禅宗哲理奥妙,汉文学功底深厚,文笔猷劲有力,意境高远。身为一个帝王,却能写出这种恬淡自然超脱的诗句,恐怕是与他的佛家出世思想有关。

除了皇帝诗人,文官武将也不乏以诗文著称者,如太子陈光启(1241—1294)的五绝《从驾还京师》、名将范伍老(1255—1320)的《述怀》诗,抗元蒙军统帅陈国峻(1232—1300)的《檄将士文》等都是抒发民族豪情的佳作。翰林院学士张汉超(?—1354)的《白藤江赋》更是有口皆碑,至今仍为越南文学界广为传诵。全赋逼真地描述了越南历史上几次有名的战役,用以歌颂民族英雄,敷陈其事,铺采锦文,托物言志,技巧娴熟,很精确地把握住了"汉赋"的特点。这里摘引一段:

……赋曰:客有挂汗漫之风帆,拾浩荡之海月,朝戛舷兮沅湘,暮幽探兮禹穴。九江五湖,三吴百粤,人迹所至,靡不经阅,胸吞云梦者数百,而四方壮志犹阙如也。乃举楫兮中流,纵子长之远游,涉大滩口,溯东潮头,抵白藤江。是泛是浮,接鲸波于无际,蘸鸡尾云相缪,水天一色。风景三秋,渚荻岸芦,瑟瑟飕飕,折戟沉江。……叹迹之空留晋。江边父老,谓我何求,或扶藜杖,或棹孤舟,揖余而言曰,此重兴二圣擒乌马儿之战地,与昔时吴氏破刘弘操之故洲也。

此外,还有数不胜数的名士们的作品都具有独特的风格:莫挺之(1284—1361)的《玉井莲赋》崇尚清高,把自己比作"太华峰头玉井之莲",大有孤芳自赏的味道,得到人们赞赏而传诵至今。阮忠彦(1289—1368或1370)著有《介轩诗集》刊行于世,内容贯穿儒家精神,诗文对仗工整,声韵和谐,陈光朝(1287—1325)的诗则出世气息浓重。陈元旦(1325—1390)著述很多,有《冰壶玉壑集》传世,是一部"多感时寓物之作"。朱文安(?—1370)学识渊博,有著述《四书说约》和名篇《七斩疏》,遗憾的是都已失传,留下的诗篇气质高,意境深远,以性灵见长,在写景抒情之中,表现一种动与静合谐的美。现摘录二首:

　　　　缓缓步松堤,孤村淡霭迷。/潮回江笛迥,天阔树云低。/宿鸟翻清露,寒鱼跃碧溪。/吹笙何处去,寂寞故山西。(《日夕步仙游山松径》)

　　　　水月桥边弄夕晖,荷花荷叶静相依。/鱼游古沼龙何在,云满空山鹤不归。/老桂随风香石路,嫩苔著水没松扉。/寸心殊未如灰土,闻说先皇泪暗挥。(《鳖池》)

　　除诗之外,这个时期也还出现了一些史记和传记体作品。黎文休(1230—1322)编写的《大越史记》,既是越南第一部史书,也是越南汉语文学的名作。《粤甸幽灵集》《岭南摭怪》等传记作品收集了越南绝大部分的传说,具有鲜明的民族性和人民性,包罗了丰富的史学和文学资料,同时也受到中国汉魏六朝志怪小说和唐代传奇的影响。

　　陈朝末年朝政腐败,胡季犛推翻了陈朝,建胡朝。此事引起中国明朝的干涉,但明朝在越南统治了二十年(1407—1427)就被黎利起义军赶走,越南恢复了独立,建黎朝。黎朝皇帝采取开明措施,生产力得到发展,社会较稳定,因而文学也充满活力。黎初文人名士中特别值得提出的,是开国元勋阮廌(1380—1442),号抑斋。他是一位政治家、军事家兼文学家。他在兰山起义中有功,黎利得国后,封他为冠服侯,赐姓黎。后来在朝中遭到同僚的忌妒,辞官隐居昆山。后又奉诏出任官职,遭谗臣诬谄,罪及三族。他的沉冤直到黎圣宗时才得到昭雪。他的曲折坎坷的遭际,反映在他的作品中有不同的色彩。现能见到的作品有《平吴大诰》《军中词命集》《抑斋诗集》等。《平吴大诰》是他代表黎利写的布告越南全国百姓的开国文献,有很高的艺术价值和文献价值,被誉为"千古雄文"。《抑斋诗集》有五言、七言、律诗、绝句共105首,以清新平易见长。《题黄御史梅雪轩》是一篇很成功的长诗,以爱梅、爱雪的芳洁,借喻黄御史①和他自己骨鲠刚直,廉正无私的品质。现摘录如下:

　　　　豸冠峨峨面似铁,不独爱梅兼爱雪。/爱梅爱雪爱缘何,爱缘雪白梅芳洁。/天然梅雪自两奇,更添台柏真三绝。/罗浮仙子冰为魂,顷刻能令琼作屑。/夜深琪树碎玲珑,月户风窗寒凛冽。/若非风递暗香来,纷纷一色何由别。/……将心托物古有之,高躅深期蹈前哲。/东坡谓竹不可无,濂溪爱莲亦有说。/乾坤万古一清致,灞桥诗思西湖月。

　　黎圣宗(1442—1497)在位时,国力蒸蒸日上,达到繁荣昌盛阶段,文学也获得相当大的发展。圣宗本人酷爱文学,与28位文臣组成"骚坛会",自任元帅,经常吟咏唱和,留下大量的汉语诗文,收集在《天南余暇集》中。作品多为歌功颂德和吟风弄月之类,写作技巧方面颇有成就,声律严谨,风格清奇,起到振兴一代文

---

①　即黄宗载,曾任明朝派驻越南的官员。据史载,他"居官廉正,学问文章,俱负时望"。

风的作用。他的《平滩夜泊》是有代表性的一首：

> 一规冰玉贴云端,漠漠平坡望目宽。/红叶山林龙雨霁,白苹洲渚鲤风寒。/船楼客若天边坐,水国人从镜里看。/老去道心乾不息,绝胜仙观太清丹。

16世纪初,莫朝时政腐败,内部混战,社会动荡不安。这种动乱的社会现实在作品中得到一定的反映。文学呈现出一派新气象,预示着它将进入一个新的高峰时期。著名文人阮秉谦(1491—1585)著有《白云诗集》。阮屿(16世纪)摹仿中国瞿佑的《剪灯新话》,写出了越南最早的汉语小说《传奇漫录》,并被后人誉为"千古奇笔"。它共有20个故事,每个故事都是引人入胜的散文,其中还穿插了委婉动听的诗句,结尾都附有简短的议论。不少故事让鬼狐幻化成文人学士来向统治者进谏,或通过它们化成的美女之口来攻击儒教的信条。此书的续篇《传奇新谱》在18世纪由段氏点(1705—1748)所作。段氏点还因把邓陈琨(1701—1745)写的汉文诗《征妇吟曲》译成字喃诗而闻名。《征妇吟曲》是用汉文写成的长达477句的七言乐府诗。通过一位征妇如泣如诉的自述,说出了人们内心深处的愤懑,展示出呻吟在不义战火下的越南人民的痛苦生活。作者采撷了乐府诗的精粹,运用白描手法,对征妇的内心活动作了细致入微的描绘,真挚感人。作品被誉为"千古绝唱",并与段氏点的译作并驾齐驱,成为越南18世纪古典文学名著。这个时期,活跃在文坛上的还有大学者黎贵惇(1726—1784)。他共有三十多部关于儒学、老子、佛学、史学、兵学的著述,汉文作品有《桂堂诗集》《全越诗录》《芸台类语》《见闻小录》等,其数量之多,涉及面之广,在越南文坛上是无以伦比的。此外,还出现了纪事、随笔、历史小说、游记等多种体裁的作品,如潘辉注(1782—1840)的《历朝宪章类志》,范廷琥(1768—1839)的《雨中随笔》,阮案(1770—1815)范廷琥合写的《桑沧偶录》,黎有卓(1720—1791)的《上京纪事》等等。值得提出的是吴时俶(1753—1788)等编写的《皇黎一统志》,它名为史书实为仿照中国古典作品写成的演义体历史小说。这些作品对我们了解越南历史、社会风俗,研究越南文学都有重要的参考价值。

综上所述,我们可以看出,在一个很长的历史时期内,越南汉语文学在文坛上的地位和影响是很大的,它对于越南民族文化的形成和发展起了积极的推动作用。

13世纪,越南民族文字——字喃开始被人们应用。字喃是一种在汉字基础上,运用形声、会意、假借等方式形成的复合体方块字。每一个字由一个或几个表音和表意的汉字组成。据史载,陈朝阮诠(13世纪)是第一个用字喃撰文的人。从此,许多文人学士竞相使用字喃写作,他们采用了中国唐诗七律体,称作国音诗,又因阮诠的《祭鳄鱼文》与中国韩愈的所作相似,故被赐姓韩,故又称韩律诗。阮诠的《飞砂集》、陈光启的《卖炭翁》、阮士固(?—1312)的《国音诗集》等是韩律初兴时的杰作。14世纪胡季犛(1336—1487?)掌握政权之后,带头使用字喃。15世纪黎朝大力提倡字喃文学,圣宗不仅本人用字喃写了《洪德国音诗集》《十诫孤魂国语文》等作品,而且还亲自批阅朝臣的诗作。由于他对字喃的重视,字喃诗得到了推广和发展。无名氏的《王嫱传》,打破了以往韩律体的局限,最早把49首韩律诗连缀成长篇叙事诗,获得成功。继之,《苏公奉使传》《白猿孙恪传》都是韩律长诗的名篇。为了冲破这种束缚,越南文人发挥了民间文学的长处,创造出新的诗体——六八诗体①。由于它格律简单,符合越南语言习惯,所以很快流行起来。继后,人们又将汉语七言诗与六八体诗相结合,创造出双七六八体诗②,颇受文人欢迎。到18、19世纪字喃文学发展到一个较为成熟的阶段。黎贵惇打破陈规,第一个用字喃写了应试文章,在越南科场上开了先例。他还以大胆的笔触,写了题为《妈妈我想嫁人》的字喃文章,揭露封建礼教的不合理,从而提高了字喃的地位。西山王朝时期,阮惠钦定字喃为全国通用文字,诏书、敕令全都用字喃撰写,大大地促进了字喃的应用和推广。文坛上喃传③作品竞相出现,阮嘉韶(1741?—1798)的《宫怨吟曲》、阮辉似(1743—1790)的《花笺传》、阮攸(1765—1820)的《金云翘传》以及胡春香(19世纪初)的诗等都是杰出的代表作。还有许多无名氏作品,如《潘陈》《二度梅》《范公菊花》《范载玉花》《观音氏敬》等,亦颇为突出。这些作品的共同特点是具有强烈的现实性,真实地反映了当时的社会矛盾。

阮嘉韶的《宫怨吟曲》是一部用双七六八体写成的名作。作者塑造了一位失宠宫女的形象,通过她的自述,倾诉出宫女的哀怨,从而揭露了封建统治者的残忍,同时也抒发了自己对朝政的不满。诗作句子缠绵悱恻,曲折回荡,动人心弦,但美中不足的是有些段落过多地堆砌词藻、引用典故,致使行文有些晦涩。但总的说来,它是一部佳作,在越南文学史上有一定的地位。黎贵惇小组编写的《越南文学史略稿》说它是"继《征妇吟曲》之后道出了这个时期妇女痛苦的第二部作品。"

胡春香是19世纪初越南著名女诗人。她的诗大多散失,仅存50多首,被收集在《春香诗集》中。她的诗具有向封建礼教、封建迷信进行挑战的战斗性,对封建统治者及道貌岸然的伪君子进行了抨击。她不仅运用民间通俗语言,而且吸收了唐诗的特长,使诗具有浓厚的生活气息,并把实际生活内容融入唐律诗中,

---

① 六八体诗是由六八字相间组成的,六字句最后一字起韵,八字句的第六字叶韵,第八字又重新起韵,诗的长短不限。

② 双七六八体诗是由两句七言诗与两句六八体诗结合组成。七言诗首句末字起韵,第二句第五字叶韵,第七字另起韵;第三句的最后一字叶韵,第四句第六字叶前韵,第八字另起韵。若继续写下句,则第五句七言诗第五字叶前韵,第七字另起韵,以下依此类推,周而复始。

③ 喃传指用字喃写成的韵文小说。

从而具备了越南民族所喜闻乐见的特点。其诗风格爽朗泼辣,语言凝炼,格律严谨,对仗工整,读起来令人有淋漓痛快之感,深受广大群众的喜爱。在《无夫而孕》一诗中写道:

    只因迁就成遗恨,此情此景郎知否?/无缘未曾见冒头,柳①份却已生横枝。

  阮廷炤(1822—1888)的《蓼云仙传》是一部长达2076句六八体诗,是深受越南南方人民喜爱的巨著,蜚声于19世纪的越南文坛。其地位和影响可与北方的《金云翘传》相媲美。在越南南方,几乎所有的农民都能背诵和说唱《蓼云仙传》,几乎每个幼儿都聆听过妈妈或奶奶讲唱云仙和月娥的故事。《蓼云仙传》通过云仙与月娥的传奇故事,歌颂了正义与高尚的道德品质,同时也揭示了当时社会道德的沦丧与衰败的现象。它是在法国殖民者入侵前成书的,由于主题是歌颂"大义",所以在法殖民者入侵后,赋予了新的含义,成为反对法殖民主义的大义,于是更为人们所厚爱,直至后来的抗法战争和抗美救国期间,也仍为大众所传诵,并且该作品还被搬上了舞台。作品采用了说唱形式,语言通俗,简练,描述的大凡是人民群众所熟悉的生活环境,艺术地再现了人民群众的生活。

  这时期的字喃作品多数仍受中国通俗文学的影响,不少作品取材于中国作品,如《花笺传》取材于中国的《花笺记》,《玉娇梨新传》取材于《玉娇梨》,《潘陈》取材于《玉簪记》,但越南作家并非机械地照搬,于移植改写过程中有所创新,因此有的作品成了上乘佳品,如阮攸的《金云翘传》(详见第二节)。另一些作品如《宫怨吟曲》《范公菊花》《宋珍菊花》等,虽不是直接取材于中国小说,但在用字造句,引用典故及表现手法等方面都可以发现汉文学的痕迹。

第二节 《金云翘传》

  《金云翘传》是越南古典文学中的佼佼者。它是一部共有3254行六八体长诗的韵文小说。其作者阮攸(1765—1820),字素如,号清轩,别号鸿山猎户或南海钓徒,河静省宜春县仙田村人。他出身于黎朝的簪缨世家,自幼就有志于宦途,但因西山起义推翻了黎朝,未能如愿。1789年,西山起义军北上,黎皇照统逃遁中国,阮攸亦想追随,但未能成行。从此,他返回妻子故里,转辗十余年,常以山水为伴,狩猎为趣。同时,现实生活教育了他,使他了解到穷苦人的生活情况,他的思想感情起了一定的变化。1796年,他听到阮福映在活动,想去追随,但未及启程消息败露,被拘捕了三个月。释放后他回仙田,过着穷困潦倒的生

---

① 此诗由北京大学颜保教授所译。"柳"字是谐音,应为"了"字。

活。这时期,除了写汉文诗,他开始写字喃诗,这些字喃诗还是初次尝试,艺术上尚未完善,但是为他日后创作《金云翘传》打下了基础。1802年阮朝建立,他出任芙蓉知县,后升任常信知府、广平营该薄等职。1813年,被提升勤政殿学士,并出使中国。他沿途走访了许多城市,目睹中国民间情况,认识到中原与越南都一样,有千千万万穷苦百姓,于是写出了如《所见行》《太平卖歌者》等,对社会弱者寄予同情的诗。他还写了不少怀念中国古代诗人屈原、杜甫等的诗,借此抒发自己对阮朝暴政不满的情怀。许多学者认为,他可能在此次出使期间,见到过明末清初署名青心才人所作的才子书《金云翘传》,并深受启发,在归国后将这部章回小说再创作成用字喃写成的六八体长诗,但仍命名为《金云翘传》。

阮攸的《金云翘传》亦名《断肠新声》,或《金云翘新传》,在越南人们通常称之为《翘传》。其书名是以金重、王翠云、王翠翘三人的姓名中各取一字连缀而成。通篇以中国明朝嘉靖年间一位美丽、善良的少女王翠翘的遭际为主线,演绎成一个情节曲折、悲欢离合的爱情故事。故事主要讲当时北京家道中落的王员外,生有二女一子,名翠翘、翠云与王观。姐弟三人在清明扫墓归途与王观的同窗好友金重邂逅相遇。翠翘与金重一见倾心,私订终身。金重要为叔父奔丧,虽和翠翘两情绸缪,也只好泪别。不久王员外突遭丝商诬陷,父子被拘押拷打,官府趁机敲诈勒索。翠翘决定卖身赎父,舍一身而救全家。结果她被马监生拐骗堕入青楼。因急于跳出火坑,不想又被楚卿欺骗,再度落入妓院,受尽鸨母秀婆的凌辱与虐待。她被爱怜她的大贾子弟束生娶为妾,又受到大妇宦姐的折磨。她再次出奔,第三次沦落娼家。其间,巧遇称霸南天的英雄好汉徐海,将她救出火坑,结为夫妻。当朝命官胡宗宪奉诏剿灭徐海,施展了假招安的诡计。翠翘因向往忠孝功名,而误使徐海受骗被杀,自己也受到胡宗宪的侮辱。翠翘追悔莫及,投江自尽未遂,为老尼觉缘救起。是时,金重会试高中,在上任途中多方寻觅翠翘,终由觉缘的指引,得以和翠翘团圆,阖家共享荣华。

《金云翘传》是阮攸以清初青心才人所著的章回小说《金云翘传》为蓝本,经过精心的艺术加工,再创造而成的。

《金云翘传》这个故事在中国有一个演化过程。最早见于明朝茅坤(1512—1601)的《纪剿除徐海本末》,其中记载了徐海和王翠翘的故事。文中说翠翘本是临淄的一名妓女,名马翘儿,后用计逃出娼门。徐海原是杭州虎跑寺的和尚,后率众谋反,自立为王,自称天差天齐大将军。此后,同一题材的作品,故事性逐渐增加,但仍然保持着传奇性散文的特点。后周楫在明末短篇小说集《西湖二集》中卷三十四的"胡少保平倭战功"篇里也涉及这个故事。把这一史实继续演化为小说者,是清初文学家余怀(1617—?)。在清初张潮编辑的短篇小说集《虞初新志》卷八中,曾收有余怀的《王翠翘传》,其取材颇近《纪剿除徐海本末》书后之附录,既近演史,又有不少属加工的成分。在胡旷《拾遗录》残稿中的《王翠翘传》

里,人物与情节已近于《金云翘传》的雏形了。明末清初的青心才人在吸收前人这些成果的基础上,加工创造出情节完整、结构紧凑、人物初具典型化的章回体小说《金云翘传》,它不仅在艺术上有特色,而且立意新颖,对徐海加以赞扬,在当时才子类书中较有影响,但在中国文学史上并不占重要的地位。

《金云翘传》问世后,可能因受清政府禁书运动的影响,所以流传版本较少。目前能看到的有两种版本:一种是顺治年间的抄本《青心才人编次·冠华堂批评金云翘传》,另一种是康熙年间的刻本《青心才人编次·冠华堂评论金云翘传目录》,此二书的总回目是一样的。据《舶载书目》著录,《金云翘传》早在1754年就传入日本,现知有一本收藏在日本浅草书屋。可见这一源于明末的才子书,到了清初已相当流行。《金云翘传》是从什么时候起传入越南的?阮攸又是何时改写此书的?这两个问题都尚待查考。不过,普遍认为在阮攸出使中国期间,一定读过此书并受启迪,同时,在他改写本问世之前,有些越南人也读过中国的《金云翘传》。

然而,《金云翘传》"移植"到越南后,却一跃成为文坛上的瑰宝,在越南文学史上独占鳌头。自它问世后,其影响之深,流传之广超过了其他任何一部越南作品。人们不仅熟悉它的内容,而且还能吟诵,经常引用其中的诗句来表达自己的思想感情。日常生活中,男女青年间往往摘用《翘传》诗来倾吐感情,甚至诗中某些人物的名字已成为实际生活中某些词的代名词,如宦姐——妒妇,楚卿——流氓,秀婆——鸨儿等等。

阮攸的《金云翘传》从内容看基本上与青心才人编次的《金云翘传》相同,连人名、地名都没改动。但它并不是一部翻译作品,也绝不是机械地照搬,而是经过诗人的妙笔,对一些细节作了删削与增添。在表现形式、创作风格、语言运用和人物塑造等方面,也都有显而易见的不同。尤为突出的是,作者运用了现实主义的创作方法,经过恰到好处的剪裁,把越南19世纪初的社会现实融入《金云翘传》的这幅画卷之中,使它具有浓郁的时代色彩和特殊的艺术魅力。正如越南著名作家怀青(1909—1982)所说:"什么是《金云翘传》的艺术价值呢?我们认为就是再现了当时的生活,而且创造了一个真的社会。"

当时越南阮朝封建统治者专横跋扈、骄奢淫逸,抓了无数美女入宫,供他们寻欢作乐。王孙公子倚仗权势在光天化日之下强抢民女,谁敢反抗就当众剁耳朵、割乳房。官吏们见了诉讼好似猫儿闻了鱼腥,千方百计敲诈,搜刮民脂民膏。百姓们生灵涂炭,苦不堪言。然而阮朝统治下文网甚严,因此,作者不敢锋芒毕露,只好巧妙地借用中国题材来影射当时社会的现实。例如,《金云翘传》中叙述王员外家惨遭横祸的情节时,作者用白描手法勾画衙役们如狼似虎的丑态和敲诈勒索的行为:

大家不及寒暄,/衙役四面声喧。/挟棒持刀,/个个似牛头马面,/老人幼弟戴上枷锁,/父子紧紧绑缠。/青蝇声嗡嗡一片,/机织捣毁,女红散乱一边。/不管家私细软,/歹徒恣意抢掠,无一幸免。……

这一张张"牛头马面"的嘴脸,一个个嗡嗡作响的青蝇,展现在人们的眼前,非常令人作呕和愤慨。虽然所描述的事是发生在明朝嘉靖年间,但越南人民却并不陌生,而感到十分真切。

诗人不仅揭露封建社会的罪恶,而且同情受损害、受侮辱者,并歌颂英雄好汉。对翠翘这个才貌双全的弱女子,作者用酣畅淋漓的笔触着力描述她的坎坷遭遇,两次被逼入青楼,两次做人婢妾。并且为她鸣不平,大声疾呼:

造化小儿作弄!/只为了薄具姿容,/受尽千重魔障!

同时,阮攸通过翠翘这一典型,指出了封建社会里受压迫最深的是妇女,而娼妓更是受到非人的待遇。因此,他发出了如此的感叹:

薄命女,/可怜一代红妆,/历尽流离冤苦,/终归如此收场!

徐海这个历史人物,在封建统治者及他们的御用文人眼里是个"逆贼""盗寇",而在青心才人的笔下他却成为一个草莽式英雄:"开济豁达,包含宏大,待高贵若弁毛,视俦列如草莽。气节过伦,高雄盖世。深明韬略,善操奇正。"到了阮攸长诗中,徐海被涂上新的光彩,成为一个理想化的英雄人物。他生得"虎须、燕颔、蚕眉、阔肩膀、体貌轩昂。雄姿英发,精通拳棍,更兼才略高强,顶天立地男子汉"。徐海热爱正义,向往自由,"惯在江湖间,恣意流浪,半肩琴剑,一把桨,飘过高山与海洋",后来成为立霸南天的英雄:

纵横吴楚成王/如今低头就缚,/降臣面子无光。/衣冠成扫地,/公侯赐爵奔走踉跄,/怎比独霸边疆,/说不定谁弱谁强,/嘘气震摇天地/更无人居我上。

直到他即将身亡时,阮攸仍以客观赞扬的笔调描写了他的殒命:并带有浪漫色彩:

徐公阵前殉难,/仍然意气轩昂,/英灵宛在,/遗骸直立不僵。/恍似一柱擎天,/哪怕千斤击撞。

阮攸的《金云翘传》是以六八体长诗写成的韵文小说。六八体诗是越南文坛重要的文学形式。它既能吟唱咏叹,又可配管弦,诗的长短不限,六八句形式可演绎成上千行的长篇叙事诗。无论是写景抒情,还是描摹人物心理,都为六八体诗所擅长。阮攸的《金云翘传》体现了这点。作者善于写景抒情,并用情景交融的手法来烘托人物的内心变化和性格特点。如长诗中多次描写明月,每次月色不同,以反映了月下人的内心变化。在金重与翠翘初次幽会时,"明月窥人心中,满庭金波玉影",像一个好奇的顽童窥探着初恋少女的私蕴。当翠翘被囚禁在凝碧楼时,"月明山影同",似乎明月洞悉她的无限惆怅,给人一种清寂伤怀之感。在金重金榜题名后重返家园时,这里的景物依在,却单单不见翠翘,又不知她飘落何方,于是,"满园草木萧疏,窗棂剥落,望月的人何往?前后凄清冷落,唯有桃花依旧笑人忙"。这真所谓"情以物迁",物是人非,连明月也随着人的心情变得凄凉了。

作者这种情景描写的艺术手法,大大增强了作品的艺术感染力。

阮攸的语言运用是独具匠心的,他被越南文艺界誉为语言大师。仅从他把一本十余万字的章回小说浓缩成了3254行的六八体诗这一点看,其语言的凝炼程度是可想而知的。诗人有时把民间俗语、谚语和典故,原封不动地穿插进诗里;有时把它们杂糅在一起,组成新的、具有民族风格的成语,寓意更为深刻,致使后人难以分辨哪是诗人借用的民间语言,哪是他自己的创新。阮攸在《金云翘传》中运用的语言,不仅丰富了越南语言词汇,而且把字喃的运用推向一个新的高峰。此外,他还善于把中国汉语的典故和汉字,融汇进字喃诗中,使诗句含意更为深刻。诗人有时在诗中直接袭用谚语,如"心腹相知""彼斯薔丰"等;也有时将汉语句子意译或稍加改动后使用的。如:汉语中的"才命相妒",意译成"才命两相妨";汉语中崔护的诗句"人面不知何处去,桃花依旧笑春风",则改为"望月的人何往?唯有桃花依旧笑人忙"等,这都说明了诗人驾驭语言的才能达到了炉火纯青的地步。正如越南诗人阮庭诗(1924—)说:"《金云翘传》中的越语像阳光那样明亮,像泉水那样清澈……阮攸运用的语言是纯粹越南语的典范,还没有人超越它。"

阮攸从故事的展开、人物的性格、越南社会的风貌等诸多方面考虑,对章回小说《金云翘传》原作中的某些累赘冗繁的情节,进行了合理的删减和筛选。原作《金云翘传》共二十回,仅围绕着翠翘卖身赎父这一情节,就用了整整三回的篇幅(从第四回至第六回),约占全部小说的七分之一,从布局谋篇上看,显得冗长些。而阮攸的《金云翘传》则仅用了七十多行诗,就把事情发展的脉络交代得清清楚楚。再如青心才人的《金云翘传》的第三回"两意坚兰桥有路,通宵乐白璧无瑕"是写金重与翠翘第一次幽会时,翠翘为金重弹琴的一节。诗人以艳词丽句对翠翘的弹琴细节进行了细致描述:"因轻抒柔臂,转移玉轸,斜飞纤指,拨动冰弦。初疑鹤唳,继讶猿啼。忽缓若疏风,忽急如骤雨。再拨再弹,而音韵凄婉,声律悠扬,如怨如慕,如泣如诉。"由于词句较为空洞,因此读来淡然。然而阮攸却运用了形象语言,词清句雅,奔流兼涌,有如白居易在《琵琶行》中,对琴声带有实感性的摹写,使它悠悠地传到读者的耳中,如闻其声:

一曲"楚汉相争",/联想铁马金戈,奔腾交响,/续弹司马相如"凤求凰",/听者谁能不感伤?/调转嵇康"广陵散",/流水行云韵味长。/曲终为奏"昭君怨",/只觉恋主思乡两断肠。/清音似天边鹤唳,/浊声如飞泉激响。/缓调比清风沸沸,/急拍像骤雨浪浪。/灯焰摇摇光暗,听客啊,坠入梦中惆怅。/禁不住抱膝长嗟,/忽而低头无语,/忽而双眉愁锁,忽而慷慨激昂。

阮攸作了去短取长的改动,表现出他娴熟刀削斧凿的雕琢工力;同时还以大量熟知的汉文学典故和句式作了具体的比拟,更反映出作者卓越的再创造之功。

诸如此类的妙笔在阮攸的《金云翘传》中不胜枚举。因此,通过阮攸妙笔生花的再创造,《金云翘传》产生了巨大的艺术魅力,获得无比的活力。

从中国《金云翘传》演变为越南《金云翘传》的过程,我们不难看出中越文化交流关系的密切。它具体而生动地体现了越南民族形式与中国通俗文学相结合的伟大意义。然而,相隔约150年之后,越南的六八体长诗《金云翘传》又被译成中文本,这并非是偶然,而是中越文化交流的结晶。正如越南原越中友协会长裴杞先生曾于1958年9月1日为《金云翘传》中译本亲笔撰写的序言所说:"越中语言文字关系,经几千年历史,越南古典六八体文艺,如潘陈、花笺、二度梅等传,皆从中传译出;翘传,作者依据中传青心才人内容运用中国丰富绮丽的文料,构作一种越中浑化巧妙文艺,成古典文艺诸杰作中之一,大得传诵,赞赏……阮攸翘传,取材于中国小说,黄先生①作品,从越文译出……中而越,越而中,正如人体中之动静脉,循环不息,一气沟通,感得两民族文字有密切大因缘,而两国友谊,正有愈入愈深愈结愈牢大意义。"

阮攸的《金云翘传》在越南是一部家喻户晓、妇孺皆知的上乘佳作。它现在不仅有中译本,而且有英、法、德、俄、日、捷克等多种文字的译本,因而蜚声世界文坛。1965年世界和平理事会决定将其作者阮攸列为世界文化名人之一。

---

① 黄先生系指已故暨南大学中文系黄轶球先生,《金云翘传》中译本的译者。

第九章 中古印度尼西亚文学

第一节 概述

　　印度尼西亚是由源自希腊文的两个词"印度"和"尼西亚"组合而成。"印度"是"水"的意思,"尼西亚"的意思是"岛",所以,印度尼西亚是"水中之岛"的意思。印尼由17000多个岛屿组成,有"千岛之国"的美称。由于居住地分散,接受外来不同文化的影响以及生产力发展的不平衡和语言的差异,形成了多民族性和区域性的文化特征。在20世纪初以前,中古印尼历史上从未出现过全国统一的封建文化。在种类繁多的文化中,尤以爪哇、马来、巽达和巴厘等几种文化最为繁盛。

　　印尼位于世界海路交通的十字路口,很久以来就同世界许多国家和民族有着密切的交往与联系。印尼的历史文化有着深远的根源,可以上溯到史前或更早。19世纪末叶,荷兰的一位军医在爪哇岛的特里尼尔村附近发掘出了猿人的头盖骨。此后,又相继有重大发现。在梭罗河谷和中爪哇发现的"爪哇人"的遗迹,属冰河时代中期。"爪哇人"逐渐演变成"智人"。在一些地区发现了一系列旧石器和中石器文化。人们还发现了这些"智人"的"房屋"和"绘画"。学术界一致认为,现代印尼人的祖先是从东南亚大陆迁移过去的。大约在公元前三四千年,出现了从东南亚大陆向印尼的第一批移民。大约过了两千年,又出现了从东南亚大陆迁向印尼的第二批移民。这就可以证明,印尼古老的文明与中国和印度文明有着某些联系。到公元2、3世纪时,中国和印度文化对印尼一些地区的影响已很明显,尤其是印度文化的影响。许多地区渐渐处于印度教和佛教的影响之下。大约到公元4世纪,印度文字传入印尼,从此,才使印尼的历史有案可稽。7世纪时,在苏门答腊的巨港出现了梵文文化中心。到10世纪,印度在印尼建立了第一个殖民国家——古戴。

　　中国文化对印尼早期文化的影响虽然不及印度文化对其影响那样显著,但也有迹可寻。中国文化沿陆路和海路两条途径传至印尼。在印尼发现的两种石斧的根源在中国。晋代僧人法显曾到过爪哇。7世纪末,我国义净和尚曾访问过室利佛逝。据《东洋史要》记载：盛唐太宗、高宗，注目东、西、北三面，未顾及南方，"而威声所播南方诸小国先后朝贡称藩。如占城（今越南中南部）、真腊（今柬埔寨）、扶南（今柬埔寨以及老挝南部、越南南部和泰国东南部一带）、婆利（今婆罗洲）、阇（今爪哇）、室利佛逝（今苏门答腊）诸国"。时至今日，印尼的文学、艺术、饮食等都昭然印记着中国文化的影响。

就在印度和中国文化在印尼诸地域植根并枝繁叶茂的时候，阿拉伯伊斯兰教文化在马来半岛开始生根发芽。虽然穆罕默德曾尊重犹太教和基督教，但是其宗教权力的继承者及虔诚的教徒商人，却迫不及待地将其真主的意旨向四方播散。伸向东南的宗教力量先冲击了印度，使印度部分地区改宗伊斯兰教，接着向印尼西北诸地区延伸，并向摩鹿加扩散。到16世纪末，除了巴厘仍信仰印度教之外，其他大部分地区都皈依伊斯兰教。至今，印尼已成为世界上最大的伊斯兰国家，全国有百分之九十以上的人是穆斯林。

从16世纪初开始，西方殖民势力的魔爪伸向了印尼地区。殖民主义者的掠夺和殖民主义者之间为掠夺而发生的争斗，给印尼人民带来了深重的灾难。1511年，阿尔布凯克为葡萄牙国王征服了马六甲的商业中心地区。葡萄牙依靠海上军事力量来掠夺香料。1602年，荷属东印度公司成立。荷兰人以爪哇巴达维亚为中心，控制了摩鹿加香料群岛和班达群岛。1641年，荷兰人占领了马六甲。1795年，英国人乘法军进攻荷兰之机，占领了马六甲和群岛中的一系列荷属据点，1811年征服爪哇。由于1815年拿破仑的垮台，英国人又把原荷属的殖民地交还荷兰。随着英国占领新加坡和英国力量的加强，英荷重新瓜分殖民地之争又起，直至英荷于1824年签订条约，以马六甲海峡为分界线，双方互有妥协，这才平息。

到19世纪下半叶，几乎整个东南亚都沦为西方的殖民地。由于殖民主义者野蛮掠夺和残酷压迫，印尼人民曾多次爆发激烈的反殖斗争，如蒂博哥罗战争（1828—1830）、帕特里战争（1821—1837）等。

文学都是在一定历史背景之下产生和发展的，不论它是何种题材，都将与当时的社会环境有一定的关联，都是当时社会生活的直接或间接反映。随着印尼历史的进程，印尼的文学经历了萌芽、移植与模仿、借鉴与繁荣的自身发展过程的三个时期。

公元7世纪印尼奴隶制解体以前为印尼文学的萌芽时期。

历史学家们已向人们证实了在印尼很早就有人居住。他们在公元前三四千年以前就懂得了耕种。很早就学会了制作工具和装饰品。至今仍在巴厘岛北镇地区的英达兰村保存着一面铜鼓，这是世界上最大的铜鼓之一，其制作技术和精巧的工艺都向人们展示着印尼古老的文明。所以，在公元2、3世纪中国和印度文化在这一地区的影响尚未昭然之前，这里已出现了文化的繁荣时代。

世界上最古老的文学应是民间口头文学。民间口头文学也是印尼文学的萌芽。这类样式的文学产生的确切年代难以考证。神话传说当是民间口头文学中最古老的形式之一。神话是人类演进到一定文明阶段时，用对自然的直觉引发的原始神秘心理来阐释自然而产生的。这种心理最容易促成人们万物有灵的原始观念和信仰的形成。原始人的知识非常贫乏，他是根据自己来判断的，他把自然现象都看成一些有意识的力量之敌意行为。这就是万物有灵论的起源。印尼人认为万物都有精灵存在，诸如火山、森林、河流等。一棵大树都有其"守护神"，火山爆发是巨大的精灵在发火。人也不例外，人由躯体和灵魂两部分组成，而只有灵魂是不灭的。印尼解释宇宙万有起源的原始神话，与世界其他民族这类神话在本质上没有多大差别，它表现了人们在知识极为贫乏的时代，凭着想象来解释自然和在生产力水平极低的情况下力图征服自然的美好愿望。

每一种图腾的后面必然隐含着一篇文学故事。牛曾是苏门答腊岛米囊卡保族崇拜的图腾。传说斗牛是古代印尼人的嗜好。在斗牛中，爪哇的牛常胜不败，米囊卡保人经过认真观察，看到爪哇的一头母牛最强悍，于是，他们拉来一头还在吃奶的小牛犊，在其牛角上绑上尖刀。斗牛开始，凶猛的爪哇母牛看到一头小牛犊，便去给它吃奶，正要吃奶的小牛犊不断顶母牛的肚子，结果尖刀将母牛的肚皮划破，爪哇牛失败了。"米囊卡保"便是"胜利的水牛"之意。

在这一时期，还有动物故事流传。《小鼷鹿的故事》颇受人们的喜爱。它表达了人们美好的愿望，即对强暴、邪恶的憎恶和对善良、弱小者的同情。故事中小鼷鹿和小山羊等弱小动物依靠团结和智慧的力量终究战胜强大者。凶猛强大的老虎、鳄鱼等在故事中被描绘成残暴、贪婪和愚蠢者；小鼷鹿和小山羊则是善良、机智的。表达人们这种心理倾向的故事，不一定都是阶级社会开始出现或形成之后的产物，因为人类的这种美好意愿在任何一种社会形态下都是普遍存在的。

被称作"板顿"的民歌，又叫马来民歌，是印尼人民喜闻乐见的诗歌形式。这种民歌形式一般由4句组成，前两句是起兴，诗中所表达的主旨在后两句。例如：

  胡椒树枝长得旺，椰子跌落棚屋旁。/宁愿耐心求稳当，性急日后要遭殃。

这首诗无疑是在告诫人们遇事应谨慎、耐心，以求成功，事情往往毁于急躁。前两句与后两句没有意旨上的关联，只为后面的诗句提供韵脚。

以爱情为题材的板顿诗数量较多。这些诗风格纯朴，清新优美。

  姑娘蘸墨作书简，箱中缝针头儿断。/只因你我相爱怜，悲欢苦乐都心甘。

诗中坦诚地表达了男女之间真挚的爱情,反映了人们对纯真爱情生活的渴望。

板顿诗形式完美,格式规整,韵律和谐,富有节奏感和音乐美,对印尼诗歌的发展影响深远。

公元7世纪到13世纪为印尼文学的移植与模仿时期。

一般认为,公元前后印尼的一些地区进入了阶级社会——奴隶社会。到公元7世纪时,奴隶制逐渐瓦解,封建社会开始形成,在苏门答腊和爪哇出现了室利佛逝和夏连特拉封建王朝。统治者利用宗教来维护自己的统治,因而印度教和佛教便兴盛起来。中国和尚义净在《南海寄归内传》中记述了当时室利佛逝佛教的繁荣情况。在中爪哇建立于9世纪的婆罗浮屠陵庙是世界上最大的佛塔,壁上的一千多幅取材于佛本生故事的浮雕,昭示了佛教兴旺的过去和影响的深广程度。中国晋代高僧法显在从印度归国途中曾在印尼避风,在《佛国记》中描述当地的情况是"其国外道婆罗门兴盛,佛法不足言"。这说明在5世纪时,印度婆罗门教对印尼仍有巨大影响。到13世纪伊斯兰教在印尼广为流传之前,印度的宗教和与之密切相关的文学对印尼发生了深远影响。就这一时期印尼的主要文学来看,基本上是移入和模仿印度两大史诗的内容和形式。

《罗摩衍那》较早在印尼流传。在10世纪出现了用爪哇文改写的散文《罗摩衍那》。在爪哇建于10世纪的普兰班南陵庙的墙壁上刻有《罗摩衍那》的故事浮雕。由此可以看到《罗摩衍那》在印尼的影响。

10世纪爪哇马打兰王朝时期,宫廷文学迅速发展。印度史诗《摩诃婆罗多》的思想内容较之《罗摩衍那》更适合统治者和宫廷文人为帝王歌功颂德的需要,因此,《摩诃婆罗多》的影响远远超过了《罗摩衍那》。马打兰国君达尔玛旺夏让宫廷文人用卡威文翻译了《摩诃婆罗多》的九个篇章。卡威文是用梵文字母拼写的古爪哇文。宫廷诗人用卡威文仿照梵文诗的形式和格律创造出梵体诗,称之为"格卡温"。

11世纪初,达尔玛旺夏王的女婿爱尔朗卡继承王位。他很喜欢文学为他歌功颂德,于是宫廷诗人从印度史诗中提取素材,用隐含的描写赋予原题材以新的意义,来为统治者服务,讨好君主。当时的宫廷诗人恩蒲·甘瓦为歌颂国王爱尔朗卡写下了著名的格卡温诗《阿周那的姻缘》,很得国王的欢心。《阿周那的姻缘》取材于《摩诃婆罗多》的《森林篇》,经作者加工使原故事的情节和人物都有了一定的变化。凶猛的罗刹王肆意侵扰天庭,强索仙女苏帕尔巴为妻,天庭无人可与之抗衡。此时人间的阿周那正在雪山修炼苦行。大神因陀罗通过对阿周那的考验,认为他已是功德圆满,由大神湿婆赐予他神箭,赴天宫降除恶魔。他让仙女苏帕尔巴假许罗刹王,以便探听其神通。这样,阿周那知道罗刹王全身刀枪不入,唯一的弱点是在口腔上颚处。于是阿周那与罗刹王展开激战。阿周那佯败倒在地上,罗刹王高兴得大笑起来,阿周那乘机用神箭射中了他的上颚,罗刹王应声倒地。天宫重得安宁,因陀罗封阿周那为王,将仙女苏帕尔巴赐予他为妻。阿周那返回人间。在《摩诃婆罗多》中,这段故事旨在表现阿周那通过修炼而获得广大神通,所以后来成为顶天立地的英雄。在恩蒲·甘瓦的笔下,借阿周那来表现爱尔朗卡,歌颂爱尔朗卡的丰功伟绩和他与宝利·桑格拉玛威查雅公主的美满婚姻。

自恩蒲·甘瓦之后至 13 世纪是诗人辈出的时期,格卡温诗日臻繁盛。恩薄·达尔玛札的《斯玛拉达哈那》(1115—1130)和恩蒲·塞达与恩蒲·巴努鲁共同创作的《婆罗多大战记》(1157)都被誉为格卡温诗的名篇。此外,这时期还出现了宫廷诗人恩蒲·丹阿贡写的关于格卡温诗歌创作理论和技巧方面的著作《威烈达珊扎雅》,丰富了印尼的文学宝库。

恩蒲·达尔玛札的《斯玛拉达哈那》取材于《摩诃婆罗多》,讲述了拯救天庭的故事。魔王作乱,众神无奈,只有湿婆生出的神才能降除魔王。湿婆正在雪山修炼苦行。爱神向湿婆射出了刺激五官的箭,湿婆从禅定中睁开了第三只眼把爱神烧成灰烬。爱神的妻子赶来向湿婆求饶,湿婆的第三只眼中喷出状似爱神招手的火焰,爱神的妻子投入火中。湿婆没有让爱神夫妻复生,而让他们的精神活在人们的心中。爱神虽被烧毁,但他唤醒了湿婆的情感,使他思念起美丽绝伦的雪山女儿乌玛,于是与乌玛结合,生下了一个象头人身的儿子。这个儿子长成后战胜了魔王。恩蒲·达尔玛札的创作意图同恩蒲·甘瓦一样,意在歌颂君王。诗中把柬义里王写成爱神的第三次转世,以说明其神圣。

《婆罗多大战记》也取材于《摩诃婆罗多》。恩蒲·塞达和恩蒲·巴努鲁继承了前辈宫廷诗人的创作意图,为统治者唱颂歌。

就这一时期的重要作品来看,大都取材于印度的两个史诗。作者虽然对原材料有所加工,并力图赋予其新的内涵,但是极少有比原内容更积极的意义。作品中过多的模仿冲淡了其文学的民族性。

从 14 世纪开始到 19 世纪末、20 世纪初,印尼文学经过借鉴和吸收外国文学并植根于自己的土壤之中以后,逐渐成长,日臻繁荣。

随着伊斯兰教在 13 世纪时的传入,阿拉伯和波斯的文学对印尼文学发生了显著影响,然而这一影响不再表现为像以前对印度文学那样的移植与模仿,而是借鉴,吸取其营养。马来文学的两种基本文学样式:传奇小说"希卡雅特"和长篇叙事诗"沙依尔"就是受伊斯兰文学的影响而出现的。

随着印度梵文文学的衰落和伊斯兰文学的传入,到 14 世纪时,梵文文学对印尼文学的影响已是强弩之末。爪哇文学的民族性已很鲜明,作品多取材于本民族的生活内容。如恩薄·帕拉班札的《纳加拉克达卡玛》(1365)描写的是国家的历史。作者对皇家世系、国家的兴盛以及宗教的传播等作了详细记述。这时期虽也有取材于印度神话内容的作品,如《丹杜·邦克拉朗》,但其爪哇色彩已相当浓厚，已远非昔日作品可比。从体裁上看，模仿梵文诗形式的格卡温诗体逐渐被源起于爪哇民歌的"吉冬"诗体所取代。吉冬体诗多数反映本民族的思想内容，同前一时期的作品比较，已不再是一味地专注于宫廷生活，或讴歌帝王的功德，而是更具有积极意义和文学价值。《巽达雅那》是吉冬体诗的名篇。它虽然以公主为主要描摹对象，但意义却是深刻的，表达了普通人民的爱憎情感。

在这一时期，马来文学中的传奇小说取得了较大成就。15世纪中叶出现的《巴赛列王传》是记述帝王的作品，其中不乏美饰的成分。作品讲述了巴赛王族的兴起、王朝的建立以及伊斯兰教的传入等内容，但多为虚构，具有神话传说的色彩。这部作品对后来的同类作品具有深远影响。

融马来历史与神话传说为一体的作品《马来由史话》成书于1615年。16世纪初，葡萄牙人征服了马六甲。马六甲统治者逃往较远的地方建立了柔佛苏丹国。苏门答腊的亚齐王国对柔佛抱有敌意，并最终灭掉了柔佛王朝。《马来由史话》的作者敦·斯里·拉囊是柔佛王朝的宰相。他目睹了柔佛为亚齐所灭的经过，并曾沦为俘虏。他于1612年奉王命开始写马来王朝的历史。他因袭了《巴赛列王传》等作品中的某些内容，叙述了马来王朝、王族兴盛的历史。但是其内容多与历史不符。《马来由史话》开始记述了纪元前亚历山大东征印度，把他说成是马来王族的祖先。作者在作品中宣扬王权神授的观点，为王族歌功颂德，但是对朝纲大事、萧墙内幕的记述很有历史价值。《马来由史话》对后世传奇小说有很大影响。

传奇小说在相当长的时期内一直是马来人民喜闻乐见的文学形式之一。早期的传奇小说大都以封建帝王为题材，后来不断拓展，把历史与神话传说融为一体，具有现实主义和浪漫主义相结合的特色。在众多的传奇小说中，《杭·杜亚传》是最出色，也是影响最大的一部，堪称印尼的古典名著（详见本章第二节）。

被称作"沙依尔"的叙事长诗是马来文学中最流行的诗体，它由若干节组成，每节4行，每行8至12个音节，最末一个音节押韵，与板顿诗的格律很接近。"沙依尔"长者可达数千行。"沙依尔"诗多以爱情为题材，也有以历史事件和神话传说等为题材的作品。《庚·丹布罕》和《猫头鹰之歌》是描写爱情的"沙依尔"诗名篇，都是爱情悲剧。

《庚·丹布罕》叙述伊努和丹布罕自由相爱并私下结婚。恶毒的王后用残忍的手段毁灭了他们的婚姻。王后把伊努骗走，去狩猎，然后遣人把丹布罕杀死。丹布罕临死时向刺客请求把自己的尸首放在水中的木筏上，并以鲜花覆盖。伊努在狩猎的地方发现了顺水漂来的丹布罕的尸体，悲痛至极，拔剑自刎，死在丹布罕身旁。国王获悉后不胜悲伤，把两人合葬一处，把王后逐出宫门。作品哀婉动人，催人泪下，同时激起人们对扼杀美好爱情的邪恶势力的痛恨。

从16世纪开始，西方殖民主义的魔爪伸向了印尼，它们不但攫取走大量的物质财富,同时摧残了其民族文化。从16世纪到19世纪末叶,印尼文学虽然有过中兴的迹象,但是总的趋势是走向了衰落。

16世纪以后,马来文学史上虽然出现了一些诗人,但是他们的作品多以宗教和伦理道德为内容,因而其价值和影响远非昔日可比。17世纪初,投统治者所好而出现的一些宫廷诗人的作品,如布哈利的《众王冠》(1603)、努鲁丁的《御苑》(1638)等,多是仿效波斯文学的应制之作,无甚艺术价值可言。

18世纪末叶,在整理和编著因动乱而损毁的古籍中,爪哇文学呈现出了复兴局面,即爪哇语文学时期。在这一时期,不少的文学作品充满了现实主义精神,敢于针砭时弊。受命著述的约索迪布洛第二写的《怒言》反映了作者对现实的不满,抨击了上流社会。他的孙子朗哥瓦西多(1802—1873)的《忧虑岁月》抒发了对现实的愤懑之情,开创了新散文体,对爪哇文学的发展具有很大影响。

19世纪前期,出现了马来古典文学的最后一位作家阿卜杜·拉·宾·阿卜杜卡迪·门希(1797—1854)。他很崇敬英国人,并且嘲讽土著贵族,因而被认为是"亲英派"。他虽然崇媚西方,但是也重视民族文化。他的自传体长篇著作《阿卜杜拉传》描写了19世纪马来广阔的社会生活。他所描写的现实生活内容突破了传统的宫廷文学题材,作品的语言接近生活,因而具有开创性的意义。阿卜杜拉是一位过渡性的作家,他在文学史上起了承前启后的作用。其作品的思想和艺术风格虽然没有完全超脱封建文学的窠臼,但是也多有创新之处。

到19世纪末、20世纪初,随着印尼民族现代意识的觉醒,文学作品的主题转向了反殖反封、追求个性自由。印尼文学史翻开了新的一页。

第二节 《杭·杜亚传》

《杭·杜亚传》是中古印尼最负盛名的传奇小说,是印尼的古典名著。

书的作者很难查考。从作品主人公寒微的出身、故事情节的传奇色彩以及叙述语言等方面来分析,《杭·杜亚传》最初可能源于民间口头创作。

《杭·杜亚传》产生的年代很难查考。从作品所描写的内容来看,其年代上限为14世纪中叶,下限为17世纪。作品的主人公杭·杜亚曾出现在成书于1615年的《马来由史话》中,他与卒于1364年的麻喏巴歇宰相卡查·玛达生活在同一时代,因此可以界定其作品雏形的年代不会晚于17世纪,很可能在14世纪已有关于传奇英雄杭·杜亚的故事在民间流传。在长期流传过程中,人们不断地赋予其新的内容,融入人们的理想,于是传奇色彩更加浓厚。经过长期的流传,到17—18世纪时,由善辞令者把它加工润色成为现在流传的《杭·杜亚传》。杭·杜亚在历史上很可能确有其人,但他肯定不会经历那么多的事件和创造如此的丰功伟绩。类似这种情况的文学作品在世界文学史上屡见不鲜。

《杭·杜亚传》以传奇英雄杭·杜亚为中心,记述了他为国家、为民族屡建奇功的伟业。他出身于贫寒的家庭。父母靠开小饭馆来维持生计。杭·杜亚自幼吃苦耐劳,帮助父母分担劳苦,从小就表现出了非凡的英武才能。他和杭·直巴等人结拜为兄弟,都学得武艺超群。10岁的杭·杜亚和四位兄弟就以非凡的本领打退了强大的海盗,平息了一场暴乱,成为少年英雄。他们因为救援宰相有功,被举荐进入宫廷,成为国王的侍从。大智大勇、人品出众的杭·杜亚深得国王的器重。他为国王娶亲,挫败麻喏巴歇,立下了汗马功劳。国王欲娶宰相之女未成,便派杭·杜亚到麻喏巴歇求亲。麻喏巴歇势力强盛,野心勃勃,早已垂涎马六甲。其宰相卡查·玛达看到杭·杜亚的非凡本领,唯恐日后成为大患,于是先后十次谋杀他,但最终杭·杜亚凭着自己的才智武力化险为夷,使麻喏巴歇赔了夫人又折兵。

杭·杜亚因功受赏,被擢升为海军统帅,掌管国中军权,深得国王宠信。对国王忠心耿耿的杭·杜亚因此而被奸臣忌恨,对他阴谋陷害。国王为谗言所惑,将杭·杜亚逐出马六甲。杭·杜亚为向国王表示自己的一片忠诚,设计把国王所爱的宰相之女敦·德佳骗走,献给国王。国王非常欢心,赦免了杭·杜亚,他又重新获得国王的宠信。

此后,战事不断,杭·杜亚更显英雄本色,屡建功勋,为国家和国王立下了丰功伟绩。由于杭·杜亚战功显赫,使得那些卑鄙无耻的朝中大臣更加妒恨,千方百计地加以陷害。昏庸的国王被佞臣蒙蔽,下令把杭·杜亚处死。宰相把杭·杜亚藏匿,使他幸免于难。

杭·杜亚的结义兄弟杭·直巴接替了杭·杜亚的职务。他对国王处死自己的结义兄弟深为愤慨,于是造反。国王逃命到宰相家里,因为无人可与杭·直巴抗衡,所以悔恨自己不该杀了杭·杜亚。宰相乘机向国王奏明详情。国王不胜欣慰,马上启用杭·杜亚,命他平息叛乱,杀死杭·直巴。对国王竭诚效忠的杭·杜亚,含泪杀死了为他而造反的结义兄弟杭·直巴。

在国家江山稳固的时候,杭·杜亚又积极从事外交活动,发展马六甲与其他国家的关系。他不辞辛劳,远渡重洋,出访印度、中国、阿拉伯、埃及、罗马等国家,经历了艰难险阻。最后,杭·杜亚为在抗击葡萄牙殖民侵略者立下了战功之后,退隐山林,不知所终。

作品通过对杭·杜亚这样一个传奇式人物的描写,在一定程度上反映了印尼两三个世纪的社会情况,歌颂了象征民族之魂的杭·杜亚,反映了印尼人民与周围国家和平相处、睦邻友好的美好愿望,表达了他们对侵略者的憎恶和奋起抵抗的斗争精神。

前面已经谈及在印尼历史上很可能出现过一位英雄杭·杜亚。《马来由史话》中说杭·杜亚是与麻喏巴歇著名宰相卡查·玛达生活在同一时代。卡查·

玛达死于1364年。但是到16世纪葡萄牙人入侵时,杭·杜亚仍然活着,给葡萄牙人以沉重打击。这样说来,杭·杜亚居然活了二三百岁。这显然是不可能的。文学作品虽然往往与历史密切相关,但它并不是历史著作。虽不乏历史的真实性,但又经常汇入大量美妙的虚构成分,这才使得文学作品更具有情趣和艺术魅力。波斯菲尔多西《王书》中鲁斯塔姆的故事,中国薛平贵征西的传奇事迹等,都是如此,主要寄托了人民的理想。

杭·杜亚出身于贫寒的家庭,从小刻苦勤奋,帮助父母分担繁重的家务劳动,这是广大下层劳动者意愿的反映。《杭·杜亚传》最初产生于民间口头创作。人们自然按照自己的意愿和思想感情来描绘自己喜欢的人物,所以,杭·杜亚具有朴实、通情达理等下层人民的美德。

杭·杜亚还在少年时期就表现出的英雄气质,超群的武艺,以及打败强大的海盗的壮举,和当时历史密切相关。印尼地处东西水路交通要冲,是商船的必经之路,自古海盗在这一带的活动就很猖獗。沿海居民屡受海盗侵扰,饱受其患,人们痛恨海盗的野蛮行径,渴望有一位英雄能给予海盗以致命的打击。杭·杜亚作为人们理想中的英雄应运而生,他为民除害,受到人们的敬颂。

16世纪初,葡萄牙人用大炮轰开了马六甲的大门。殖民者的掠夺杀戮,使马来人民蒙受了沉重的灾难。这时的马来人没有像作了"巴比伦之囚"的犹太人那样幻想出一位救世主,而是想到如果他们当年的民族英雄——少年时就击退海盗的杭·杜亚还活着,一定会让洋人闻风丧胆。于是杭·杜亚这位大约生活在14世纪的英雄在人们心中复活了,在文学中复活了。他在出使中国期间,第一次遇到了葡萄牙人的挑战,在海战中,他重创强大的洋人,维护了民族尊严。失败者调来大批舰队,直逼马六甲。已是年老多病的老英雄杭·杜亚怀着一颗炽热的爱国之心,不孚众望,率军杀敌,打死敌军主帅。他也身负重伤,但最终把敌人彻底击败。杭·杜亚从此退隐山林。这充分体现了杭·杜亚的英雄气概和所向披靡的非凡本领。杭·杜亚英勇善战的英雄本色,集中体现了马来人民英勇无畏的精神。杭·杜亚对敌斗争的胜利,无疑是当时人民的意愿所致。在杭·杜亚身上寄托和表达了在殖民主义魔爪之下的马来人民的心愿,反映了他们同仇敌忾的斗争精神。

杭·杜亚不但被描绘成叱咤风云的英雄形象,同时他又被刻画成足智多谋、满腹经纶、才学渊博的智者。

他有勇有谋,因而使麻喏巴歇赔了公主又折兵损将。在被奸臣陷害、失去国王的宠信、被驱逐出境时,他设法拐得国王喜欢的宰相之女来邀功请赏,重被国王启用。在观中国皇帝"龙颜"时,他表现得聪明机智。杭·杜亚出访中国时,官员已告诫他,万万不可抬头直视龙颜,如果违背朝廷禁令,则会被斩首。中国皇帝设宴招待杭·杜亚。他突然心生一计,对中国大臣说:"鄙国贵人,向来不齿鱼肉,只吃素食;而素食中,尤其爱吃蕹菜,食时不可将其切断,此乃鄙国习俗。"中国为表示友好,尊重其习俗。筵席上,杭·杜亚拿筷子夹蕹菜,将长长的蕹菜高高挑起,仰起脖子吃菜,同时睁大眼睛,一边吃,一边可以正视中国皇帝,看得非常真切。当侍卫兵将手执大刀,喝叱其窥视龙颜,并欲手刃杭·杜亚时,他赶忙闪到一旁,申辩道:"我不抬头,怎能按鄙国习惯吃得这长蕹菜?"中国皇帝念他"雄才大略,机智聪慧,赦其死罪"。

文学作品中的人物形象都必然带有其特定历史时期的思想特质。作为封建社会的文学,《杭·杜亚传》里的主人公有着鲜明的忠君思想。杭·杜亚一生对国王极尽忠诚,但昏聩的国王屡被佞臣迷惑,几次向杭·杜亚问罪。最后竟下令将其处死。这时杭·杜亚仍然抱着"君要臣死,臣不得不死"的封建伦理思想观念。在他重新被启用后,为效忠国王,竟把为了他受不白之冤而反叛的结义兄弟杭·直巴杀死。杭·杜亚的忠君思想是封建时代的思想反映,是封建文人对作品加工的印记。封建文人由于其自身的思想局限自然会影响其笔下的人物。显而易见,广大下层劳动人民所喜爱的是杭·杜亚的英雄行为,因为它直接有益于人民。统治者固然也欣赏他的这一方面,因为他的行为也有利于统治者地位的稳固,但是更欣赏他的忠君精神。杭·杜亚不惜牺牲自己的兄弟也要谨遵君命,为国王颇具献身精神,这正是统治者最需要的。他们需要这样的楷模以示世人,麻痹下层人民,以使其统治长治久安,他们高高在上,永享荣华富贵。

作品在艺术上也很有特色。小说的传奇色彩使作品带有迷人的浪漫主义情调。杭·杜亚的非凡经历贯穿两三个世纪,战功赫赫,最后隐居山林,不知所终。颇有在唯心主义思想统治意识领域时期人们所喜爱的神秘色彩。杭·杜亚尚在少年时就武艺出众,很像中国的民族英雄岳飞。杭·杜亚长成之后勇猛无敌,智慧过人,屡建奇功,是一个至美的全才。显然他是一个超乎常人的形象,表现出浓厚的理想色彩。

其次,小说细致地刻画了主人公杭·杜亚的性格特征,人物形象血肉丰满,具有感人的艺术魅力。作品以宏大的战争场面和一些细节来突出杭·杜亚是一位智勇双全的英雄形象。他为了国家和民族利益具有献身精神。他多次打败葡萄牙人的挑衅和侵略,面对葡萄牙侵略者的猖狂进攻,杭·杜亚沉着应战,身先士卒,大败入侵者,维护民族尊严和主权。宏大的战争描写突出了杭·杜亚大无畏的英雄气概。他多次挫败麻喏巴歇王朝宰相的阴谋陷害,突出了他的才能。出使中国时,为了一睹中国皇帝的"龙颜",表现得非常机智,突出了他的智慧等等。

《杭·杜亚传》被誉为马来文学的《奥德赛》,而杭·杜亚作为民族英雄,也长期受到印度尼西亚和马来西亚人民的崇敬和喜爱。

第十章　中古朝鲜文学

第一节　概述

朝鲜是一个历史悠久，文化传统丰富的国家。在自公元1世纪高句丽建国至19世纪近两千年中，上演了无数恢宏的历史和人生剧目，也涌现出了许多灿若星辰的文化名人和锦绣文章。

朝鲜和中国是山水相依的邻邦，自古以来就与中国有着密切联系，政治、经济、文化交流十分频繁。由于中国文化历史悠久，朝鲜文化受其影响，加之起初朝鲜没有自己的文字，后来采用汉字注音、表义，进一步借助汉字创立了自己民族的文字，使大量汉语词汇融入朝语之中，成分其有机组成部分。因此，在朝鲜文学史上，曾长期存在着汉语文学与国语文学并立的现象。朝鲜书面文学的出现，大约在公元前1世纪，是用汉字记录的。

朝鲜自公元1世纪前后进入封建社会后，形成了高句丽、新罗、百济三国鼎立的局面。7世纪中叶，新罗统一三国，9世纪以后又重新分裂为三，这段历史统称三国时期。这一时期由于朝文尚未产生，朝鲜的民族文学主要是口耳相传，或用汉文记录。

朝鲜最古老的口头文学是神话，关于古朝鲜建国神话中最著名的是《檀君》：

　　天神桓因之子桓雄思凡，率三千人降至太伯山顶（即今妙香山）的一株神檀树下，建立"神市"，自称"桓雄大王"，并设置"风伯""雨师""云师"等职，主要管农事、疾病、刑罚、善恶等事。当时一熊一虎同住一穴，它们来到桓雄大王面前，请求大王把它们变成人，桓雄给它们一捆艾草和二十头蒜，叫它们吃下去，并告诉它们一百天之内不许见阳光。熊照办了，变成一个女人，虎没照办未能变成人。桓雄应熊女之求与之结婚，生下檀君，即古朝鲜的开国之君，檀君以平壤为都，在位一千五百年，后成为阿斯达山的山神。

这个神话正反映了原始社会图腾崇拜的思想和氏族公社到部落的演变和社会发展情况。"虎""熊"同处一穴，反映了以虎和熊为图腾的两氏族之间的关系，而熊变为女人与桓雄成婚,虎未能变成人,正是指两个血缘相近的氏族在合并为一个部落时地位发生的变化,以熊为图腾的氏族取得主导地位。所谓风伯、雨师、云师等,反映了以农业为主的社会的形成。

除此以外,古朝鲜的神话还有高句丽开国之君朱蒙王的故事和新罗始祖朴赫居世的传说等。朝鲜的神话往往以各部落或部落联盟的形成为基础,以部落始祖的产生为基本内容,这种古代神话,正是朝鲜民族文学之滥觞。

三国时期还出现了大量的民间传说,有反映新罗和日本交往中的爱国精神的《延乌郎与细乌女》;有描写朝鲜一些民俗产生的《射琴匣》和《鼻荆郎》《处容郎》等,其中最有价值的是表现劳动人民智慧和美好理想的《薯童》和表现人民痛苦的《无影塔》。

《薯童》讲的是百济一个由池中龙和一个穷寡妇交合而生的下层少年,他以卖白薯为生,人称薯童。他听说新罗公主善花美貌无双,非常倾慕,于是来到京城,把白薯散发给街上的孩子们,叫他们传唱一首歌谣。歌谣的内容是说善花公主每天晚上和薯童幽会。歌谣一传开,王公大臣们信以为真,纷纷奏请国王把公主流放到远方的百济。薯童尾随公主一路同行,后来公主得知他就是薯童,认为这是天定的姻缘,遂结百年之好。后来薯童在他幼年挖白薯之处收集了大量黄金,并托法师用神力运到新罗,受到公主之父真平王的敬重,在百济也大得人心,成为百济的第三十代国王。

这是一个颇富浪漫色彩的传说。一个贫贱的卖薯少年竟敢追求公主,而且以智慧愚弄了那些王公大臣和国王,终于如愿以偿。虽然由于时代的局限,传说中的薯童仍被送上国王的宝座,但它毕竟表现了劳动人民的智慧和他们对王公贵族的藐视。

《无影塔》是一曲哀婉的爱情悲歌。新罗统治者为修建庆州的佛国寺释迦塔与多宝塔,动用大量人力物力。一些石匠被迫服长期劳役,多年不能与亲人团聚。有一石匠的妻子前来探望丈夫,僧人们却以建塔是为菩萨积"功德"、女人不能靠近为由,加以拒绝。历尽千辛万苦的石匠妻子悲愤地在工地附近徘徊,发现一池清水中有塔的倒影,她日日凝视水中的塔影怀念丈夫,仿佛从越来越长的塔影中看到了丈夫的血汗,她情思切切,终于纵身跳入池中。从此水中的塔影消失了,据说这是由于她的无限悲愤和死所引起的,人们便把这座释迦塔称为无影塔。

《无影塔》表现了劳动人民深挚纯洁的爱情,并通过爱情受到的阻挠摧残以及主人公的悲剧命运,来揭露并控诉封建统治阶级的残酷,与中国的《孟姜女》有异曲同工之妙。而由于释迦塔是为以"慈悲为怀"的菩萨修建,因而更具讽刺意味。

这时期也产生了一些诗歌,但由于朝文尚未创立,致使国语诗歌大量失传,只留下一些被译成汉文的或用"乡扎标记法"①记录下来的散见于后世史籍中的诗歌。如被译成汉文的民歌《箜篌引》就保存在中国西晋时期崔豹所著的《古今注》中：

    公无渡河,公竟渡河！/坠河而死,将奈公何？

通过4句短诗,极简练地描写一丧失理智或悲愤已极的人淹死的经过,及其妻子的悲哀和无奈。统一三国之前,新罗的诗风一直很盛。在新罗国语诗歌被称为"乡歌",乡扎标记法即首创于新罗,并在新罗统一三国后由学者薛聪(654—701)整理使之统一规范。以此法记录的一些国语诗歌借一然(1206—1289)的《三国遗事》得以保存,著名的有《薯童谣》《彗星歌》《来如歌》等。这些诗歌基本上是十句体和四句体,内容则反映了当时的社会矛盾、社会生活和人民的理想。

  由于地理上的关系,汉文很早就传入朝鲜,汉文文学也早已产生并发展,主要有诗歌与散文,以诗歌成就为高。公元前17年高句丽琉璃王所作的《黄鸟歌》,被认为是最早的汉文诗：

    翩翩黄鸟,雌雄相依。/念我之独,谁其与归？

这是一首朴素无华的借景寄情的诗歌,与同时代的中国汉代诗风极其相似。相传琉璃王为高句丽始祖东明王朱蒙的长子,他的一朝一汉二妃常有矛盾,一次他去山中打猎,宫中二妃争吵,汉妃被辱愤而出走,琉璃王得讯骑马去追,但汉妃不愿回去,国王无奈。一次他在树下休息,见黄莺飞集一起,触景生情,乃作此诗。另外,高句丽名将乙支文德(6世纪末,7世纪初)所写的《遗于仲文诗》和僧人定法师(6世纪后半期人)的《孤石》等都可称为汉诗佳作。

  随着经济的发展和朝中文化交流的增加,朝鲜出现了许多汉文诗人,像崔承祐、朴仁范、慧超等(8世纪),其中最杰出的是崔致远。

  崔致远(857—?)号孤云,又号海云,生于新罗京城沙梁部,家世不详。他12岁到唐朝留学,17岁中唐朝进士,后任唐宣州溧水县尉。据说他在唐为官颇受重视,28岁(885)时,他以唐使身份回到新罗,先任侍读兼翰林学士守兵部侍郎知瑞书监,后任富城郡太守,他为挽救风雨飘摇之中的新罗王朝,曾向真圣女王献《时务策》十条,力图改革时政,但由于佞臣当道,朝政腐败,无法实现理想,遂于41岁时弃职,隐居于伽倻山。

  崔致远诗才卓著,无论是在唐还是返国后都有许多佳作。他在唐的诗歌创作集成《桂苑笔耕》20卷,被收入《四库全书》。其中怀念故土的诗《秋夜雨中》格外动人：

---

① "乡扎标记法"是利用汉字的音义标记朝鲜语的一种方法。

> 秋风唯苦吟,世路少知音。/窗外三更雨,灯前万里心。

表达了诗人身居异国,思念祖国的心情。还有对贫富不公表示看法的《江南女》:

> 江南荡风俗,养女娇且怜。/性冶耻针线,妆成调管弦。/所学非雅音,多被春风牵。/自谓芳华色,长占艳阳年。/却笑邻家女,终朝弄机杼。/机杼终劳身,罗衣不到妆。

这首诗除巧妙地讥讽了骄横奢侈、精神空虚的贵族小姐,除鞭挞了其轻浮无知和恬不知耻外,还不着痕迹地展示了当时社会贫富悬殊的现象和织者无衣穿的不合理现象。《桂苑笔耕》中还收有崔致远大量描绘自然风景的作品,像《潮浪》《石上流泉》等都是佳作。

归国之后,由于处于没落的新罗王朝朝政腐败、弊端丛生的时期,崔致远失望之余,写了大量不满现实的诗作,如《古意》《寓兴》《蜀葵花》等,就表现了新罗官场"狐能化美女,狸亦作书生"等鬼狐横行的现象,并表达了自己不愿同流合污而备受排挤打击的孤独与失意。

关于载于传奇作品《新罗殊异传》中的长诗《双女坟》,由于学界尚存争议,不能确认为崔致远所作,故在此不作论述。

崔致远的汉文诗无论在数量上还是在思想内容和艺术技巧上都超过了前人,对朝鲜文学产生了深刻影响,一千多年来他一直被朝鲜历代学者尊为朝鲜汉文学的鼻祖。而他富于批判精神的诗篇又深深烙上了中华文化的印迹,昭示了中朝人民源远流长的友谊与交流。

如果说"三国时期"是朝鲜文学的产生、发展时期,那么高丽王朝(918—1392)则是朝鲜文学长足发展的繁荣时期。

首先,朝鲜国语文学得到相当的发展,不仅民间国语歌谣盛行,出现了《西京别曲》《别离》《动动》等表现普通劳动人民思想感情的作品;就连文人也开始涉足国语诗歌。10世纪僧人均如以十句体乡歌创作了11首宣传佛教的诗歌,率开风气。之后,高丽王睿宗(1106—1122年在位)创作了《悼二将歌》《伐谷鸟》,12世纪士大夫郑叙创作了《郑瓜亭曲》。经过二百多年的酝酿萌动,到13世纪,一种真正的文人国语诗歌体裁终于破土而出,这就是"《翰林别曲》体"①。虽然这种诗体中仍有不少汉字出现,但其整个结构却是朝鲜国语歌谣式的。它的产生表明,文人在寻求汉文诗以外的表达思想、抒发感情的文学形式,而这种探求把民歌作为出路,为民间的国语诗歌和文人的汉文诗歌结合开辟了新路,更为不久以后产生的"时调"打下了基础。像安轴(1248—1348)的《关东别曲》《竹溪别曲》

---

① 《翰林别曲》体,因其最初产生于翰林院内,且作者多为翰林学士,故而得名。又因这种诗歌每段末尾都有"景几如何",故又被称为"景几如何体"。

和权近(1352—1409)的《霸台别曲》等都是这种追求和探索的结果。

14世纪末,"时调"作为一种成熟的文人国语诗歌的短歌体裁出现了。"时调"与"翰林别曲体"一样也脱胎于民歌,但比民歌短,能较自如地表现各种内容。"时调"有一定的形式格律。据内容的"起""承""结",可分为"初章""中章""终章"。每"章"两小段,基本上采用三四调。作为一种既可书面表达,又能口头传唱的民族文学形式,"时调"一产生就表现出巨大的生命力。尽管在它初产生时佳作不多,但是在朝鲜文学的发展史上却有着十分重要的意义。

高丽建国以后,大力提倡儒学,倡导汉文化教育,并学习中国,采用科举制选拔人才。这样,汉文就成了高丽文人应试求官的必修课,写汉文诗自然在文人中蔚然成风。因此,汉诗是这一时期文坛的主流,四百年间出现了许多著名的汉文诗人,像郑知常(?—1135),"海佐七贤"中的李仁老(1152—1220)、林椿(12世纪后半期人),"三隐"中的李穑(1328—1396)等,但成就最高的还是被称为高丽文坛双擘的李奎报和李齐贤。

李奎报(1169—1241),朝鲜京畿道骊州人。字春卿,自号"白云居士",出身仕宦家庭,自幼文才卓著。他生性耿直,仕宦途中屡遭贬谪,晚年虽官至宰相,但因痛恨官场中的丑恶现象,辞官归里。他一生创作了大量诗歌,多收在《东国李相国集》中。

李奎报是一个热爱祖国,民族感极强的诗人,他26岁时创作的长篇叙事诗《东明王篇》就是借高句丽始祖朱蒙建国的神话故事来向天下昭示朝鲜悠久的历史和自己的自豪之情。他一生多次遭挫,30岁到63岁曾先后五次被贬谪、流放,深知社会之不公和人民的痛苦。所以,李奎报的诗中多有同情劳动人民痛苦,批评统治者之声。在《代农夫吟》中,他揭露了官府对农民的残酷剥削:"新谷青青犹在亩,县胥官吏已征租。力耕富国关吾辈,何苦相侵剥及肤?"在《望南家吟》中,他指出了"南家富东家贫,南家歌舞东家哭",富者"宾客盈堂酒万斛",贫者"寒厨七日无烟绿"的社会现象。通过贫富的对比,揭露了尖锐的社会矛盾,与杜甫的"朱门酒肉臭,路有冻死骨"有异曲同工之妙。而他《苦寒吟》中的"吾欲东伐若木烧为炭,灸遍吾家及四海,腊月长流汗",颇像杜甫的"安得广厦千万间,大庇天下寒士俱欢颜",令人体会到作者深切的人道主义精神。不仅如此,李奎报还在许多诗篇中揭露了官场中的丑态,表现出高洁的品质,如《衾中笑》《九月苦雨》《明日偶题》《自嘲》等。在艺术上,李奎报反对当时文人中"揽华遗其实"的形式主义诗风,倡导现实主义精神,故他的诗歌纵意奔放,不践袭古人,走笔皆创出新意,成为朝鲜文学史上著名的汉文诗大家。

李齐贤(1288—1367)是与崔致远、李奎报齐名的古代三大诗人之一。他出生于高丽京城开城的一个书香世家,自幼耳濡目染,文才极好。17岁入仕途,28岁应留居元朝燕京的高丽忠瑄王王璋之召赴中国,随王璋辗转中国达26年之久。李齐贤在高丽降元、民族危难之际,滞留元朝时又饱尝"在人屋檐下"之苦。他的诗歌无论是抒发爱国忠君之情,还是表现民间疾苦,抑或写景抒情,总表现出一种苍凉悲痛、无可奈何之意。像《多景楼陪权一斋用古人韵同赋》中的"中流击揖非吾事,闲望天涯范蠡舟",《至治癸亥四月二十日发京师》中的"弹剑不为儿女别,引杯聊尽故人欢",《泾州道中》中的"万里思亲泪,三年恋主情。哦诗聊自遣,渐觉锦囊盈"等,都表现了祖国遭践踏时诗人难言的辛酸。虽说在他的诗中浸透较多的忠君思想,但在忠君爱国紧密相联的封建时代,这是不可避免的。在当时诗坛以写景物诗享有盛名的李齐贤有许多极有意境,含蓄、隽永的名篇,如《山中雪夜》:

　　纸被生寒佛灯暗,沙弥一夜不鸣钟。/应嗔宿客开门早,要看庵前雪压松。

全诗只一字提及雪,便把读者带入了纷纷扬扬的雪夜奇境之中,堪称杰作。

　　李齐贤的诗才不仅表现在汉诗创作中,还表现在翻译上。他曾收集10多首高丽民谣,译为汉诗,为后人盛赞。此外,李齐贤还是朝鲜文学史上第一个引进中国词的人,而且又是朝鲜文学史上唯一优秀的词人。《江神子·七夕冒雨到九店作》"银河秋畔鹊桥仙,每年年,好因缘。倦客胡为,此日却离筵。千里故乡今更远,肠正断,眼空穿。夜寒茅店不成眠。"借牛郎织女的故事表现他自己在异国他乡思念祖国的心情,具有极高的艺术价值。

　　高丽时期的汉文学在散文方面也有较大的成就,主要有金富轼(1075—1151)的《三国史记》和一然(1206—1289)的《三国遗事》。前者模仿司马迁的《史记》,以本纪、年表、志、列传的形式记录了朝鲜的历史。文学价值较高的"列传部分"写了三国时期各阶层的五十多位人物的故事,其中最著名的是《金庾信传》和《都弥传》。后者则以记载朝鲜古代的神话、传说故事为主,虽然沾染了佛家的思想,但对保存上古朝鲜文学的史料有极大贡献。此外还有一些小品、杂录、诗话等,都不同程度地为朝鲜文学的发展作出了贡献。

　　14世纪末叶,新兴地主代表李成桂推翻高丽王朝,建立李氏王朝的统治。李朝(15世纪—19世纪末)是朝鲜文学划时代的时期。当时,虽然统治阶级仍然注重儒学,文人士大夫仍视汉文学为"正统",但由于1444年朝鲜文字"训民正音"发布对朝鲜国语文学的发展产生了不可估量的影响,不仅文人学士参与国语诗歌创作,把国语诗歌提高到一个新的水平,而且还产生了国语小说等文学形式,国语文学空前繁荣,进入了成熟期。

　　这一时期,虽然汉文学作为朝鲜文学主角的地位已逐渐为国语文学所取代,但它仍有很高的成就,出现了许多著名的作家和作品。诗歌方面成就较高的有徐居正(1470—1488)、李石亨(1415—1477)、权近(1352—1409)、权韠和著名的实学派诗人丁若镛等,其中又以权韠和丁若镛影响最大。权韠(1569—1612)出身官宦人家,性格刚直,不满时政,终因抨击时政引起祸端以壮年之躯死于暴政。他的诗歌充满了爱国之情和对贵族官僚的厌恶,在《高判书敬命改葬挽章》中歌颂了"孤军抗贼众知雄,为国一死心所安"的爱国名将高敬命,而在《斗狗行》中则以"群狗斗方狠"讽刺那些热衷于党争的官僚们。丁若镛(1762—1836)号茶山,是17、18世纪"实学派"的重要思想家和诗人,他继承了"实学派"前辈反空谈"性理"、主张实事求是、探究富国强民之路的思想,与朴趾源同为"实学派"后期重要代表人物。他的诗歌饱含着对劳动人民疾苦的深切同情和对腐朽残暴的统治阶级的憎恨,其中描写农民、渔民艰苦生活的《耽津农歌》《耽津渔歌》等四首诗和仿照杜甫的《三吏》所写的《波池吏》《龙山吏》《海南吏》最有代表性。

在散文方面,汉语文学也取得了较高成就,除高丽时期就已经产生的"稗说体"文学有所发展外,还出现了新的形式——小说。主要有金时习的《金鳌新话》、林悌(1549—1587)的讽刺小说《花史》《鼠狱说》和林趾源的一些作品。金时习(1435—1493)的《金鳌新话》因作于他隐居的金鳌山而得名,它仿照中国明朝瞿佑(1341—1427)的《剪灯新话》,承袭了唐传奇的传统,具有较浓的浪漫色彩。作品共包括五个短篇传奇。前两篇是爱情故事,《万福寺樗蒲记》写的是书生梁某与一个死于倭寇之乱的女鬼相爱的故事。《李生窥墙传》写的是书生李某与少女崔氏的生死之恋。最后两篇借神佛来表现自己的文化观念与生活态度,《南亥浮州志》借朴生与阎罗王之口表现自己崇孔鄙释的观点,《龙宫赴宴录》以韩生从龙宫回来后"入名山,不知所终",表现他对现实的消极反抗。中间第三篇《醉游浮碧楼记》写的是洪生因偶遇仙子,思念成疾,病逝升天的故事。五篇作品虽篇篇不离鬼神,但男主人公无一例外都是些空怀才学、生不逢时的文人,这正表达了精通儒学、才华出众,却一辈子未能得志的金时习本人的感受,浪漫故事中透着强烈的现实性。《金鳌新话》是一部具有较高思想艺术水平的成熟的文人短篇小说集,它上承《新罗殊异传》中传奇故事的余绪,下开金万重的《九云梦》等浪漫小说之先河,在朝鲜小说发展史上有着特殊的地位与价值。

朴趾源(1737—1805),号燕岩,是李朝后期"实学派"的代表人物,在文学上的主要贡献是短篇小说。其作品均收在他的《放璚阁外传》和《热河日记》中,较有代表性的主要有《两班传》《虎叱》和《许生传》等。《两班传》是一篇千余字的小小说,通过一个穷途末路的两班贵族出卖称号给一富人,表现出封建贵族在日益发展的商业资本面前的无能为力,暗示两班的寄生性和他们退出历史舞台的必然性。《虎叱》也是一个讽刺两班的故事。一个"学问渊博"受到天子嘉奖的大学者与一出了名的"节妇"私通,被"节妇"的儿子撞见,狼狈逃窜,慌忙之中跌入粪坑,当他满身臭气爬出坑时,却遇到一只老虎,为讨活命,他跪请老虎开恩,老虎却说嫌他肮脏,不屑吃他。作者对所谓的上层人物在礼教外衣掩盖下的丑恶灵魂给以辛辣的讽刺和无情的鞭挞。《许生传》则通过一个以实干造福于民,而不愿为官的儒生来表现作者的"实学派"思想和对李朝的不满,以及探索社会改革道路的精神。朴趾源一生著述甚丰,但他的作品生前未能出版,直到1932年才出版了六卷《燕岩集》。

1444年"训民正音"的创制,为国语文学的发展开辟了广阔的道路。

首先,国语诗歌得到蓬勃发展。在高丽末期出现的"时调"呈现一片繁荣景象,不仅作者增多,且内容也更为丰富。卓越的"时调"作者尹善道以他描写山水的"时调"作品使朝鲜国语诗的表现力和艺术美发挥得淋漓尽致,他自己也成为文学史上的"时调"大家。尹善道(1587—1671),号孤山,因得罪权奸,屡受打击,后隐居山林,寄情山水。传世的《孤山遗稿》中收录了他大量的"时调"作品,其中最有代表性的是《山中新曲》(18首)和《渔夫四时词》。《山中新曲》中的《五友歌》这样写道:

> 我友几?水、石、松、竹。/东山月升起,更令我心怡。/且问五者外,更有何深意?

接着,诗人又盛赞水的清明澈亮;石的永恒不变;松的不畏霜雪;竹的四季常青和月的洁身自好,并借以表达自己的思想感情,虽然高雅但并不缥缈,有一种清新的山林情趣,给人以美的享受。

15世纪中叶,即"时调"产生不久,朝鲜又出现了一种新的诗歌体裁——歌辞。与"时调"相比,歌辞可说是朝鲜国语诗歌的长歌形式,它像"时调"一样以四音节为主,夹以3、4或4、5音节,但不拘长度,也不分节、分段。一般认为,第一首歌辞是丁克仁(1402—1481)写的《赏春曲》,而歌辞大家则应数郑澈和朴仁老。郑澈(1536—1593),号松江,虽几度宦海沉浮,但仍耿耿忠心于国君,故后人誉他的作品"虽屈平之楚骚,子瞻之词赋,殆无以过之。"他的三篇代表作《关东别曲》《思美人曲》和《续思美人曲》正表现了他"忧时恋君""尊主佑民"的思想感情。朴仁老(1561—1642),号芦溪,朝鲜历史上的爱国名将,在16世纪末的"壬辰战争"中屡建奇功。他一生著述甚多,但失散不少,现存的8首歌辞均收在《芦溪先生文集》中,其中《太平词》《船上叹》表现了他的爱国思想,而《陋巷词》和《芦溪歌》则表现了他辞官归田后的艰苦生活和寄情山水、安贫乐道的人生态度。他的诗歌平易质朴,恬淡自然,对后世的平民文学产生一定影响。

虽说舞文弄墨、吟风咏月非一般平民百姓所能之事,但由于国语诗歌语言具有民族特点,所以"时调"和歌辞绝非文人墨客所能垄断。进入17世纪,这些国语诗歌走向平民化,并进一步从歌辞中派生出了杂歌,从"时调"中派生出辞说时调,为朝鲜韵文小说的发展奠定了基础。

朝鲜国语文学的另一大成就是国语小说。朝鲜第一部国语小说是反映16

世纪末壬辰战争①的《壬辰录》,虽然它不可避免地有着早期小说的弱点,但贯穿全篇的爱国主义激情和对历史人物爱憎分明的评判及民族自豪感,却使它以著名的爱国历史小说在朝鲜文学史上占一席之地。也正因为如此,在20世纪上半叶日本统治朝鲜时期它虽被列为"禁书",但仍在民间广泛流传。自《壬辰录》始,国语小说开始登上文坛。朝鲜文学史上第一个创作国语小说的文人是许筠(1569—1618),他出身官僚家庭,性格豪放,对当局腐败政治十分反感,因而不见容于统治者,1618年8月12日以谋反罪被处死。许筠的代表作是模仿《水浒传》写成的表达其社会改革理想的《洪吉童传》。小说写的是宰相之子洪吉童因系庶出,屡遭正夫人的迫害,他愤而离家出走,闯入盗贼巢穴。由于他仪表堂堂、智勇双全,被盗贼拥为首领。洪吉童改盗贼团伙为"济贫党",开始了他劫富济贫,替天行道的活动,并直接与最高统治者作对。虽然作品以洪吉童远离朝鲜、建立碑岛国与李氏王朝相安而告终,并且把他写成一个具有神奇法术的传奇人物,但作品仍然表现出鲜明的反封建思想和对现存制度的不满,反映了作者小生产者的民主思想和希望改革社会的愿望。

继许筠之后把朝鲜国语小说推向新阶段的是金万重。金万重(1637—1692),号西浦,出身书香门第,汉文文学造诣极深,著有《西浦集》和《西浦漫笔》。但他极重视国语文学,尤对当时文人视之为"鄙词俚语"的俗文学倍感兴趣。他的长篇小说《谢氏南征记》和《九云梦》作为朝鲜文坛上最早的具有现代意义的长篇小说,正表现了他在这方面的突出贡献。

《谢氏南征记》写一个贵族大家庭嫡庶之间的矛盾斗争。作品虽以中国为舞台,但却是以李朝肃宗时的宫廷内部矛盾为写作背景。北京名门之后刘延寿娶妻谢玉,十年无子。在贤淑的谢氏劝告下,刘娶乔氏为妾。乔氏为人歹毒,想尽办法离间刘谢二人的关系,并与刘的门客董清私通,共同陷害谢氏。谢氏被逐之后,在刘家祖宗灵魂的启示下避开乔氏毒手,逃往南方,九死一生,栖身一尼姑庵中。后刘延寿写诗嘲讽皇上西苑祈祷的铺张迷信,为乔氏与门客董清陷害,被流放于瘴疠之地。不久,董清的靠山丞相严崇势衰,董清因贪污渎职、残害百姓被处死。刘延寿官复原职,谢氏沉冤得以昭雪,夫妇团圆,乔氏亦被处死。无疑,惩恶扬善的结果,正表现了作者建立在儒、释思想基础上的维护封建社会正统秩序的愿望,似乎不太高明,但作品所表现的,如皇帝的昏庸无能,丞相的奸佞贪婪、政治暴发户的贪赃枉法、鱼肉人民及贵族家庭中的丑恶现象,却有着极高的认识价值。《九云梦》描写宦途得意的才子杨少游与八个女子的婚恋故事。小说虽然以他们九个看破红尘归于"极乐世界"而告终,但作者的本意并非宣传佛家的"寂灭之道",不是引人进入"四大皆空"的境界,而是在绘制一幅封建社会的理想蓝

---

① 16世纪末朝鲜反抗日本侵略的卫国战争。

图,将所谓功名富贵归于一场春梦。是在"以释家寓言而中楚辞遗意"。与《谢氏南征记》一样,它表现了一个不得志的士大夫,既不满现实又维护封建秩序的矛盾思想。

《谢氏南征记》和《九云梦》对朝鲜文人国语小说发展产生了重大影响,继后许多以传奇式爱情加功名利禄为内容的小说相继出现,如《玉楼梦》《淑香传》《玉丹春传》《淑英娘子传》《彩凤感别曲》等。虽说这些作品在思想内容上除《彩凤感别曲》外,其余均未突破《谢氏南征记》《九云梦》的窠臼,但对丰富李朝中后期的朝鲜文坛,却起到举足轻重的作用。

在文人国语小说繁荣的同时,一种新的民间文学形式——说唱文学,也诞生并发展起来。在国语诗歌基础上产生的说唱文学,产生于民间,又在民间广为流传,更能反映广大人民的思想愿望。加之除故事情节以外,说唱文学还可以用音乐抒发情感来打动听众,所以它比文人小说更有群众基础。当年艺人说唱的盛况虽不复存在,但在此基础上产生的民间传奇小说却留于史册,成为朝鲜文学的宝贵遗产,如《孔菊与潘菊》《蔷花红莲传》和被誉为朝鲜中古三大传奇的《春香传》《沈清传》《兴夫传》等。这些作品在内容上都有"劝善惩恶"的特点,如《沈清传》中至孝的沈清,为使失明的父亲得到光明而卖身作了祭品;善良宽厚的兴夫救了受伤的燕子,帮助曾害过自己的哥哥,因而感动了神灵得到善报。这些作品在歌颂真善美、鞭挞假恶丑现象的同时,对封建社会进行了一定程度的否定,并表现了劳动人民对生活的渴望和他们的理想,因此这种平民文学比士大夫的文人文学有着更为广泛与深刻的社会意义与价值。

第二节 《春香传》①

《春香传》代表了中古朝鲜文学的最高成就,它以民间传说为基础,经过许多说唱艺人的不断丰富,后由申在孝(1812—1884)加工整理,成为朝鲜最有名、流传最广的一部说唱脚本体小说。

《春香传》的版本相当多,国语本的有《谚文春香传》《广寒楼记》《烈女春香守节歌》《狱中花》等;汉文本的有《水山广寒楼记》《汉文春香传》等。就故事的完整性和思想性、艺术性而言,以19世纪初的全州土版《烈女春香守节歌》为最佳版本。我国1956年由作家出版社出版的《春香传》即是据此版本翻译的。

关于《春香传》产生的时间和故事的来源,说法颇多,很难断定。据现存资料而论,它大约产生在18世纪初叶,但故事的核心却是很早以前就存在的。追根溯源,最早的要算高丽时期诗人郑袭明在《怜妓诗》中所提一妓女被迫害的故事。

---

① 本节参考了五味智英、小野宽先生及其他一些日本学者的论述,在此谨致谢忱。

后来高丽文人李仁老(1152—1230)在《破闲集》中又详述了此事:南州一妓女貌美,有一郡守常召她侍候,郡守任满离去时,恐该女为他人占有,命人用蜡烛灼她的双颊,毁坏了她的姿容。后李朝纯祖时期诗人赵在三(1801—1834)在《松南杂识》中记载的关于"春阳传说",被认为与《春香传》的关系更为直接:"南原府史子李道令眄童妓春阳,后为李道令守节,新使卓宗立杀之。好事者哀之,演其义为打咏,以雪春阳之冤,彰春阳之节。"但就《春香传》的情节结构与现存的一些资料来看,该作品应与以下民间传说有一定渊源关系:

全罗道南原有个退籍的艺妓之女叫春香,虽相貌丑陋,却与时任府使的公子相爱。不久,府使一家进京后便家道破落,而春香姑娘日夜盼望公子衣锦还乡。然而,公子一去杳无音讯,姑娘积忧成疾,一命呜呼。之后,南原连遭三年灾害。当时有个胥吏著文,让女巫念咒、跳神以慰其魂,从此平安无事。据传那咒文成为《春香传》的底本。

李朝中宗年间,南原有个叫卢稹的人去看望担任宣川太守的堂叔时,见到一个退籍艺妓的女儿,并与之相爱。离别后四五年未通音信,后卢稹在关西任官职,访妓女之家,终于找到了为他守节于深山庵堂中的该女,便送她去宣川,后携之回故乡南原,终身同室。①

李朝末的《青丘野谈》中又说:肃宗年间,有个叫金宇杭的两班养了五个女儿,因"家道中落",不能嫁女。后来好不容易给长女订了婚,却又没有结婚所需费用,他便到端川求助于担任府使的表兄,但被拒之门外。金宇杭无奈只得到一个鞋匠铺去过夜。这时,官府的一个酒妓来找他,请他到自己家里,并送与金银,他顺利嫁出女儿。后金宇杭考中状元,成为御使,便扮为乞丐,到端川探访政事并寻找那府妓。他寻到那妓女,又把"贪虐病民"的府使革职,然后上报朝廷,国王甚为称赞,降旨将那妓女配给金宇杭。

李羲准在《溪西野谈》中提到:李朝英祖年间,有个叫朴文秀的人,少时随内舅到晋州,与一童妓相爱。十年后,作为暗行御史,到晋州找到那个妓女家,立于门外而乞。这时妓女从官府归来,见一破笠敝衣者行乞,气冲冲复回官府。朴文秀忍怒而去,找到一个十年前相识的汲水婢女。次日,府使在矗石楼摆生日盛宴,朴文秀仍以"乞客"到场,并要求那个妓女倒酒,被府使逐出,后朴公召来门外驿卒,大喊"御史出道",府使的生日宴顿时陷入一片混乱。

此外,《成溪西行录》还有一则传说:在李朝光海君年间,原南原府使成安义之子成以性,按廉于南原,到在任府使的生辰宴上,写下一首"金樽美酒千人血"的诗,并召来驿卒,大喊"御史出道"。

以上民间传说在情节内容上与《春香传》有明显的联系,可以说《春香传》正

---

① 鲁湜《朝鲜唱剧史》中有上述传说记载。

是以这些传说为基础,经一代代民间艺人加工润色逐渐形成的,也正因为如此,才出现了许多不同的版本,而著名的民间文学研究者申在孝整理编定的《春香传》正是集大成者。

《春香传》分上下两卷。上卷以爱情为主。全罗道南原府退籍艺妓月梅之女春香于清明之际游春,在广寒楼被府使李翰林之子李梦龙看到。他对春香一见倾心,遂向她求婚。春香为李公子的真情所动,同意与他订百年之好,结为夫妻,二人感情甚笃。不久,李翰林升迁,离南原回京。李梦龙迫于家庭压力,无法带春香同行,但相约一定来接她,二人洒泪而别。

下卷以反暴政为主。新任南原府使卞学道,昏庸暴戾,贪财好色,一到任就遍寻美女。听说春香美貌无双,令人强行拘来,供他享乐。春香誓死不从,被严刑拷打,并打入死囚牢。李梦龙进京时留下照顾春香的仆人房子,为救春香去京城找李梦龙。已被钦点为全罗御史的李梦龙化妆为乞丐,立即赶往南原,暗行访察民情,惩办了卞学道,救出春香。二人一同进京共享荣华富贵。

《春香传》是一部内涵丰富的作品,它以赞美摆脱封建伦理道德束缚的青年男女间平等真挚的爱情,为贯穿全书的基本主题,通过这种爱情关系所展示的矛盾冲突,生动地反映了平民阶层反对封建等级制度的斗争,表现了人民大众摆脱封建桎梏、追求幸福生活的强烈愿望;同时也深刻地揭露了封建官僚统治的腐败和罪恶。

构成《春香传》情节发展并使作品主题不断深化的,是故事一开始就在男女主人公爱情中潜藏着的"危机",也就是他们身份的差别。李朝统治时期,朝鲜法律明文规定,两班贵族与"贱人"不能随意来往,更不能相互匹配。而李梦龙与春香的爱情恰在这禁区之内。他们恋爱初始,春香就意识到这点,她以"贵介""蓬门"之别,请李梦龙三思。春香之母也劝他对这"俯就的婚姻"慎重考虑。而当一对有情人消除了自身的顾虑,终于结合之后,强大的封建门第观念又从外部进攻。李梦龙之母再三训诫儿子不能娶艺妓之女作妾。他与春香忍痛而别时,虽约好状元及第后"出任外职"一定来接,但前途渺茫。残酷的等级制度生生要使一对有情人天各一方。当卞学道登场时,春香的敌人表面上是一个荒淫无道的官僚,实际上仍是万恶的等级制度。尽管春香容颜出众,美貌无双,但她已是有夫之妇,若是有身份人家的女子,卞学道绝不会这样有恃无恐。这是因为,在他看来,春香是"贱妾贱妓"的女儿,如墙花路柳,"送旧迎新"是她的本分,根本谈不上什么贞节。而春香对抗他的命令,自然违反了当时的法律,对他的反抗,表面上是"守节",实际上仍然是她与封建等级制度的斗争。并且由于对象的具体化而使这种斗争具有了阶级斗争的成分,这就使作品的爱情主题得到升华、发展,使一个爱情故事与18—19世纪平民阶级反封建斗争融合在一起,成为一部具有时代色彩的现实主义杰作。虽然作品大团圆的结局使人物行动仍归入封建正统秩序之中，但毕竟表现了市民阶层反对门阀观念的强烈愿望，具有较强的反封建意义。

《春香传》通过一系列人物形象表达了极其丰富的思想内涵。

小说的主人公春香是一个美丽纯洁、忠于爱情、敢于反抗封建势力的朝鲜平民妇女的典型。作品通过对春香命运的描写，生动地展示了一个深受封建势力迫害，却又勇敢追求美好爱情生活的少女的精神世界。她"知书达礼""谙晓音律""容颜出众"，但因母亲是"退妓"而受到贵族官僚阶级的歧视。这种生活处境，使她从小就认识到自己卑微的身份地位，也促使她形成对不合理社会制度的反抗意识。她虽然地位卑下，但品格高尚，对那些垂涎她美貌的权贵不屑一顾："许多权门世族、两班才子及闲良，来到此地，都欲登门求见春香母女，却一概不理不睬。"(《春香传》，冰蔚、木弟译)

她对生活和爱情有着美好的追求。她渴望"共结同心"的真正爱情，因而，在她意识到"少年英俊""文章满腹"的翰林之子李梦龙对她情真意切以后，便不顾两人身份的悬殊，投入他的怀抱。但是她与李梦龙之间的爱情，因身份的差别，伴随而来的是深刻的悲剧，这更激起了春香对封建身份制的反抗。在被迫和李梦龙离别时，她以"京师两班，个个狠毒！恨哉！恨哉！尊卑贵贱，委实可恨"的呐喊，表达对封建门阀观念的抗议。

最能表现春香高尚人品和坚贞爱情的是她在李梦龙处于"逆境"时的态度。当乞丐打扮的李梦龙来监狱看望她时，她虽然吃惊、失望，但并未因此而减少对他的爱情，而且不顾自己死刑在即，一再叮嘱母亲要善待梦龙："母亲哪，我死之后，母亲要好好看待于他，免得我在九泉之下，不能瞑目。雕凤衣柜内，有我一件绸子长衫，可将去变卖，给他买件细苎新衫。再将我那些白纺丝的裙子也一齐卖去，与他添置些新帽、新鞋……那龙凤衣橱，也变卖了吧，卖了龙凤衣橱，做几味合口的珍馐小菜，为我款待郎君。母亲！我死之后，休因我不在，生疏了他！"这是何等的真情，何等的爱，一位痴情女子的动人形象跃然纸上。

春香这一形象最动人之处，在于她对卞学道为代表的封建统治者的坚决反抗。当卞学道因她不肯屈从而诬赖她"辱骂长官，叛逆不道"，犯下"万剐凌迟之罪"时，春香反问，"那劫夺有夫之妇的人，为何无罪？"并痛斥卞学道："不知四十八方南原百姓的苦，但知枉法去徇私！"又进一步责问他："你是临此治民还是专用酷刑来把人折磨？"面对强大的统治者和严酷的刑法，她勇敢地唱出《十杖歌》，以表达自己的反抗，并高呼"愿得七尺剑，刺杀贼谗奸"！这时的春香已不仅仅是一个为自身的幸福和爱情而抗争的女性，而且成为一个为广大人民大声疾呼的下层社会的代言人。

李梦龙是封建社会的清官典型，是个被作者理想化了的具有一定民主思想的贵族青年形象。他出身贵族，不仅风流文雅，满腹文章，而且具有清理政事，矫正弊端之"志"。他的性格在作品中有个发展过程。起初,他是一个反抗封建礼教,要求婚姻自主的贵族公子,敢于冲破封建等级观念和社会舆论的压力,以一腔炽热之情爱上地位低下的"退妓"之女,并不顾"败坏门庭"和"断送前程,一世不能为官"的后果,瞒着双亲与春香私结百年之好。到状元及第,受任全罗御使出视南原时,李梦龙已经成为封建统治阶级内部一个与贪官污吏相对立的清官形象。他变得稳重、沉着、机警、成熟了。为了解民情,他乔装乞丐,沿途私访,掌握了卞学道的大量罪证,并周密布置了惩办贪官、解救春香和无辜百姓的计划。作为一个具有一定进步倾向的开明士大夫,通过接触现实,他对社会矛盾的尖锐性有了清醒的认识,因而在卞学道生日宴会上,以一首"金樽美酒千人血,玉盘佳肴万姓膏。烛泪落时民泪落,歌声高处怨声高"的诗予以揭露,不仅向统治阶级道出了社会的危机,也表现了人民的痛苦与愤怒,展示了他既为封建政权担忧,又同情劳动人民的矛盾心理。

无论作品怎样赞美、歌颂李梦龙,但现实主义的原则决定了他只能是统治阶级中的一员,无论是作为一个情真意切的"情种",还是一个清廉正直的"官吏",他的阶级和历史局限在作品中都表现得很明显。在与春香的爱情上,他迫于家庭压力曾一度动摇,是春香的坚贞使他变得坚定;处理贪官污吏时,他只是一个所谓"圣君""善政"的代言人,其所作所为只能缓和激烈的阶级对立和矛盾,而不能真正救民于水火。事实上,作品将李梦龙塑造成一个社会罪恶的铲除者、人民的解放者和春香幸福的赐予者,正表明在残暴的封建统治下,人民群众找不到摆脱苦难的出路,只能借助这个理想中的人物来表达自己反封建的理想和愿望。

最能表现作者社会批判思想的是卞学道这一形象。这个"失德的小人,常断些无情的冤案",还未到任,一听说南原有个叫春香的绝色女子,便日夜兼程,一路上还不忘对百姓显示"官府的威风"。到任后的第一件事就是传点全城的艺妓,二十多名艺妓供他驱使仍不满意,执意要传春香,尽管手下人一再进言,春香并非艺妓,且是有夫之妇,但他一意孤行,最终得到应有的下场。这一人物正反映了朝鲜封建制度已经腐朽不堪,统治阶级道德沦丧,濒于崩溃的历史状况。

此外,作品还通过房子、香丹、南原人民及同情春香的官府"执杖者"等来表现人民对暴政不满的普遍性,从而折射出18—19世纪封建统治逐渐没落的历史趋势。

在艺术上,《春香传》也有其独到之处。

《春香传》在艺术结构方面,采用了说唱(打咏)台本传统的戏剧性结构手法。《春香传》原是由民间流传的说唱文学发展为小说的作品,而这种说唱文学惯以高度集中、紧凑的戏剧性情节来结构全篇。《春香传》的结构正体现了这点,按照当时民间说唱本小说所共有的情节结构模式,以结缘——苦行——显达——幸福,亦即"苦尽甘来"的形式构成作品内容,虽然运用这种传统的结构方式,但在内容上深入开掘，力图创新，使人感到顺理成章，感人至深。

由于《春香传》曾经是说唱台本，所以具有强烈的演唱艺术特色和浓郁的戏剧表现手法。如表现人物心理活动和激烈的情感变化，常用大段韵文来进行，作品中的"爱歌""离别歌""十杖歌"等，都是人物在极度欢快、悲伤或愤怒中唱出的。在刻画人物性格时，多用表现力、形象性较强的动词，如写李梦龙顶不住家庭压力来找春香要与她分手，而春香极度痛苦时，作者这样写道："春香一听此言，登时变了颜色。慢慢睁大了眼睛，皱紧了眉头，噘着嘴，扇动着鼻子，嘎吱嘎吱地咬着牙。……只见她腰身一挺，用劲把裙子吱啦一声撕破，乱扯着头发，口里说道：'这些要它何用！'转身进屋，把那梳妆镜、穿衣镜、珊瑚竹节一齐摘下掷在地上，跌成粉碎，她跺着脚、捶着胸、背着脸，唱起了一支'自叹歌'。"变、睁、皱、噘、扇、咬、挺、撕、扯、掷、跺、捶、唱等十多个动词，突出了人物刚烈的性格，有声有色地描绘了人物的激愤之情。

借景抒情，以写景来渲染气氛是《春香传》的又一个艺术特色。李梦龙与春香一见钟情，在房子的指引下观察、辨认春香住处时的景物描写，是那样的姹紫嫣红，充满诗情画意："郁郁东山之前，一泓明镜莲塘，水清鉴人，游鱼可数。其间奇花异草，万紫千红。庭院之内，大树千章。门前有柳，垂丝万缕。庭前有竹、有柏、有枞，老松夭矫拿云，古杏枝生南北。草堂前还有深山楷树，葡萄藤蔓绕盘树上，伸出墙来。"当李梦龙初访春香时，院中景物又呈一派生机："池中金鲫，泼剌水面以迎宾；月下白鹤，唳鸣松间而待客。"而一旦女主人公遭难，庭院虽依旧，景色却迥然不同。当装成乞丐的李梦龙重访春香住处时，展现在眼前的是："行廊倒塌，老树无皮，只剩下苍碧梧桐，还在迎风矗立。阴森无光的短墙之下，突地跳出一只脱毛的老狗，一瘸一拐跛，汪汪乱叫……"

在语言上，《春香传》有两大特点，一是大量运用民间口语，二是引用了许多中国典故与中国历代著名诗人的名句（如陶渊明、王维、李白和杜甫等），充分展示了作者们的才华和中朝两国人民友好交往的历史。

当然，《春香传》也有不足之处，如情节结构的模式化与语言词汇的堆砌等。但瑕不掩瑜，作为朝鲜古典文学名著，《春香传》在东方文学史乃至世界文学史上，都占有重要地位。也正因为如此，它已被译成英、法、俄、德、丹、汉、日等十余种文字，在世界各地广泛流传。

第十一章 中古日本文学

第一节 概述

日本古代文学自出现书面文学开始,至公元1868年明治维新止,已有一千多年的历史。其大致可以分为奈良、平安、镰仓、室町和江户等五个时期。

大约公元前后,狭长的日本列岛上散居着一百多个氏族部落,纷争不止。公元4世纪中叶,在大和地方(今奈良县部分地区)兴起的强大豪族天皇氏逐渐统一了日本,完成了由氏族社会向奴隶社会的过渡。从此,"大和"成为日本民族、日本国家的代称。

日本古代原本没有文字,在汉字传入之前,仅有以语言为媒介的神话、传说和歌谣等口传文学。据载,3世纪末汉字由"归化人"(即在日本定居的汉人)和朝鲜半岛为中介桥梁传入日本,6世纪左右日本人已能普遍使用一定数量的汉字。到推古天皇(593—628)时,日本已开始利用汉字作为记录语言的工具,为书面文学的产生准备了条件。

奈良时期(710—793),日本最早的书面文学开始出现,代表作品有《古事记》《日本书纪》《风土记》《怀风藻》和《万叶集》等。

《古事记》成书于712年,分为三卷。上卷内容有开天辟地、创造国土、日月起源、人类生死的起源、谷物和火的起源等;中卷主要记述了自首任天皇神武至应神天皇的15位天皇的皇族传说和征伐传说;下卷的记述始于仁德天皇,止于第一个使用年号的推古天皇,主要记载了这期间18位天皇的有关传说,其中访妻、恋爱、夫妻爱情等浪漫内容很多。

成书于720年的《日本书纪》,一般认为是模仿中国的《汉书》及《后汉书》而修的正史《日本书》。因只撰写了"日本书"中的"帝王本纪"而得名。《风土记》约成书于713—733年间,是根据中国把地方志称为"风土记"而命名的。这两部作品的文学价值虽不及《古事记》大,但其神话传说的内容有不少是罕见而且是极为珍贵的。

《怀风藻》(751)是日本现存最早的汉诗集。共收入64名诗人的116首汉诗,其中除7首七言诗外,均为五言八句诗。主要反映了君臣唱和、应诏侍宴、从驾等宫廷生活,此外也有"咏物""咏美人""怀乡"等题材的诗。从诗句中大量引用的《论语》、老庄等语句来分析,儒家思想、老庄思想、竹林清谈等,都已被时人所融摄,表现形式上则能见到《昭明文选》《玉台新咏》和初唐诗歌等影响的痕迹。标志着这一时期文学最高成就的是日本现存最早的和歌集《万叶集》(详见本章第二节)。

平安时期(794—1192),由于假名的出现,日本文学在模仿汉诗汉文的过程中,开始出现独立的具有民族性的作品,如物语类作品等。

平安朝初期,受7世纪后期"修史"风气的影响,汉文文学仍有过一段辉煌的时光。贵族文人编纂了许多敕撰的汉诗集或诗文合集,如著名诗集《凌云集》(814)、《文华秀丽集》(818)、《经国集》(827),诗文集《都氏文集》(879)及空海(744—835)的《性灵集》《文镜秘府论》等。但是随着假名在诗歌领域的率先使用,汉诗的正统地位开始动摇,和歌复兴起来。从第一部和歌赛诗集《在民部卿家歌合》(884—887)计起,至平安末期止,先后出现了《宽平御时后宫歌合》(889—894)、《新撰万叶集》(893)、《古今和歌集》(约905)、《山家集》(约1190)等,大约20余部和歌集。

《古今和歌集》(《古今集》)是日本最早的敕撰和歌集,由纪贯之(868—945)等人奉醍醐天皇的诏命而编撰。《古今集》共20卷,前10卷主要歌咏四季的变化,11至18卷主要歌咏人的"恋"和"哀伤"等,19卷是长歌、旋头歌、俳谐歌等杂体诗,20卷是歌谣。这些和歌填补了《万叶集》至《古今集》之间的和歌创作的空白。《古今集》虽有"万叶"遗风,并不乏优秀之作,但大多缺乏万叶和歌的生气,过于追求典雅、藻饰;缺乏真情实感,多有宫廷贵族情趣。

平安朝出现的散文文学,绝大多数出自女性之手,以致形成一股女性创作散文的热潮。当时贵族男子普遍崇尚汉文,沿用汉字写作,而对假名文学给予蔑视,更不屑于用假名创作散文。而就素有文化教养的女性而言,则认为假名便于抒发思想感情,倍感亲切。尽管第一部假名散文作品《土佐日记》(935)的作者纪贯之是男性,可是他仍要假托自己为女性作者,按女子口吻表述,一般也认为应属女性文学范畴。第一部真正的女性散文作品《蜻蛉日记》(约995)的作者是出身中层贵族的右大将道纲之母,她忠实地记录了自己痛苦的内心经历,表达了自己强烈的爱憎情感。从此,日记文学为女性所青睐,以此为嚆矢,和泉式部的《和泉式部日记》(约1004)、紫式部的《紫式部日记》(约1009)、菅原孝标之女的《更级日记》等一批女性日记相继出现。这些日记细腻地描述了主人公被爱、婚姻、生产、被弃、丧夫、婚外恋等一系列变故,真实地道出了主人公陶醉、哀伤、嫉妒、孤寂等纤细丰富的内心感受,不仅形成一个独特的艺术表现领域,而且成为后世私小说文学的滥觞。

平安时期女性散文文学的另一重要体裁是随笔。清少纳言（约 966—1025）的《枕草子》是随笔文学的第一作。作者曾是平安中期一条天皇时的宫中女官，因精通汉学、和学，侍奉皇后定子的学习。她以敏锐的感受力，尽情抒发了对自己周围事物的体察与观感，涉笔成趣。文中既有列举"山""川"一类的景物描绘，有记录宫廷生活见闻的日记，也有一些随感录，表现出女性文学特殊的美学追求。

平安时期散文创作的高度发展，形成了最有代表性的"物语文学"。它是在汉文传奇小说影响下产生的一种文学体裁，在其发展过程中，不断地汲取了民间文学中的素材和营养。第一部物语文学作品《竹取物语》就是在唐传奇的刺激下，并取材于《浦岛子传》和《羽衣天女》等民间传说而写成的。约成书于 9 世纪末至 10 世纪初之间，作者不详。故事叙述月宫天女辉夜姬下凡帮助一个以伐竹为业的老翁，最后在拒绝了皇子、大臣等五个贵族的求婚后，又返回月宫。作者对贵族阶级进行了极其尖锐的嘲弄和讽刺。10 世纪中叶，以和歌为中心内容的《伊势物语》问世。它由 125 个短篇汇集而成，每篇都以"过去有一位男子"的恋爱为线索展开叙述，并插入一首表现男主人公的和歌。据说这位主人公即"过去有一位男子"中的男子，影射沦落为城市平民的贵族放浪诗人在原业平，书中所描写的是他一生悲欢离合、颠沛流离的遭遇。

用假名写成的《竹取物语》和《伊势物语》，开了假名物语文学的先河。此后，物语文学沿着以《竹取物语》为代表的富有传奇色彩的物语和以《伊势物语》为代表的以和歌为中心的物语这两条道路发展而去。但是真正摆脱上述两种物语文学短篇小说的性质的，是成书于 10 世纪中期的《宇津保物语》和成书于 11 世纪初的《源氏物语》。就内容所涉及的深度和广度而言，这两部作品标志着物语文学已经发生了质的变化。《宇津保物语》共 20 卷，是日本最早的长篇物语。这部场面复杂、结构欠完整的长篇物语，对物语文学既有继承，又有创新，大胆着眼于现实，从描写传奇神怪转而走上现实主义道路，客观地描绘了日趋分化崩溃的贵族社会的真实面貌，这是以往物语文学难以比拟的。《源氏物语》则是一部思想内容深刻、艺术形式完美的长篇杰作，不仅足以代表物语文学的最高成就，而且堪称世界文学史上的珍品（详见本章第三节）。

平安朝后期，传统的物语文学出现了颓势。相继成书的《狭衣物语》《滨松中纳言物语》《女扮男、男扮女物语》《堤中纳言物语》等，或一味模仿《源氏物语》，或表现颓废内容，文学价值都不高、但是这一时期也出现了两种新的文学体裁，即"历史物语"和"说话文学"。

日本古代历史都是用汉文写成，而历史物语则打破这种传统，用假名撰写历史，开山之作为《荣华物语》（11 世纪末）。此书以编年体记述了宇多天皇至堀河天皇宽治六年（887—1092），约二百多年间"摄关"政治的情况，用赞赏的态度缅怀了藤原道长一家的荣华，犹如一场"未醒的酣梦"一样，令人哀惜。另一部历史物语《大镜物语》（约12世纪初）模仿中国《史记》的纪传体，记述了藤原氏摄关政治全盛时期（850—1025）的历代帝纪和藤原氏一族显赫人物的列传。与《荣华物语》形成鲜明对比，《大镜物语》以一种新的戏剧性的对话形式，揭露了"摄关政治"幕后的权势之争。

"说话文学"的代表作为编撰于12世纪前半期的《今昔物语》。此书共31卷，收有一千余篇短小的故事。1至5卷为天竺（印度）编。6至10卷是震旦（中国）编，11至31卷是本朝（日本）编。印度编和中国编的大部分是取材于佛典和汉籍的佛教说话；日本编的前半部分是佛教说话，后半部分是世俗说话。虽然世俗说话只占全书的三分之一（22卷至31卷），但由于它反映了平安末期新兴的武士阶级的面貌和农民、渔夫、游女、盗贼、乞丐等世俗人物的生活，所以具有与描写贵族阶级生活截然不同的文学价值。这部作品的出现，昭示了贵族文学日薄西山的颓势和新文学待机勃发的胎动。

镰仓时期（1192—1333）和室町时期（1338—1573）的文学，形式多样。在武士集团建立镰仓幕府到室町幕府的近四百年的统治之后，又有近三十年的战乱。这一时期反映武士生活的文学成为主流，平民文学也开始萌芽。

镰仓时代，武士集团掌握了国家实权，贵族受到沉重打击。而对战乱、饥馑、地震等天灾人祸造成的混乱局面，有的贵族文人单纯追求感官的陶醉，希图在精神上获得颓废美的享受，有的贵族文人则感到世事无常，逃离尘嚣而遁世出家。前者因守前人的贵族文学传统，在和歌创作高潮迭起之中推出《新古今和歌集》；后者则写出以无常为基调的隐遁者的随笔文学。

《新古今和歌集》是奉1198年让位的第82代天皇后鸟羽院（1180—1239）之命于1201年编撰，1205年完成的，后又进行了增补。全书共20卷，收入从"万叶时代"到"新古今时代"的和歌近2000首，重点是新古今时代（当代）的作品。其中收入作品较多的诗人有西行法师（1118—1190）94首，慈圆（1155—1225）79首、藤原良经（1169—1206）79首、藤原俊成（1114—1204）72首、藤原定家（1162—1242）46首、藤原家隆（1158—1273）43首等。他们以和歌作为表现自己内心困惑与迷惘的艺术形式，从中获得深刻的反省和新的觉醒。但是这些和歌已不再是直接从纯朴灵魂深处迸发出的感情流露，而是"将没有看见的世事，依稀浮现出来"的一种唯心的、感伤的生活气氛的象征，形成一种被称为"幽玄"的美学情调。

隐遁者的随笔文学代表作主要有鸭长明（1153—1216）的《方丈记》（1212）和吉田兼好（1283—1350）的《徒然草》（1330—1331）等。《方丈记》篇幅不长，日语约8000字，分为五节，以富于思考的散文，从人生虚幻写起，继而描述了大火、饥馑的惨景以及社会苦难，最后以他出家所居的方丈为中心，描写隐遁之乐。《徒然草》上下两卷，分为243节。内容涉及自然的美、人世的污浊、人生心理趣味等许多问题，核心是人生无常，流露出抚今追昔的消极情趣。但书中也有一些短小精辟的寓意性的故事传说，表明作者的理性思考。

镰仓、室町时代最有代表性的文学是军记物语。这一时期占统治地位的武士集团是通过激烈的战斗登上政治舞台的。所谓军记物语，即是指从战争、战斗事实为中心题材，描写新兴武士集团军事生活的叙事文学作品。一般认为，最初的军记物语作品为成书于13世纪30年代的《保元物语》和《平治物语》。前者写的是历史上的"保元之乱"(1156)，后者写的是三年后的"平治之乱"(1159)。据推断，这两部可能出于一人之手的作品都如实生动地再现了新兴武士们的刚毅、勇猛，洋溢着一种豪迈、悲壮的时代气息。

军记物语中最杰出的代表是《平家物语》。这部约成书于1219年至1240年间的作品，其核心故事最早由身着僧装的盲艺人琵琶法师边弹琵琶边唱，被称为"平曲"。后经过很多人的增补、修改才逐渐定型。现行《平家物语》共12卷，从1132年平清盛(1118—1181)之父平忠盛在鸟羽上皇时第一次被允上殿，位列公卿开始写起，至1191年平清盛之女、高仓天皇后建礼门出家而死止，全面描写了平氏一族六十年的盛衰史。这部史诗真实地再现了平安朝末期新兴的武士集团东国源氏一族与西部平氏一族，为争夺政权所进行的殊死斗争。以栩栩如生的人物形象表现了武士集团中的佼佼者，在初登历史舞台时那种蛮勇粗犷、自信向上的精神面貌，反映了勃兴的武士集团必将战胜中央贵族势力的时代本质。同时，作品中贯穿着"诸行无常""盛者必衰""祈求净土"等佛教净土思想。《平家物语》编年体和纪传体相结合的叙述结构，和汉混用和散韵相间的文体，以及说唱文学式的生动描述，不仅对后世文学语言的发展有很大影响，而且极大地丰富了后世文学艺术的创作素材。

继《平家物语》之后，军记物语又有《太平记》(约1370)、《曾我物语》(约1334—1392)、《义经记》(约1420)等问世，其中以《太平记》较为出色。这部长达40卷的巨著，主要描写了镰仓幕府崩溃到室町幕府建立前后约半个世纪左右的战乱。但它已经缺少《平家物语》中所表现出的那种企图创造新时代的英雄气概，这表明军记物语的创作时代已近尾声。

镰仓、室町时代后期，由于手工业、商业在一些城镇得到发展，开始出现町人，即城市平民。文学也由描绘贵族生活，转而通过弹唱、说书、舞台表演等艺术形式，表现平民大众的思想感情，出现了连歌、俳谐、御伽草子、能乐、狂言等新的文学形式。

连歌是平安朝中期兴起的由二人对咏一首和歌的游戏，盛行于宫廷内部各贵族之间，镰仓、室町之交逐渐盛行，发展成为平民大众所喜爱的文学样式。在连歌取代不断衰微的"新古今"和歌的过程中，二条良基(1319—1388)起了推波助澜的作用。他编撰的连歌集《筑波集》(1356)长二十卷,是第一部上起奈良时代,下迄编撰时代的连歌选集。他的连歌理论论著《筑波问答》主张:"有志于此道之人,必须先进入'幽玄'之境地,然后方可有成。"对后世连歌的发展作出积极贡献。自良基之后,人们不再将它视为和歌的游戏及末流,而是给予了更高的文学地位和评价。室町时代,梵灯庵(1349—1433)、心敬(1406—1475)、宗祇(1421—1502)等著名连歌诗人,将连歌创作推向了顶峰。但这时的连歌已不再是二人合咏的"短连歌",而是多人合咏的"长连歌"。

室町时代末期,作为连歌的余头,俳谐连歌兴旺起来。俳谐是诙谐、滑稽的意思。俳谐连歌主要想用平易的语言来描写诙谐洒脱的题材,其先驱山崎宗鉴(1465—1553)编撰了第一部俳谐连歌集《犬筑波集》(约1528—1532)。集中取材对象是平民及其生活,它不再表现连歌的辞藻和技巧,而注重表现植根于生活的真正的诙谐。这种具有平民文学意义的创作使俳谐最终脱离连歌而自成一体。宗鉴的《犬筑波集》同另一位著名的俳谐连歌诗人荒木田守武(1473—1549)的《独吟千句》,其为后世俳谐的定型与发展作出积极贡献,二人均有"俳谐始祖"之称。

御伽草子是室町时代出现的大众小说的泛称,是配有插图的故事文学作品。描写对象和读者对象包括了贵族和平民。内容包括恋爱、神佛、武士、庶民、志怪、外国历史传说等题材。其中《文正草子》流传广泛。主人公文正虔信宗教,为人正直,靠熬盐致富。贵族公子为向他女儿求婚,只好装扮成身份低贱的商贩。小说除宣扬宗教对人生的影响外,表达了平民想利用致富手段和贵族公庭抗礼的渴望。其他草子如《懒太郎》中同名主人公懒惰但正直,后因擅长和歌而受到重用,成为一名中将;《一寸法师》写身材只有一寸高的小和尚因从鬼的手中得到宝槌而致富的故事;《戴钵的少女》写一少女因头戴临终母亲的一只钵而得到幸福的传说;《浦岛太郎》中的同名主人公被所救神龟带到龙宫作了三年客,归来人间已经过了七代。这些作品民间文学色彩很浓,充分表现出来自庶民的朴素的浪漫情趣。

能乐又称为能、猿乐、猿乐能。它源于中国的散乐,后吸收了诸多民间歌舞表演形式,形成融音乐、舞蹈、念、唱、做、服饰、面具及独特的舞台装饰为一体的综合性舞台艺术。这种颇具代表性的日本古典戏剧在镰仓、室町之交逐步发展起来,经室町时期的能乐大师观阿弥(1333—1384)和世阿弥(1363—1443)的努力,能的演出程式和剧目基本定型。内容可分为五类:胁能戏,如《高砂》《竹生岛》等;修罗戏,如《田村》《八岛》等;假发戏,如《东北》《井筒》等;杂类戏,如《三井寺》《隅田川》等;尾能,或称鬼畜戏,如《罗生门》《红叶狩》等。主人公主要有神灵、武士的亡灵,戴假发的女性、武士、狂女和鬼怪等。内容多取自《伊势》《源氏物语》《平家》等古典物语,也有取材现实的世俗剧。能的风格庄严、凝重,富有象征意义。

世阿弥在能乐上的卓越贡献，使他在日本戏剧史上占有重要地位。他既是能的唱词（谣曲）的作者，又是能的演员；而且还是能的理论评论家。他毕生创作了约150出剧目，占现存所有能剧目240出的半数以上。代表作有《高砂》《熊野》《忠度》《井筒》等，取材中国题材的剧目有《白乐天》《邯郸》《西王母》等。世阿弥关于能剧的理论著作，绝大多数以秘传书的形式传世，现已发现23部。重要的有《花传书》《至花道》《花镜》《能作书》《却来花》等。内容涉及戏剧美学、戏剧批评、戏剧与观众、编剧与表演等。他主张能剧艺术要达到"花"和"幽玄"的境界。"花"是指能的演出要使观众备感美的艺术效果；"幽玄"则指寓质朴刚劲于幽雅、玄妙之美。这些著作，数百年来一直被世人奉为圭臬。

狂言是与能同时产生的，以科白为主的笑剧。其风格滑稽、轻松，有一定的讽刺性。狂言按主角类型划分，可分为神佛类、大名（地主、武士等）类，新娘新郎类、鬼、僧、盲人类等。代表作《两位侯爷》《侯爷赏花》《附子》等，都嘲笑了统治者的愚蠢。在戏剧冲突中，一般都以主人的失败和仆人的胜利告终，充分反映了当时"下克上"的时代精神。作为平民力量高涨的产物，狂言深受下层民众的喜爱。

江户时期（1603—1867），德川幕府统治了全国。统一的局面促进了经济的发展，各个封建领主所在地发展为大小不同的城镇，室町时代出现的町人已成长为一个新兴的阶级。这些商人和手工业者既有金钱财富，又有闲暇时光，注重享乐，为他们服务的町人文学应运而生，成为这一时期占统治地位的文学。

江户初期，俳谐已经脱离了连歌，有了独立性，并受到上层市民、富农和武士的欢迎，形成俳谐中兴的盛况。被誉为"俳谐中兴之祖"的松永贞德（1571—1653）及门下弟子野野口立圃（1596—1669）、安原贞宝（1609—1673）、北村季吟（1623—1705）等约40人，大力提倡俳谐，人称贞门俳谐。贞德认为"俳谐就是每句皆用俳言咏成的连歌"。俳言是指不为和歌或连歌所采用的俗语，汉语和现代语。可惜这种以俗带雅的俳谐并未能充分反映平民诙谐的生活趣味，而是注重语言自身的滑稽性，因而缺乏真情实感。贞德编撰有《新增犬筑波集》（1643）俳谐集和俳谐理论书籍《御伞》（1651）等。贞门俳谐由于法则烦琐，语言技巧比较单调，行世约50年左右便让位于以西山宗因（1605—1682）及其弟子田代松意（生卒年不详）、井原西鹤（1642—1693）等为代表的谈林派俳谐。他们厌弃贞门俳谐的陈腐、呆板的教条，提倡清新泼辣、自由奔放的风格，用语更为通俗。宗因的俳谐集有《西翁十百韵》（1673）等。

元禄时期（1688—1703），松尾芭蕉（1644—1694）在苦学贞门，精研谈林等诸家俳谐的基础上，摆脱了贞门的洒脱与谈林的滑稽，另辟蹊径，将"真诚"的感情注入"俳谐"，独自开创了闲寂、幽雅的蕉风俳谐，成为一代俳谐之宗匠。其作品多追求大自然的美和恬淡静寂的生活情趣，但也不乏诉说农民苦境及微弱的愤世之声，这都得益于他追求淡泊、风雅，安贫乐道的生活态度，以及出游旅行、目睹人世艰辛的生活体验。其作品中表现出的"余情"与"纤细"之美,实质上是中古日本和歌、连歌中的"幽玄"美的延续,芭蕉堪称是中古日本诗歌美学的集大成者。其代表作有《俳谐七部集》(1684—1698)及俳文游记《书箱小文》(1688)、《奥州小路》(1694)等。

俳谐在松尾芭蕉的笔下才正式进入艺术领域。因此,他被后人尊为"俳圣"。"俳"在这里是指"俳谐"。芭蕉的门人有千人之多,但他逝世后,几乎没有人能够继承他的风格,虽经天明(1781—1789)年间,与谢芜村(1716—1783)等人的大力复兴,仍未能阻挡俳风日趋低下的走势。直至明治时期正冈子规(1867—1902)对沿袭下来的俳谐进行革新,并赋予新的艺术生命后,俳谐改以俳句风靡天下。俳句有17个音节,形式虽然极其短小,却具体表现了作者刹那间的感受。它多用暗示、比喻和象征的手法,含蓄、凝练地表现一种淡雅、静寂和隽永的意境。作为日本民族一种最短的诗歌形式,它至今仍为日本人民所喜爱,并逐渐在世界上产生影响。

江户时期初年,德川幕府的文治政策和市民对文学艺术的渴望,成为"假名草子"的催生剂。这种用假名写成的娱乐性读物,由于适合平民的欣赏水平而深受欢迎。这些内容繁杂、种类多样的假名草子,实际只是室町时代御伽草子的发展,因则在风行了80余年之后,即让位于浮世草子——一种正面描绘生活在浮世(即町人生活的现实社会)中的形形色色人物的文学。浮世草子已经具有了"近世小说"的性质:其代表作家为井原西鹤(1642—1693)。

西鹤的浮世草子主要反映了町人的"好色"生活和经济生活,也有涉及武士生活和民间传说故事的。描写町人"好色"生活的作品主要有《好色一代男》(1682)、《好色一代女》(1686)、《好色五人女》(1686)等。这类又称为"好色物"(以描写男女情欲为主题的小说),不仅描写了妓女与嫖客之间的情事,也叙述了不少正常的爱情故事,是当时町人用寻欢作乐的消极方式反对封建压迫与束缚等心态的具体反映。描写町人经济生活的作品主要有《日本永代藏》(1688)、《世间胸算用》(1692)、《西鹤织留》(1694)等。《日本永代藏》又译为《致富奇书》,由20至30个短篇组成。它着重描写江户时期大阪町人的一些发迹史,以及町人在经济生活中既是创业者,又是享乐者的思想意识和心理,堪称是町人生活的百科全书。

江户时代盛行一种被称为净琉璃的木偶戏。它起源于室町时代中后期,因讲述《十二段草子》(别名《净琉璃物语》)中的女主人公净琉璃姬而得名。江户时代写净琉璃剧本最有名的作家是近松门左卫门(1653—1742)。其剧本主要以历史和当代生活为题材,其中成就最大的是以町人生活为核心的爱情悲剧"心中物"(情死剧)。代表作有《曾根崎心中》(1703)和《心中天网岛》(1720)等。这些作品取材于当时町人社会实际发生的悲剧事件,主要反映了町人社会的下层人物身受封建身份制束缚,又受商业资本压迫的痛苦,他们在维护恋爱自由、求生不能的情况下,只好男女双双情死以求解脱。这些悲剧充分揭露出江户时代町人在人性、人情和义理等方面的矛盾心态。

以松尾芭蕉、井原西鹤和近松门左卫门为代表的"元禄文学"使町人文学达到了辉煌的顶峰。此后,由于町人逐渐沉迷于享乐的旋涡,文学也随之走上强调娱乐性的轨道。一种被称为"戏作文学"的作品大量涌现,以适应当时町人的生活情趣和美学意识,如上田秋成(1734—1809)的短篇小说集《雨月物语》(1786)、恋川春町(1744—1789)的配图小说《金金先生荣花梦》(1775)、山东京传(1761—1816)的"洒落本"代表作《通言总篱》(1787)、曲亭马琴(1776—1848)的长篇小说《南总里见八犬传》(1814—1842)、式亭三马(1776—1822)的"滑稽本"《浮世澡堂》(1809—1812)、十返舍一九(1765—1831)的"滑稽本"《东海道徒步旅行记》(1802)、为永春水(1789—1843)的人情小说《春色梅儿誉美》(1832)等。至于等而下之的作家更不可胜数,他们大都将文学视为游戏笔墨,因而被称为"戏作者"。其文学成就远不及元禄时期的作家,随着江户幕府统治的衰落,町人文学也显得缺乏生气了。

第二节 《万叶集》[①]

《万叶集》中最古的和歌为仁德天皇时代(5世纪初)磐姬皇后石之日卖所作(卷2·85—88[②]),接着是传说中的雄略天皇(5世纪后半叶)的御制和歌(卷1·1);最新的是天平宝字三年(759)大伴家持(718—785)的歌(卷20·4516)。这期间的时间跨度约350年。然而,磐姬皇后的歌从歌风看不像有那么古,十有八九是出于后代的附会。雄略天皇(457—479在位)本身就是传说中的人物,所以御制歌的作者也不能确定,但从歌风上判断,却像是6世纪左右的歌。另外,卷13中年代不明的歌也可以看作是相当早的歌。据此,《万叶集》中的歌前后有三百年之久的看法是可以成立的。其中推古天皇年代(593—628)之前的歌很少,所谓作者为磐姬皇后、雄略天皇、轻太子、圣德太子等的说法不足为信,因为这些歌是"记纪歌谣"的引用或异传。推古天皇的年代适逢《古事记》撰讫,舒明天皇(629—641在位)又画了一条明确的界线——《万叶集》从舒明朝开始,和歌数量多了起来,而且年代上的裂痕较小,前后有了连贯性。"万叶时代"的上限大致可以划在这里。

万叶时代从舒明天皇即位的舒明元年(629)左右算起,到大伴家持压卷的第

---

① 本节参考了五味智英、小野宽及其他一些日本学者的论述,在此谨致谢忱。
② 这里的数字是《万叶集》中和歌的顺序号。

4516首和歌为止，约130年的历史。这期间，日本社会发生了一次又一次激烈的动荡和变革：大化革新①揭开序幕的中央集权统一国家的形成；壬申之乱(672)，律令国家的建立，灿烂的天平文化(729—769)的开花、成熟以至凋敝等。这一时期还是日本民族从神话世界向人间世界，从集团向个人觉醒的时期。《万叶集》中这一时期的作者，从天皇、皇后、皇族、王族、大臣、高级官员等到下级官吏、戍边兵士、东国农民等，上上下下有名有姓的约530人，作者不详的和歌约占总数的一半。《万叶集》作为一部和歌总集，构成了无与伦比的复杂、多样的世界。近世国学者贺茂真渊(1697—1769)把万叶歌风总结为"男人气概"（マスラオブリ），"古代（万叶）的诗歌乃人的心声"。也就是说，万叶和歌是真实感情的表现。以主要作者的活动时期及歌风、作品产生时的政治、社会背景等为基准，可以把万叶和歌分为以下四个时期。

第一期为舒明元年(629)至壬申之乱(672)的44年间。

从大臣苏我虾夷拥立的舒明天皇的时代开始，到舒明皇后即位的皇极女天皇(后又再次即位称齐明天皇)时代，苏我氏的势力越来越大，虾夷之子入鹿的专权横行到了登峰造极的地步。中大兄皇子(626—671,后来的天智天皇)联络忠臣藤原镰足，于皇极四年(645)诛伐入鹿，瓦解了苏我氏的势力，立孝德天皇，同时，中大兄皇子成为皇太子。新天皇以中国唐代的封建制度为基础进行了大改革，即具有历史意义的"大化革新"。大化革新时期也可以看作是万叶歌风的诞生期。

孝德、齐明、天智朝是进行改革的激荡时代。这一时期"万叶"作者有舒明天皇、齐明天皇、中皇命（天皇的尊称）、有间皇子、倭大后、额田王、镜王女、藤原镰足等。这一时期的和歌约50首，收在卷一二中。这些和歌的作者全是皇族和周围的王族、高级官员。

舒明朝的第一首歌是舒明天皇的巡视歌（卷1·2）。与《古事记》、《日本书纪》中传统的巡视歌不同，这首歌不仅仅是列举看到的景色，还在述景之后，用末尾三句表达了自己触景后的感动心情，表现了作者的个性。舒明天皇游猎时皇女的呈献歌（卷1·3），虽运用了口传古曲的格式，采用了歌谣中反复使用对句的表现手法，但在表现的恰当和凝练上却显出它的个性。这两首歌的作者虽然还不能确定，但都表明在歌谣的框子里诞生出三个人创作的和歌。《日本书纪》中记载的野中川原史满奉献给中大兄皇子的哀伤短歌二首等，标志着相对于长歌的个人创作短歌的诞生。《万叶集》中，齐明朝的短歌也以个性鲜明的抒情性而令人注目，如有间皇子的自伤歌二首（卷2·141—142）等。总之，第一期的杂

---

① 大化元年(645)至白雉元年(650)的政治改革，使日本从此结束了奴隶制而进入了以唐朝制度为模式的封建制时代。

歌,相闻歌和挽歌这三大部类的和歌都各自以作者的个性表明了创作和歌(相对传诵民谣)的诞生和展开。

第二期为壬申之乱(672)平定后至平城京迁都的和铜三年(710)的39年间,即天武、持统、文武朝的时期。

扭转了劣势而击败近江朝廷军,在飞鸟(今奈良一带,具体遗址不确)即位的天武天皇,被看作是具有神力的人物。壬申之乱平定后,功臣大伴御行作歌道:

此日终平乱,天皇信有神。赤驹驰骋处,田井作京城。① (卷19・4260)

这是最早把天皇奉为神的和歌。天武天皇被尊崇为神,皇室的威望越来越高,权力越来越大,上个朝代产生的天皇亲政的中央集权国家体制得到加强。天武朝15年间,加快了律令的制定,开始了国史的编纂,通过八色姓②的制定,规定了冠位,从而奠定了律令制国家的基础,可是,《万叶集》中这15年间的歌很少。有代表性的歌人是天武天皇,其代表作是入吉野时作的思念妹妹的歌(卷1・25)。这首歌明显地带有歌谣的痕迹,但歌中真切的思念之情却很动人。

从天武朝到持统朝(687—696),天武天皇的子女们围绕爱和死作了不少抒情歌。失去了十市皇女的高市皇子的悲歌(卷2・156—158),悄悄去伊势神宫为上京的大津皇子(663—686)送行的大伯皇女的恋歌(卷2・105—106),被看作是不伦恋爱的但马皇女思慕穗积皇子的歌(卷2・114—116),弓削皇子热恋着纪皇女的歌(卷2・119—102)等,都是关起门来作下的不敢公之于众的歌。这些皇子皇女是当时文化的旗手,因为他们接受了汉人老师的最好的教育,只有他们,才能写出纯粹是个人创作的抒情和歌。

接着是柿本人麻吕(？—709?)的登场。人麻吕最早的歌是为天武天皇的皇太子草壁作的挽歌(卷2・167—169)。把殡宫礼仪的"诔"用和歌的形式来表现,人麻吕是第一人。由此也可以设想,人麻吕有可能是草壁皇太子的近侍。人麻吕在《万叶集》中的歌有90首,其中长歌20首,其余的70首短歌中,有31首是为长歌添加的反歌③,实际上独立的短歌只有39首。也就是说,长歌约占人麻吕和歌的六成。他的长歌类型有从驾歌、宫廷赞歌、皇子献歌、殡宫挽歌等仪礼歌和生死离别歌两种。人麻吕的长歌在形式上是整齐的5・7音连绵体(中间

---

① 《万叶集》,杨烈译,长沙:湖南人民出版社,1984年。另,本节汉译"万叶和歌"的引用,除特别注明外,均出自杨烈先生译本。

② 真人、朝臣、宿称、忌寸、道师、臣、连、稻置等八种姓。根据官位从以上八种姓中挑选其一赐予氏。通过"八色姓"的赐予,对贵族进行了再编,决定了能够出任官吏的氏。

③ 学习中国的反辞(附在赋的末尾)而命名、形成的,是长歌的扩充。一首长歌后面的反歌可以是一至六首,但一般是一首或二首。歌体和短歌相同(实际上是附在长歌后的短歌)。

不分段),结尾用5·7·7音收住。人麻吕的长歌较长,使用了很多枕词①、序词②和对句。枕词虽然在古代歌谣中已经出现,但人麻吕却使它成为以文字为媒介的诗歌修辞手段。对句也是古歌谣的一种表现手法,人麻吕和歌中的对句却向着有意识的对偶这一诗歌修辞法转化下去。人麻吕长歌的构思和表现受到了中国诗文的很大影响。他善于摄取表现对象的本质,超越自我和表现对象之间的隔阂,达到了物我一体的境地。在当时的长歌创作方面,没有人能与人麻吕比肩。

短歌方面,高市黑人、长意吉麻吕等个性显著。黑人的全部19首短歌都是行旅和歌,即使是从驾歌,讴歌的也是个人的旅情。与文武朝一般的从驾歌相同,虽都是"行幸时所作"的咏唱自然和望乡歌,但黑人的行旅诗歌多充满寂寥感。其诗歌中的主观叙景性很强,被称为"叙景的黎明"。长意吉麻吕除行旅诗之外,还留下了谐谑诗,即酒宴席上的即兴之作。这是在这一时期流行的六朝以来中国咏物诗的影响所致。石川郎女和大伴田主的《风流士问答》(卷2·216—217)也是模仿中国诗文的文字游戏诗。

综上所述,这一时期是以持统朝为中心的和歌兴盛的时期,即以柿本人麻吕为代表的长歌的产生,和在官吏知识阶层出现的各种场合的自由咏唱。

第三期为平城京迁都的和铜三年(710)至天平五年(733)的24年间,即元明、元正两女帝及圣武天皇朝前十年的时期。下限的天平五年是个新旧交替之年,山上忆良(660—733)殁和大伴家持(718—785)初登歌坛是其标志。除此之外,大伴旅(665—731)殁于天平三年,笠金村的创作也截止于天平五年以前。高桥虫麻吕(8世纪初)唯一标明写作年代的歌(卷6·971—972)是作于天平四年,山部赤人的主要活动期也在天平五年以前。然而,虫麻吕没有写明写作年代的诗作中也有可以判断为天平五年以后的。第三期的主要歌人山部赤人(8世纪初)也有作于天平六年和天平八年的作品。据此,有人认为应该把天平八年作为第三期的下限。平城京迁都是政治的、社会的划时代的变革,以此作为第三期的上限是很省事的。从《万叶集》本身来看,第二期的终期可以考虑为大宝二年(702)持统上皇之死,第三期的开端为元明女帝即位的庆云四年(707)。这是因为持统上皇死后显著的变化是吉野(神宫、位于奈良南部)行幸中止,而且,从驾歌自庆云三年的难波行幸从驾歌以后好长一个时期没有出现。

第三期主要诗人的作品可以明确为元明、元正朝的仅有笠金村的《志贵亲王挽歌》(卷2·230—232)。虽然卷一、二的末尾有几首和铜年间的作品,卷三没

---

① 有关神的语言,用来作修饰语。

② 起寄物陈思的"寄物"作用,类似于《诗经》中的兴句,但万叶序词还具有一定的原始神秘性。

有标明年代的和歌中也有可以推断为元明、元正朝的,但总的来看,元明、元正朝16年间是《万叶集》的冬眠期。圣武天皇即位的前一年(723)5月,吉野行幸重新开始,《万叶集》从冬眠中苏醒。723—726年(神龟三年),笠金村、山部赤人、车持千年从驾圣武天皇的纪伊、吉野、难波、播磨印南野等行幸,创作了不少仪礼和歌。这三位诗人在这一阶段扮演着宫廷诗人的角色。他们的从驾歌从构思到辞章都模仿柿本人麻吕,严守着宫廷赞歌的传统。然而,前面提到的笠金村作于715年的《志贵亲王挽歌》,却没有因袭人麻吕的宫廷挽歌模式,表现出独自的意趣。在这里可以看出金村作为职业歌人的才气和技巧。他的从驾歌也具有抒发个人感怀的个性。山部赤人的从驾歌更是恪守人麻吕的天皇赞歌的模式,如吉野行幸从驾歌中有十分之七的句子和人麻吕类似。但其中咏自然的部分,比起人麻吕的观念化来,赤人却是印象化的。赤人有长歌13首,与人麻吕长篇幅的长歌不同,他的长歌正好够得上长歌篇幅中的短篇幅。赤人的短歌中,有专咏自然,尽量抑制主观的精彩叙述,首创了玲珑剔透的写景和歌。

继金村、赤人的行幸从驾歌之后,神龟五年(728),以大伴旅人和山上忆良为中心的"筑紫歌坛"拉开了序幕。旅人晚年作为大宰帅被派往筑紫,不久在任地失去了爱妻。这一"忧郁的心情"促使他创作了逃离现实的《赞酒歌》(卷3·338—350),以及幻想神仙世界的《游松浦川》(卷5·861—863)。作为当时第一号知识人,他以渊博的汉诗文知识为底子创造了独自的和歌世界。这时,忆良作为筑前守住在筑紫,由于和旅人的交往,他也在文学史上留下了很多不朽的和歌。忆良以人的死亡、对子女的爱、病痛、贫困、人世无常等为表现对象创作了不少长歌。他不逃避现实,而是凝视它,创造了究明人生的文学,如著名的《贫穷问答歌》(卷5·892—893)。忆良和旅人一样,深受汉诗文和佛典的影响。旅人天平二年(730)冬作为大纳言从九州上京途中,写了哀切地思慕亡妻的歌(卷3·446—450)。这首哀歌始于人麻吕的泣血哀恸歌(卷2·207—216)的"亡妻挽歌"系列中,是同忆良的《日本挽歌》(卷5·794—799)相并列的名作。高桥虫麻吕的创作位于同宫廷和筑紫相异的天地,他属于歌唱行旅和传说的歌人。他把民间传说中的人物和事件栩栩如生地进行描述,不带主观色彩地加以表现,由此创造出了虫麻吕的美学世界。

总之,万叶第三期是一个具有个性的歌人辈出、诗作成就斐然的时期。

第四期为圣武天皇的天平六年(734)至孝谦女天皇(即淳仁天皇)的天平宝字三年(759)的26年间。这一时期对应于奈良时代中期。

据传,天平二年,圣武天皇在平城宫朱雀门前的广场举办歌会,男女240余人参加,都内很多人前来观看,热闹非常。平城京和天平文化宛如盛开的鲜花,处于鼎盛时期。但继前期的长屋王之变后,藤原广嗣叛乱、橘奈良麻吕之变等接连发生,如在天平十五年(743)的垦田永世私有令中看到的那样,律令体制的基础已出现裂痕。因而也可以说,这一时期是在极盛里面潜流着衰退的时代。

创作活动从上个时期持续到这一时期的歌人中,有一位大伴坂上郎女。她是《万叶集》中仅次于人麻吕,有84首作品的万叶第一女诗人。其作品始有养老年间(718—723)回答藤原麻吕求爱的歌,后有亲族聚宴的歌和祭祀大伴氏神的歌等。占她作品大半的相闻歌除和亲族中人们的赠答之外,没有对手的歌也不少。但这些歌不是她恋爱的产物,而似乎是有意尝试创作的社交歌和问候歌。这位女诗人才气焕发,作品体现出浓郁的理性倾向。

汤原王是天智天皇的皇孙,有短歌19首留世。静寂而纤细的美和在同"娘子"(少女、姑娘)的赠答歌(卷4·631—632)中表现出的玩赏趣味,代表了万叶末期的倾向。

大伴家持在天平五年(733)的《初月歌》(卷6·994)里,把从汉诗学到的表现技巧创造性地加以应用,由此开始了他的和歌创作。这首和歌表现了善感的少年对美的憧憬和纤细的感性,成为贯穿他作歌生涯的基本音调。天平十二年(740)9月,大宰少贰藤原广嗣举兵叛乱,圣武天皇10月行幸伊势,广嗣被捕斩首,叛乱平息。可是,圣武天皇同年12月迁都山城久迩京。天平十五年(743)10月,出紫香乐宫向天下布告建立大佛的愿望(营造卢舍那大佛),同年12月停止了久迩京的建设。天平十六年(744)2月又迁都难波。家持从738年起担任内舍人,744年终止了任期。《万叶集》截至卷16正好以天平十六年划了一条界线。天平十七年(745)正月,家持被擢升为五位下,同年5月圣武天皇返回平城宫。至此是他的青年时代,也是他和歌创作的第一阶段。青春时代的家持和很多的女性相闻赠答,把独居的寂寞寄托于咏唱自然。

笠女郎留有赠家持的歌29首,这是无与伦比的恋爱感情发展变化的真实记录,其纯情和理性,纤细和激越产生了非凡的个性。狭野茅上娘子和中臣宅守之间的赠答歌63首也作于天平十年(738)左右。娘子的歌23首,是热情奔放的爱之歌。

在久迩京时代,田道福麻吕作了久迩新京赞歌和难波行幸从驾歌等。他的宫廷礼仪歌学习人麻吕的对句等,声调齐整,朗朗上口,自成风格,被后世称为"最后的宫廷歌人"。《万叶集》截止卷16,作者不明的有卷7、卷10至卷14共6卷。其中,卷10至12的歌同以坂上郎女和家持等为中心的天平歌人的作品,相类似的很多,这两卷似乎是作为天平时期人们作歌的参考书而编成的。卷13是长歌集,这里收集的长歌开拓了长歌的新样式。卷14是"东歌"(有东国的民谣和非民谣两种定性),全是恋歌,在表现上具有率直、大胆的特点。卷17至卷20可以说是家持的歌日记,以天平十八年以前的补遗和家持到越中赴任以后至天平宝字三年十四年间家持的和歌为主,家持周围人们的创作、传闻歌等,按年月日顺序依次排列。家持的绝唱是天平胜宝五年(753)2月的春愁三首(卷19·

4290—4292),前二首题为"依兴作歌二首",这二首不只是歌唱触目之景,而是表现了以风景为基础而构成的家持心中春愁的天地。家持纤细的感情从一开始创作就同忧愁连在一起。家持的越中自然诗的清冽、玲珑的美和歌唱站在桃花下的少女的浓艳美,不用说也是他的创造,是家持越中时代——成熟期的产物。天平胜宝七年(755)是防人①交替之年,当时任兵部少辅的家持收集了防人歌,筛选后留下一半。这些歌中,像"今日出征,义无反顾。天皇强盾,我出发了"②(卷20·4373)这样慷慨激昂,表现了防人使命感的和歌很少,大部分是同家人的悲别歌和望乡歌。

以上就是《万叶集》的整体面貌。由此也可以看出它同中国文化,特别是汉诗的千丝万缕的联系,但更多的则是它"大和"的性格和风采。

第三节 《源氏物语》

一、作者生平与创作

《宝物集》(约1198)卷4中记载了这么一个传说:"紫式部以虚言作《源氏物语》,获罪坠入地狱。"人们根据这一产生于平安时代末期的传说,相信《源氏物语》的作者为紫式部。这一看法在其他文献中也得到了佐证。

《紫式部日记》中,关于《源氏物语》为其自作的记述有三处。根据日记中的和歌被《后拾遗和歌集》(1086)及以后的敕撰集收入,《日记》可以确认为紫式部所作。可是,《源氏物语》是否出于紫式部一人之手,对此有各种看法。

古代学者的观点有:父藤原为时构思,女儿紫式部代笔(参见《世继物语》《宇治大纳言物语》);藤原行成书写、藤原道长呈献给斋院③并作跋的清书本中,写明道长进行了修改补充(参见《河海抄》),等等。这些观点仅仅是以传闻为依据,不足为信。

近代学者和辻哲郎氏认为:《源氏物语》是在民间光源氏传说的基础上写成的。也就是说,紫式部的《源氏物语》以前,就已经有了不止一种的"源氏故事"(《关于源氏物语》,载《思想》1922年12月)。因为和辻氏的论证不过是一种作品解释,光源氏传说的证据至今一点也没有发现,所以学术界对他的观点予以否定。

截至目前,还没有人用充分的材料证明《源氏物语》非紫式部所作。一般认

---

① 借用唐人的叫法,指守边境的军人。
② 本节笔者拙译。
③ 中古时期,天皇即位时,在贺茂神社奉仕的未婚的公主或皇族的女性被称看斋院。这里是指天皇的居所。

为,现存的 54 帖《源氏物语》基本上为紫式部创作,即使其中有的章节出于别的作者之手,那至少也是同紫式部一前一后的同时代人所为,不会是时隔很久的拟作。

紫式部出生年有天禄元年(970),天延元年(973)、二年、三年,天元元年(978)等说。一般认为取中间的天延元年比较妥当。没年也有诸种说法,一般认为长和三年(1014)春比较可靠。最近又有人提出宽仁三年(1019)说、长元四年(1031)说等。

紫式部的本名不详,式部的叫法是由于其父做过朝廷的式部丞,式部大丞①。她侍奉一条天皇中宫藤原彰子时,被叫着藤式部。改称紫式部,也有几种说法:一说是由于在《源氏物语》中对女主人公之一的紫姬进行了出色的描写;另一说是由于她住在紫野云林院一带,等等。

紫式部出身于名门藤原世家。父亲为时是藤原冬嗣的六男良门的四世孙,母亲也是冬嗣的长男长良的五世孙。藤原氏的繁荣期是从二男良房开始,继之养子基经、忠平、师辅、兼家道长等这一摄关(掌握朝廷大权)时期。式部的家系除曾祖父中纳言兼辅以外,代代只担任四五位的受领诸大夫官职。到了父亲为时一代,更加衰落下去。为时虽然在花山朝被重用为式部大丞,但从一条朝开始,就接连被贬,宽弘八年(1011)在越后守任中辞职,长和五年(1016)出家到了三井寺。然而,式部的家系乃书香门第,文人辈出。以兼辅为首,祖父雅正,其弟清正,父亲为时,叔父为赖和为长,外曾祖父文范,外祖父为信等,都是敕撰集歌人。父亲为时还是一条朝屈指可数的汉诗人。

紫式部幼年丧母,和姐弟一起,由父亲一手养育成人。她天资聪颖,难懂的汉籍一学就通,并暗诵在心。父亲常叹她非男儿家,却有男儿不及的才智。长德二年(996),父亲被任命为越前守,带式部去了越前。长德四年(998),式部单独归京,不久和山城守藤原宣孝结婚。宣孝是北家高藤家系的右大臣定方的曾孙,式部的奶奶是定方的女儿。式部和宣孝的结合乃亲上加亲。结婚时,宣孝已 40 有余,妻妾数房,有同式部年龄相当的长男隆光等几个孩子。婚后第二年(999),式部生了女儿贤子。婚后第四个年头,即长保三年(1001)4 月,宣孝病亡。年轻寡居的式部在不安和忧郁中开始了《源氏物语》的写作(动笔于丈夫病故的当年或翌年)。随着写就的篇章越出式部的交际圈而流传到社会,体现在作品中的她那卓越的才华也得到人们的承认。宽弘二年(1005)或三年,式部被选拔入宫,侍奉藤原道长的女儿,一条天皇的中宫彰子。由于她通晓《日本书纪》,受到一条天皇的称赞,送予她"日本纪之局"②的绰号,并让她向中宫讲解《白氏文集》。宫中

---

① 相当于现代文部省的三等官员。
② 局,宫中的女官名。

的生活是优越的,但却是乏味的,这期间她继续从事《源氏物语》的创作。宽弘八年(1011),父亲为时被贬为越后守,弟弟惟规赴越后途中身亡。长和二年(1013),她辞去宫中女官职务,翌年故去,终年约40岁左右。除《源氏物语》外,她还有《紫式部日记》、和歌等留世。

二、《源氏物语》

《源氏物语》约写于1001年至式部逝世的长和三年(1014)之间。开始作者并没有设计出一个完整的长篇物语的结构,即使有一定的框子,也不过是准备把一个个短篇物语连缀起来。

首先执笔的篇章是什么?对此有各种看法:"须磨""明石"二卷说(《河海抄》中的观点);从"桐壶卷"向"帚木卷"展开,从"夕颜卷"向"若紫卷"展开说(和辻哲郎氏的观点);从"若紫卷"起笔,写了若紫短篇系列(红叶贺、花宴、葵、贤木、花散里、须磨等八帖)之后,返回来写"帚木"短篇系列(空蝉、夕颜、末摘花等四帖),"桐壶卷"是写到"少女卷"时添写的(阿部秋生氏的观点);等等。

有人认为《源氏物语》的部分篇章非紫式部所作:"竹河卷"为后人的补作(二战后《源氏物语》研究的代表学者之一武田宗俊氏的观点);"匂①宫"(香皇子)、"红梅""竹河"三卷为他人补作(池田龟鉴氏的观点),等等。

现在作为定本刊行的54卷本是从"桐壶"卷开始,包括有疑点的"匂宫""红梅""竹河"三卷在内。

关于《源氏物语》的主题,中世以来有种种见解:如模拟天台60卷②;是依据阐述"一心三观"③的《庄子》寓言;模拟《春秋》,含有劝善惩恶之意;学习司马迁的"史记笔法"(不虚美,不隐恶)的批判精神,等等。

近世的本居宣长(1730—1801)首先提出了与中世的"理想主题论"不同的看法。他在《源氏物语疏证》中提出了"物之感"④的主题论。这一主题论是宣长早期和歌论中"物之感"定义的又一次运用。有的学者认为,宣长的这一观点并非他的新发现,而是他要复归到藤原定家(镰仓时代的大诗人)歌论的立场,对传统的主情主义的继承。

近代以来,《源氏物语》主题论呈现出多样化。藤冈作太郎认为:"《源氏物语》的本意实际上是对妇女的评论。"池田龟鉴把《源氏物语》分为三部来把握分析:第一部是从藤壶卷到藤花末叶卷的33卷,第二部是从新菜上卷到云隐的8

---

① 匂,日本国字,即日文汉字,意思为香、美等。
② 从中国传入日本的佛教教派,用《法华经》《妙法莲花经》等作教义,合起来共60卷。
③ 佛教语,即一切存在没有实体的空观,一切存在是假象的假观,既非空观又非假观的中观,用此三观观察事物的实践为"一心三观"。
④ 简言之是指内心由衷的感动和感情的自然流露。

卷,第三部是从匂宫(香皇子)卷到梦浮桥卷的13卷。池田在这三部分里看到了人生的三种状态,即"光明和青春""斗争和死亡"和"超越死亡"。而这三部曲是由人间宿命论统一着的。之所以分为三部,是由于紫式部开始并没有一个全体的构想,在写作过程中不断地发现了新主题。同池田的主题论基本上同期发表的武田宗俊的结构论,把藤壶卷至藤花末叶卷的33卷解剖为紫姬系17帖和玉鬘系16帖,推断前者为《源氏物语》的最初形态,后者是补写进去的。在此结构论上,武田展开了主题论:第一部特别是紫姬系中,追求人生的理想,淋漓尽致地描写了荣华、风雅、恋爱;第二部回首现实,描写了其中隐藏着的苦恼;第三部被苦恼纠缠着,向灵魂应该去的世界扩展开去。

西乡信纲就关乎《源氏物语》更重大主题的源氏和藤壶的关系论述道:这不单是基于思慕女性之情。作为决定这一虚构关系的历史动力,作者设想了儿子被父亲的妻子诱惑这一位于一夫多妻制社会中的心理状态,由于这一诱惑是遭禁制的,反而产生了牵引力,必然从恋发展到私通。西乡氏在这里从人类学和社会学方面考察了《源氏物语》的主题。

秋山虔、阿部秋生等学者则认为,主人公源氏是作为具备所有理想品质的超人,超现实的人物而出现的。这一形象既因袭了在古代传说和早期物语中出现的类似的主人公形象,同时又依据作者生活时代的社会生活和社会心理、个人心理而创造的。论者并按三部结构分述了《源氏物语》的主题。

第一部,《源氏物语》主题的本源如西乡所说,是源氏和父帝之妃藤壶的私通。虽说源氏的行为在心理上是极其自然的,但却贸然侵犯了神圣的王室秩序。虽然他是父亲最器重的才貌出众的皇子,但不仅不能成为王权的继承者,还被逐出朝廷,流落僻乡。尽管源氏同自古以来应该继承皇位却适得其反的悲剧皇子们属于一个类型,但源氏的悲剧却同他所犯的破坏王室的罪行密切相关。然而正是由于被现实的皇室秩序所排挤,源氏反而成了超越的主人公。这不能不说是作者的用心所在。《源氏物语》第一回就引用了《长恨歌》来比喻源氏的父亲和母亲更衣的生离死别。母亲更衣的出身并不十分高贵,在妃嫔中地位又在女御之下,虽蒙天皇宠爱,但却成了众矢之的,在痛苦中度日,后抑郁而死。源氏是在父亲和母亲更衣之间的悲剧气氛中诞生的皇子,他身上具有明显的反抗秩序的标志。源氏的这一个性,进而在多角的女性关系中显现出来。如源氏同藤壶的私通就是反禁制的女性关系(这种关系的必然裂痕由于得到作为藤壶替身的紫姬而有所弥补)。这一关系的母型来源于早就在民间传说的白鸟处女(羽衣)传说。①

---

① 基本类型是:天女来到人间沐浴或干其他什么事,被凡人男子藏其飞翔的羽衣而不能返回天界,被迫留在人间和凡人结婚,后设法得到羽衣,独身或携子返回天界,凡人丈夫只得望天长叹。

另一方面，源氏和左大臣的女儿、被社会承认的正妻葵姬经常处于背离的关系之中。葵姬生了源氏的嫡男后离开了人世。她的死是源氏的情人，前东宫妃六条御息所的生灵附体所致。因此，源氏不得不同六条御息所生别。这样的结局也促使着失去了葵姬和六条御息所的源氏徘徊于现实秩序之外。接着，父亲崩御，时代转换为右大臣和弘徽殿一派专权的朱雀帝时代。光源氏由于思念藤壶，意外地同右大臣的女儿胧月夜产生了隐情。事情败露，源氏被逐出京城，流放到遥远的须磨、明石地方，罪名是谋反朱雀帝朝廷。从结构上看，这一情节同赎罪于和藤壶私通的主题有关联。源氏流放的情节固然同"贵种流离传说"①有一定的因袭关系，但更多的是概括了大津皇子②、菅原道真③等真实历史人物的事迹，这些历史人物都是有着鲜明特征的历史悲剧人物，把他们的历史印象同源氏重叠在一起，使源氏这一形象具有了一定的历史和社会内容的辐射性。

由流放而实现了赎罪的源氏，终于返回京城。这时已是冷泉帝时代，即名义上是父亲的皇子，源氏的同父异母弟，而实际上是源氏与藤壶所生的私生子成为天皇的时期，源氏人生命运出现了一个大转机。他把政治实务委托于左大臣一家，自己登上了准太上皇的位置。从某种意义上说，源氏成了超越世俗权力的潜在王权的拥有者。在这一部分情节里，作者描述了源氏和内大臣（头中将）家的对立，反映了这一时期政治斗争的实态，但这一斗争的归势是明确的，即显示出源氏不可动摇的至上地位。作为聚集四季景致的曼陀罗（化教）式"风雅"空间的六条院豪邸的建造，象征着源氏的超越一切性。以上关联着紫姬系物语的王权主题的展开。在与这一基本情节并行的玉鬘系的物语中，则描写了源氏同空蝉、夕颜、末摘花及和夕颜的女儿玉鬘的所谓秘密关系，反映出源氏生活的非公开的一面。在同这些女性的交际关系中，源氏既表现出古代传说和物语中男主人公理想的一面，又表现出好色人物实际的一面，具有一定的时代、社会和心理的认识价值。

第二部从新菜上卷开始，时间上前接以源氏的荣华达到极致而终结的第一部，但主题发生了转变。病重准备出家的先帝朱雀院，忧虑着幼年丧母的三公主④的未来，决心为她选择一个可靠体贴的丈夫，结果选中了源氏。在第一部始终没有露面的三公主被推到了第二部的中心位置。

---

① 幼神和英雄经过种种磨难，由于动物的援助，才智的发挥，财宝的发现等克服重重险阻而成为神或受人尊敬的英雄。大国主命、山幸彦、日本武尊等传说就属于这一类。

② 大津皇子（663—686）性格豪爽，文武双全，父皇天武天皇曾让他"听朝政"。天武天皇死后第23天，同父异母的皇太子（草壁皇子）派兵逮捕大津皇子，翌日自杀身亡。

③ 菅原道真（845—903）是文章生（学习诗文、历史的学生）出身的公卿，宇多朝时被重用，醍醐朝时虽一度被擢升为右大臣，但不久遭诬陷，被贬赴太宰府地后第三年死去。

④ 这位三公主是同源氏私通的藤壶妃子（后成为皇后）的异母妹的女儿。

源氏同三公主(三宫)的结婚,预示着在第一部建成的六条院体制开始崩塌。首先,由于紫姬蒙受打击,源氏和她的关系出现龃龉,以两人为轴心的六条院世界动摇了起来。三公主作为第一部中权力争斗的败者朱雀院的皇女,依然处于弱者的地位,尽管成了源氏的正室,但她并未动摇紫姬实质上的优势。六条院的秩序,由于紫姬的惨淡经营,表面上依然维持着原状。加之明石君女儿,在第一部中作为东宫女御①入宫的明石姬君为皇太子生了一个儿子,使源氏的荣华带上了永久性。可是,在这一值得庆祝的事件中,担当着明石姬君教育重任的名义上的母亲紫姬,实际上的孤立却明朗化起来。冷泉帝在位18年后,让位于先帝朱雀院的皇子(东宫),明石女御的儿子成为东宫太子,女御的生母明石君的地位得以巩固,三公主也作为新天皇的胞妹而提高了地位。对自己的前景失去了信心的紫姬提出了出家的要求,但没有得到对紫姬爱之笃深的源氏的获准,紫姬只好用养育明石女御女儿一公主来排遣无所依靠的寂寞。紫姬病倒,从六条院移居二条院养病。

乘紫姬病危,上下混乱之际,早就恋慕三公主的太政大臣之子柏木进入六条院,同三公主发生了不伦关系。不久,由于三公主怀孕而被发现。曾经同父亲之妃藤壶私通的源氏,痛感到这是现世中的因果报应。但这件事不仅是因果报应,而且反映了已在第一部达到了繁荣顶点的六条院体制被下一代从根底上予以侵犯的无情现实。

三公主生下儿子(薰)之后削发为尼,柏木因畏惧源氏的威势而患病,不久死去。源氏的荣华由于长外孙——明石女御所生的儿子成为皇太子而得到延续,但冷泉帝没有皇子,因而皇统断绝,这又意味着源氏作为潜在王权保护者的绝对性被剥夺。秋好中宫的母亲——六条御息所的死灵出没也标志着源氏体制的衰弱。不能避免柏木侵犯的源氏,对自己的儿子(夕雾)偷情于柏木未亡人落叶公主(也是夕雾正室云居雁的义姐)的荒唐行为也无能为力。

由于多样的人生在源氏的统制之外多元地存在,源氏的世界呈现出明显的空洞化。在这一现实中,源氏怎样厚爱也不能阻止地位下降的紫姬,终于在愁叹中死去。她是源氏最宠爱的女人,被称为这个世界上最幸运的女人,但她却有着源氏不能分担的深刻的孤寂。紫姬的死使源氏产生了厌世的情绪,他否定现世的一切价值观,而希求在来世彼岸得到永生。

第三部从第41卷"云隐"开始。这一卷有题名而无本文。"云隐"(隐遁之意)暗示源氏之死。关于有题名无本文的原因,历来有四种说法:(1)原有本文,后失佚;(2)紫式部本打算写本文,因某种缘故而作罢;(3)作者故意不写本文;(4)本无题名,更不用说本文了。一般相信第三种说法,理由是书中已写了许多

---

① 妃子中最高一级。

人的死,其中主要人物紫上之死写得非常悲痛,如再写作者钟爱的主人公源氏的死,紫式部恐怕承受不住这一悲痛,所以只写题名而无本文,借以向读者暗示此意。

桥姬卷至终卷习惯称为宇治十卷。就在此之前的三卷(被认为是他人所写的"香宫""红梅"和"竹河")而言,香宫、红梅卷同整部《源氏物语》的结构缺乏紧密联系,竹河卷更是独自成篇。这三卷可以看作是为了创作源氏死后物语的摸索,是进入宇治十卷的引桥。同源氏有连系的人物的动向在以上三卷中说明之后,作为新登场人物宇治八亲王和他的女公子们被唤进了物语天地,以柏木和源氏后续正室三公主私通而生的薰为主人公的物语向读者展示出的新的主题。

八亲王同薰的相会是由于二人均为崇奉佛教的求道者,是信仰上的必然结果。八亲王是很有可能成为东宫太子,进而登上帝位的皇子,只是由于其母弘徽殿女御(朱雀帝之母)和外祖父右大臣一派失势而化为泡影、遭到冷落,他认为只有在佛教的修炼中才能净化对受挫命运的怨恨。薰的厌世并非是他不愿享受作为源氏之子的世俗快乐,而是他既反对出家,又担心自己出生的秘密一旦暴露会使自己的社会地位蒙受影响的矛盾心理所致。他们两人交际的场所宇治①不是与都城隔绝的另外一个世界,而是和都城(皇权和贵族社会的象征)在来去的道路上紧密联接着;同时,薰同八亲王在求道上的交际,同薰恋慕八亲王的大女公子自然地合在了一起。与隐居山里的姑娘恋爱是物语中一个传统的类型,然而,在求道中萌生了对大女公子恋情的薰,由于求道反而抑制住了燃烧的恋情。从大女公子方面来说,这一爱情发展也是她恪守八亲王反世俗教戒的必然。不但如此,大女公子还竭力反对香皇子(冷泉帝的第三皇子)和妹妹二女公子结婚。大女公子由于劳心过度而离开了人世,但在薰的心中,她是永不磨灭的理想女性。大女公子的死使薰转而追求大女公子的影子,已成为香皇子之妻的二女公子。这时,两位女公子的同父异母妹——浮舟来到了物语世界。

浮舟这个人物和她名字所象征的那样,是在漂浮不定的命运中生活着。在薰的庇护下她作为大女公子的替身住在宇治,但在香皇子的纠缠下,她又陷入了香皇子的恋情之中。她苦于夹在两者的爱情之间,被迫作出了跳水自杀的抉择。跳水自杀的浮舟在横川被僧都救起,后在比壑山麓的洛北小野出家为尼。

总而言之,宇治十卷的主人公薰(柏木和三公主之间的罪孽之子)是作为第三部的中心人物而出现的。第三部的主题是在薰和第二号人物香皇子同宇治女性们的交际及各自的命运遭际中展开并深化的。断然拒绝和薰结婚,以死作为代价而在薰心中永生的大女公子的独立性,和从被逼上自杀之路的俗世进入佛教天地——另一个世界的浮舟的人生,同宇治和小野(前者代表俗,后者代表圣)

---

① 现京都附近。

这两个地名扭结在一起,其中有着深刻的含义。

不难看出,篇幅宏大,历史跨度约70余年的《源氏物语》,反映出的是一个多彩多姿的历史和人生的世界。

源为宪在《三宝绘·序》(1984)中说道:"所谓物语,是抚慰女性心灵的创作。"也就是说,物语在当时尤其受到女性们的欢迎。据《风叶和歌集》(1271)记载,从平安时代到镰仓时代,除《伊势物语》等歌物语外,还有约二百种物语。另据其他文献,《源氏物语》以前的物语见到书名的约三十部,而这不过是其中的一部分。这说明物语文学的数量不少。

在平安时代,汉诗文与和歌被认为是贵族社会正宗的创作文学,相反,用假名写成的物语文学则被认为是个人消闲的玩艺。当时,"物语"这一词除传说的故事这层意思外,还包含着社交时的杂谈、朋友之间的交谈、男女间的私语、幼儿的只语片言及无意义的发音等意思。写成作品的物语,不被承认是正式的创作文学。正因为如此,《竹取物语》《宇津保物语》《落洼物语》等这些由男性知识人写的作品,作者都没有标明自己的姓名。

在当时,模仿中国志怪小说而记录日本故事题材的汉文体尝试作不少,但物语文学却与限于知识阶层的这些汉文体创作不同,它是用假名文字记述日本民间传说,并以作者和读者的感动为共同目的。所以,"抚慰女性心灵"的物语文学意味着要把文学创作从束缚男性贵族意识的汉字文化的规范方面,转移到相对自由的以女性为中心的个人生活的表现方面。从早期物语文学的欣赏体验中引发了人们对世态人情的注视,这就促使了当时另一种文学——女流日记文学的诞生。

最早的日记文学虽说是身为男性的纪贯之以女性笔法写的《土佐日记》,但藤源道纲母基于女性自觉的创作欲望而写成的《蜻蛉日记》却是真正的女流日记文学的开端。《蜻蛉日记》自始至终记述的是同丈夫藤原兼家夫妇生活的喜怒哀乐及作者对儿子道纲的母爱,纤细的心理告白,创造了把私生活表象化的艺术手法。以此为嚆矢,女流日记纷纷涌现,同时也带动了物语文学的变革。即从此以后,女性从物语文学的欣赏者方面自觉能动地转移到了作者方面,作为物语文学的新的创作者开始了引人注目的活动。

受《蜻蛉日记》影响而产生的《源氏物语》和《枕草子》,被日本文学史家公认为是女流乃至日本文学中的两座丰碑。贵族诸势力的对立和向藤原道长专权的过渡,是这两部伟大作品产生的社会背景。此时作为闺阀政治中心的后宫,呈现出空前的文化高潮。

《枕草子》以卓越的感受性和出色的文笔描述了宫廷内外的横断面。紫式部创作《源氏物语》时,虽明确意识到了《枕草子》的存在,但生活在建成了摄关政治体制的藤原道长权势庇护下的紫式部,在《源氏物语》中创造的世界是与《枕草子》完全不同的虚构的纵向现代史。古注释学派所谓的"依据论",就是以"《源氏物语》概括了延喜,天历(901—966)时代的历史"为论据的。

萤卷中主人公源氏就物语文学议论道:"其实,这些物语文学中,有记载神代①以来世间真实情况的。像《日本纪》②等书,只是其中一部分。这里面详细记录着世间的重要事情呢。"这段话可理解为紫式部借源氏之口道出了自己的自负,即在《源氏物语》中创造官撰国史的生动的历史形象。主人公源氏还说道:"原来故事小说,虽然并非如实记载某一人的事迹,但不论善恶都是世间真人真事。观之不足,听之不足,但觉此种情节不能笼闭在一人心中,必须传告后世之人,于是执笔写作。因此,欲写一善人时,则专选其人之善事,而突出善的一方;在写恶的一方时,又专选稀世少见的恶事,使两者互相对比。这些都是真情实事,并非世外之谈。"这段话扬弃了《蜻蛉日记》作者道纲母日记文学写亲身经历之事的主张,阐明了采用虚构而更真实地反映现实的物语文学的创作意义。

实际上,《源氏物语》继承了《竹取物语》以来创作(虚构)物语的创作方法和结构,吸取了由《蜻蛉日记》开拓的描写人物精神世界的心理写实手法,在此基础上形成了自己具有包容力和概括力的独特的创作世界。

《源氏物语》中759首创作和歌起到了情节转换和收讫的作用,在某些场合还对主题起了深化和拓展的作用。另外,除了引用《万叶集》《三代集》③《古今和歌六帖》以及个人和歌集中的和歌之外,还引用了《史记》《白氏文集》等许多中国古典,以及《法华经》等许多佛典,这不仅仅是为了修饰词章,而且与主题息息相关。这也是《源氏物语》的独特创造。

综上所述,《源氏物语》不单是"抚慰女性心灵"的作品,它还使传统的物语创作观念发生了质的变化;它不仅仅是物语文学的杰作,更是总括了王朝文化精粹的文化史上的史诗式的作品。

《源氏物语》对后来的文学乃至文化产生了极其深远的影响。和紫式部同一时代的贵族姑娘菅原孝标女④,在父亲任职的上总国从继母的姐姐处知道了《源氏物语》的内容,不久回到京城,找到全卷昼夜阅读,沉浸在《源氏物语》所描写的深邃世界中。她的《更级日记》就是学习《源氏物语》的写作手法创作的自传性物语。《狭衣物语》(作者不详)、《黎明之别》等优秀长篇物语,还有像《堤中纳言物语》这样的短篇物语集等虽在创作上有新的突破,有摆脱《源氏物语》束缚的倾向,但在细节描写和修辞表现上都明显地受到《源氏物语》的影响。有点像编年

---

① 神代,神武天皇以前的神话时代。
② 《日本纪》,即《日本书纪》。
③ 《三代集》,《古今和歌集》《后撰和歌集》《拾遗和歌集》的总称。
④ 菅原孝标女,平安时代歌人,物语作者(1008—?),父孝标是道真五代的嫡亲,母是道纲母的异母妹。

体历史物语的《荣华物语》，从各卷的卷名到事件和场面的安排，随处可以看到《源氏物语》的影子。纪传体历史物语《大镜物语》，其中问答形式的叙述是受到《源氏物语》帚木卷中"雨夜品评"座谈形式的启发。《今镜物语》在序言中把各卷中的历史真实人物同"源氏"中的人物加以对比等，说明《源氏物语》到了这时(1170左右)已经在文学、文化生活中确立了牢固的典范地位。12世纪初期，朝廷的权势者令人在宫廷绘制了豪华的规模巨大的《源氏物语画卷》，从而揭开了大和绘画史上传统的"源氏画"的第一页。镰仓时代，《源氏物语》的整理和注释工作蓬勃开展，对于文人学士来说，这时《源氏物语》已成了最高的文化遗产。这一现象同时表现在对诗歌创作的影响上。平安时代向镰仓时代过渡的代表歌人藤原俊成(1114—1204)在《六百首连歌》的评判词中说道："不看《源氏物语》，是咏歌中的憾事。"这句话竟成了后来诗歌界的流行语。歌论中以《源氏物语》为经典的语言举不胜举。学习《源氏物语》优雅艳丽的情趣，以此为本歌(采用前人和歌的语句和素材，把前人和歌具有的气氛和情趣移入自己的歌中，使自己和歌的内容更加丰富的一种表现方法)的咏歌态度和评论、研究相互依存，成了那个时代诗人们创作上的一条原则。

　　镰仓时代的物语，江户时代井原西鹤等作家的浮世草子和上田秋成等作家的读本，甚至这两个时代相继出现的能、狂言、歌舞伎等戏剧艺术等，都从《源氏物语》那里有所借鉴(或题材、或意境、或表现手法等)。

　　近代以来，《源氏物语》更是家喻户晓，有所成就的小说家、诗人、剧作家无不受到《源氏物语》的熏陶，从中汲取了创作营养和智慧。

　　不仅如此，《源氏物语》的影响已渗透到了衣裳工艺的图案、游艺、食品等文化生活之中。可以毫不夸张地说，如果没有紫式部的《源氏物语》，日本的文化史就不会是现在这样一种状态。一句话，《源氏物语》是同日本人的生活相融合了的文学和文化的宝贵遗产。

第三卷

近代东方文学

第十二章 近代日本文学

第一节 概述(明治期)

按日本文学史的时代划分,近代文学指自明治维新至第二次世界大战战败这一时期的文学。它包含明治期(1868—1912)、大正期(1912—1926)及昭和前期(1926—1945)这三个时期。

明治期,日本资产阶级文学伴随着明治维新而发展,又在资产阶级不断壮大的过程中取得突出成就,是当时东亚地区最令人注目的民族文学。

1868年,统治日本达265年的德川幕府垮台,宣布"王政复古"的新政府成立,年号由庆应改为明治。15岁的明治天皇成为国家元首,这标志着日本新兴资产阶级国家已经起步。继而,明治新政府自上而下地提出"文明开化""殖产兴业"等口号,进行一系列改革。但是,由于改革不彻底,封建残余势力仍然顽强地存在,因此形成这样的局面:政治上封建贵族和大资产阶级联合,经济上资本主义工商业与封建农业经济并存;而广大人民并未从中收益,却身受封建主义和资本主义双重压迫。逐渐觉醒的广大人民决心要以自己的行动去争取自由和幸福的激情不断高涨,于19世纪80年代酿成波及全国的"自由民权运动"。他们提出"开设议会""减轻地租"等口号,反对当政者政治上的独断专行与经济上的苛捐杂税,不久,这一运动遭受挫折,但是人民的反抗斗争并未沉寂。由于工人队伍不断壮大,19世纪末20世纪初,早期社会主义思潮和工人运动的萌芽开始产生。日本政府为了阻止革命力量增长,于1910年制造了所谓的刺杀天皇案,杀害了幸德秋水等革命者。可是工人运动并未因统治者的血腥镇压而停止发展,至第一次世界大战前后,革命、进步的政治力量又逐渐发展壮大起来,并形成不可阻挡的历史潮流。

明治维新前的江户时代,声称锁国,除中国和荷兰以外,不同其他任何国家交往。凡购买外国物品、阅读外国书籍者都要受到严惩。而明治维新开始,国门大开,致使过去遭禁的外国物品和书籍如狂潮般涌入。政府率先大量吸收外国的科学文化知识,高薪招聘外国学者和工程技术人员,同时向国外派出大批留学生。所以明治初年,各界学习、模仿、效法、吸收、重视外国经验的倾向蔚然成风。

日本近代文学就是在这样的历史条件下应运而生的。在短短的几十年时间里,由于资本主义和西方文化两种乳汁的滋养,这个呱呱坠地的婴儿暴长成巨人,大步走完欧洲自文艺复兴到19世纪末数百年的漫长路程。正是这种近乎畸形的急剧变化,使得日本近代文学发展得很不充分。西方数百年间的各种文艺思潮和流派蜂拥而至,造成日本近代文坛派别众多,五彩纷呈的景象。许多流派在"各领风骚数百天"后,即被另外的文学新潮所取代,没有哪一种文学流派能够长期左右文学发展的走向,从而形成日本近代文学内容庞杂、形式多样和流派交叉等特点。

日本近代文学发轫之前,曾经历了一个准备时期,为其产生奠定基础。明治初年,文坛依然流行江户时代的商人文艺,即所谓的游戏文学。这种内容滑稽可笑,具有劝善惩恶性质,并融入"文明开化"世态人情的小说,根本满足不了渴望吸收欧洲新知识的时代要求。为了启发广大人民的思想,大量的政治小说和翻译小说相继出现,成为阅读的热点。政治小说的代表作主要有矢野龙溪的《经国美谈》(1883—1884)和东海散士的《佳人奇遇》(1885)等。矢野龙溪(1850—1931)是当时立宪改进党的领袖,在《经国美谈》中,借古希腊城邦底比斯一青年政治家与专制统治者斗争的历史题材,来表现日本当时鼓吹民主自由,宣扬民主民权的时代精神。翻译小说主要以英法等国的作品为主。如莎士比亚的《威尼斯商人》《裘力斯·恺撒》和儒勒·凡尔纳的《海底两万里》等,虽译笔粗略,读者仍颇感兴趣。这些启蒙性质的作品随自由民权运动的失败而衰落,但作为日本近代文学的前奏曲,终于引导出波澜壮阔的新文学和声。

日本近代文学的形成是以坪内逍遥(1859—1935)、二叶亭四迷(1864—1909)和森鸥外(1862—1922)三位作家登上文坛为标志的。

坪内逍遥上私塾时读过不少中国古籍,对日本江户文学有特殊爱好,大学毕业后又倾心于英国文学。在大量涉猎英国文艺作品及文艺理论方面的书籍之后,写出对日本近代文学的诞生具有重大催生作用的文艺理论著作《小说神髓》(1885—1886)。其间也犹如破晓的晨钟,宣告了封建旧文学的终结。作者通过介绍西方世界对小说的看法以提高小说的地位,抨击了明治维新后封建旧文学意识依然统治小说界的时弊;提倡"小说的眼目,是写人情,再次是世态风俗",借以批判江户时代盛行的"劝善惩恶"的小说观和功利性。这些改良主义的文学主张尽管有某些消极影响,但却无可争辩地使小说在日本近代艺术殿堂中占有了一席之地。

二叶亭四迷早年受过长时间的汉文教育,深受儒家思想的熏陶。在东京外国语学校学习期间又接受俄国现实主义文学影响,逐渐形成"为人生而艺术"的文艺观。他主张文学要反映现实,要表现时代精神。为此,他发表了被公认为是日本近代现实主义文学开山之作的《浮云》(1887)。这部长篇小说描写了一个在政府供职的有学识、正直的小官吏内海文三,因不会逢迎上司,不愿出卖灵魂,而被排挤出去的遭遇,揭露了日本近代社会官僚机构的腐败和趋炎附势的风气。主人公爱情的破灭、理想的消失,犹如浮云一样,真实再现了当时小资产阶级知识分子面对黑暗现实所表现出的软弱性、妥协性与动摇性。女主人公阿势是明治时代资本主义上升时期孕育出的"畸形儿"。她识字,学英语,织毛衣,表面像个具有反封建精神、尊重个性自由的"新女性",其实不过是个认识浅薄、缺乏思想、轻浮的女子。她见异思迁,用情不专,见利忘义,在当时具有典型意义,深刻反映了具有浓厚封建色彩的日本资本主义社会,接受西方文明的肤浅性和复杂性。二叶亭四迷因《浮云》一书遭到冷遇而一度辍笔,随从被称为"东方豪王"的川岛速浪到中国北平参加清政府的改革活动,并任北京警务学堂提调。归国后又重新握笔,写了《面影》(1906)、《平凡》(1907)两部长篇小说,此外,他还用清新流畅的日语翻译了不少俄罗斯的经典作品。

森鸥外是继二叶亭四迷之后拉开日本近代文学帷幕的第二位重要作家。他自留学德国始,广泛涉猎欧洲古今名著,深受叔本华和哈特曼美学思想的影响,并曾翻译过歌德、莱辛、易卜生等人的作品。处女作《舞姬》(1890)使之登上日本近代文坛。小说描写日本留学生太田丰太郎在德国大学接触到自由风气之后,个性迅速觉醒,抛弃了"过去的我"。因为和美丽而不幸的舞女爱丽丝邂逅相爱而被免职,最后迫于各种压力,在功名利禄的诱惑下,抛弃了怀孕的爱丽丝而回国。小说充分表现了明治时代知识青年的苦闷与悲哀。他们曾一度觉醒并大胆追求自由和幸福,但是在强大的统治力量面前,他们又表现软弱而不得不退却。小说运用感伤、悲哀、绝望的抒情咏叹调描写了明治时代怯懦、妥协的知识分子的精神悲剧,被公认为日本近代浪漫主义文学的奠基之作。

坪内逍遥、二叶亭四迷和森鸥外等先驱作家开创的文学之路,使日本近代文学界同人为之一振,眼界豁然开朗。尽管自由民权运动失败,明治维新的改良性质以及天皇制的高压手段,曾使近代文学的优良传统遭受挫折,但是19世纪末的文坛还是出现了一派繁荣景象,其主要表现在涌现出不少文学社团和大量优秀作家、作品。其中重要的文学团体有"砚友社"和"文学界"。

"砚友社"是1885年初东京帝国大学预科学生尾崎红叶(1867—1903)、山田美妙(1868—1910)等人组织的日本近代第一个纯文学团体。取名"砚友社",意为同人都是笔墨朋友。他们出版的同人刊物《我乐多文库》("我乐多"是日语"废物"一词的汉字注音),刊有小说、和歌、俳句、汉文、汉诗、谜语等,内容通俗,流于肤浅。他们有意模仿精通玩乐的江户时代的游戏文学作家,写作娱乐性强但品位不高的作品,以迎合部分读者的审美趣味。代表作家主要有尾崎红叶等。

尾崎红叶是极力提倡写实主义的小说家。因其在文体和内容上都受到井原西鹤的强烈影响而注重描写风俗人情。成名作短篇小说《两个比丘尼的色情忏悔》(1889)描写在一个寒风凛冽的夜晚,两个素不相识的女尼在尼庵中相遇,她们各叙自己的爱情悲剧,最后却发现两人所恋竟是同一男子,两人大吃一惊。小说言情写意辞藻华丽,文体新颖颇具匠心,虽有一定的反封建意义,但社会性不够深刻。长篇小说《金色夜叉》(1897—1903)是他著名的代表作。主要描写主人公像"夜叉"一样,以拥有大量金钱的高利贷者身份,向社会进行的种种强烈报复行径。高中学生间贯一因双亲去世而寄寓在曾受恩其父的鸭泽隆三家中。隆三决定将女儿阿宫嫁给贯一。可是阿宫抵抗不住阔少富山唯继巨大财富的诱惑,决意嫁给富山。贯一苦劝无效,一怒之下,踢倒阿宫离去。几年后,贯一变成像贪婪金钱的魔鬼一般的高利贷者,向利用金钱夺去他爱情、幸福和理想的社会进行以牙还牙式的报复,但他内心的痛苦却丝毫没有减轻。阿宫嫁给富山后毫无幸福可言,多次给贯一写信倾诉自己的情怀,渴望得到谅解,但是贯一不予理睬,直至最后才猛然醒悟。小说以阿宫一封自诉衷肠的信而中断。小说通过"爱情胜过金钱"的主题,批判明治初年日本社会拜金主义泛滥的世风。作品中主人公以恶抗恶的复仇心理,以及用金钱复仇的手段显然是不足取的,也有悖于作者的创作初衷。小说竭力表现和分析人物心理,渲染矛盾冲突的气氛,具有较强的艺术感染力。据说这部作品是尾崎红叶读了一位美国女作家的小说《白百合》,从其主人公为了金钱而背叛爱人的情节中得到启发后写成的。

"文学界"得名于1893年创刊的同名杂志,先后的同人主要有北村透谷(1868—1894)、岛崎藤村(1872—1943)、田山花袋(1871—1930)和樋口一叶(1872—1896)等。这批团结在"文学界"核心北村透谷周围的青年,多是些诗人和评论家,其中不乏英国诗人拜伦的崇拜者及美国思想家艾默生自由主义思想的共鸣者。他们以和现实对应的观点,从幻想出发,主张人性自由,讴歌青春、女性和爱情,有悲观主义倾向,形成日本近代文学中的一股浪漫主义文学潮流。

北村透谷主要以浪漫主义诗歌和评论为文坛输入一股新风。他早在十四五岁时就参与自由民权运动,而后又致力于文学活动,把自己对明治社会种种黑暗现实的不满,写进诗歌和评论中。他自费出版的处女作《楚囚之歌》(1889)是日本最早的自由体长诗,据说这首充满向往自由精神的长诗是他因读过拜伦的长篇叙事诗《耶路撒冷的囚徒》的原文而写成的,但这首诗并未引起文坛重视。他颇具浪漫主义色彩的诗剧《蓬莱曲》以象征的手法,描写主人公柳田素雄追随已故恋人上天入地,仍感到绝望而死的故事。主人公热烈追求自由解放,否定现实,大胆喊出反抗的心声:"令人窒息的浮世,……怎能使我的心得以片刻宁安",表现出自我觉醒的知识分子精神上的苦闷。他的文学评论著作《厌世诗人和女性》(1892)和《内部生命论》(1893)等不仅向封建的伦理道德观念进行了大胆的挑战,也为早期浪漫主义文学作了理论上的阐述。可惜他的种种追求过于理想化,残酷的现实扼杀了他思想上的种种生机,最后终因美好理想与丑恶现实之间的尖锐矛盾使之困惑绝望而自缢身亡,年仅 26 岁。

"文学界"同人中,女作家樋口一叶也有举足轻重的地位。尽管她生命的 24 个春秋犹如彗星般的短暂,但其文学成就却光照四野,影响深远。一叶自幼聪慧好学,曾求学于女诗人中岛歌子,成长为倔强不屈的女性。由于家破父亡,她十七八岁时就挑起家庭生活的重担,过着下层妇女一贫如洗的生活。她给人送过拆洗的衣物,开过小杂货店,但这一切未能磨灭她的意志,也未能阻止她写作。早期的作品主要通过下层人民的悲惨生活和命运,揭露日本近代社会贫富悬殊的现象和资本主义社会的丑恶。短篇小说《埋没》(1892)描写一个有天才的普通陶器画工那种愤世嫉俗的名匠气质,渗透着作者自己的生活态度。她创作的丰产期是 1895 年。这一年,她连续发表了《青梅竹马》《行云》《浊流》《十三夜》等小说。《浊流》中的主人公阿力身为妓女,长期生活在社会底层受人蹂躏,她悲惨地认为自己"是背了好几辈子怨恨的人,在没有尝尽人世的辛酸以前是想死都不能死的"。正当她不知何时才能摆脱烦恼、无聊、苦闷与悲哀的不幸时,被来逼她情死的破产的恋人源七杀死。她以自己年轻的生命向罪恶的社会作了最后的无声反抗。《青梅竹马》描写一群生活在花街柳巷的少男少女们的生活和未来的命运安排。他们纯洁自然的天性由于环境的影响受到污染和扭曲。名妓之妹美登利、方丈之子信如、高利贷之子正太郎、消防夫之子长吉等,他们在告别青梅竹马的童年而步入青春期时,不仅心理上忧郁和苦闷,而且思想未来险峻神秘的人生道路,有一种不祥的冥冥预感。他们的命运逃脱不了半封建半资本主义的明治社会为其安排的囚笼式的道路,从而猛烈抨击了剥夺这些少男少女们自由与幸福的金钱和色欲的世界。一叶以细腻抒情的笔调真挚地描写了美好的理想与残酷的现实。在受到"文学界"同人浪漫主义倾向影响的同时,以自己切身的生活体验和女性特有的敏感,写出一系列具有现实意义的小说,成为日本近代由浪漫主义过渡到现实主义的作家之一,对后世文学影响很大。

在"文学界"作家掀起的浪漫主义文学大潮中,岛崎藤村的抒情诗文集《嫩菜集》(1897)和与谢野晶子(1878—1942)的和歌诗集《乱发》(1901)、正冈子规(1867—1902)革新的短歌集《春夏秋冬》(1901—1903)等,汇成近代浪漫主义诗歌的主流。

19 世纪末,甲午战争刺激了日本资本主义经济的发展,农村人口大量涌入城市为工人,劳资矛盾日益突出,工会随之产生,社会主义思潮随着工人运动的发展而萌发。于是日本近代文学中又悄然兴起一种具有社会主义思想的作品。德富芦花(1868—1927)的小说《黑潮》(1903)、木下尚江(1869—1937)的小说《火柱》(1904)以及儿玉花外(1874—1943)的《社会主义诗集》(1903)等即是代表。可是由于这种萌芽状态的社会主义文学是伴随着关注社会矛盾的作家之笔出现的,还未具有明确的阶级性,因此,它未能成为左右文坛的力量。19世纪末,20世纪初,真正统治日本文坛的是强劲的自然主义文学运动。

这一时期,日本连年战争促使自由资本主义急剧转化为垄断资本主义,各种社会矛盾激化。但凡有敏锐观察力的作家都企图通过自己对社会的冷静思考去探寻解决社会矛盾的出路。已跻入国际社会的日本,与外界的文化交流进一步密切,法国的自然主义文艺理论和文学实践被一些作家接受过来,作为解剖现实社会的最新、最有力的工具。自然主义主张文学家要用科学家进行科学实验时的态度和方法进行创作;要以客观的态度去描写人的动物性;要彻底追求写实主义等等。日本自然主义作家在继承这些理论的基础上,最大的创新之处就在于倡导自我忏悔和自我暴露,而"私小说"的出现,即是这种理论开出的"恶之花"。由于他们过分强调生理遗传或性欲作用,并致力于描写在这种作用下的黑暗现实,以"觉醒者的悲哀"将作品写得过于灰暗,因此充满悲观与绝望的色彩,当然不能全部否定具有自然主义倾向的作家和作品。例如岛崎藤村和田山花袋等就在继承"文学界"浪漫主义文学倡导的个性解放和人道主义思想的基础上,创作出具有积极社会意义和富于批判精神的作品。岛崎藤村从浪漫主义诗歌转向小说创作之后,于1906年发表了代表作《破戒》(详见本章第三节)。这部以未解放的部落民为主人公的长篇小说,向日本近代社会等级制度造成的歧视部落民的不平等现象,进行了猛烈抨击,严肃地提出平等、民主的民权问题,具有明显批判现实主义的倾向。但是由于主人公的坦白中包含着作者自我剖白的要求和心理,并因"坦白"而抓住了明治中期知识分子觉醒的主题,因此,《破戒》又无可否认地成为自然主义文学的先驱。

田山花袋是重要的自然主义作家。早期创作由于崇尚感情和理想,与当时"文学界"提倡的精神解放运动相一致,而表现出浪漫主义倾向,如《故乡》(1899)、《旷野之花》(1910)等。1902年发表描写一个自然人粗野到凶暴程度的中篇小说《重右卫门的末日》以后,开始转向自然主义创作。在著名散文《露骨的描写》(1904)中,他主张不要理想,排除技巧,只作客观、露骨的"平面描写"。中篇小说《棉被》(1907)的问世不仅实践了这些理论,而且使他以真正的自然主义文学家的姿态活跃于文坛。小说主人公中年小说家竹中时雄对19岁的私淑弟子横山芳子产生爱心,但妻儿家庭、师生之谊使他将感情压抑在心底。在芳子有了男友之后,他出于嫉妒让芳子父亲将其领回。小说结尾处写他看到芳子用过的棉被后,"性欲、悲哀、绝望,猛地向时雄袭来"。《棉被》虽然打破男女关系的陈腐观念,撕破封建道德的假面具,但书中赤裸裸的情欲描写是不健康的。继而田山花袋又写了《生》(1908)、《妻》(1908)、《缘》(1910)三部曲。这三部长篇小说都是描写自家的私生活和亲属们心境的作品,但也有揭示现实,批判封建家族制的一面。1909年发表的长篇小说《乡村教师》描写日俄战争期间,黑暗的近代社会现实毁灭了一个普通农村小学教师的充满美好理想的青春,具有较大的现实意义。

在自然主义文学风靡文坛之际,夏目漱石(1867—1916)卓立其外(详见本章第二节)。他以独辟蹊径的艺术表现手法,使其作品表现出批判社会的重大意义。代表作长篇小说《我是猫》(1905)以特殊的叙述角度,将猫眼睛中的现实世界写得五色斑斓,深刻揭露与批判了明治社会的黑暗本质。夏目漱石具有批判性的小说和自然主义作家的一些具有现实主义倾向的作品汇流,成为日本近代文学批判现实主义的一股主潮,并代表了日本近代文学的最高成就。

1912年大正时代开始,日本近代文学进入后期。以自然主义文学对立面姿态出现于文坛的"新浪漫派""白桦派""新思潮派"三种文学流派,使近代文学作家产生了分化,近代文学史的尾声却在这种分化并立的局面中完成了。

"新浪漫派"又称"唯美派",同自然主义文学暴露现实和自我的丑恶相反,该派作家企图在追求肉欲的描写中发掘美,崇尚唯美主义的文艺观。作品很少见到对现实的批判,只表现在官能享乐中得到的精神满足,常常描写变态心理和颓废情绪,反映了日本近代末期资产阶级精神世界的没落。代表作家主要有永井荷风(1879—1959)和谷崎润一郎(1886—1965)等。

永井荷风自幼受到文化家庭熏陶,后投师砚友社同人广津柳浪(1861—1918)门下写小说,曾受法国左拉和莫泊桑作品的影响。1903年他赴美留学,1908年回国后正式开始文学生涯。1910年,他在任庆应大学文学系教授期间主办《三田文学》杂志,树起唯美主义旗帜,从此成为"唯美派"中坚人物。1910年"大逆事件"发生后,他开始对人生和社会采取消极回避态度,他虽然对社会不满,可又缺乏叛逆的勇气,只好转向享乐,重点描写妓馆、娼妓和女招待的生活。这些风俗小说的描写"流于卑俗,在色情的气氛中漂浮着一种虚无的寂寞感"。但其中许多艺妓的悲惨遭遇十分令人同情,代表作主要有《隅田川》(1909)、《争风吃醋》(1916—1917)等。

谷崎润一郎是"唯美派"的代表作家,也是日本近代文坛享有国际声誉的作家之一。早在东京帝国大学学习期间,他接触到希腊、印度和德国的唯心主义、悲观主义哲学,开始形成虚无享乐的人生观。文学上受波德莱尔、爱伦·坡和王尔德等唯美主义作家的影响。润一郎长达半个世纪的创作,始终表现出追求美、崇拜美的倾向。作品中常常追求强烈的刺激,自我虐待和施虐他人的快感,表现变态的官能享受。代表作主要有《文身》(1910)、《春琴抄》(1932)等。短篇小说《文身》写江户时期身怀绝技的文身师清吉以将自己的灵魂刺入其身的愿望,在美女的背上刺上一只大蜘蛛,自己沉浸在心理的满足中。中篇小说《春琴抄》描写女盲琴师春琴和其弟子温井佐助之间的复杂感情。美丽聪颖的少女春琴不幸双目失明,其父店伙温井佐助成了她外出学艺的领路人和陪伴,并照料她起居。

佐助因慕恋春琴而拜她为师学艺。春琴对他十分苛刻，有时甚至虐待，佐助充满感激之情。当春琴被人毁容后，佐助用钢针刺瞎双目，要在心中永存春琴之美。这些作品明显表现出唯美主义和"恶魔主义"等颓废倾向。谷崎润一郎汉学造诣很深，早年曾在秋香塾攻读汉文，十几岁时即能赋汉诗，1918年曾到中国游历，返国后写了《苏州纪行》《西湖之月》等游记。1925年重返中国，结识了郭沫若、田汉、欧阳予倩等人，回国后写了《上海交游记》。

"白桦派"是以人道主义为主的理想主义的文学流派，因1910年创刊的同人杂志《白桦》而得名。该派年轻的同人作家希望自己像小白桦树一样茁壮成长。他们虽然大多出身上层，受过高等教育，但是在西方文化的影响下，主张人道主义，肯定人性中理想和积极的因素，尊重个性。因此，他们不满自然主义对现实生活进行的阴暗描绘，而对人性的光明充满了希望。"白桦派"是日本近代文学后期颇有成就的文学流派，主要成员有武者小路实笃（1885—1976）、有岛武郎（1878—1923）、志贺直哉（1883—1971）等。

武者小路实笃是"白桦派"的领袖，青年时就对文学产生兴趣，受到托尔斯泰、梅特林克等作家的影响。其哲学观点接近禅学和阳明学派。主要作品有《天真的人》（1911）和《友谊》（1919）等。中篇小说《天真的人》带有自传色彩。主人公"我"在初恋失败后，又爱一位少女，并对少女对他的爱情深信不疑，直到少女和别人结婚，他仍坚信她是爱自己的。再次失恋不仅没有使"我"感到悲哀，反而使他深受鼓舞。作者充分肯定了人生与爱情，并用清新的文体表现了自己的强烈愿望。中篇小说《友情》是一部歌颂爱情和友谊的抒情小说。品德高尚的大宫为了野岛的友情而远离了所爱的杉子姑娘。野岛苦于杉子拒绝他的爱情后，才明白杉子热恋着大宫。最后有情人终成眷属，野岛在痛苦之余生出新的生活勇气。作者高呼失恋人万岁，结婚者万岁，以表现一种积极、乐观、理想主义的人生观。武者小路实笃作品中这种明快的乐观主义，奔放的激情，对当时影响很大。

有岛武郎早年受到严格的儒家思想教育，后又接受西方新思想，曾受惠特曼、易卜生、托尔斯泰、屠格涅夫、高尔基和克鲁泡特金的影响。他力求解决人们现实中的苦闷，是个有正义感的人道主义作家。可是，其思想深处要实现人类自由平等的理想和他所赖以生存的资产阶级精神世界形成尖锐的矛盾，最后以情死的方式自杀，以求解脱。代表作《一个女人》（1919）（中译本《叶子》）描写一位叫叶子的新型女性，向往自由独立的生活并以觉醒女性的心理对社会进行盲目的反抗，结果堕入情欲的泥潭中不能自拔，最后死于疾病。作品通过人生中美好明朗与丑恶阴暗的对比描写，鼓舞人们要为爱和理想而生存，要懂得自爱与自尊。

志贺直哉是"白桦派"作家中对后世影响最大的作家。其作品大多从自己个人相关的生活中取材，通过真实描写，揭露社会矛盾。他从自身生存的危机意识出发进行创作,这种全部投入的创作激情,使他成为颇具特色的作家。作品主要有《和解》(1917)和《暗夜行路》(1921—1937)。中篇小说《和解》以作者的亲身体验为基础写成。主人公"我"(顺吉)因不愿屈从父亲的意愿和父亲长期不睦。最后通过心境上的自我调节而终于结束了这种对立状态。作家提倡这种顺应现实、承认现实的和解精神,但却忽视了资产阶级知识分子和封建家庭的矛盾。长篇小说《暗夜行路》描写知识分子在生活的危机中是如何通过道德自我完善来摆脱的。主人公时任谦作在被歧视的环境中长大,后因求婚被拒才知自己是母亲逆伦之子。他和直子结婚,儿子的死和妻子被侮又一度使他陷入厄运之中。但他以顽强的意志面向生活,在大自然的怀抱中得到抚慰。谦作以生活的强者面对厄运,不怕命运的打击,努力调整自我以适应现实,从中获得力量和鼓舞。

"新思潮派"又称新现实主义或新技巧派,因《新思潮》杂志而得名,通常指第三次(1914)和第四次(1916)复刊的《新思潮》杂志的同人作家。他们既反对自然主义纯客观的描写方法,又怀疑白桦派的理想主义,而注重用虚构的形式、多样的题材和纯熟的技巧,客观冷静地描写现实,理智地剖析现实,表现对现实的不满。代表作家主要有芥川龙之介(1892—1927)(详见本章第四节)和菊池宽(1888—1948)。芥川龙之介的短篇小说语言典雅,心理描写细腻,布局奇巧,在幽默的笔调中含有哲理思考。有些小说也表现出一个正直知识分子在探讨现实人生时的苦闷与绝望。

菊池宽中学时即喜爱文学,博览群书。大学期间受萧伯纳、辛格、格雷戈里夫人等剧作家的影响。他既写小说又写戏剧。作为小说家,他以尊重现实生活的精神表现对人生达观的看法;作为戏剧家,他以起伏跌宕的情节和近似散文的简明台词赢得观众。代表作主要有《恩仇之外》(1919)、《珍珠夫人》(1920)等。短篇小说《恩仇之外》写因私通事发而杀人的市九郎,为了忏悔赎罪,立志献身于开凿隧道的事业。欲报杀父之仇的中川实助了解到市九郎的遭遇后,协助他共同开凿,隧道开通,二人反仇为友,表现了作者提倡的小说要追求人情味的美学主张,也告诉人们应该怎样对待现实和人生。《珍珠夫人》是一部通俗长篇小说,描写"只要有了钱什么事都能干得出来"的暴发户庄田胜平想娶少女琉璃子。为了保护父亲,反抗金钱的魔力,她决定嫁给庄田,并利用庄田的白痴儿子将其杀死。她想用女性的魅力征服男性。结果被一求婚青年所杀。女主人公以恶抗恶的悲剧反映了大正时代妇女觉醒者的悲哀,但明确表示出被侮辱与被损害的女性对男性利己主义的反抗和复仇以及对金钱万能思想的否定。

大正时代末期,社会矛盾和劳资斗争日益尖锐激烈。各种政治思潮和文学流派林立,无论是追求"真"的自然主义、追求"美"的唯美主义,还是以"善"为理想核心的白桦派文学,以及追求真、善、美为一体的新思潮派作家,都不可能在新的形势下生存下去,它们必将让位于新兴的无产阶级文学和其他资产阶级的文学。

第二节 夏目漱石

一、生平与创作

夏目漱石是日本近代文学史上最杰出的代表作家之一。他以解剖人生的深邃目光、独特的写作风格和技巧，创造了伟大的漱石文学，拓宽了日本近代文学的表现领域，对日本后世文学产生了很大影响。

漱石1867年2月9日生于江户（东京）的牛込马场下横町（现名喜久井町）。原名夏目金之助。其父夏目小兵卫直克是幕府时代江户世袭的"名主"（街道行政官吏）。明治维新（1868）后，家庭日益衰落。漱石是家中最小的孩子，出生不久即被送给他人抚养。两岁时又成为另一名主盐原昌之助家的养子，由于养父母离异，大约9岁时才被领回自己的家，但直到21岁才恢复夏目原姓。幼年便离开亲生父母并且屡遭坎坷，欢乐的童年罩上诸多生活的阴影，与日后漱石形成倔强、孤独的性格不无关系。

1879年夏目入东京府立第一中学学习。1881年转学到汉学家三岛中洲主办的二松学堂接受传统的汉学教育，大量阅读了中国先秦诸子的著作和唐宋散文。1883年，为适应时代潮流，他又到英语专科学校"成立学舍"学习英语。1884年进入预科三年、本科二年学制的东京大学预备学校（东京第一高等学校）学习。因预科留级一年，于1888年升入本科，结识了日后成为著名诗人的正冈子规。两人畅谈汉诗、和歌，切磋俳句、俳文，结为终身挚友。1889年9月，夏目在子规的影响下，用汉文写了游记《木屑录》，并在序文中明确表示，"予有意于以文立身"，署名为"漱石"。"漱石"典出我国《晋书》。晋代的孙楚将本该说的"枕石漱流"，误说成"漱石枕流"。被人责备后，他强词夺理道："枕流欲洗其耳，漱石欲砺其齿"。此后，"漱石枕流"成了不服输、固执的代名词。夏目漱石根据这个典故自取"漱石"之名，意为自己乃时代的固执者、古怪的人。1890年考入东京帝国大学文学院英文科学习英国文学。

1893年大学毕业后，先后在东京高等师范学校、四国松山市松山中学和九州熊本市第五高等学校任教。1900年，他受日本文部省派遣，带职官费去英国留学。在伦敦的两年内，由于缺少同人交往与生活不习惯而心情抑郁，以致染上神经衰弱的痼疾，但是在思想认识和学术研究方面却收获不小。对金钱力量的切身体验与理解，使他日后的创作批判金钱社会异常深刻；对西方流行的心理学、社会学等新方法的研究，使之发表了探索文学本质的重要理论著作《文学论》(1907)、《文学评论》(1909)。1902年底夏目漱石踏上归途，1903年起在东京帝国大学和第一高等学校任教。

漱石的文学生涯始于归国后为俳文杂志《杜鹃》写俳句和杂文,并初显才华。1905年他开始写小说,发表在《杜鹃》杂志上的连载小说《我是猫》引起轰动。1906年发表长篇小说《哥儿》又大受欢迎。1907年漱石辞去大学教师的学者生涯,专事写作,成为《朝日新闻》特约的专栏作家。在此后不到十年的时间里,他连续创作十多部长篇小说。但是由于积劳成疾,健康水平每况愈下,几乎每完成一部作品都要大病一场。1909年染上胃病使他病情不断加剧,几次住院治疗,只要稍见好转,就又坚持创作,可是虚弱的身体再也承受不住了。1910年11月21日上午,他拼力写完小说《明暗》的第188节,为了不忘记明天要继续189节,他在新稿纸上记下"189"三个字。此后,他腹内几次出血,再也未能拿起笔来。1916年12月9日下午6时病故,享年只有49岁。

漱石只有12年短暂的创作生涯,却为后人留下15部中长篇小说、7篇短篇小说、两部文艺理论著作,还有大量的小品文、评论、散文诗、短歌、俳句、汉诗、汉文、英文诗、书信、日记等。小说是漱石文学的主脉。通观其创作,基本上可分为三个阶段。

第一阶段是漱石身为业余作家,一面从事繁重的教学活动,一面进行小说创作的时期。第一部长篇小说《我是猫》使其成名,而第二部长篇小说则巩固了他在文坛的地位。《哥儿》是一部以自己的教育工作经验教训为基础,反映自我同社会冲突的批判现实主义杰作。主人公哥儿自幼就是个不受家人喜欢的天真、憨直的孩子,长大后仍不失鲁莽的天性。他靠分家后得到的钱,在物理学校读书,毕业后在某镇中学当教师,由于他单纯、富有正义感、嫉恶如仇,因此在腐败黑暗的社会里吃尽苦头。他对道貌岸然的校长、为所欲为的教务长不满,但也常常受到对方的戏弄与欺侮。最后他和正直的教员崛田一起,报复了干尽坏事的教务长等。在当时社会里,他们只能得到暂时的、道义上的胜利,最后还是被迫辞职。但是哥儿那种见义勇为、敢于斗争的反抗精神,使人鼓舞,令人敬佩。小说以幽默的笑声表现严肃的主题,使人受到潜移默化的教育。1906年,漱石不仅发表了反抗现实的《哥儿》,而且发表了逃避现实的小说《旅宿》,充分反映出作者心理的复杂和矛盾。但漱石很快认识到《旅宿》一类的"闲适文学""毕竟不能撼动大世",因此,"试图以维新志士出生入死一般的勇猛精神搞搞文学"。同年连续发表的两部中篇小说《疾风》和《三百一十天》即是这种思想的产物。《疾风》中,人格高尚的大学毕业生白井道也与恶浊的社会格格不入,就用笔批判金钱的丑恶,表达改革社会的理想。《二百一十天》通过圭先生和碌先生在登山时的谈话,猛烈抨击日本近代社会的种种弊端,指出金钱是导致社会污浊的主要原因。这两部小说中的反抗精神,虽多停留在人物口头上,却表现了漱石干预社会的热望。这一年还出版了短篇小说集《漾虚集》,共收入《伦敦塔》《克来依尔博物馆》《幻影之质》《一夜》《薤露行》《琴之空音》《趣味的遗传》7个短篇,表现了漱石多方面的创作激情,以及对各种文学题材的敏锐感受力,不乏脱离现实的浪漫抒情色彩。

这一时期主要是作家全面探索的时期,无论小说的艺术风格还是思想内涵,都表现出一种厚积薄发的激情。那些在注重东西方文化思想的基础上创作的多种体裁的小说,具有现实主义、浪漫主义和唯美主义等多种风格,表现了作者以极成熟的人生经验与深刻的社会思考,对日本近代社会所进行的反思后的强烈批判精神。作者在逐渐加深对社会本质认识的过程中坚定了自己的文学方向。

第二阶段是漱石辞去教职,以专业作家身份进行创作的时期。接连几部卓有成绩的长篇小说的出版,表现了他作为一名成熟作家持续的创作热情。漱石怀着紧张的心情写完走上专业作家之路的第一部小说《虞美人草》(1907)。女主人公藤尾小姐是个以自我为中心的新女性,她费尽心机占有家产,将爱情视为驾驭男人的游戏,最后终因失去爱情而自杀。这部精心构思的小说通过主人公的人生悲剧,说明拜金主义和利己主义的罪恶,批判伴随资本主义自由发展而来的社会痼疾。根据一个矿工口述的真实素材,漱石又写出长篇小说《矿工》(1908),这部唯一取材于工人生活的作品构思严谨,将一个因不满包办婚姻而逃到煤矿的青年所遭遇的痛苦淋漓尽致地描述出来,自然感人,尽管未能深入开掘工人的内心世界,但是对擅长描写知识分子生活的漱石来讲,这部小说仍然是难能可贵的。

1908 年至 1910 年,漱石完成了以描写知识分子爱情生活为主的三部长篇小说:《三四郎》(1908)、《从此以后》(1909)和《门》(1910),合称为"三部曲"。《三四郎》中的主人公怀着对未来理想的憧憬从农村到东京求学。在接触了许多新人、新事物之后,眼界豁然开朗,尤其是在和美祢子邂逅相遇之后,他为自己构筑了美好的理想世界。由于他们都生活在日本新旧交替时代,思想和行为常处于矛盾状态中,三四郎表现出怯懦,美祢子表现出"无意识的伪善",因此二人若即若离,最后美祢子与他人结婚,他才发现自己是"迷途之羊",并感到理想的幻灭。三四郎受现代文明与女性的冲击所产生的困惑,正是当时知识分子不满现实而又找不到精神出路的反映,具有代表性。

《从此以后》写主人公代助三年前曾与好友平冈同时爱上姑娘三千代。出于义气,代助促成了平冈和三千代的婚姻。当再见到三千代时,代助发现自己仍深爱她,而三千代和平冈也无幸福可言。最后代助准备不顾社会、家庭的压力,和病重的三千代开始新生活。小说并没有写明他们的将来,但是在"不管走到哪里都看不见一寸光明"的日本,代助的前景并不美妙。他这种迟到的觉醒,无力的反抗,表明日本近代社会强大的封建势力束缚了资产阶级自由发展的思想。

《门》犹如《从此以后》的续篇,描写主人公宗助由于爱情的驱使,与好友安井的妻子阿米结合了,但他们也从此被亲友和社会抛弃了。虽然他们情爱深挚,多处飘泊,最后回到东京,但幸福并未能抹掉精神上的苦闷。宗助前往镰仓参禅也一无所获,因为"他是一个伫立门下等待日落的不幸的人",反映当时冲破封建束缚后的小资产阶级知识分子在精神上所遭受到的压抑和痛苦。

从《三四郎》经《从此以后》到《门》,这三部曲小说以爱情婚姻为切入点,悲观色彩越来越浓厚,如果三四郎的"失恋"还仅仅流露出一种淡淡的哀愁的话,那么代助追求"失而复得"的爱情时苦恼就更多,而宗助"得到爱情"后的痛苦则是无法解脱的。这种逐渐低沉、阴暗的创作基调和日本近代资产阶级知识分子精神发展的历程相吻合。他们处于明治这个新旧交替的时代里,在封建势力还很强大的精神罗网中,走完了觉醒、反抗、失败的三部曲历程,这正是漱石看到资产阶级知识分子不满现实,但又找不到出路后的复杂、矛盾、敏感的心理表现。

第三阶段是漱石患病仍坚持创作的时期,也是他创作的最后时期。由于疾病缠身,他身体日趋衰弱,一度辍笔。自1910年在修善寺养病以后,才慢慢拿起笔来。这次大病无疑对他的创作产生了影响。在克服了病痛和小女儿病故等悲痛之后,他写了第一部长篇小说《过了春分时节》(1912),小说由六个故事和一个"尾声"构成,其核心是有关"须永的故事"。青年知识分子须永市藏幼年时就由双方家长作主,和表妹千代子订婚,长大后因性情不合发生冲突,又发现自己是父亲的侍女所生,在失去千代子和母亲的打击之下,为医治心灵创伤,他只身出外旅行。小说重点不在于批判社会的黑暗现实,而企图通过心理活动,表现近代知识分子精神苦闷的性格特征。《行人》(1912—1913)是漱石大病后的第二部长篇小说。书名取自《列子·天瑞篇》:"夫言死人为归人,则生人为行人矣。行而不知归,失家者也。"主人公一郎虽然是有地位的学者,但卓立于社会和家庭,最后怀疑妻子和弟弟有暧昧关系,这使他更加远离亲人,前途暗淡,真成了一位"行而不知归"的"失家"的"行人"。其中主人公的孤独和痛苦,不无漱石自身的体验。他们所探求的是新型的人与人的关系、所苦恼的是找回自我、确立自我的努力和社会传统观念的矛盾难以克服。1914年,漱石完成了病愈后的第三部长篇小说《心》。主人公是"我"称之为"先生"的人。他在书中无姓无名。先生上大学时爱上房东的女儿,感情高尚、炽烈,但他又怕是房东女儿设的圈套。在这种想摆脱困境的心理支配下,他决定让好友K也住进公寓。但是当K向他透露爱上房东女儿时,他又怀着嫉妒与自私的心理,抢先求婚。软弱的K在沉重打击下,终自戕而死。"先生"虽然始终受到良心谴责,但又无力向妻子承认自己的罪错,最后精神崩溃而自杀。这是一个利己主义者的忏悔录。

漱石在修善寺病愈后所写的《过了春分时节》《行人》和《心》三部小说,在艺术形式上都采取了几个短篇连缀起来结构成长篇小说的办法。内容上都描写了因爱情失败而孤独痛苦的人。主人公个个都有强烈的嫉妒心和利己主义,漱石为他们安排了一个比一个糟糕的前途,以此来表现自己强烈的爱憎情感和批判态度。正因为作品中的这些内在的逻辑联系,为区别他创作中期的《三四郎》《从此以后》和《门》这三部曲小说,《过了春分时节》《行人》和《心》这三部小说又被称为后三部曲。

漱石最后一部完成的长篇小说《道草》是1915年写就的。这部带有自传色彩的作品正如书名一样,表现了作者的真实苦恼和前途摇摆不定。书中描写留学归国的健三虽因发表小说而成功,但仍想走学者之路。养父常来要钱;哥哥姐姐的境遇不好;夫妻同床异梦等,这一切搞得他焦头烂额。作者在小说结尾,借健三之口深有体会地说:"世界上几乎没有什么彻底解决的东西,一度发生过的事情将会另期继续下去。"作家的苦恼虽然已经宣泄出来,但是并未完结,流露出悲观的情绪。1916年5月,漱石开始写他的未完之作《明暗》。这是一部描写爱情纠葛的长篇小说。男主人公津田和女主人公阿延相爱结婚,因关系矛盾复杂,津田又去找以前相爱过的有夫之妇清子,想重温旧梦。小说写到阿延虽然感觉到津田在远离自己,仍然决心爱下去,而清子对津田的态度并不明朗时止。津田和阿延都是从利己主义出发来对待爱情的。小说揭露灵魂之深,描写心理之细,结构安排之巧,都是漱石以往作品难以企及的,可惜小说因漱石病逝而未写完,终成憾事。

漱石后期的创作除艺术技巧日益娴熟,剖析社会的目光更加敏锐以外,更重要的是表现了作家所提倡的净化人思想的"则天去私"的理想境界。"则天去私"是漱石长期观察人生,批判利己主义的思想结晶,其中不乏中国传统文化影响的印迹。"则天去私"一词显然取自中国。"则"是效法、依据的意思,《诗经·小雅·鹿鸣》中有"君子是则是效",《论语·泰伯》有"唯天为大,唯尧则之"等。"天"有同于道家的"天",指自然自在之物,人的本性等。"去"是除去、摒弃的意思。"私"指自己的隐私,《吕氏春秋》有《去私》等等。"则天去私"即是讲要遵循自然法则,顺其自然,去掉自己的私心,在作品中则要暴露人物心灵深处的利己主义,使其反思猛醒,以便进入真正的无我境界。这在现实中是难以实现的,作品中的描写只是作者理想的形象化而已。

夏目漱石是中国人民最熟悉的日本作家之一。1930年出版的《现代日本小说集》就收有鲁迅先生所译的漱石等人的小说。鲁迅先生在回忆自己当初是"怎么做起小说来"时,曾明确指出,漱石是他那时"最喜爱的作者"之一,直至逝世前不久,他仍在热心购读《漱石全集》。

二、《我是猫》

长篇讽刺小说《我是猫》发表于1905年,它不仅使夏目漱石从学者一跃登上明治时代群雄争睨的文坛而成为作家,而且决定了他的命运,为他赢得了不朽的文名。

小说中的猫是一只没有名字的野猫。被扔后,中学英语教员苦沙弥先生将它收养。这只猫每日悠闲自在,不逮老鼠,专以观察人为乐事,后因偷喝了主人的啤酒而掉进水缸淹死。小说没有统一完整的故事情节,只是通过猫在主人家生活两年中的所见所闻,细细描述了主人苦沙弥及其一家清贫、平庸的生活,大肆渲染苦沙弥的同学、朋友、学生,迷亭、寒月、东风、独仙等人在其家嬉笑怒骂地指斥社会、评判人生的高谈阔论;同时,也善意地讽刺了这些小资产阶级知识分子鄙夷世俗,但又卖弄诗文,故作风雅之态的闲适心理。小说中惟一称得上的重要冲突,并贯穿始终的是苦沙弥邻家金田小姐的婚事所引起的矛盾。

资本家金田的夫人想把女儿嫁给苦沙弥的朋友理学士寒月,就向苦沙弥打听情况。自命清高的苦沙弥见她摆出有钱人的臭架子,及她那令人反感的大鼻子,就对她进行了嘲笑,结果招来金田夫妇的肆意迫害。金田先是收买人在他屋外偷听、谩骂,后又唆使学生在他院里捣乱,搅得他坐卧不宁。金田又派人来劝他不要和有钱人作对,大夫给他执行催眠术,哲学家让他消极修养。结果他只好自己求得心理平衡,"可是我每天都在斗争着。虽然对手不出来,我一个人动了火也要算是斗争吧"。

小说集中描写了一群生活在日本明治"文明开化"社会里的有闲而无钱的知识分子。他们对丑恶的资本主义制度不满,但又无可奈何,只好尽情地借古喻今,嘲讽世俗,以泄其愤,并打发无聊的闲暇时光。苦沙弥为人善良骨鲠,不求荣迁,安贫乐道。故意怠慢趾高气扬的金田夫人,竭力反对寒月娶金田的女儿等举动,表现出对权势、淫威一种本能的厌恶与憎恨,及对金钱的极端蔑视。可是由于他缺乏明确的生活目标和进取精神,虽然对不良现象不满,但又不知如何是好,因此,只满足于即兴嘲讽时弊时语言的尖刻,而对资产阶级暴发户时的不屑一顾与轻蔑,结果和敌对势力斗争时因不知对象是谁而无用武之地,显得虚张声势。在谈笑风生中表现出迂阔和虚荣。丑恶的生存环境使他常为小事而大动肝火,以致苦闷无奈。苦沙弥这一形象不仅有某些自传成分,也是明治时期正直知识分子情绪的反映。

经常出入苦沙弥家的知识分子迷亭、寒月、东风、独仙等,和苦沙弥同样具有热爱知识,愤世嫉俗,但又才疏学浅,软弱无能的特点。他们不愿与世俗同流合污,却又改变不了自己的个人处境。他们集聚在一起,显示自己的学识与聪明,企图表现自身价值,但在社会中又找不到生存的位置,因此显得可爱可敬,又可笑可悲。美学家迷亭性格比较开朗、机敏,说谎从容而不脸红,常以小聪明戏弄人,显得低级庸俗。理学士寒月虽平庸、木讷,研究课题远离现实,无人理解,但是他却不慕金钱权势,不作金田家的乘龙快婿。诗人东风常以自己的诗孤芳自赏,其实不过是附庸风雅之作,内容肤浅无聊。哲学家独仙淡泊寡欲,以宣扬"心的修养"等彻悟思想来麻痹众人。他们性格中的复杂性正是明治时期生存空间狭小的广大知识分子的真实写照。作家以亲身体验描摹他们的生活习性和心理状态,既有深切的同情,又有善意的讽刺,淋漓尽致地融合了作者和主人公休戚与共的苦闷与悲哀。作者对他们的态度是调侃的、挪揄的,有时流露出凄苦自嘲的味道,也深藏着自爱自怜的感情。正如漱石自己所说:"比起嘲笑他们来,更嘲笑我自己,像我这样嬉笑怒骂是带有一种苦艾的余味的。"

小说对资本主义社会丑恶事物的鞭挞是有力的,揭露是彻底的,讽刺是辛辣的,尤其是通过金田老爷这一艺术形象无情地揭露了他"穷凶极恶,又贪又狠"的罪恶本质和拜金主义的社会风气。资本家金田老爷是明治时期靠高利贷起家的暴发户。他身兼三个公司的董事,拥有大量财产,他遵循"缺义理、缺人情、缺廉耻"的"三缺"为发财的"秘诀",从而事业飞黄腾达。他是个"只要能赚钱,什么都干得出来"的"无法无天"的人。小说没有枉费笔墨写金田老爷聚敛金钱的直接行为,而是通过其女儿婚事受挫一事写他的飞扬跋扈与强盗行径。金田老爷为女儿择婚有其功利目的。他看中理学士寒月,是因为不久将来他可能获得博士学位,这种"钞票"与"学位"相结合的"美满姻缘"不仅可以提高其家庭的社会声望和地位,而且重要的是可以有更大金钱上的收益。因此,当这如意算盘被苦沙弥打乱之后,金田老爷这位"不把人当人看"的"实业家",就气急败坏地要给他一点苦头吃,教训教训他。于是他买通车夫、厨子、马弁、无赖、破落书生等,利用一切手段围攻苦沙弥,摧残他的精神,使他不仅无法读书、备课,而且使他歇斯底里,最终达到屈服于他的金钱与淫威之下。

小资本家铃木认为"要是没有和金钱情死的决心,就做不成资本家",而"要做资本家就得做个大的",因此,他除了钱,什么文学、历史一概不知。为了金钱与权势,他丢弃学友之情,甘愿作金田老爷的鹰犬,两次到苦沙弥家探听虚实。铃木的"绝顶聪明"表现为"圆转油滑",他认为,"事情只要能够按照自己的意图一步步地实现,那就算达到人生的目的"。这种"极乐主义"为他带来体面和金钱,也使之甘愿成为金钱和权势的奴仆。因此连作品中的猫这个作者的代言人都很清楚:"我现在明白了使得世间一切事物运动的,确确实实是金钱。能够充分认识金钱的作用,并且能够灵活发挥金钱的威力,除了资本家诸君以外,再没有其他的人物了。"作者对金钱势力左右社会的现象怀有强烈憎恨,对资本家唯钱是从的行为表示出极大的蔑视。

此外,小说还对整个明治社会的黑暗和罪恶,以及反动统治的基础,进行了深刻的揭露与抨击。小说重点描写知识分子和资本家,但是对官吏、警察、侦探、特务等国家统治工具也进行了多方面的批判,反映了当时统治阶级剥夺人民的思想和行动自由,草菅人命和捕杀无辜等反动本质。小说还对侵略扩张的军国主义、脱离实际的教育制度等进行了嘲弄,从而使《我是猫》这部小说成为全面反映日本明治时期社会风貌的历史画卷。但是由于作者尚未发现变革社会的强大力量,虽然对现存社会表现出愤慨,觉得它黑暗无比,却又看不到光明,只感到个人力量软弱无力,无法变更社会,因此小说中流露出对前途的悲观和对未来的失望。

《我是猫》并不注重故事情节的统一与完整,像海参一样无头无尾。小说原想在杂志上分回发表,只写前两回,然而一经发表,就在社会上引起很大反响。于是一回一回续写下去,直到第十一回,形成长篇。因此,小说除第一、二回结构较为完整外,整部作品无一定的结构,散文倾向很浓。作者没有预先构思,只是想写就写,因此,小说随时都可被截断,有一定的偶然性。由于它是由一只猫的所见所闻与品头论足结构成书的,所以又有一支主线贯穿始终。

全书开篇第一句就交代:"我是猫,名字还没有",说明此书采用了第一人称的写法。但是第一人称的"我"不是人物形象或抒情主人公,而是动物形象"猫"。因此使笔锋一转,叙述角度由人变成动物,令人耳目一新。这种特殊的视点,使读者能俯视人类灵魂的丑恶,对社会不良现象有客观的评价与认识。这只猫被人为地赋予了人的理智和思想感情,成为一只有人的心理、意识和猫的生理、形貌的高度人格化的猫。它能识字、会读报、喜怒哀乐,七情六欲,凡人的习性它应有尽有。这只猫观人所不能观、言人之所不言,完全不受人的活动所限,而以旁观者的姿态看到人性的愚昧虚伪和自私自利,叙述显得客观真实,令人信服。小说主要通过猫的叙述,观察和感受推动和展开情节,从猫的出生开始,至它淹死结束。因为它实际是作者的代言人,所以猫的各种习性,并不妨碍它对事物作出鞭辟入里的评论,猫的诙谐语言也不影响作品本身的严肃性。如它根据平日猫类的经验而得出:"再没有像人类那样不讲道理的""世间上再没像人类那样凶暴的了"等结论。它还评论说:"像金田老爷乃至金田老爷的巴儿狗之类也都能以'人'的资格在街市上通行无阻",以表示作者对资本家及其走狗的深恶痛绝。

书中的猫是一只"掌握了通心术"的猫,是一只"奉天之命作脑力工作而出现于这个世界的古今独步的灵猫"。通过作者的出色描写,它成为书中重要的活灵活现的艺术形象。由于猫的颇具特色的描述,全书的语言具有一种与猫的身份、口吻相合的滑稽幽默的风格。它一本正经,侃侃而谈,既没有逻辑思维的局限,也不受时空概念的影响。猫的奇思怪想与人物的滑稽可笑相交织,洋溢着喜剧性的情趣。如它第一次看见人脸后议论说:"本来应该有毛的那张脸,却是光溜溜的,简直像个开水壶","脸的中央还凸得多高,从那窟窿里面不时地喷出烟来"。小说结尾,猫在苦闷中认识到:"人类最后的命运不外乎自杀",临死前心里还喊着:"三生有幸",它在为能够早日离开这个"强权胜似公理"的不平等社会而庆幸。这种"通心术"和"灵性"的描写足见作家的匠心。

小说中幽默讽刺的风格是作家继承了日本古典文学中"俳谐""狂言""落语"等传统的艺术表现形式的结果。他在辛辣地嘲笑人类社会和人类灵魂的污秽时,使人们在深刻的反省之余感到一种手足无措的狂喜。作品中充满漫不经心的戏谑笑谈,可是在调侃中不乏针砭时弊的愤怒,在油滑中深含着人生的感叹与悲哀。这种入木三分、新颖独特的嘲讽艺术,在日本近代文学史上罕见。

《我是猫》的风格留有作者学习汲取英国18世纪小说中讽刺艺术的痕迹,行文中也运用许多不同的汉语词汇、历史典故和格言成语。漱石的朋友、德国文学研究家藤代素人又曾指出,《我是猫》与德国作家霍夫曼(1776—1822)的未竟小说《公猫摩尔的人生观》(1820)相似。但是漱石的弟子小宫丰隆等人证实,在藤代指出之前,漱石对《公猫摩尔的人生观》一书一无所知。但无论如何,《我是猫》所表现出来的民族传统、民族风格和民族精神,不仅得到当时人民的认同,而且至今仍拥有广大读者。

第三节　　岛崎藤村

日本近代文学宛若午夜的天空,群星华照,其中有一颗星光璀璨的巨星,就是日本近代著名的文豪岛崎藤村。

一、生平与创作

岛崎藤村原名岛崎春树,别号古藤庵,1872年生于一个没落的地主家庭。父亲岛崎正树是一个支持明治维新的国学者,晚年宣扬国学,为当地山民请命,均遭失败。岛崎藤村在父亲培养下,阅读了国学、汉学的典籍。少年时期来到东京,不久进入明治学院,接受西方近代文化。他受明治时代初期积极开拓精神的影响,立志作一名为国为民的政治家。但是自由民权运动被天皇政府镇压之后,从政的愿望破产,又想以笔来开拓自己的事业。这时期他阅读了大量本国和外国的名著。西方的莎士比亚、歌德、华兹华斯、拜伦等大家之作令他陶醉;日本江户时代的俳句、戏曲、小说使他入迷,大大提高了他的文学修养,强化了他的文学志向。在西方近代思潮的洗礼下,他信奉了基督教,同时也开始确立了以理性为基础追求个性自由、自我觉醒的新观念。明治学院毕业后,他到明治女学校任英语教师,同时开始了文学生涯。由于和女学生佐藤辅子恋爱的事情暴露,他辞去教职,开始了漂泊流浪生活。一年之后(1894)《文学界》盟主、诗人北村透谷自杀,极大地震动了他的灵魂。不久,家庭经济破产,母亲患病,使他陷入生活困境。他为了摆脱生活困扰,坚持文学创作,并决定去仙台执教,从此开始了浪漫主义诗歌创作,推动了日本近代诗歌的发展。1899年4月回到故乡长野县东部小城市小诸居住、任教。在小诸7年的生活,促使他的思想和文学风格都发生了变化。由于与当地农民来往密切,深入现实生活,使他重新审视自己的创作,摒弃了浪漫主义的情调,转向现实主义文学创作,这时期他所创作的中、短篇小说,随笔等表现出这一变化的轨迹。1905年日俄战争爆发,他满怀信心重返东京,开始了职业作家的生活。同年发表的小说《破戒》为他获得了当代小说家的称誉。从此,他以不可遏制的创作热情和旺盛的精力投入文学创作,先后发表了长篇小说《春》(1908)、《家》(1911),短篇小说集《藤村集》(1909)、《饭后》(1912)等并以此确立了当时自然主义文学泰斗的地位。不久,家庭连遭不幸,三个女儿先后病死,妻子早逝,生活的孤独、寂寞使他犯下生活过失,与侄女有了暧昧关系,这迫使他离开故土日本,远赴法国巴黎。在法国期间,正值第一次世界大战爆发,他目睹了战乱给法国人民带来的巨大灾难,这段生活经历写在他归国后出版的自传体小说《新生》(1918)中。1916年大战刚有转机,他又回到了东京,重新开始了文学创作的新生活。第一次世界大战之后的日本,一方面是资本主义经济急剧增长,一方面是社会矛盾日益加深,工人罢工,农民骚动,社会主义思潮涌现,构成了社会的复杂局面。在文坛上,左翼革命文学崛起,形成强大的文学潮流,以"文学革命"为主张的现代主义文学迅速发展,出现了文坛上多元化的格局。这些都影响了岛崎藤村的创作,他因而改变了自然主义小说的创作,紧步时代,描写动荡变化的现实生活。短篇小说《风暴》(1926)以自己的经历和孩子的生活为素材,表现出革命风暴对家庭生活的冲击。1935年,他经过长期的构思,创作了一部描写日本近代黎明时期风风雨雨的历史小说《黎明前》。这部长卷,完成了他晚年文学大业。同年他被选为日本笔会第一届会长,参加了第二年14届国际笔会的年会。1937年初,回国途中路过中国,曾去上海鲁迅故居悼念刚刚故去的鲁迅先生。1937年日本发动全面侵华战争,特别是在1941年太平洋战争之后,日本现实十分险恶,法西斯统治加强。年过古稀的岛崎藤村并未与军国主义势力同流合污,顽强坚持文学创作的自由方向。1943年8月,东京正是酷暑季节,岛崎藤村正在潜心创作他的第二部长篇历史小说《东方门》时突然昏倒,翌日清晨与世长辞。岛崎藤村终于走完了71年的生活道路,结束了半个世纪之久的创作生涯。回顾他的一生,与日本近代社会巨大变革、动荡相比,可以说是相对沉默的一生。他在漫长的生活道路上,一直遵循不断探求,不断更新自我,紧步时代动向的准则。正像他所欣赏的印象派大师塞尚的名著一样,"我每天都在进步"。

50年的创作历程,使岛崎藤村经历了日本近代文学的重要历史发展阶段:近代文学中期的浪漫主义文学,末期的自然主义文学以及20世纪初期的文学多元化发展趋势等。因此,探讨岛崎藤村的创作,会有助于理解日本近代文学的发展历程、趋势和特点。

岛崎藤村起笔于浪漫主义抒情诗的创作。他在青年时期作为"文学界"的同人、中坚,就以一个浪漫主义抒情诗人登上文坛并闻名于世。在这时期,从1887年出版第一部诗文集《嫩菜集》开始,不到5年的时间,他连续发表了《一叶舟》(1898)、《夏草》(1898)和《落梅集》(1901)等三部诗文集。这些诗作散发着浪漫主义文学的浓郁芳香,充满了青春的活力,唤起一批新诗人的出现,开创了明治文学史上浪漫主义抒情诗的时代。正如他所说:"新的诗歌时代终于到来了。……谁都陶醉在光明、新声和理想之中"(《藤村诗集·序》),完成了日本近代诗歌确立的功业。

岛崎藤村早期的抒情诗是以呼唤、赞美春天开始,并且歌颂爱情、赞美自然,讴歌生命意识,表达了青年诗人的旺盛朝气。诗作虽也有感伤、忧郁的情思,但是总体基调是唱出新时代到来的万象更新的春天和诗人自我觉醒后而取得的欣喜、欢乐。这种"两重春光"拨出了时代的主旋律:

明丽的春天哟,春天,/白雪还没有融消,/菜苗儿已经青青,/我的心在砂石上荡漾。

登上岸边高高的岩石,/极目远望,/春色姗姗,依稀荡来,/潮水之声唤醒这远方的黎明。(《旅宿》)

在《巧狐》《初恋》《双双锦袖》《白壁》《阿久米》等诗中,诗人用彩笔描绘了爱情的欢乐、坚贞、觉醒和力量,写出诗人心目中的理想爱情。它既有精神的契合,感情的交流,又有生命的结合,官能的欢畅,从而体现了近代个性解放的要求,恢复了被封建禁欲主义压抑、扭曲的人性。

岛崎藤村崇尚自然的雄伟奇观,绮丽多姿和永恒的美。他咏唱旖旎的自然风光,表达诗人的自我。在《启明星》《黎明》《常青树》《椰子》等诗中,有诗人的自我写照,有坚定生命意志的赞美,有怀念故土的思绪。在这里,不是自然景色融化了诗人自我,达到"无我""无心"的"梵我合一"的禅学境界,而是自我拥抱自然,让自然景色点染上诗人的主观色彩。这种物中有我、景中有情、呈现诗人自我的主情的诗歌是近代诗歌的特点,它代替了缺乏时代感、诗人自我感的已经僵化的诗作。

岛崎藤村的诗歌沿用了日本传统诗歌的五、七调韵律,不仅有抒情、状物,也有叙事,并再现了细微的心理变化,同时突破了单一的诗歌(和歌)形式,运用了对话体、戏剧体、长篇抒情体和叙事体等形式,大大增强了诗歌表现的艺术功能。

小诸生活7年,更新了岛崎藤村的文学观念,他放弃了诗歌创作,改写散文和小说。他甚至认为日语不适合诗歌的韵律。7年之间,他写了一系列以描写当地生活为内容的短篇小说和随笔,构成了"千曲川作品群"。这些作品描绘了民情民俗,以及变革时代的个人、家庭的纠葛。它们明显地受到了西方19世纪现实主义、自然主义的影响,笔调凝重、冷静,具有写实的风格。著名的作品有《旧主人》(1902)、《草鞋》(1902)、《千曲川随笔》(1912)等。1906年出版的长篇小说《破戒》是这一系列工作的总结,标志着他的创作进入了一个新阶段——现实主义、自然主义文学。随着《破戒》的发表,作家回到东京定居,从此进入他文学创作的高峰时期。几年之内先后发表了几部长篇小说和数十部短篇小说。

《春》(1908)是作家青年时期生活的艺术实录,描写了"文学界"时代作家的生活和思想变化。有他初涉文坛时崭露的才华,有初恋失败的痛苦,有知心好友愤然自杀的悲剧,有家族的不幸,也有摆脱一切困扰后的新奋进。小说贯穿了"春"的主题,它不只是作品人物的青春时代的象征,也反映了他们探索生活道路的艰辛、苦恼和悲惨。"理想之春"的探求者青木因失败而自缢;"艺术之春"的追求者岸本理想幻灭,半途而废,继而在"人生之春"的寻求中发现了人生的新天地。这些构成了作品多重意味的"春"的主题表现出明治时代知识青年觉醒后的困境。《春》是岛崎藤村第一部自传体小说,以主人公岸本为中心铺叙情节,与其他人物的多重的情节线索交织写成。因而它既带有自然主义倾向的自传体性质,又具有较为广阔地再现社会生活的现实主义倾向的社会小说性质。两种倾向的交叉、融合,显示了岛崎藤村创作的转变和过渡的特点。

如果说《春》已具有自然主义倾向,那么《家》则更具备自然主义文学的特点。这部作品不仅局限于作家个人和家庭生活的描写,正如他谈到《家》的创作倾向时所说:"我写《家》的时刻……对室外发生的一切一概不写,一切都限于室内的光景"(《偶感》),同时,还突出了家族遗传的病理给各个成员带来的灾难。

《家》(1911)是岛崎藤村小诸7年生活的艺术实录,它以青年作家小泉三吉及其家庭生活为中心,交错地描写了以森彦为代表的小泉家族生活和以种、正太为主的桥本家族的生活。小说紧紧围绕家庭的主题,描绘了在明治时代的变革、动荡时期的不同遭遇,以及家族中新老两代人的代沟和冲突。在资本主义势力冲击之下,封建旧世家的小泉家和桥本家很快地没落了。家业破败,人员分散,支撑家门的小泉实因不善理财,负债入狱,从而失去家门的声誉,最后不得不去中国东北谋生。桥本达雄投机冒险,荡尽家资,携艺妓潜逃。背负着家族没落的沉重负荷的第二代人,他们的生活更为艰难、悲惨。小泉小俊的不幸婚姻;桥本正太为振兴家业而冒险挣扎,最后悲惨而死;小泉三吉为了家族生活的出路,耗尽精力在困境中苦命挣扎,这些都是封建家族的衰败而使他们陷于困境。虽然,这一代人受到近代文明开化的熏染,他们有民主、自立、追求个性自由的愿望,常常与前辈发生思想、感情上的冲突,但无奈家族制度坚固,像一具魔爪,紧紧抓住每个成员,使之成为它的牺牲品。《家》描写了两代人的家族兴衰史,充分表现了封建家族的衰落,完成了一幅生活气息十分浓郁、内部矛盾复杂的日本近代家族生活的艺术长卷。作品描写客观、细腻,心理刻画真实、动人,大胆地揭露了人物难言的"隐私";情节平淡,以生活的自然流程为情节发展线索,这种客观化的艺术手法,以及被渲染的家族血缘关系的遗传病因笼罩着家族生活的描写,增加了作品的自然主义艺术倾向。《家》是藤村的一部力作,也是日本自然主义文学的代表作。

旅法归来所写的《新生》(1919)是藤村最后一部自传体作品。它取材于藤村生活中的特殊事件——与侄女驹子的暧昧关系。小说用大量的人物心理描述,揭示了男女主人公从罪恶之念升华到相互祈求幸福之念的痛苦经历。它是日本近代"自白小说"("心境小说")的佳作。小说虽然缺乏明显的社会主题,但是这部充满自我暴露、自我忏悔的小说,深刻揭示了新旧两种人生价值观念的矛盾和斗争,最后主人公以坦诚、勇敢暴露自我以求得个性完美,道德完善的"新生",战胜了虚伪、畏惧的"自我"。

岛崎藤村这时期还写了不少的中、短篇小说,大多以个人和家族生活为背景具有自传体的特点,成为日本自然主义文学的作品。藤村的自然主义文学虽然题材单一,艺术空间封闭在个人的和家庭琐碎的生活之中,但是"屋内"毕竟与"室外"是相通的,"室外"的大千世界也会在"屋内"得到折光的反映,"屋内"与"室外"构成一体,现实主义仍是其作品的潜流。

藤村从法国归来之后,在时代发展的冲击之下,逐渐放弃了自传体小说的创作,转而专注现实生活与社会发展。晚年的随笔、杂谈和短篇小说的创作体现了这一艺术变化的轨迹。1929年动笔,7年之后完成的长篇历史小说《黎明前》是这一时期结下的硕果。

《黎明前》是以藤村的父亲岛崎正树的一生为原型,把个人经历与时代的政治风云变幻融为一体,艺术地再现了日本近代黎明时期——明治维新——的时代变化。主人公青山半藏38年的生活史,有机地编织了明治时期的政治生活。他出生在一个当地名声显赫的武士家庭,是一个国学派的学者,支持"讨伐幕府"的运动,后来又反对明治政府的山林国有化政策,因此被割去镇长之职。他孑身一人来到东京,参加政治改革的斗争,实现立国报君的理想,但是迅速发展的资本主义和崇洋媚外的社会风习,使他大失所望。他在激愤之下,写诗献给了天皇,因而得了"疯人"的恶名。以后又远去山区,传播国学而失败。晚年回归乡里。多年的政治理想追求的破灭,使他痛苦绝望,最后在精神失态下气绝死亡。青山半藏的一生是一个来自民间的维新志士的一生,他表达了人民大众的意愿。在山林事件中,他为民请命;他献诗天皇,是为了"表达一个来自草野之间的无名山民的爱国忧民的心情"。但是他失败了。他的追求和探索,他的失意甚至悲惨死去,反映了明治维新的历史动向:以人民为动力而取得胜利的明治天皇政府,又以牺牲人民利益为代价推行了自上而下的资本主义化。小说围绕着主人公的活动,广泛地描绘了当时各个历史事件,如讨伐幕府的胜利赢得山区人民的欢乐和庆祝;天皇政府背离民意的政治措施遭到山民的反对,导致了多起的民众骚乱和暴动。历史的画面增强了小说的时代感,使读者感受到时代的脉搏,呼吸到历史变革的气息。《黎明前》是一部内容丰富、场面宏伟的长篇历史画卷,它以舒缓的语调,娓娓动听的叙述展开了小说的情节,平静、深刻、亲切、动人是其风格的特点。它是藤村晚年的大作,也是日本近代文学中少有的历史小说巨著。

《黎明前》这部体现民意,表现民众力量的历史小说,是藤村受到二三十年代日本现代左翼文学影响之后执笔写就的,因此表达了"来自草野之间"的意向成为作品的基本倾向。

二、《破戒》

藤村在回忆创作《破戒》时谈道:"在小诸生活的7年里,曾听到山区里一位部落民教育工作者的传闻,他的悲惨命运促成了我的写作。因而在我心中也勾画出了人物的形象。小说里的丑松这个人物并没有现实生活中的直接原型。但是,在无知无识的人群中生活,又以人性而觉醒的青年,他的悲哀深深地吸引了我。"(《觉醒者的悲哀》)从中可以看出,《破戒》是作家感时而发的作品,是他目睹了部落民(秽多)不幸遭遇之后,在人道主义情感支配下创作出来的杰作。《破戒》是作家深入生活,以现实为基础,以艺术典型化为手段的作品。它虽被称之为日本近代自然主义文学的第一部代表性的作品,但不同于作家后来的自传体为主的小说《春》《家》《新生》等,也不同于另一位自然主义代表作家田山花袋的小说《棉被》,而且有鲜明的现实主义倾向。

小说情节简单,描写了山区小镇饭山的一位出身部落民的青年乡村教师濑川丑松的生活。他自幼受到父亲的告诫,要隐瞒自己的秽多血统,以免受到社会的迫害。他为人正直善良,工作勤奋能干,在学校中深得学生的好感,却受校长、督学的嫉恨和排挤。他受同是部落民出身的思想家猪子莲太郎的影响,要做一个诚实、完整人格的人,向社会公开坦露自己的出身。可是他又缺少勇气,惧怕社会的压迫,所以思想矛盾重重,行动迟疑不决。后来父亲在牧场暴亡,猪子又被政敌所杀害,这促使他猛醒,决意以自我忏悔负疚的方式向社会公开了自己的隐瞒多年的真实出身。在情人阿志保的安慰及友人银之助的帮助下,去异国他乡寻求生活的"乐土"。

丑松生活在封建等级身份制严厉的社会里,自幼饱尝了等级偏见、种姓歧视的痛苦,痛感社会给予部落民的不平待遇,同情与他同样出身的受压迫、排挤和侮辱的部落民。他虽有忿忿不平之气,但又十分惧怕社会上封建保守势力的迫害。他遵从父命,严守出身的秘密。可是他是一位具有新时代意识的知识青年,不愿忍受屈辱地生活,痛恨自己过着两重性的虚伪生活,决意要做一个真诚、坦率、性格完整的人。他尤其渴望得到社会公平的待遇,"我也是社会的一员,和别人一样,我有生存的权利。"这种民主和人权的强烈要求,正是他觉醒的标识。父亲的告戒和猪子的感化,是他生活道路上思想变化中两个磁力相反的磁场,使他处在破戒与守戒的摇摆不定之中,他深深地陷入了苦闷、彷徨的思绪里。父亲之死,猪子被害,使他从犹疑、苦恼的境地里振奋出来,以公开自己出身的"秘密",完成了个性的觉醒。这种觉醒付出了巨大的痛苦和代价。觉醒之后的他并没有彻底挣脱内心的苦恼和矛盾,时时感到一种"觉醒者的悲哀"。他那种忏悔式的自白、迟疑巡返的表现,都说明在强大的封建保守势力面前,明治时代的知识分子的软弱性。但是,丑松的觉醒不单是一种个性解放的要求,而是与部落民的人权解放结合一起,因此它具有时代的特色和深刻的社会内涵。

小说以浓墨重笔和抒情的格调描写了丑松觉醒前后的悲伤和惆怅,突出了人物内心的悲哀,构成了人物的主情调和作品的主旋律,即"觉醒者的悲哀"。自然,这种悲哀的情调是人物自身的思想、感情、性格发展必然形成的特点,同时也是作家藤村自身觉醒前后的感受在作品中和人物形象上的投入,从而也折射出作家的思想和感情。

《破戒》以丑松破除父亲戒约的思想觉醒为故事的主干,同时也广泛生动地再现了日本近代社会的乡镇生活。饭山是个山区乡镇,一片破败、贫困、凋敝的景象,虽然表面平和、宁静,却深藏着尖锐的矛盾和你死我活的格斗。同时近代化的设施也逐渐完善,有镇议会、学校、公路、邮电等等,它们与落后、保守的乡镇生活形成对照,构成一幅独特的日本近代社会生活的画面,即封建性的保守的乡村生活与肤浅的资本主义化文明的混合。

乡镇的教育事业被保守、庸俗的校长和督学之流所把持,他们嫉贤妒能,思想顽固保守,排斥异己,把学校的教学活动都要纳入"军队的风纪"之中,维护"忠君孝国"的思想,反对民主、进步和人权的思想。他们还斤斤计较,利欲熏心。自己虽是不学无术的俗子,却贪图教育家的名声。他们主管的学校,不是育人的机构,而是是非混乱、争名逐利的场所。政界也是不堪入目的黑暗之处,政客高柳利三郎阴险、毒辣,是个恶棍、投机者,他本来一文不名,为了当上议员,不惜一切手段,攀上有钱的富翁,成为部落民出身小姐的夫婿,而且隐瞒了自己的婚事。在竞选失败后,又雇佣了打手,杀死揭露他隐私的思想家猪子先生。他的卑劣行迹说明明治时代日本近代政治改革的不彻底,政界成了投机家们的竞技场所。莲花寺的主持虽佛门出身,却贪图女色,甚至要染指养女阿志保,引起家庭纠纷。

作家的笔锋不只写了恶人恶事,也描写了善良不幸者的挣扎与追求。由于出身秽多,阔佬大向日、小学生仙太都遭受了等级身份制的歧视和迫害。青年教师银之助因思想进步、性格开朗、为人正直、才华出众而受到来自校方的压制和排挤,不得不另图他路。思想家猪子莲太郎具有维新志士的风采,忧国忧民,他为部落民的人权、社会的正义奔走呼号,最后惨死在政客高柳的手下。小学教师风间敬之进的生活更为不幸。他忠厚、老诚,生性懦弱,是世族的后代。不幸家道破落,做一名教员养家糊口,但是生活艰难,不得不把女儿阿志保送到寺院主持家做养女,妻子也租种地主的土地维持家计。年老退休之后,却得不到养老金,反而受到校方的嘲弄和侮辱。他失意、苦闷,终日以酒为伴,作践自己。他是一个沉沦在社会底层的小人物。他的妻子性格与其相反,刚强、泼辣、勤劳,敢于顶撞地主非理的盘剥,可是她的努力和操劳却挽救不了家庭的厄运。

作品是时代的广角镜,它把具有时代特点的画面和人物,尽收于镜头之中,放在读者的眼底,收到良好的艺术效果。

《破戒》在艺术上并不拘泥于自然主义文学那种描写的逼真和琐细,它虚构、想象和夸张等艺术加工的笔墨十分明显。丑松的形象虽有现实生活中的具体人物为依托,但他的塑造却是作家在观察现实生活的基础上,进行综合、概括,加以完美的,这使人物的时代特点和个性特征紧密结合,融为一体,因此丑松成为与时代共识的文学形象。作家是位诗人,善于运用抒情的笔法传达人物的情感和渲染环境的气氛。作品具有一种自然、和谐的氛围和完美的艺术风格。丑松举步迟疑、逡巡摇摆的性格和他思虑深重以及总是摆脱不掉的悲愁、哀婉之情,制造了感伤主义的情调,表现了"觉醒者的悲哀"的主情调。同时,景色描写的生动使作品具有乡土气息和田园情趣。乡镇的寂静,寺院的钟声,山区牧场的荒凉以及富有传统色彩的山镇习俗,呈现出一派乡间色彩的风俗画。加之文体的精美,语言的细腻、流畅、生动、清新、自然,加大了作品的艺术魅力。

《破戒》所具有的新的文学观念和新颖的艺术手法,尤其对近代意识的体现与追求,以及广阔的生活视野,使它赢得了广泛的称赞,成为日本近代文学中的名著。夏目漱石高度评价了《破戒》,他说:"明治时代要说有了真正小说,当然是《破戒》。"(《致森田草平书》)进步诗人石川啄木(1886—1912)也称赞道:是"超群之作"(《日记》)。《破戒》的价值正如当时著名的评论家岛村抱月(1871—1918)所说:"《破戒》是我在近代文坛上的新发现,我对这部作品怀有一种特殊的情感,觉得有此一作我国的小说界才达到一个更新的时期,在欧洲近代自然主义的社会小说具备的生命力,由于这部作品的出现,使我开始觉得在我国文坛上也有同样的存在。"(《评〈破戒〉》)

《破戒》是一部继往开来的作品,它的出版结束了日本近代文学史上近40年的探索,开始进入了成熟、发展的新时期。

第四节 概述(大正期及昭和前期)

大正十二年(1923)9月1日上午11时58分,以相模湾西北部为震中,发生了7.9级的大地震,整个关东地区以及静冈、山梨县都成了地震带,死亡10万余人。大地震的天灾,使明治以来作为近代化象征的都城东京,化为一片废墟。这对第一次世界大战后处于不景气状态中的日本经济来说,无疑是雪上加霜。同时,伴随大地震的人祸又使日本近现代史涂上了一大污点,这就是在对外奉行侵略、对内实行法西斯专制的反动当局的纵容下,军警官宪对日侨朝鲜人及中国人、日本的社会主义者和工人运动家等进行的大屠杀(依次被杀害的人数为6000余人、200余人、约59人)。可以说,大震灾后,日本遍地腥风血雨,上上下下风声鹤唳。

在大震灾前,即大正十年(1921)前后,中野秀人(1898—1966)、宫岛资夫(1886—1951)、平林初之辅(1892—1931)等人,打出了"第四阶级的文学"的旗号,主张把自己放在第四阶级(劳动人民)的位置,来"解放文学的本质"(中野语)。这一举动是无产阶级文学告别以《近代思想》杂志①为阵地的孕育期——劳动文学阶段,而诞生于世的第一个标志。紧接着,在巴黎参加过法国诗人、小说家巴比塞宣传"国际主义思想"的光明运动,并同第三国际的活动家有来往的小牧近江(1894—1978)回到日本,同金子洋文(1894—1985)一起于大正十年(1921)2月创刊《播种人》杂志②,在此杂志上发表作品的有岛武郎(1878—1923)、马场孤蝶、江口涣(1887—1975)、石川三四郎、藤森成吉、平林初之辅(1892—1931)、小川未明(1882—1991)等。《播种人》的创刊标志着无产阶级文学运动选定了自觉的社会主义文学的方向。不久,平林初之辅、青野季吉(1887—1961)成为《播种人》同人,他们在理论上积极地推动了无产阶级文学运动。平林在《文艺运动和工人运动》(1922年)中指出:"与其说无产阶级文艺运动是文艺运动,不如说她是无产阶级运动。"从而明确了无产阶级文学是革命文学和斗争文学的根本性质。与这一时期引起强烈反响的理论文章形成反差,创作方面还没有力作问世。由于"大震灾"的天灾人祸,《播种人》于1923年11月停刊,无产阶级文学运动一时间沉寂起来。大正十三年(1924)6月,青野季吉、平林初之辅、小牧近江、金子洋文、前田河广一郎(1888—1957)等13名同人,创办了无产阶级文学运动的新机关志《文艺战线》。青野的文论和前田河的翻译文学,起到了为无产阶级文学运动指导方向的作用。在著名的《"调查了"的艺术》(《文艺战线》1925年7月号)一文中,青野排斥日本传统式的"缀合印象的观察方法,以及由此而产生的思想",提倡"调查了"的艺术,即"有意识、有目标地去调查现实,由此而产生出思想"。引发青野这一观点的动力是他读了原版的《屠场》③,"感到日本的无产阶级必须朝着这个方向努力,因此,有必要先翻译这本书"④。前田河起而应之,立即译出《屠场》由丛文社出版(1925)。前田河感兴趣的是《屠场》中描写了一个受压迫的工人走上革命道路的觉悟过程:从立陶宛移居美国的约吉斯·路德库斯虽梦想过上幸福生活,但作为罐头厂工人的他,实际上却过着奴隶般的悲惨生活。听了社会主义者的演说,路德库斯深受感动,开始

---

① 第一次作为文艺杂志创刊于1912年10月,终刊于1914年9月;第二次作为评论杂志创刊于1915年10月,终刊于1916年1月。

② 《播种人》1921年2月至4月,在秋田县土崎发行了3期后休刊(土崎版),同年10月在东京第二次创刊(东京版),1923年11月终刊。

③ 美国作家辛克莱(1878—1968)的成名长篇小说,问世于1906年。该作品中暴露的食品卫生方面的问题,促使美国政府制定了有关食品卫生方面的法案。

④ 《以〈屠场〉为话题》,《文艺战线》1926年1月号。

走上了阶级斗争的道路。前田河高度评价这一过程是："痛切地批判、解剖文明，进而暗示无产阶级解放运动中一个战线的建立。"①在青野"调查了的艺术"的理论召唤下，一批无产阶级文学佳作问世，其中有叶山嘉树(1894—1945)的小说《卖淫妇》(1925)、细井和喜藏(1897—1925)的长篇报告文学《女工哀史》(1925)、林房雄(1903—1975)②的小说《苹果》(1926)、里村欣三(1902—1945)的小说《苦力头的表情》(1926)、黑岛传治(1898—1943)的小说《二分铜币》(1926)等。1925年12月，日本无产阶级文艺联盟成立。第二年以青野季吉的《自然生长和目的意识》(《文艺战线》1926年9月号)一文为契机，"文艺联盟"出现了论争和裂痕，后导致了无产阶级文学运动内部公开分裂成"劳农艺术家联盟"(简称"劳艺"，1927年结成，《文艺战线》为机关志)和"全日本无产者艺术联盟"(简称"纳普"，1928年结成，《战旗》为机关志)两派。"劳艺"在政治理论上以社会民主主义(避免暴力革命，主张通过议会道路而和平地实现社会主义)为指针，而"纳普"是以马克思主义为指针。1928年5月，"纳普"的理论指导者藏原惟人(1902—1991)在《战旗》创刊号上发表了《通向无产阶级现实主义的道路》一文。从此，"战旗派"逐渐取得了无产阶级文学运动的主导权，在文坛上产生了很大的影响。这一时期，无产阶级文学在创作上取得了颇为可观的成绩："文艺战线派"有叶山嘉树的长篇小说《生活在海上的人们》(1926)、黑岛传治的短篇《涡旋中的鸦群》(1928)、平林太子(1905—1972)的小说《免费医疗室》(1927)等；"战旗派"有佐多稻子(1904—1998)的自传体小说《来自糖厂》(1928)、小林多喜二(详见本章第六节)的小说《1928年3月15日》(1928)和《蟹工船》(1929)、德永直(1899—1958)的长篇小说《没有太阳的街》(1929)等。昭和三年(1928)3月15日，反动的田中义一内阁(1927年4月20日至1929年7月2日执政)对共产党及关联者进行大逮捕；同年6月29日，不顾国会反对，以紧急敕令的方式强行公布了"治安维持法修正条例"，对民主活动和民主言论严加管制。7月1日，在全国各地设立了法西斯的特高警察组织，翌年4月16日，又对共产党员进行全面搜捕。在这接二连三的打击下，昭和六年(1931)12月，《战旗》被迫停刊，第二年7月，《文艺战线》也遭到了同样的命运。1933年6月，在狱中的共产党最高领导者佐野学和锅山贞亲共同发表了转向声明。1934年，无产阶级文学的组织全部被迫解散。在这前后，有的作家被杀害，有的被投进监狱，有的发表了"转向"声明，无产阶级文学就这样被全面扼杀了。

"大震灾"后崛起在文坛的另一个文学流派是"新感觉派"文学。大正十三年(1924)10月，横光利一(1898—1946)、川端康成(详见第十五章第二节)、中河与

---

① 《辛克莱的〈屠场〉》，《文艺战线》1925年11月号。
② 后成为臭名昭著的张扬军国主义侵略行径的文人。

一(1897—1994)、片冈铁兵(1894—1944)、今东光(1898—1977)等 14 名同人创办了《文艺时代》杂志。当时颇有影响的评论家千叶龟雄(1878—1935)读了《文艺时代》创刊号后撰文道:"我觉得《文艺时代》派的人们具有的感觉比起以前出现的不管什么样的自我感觉艺术来,是更新的、在语汇和诗以及节奏的感觉中生存的感觉。"①新感觉派的称谓即来源于此。起初,要实践"革命文学"的无产阶级文学和标榜"文学革命"的新感觉派同人,在打倒既成文坛这一点上是共通的,因而他们之间相互进行着交流。可是,随着新感觉派一味回避当时的现实社会矛盾和斗争,两者分手以至对立起来。新感觉派否定自然主义的写实手法,主张在主观把握外部现实的基础上,把理性再造的新的现实用文学语言表现出来。为此,他们有意采用了西欧表现主义、结构主义等现代派文学的表现方法,开了日本近现代文学史上现代派文学的创作先河。这一派的理论经家主要是横光利一和川端康成,作品有横光的《头和腹》(1924)和《拿破仑和脚癣》(1926)、中河与一的《冰上舞场》(1925)、今东光的《消瘦了的新娘》(1925)、片冈铁兵的《网上的少女》(1927)等。需要说明的是,这些作品在表现风格上各有千秋。

  《文艺时代》的停刊(1927 年 5 月)意味着新感觉派终止了同人活动。这一流派中的片冈、今东光等人加入了无产阶级文学运动的行列。为了同日益隆盛的无产阶级文学对抗,1930 年 4 月,以新潮社为阵地的中村武罗夫(1886—1949)②发起组织了"新兴俱乐部"。会员有新感觉派的一些作家和受新感觉派影响的年轻作家龙胆寺雄(1901—1992)、浅原六郎(1895—1977)、舟桥圣一(1904—1976)、川端康成等 32 名,大有艺术派十字军的气势。然而,这一流派的主流深受"美国主义"的影响,停留在廉价地描写颓废的、享乐的都市消费生活上,没有产生出优秀的作品。翌年,"新兴艺术派"分裂为浅原等人的"新社会派"和成为第二代艺术派源流的"新心理主义"。值得一提的是,被看作是新兴艺术派支流的堀辰雄(1904—1953)、阿部知二(1903—1973)、嘉村砍多(1897—1933)、梶井基次郎(1901—1932)、梶井伏鳟二(1898—1993)等写出了一些好作品,如嘉村的《苦业》(1928)、梶井的《灰暗的画卷》(1930)、井伏的《夜深梅》(1930)等。

  新心理主义也可看作是新感觉派所开创的日本现代派文学的一个组成部分。这一流派学习乔伊斯、普鲁斯特、拉迪盖(1903—1923,法国诗人、小说家)的心理主义创作方法,用"内心独白"和"意识流"的手法艺术地表现弗洛伊德式的精神分析和深层心理。内心独白和意识流的表现方法是伊藤整(1905—1969)于

---

  ① 《新感觉派的诞生》,《世纪》1924 年 11 月号。
  ② 早在发起成立这一同人组织之前,中村就写了《践踏了花园的是谁?》(1928)一文,从反马克思主义的立场攻击无产阶级文学。

1930年首先引进日本的①。使这一表现方法很快作品化的最为成功之作，是堀辰雄以恢复消失了的自我为主题的小说《圣家族》(1930)，其他有横光利一的《机械》(1930)、川端康成的《水晶幻想》(1931)等。

"大震灾"前后的诗坛令人特别注目的是，以西欧的先锋派新诗运动为方向而要求内容和形式的革新。其标志有：大正十年(1921)12月，在意大利马里内蒂的未来主义影响下的平户廉吉(1893—1922)，在街头散发了他写的《日本未来派运动第一回宣言》；冈本润(1901—1978)和小野十三郎(1903—1996)等创办了无政府主义式的杂志《红与黑》；1924年，自称达达主义的高桥新吉(1901—1987)、荻原恭次郎(1899—1938)等同人创办了志在促进短诗运动的诗刊《亚》，等等。昭和三年(1928)9月，春山行夫编辑刊行了《诗和诗论》季刊杂志。其宗旨是推出具有新精神的诗作，同人有北川冬彦、安西冬卫、西胁顺三郎(1894—1982)、吉田一穗、三好达治(1900—1964)、北园克卫(1902—1978)、村野四郎、泷口修造(1903—1979)、竹中郁(1904—1982)等。尽管西胁倾向于超现实主义，春山和北园倾向于短诗运动和电影诗，三好倾向于意象派等，但他们都把形式、印象、精神放在首位，非常重视理智的造型。《诗和诗论》(最后6期更名为《文学》)于昭和八年12月停刊。昭和五年(1930)6月，北川、三好、神原泰(1898—1997)、饭岛正(1902—1996)等编辑第8号时，曾把刊名改为《诗·现实》，以示对《诗和诗论》游离和逃避现实的不满。同《诗和诗论》所代表的现代派诗歌创作相对的是无产阶级诗歌创作，刊物有《日本无产阶级诗集》(年刊，1928—1931)、《前卫诗人》(1930年创刊)、无产阶级诗人会主办的《无产阶级诗歌》(1931年创刊)等。中野重治(1902—1979)、小熊秀雄(1901—1940)、壶井繁治(1897—1975)、远地辉武(1901—1967)、大江满雄(1906—1991)、上野壮夫(1905—1981)、窪川鹤次郎(1903—1974)、西泽隆二、三好十郎(1902—1958)等活跃在无产阶级诗坛上。在无产阶级诗歌和现代派诗歌的对立之间开始寻求新的抒情和现实的，是"四季派"和"历程派"的诗人们。前者以杂志《四季》(1933年创刊)而得名，同人有堀辰雄(1904—1953)、立原道造(1914—1939)、中原中也、津村信夫、丸山薰、三好达治、荻原朔太郎、室生犀星(1889—1962)、井伏鳟二(1898—1993)等，他们创作了很多受读者喜爱的保持着理性和感性均衡的现代式抒情诗。与抒情式的四季派不同，《历程》杂志(1953年创刊)的草野心平(1903—1988)、高村光太郎(1883—1956)、金子光晴(1895—1975)等同人们则以立足现实、个性丰富而见长。

昭和初期，短歌创作方面是以斋藤茂吉(1882—1953)、土屋文明(1890—1990)等同人的"阿罗罗木派"为中心，《多磨》(1925年创刊)的具有象征歌风的

---

① 伊藤的论文题目为《感情细胞的断面》。

代表歌人北原白秋(1885—1942)，出自"阿罗罗木派"，而歌风上近似北原的释迢空(折口信夫，1887—1953)等也不断有秀作问世。俳句方面，日野草城(1901—1956)、山口誓子、水原秋樱子等发起了新兴俳句运动，其特点是跨越了大正时期"杜鹃派"咏歌花鸟的传统，扩大了题材领域。另外，荻原井泉水提倡的不受音节定式限制的自由律俳句，以及由此产生的无产阶级俳句也令人注目。

"大震灾"后，小山内薰(1881—1928)和从德国出发途经俄罗斯归国的土方与志(1898—1959)一起设立的筑地小剧场，使日本话剧第一次有了专门的演出场所，为确立演出家制度、培养演员、整备舞台布景等揭开了划时代的一页。小山把筑地小剧场称作"演剧实验室""演剧常设馆""民众的戏剧小屋"等。小山批评当时的话剧界只有演出欲，即仅仅上演翻译剧而没有创作剧，因而引起了同岸田国士(1890—1954)等人的一场激烈论争，这就是日本近现代戏剧史上有名的以民众戏剧为方向的"人生派"(小山)，和以"惟艺术世界是上"的"纯粹戏曲"为方向的"艺术派"(岸田)之间的论争。从筑地小剧场创立的大正十三年(1924)至小山逝世、"筑地"内部分裂而解散的昭和五年(1930)，"筑地"共上演了117部戏，其中日本剧作者的创作剧27部，翻译剧90部，极大地推动了日本的戏剧创作和演出。不仅如此，"筑地"还以演出内容上的进步性而成为反抗当局黑暗统治的一个有力据点。1926年，由于意识形态上的分歧而脱离了筑地小剧场的千田是也(1904—1994)、村山知义(1901—1977)、和久板荣二郎(1898—1976)等，乘印刷工人罢工之际，发起了皮箱剧场运动，并第一次使用了"无产阶级戏剧"这一语言。继皮箱剧场运动之后，无产阶级戏剧运动有前卫座(1926)、无产阶级剧场(1927)、前卫剧场(1927)、东京左翼剧场(1928)等。无产阶级戏剧的优秀剧作有藤森成吉的《牺牲》(1926)、《什么使她走上绝路》(1927)、村山知义的《暴力团记》(1929)、金子洋文的《飞翔之歌》(1929)等等。筑地小剧场解散后，没有参加无产阶级剧团的友田恭助(1899—1937)、田村秋子(1905—1983)等成立了筑地座。支援这个小剧团的是《演剧新潮》杂志的同人岸田国士、久保田万太郎(1889—1963)、里见弴(1888—1983)等。岸田自从同小山内薰论争之后，将自己的戏剧理论付诸实践，创作了《蒂罗尔的秋天》(1924)、《纸风船》(1925)、《牛山宾馆》(1929)等新心理主义式、新感觉派式的优秀剧作。以岸田为中心，昭和七年(1932)，年轻的剧作家们创办了同人杂志《剧作》，在岸田的指导下，这些年轻人显示出一个共同特色，即格外重视科白这一戏曲语言的心理性韵律，创作出了在洗练的科白基础上的高度心理主义剧作，在奠定剧作艺术的基础这一点上，"剧作派"起到了很大的作用。这些新人剧作家中最令人瞩目的是森本薰(1912—1946)，他的剧作有《出色的女人》(1934)、《华丽一族》(1935)等。

从1931年日本出兵侵占东北开始，到1945年裕仁天皇宣布日本无条件向盟国投降为止，这期间是日本近现代史上最黑暗的时代。在天皇神权(天皇行使最高统帅权)的大旗下,法西斯军部专制独裁,任何与天皇神权和法西斯侵略行径有抵牾的言行,均在被禁止、被镇压之列。

这一时期的最初几年,文坛上出现了一种"文艺复兴"现象。所谓文艺复兴,是指从无产阶级文学方面转向纯文学的复兴。这一名称得力于昭和八年(1933)11月文艺春秋杂志社召开的"文艺复兴座谈会"。"复兴"首先表现在大作家的创作成就上。德田秋声的《勋章》(1935)和《假装人物》(1935—1938)、永井荷风的《向日葵花》(1934)和《濹东奇谈》(1937)等,与侵略战争的时势相对,并表示出批判性的立场。志贺直哉的长篇小说《暗夜行路》(1937年完成)标志着近现代文学史上个人主义文学的一个高峰。谷崎润一郎发表了《盲目物语》(1931)、《春琴抄》(1933)等,表示出他与时局相背而憧憬日本美的创作态度。岛崎藤村的历史小说《黎明前》(1935年完成)、山本有三的《路旁石》(1937)等,都是力作。中坚作家也很活跃,横光利一发表了他提倡的"纯粹小说"的实践作《家族会议》(1935),川端康成的《雪国》的一些篇章接连问世(1935年开始),还有伊藤整的《幽鬼街》(1937)、井伏鳟二的《多甚古村》(1939)等等。新人作家也纷纷登场,这同1935年设立的芥川奖和直木奖的提携不无关系。这些令人耳目一新的新人新作有:石坂洋次郎(1900—1986)的《年轻人》(1937年完成)、石川达三(1905—1985)的《苍氓》(1935)、高见顺(1907—1965)的《故旧该能忘》(1935)、太宰治(1909—1948)的《道化之华》(1935)、石川淳(1899—1987)的《普贤》(1936),等等。在无产阶级文学被镇压、自由主义文学被一扫而尽的法西斯主义的狂涛中,出现了一种"不安的文学"。不安的文学萌动于三木清(1897—1945)的《不安的思想和它的超克》(1933)一文。翌年,河上彻太郎(1902—1980)介绍了俄罗斯哲学家谢斯托夫(1866—1938)的不安的哲学,指出"谢斯托夫式的不安""不安的文学"也已成为以人类存在本身具有的不安为轴心的文学创作的一个主题。北条民雄(1914—1937)的《生命的初夜》(1936),通过主人公身患麻风病面临死亡,但竭力求生的可能性的事件,使主题聚焦在这么一个问题上:处于生存危机上重叠着时代危机这一状况中的人们,该怎样生存下去。这部作品连同后来北条发表的几部作品,在文坛上引起了轰动。阿部知二的《冬宿》(1936)思考的也是类似的"不安"主题。好景不长,"文艺复兴"等文学现象很快被"日本浪漫派"和"国策文学"这些"文学成为政治奴隶时代的奴隶文学。"①所排挤、所取代。《日本浪漫派》杂志创刊于1935年3月(停刊于1938年8月),龟井胜一郎(1907—1966)和保田与重郎(1910—1981)是这一派的中心人物,同人有太宰治(1909—1948)、坛一雄、林房雄、佐藤春夫(1892—1964)、中河与一、荻原朔太郎、外村繁等。他们通过对古典和古美术的关心来宣扬"日本精神""民族主义",为国策文学、国粹运

---

① [日]长谷川泉主编:《文艺用语的基础知识》,东京:至文堂1988年,第445页。

动卖力。所谓国策文学,是指"七七"事变——日本军国主义全面发动侵华战争之后,服从于服务战争、促进生产这一国家目的的文学活动,其组织有什么"大陆开拓文艺恳谈会""经国文艺会""国防文学连盟国策协力团体"等等。除了石川达三的《活着的士兵》等几部在一定程度上暴露了战争残酷性的作品外,这一时期的"战争文学"和"国策文学"就像策划发动侵略战争的罪犯那样,永远被历史所鄙夷。

　　侵略战争下的诗坛也是一片荒芜。1942 年,日本文学报国会下的诗部会成立,高村光太郎任会长。以高村为首,三好达治、神保光太郎、山本和夫等,因创作为侵略战争效力的诗歌而给自己涂上了污点。

　　短歌、俳句创作虽然也因鼓噪战争而不足为道,但《新万叶集》和《新风十人》两个短歌集却值得一提。前者 1938 年 9 月编成,由改造社出版,内收现代 6675 人的短歌共 26783 首,是在这以前的短歌史上最大的选集。后者是十名当时的新锐中短歌人的自选集,编成于 1940 年 7 月。《新风十人》中有原来的无产阶级歌人、有艺术派歌人等,他们创作上的新鲜性对战后歌坛产生了相当的影响。

　　1940 年后,筑地座、文学座及所有话剧团相继被迫解散。1944 年,当局认为演剧是一种奢侈活动,包括歌舞伎座在内的所有剧场被关闭。后经内阁情报局和大政翼赞会的斡旋,一部分话剧演员组成移动演出队,为军人、"产业战士"等创作演出了一些迎合时局的剧目。

第五节　芥川龙之介

　　芥川龙之介是日本近代文学的巨匠之一。他以非凡的才华、娴熟的技巧,创作了令人赞叹的、可以和世界名家媲美的短篇小说,至今享誉不衰。他的思想和文学中所表现出的近现代交替时期的双重性质,以及对人生和社会的哲理性思考,都使他成为日本文学史上格外令人注目的作家。

　　芥川龙之介号柳川龙之介,俳号我鬼,1892 年 3 月 1 日生于东京市京桥区入船町八丁目一番地。父为新原敏三,经营乳业。龙之介是新原家长子,因生于辰年辰月辰日辰时,乃名为龙之介。又因"介"与"助"两字在日语发音相同,他曾一度自称龙之助。龙之介出生不到 10 个月其母精神失常,他被其舅父芥川道章收为养子,易姓芥川。芥川氏是延续十几代的士族。养父芥川道章虽服务于东京府土木科,但颇有江户文人之风,喜南画、戏剧、围棋、盆栽、俳句、篆刻等技艺。芥川生活在这种浓厚的传统文化艺术氛围里,深受熏陶。

　　芥川 1898 年入江东寻常小学,虽身体虚弱,但敏而好学,涉猎广泛。1901 年初作俳句,表现出文学兴趣。1905 年,小学高小毕业,进入东京府立第三中学。文学作品的阅读更为广泛,无论是日文、中文、英文,凡能入手者无不喜读。

1910年,芥川作为优等生免试进入第一高等学校文科学习,同窗中菊池宽、久米正雄等不少人后成为文坛与学界翘楚。这期间,由于大量阅读外国文学和哲学名著,他深受怀疑主义、厌世主义、世纪末文学等影响。他曾引用法国作家法朗士的话说:"我不是通过与人接触而是通过与书接触才了解人生的。"1913年,他以第二名的优异成绩毕业于第一高等学校,考入东京帝国大学英文系。1914年2月,久米正雄邀请菊池宽等创办第三次《新思潮》,芥川为同人,并以柳川龙之助的笔名由英文转译了法朗士的作品《马尔塔扎尔》。同年5月和9月连续在《新思潮》上发表处女作小说《老年》及《青年与死》。1915年11月又在《帝国文学》上发表了小说《罗生门》。这些以12世纪古籍《今昔物语》为素材的所谓"王朝物"的最初习作,引起评论界的重视。同年12月,芥川由同窗冈田耕三介绍与久米正雄出席了于牛込区早稻田南町漱石山房的"木曜会"(夏目漱石门下弟子们的集会),此后师从漱石,并深受其影响。1916年2月15日芥川又和菊池宽等人发行第四次《新思潮》。他在创刊号上发表的短篇小说《鼻子》颇受漱石的欣赏。四天之后,即2月19日他收到漱石给他的信,称赞他说:"我很佩服。像那样的创作如从现在起推出二三十篇的话,你将成为文坛上无与伦比的作家。"《鼻子》在很有影响的文艺杂志《新小说》上再次刊载,芥川迈出登上文坛的大步。1916年7月以论文《威廉·莫理斯研究》毕业于东京帝国大学英文科。同年9月在《新小说》杂志上发表《芋粥》深获好评。10月又在《中央公论》上发表《手绢》跃登龙门,从此确立了文坛上的地位。12月他寄寓镰仓,任横须贺海军机关学校的英语教员(非正式职员)。1918年2月2日,他与塚本文子结婚。这期间他连续发表了不少佳作。1919年3月,他辞去教职,专心创作。

1921年3月,芥川以大阪每日新闻社海外观察员身份,被派往中国。在上海曾和李人杰、章炳麟、郑孝胥等晤谈;并畅游了杭州、西湖、苏州、扬州、南京、芜湖等地,还溯长江游庐山、汉口,横渡洞庭湖至长沙,后乘京汉铁路经郑州、洛阳龙门入北平(北京)。他曾观赏过梅兰芳的京剧,会晤过辜鸿铭,然后游万里长城、云岗、天津,经沈阳、韩国于7月底回到日本。这次漫游后的文学结晶为《上海游记》《江南游记》《湖南之扇》等。

自1921年底起,芥川已染有三年多的神经衰弱症日甚一日,终于发展到非服安眠药不得一眠的地步。加之由于经济危机的波及,生父与养父两家的家业败落,沉重的经济负担压在他身上,也压在他的心上。他于1926年4月15日访问友人小穴隆一时就透露了自杀的信息,并计划于同年12月9日夏目漱石去世10年的忌日自杀,未果。1927年春天,又企图选择平松麻素子在帝国旅社殉情,也未成功。这一年7月24日凌晨,他在东京田端的自宅澄江堂的书斋兼寝室里吃致死量的安眠药自杀,枕畔放着《圣经》,怀中藏着给妻子的遗书。此外,还留下给姨母、小穴隆一、菊池宽等几位亲友的遗书,及《送给旧友的手记》等诸多遗稿。享年 35 岁零 5 个月。

芥川龙之介学贯日、汉、西洋，会吟和歌、俳句，能写汉诗、新诗，对美术和戏剧也极有研究。在短暂的 13 年创作生涯中，他写了 148 篇中短篇小说、55 篇小品文、66 篇随笔以及不少评论、游记、札记、诗歌等。这些作品以独特的视角探讨了人生与人性的永恒主题，并投下作者深邃的目光，记下异于他人的感受，从中可以发现作者对社会进行解析与批判的努力。其小说将日本和中国古典文学的精华与传统娴熟地镶嵌在西欧短篇小说技巧与形式的框架之中，富于逻辑性的构思，独辟蹊径，刻意攻求，几乎无懈可击，他不愧为日本文学史上短篇小说巨擘，罕见的旷世"鬼才"。

芥川的创作依据作品的思想倾向和艺术风格的不同，可分为三个时期。

前期是从他 1914 年开始创作至 1919 年辞去教职，专事文学创作时止，这阶段其创作风格开始成型。作品主要以历史小说为主。他多从历史世界寻找题材，但并不追求历史的真实，而是借古喻今，借古讽今。这些历史时空跨度很大，上自古代下至明治初年，地区包括东方的中国和印度，西方的欧美和俄国。这些历史小说之所以隽永奇绝、永存魅力，是因为其中引人深思的哲理给人以启迪的力量，充满理性的思辨精神给人以感发。作品主要包括《罗生门》(1915)、《仙人》(1915)、《鼻子》(1916)、《酒虫》(1916)、《戏作三昧》(1917)、《黄粱梦》(1917)、《蜘蛛丝》(1918)、《地狱图》(1918)等。

《罗生门》写古代平安朝末期，各种天灾使京都一片萧条。一个被主人辞退的家将因走投无路而躲在罗生门下避雨，夜里发现有一老妪为了不致饿死，正在拔死人头发做成假发卖钱。家将要想不饿死也只有当强盗。于是他强行剥光老妪的衣服，逃进黑暗中。家将在生死关头丧失人道与道德，说明当时弱肉强食的社会本质，以及自私自利的世风对人心理的侵蚀。

《鼻子》写一老僧因鼻长而苦恼，鼻短后招来讥笑，只有当鼻子恢复原状时心情才爽朗的故事。内容近于荒诞，却揭示出人类脆弱的自我意识的可悲的自尊心理，也批判了旁观者的利己主义。主人公依靠他人的判断为衡量自身价值与存在的标尺，由不断反思而引出许多烦恼，显得可悲又可怜，包含着深刻的人生思考。

《戏作三昧》主要描写江户时代后期曲亭马琴晚年（1832 年 9 月）某天的生活。从他清晨去澡堂洗澡听到对他的小说《八犬传》褒贬不一的评论并心生郁闷开始，又写他归家后对卑贱的出版商下了逐客令而心情不佳，直到友人来访，他才逐渐恢复自信，并从孙子话中得到力量。夜晚，文思泉涌的马琴为了使日本也能有"古今无与伦比的一大奇书"而奋笔疾书，几乎是豁出命地写着。书中所描绘的实际上是马琴参考《水浒传》，耗费 28 年光阴写作 98 卷的《南总里见八犬传》的一个缩影。一个超然于庸俗丑恶现实之上的高尚灵魂，跃然纸上。马琴创作上的甘苦实际是芥川自己对艺术苦心孤诣追求的一种艺术再现。他专心致志地写江户时代流行的长篇读本(戏作),并深得其中三昧,也是芥川自己的创作体会。

《地狱图》描述了一个常人难以接受的惊心动魄的故事。平安朝时期,封建主堀川大公表面恩德无边,实则内心残忍。以当时第一画师自居的良秀,外貌卑劣,恶癖诸多,不为世人所理解。但是他的画却逼真传神,造诣极高。他追求绘画的真实到了令人毛骨悚然的程度。堀川大公令他画一幅《地狱图》屏风,良秀为了尽善尽美地绘出真景,要求观看火烧贵妇在牛车中的情景。残忍的大公居然把不愿受其侮辱的良秀的爱女放在牛车里活活烧死。《地狱图》完成的第二天夜里,良秀悬梁自尽了。小说成功地塑造了极端自私的追求唯美主义的画师,和一个丧心病狂的、为卑鄙私欲杀人不眨眼的封建主。在那道德沦丧、兽性横行的时代里,多次表现出"人性"的却是一只猴子,令人分外同情无辜的少女。小说以摧毁现实中美和善的描写,达到表现活地狱里丑和恶的目的,产生了强烈对比的审美效果。作者以《地狱图》屏风终于成为稀世珍宝来说明追求艺术完美的社会价值,并借以反映芥川自己对艺术完美的刻意求精。作者企图以这种艺术至上的唯美主义思想倾向来对抗当时恶浊的社会现实,具有深刻的社会认识意义。

《蜘蛛丝》写西天极乐净土的释迦牟尼佛发现生前杀人放火无恶不作的大盗犍陀罗正在地狱中苦苦挣扎而生不忍之心,为报答他生前曾不忍踩死一只蜘蛛的善举,想将他从地狱中拯救出来,就顺手拈起一根蜘蛛丝垂下地狱。大盗犍陀罗在紧拽蜘蛛丝拼命攀登的中途,发现数不清的罪人跟在后面顺着蜘蛛丝往上爬。他怕自己重新坠入地狱,就喊叫起来:"这根蜘蛛丝是属于我的!是谁允许你们向上爬?给我滚下去,滚下去!"话音未落,蜘蛛丝断了,犍陀罗重新掉进地狱。他只想一人逃离地狱苦而没有慈悲心,应受惩罚。这明显是一个佛经故事,但至今尚未发现其原典出处。有人认为《蜘蛛丝》源于美国学者保罗·卡勒斯博士的《因果报应》,也有人指出它与陀思妥耶夫斯基的小说《卡拉马佐夫兄弟》第七篇第三章中"一根葱"的故事有关联。

芥川前期创作的这些历史小说广泛吸取了《今昔物语》《宇治拾遗物语》《十训抄》和《聊斋志异》等国内外古典作品中的题材,内容多样、形式奇巧、深邃的哲理使人能感受到芥川审视人生的冷峻与严肃,以及解剖丑恶事物的洞察力,标志着日本近代历史小说的最高水平。鲁迅先生曾在《〈罗生门〉译者附记》中准确指出芥川历史小说的特点在于,"取古代的事实,注进新的生命,便与现代人生出干系来"。芥川恰恰是按照他生活在近代的理性思辨精神,自由地、目的明确地选取历史文学的素材,深刻地阐释与表达了自己对现实的理解,即使现当代的读者也能从中悟出某些人生真谛,使人开卷有益。

中期是芥川创作风格发展变化的时期。他虽然继续写历史小说,但创作倾向逐渐从历史世界进入现实世界。1919年以后,自明治维新开始就将目光转向西方的日本又感受到俄国十月革命的冲击,文坛上已萌生无产阶级文学的幼芽。社会动荡,人民的力量不断地表现出来,此时的芥川再也不可能只是在象牙之塔里创造美的文学,而是自然而然地将目光从古典文学中慢慢移开,打开书房的户牖,直面芸芸众生的现实世界。除历史小说《杜子春》(1920)、《秋山图》(1921)、《奇遇》《竹林中》(1922)等以外,还写了具有现实主义倾向的作品《桔子》(1919)、《秋》(1920)、《斗车》(1922)、《一块地》(1923)等。

《杜子春》是芥川童话中的杰作,至今仍被收录在日本小学国语课本中。它是由唐李复言所撰《杜子春传》删改、扩写而成。洛阳青年杜子春荡尽祖产后在一盲老者指点下,挖出一堆黄金。当他将钱财耗尽后,又遵盲老者挖出黄金满车,三年后又分文未剩。他第三次见到盲老者表示要学仙,老者叮嘱他,无论遇到什么情况都不要出声才行。可是当他看到已变为人头马身的父母被打得奄奄一息时还惦念他,就喊出一声"妈妈!"他虽失去成仙机会,但决心"真正像一个人那样,正直地活下去。"小说将原作宣扬道教常用鬼神、地狱及亲属遭灾来考验信徒是否虔诚的内容,改为赞美母子情深的力量,从而使故事有了社会现实内容。杜子春暴富时,门庭若市,车水马龙,身无分文时,却无人理睬。这和他母亲在极度痛苦中仍在体贴关心他的情景相对照,格外感到母爱亲情的温暖和崇高。他能描写这些世态炎凉、亲情冷暖,是对现实社会直接观察的结果。

《秋山图》是根据清初恽寿平的《记秋山图始末》写成的,原作写元代名画家黄大痴《秋山图》传世真伪的一段轶事。芥川的《秋山图》不在追寻这幅名画的下落上花笔墨,而企图说明一种艺术哲理,即理想的艺术只存在于鉴赏者的想象之中,因为鉴赏者的期待视野不同而见仁见智。同样,读者也可以从不同角度欣赏这部小说,并得到不同的审美心理享受与满足。

《奇遇》是古为今用的一部小说。取材于明代瞿佑《剪灯新话》中的《渭塘奇遇记》。芥川化虚为实,化奇为平,化幻为真。风流倜傥的富家子王生外出收租时发现一酒店女几次窥视自己,他归来后梦中与店女诗酒欢会。结局不是原作的奇梦成婚,原来是两个自由恋爱的青年初识时定下的计谋,并得以结合。他们误以为作得天衣无缝,其实店女父母佯装不知,怕别人说长道短。小说不仅说明真挚爱情具有改变人的巨大力量,而且有了反封建的现代意识。

《竹林中》取材于《今昔物语》,是芥川作品中知名度最高的小说。小说通过"樵夫答典吏问""云游僧答典史问""捕役答典史问""老媪答典史问""多襄丸的供词""来到清水寺的女人的忏悔"和"鬼魂借巫女之口所说的话"七个方面,讲述了一个男子在竹林中被杀的故事。但他究竟是怎样被杀的,凶手是谁等均无定论。这部以人命案为悬念的小说,既不是推理侦破小说,也不是社会心理小说,而是一部哲理小说。芥川试图说明,既然三个主要当事人从利己主义出发所讲的证词都是圆满可信的,那么客观真理都是相对的,也是不可知的,根本就无所谓真理。书中充分展示了各类人物的利己私欲，流露出作家对人类缺乏信心，以及对客观事物不可知的一种困惑与迷惘。

《桔子》是芥川第一篇具有鲜明现实主义倾向的小说。写"我"在即将开动的火车里百无聊赖地坐着，一个十三四岁的乡下小姑娘急忙上车坐在对面。在火车开动不久驶入隧道时，她竭力打开车窗，把几个揣在怀里的桔子扔给道岔外的三个弟弟。姐弟之间的纯情使"我""登时恍然大悟"，把原来对这个乡下脏女孩的所有不悦通通抛在脑后，并"由衷地产生了一股莫名其妙的奇悦心情"。因为"我"被普通劳动人民的纯朴、可爱所感动，因此"才聊以忘却那无法形容的疲劳和倦怠，以及那不可思议的、庸碌而无聊的人生"。小说篇幅不长，充分表现出作者深埋心底的人道主义精神，以及对无聊人生的探索与反思。作品基调明快，读后豁然开朗，不难体味到芥川感极欲泪的心理。

《秋》是一篇具有现代意识的作品。姐妹二人先后爱上表兄俊吉，姐姐信子为了妹妹照子的幸福，放弃了自己的追求而和别人结婚。婚后并不十分幸福。一个偶然的机会信子见到了新婚的表兄和妹妹，虽萌发旧情，但又不愿破坏他们的幸福，就悄然离去了。信子之所以能割舍这一切，表现得很平静，"不外乎是认命了的寂寞"。她寂寞凄凉的心境犹如秋天一样萧索、清寒。小说惟妙惟肖地描写了现代青年男女在爱情婚姻上的苦闷，反映了作者对现实不满而又无可奈何的悲观感伤情绪。

《斗车》写一个八岁的少年良平出于好奇与兴趣，想乘坐装运土方的斗车兜风。在如愿以偿之后，他体会到："推着斗车前进的路程越长，回来时乘斗车的机会也越多"，可是他走得太远了，而斗车不再返回，只好拼命奔回家中，大声哭泣起来。多年后，良平成人，尘世的操劳使他像幼时那样疲于奔命，而眼前的路和从前的路毫无两样。小说在出色地描写少年时喜时忧的心理变化的同时，将人生之路的体会杂糅其中，使人觉得生活的步履如此维艰，展现在面前的"竹林昏暗微明，坡道陂陀起伏，是一条细细长长、断断续续的道路……"

《一块地》描写婆媳两代寡妇之间相依为命的艰难生活，以及因追求不同所产生的种种矛盾与不和。当儿媳阿民病死，婆婆阿住和孙子孤苦伶仃时，才感到阿民的悲惨与自己的悲惨。表面上小说描写了农村妇女自私利己的心理与行为，实际上它真实地反映了身受土地、家庭、贫困束缚的农妇们的悲苦与艰辛。小说以更为广阔的社会视野揭示出农村的真实生活，那种封建、闭塞与贫苦使她们成为"悲惨的人"。

芥川中期作品无论是主题、题材方面，还是风格倾向方面，都程度不同地发生了变化。这时期的历史小说与前期不同的是，在表现深刻哲理性的同时，较多地注入了现代的思想意识与人生思考，令人产生联想，在接触现实的小说中开始探讨知识分子以外的各种人物的精神世界，并流露出悲观主义倾向。这表现出作家在审视人生、追求美好理想的过程中，由于人道主义思想和残酷现实的碰撞与抵牾而产生的颓唐与消沉。

后期是芥川对自己的文学生涯与人生之旅进行决算的时期。当时日本社会矛盾不断深化，新旧时代、新旧思想、新旧文学的对立形成动荡的时代狂潮。芥川虽对现实不满，又不能超越旧时代的种种束缚，思想压力很大。这时期的作品已不只是停留在中期小说接触与了解现实的层面上，而是对美丑、善恶、贫富等矛盾对立的社会现象产生出一种本质的失望，从而悲观厌世并生出一种幻灭感。芥川未能将对现实的深刻认识发展为对社会的深刻批判，而是返回到苦恼的个人世界，陷于困惑的泥淖中不能自拔，创作和思想上的疲惫，导致了精神和生活的崩溃。身心交瘁的芥川终于走到了人生的尽头。这时期的代表作品主要有《大导寺信辅的前半生》(1925)、《玄鹤山房》(1927)和《水虎》(1927)等。

作为芥川自传而没有完成的《大导寺信辅的前半生》是一篇真挚的自我坦白性质的作品，带有很大的自虐与自嘲的成分。小说从大导寺信辅对自己的出生地、对没有喝过母奶、对贫困、对学校、对书、对朋友等的反思与联想，表现了自己的个性，重新确认了自己的形象与价值，他要重建自己的理想和精神世界。学生时代的芥川埋头于哲学思考，燃烧着精神欲求之火，而现在的芥川需要的是自信、坚强与健康。小说虽然写的是青少年时代的风华，却可以反衬出投射着人生末期目光的芥川的心境。

《玄鹤山房》通过对住在优雅别致的玄鹤山房里的老画家堀越玄鹤病死前后生活的细腻描写，揭示出新旧交替时代仍然带有封建色彩的资产阶级内部，人与人之间由于自私自利而产生的感情纠葛与勾心斗角。女儿女婿从不把重病卧床的父母放在心上，他们关心的是财产的保留与继承。老画家的外室与其儿子前来侍奉，被视为大敌。主仆之间也各怀鬼胎互相猜忌。老人最终忍受不了种种压力、恐怖与孤独，自缢未成后不久病故，反映了惨苦的人生末途和绝望心理。小说基调阴郁，可以证明芥川此时已萌生自戕的念头。小说最后写到一位读李卜克内西《回忆录》的大学生，才使小说出现了代表亮色的"阳光"，它宣告了旧时代的终结与新时代的来临。

《水虎》(《河童》)是芥川受夏目漱石《我是猫》的影响写成的现实主义讽刺小说，是作者在精神不安的状态中写成的。书中批判黑暗社会的力量令人难忘与震动。小说通过一个精神失常者的口述，写他在旅游时偶入水虎世界的所见所闻。水虎国和人类社会一样，有法律、有党派之争、有失业、有罢工、有军警、有战争、有贫富差别、有剥削与被剥削，水虎生活的丑恶世界，即是日本近代末期资本主义社会的真实写照。其讽刺批判之深刻，艺术手法之高妙，都达到了相当高的水平。日本文学界为了纪念他，每年7月24日都要举行"河童祭"。

芥川龙之介怀着种种矛盾的心理，在身心衰竭的痛苦中结束了自己的一生。

他的死不仅为以芥川文学为代表的大正时代(1912—1926)文学划了句号,也成为日本近代文学结束的标志。他的文学活动在日本近现代文学发展过程中具有承前启后的重要作用,芥川生前的友人、日本《文艺春秋》杂志社的创始人菊池宽为纪念芥川及其文学成就,于1935年设置了"芥川文学奖"(简称"芥川奖"),每年分两次评选颁奖。80多年来,它始终是日本文坛公认的最高荣誉的纯文学奖。许多日本作家都因获得这一殊荣而成名于文坛,被誉为新进作家的"龙门"。

芥川龙之介在世期间,其文名就已传入我国。《罗生门》和《鼻子》1923年就有鲁迅的译本。1927年上海开明书店还出版了《芥川龙之介集》。新中国成立前后还多次出版过芥川龙之介的小说集和小说选。特别值得一提的是,2005年山东文艺出版社首次出版了《芥川龙之介全集》。第二次世界大战后,芥川的作品还被译成英、法、德、俄、西、意及世界语等多种文字,成为世界人民共享的艺术珍品。

第六节　小林多喜二

一、生平与创作

小林多喜二(1903—1933)是中国人民早已熟悉的一位作家,他的中篇小说《蟹工船》早在1930年4月就由上海大江书铺出版(潘念之译)。1983年,人民文学出版社出版了《小林多喜二小说选》(共两册),收录了《防雪林》等作家各个时期的重要作品和代表作。小林多喜二的品格更为我国人民所敬仰,鲁迅先生饱含激情写给多喜二的唁电凝练地道出了这一点:"中日两国人民亲如兄弟,资产阶级欺骗人民,用血在我们中间制造鸿沟,并且继续在制造。但是无产阶级和它的先锋队正在用自己的血来消灭这道鸿沟。小林多喜二同志的死就是一个明证。这一切我们是知道的,我们不会忘记。我们正在坚强地沿着小林多喜二同志的血路携手前进。"①

小林多喜二短暂的一生是勤奋学习、不懈写作、探索真理、浴血斗争的一生。他的生活和创作道路基本经历了三个阶段:(1)学校生活阶段;(2)银行工作阶段;(3)坐牢和地下工作阶段。

多喜二的出生地是秋田县北秋田郡下川沿村川口(今大馆市川口)。祖父辈上,他家里是村里数得上的殷实人家,后来由于伯父生意挫折而同人打官司,家境每况愈下,多喜二一出世,等待他的已是贫穷农家的生活。多喜二五岁时,体弱多病的父亲带着一家人投靠在小樽(北海道的一个街镇,后改为市)经营面包房而暴发起来(同官商结合给准备入侵桦太的日本海军供应面包)的伯父庆义,

---

① [日]手冢英孝:《小林多喜二传》,卞立强译,长春:吉林人民出版社,1983年,第245、246页。

得其协助,在若竹町开了家小面包房勉强度日。大正五年(1916),多喜二小学毕业后,伯父资助他进入小樽商业学校就读。这五年(预科二年,本科三年)实际上是半工半读,即一边上学,一边住在伯父家,在伯父的面包房里干活。从四年级起,多喜二开始显露出文学艺术才华,他创作的绘画、诗歌、短歌、小品等为师生们所注目。商校毕业后,伯父资助他入小樽高等商业学校继续学习,同时搬回自己家居住。高商三年,是多喜二越来越执著于文学创作的时期。二年级时,他当选为校友会杂志的编辑委员,除完成编辑工作外,每期都为校友会杂志写作诗歌、短篇小说。这期间他对法国作家巴比塞(1873—1935)的作品产生了浓厚的兴趣,从英文转译了巴比塞的两个短篇刊登在校友会杂志上。此后,他创作的小说接二连三地被《小说俱乐部》和《新兴文学》[①]杂志社选中。《新兴文学》编委对发表在该杂志1923年新年号上的多喜二的短篇小说《阿健》的评语是:"《阿健》是一篇优秀的具有艺术天才的作品……这是一篇很可以让人觉得是思想鲜明、表现确切的作品。从山区被带往城市的阿健的心中有着光明。可是暴发户伯母的举止行为以及不是使人们齐心协力而是在人们的心中制造隔阂的学校教育方针,又令人感到幻灭。通过这一颗小小的心灵,我们会感觉到一些什么。"[②]

大正十三年(1924)3月,多喜二从高商毕业后就职于北海道拓殖银行,在札幌本行报到后,4月转到小樽支行上班,基本月薪为70日元。多喜二并不满足于这安逸的工作和可观的收入,他来小樽上班的第一个月,就同蒔田荣一等人创办了以他为主编的同人杂志《光明》,第一辑扉页上引用了巴比塞的小说《光明》中的一段话:"是的,在这个世界上存在着一个上帝。为了指引我们无限的内在的生命,为了指引包含在全人类的生命之中的职责,有一个绝对不容忽视的上帝存在着。这个上帝就叫作真理。"这段话可看作是多喜二立志为无产阶级文学事业和无产阶级革命事业而不懈奋斗的心声。从此,他不仅抓紧写作,还积极投身工农运动。昭和二年(1927)8月,多喜二被选为"劳农艺术家联盟"小樽支部干事,11月加入"劳农艺术家联盟"分裂后新成立的"前卫艺术家同盟"。这年3月,空知郡下富良野村矶野农场的佃农不堪在外地主(在城市兼营工商业)[③]的残酷剥削而要求减少地租的斗争,得到了日本农民协会北海道联合会和小樽联合工会的支援。这一被称为日本历史上第一次工农联盟的租佃斗争,经过近一个月的周旋,最后以佃农方面的大部分要求得到满足而告终。多喜二秘密地参加了这场斗争,为工农方面搜集提供了拓殖银行内有关矶野农场的情报。11月

---

① 《新兴文学》是在无产阶级文学运动影响下于1922年11月诞生的刊物,是发表无产阶级文学作品的主要阵地之一。

② [日]手冢英孝:《小林多喜二传》,卞立强译,长春:吉林人民出版社,1983年,第58页。

③ 农场主矶野在小樽市担任商业会议所所长,经营粮食、海产批发等买卖。

初，北海道石狩川河畔空知郡的月形村又发生了大规模的佃农斗争。同月上旬，多喜二以佃农斗争为题材，开始了《防雪林》①的写作，翌年4月完稿。同以前的同情、关心受迫害、受侮辱者的人道主义主题的创作相比，这部作品标志着多喜二创作上的一个转机，它的主题是：受剥削、受迫害者唯有加入到愈来愈组织化的工农运动中，奋起反抗才能生存下去。1928年1月，奉行侵略中国政策和在国内建立法西斯体制的田中（义一）内阁，针对民政党提出的不信任案，宣布解散议会，依据男子普通选举法于2月20日举行首次众议院选举。劳农党方面在小樽地区推选日共党员山本悬藏为候选人，多喜二代表前卫艺术家同盟加入声援讲演队，去东俱安地区进行活动。选举中，反动的田中内阁对在野党和无产阶级政党进行了粗暴的干涉和野蛮的镇压，3月15日，逮捕了一千多名共产党员和他们的支持者，严刑拷问，以违反治安维持法为名，对其中的488人提出起诉，并严禁新闻界进行报道。4月，在临时议会上，田中内阁又提出治安维持法修正案，其中主要的内容是对以变革国体为目的的结社行为施以死刑，"在结社目的下的贯彻执行行为"也在施刑之列，罪名为"目遂罪"②。这一提案遭到议会废弃，但田中内阁以天皇的紧急敕令强行公布了"修正条例"。7月，在全国各地建立了特别高等警察（日本人民恨之入骨的秘密警察）组织，对民主思想和社会运动进行强行取缔和弹压。在"3·15事件"中，小樽地区被逮捕、拘留和传讯的人有五百多名。在万象肃杀的法西斯恐怖之中，多喜二不顾个人安危，5月26日开始创作以《1928年3月15日》为题③的小说，8月19日完成。他把稿子寄给从苏联归来的"全日本无产者艺术联盟"的理论家藏原惟人（1902—1991）。藏原把稿子交给"联盟"的机关杂志《战旗》编辑部。同年11、12月号《战旗》上登载了这部中篇小说。这两期《战旗》虽被反动当局禁止发行，但《战旗》通过自己的发行网把印制的8000册秘密地发行到了全国各地。12月17日，藏原在《都新闻》上撰文称《1928年3月15日》是"无产阶级文艺的划时代的作品"，同时指出其不足："虽取材于这样的事件，但未能把它置于同整个无产者解放运动的联系之中"。不言而喻，这是一部为无产阶级战士树碑立传的作品，是一部大胆揭露当时日本政府镇压民主和践踏人权的作品。从这两点上说，《1928年3月15日》有它永久的"史诗性"。"3·15事件"后，多喜二一边完成《战旗》在小樽的发行任务，编辑小樽海员工会改革派发行的《海上生活者新闻》文艺栏，一边创作了最负盛名的小说《蟹工船》。1929年2月，"日本无产阶级作家同盟"成立，多喜二当选为中央委员，并受委托组织召开了小樽支部准备会。这年4月16日，田中

---

① 这部作品生前未发表，遗稿1947年被发现。
② 参见［日］江口圭一：《日本历史大系》卷14《两次大战》，东京：小学馆，1989年，第172页。
③ 原稿上的副标题是"献给我们的无产阶级先锋战士"。

内阁又一次对革命团体进行大镇压,重建的小樽工会被勒令解散,小樽地区约有40人被逮捕,多喜二也在其中,被拘留了两个星期。获释后,他一边积极协助再建小樽工会,一边挤时间创作中篇小说《在外地主》。

这部作品约用了三个月时间,于9月底定稿,发表于11月号的《中央公论》上。作者在给编辑雨宫庸藏的信中写道:"我在这部作品中,主要是描写了'处于资本主义统治下的农村'。在这一前提下,必然要描写地主资产阶级化的过程,选取了这些像人鱼似的、上半身是地主,下半身是资本家,也就是'在外地主'的类型"①。藏原惟人在12月的《朝日新闻》上对这部作品评论道:"描写由完全资本主义化的地主(即所谓'在外地主')的代理人所管理的殖民地农村的佃农的生活,暴露农村里的资产阶级和地主的代理人以及警察之间的关系,阐明城市和农村如何由地主兼工厂主的资本家联系起来,并通过这些来描写农村发生的佃农斗争如何必须要走和城市工人联盟的道路"的"这一题材"的作品,"在我国还不曾有任何人敢于染指","我们首先必须承认这部作品的意义"。但"和以前作品②的成就比较起来,令人感到成功和失败参半"③。时至今日,藏原的评论依然是比较确当的。从各方面的资料看,多喜二在处理这一题材上的生活体验不足,加之过于用心把这部作品写成"《新农民课本》"④,这就难免有些概念化。但作者的动机和勇气却是值得钦佩的,他在作品中具体揭露了自己供职的拓殖银行的掠夺行为,所以做好了被银行解雇的心理准备。果然,作品发表后的11月16日,银行以所谓"自愿辞职"的方式把多喜二解雇了。

1930年3月末,多喜二告别亲人来到东京。在被解雇至进京这几个月的时间里,他全身心投入写作,除评论、短篇小说外,还创作了中篇小说《工厂党支部》(发表在《改造》4至6期上)。来到东京后,他的时间多用在无产阶级文化斗争上。5月中旬,战旗社开展募捐3000元基金以保卫《战旗》的活动,多喜二同江口焕(1887—1975)、中野重治(1902—1979)等作家去关西各地进行巡回讲演。23日,多喜二被大阪中之岛警察分局拘留,罪名是有向共产党提供资金的嫌疑,6月7日获释。返京后的同月24日,再次被杉并警察署拘留。7月,东京区法院以《蟹工船》中有对天皇不敬的内容构成"不敬罪"为由,对多喜二和《战旗》的名义发行人山田清三补充起诉。8月21日,又以违反治安维持法提出起诉,多喜二被关进了丰多摩监狱,1931年1月22日被保释出狱。7月,在作家同盟第一

---

① [日]手冢英孝:《小林多喜二传》,卞立强译,长春:吉林人民出版社,1983年,第155页。

② 指《1928年3月15日》和《蟹工船》。

③ [日]手冢英孝:《小林多喜二传》,卞立强译,长春:吉林人民出版社,1983年,第157—158页。

④ 作品卷首引言中的话。

回执行委员会上当选为常任中央委员、秘书长。10月,加入日本共产党。同月末,隶属于作家同盟的"日本无产阶级文化联盟"成立,多喜二被推选为中央协议会议员。1932年3月下旬,反动当局对文化团体进行全面镇压,藏原惟人、宫本百合子等约400名领导、骨干人士被捕。多喜二因外出写作预定5月召开的作家同盟第5次大会的报告而幸免。鉴于已被列入通缉名单之列,从4月上旬开始,多喜二不得不转入地下活动。4月下旬,同在左翼剧场工作的伊藤藤子结婚。12月,伊藤也遭拘捕。1933年2月20日,多喜二在进行地下联络时,由于叛徒告密,同今村恒夫一起被捕,下午7时45分在筑地警察署被秘密警察蓄意拷打杀害。在不到三年的东京生活中,尽管事务繁忙,环境险恶,多喜二在创作上依然是硕果累累,其中有《工厂党支部》的续篇、长篇《转折时期的人》(未完)、中篇《沼尾村》(1932)、《为党生活的人》等等。《为党生活的人》在作者逝世后才与读者见面(载《中央公论》1933年4、5月号)。这部中篇得到了无产阶级文学的旗手之一、才女宫本百合子的高度评价:《为党生活的人》和《地区的人们》"已经扬弃了《蟹工船》时代的自然主义手法和晦涩以及以后的作品中朝相反方向努力的稍带肤浅、通俗的毛病。由于作者建立了列宁主义的世界观和经历了政治上的锻炼,他所独具的那种简明、逼真的风格和革命的雄伟的气魄,已经化为他作品深处的光泽而发出光彩"[①]。的确,这是一部日本无产阶级文学的纪念碑式之作,作品中的"我"(以第一人称刻画的主人公)是一个血肉丰满、感人至深的无产阶级知识分子兼斗士的形象。他爱母亲,爱人民,勇往直前地为反侵略战争、为无产阶级大众的解放而忘我斗争。但由于为躲避警察的搜捕而不断转移,多喜二曾感叹写长篇"非常困难"[②]。所以,这部中篇在艺术表现上不像《蟹工船》那样立体化和精雕细刻;思想表现上也有时代的局限,如为了斗争同并不理想的对象笠原急就同居,这就必然会对笠原带来感情上的痛苦(作品中有所表现),这种非常时期的"女性观",今天未必可取。

二、《蟹工船》

《蟹工船》是小林多喜二最优秀的作品。这部中篇起笔于1928年10月末,收束于翌年3月末,发表在《战旗》1929年5、6月号上,同年9月,战旗社出版了单行本。作品一问世,立即得到了很高的评价,《读卖新闻》(日本最有影响的报纸之一)1929年8月公布的由作家们推荐的上半年度杰作中,很多作家把《蟹工船》列在首位。1930年7月,《蟹工船》由新筑地剧团改编成话剧公演,1953年被

[①] 关于对小林同志功绩的评价,见《宫本百合子全集》第7卷,东京:河出书房,1951年,第55页。

[②] [日]手冢英孝:《小林多喜二传》,卞立强译,长春:吉林人民出版社,1983年,第256页。

山村聪导演成电影,还被国外译成英、俄、中文等出版。

有的研究者认为,这部作品是"实践藏原惟人《通向无产阶级现实主义道路》一书中的创作理论的产物"①,也就是说,这部作品采取了无产阶级现实主义的创作方法。这一观点不无道理。从作者的创作自白(给藏原惟人的信)看,他确实是要以蟹工船为"舞台","全面地"表现"帝国主义—财阀—国际关系—工人"之间的真相,揭露推行侵略政策的帝国主义政府、天皇的军队和资本家沆瀣一气,残酷地剥削工人和野蛮地镇压工人运动的本性,形象地说明是剥削者和压迫者把工人阶级和被压迫阶级推上了反抗斗争之路。② 但这部作品的最感人之处,在于作者花大力气对蟹工船上的状况进行了调查,以及广泛地搜集了有关蟹工船的资料,真实地再现了蟹工船上非人性的榨取和奴隶般的待遇。从这一点上讲,《蟹工船》在创作上更多地受到了美国作家辛克莱长篇小说《屠场》的影响,是评论家青野季吉论述的"'调查'了的艺术"③所结下的果实。

1987年,日本著名的出版社岩波书店纪念"岩波文库"创刊60年,在各界名流中征集"我所喜欢的三本书",作家早乙女胜元(1932—)选的第一本书就是《蟹工船·1928年3月15日》合集:"我永远也忘不了读这本书后在我青春时代所留下的震撼——阶级社会的非人性似一把利刃直刺我的心房……这部作品为生活在黑暗时代的作者多喜二建造了勇气和斗争的纪念碑。"④是的,《蟹工船》是不朽的,因为它是"调查了的艺术",是人们从中观照日本历史时回避不掉的历史真实,同时它也让人们永远铭记着反侵略、反奴役的文化人勇士小林多喜二。

《蟹工船》虽然受作者努力探索"无产阶级文学乃是集体文学"这一新形式的局限,没有对"个人性格和心理"进行"细致的描写"⑤,但它却别具一种艺术魅力。这就是把蟹工船"地狱"⑥般的劳动生活同北海苍凉、严酷的自然环境互相映照着描写——"地狱"中的劳工们如同在北海狂涛恶浪施虐下的"蟹工船",随时都有被吞噬、被葬身海底的危险——使作品贯穿着一种"地狱"血海中的劳工们不被拯救就永远受苦的让人思索、让人激动、让人不平的艺术情境和气氛。作者不带感伤的客观的笔调就是服从于这一艺术情境和气氛的,从而也体现出作品的史笔风格。

---

① [日]高桥春雄:《小林多喜二》,见《现代百科事典》,东京:晓星社,1981年,第343页。
② 参见[日]手冢英孝:《小林多喜二传》中有关《蟹工船》的论述。
③ 这篇论文发表在1925年7月号《文艺战线》上,与此相呼应,前田河一郎翻译了《屠场》(丛文社1925年出版)。
④ 见《图书》1987年5月临时增刊号。
⑤ 参见[日]手冢英孝著《小林多喜二传》中有关多喜二致藏原惟人的信的叙述。
⑥ 《蟹工船》的开篇第一句就是:"喂,下地狱喽!"

第十三章 近代印度文学

第一节 概述

　　17世纪西方殖民者英国、荷兰和法国先后进入印度。18世纪中叶英国殖民者趁莫卧儿帝国日趋瓦解之机，加强对印度的军事侵略，并同法国殖民势力进行争夺。在近一百年时间内，英国殖民者先后征服孟加拉、迈索尔及马拉特各公国，逐渐把地大物博、人口众多的印度置于它的统治之下。1849年，英国征服勇敢善战的锡克教徒居住的旁遮普，完成了对整个印度的占领。至此，印度完全沦为英国的殖民地。英国对印度的殖民掠夺，严重破坏了印度的社会经济，加深了印度人民的苦难，激起印度人民的不断反抗斗争。1857年至1859年印度爆发了反英民族大起义，这是印度近代史上第一次有全国意义的反殖民统治的民族起义，它是印度第一次民族独立战争，沉重地打击了英帝国的殖民主义统治，促进了印度人民的觉醒。此后，印度人民的反抗斗争持续不断。1872年至1882年有长达十年的马拉特农民战争，1905年有孟加拉人民的反英斗争，1907年有铁路工人大罢工和旁遮普农民起义，1908年有孟买工人的政治总罢工等，显示了印度人民不甘于英帝国的殖民统治和压迫，争取民族解放的斗争精神。

　　英国殖民者侵占印度以前，印度已出现资本主义萌芽。17至18世纪资本主义性质的手工工场已在印度出现，英国的殖民统治破坏了印度经济的独立发展过程。19世纪中期，英国已开始向印度输出资本，主要投资于铁路建设。英国的资本输出加速了印度资本主义的发展，在近代资本主义的基础上，印度民族资本开始形成。1900年全印度共有纺织厂193家，雇佣工人16.1万，这些纺织企业大多数属于印度资本家。19世纪末至20世纪初，印度资本家还拥有银行信贷机构、钢铁厂、水泥厂、水电站及造纸、榨油等小型企业。印度资产阶级的前身大部分是买办商人、高利贷者、地主和封建王公，只有一小部分是小商人和手工工场主。印度民族工业的资金和技术装备全都依赖英国，因此印度资产阶级在经济上对英国的依附性较大，但英国极力限制印度民族工业的发展，因而又同英国有矛盾，这就决定印度民族资产阶级的两面性，使印度的民族运动带有浓厚的改良主义色彩。

在近代,欧美文化不断传入印度,许多受过欧化教育的知识分子成了欧美文化的传播者和印度文化的改良者和革新者。19世纪后半期,印度已有相当数量出身于婆罗门种姓、地主和资产阶级家庭的知识分子阶层。这些知识分子一方面在精神上与英国有密切的联系,一方面代表印度自由派地主和资产阶级利益,提倡资产阶级改良主义,印度近代文学就是在这样的历史条件下孕育和萌发的。

印度近代文学孕育于17世纪下半叶,其真正肇端是在19世纪中叶。进入20世纪,随着印度民族解放运动的日益高涨,印度近现代文学也愈益迅速发展,涌现了许多有才能的作家,反映社会生活的长、中、短篇小说,以及散文、戏剧、诗歌等十分繁荣,艺术手法也日益多种多样,积累了丰富的艺术经验,把印度文学推向了一个新的发展阶段。

印度的新文学运动同民族解放事业和反封建的民主斗争有着密切的联系。为使文学服务于民族解放事业,印度作家很重视在文学中进行爱国主义的教育,很重视发扬民族文化传统。为便于群众接受,多数作家都用地方语言进行创作,并涌现了一大批用民族语言进行创作的知名作家。其中以北印度的印地语文学,东印度的孟加拉语文学,以及以德里、勒克瑙两地为中心的乌尔都语文学的成就较大。此外,泰米尔语文学、马拉提语文学等其他民族语言和地方语言文学也都有新的发展。

东印度的孟加拉是资本主义经济发生得最早的地方,也是新的经济、文化的重心。民族资产阶级知识分子最先在这里开展启蒙活动,他们组织社团,创办报刊,宣传民主主义思想,摆脱传统的神话和宗教内容,直接反映社会生活,表现新思想的小说、戏剧、散文、新诗也就应运而生,出现一批著名的文学家。

著名社会活动家和文学家拉姆·莫汉·拉伊(1772—1833)是早期资产阶级改良主义运动的代表,印度新文学运动的先驱。他组织启蒙社团"梵社",提出一系列社会改革的主张,反对种姓的不平等和妇女的屈辱地位,鼓吹吸收欧洲资本主义文化。但他幻想依靠英国殖民者进行改革。在文学观点上,他主张文学要为社会服务。他是著名的散文大师,著有散文集《耶稣箴言》。他的文学活动为近现代孟加拉文学奠定了思想基础。

般吉姆·金德尔·查特吉(1838—1894),出生于西孟加拉邦农村的一个小官吏之家。他受过高等教育,精通梵语、英语和波斯语,出任过财务检查员、法官等。他的文学活动是多方面的:写过诗歌,创作长篇小说,撰写政论性杂文,创办刊物。其主要成就是长篇小说的创作,共写过18部作品。他的第一部长篇小说《拉贾莫汗之妻》(1864)是用英文写成的。次年第一部孟加拉语历史小说《将军的女儿》问世。此后,佳作不断。70年代初至80年代初是他的创作盛期。主要作品有《格巴尔贡德拉》(1866)、《茉莉丽尼》(1869)、《毒树》(1872)、《英迪拉》

(1872)、《钱德拉谢克尔》(1873—1874)、《拉吉尼》(1874)、《拉塔拉尼》(1875)、《拉吉辛赫》(1875—1876)、《阿难陀寺院》(1882)。

般吉姆是用小说形式描写现实生活的首倡者之一。他以社会现实生活为题材的作品描写了印度社会生活中新旧思想的冲突,关注妇女的不幸命运。他虽受到西方资产阶级民主思想的影响,但未能摆脱旧传统的重压,在作品中表现出某些保守观点。如《毒树》提出了寡妇再嫁的问题,却又把此事写如有毒之树,实际上维护了封建伦理道德。般吉姆最有价值的作品还是历史小说。他以浪漫主义手法,塑造民族英雄的形象,再现印度的光荣历史,颂扬人民反抗外来侵略的爱国主义和英雄主义精神,表达出印度人民反抗殖民者的斗争意志和要求民族独立的思想愿望。这类作品常以某一历史事件为背景,加以艺术的虚构,情节曲折,富于传奇色彩。《阿难陀寺院》是为他带来盛誉的一部作品。这部小说通过描写1772年"山耶西"(出家人)起义的事件,表现印度人民反抗英国殖民者的斗争。作品塑造了吉瓦南德、香蒂等威武不屈、勇于斗争的爱国者形象。作品中有一首《礼拜母亲》的诗表达了人民的爱国主义激情,到处传唱,成为群众集会时歌唱的进行曲。它是印度独立运动的第一首颂歌。泰戈尔为之谱曲后,曾成为印度国歌,一直沿用至1950年。

般吉姆还著有《作家的技巧》一书,总结其创作经验。他创办的孟加拉语杂志《孟加拉之镜》(1872年创刊)发表了许多孟加拉诗人和作家的文学作品,培养了一批新作家,对促进孟加拉语文学的发展,作出了很大贡献。般吉姆被誉为现代孟加拉语文学的先驱。泰戈尔、普列姆昌德、萨拉特等都受到他的影响。

萨拉特·金德尔·查特吉(1876—1938),小说家,出生于西孟加拉邦农村的一个贫寒之家,只读过中学。他的父亲是一位文学爱好者,在父亲的影响下走上文学道路。萨拉特青年时代为谋生而四处流浪,广泛地接触了社会各阶层人民的生活,又曾侨居缅甸10年,这使他获得了丰富的人生阅历。1907年发表第一部长篇小说《大姐》,引起孟加拉文学界的注意。1913年回到加尔各答,专事写作。萨拉特是一位丰产作家,一生写了许多短篇小说和30部中、长篇小说。主要作品有短篇小说集《杜宾的儿子》(1914)、《二姐》(1915)、《贝昆特的遗嘱》(1916)、《卡西纳特》(1917)、《斯瓦弥》(1918)、《画像》(1920)、《何利拉克什弥》(1926)和《奥努拉特·萨蒂和帕瑞什》(1934);中、长篇小说《乡村社会》(1916)、《嫁不出去的女儿》(1916)、《火烧之家》(1916)、《道德败坏的人》(1917)、《婆罗门之女》(1920)、《秘密组织——道路社》(1929)和《斯里甘特》(1917—1933)等。

萨拉特早期的短篇小说大多以浪漫主义的笔触描写家庭生活,带有感伤主义情调;后转向批判现实主义,着重揭露社会中的黑暗与不平,对下层人民的贫困与无权,对妇女的不幸寄予深切的同情。如名篇《旱》(1920)通过描写一头耕牛摩黑什的凄惨遭遇,揭示贫苦农民的极端贫困和屈辱的境况,对黑暗的社会现实发出强烈的控诉;《奥帕吉的天堂》写贫苦老农妇奥帕吉悲惨的一生,她死后连用几根木柴举行火葬也不能如愿。地主的管家不准她的儿子和丈夫砍伐他们自己栽种的树木,还辱骂和殴打他们。

萨拉特的中、长篇小说广泛地反映了孟加拉的城乡生活,塑造了社会各阶层形形色色的人物形象:专横的地主、伪善的婆罗门、追求进步而又性格软弱的青年,被侮辱与被损害、善良、温顺、富于自我牺牲精神的妇女,都给人留下鲜明的印象。《嫁不出去的女儿》写一个心地善良的少女及其一家的不幸遭遇,控诉封建种姓制度和妆奁习俗的吃人本质。《道德败坏的人》通过两个年轻寡妇的生活遭际,塑造了两个受到封建礼教摧残的女性形象。萨拉特的思想又存在保守的一面,他的作品虽然尖锐地展示了现实生活的阴暗与冷酷,但却未能从根本上否定现存社会秩序和传统习俗,这在他处理寡妇的爱情生活和再嫁问题上尤为明显。如《大姐》《乡村社会》等作品中的女主人公都表现了渴求婚姻自由的强烈愿望,却没有一个敢于冲破封建礼教的藩篱。他在给友人的信中说过,他的作品"从来不曾出现过寡妇再嫁给她心爱的男人的情节"。

《斯里甘特》是给他带来盛誉的一部作品。这部作品的写作持续了一段很长的时间。全书共分四卷,第1卷问世于1917年,第2卷1918年出版,第3卷1927年问世,第4卷出版于1933年。其中,第1卷已有英语和法语译本。这是一部带有自传性的作品。全书叙述斯里甘特的童年和青年时代的生活经历,并着重描写了四个年轻女子的不同生活际遇和坎坷命运。作品的中心情节是斯里甘特同歌伎拉佳拉克什弥的不幸的爱情故事。斯里甘特是一个倾向进步,具有民主思想的青年。他同情妇女的不幸,敢于谴责封建礼教,也敢于与歌伎拉佳拉克什弥相爱,但他性格软弱,未能摆脱传统道德习俗的束缚,最后被迫与拉佳拉克什弥分手。小说出现众多的人物,展示一幅20世纪初印度城乡社会生活的广阔画面。下层人民的悲苦命运,名伶歌伎的屈辱生活,贵族王公的荒淫作乐,都一一展现在读者眼前。作品的另一可贵之处是塑造了一批形象生动,个性鲜明的妇女形象:愤然离开无情的丈夫而和患难与共的男人相结合的奥帕雅,这是萨拉特众多作品中唯一敢于冲破封建牢笼的女性形象;为抗议对贱民的侮辱,而毅然脱离大家庭过着清贫生活的苏南达;心地纯洁、善良、爱情真挚,富于自我牺牲精神的拉佳拉克什弥;还有安诺达姐姐。通过上述女性的生活遭遇和不幸命运,作品无情地控诉了封建礼教、种姓制度、宗教圣典对人性的摧残,也揭露了殖民主义者的残暴嘴脸。作品语言朴实,心理描写细腻,不足之处是结构显得冗长、松散。

《秘密组织——道路社》是萨拉特的另一重要作品。萨拉特一生积极参加政治活动,他要求印度在政治上完全独立,支持工人的罢工斗争;但他的作品大多以爱情为题材。《秘密组织——道路社》虽然也是以一对青年男女的爱情发展为线索,但表现的却是争取祖国独立解放的重大主题。作品有力地描写侨居缅甸的一群青年革命者如何开展反对殖民统治,探索救国救民的道路,并成功地塑造了医生阿布尔沃和帕拉蒂等人物形象。通过这些爱国青年的活动,作品热情歌颂了爱国者忘我的献身精神,无情揭露和鞭挞了殖民主义者的残暴统治。小说在艺术上的缺陷是长篇大论的对话,唇枪舌剑的冗长争论,使作品显得松散、拖沓。

萨拉特·查特吉以其丰硕的创作成果,为发展印度文学作出了自己特有的贡献,他在印度近代文学史上的地位仅次于班吉姆·查特吉和泰戈尔。

在印度近代文学史上,还有一批孟加拉语作家也相当活跃,他们以自己的创作成果为发展印度文学增添了活力。

迪纳本图·米特拉(1829—1874),戏剧家。他的第一部剧本《靛蓝园之镜》(1860)写英国殖民者开办的靛蓝种植园中印度工人所受的压迫及其反抗,尖锐地揭露了殖民主义者的罪恶行径。剧本上演后在国内引起巨大反响,掀起一场反对靛蓝种植园主的运动。著名作家班吉姆·查特吉曾把此剧比作印度的《汤姆大伯的小屋》。他的较著名的剧本还有《年轻的女苦行者》(1863)、《为婚事而发疯的老汉》(1866)、《有夫之妇的望日》(1866)、《女戏子》(1867)、《兵营》(1872)、《荷花中的美女》(1873)等。他是孟加拉语戏剧的创始人之一。

达罗科纳特·贡戈巴泰(1843—1891),小说家。他本是一位医生,长期在孟加拉各地行医,广泛接触孟加拉乡村的社会生活,深谙下层人民的疾苦。他的长篇小说《金藤》于1874年问世,一举震动了孟加拉文坛。作品以戈巴尔一家的悲欢离合和金藤一家的遭遇为主线,真实地反映了当时孟加拉的社会现实,揭露了官府的腐败、宗教祭司的虚伪阴险及社会的黑暗与不平。作品人物形象鲜明,情节生动,心理描写细腻。作品出版后十多年已再版七次,1888年又被改编成话剧,对近现代印度现实主义文学产生了深远的影响。他的其他长篇小说有《命运》(1877)、《福中悲》(1891)、《碧提摩妮》(未完成)。

吉里希金德尔·考什(1844—1911),戏剧家。他创作剧本,也参加演出,并建立了孟加拉第一所永久性剧院"民族剧院"。他与迪纳本图被称为"孟加拉戏剧舞台之父"。他创作了将近80部剧本。他的剧作多取材于神话、古代历史传说、民间故事;也有的是来自现实生活,还有不少是根据大史诗《罗摩衍那》、往世书及别人的小说改编的。他创作的剧本种类也较多,有神话剧、历史剧、社会剧、传记剧等,形式上则有诗剧、喜剧、歌剧等等。他在剧作中努力再现印度民族的光荣,塑造英雄人物,揭露社会生活中的丑恶现象,真实地传达孟加拉民族的思想感情,受到观众的热烈赞赏。其主要剧作有《出生》《般度人的陌生住所》《花开满树》《罗摩的林中生活》《阿育王》《莫希妮》等。

拉姆纳拉扬·德尔格尔登(1822—1886),戏剧家。他的成名作社会剧《高贵门第》(1854),以谐剧的形式讽刺封建社会的丑恶现象,批判封建贵族制度。他还写了取材于往世书的《刚沙之死》(1875)等剧本。

用孟加拉语写作的还有印度近代文学最杰出的代表作家泰戈尔,他的文学活动为印度近代文学赢得了巨大的世界声誉(详见本章第二节)。

北印度的印地语文学继承了梵文史诗文学和古典文学的传统。19世纪中叶,随着印度民族的觉醒和社会经济的发展,印地语文学也开始了革新的过程,并主要以克利方言为标准进行创作。在思想内容上,它注入了民主主义的思想,摒弃以往的神话和宗教的题材,直接反映社会生活,表现时代精神,描写民族独立斗争的现实,揭露腐朽的社会制度。它的体裁也趋于近现代化和多样化。

帕勒登杜·赫里谢金德尔(1850—1885),剧作家,散文家和诗人。生于北方邦贝拿勒斯一个富商之家。他很早就与文学结下不解之缘,17岁时创办了一份杂志,两年后创办文学刊物《诗之甘霖》。随后,他积极从事社会活动和文学活动,发起建立诗社、文学俱乐部和文化协会,逐渐成为当时的文坛领袖。他具有强烈的爱国思想,又受到西方民主主义思想的影响,希望民族复兴并进行社会改革。但他的思想是矛盾复杂的,既未能摆脱传统的封建思想意识,又对英国殖民主义者抱有幻想。他的成就主要在戏剧方面,共创作了九个剧本,改编了近十个剧本。这些剧作有取材于历史的,也有来自现实生活的。独幕剧《按吠陀杀生不算杀生》(1873)讽刺矛头直指封建王公、大臣和印度教上层人物婆罗门、祭司。《印度惨状》(1880)是采取抽象事物、抽象品质拟人化的手法写的一部象征剧。剧中人物分别代表印度、恶神、命运、无耻、贪婪等等。"印度"被"恶神"率领的种种凶灾祸事折磨得奄奄一息。作者以忧国忧民的思想感情将印度所处的悲惨境遇呈现在观众面前,借以警醒人民。此剧被誉为印地语近现代文学中第一部爱国主义的作品。历史剧《尼勒德维》塑造了一个反抗外族入侵的女英雄形象。他的诗作除用传统手法写的法式诗①外,也有用现实题材和政治题材写的新诗。诗篇《巴拉特-杜尔大沙》抨击了英国殖民者给印度人民所带来的灾难。他还写了大量文学性散文。他的文学创作开拓了近代印地语戏剧、散文和诗的新天地。他对以克利方言为标准的印地语的规范化作出了贡献。由于他的爱国思想和多种进步活动,当时人们称他为"帕勒登杜"(意为"印度之月"),以别于英国殖民当局给其效忠者的"印度之星"的封号。文学史家则把19世纪下半叶称作"帕勒登杜时代"。

迈提利谢伦·古伯德(1886—1964),诗人。出生于北方邦昌西地区的农村,一生共创作40部诗集和长诗,他的有影响的诗作都写在本世纪30年代前,大多

---

① 法式诗是印地语中世纪文学后期(自17世纪中叶至19世纪中叶),即法式时期的诗歌。

取材于古代神话、传说和历史。代表作《印度之声》(1912)是近现代印地语文学中最有影响的作品之一。全诗约2500行，分为《往世篇》《现代篇》和《未来篇》。诗篇热情地歌颂了古代印度的繁荣和光辉灿烂的文化，哀叹现代印度的贫困落后和人民群众的不觉醒，表达了对美好未来的向往。诗人悲今怀古，以深沉的忧思、高亢的激情，唤醒和激励人民群众为民族独立而斗争。全诗音调激昂而深沉，比喻生动，对比鲜明，具有强烈的号召力和感染力。但应指出的是，诗人的理想是回复到早已逝去的古代印度，未能指出走向未来的正确道路。同《印度之声》基调相同的还有诗集《祖国之歌》(1925)和《印度教徒》(1927)，都获得读者的好评。他的其他较重要的作品还有长诗《农民》(1916)、取材于罗摩和释迦牟尼的故事的《阿逾陀》(1932)和《亚雪特拉》(1933)。古伯德是甘地主义的信徒，又是虔诚的印度教徒，他的诗作一方面表现出民族主义和爱国主义思想，另一方面也带有复古主义和教派主义的色彩。

乌尔都语主要为北方穆斯林所使用，以德里、勒克瑙为中心的乌尔都语文学19世纪末进入启蒙时期，走上了革新的道路。

迦利布·米尔扎·阿塞杜勒·汗(1797—1869)，乌尔都语和波斯语诗人，生于印度北方邦阿格拉的突厥贵族家庭。从小受到良好教育，受到波斯和希腊哲学思想影响。他早期的诗多沿袭波斯传统的诗歌格律和风格，后来突破了这些束缚，写了不少上乘之作。他的诗讽刺了各种宗教偏见和迷信，宣传平等、博爱的思想，表达了对劳动人民的同情；也抒写了由于1857年起义的失败和个人生活的不幸而带来的忧郁情绪。他的诗作有《迦利布波斯语诗集》三卷以及一部《迦利布乌尔都语诗集》传世。其诗歌创作对于19世纪上半叶乌尔都语诗歌的发展产生了重大的影响。他的散文有用波斯语写的大量的书评和文学上的论争文章，用乌尔都语写的主要是书信，汇编为《迦利布书信集》上下两集。他的书信行文流畅，不事雕饰而又富有诗意。其他著作有记述1857年起义的见闻录《香瓜》及《印度的芬芳》等。在乌尔都语文学史上，他被誉为现代散文的开拓者。

潘迪特·勒登·纳特·萨尔夏尔(1846—1902)，小说家。出生于勒克瑙的克什米尔婆罗门家族。曾当过小学教师，报社编辑，法院书记官等。他的成名作《阿扎德传奇》于1880年问世，它标志着乌尔都语长篇小说的新起点。作品叙述主人公阿扎德接受意中人侯赛因·阿拉以身相许的条件：先去支援土耳其战胜俄国。他带上仆人霍奇赴欧洲参战，沿途发生无数荒唐、惊险的事，他建立了只有史诗里的英雄们才能建立的殊功，且为欧洲的妇女们所爱恋，最后胜利归来，有情人终成眷属。全书共分四卷，卷帙浩繁，结构宏大，穿插了140多个相互交错的故事，想象力丰富，情节惊险，笑料层出。主人公阿扎德是新一代的代表，他不畏强暴、敢于维护新事物，但有全盘西化的思想。作品揭露了封建社会的黑暗、腐朽，抨击了官吏的残暴昏庸，反映了人民的疾苦，对19世纪勒克瑙地区的社会风貌和习俗作了真实的写照。书中另一个人物霍奇是一个代表愚昧落后、封建保守的典型,已成为乌尔都语文学画廊中广为人知的人物形象。萨尔夏尔的其他作品有《山区旅行》《萨尔夏尔的酒杯》《萨尔夏尔的酒窖》《异乡人的陵墓》《快乐的流浪汉》等十多部中长篇小说。

用乌尔都语写作的还有一批富有成果的诗人和作家,他们的创作反映了近代乌尔都语文学的繁荣景象。

密尔·穆罕默德·特基·密尔(1722—1810),一生留下六部乌尔都语抒情诗集、一部波斯语抒情诗集、一部自传体散文和一部评论集。他的诗反映了印度社会一个历史时代的痛苦,揭露了社会的种种弊端。他的诗包括了乌尔都语所有的诗体和诗韵,至今仍被作为乌尔都语的诗谱。其抒情诗则开创了乌尔都语诗歌的新阶段。他的诗作还有长篇叙事诗《狩猎篇》《家境》等。

瓦利·穆罕默德·纳兹尔·阿克巴拉巴蒂(1735—1830),一生创作了诗歌数千首,不少已散失,有后人汇编的《纳兹尔·阿克巴拉蒂诗选》存世,共收诗938首。他的诗大多是韵律自由的新体诗,真实地反映了印度的社会生活,第一次将人们的日常生活琐事、宗教节日及饥荒、贫困等引进诗歌领域,劳动人民第一次被作为主人公出现在他的诗中。他谴责权贵,嘲弄僧侣,抨击社会的不平和非正义。他为乌尔都语诗歌的民主化作出了很大贡献。

赛义德·艾赫默德·汗(1817—1898),散文家,历史学家。他前期主要是史学和神学著作。1857年大起义后,使用白话写作散文,文字简洁流畅,有《印度大起义的缘由》(1858)、《印度忠诚的穆斯林》(1860)、《讲演集》(1876)等传世。

纳兹尔·艾赫默德(1836—1912),小说家。他用教诲式小说形式体现启蒙思想,反映社会生活。著名作品《新娘的明镜》(1869)是一部描写市民生活的小说,也是乌尔都语文学史上第一部小说。它叙述不同性格的两姐妹出嫁后的不同生活结局,寄寓鲜明的道德教诲意义。小说的说教味很浓,所强调的也仍是传统的穆斯林道德观念。另一名著《伊本·努·瓦克特》(1888),叙述主人公伊本在处理与英殖民当局和印度人民之间的关系中的困惑情境,提出了反对全盘西化与追随现代思潮的时代问题。他的其他主要作品还有《小熊星座》《虔诚的忏悔》《摩布塔拉的故事》《埃亚玛》等。

潘迪特·布利兹·纳拉扬·恰克伯斯特(1882—1926),诗人,文学评论家。他的抒情诗是旧传统与新倾向的结合,语言朴素通俗。诗集《祖国的黎明》充满爱国主义和民族主义激情。

哈利·阿尔塔夫·侯赛因(1837—1914),诗人,文学评论家。成名作《伊斯兰的兴衰》(1879)通常称作《哈利的六行诗》,描写伊斯兰运动的盛衰,批判封建主义及其残余,号召穆斯林行动起来,为自己的生存和未来去斗争。全诗充满热情,但带有狭隘的教派思想。他的其他作品还有《哈利诗集》,文学论著《诗歌导言》，传记文学《萨迪传》《纪念迦利布》《永生篇》等。他是乌尔都语现代诗歌的奠基人之一。

乌尔都语文学中以伊克巴尔成就最大，他的诗歌创作对现代乌尔都语文学产生了深远的影响，并被译成多种文字在世界各国流传（详见本章第三节）。

南印度的泰米尔语文学中，苏比拉马尼亚·布哈拉提（1882—1921）的诗歌创作占有突出的位置。他生于泰米尔纳德邦一个婆罗门家庭，一生积极投身民族解放运动。他的诗歌充分表达了反抗殖民统治，争取祖国自由解放的时代呼声，是泰米尔最早的爱国诗人之一。他的诗还体现了对劳动人民的同情和要求社会改革的进步思想。主要诗作有《巴姆扎利的誓言》《耿嫩之歌》《印度河山》《泰米尔故乡》《自由之歌》《在甘蔗园里》《新女性》等。1918年发表的《新俄罗斯》一诗是印度文学界对十月革命最早的反响之一。他以朴素易懂的口语和传统民歌曲调写诗，开创了泰米尔新诗体。

印度西南部施特拉邦的马拉提语文学中，较知名的作家有赫利·纳拉扬·阿伯代（1864—1919），他是马拉提语现实主义长篇小说的奠基人。他求学时即深受激进民族主义的影响，对文学抱有浓烈的志趣，曾钻研梵语古典名著和英、美文学。他共创作了21部长篇小说，可分为社会小说和历史小说两大类。社会小说主要写中产阶级的生活，有的叙述童婚寡妇的悲惨故事，揭露社会弊端，要求进行改革。历史小说实际上是传奇故事。主要作品有《鱼的境况》（1885）、《黎明》（1897）及《旃陀罗·笈多》等。

第二节 泰戈尔

一、生平和创作

罗宾德拉纳特·泰戈尔（1861—1941），是印度近代文学史上成就最大，影响最广泛的诗人和作家。他出生于西孟加拉邦加尔各答市的一个望族之家。祖父德瓦尔格纳特·泰戈尔是19世纪初孟加拉启蒙活动家拉姆·莫汉·拉伊的支持者，父亲戴本德拉纳特·泰戈尔是哲学家和宗教改革者，对吠陀和奥义书很有研究。他的哥哥姐姐及与他年龄相近的侄辈中也有不少人是文学艺术界的活跃分子，有诗人，有小说家，有音乐家，他们对复兴孟加拉文学和艺术作出了各自的贡献。他的家庭是当时加尔各答知识界的中心，经常举行各种文化活动。泰戈尔自幼生活在这样一个富有文化教养的家庭，受到良好的教育和熏陶。他并没有在学校完成正规学习，主要靠自学和家庭教育获得深厚的学识。他具有文学天赋，很早就写诗，14岁时发表爱国诗篇《献给印度教徒庙会》，15岁时第一部长诗《野花》问世。1878年泰戈尔负笈赴英国，他没有按父兄的意愿去学法律，而是进入伦敦大学研习英国文学和西方音乐。1880年泰戈尔回国，此后漫长的岁月，他主要是从事文学创作，并积极参与社会进步活动。

1884至1891年泰戈尔任"梵社"①秘书，他崇尚科学进步，反对宗教偏见和传统陋习。1891年起他移居西莱达，应父亲的要求，管理家族的田产。贫困落后的农村现实和农民生活的惨烈，激发泰戈尔思索农村社会问题，这对他民主思想的形成和日后的创作有很大影响。1901年他在和平村创办一所学校，这所学校在1921年发展成为著名的国际大学。

20世纪初年，泰戈尔个人生活遭遇不幸，他的妻子、女儿、父亲先后去世，这在他的《回忆》(1903)、《渡船》(1905)等诗集中留下了印痕。1905年英国殖民当局推行分裂孟加拉政策，印度民族解放运动高涨，泰戈尔离开乡村，来到加尔各答，积极投身反英民族斗争，写下了不少洋溢着政治热情的诗歌。1910年他的最优秀的长篇小说《戈拉》问世，这是印度近代文坛上的一部批判现实主义杰作。1912年他的著名诗集《吉檀迦利》在英国出版，次年，他荣获诺贝尔文学奖。1912年加尔各答大学授予他博士学位。1915年英国国王封他为爵士。1919年英国殖民当局在阿姆利屠杀手无寸铁的印度人民，泰戈尔拍案而起，写信给英国总督表示抗议，并声明放弃英国国王授予他的"爵士"称号。泰戈尔曾多次出国访问，先后访问过英国、美国、法国、日本、丹麦、瑞典、奥地利、前捷克斯洛伐克、中国、前苏联等。在国外他屡屡发表讲演，谴责殖民主义和帝国主义的侵略政策。1941年8月7日，泰戈尔在加尔各答逝世，享年80岁。

泰戈尔是中国人民的朋友。早在1881年他就写了《死亡的贸易》，谴责英帝国主义向中国倾销鸦片的罪行。当日本军国主义侵略中国时，他又积极参加印度人民声援中国人民的斗争，多次发表公开信、谈话和诗篇，斥责日本侵略者。讽刺日军在佛寺祈祷侵华战争胜利的丑恶嘴脸的《敬礼佛陀的人》一诗，就是明证。泰戈尔重视并热爱中国文化，他喜爱老子哲学、屈原、白居易、苏轼的诗。他提倡研究中国文化，曾两度访问中国，宣传印中人民友好。中国人民尊敬他，喜爱他的作品。郭沫若、郑振铎、谢冰心、徐志摩等早期创作大多受过他的影响。他的作品早在1915年就已介绍到中国。几十年来，他的作品不断被译成中文。1961年为纪念他百岁诞辰，中国出版了十卷本《泰戈尔作品集》。有关研究介绍泰戈尔的著作和文章也很多。

泰戈尔生活和创作的时代是印度民族灾难深重的时代，也是印度民族解放运动日益高涨的时代。时代精神的洗礼和西方民主思潮的影响，令他形成了强烈的爱国主义和民主主义思想。他热情地追求祖国的独立和自由，探索民族的出路。但他反对"暴力斗争"的手段，意图通过宗教、哲学、伦理道德和国民性的

---

① 梵社，19世纪初孟加拉启蒙活动家拉姆·莫汉·拉伊建立的一个宗教改革团体，主要宗旨是改革印度的宗教思想与社会生活。

改造来实现社会的改造。在殖民统治下的印度，泰戈尔特别重视发扬民族传统，用以唤起民族觉醒，提高民族自信心。但他并不排除对西方文化的了解和学习。他扎根于印度传统文化的根基之上，吸取西方文化的精华，形成了一种独特的世界观。印度传统文化结构和民族心态的核心内容是"梵"，印度古代文献吠陀，尤其是《奥义书》认为："梵"是宇宙的最高主宰和最高实在，万有同源，皆出于"梵"；万有一如，皆归于"梵"。作为宇宙主宰的"梵"和作为个体灵魂的"我"本质上是统一的。这种宗教哲学探求的是人与自然交感，物质与精神通同的"梵我一如"的境界。泰戈尔吸收了这一基本思想观念，追求人与神的和谐融合，形成了"泛神论"的宗教哲学观。另一方面，他又吸收了西方近代的人道主义思想和博爱的主张，形成了"泛爱"思想。他切望人人都有赤子之心，主张人类爱、和平主义。这就使他的思想在印度传统文化的内涵中融入了西方近代新文化的因素。"泛神论"同"一神论"是对立的，这对否定当时阻碍民族解放运动的教派偏见和反对不合理的种姓制度有其积极意义。"泛爱"则表现出对人民的同情，对民族压迫的反对。民主与爱国，"泛神"与"泛爱"结合成为泰戈尔世界观的丰富内容及其矛盾复杂性，在呈现其进步性的同时又具有唯心主义的色彩。这在他一生的创作中有鲜明的反映。

泰戈尔的文艺观、美学观也内涵深刻而又具矛盾性。如他一方面表示"纯粹为自己写的作品，不能被称作为文学。……作家创作的首要目标是读者社会。""一个作家在自己的作品里用自己的感情体验人类的感情，体验整个人类的痛苦，这样他的作品在文学里就占有一定地位。"另一方面，他又说："纯粹的文学是非实利的，它的情味是无原因的，这个观念是十分重要的。"但他基本上是现实主义者，他强调文学的社会功用、文学的教育作用和认识作用。如说："我理解文学的本来含义，就是'接近'，也就是结合的意思。文学的任务就是使心灵结合。""文学的主要内容是人的心灵描绘和人的性格刻画。"他还提出很有独见的美学观念："……我诗歌创作的唯一主题——即在有限之中达到与无限结合的欢娱。"(《泰戈尔论文学》)在有限中达到无限，重点是有限，有形实在和人，而不是无限，无形实在和神。他重视"美的真实本质"，强调美与真、与善的统一，认为艺术美应当高于自然美，反对为艺术而艺术。但他整个美学体系是属于客观唯心主义的。他认为最完善的美，最完整的美感是有限与无限的统一，是善与真的完美和谐。"艺术是人的创作灵魂对最高真实的召唤的回答。"(《人的宗教》)统一与和谐的美学理想是他文学创作的灵魂。这种美学观带有浓烈的东方色彩和理想色彩，也显示了其调和矛盾、脱离社会实践的局限性。泰戈尔还是印度传统的美学理论——味论学①的继承者和发展者。他认为文学创作就是情味的创作,"文学就是对情味形象的创造",情味是艺术的灵魂。"味"照泰戈尔的说法是"外部有形世界的所有感情进入内心就变成内心感情,而内心感情又急于寻找再次变成外部感情的形式"(《泰戈尔论文学》)。这就是说,"味"源于外部世界,文艺作品的基本情调由来自现实生活中的一种情调而定,这就肯定了"味"的客观本质及其现实内容,并肯定艺术与现实的关系,创作与生活的关系。

泰戈尔的一生是创造的一生,他共创作了50多部诗集、12部中长篇小说、100来篇短篇小说、20多个剧本,还写了近千首歌曲,画了1500多幅画。他的文学作品主要用孟加拉文写成,其中一部分由他本人译成英文。

泰戈尔有"诗圣"之称,他的全部创作以诗歌成就最为突出。早期诗作中最具价值的是《故事诗集》(1900),大多取材于民间故事、宗教故事和历史传说,歌唱印度光荣的文化传统和古代各民族反抗异族侵略的斗争精神,有的则揭露了封建社会的黑暗与不平。如《被俘的英雄》《更多的给予》歌颂了民族英雄;《婆罗门》《丈夫的重获》批判了封建种姓制和焚身殉节的陋俗;《两亩地》写一个叫巫斌的农民被王爷夺去了他仅有的两亩地,被迫到处流浪,16年后他回到家乡的园地,因捡拾两只落地的芒果,被王爷诬蔑为贼。诗篇有力地控诉了封建统治者的暴行:

> 王爷的双手夺去了穷人的所有,/唉,在这世界,谁越贪得无厌谁就越富裕。

泰戈尔的抒情诗具有独特的艺术风格,除享誉全球的《吉檀迦利》外,还有大量的抒情诗作,歌咏人生与自然、青春与爱情,抒发哲理,这些诗作情感真挚细腻,语言清新隽永,形式简短精练。《园丁集》(1913)收入诗歌85首,抒写人生种种爱恋和种种情愫,充满了对生活的美好憧憬和炽热追求。诗人预期一百年后的读者能同他共享生活的欢乐:"在你心头的欢乐里,愿你能感觉到某一个春天早晨歌唱过的、那生气勃勃的欢乐,越过一百年传来它愉快的歌声"。《新月集》(1913)共有32首诗,是为儿童写的诗歌集。诗集细腻地抒写了儿童纯洁美好的心灵和伟大深厚的母爱胸怀,表达了诗人对美好生活的热烈追求。《飞鸟集》共有诗325首,以格言诗和哲理诗为主。诗人以象征比喻的手法、简练明快的诗句抒写日常生活经历中的种种体验和感受,蕴含着丰富的想象和哲理。如:"瀑布歌道:'我得到自由时便有歌声了。'"(第36首)"错误经不起失败,但是真理却不怕失败。"(第68首)"如果你把所有的错误都关在门外时,真理也要被关在外面了。"(第130首)"当人是兽时,他比兽还坏。"(第248首)由于"泛神论"思想的存

---

① 味(或译"情味")是印度古典文学理论的术语,它表达作品中人物的心理状况和感情特征,反映作品的基本情调以及人们欣赏心理的特征。

在，诗集中的有些小诗也表达了对"梵我一如"境界的追求，诗的风格也因而带有一种朦朦胧胧的神秘气氛。如："在死的时候，众多合而为一，在生的时候，这'一'化而为众多。上帝死了的时候，宗教便将合而为一。"（第84首）"在黑暗中'一'视若一体，在光亮中，'一'便视若众多。"（第90首）

泰戈尔还写了不少优秀的政治抒情诗。这些诗歌有的充满着热爱祖国的激情，如《我能生在这一片土地上》《让我祖国的地和水，空气和果实甜美起来》；有的洋溢着反对帝国主义、殖民主义和法西斯主义的斗争精神，如《非洲》谴责帝国主义对非洲的疯狂侵略，《号召》热情鼓舞加拿大人民"保卫自由的战斗"；有的表示了对劳动人民的赞颂，如《生辰集》第10首热情歌颂农民、工人、渔民，"他们形形色色的劳动散布在四方，是他们推动整个世界在前进"；有的还对自己的"泛爱"和"泛神"思想作了批判，如《问》："那些毒污了你的空气的，那些扑灭了你的光明的，你能饶恕他们？你能爱他们？"在《边沿集》第18首中他更发出了战斗的号召："我向每一个家庭呼吁——准备战斗吧，反抗那披着人皮的野兽。"向往平和、恬静、自然的泰戈尔，同时又具有"金刚怒目"式的一面。

泰戈尔的小说创作也是硕果累累。他的短篇小说广泛反映了19世纪末至20世纪初印度的社会现实，中心主题是反对殖民主义和封建主义。如《太阳和乌云》《泡影》《陌生女人》集中控诉了殖民统治的罪恶，张扬爱国热情和民族自尊心。《原来如此》《判决》揭示了农民与地主的尖锐矛盾，展现了农民的极端贫困。对于吃人的封建礼教和种姓制，不少作品作出了强有力的批判。《河边的台阶》中的库苏姆7岁出嫁，8岁守寡，最后以身殉教。《一个女人的信》中的姆丽纳尔对封建礼教和陋习发出了强烈的抗议，最后她勇敢地打破家庭的幽禁，走向光明世界。《莫哈玛娅》中的女主人公爱上了家世低微的拉吉波，哥哥却强迫她嫁给一个垂死的老婆罗门。次日，老婆罗门死了，哥哥竟迫使莫哈玛娅火葬殉夫，因暴雨突降，莫哈玛娅得以死里逃生，可脸上却留下可怕的伤痕。她戴着面纱逃到拉吉波家里，要他发誓永不看她的脸孔。一个月明之夜，拉吉波借着月光看见了她脸上的伤痕。莫哈玛娅忍痛出走，一去不归。《饥饿的石头》通过梦幻和现实生活画面的交错展现和象征着精神上的饥渴的"饿石"的抒写，表达对青春和自由的热情向往，对封建压迫发出强有力的控诉。泰戈尔的短篇小说描绘细致入微，语言生动精练，常赋予景物以生命的活力和情感；并以诗的语言、诗的节奏来描绘人物的音容笑貌，充满情景交融的诗情画意，具有"诗化"的独特艺术风格。

中、长篇小说除《戈拉》外，主要有《小沙子》（1903）、《沉船》（1906）、《家庭与世界》（1916）、《四个人》（1916）、《最后的诗篇》（1929）等。《沉船》构思巧妙奇特，富有传奇色彩，展现鲜明的反封建倾向性。作品的男主人公罗梅西是一个具有人道主义精神和高尚情操的知识分子形象。他与汉娜丽妮真诚相爱，父亲却强迫他迎娶一个素不相识的女子。不料迎亲船队遭暴风雨袭击沉没。脱险后的罗梅西在沙滩上遇见了着新娘装的玛卡娜,彼此误认为夫妻。但不久他发现这个少女并不是自己的妻子,他既不敢以假乱真,又决不肯把她抛弃,免使她陷入绝境。为此他忍受了种种误解和痛苦,准备牺牲自己真正的爱情。玛卡娜温柔、朴实、坚强,当她发现罗梅西不是自己的丈夫时便毅然出走。作品批判了封建包办婚姻制度,讴歌了人性的美和善,宣扬以道德救世的思想。

泰戈尔的戏剧创作成就不及诗歌,主要作品有《修道士》(1884)、《国王和王后》(1889)、《齐德拉》(1892)、《邮局》(1912)、《摩克多塔拉》(1922)、《红夹竹桃》(1925)等,大多是象征剧,探索"人性"的奥秘,但也有的传达争取自由和反帝斗争的主题思想。如《红夹竹桃》突出的思想内容是抛弃恐惧,争取自由。出场的不仅有知识分子,还有工人群众。剧的结尾是女主人公南迪尼带领工人们"走向那最后的自由"。南迪尼说过这样的话:"众神有无穷无尽的时间来接受朝拜,他们的时间并不紧迫。但是人的痛苦迫不及待地要告诉别人,人的时间是如此短促。"强调的是积极斗争的思想,现实意义是很强的。

二、《吉檀迦利》

《吉檀迦利》是最能体现泰戈尔诗作独创性的一部诗集。《吉檀迦利》的孟加拉文本出版于1910年,1912年诗人翻译的英文本《吉檀迦利》在伦敦出版,包括了《吉檀迦利》《奉献集》和《渡口集》里的部分诗作,共收诗103首。原诗是有韵的格律诗,诗人选译成英文时,采用了散文诗的形式,其韵律则更富于变化而优美。由于诗集所内含的丰富的哲理和独特的抒情艺术风味,一问世立即轰动欧洲文坛,诗人亦因而成为荣获诺贝尔文学奖的第一位亚洲人。

《吉檀迦利》系孟加拉语译音,意即献歌,诗人自己说是要"献给那给他肉体、光明和诗才之神的"。诗人笔下的神是十分神秘而不定的,他把神看作是"我生命的生命"(第4首),时刻渴望能够与神会合。诗集中的神表象极多,变化万千,"日往年来,就是他永远以种种名字,种种姿态,种种的悲哀和极乐,来打动我的心"(第72首)。神是"上帝""我的主""诸天之王""万王之王",又是"国王""诗圣""父亲""母亲""弟兄""主人""朋友""情人""路人""婴儿""孩子""你"或"他",还可以是"光明""早晨""黄昏""生命的源泉"等等。这种神的观念是有鲜明的泛神论色调。诗人表达了与神同一的强烈愿望和热切追求,甚至抒写在死之中与神同一的愿望,"现在我渴望死于不死之中"(第100首)。诗人的这种思想观念可以追溯到印度古代《奥义书》中"梵"的观念。早在《缤纷集》(1896)里泰戈尔就第一次提出了"生命之神"的观念。他说,他从"内在的我"中吸取灵感,这个"内在的我"与无处不在的"最高起源"——"无限"是同体共存的。泰戈尔所刻意寻觅与执着追求的与神同一的理想,正是印度传统宗教哲学中"梵我一如"境界的追求。但作为一个近代诗人,他同逃避现实的"梵"又有不同。他曾表示:"我的宗教信仰首先是一个诗人的信仰""我的宗教信仰就是诗人的信仰,这不仅是掌握知识的结果,而是内心幻想的产物"(《泰戈尔论文学》)。诗集中的颂神诗篇确有其神秘的色彩,但同时又可看到,通过颂神诗的形式表达的是诗人对人生真谛的执着求索和对社会问题的理性沉思。"我这一生永远以诗歌来寻求你,它们领我从这门走向那门,我和它们一同摸索、寻求着,接触着我的世界。"(第 10 首)泰戈尔曾强调作家在作品中应用自己的感情体验人类的感情、人类的痛苦。近代的人道主义和"博爱"思想已有机地融化在他的整体思想中。作为诗人,他关切的不只是自我,还有人间社会,他是把对神的虔诚和对生活,对国家和人民的爱紧密地融合在一起加以深情抒写的。如:

这是你的脚凳,你在最贫最贱最失所的人群中歇足。/我想向你鞠躬,我的敬礼不能达到你歇足地方的深处/——那最贫最贱最失所的人群中。/你穿着破敝的衣服,在最贫最贱最失所的人群中行走。/骄傲永远不能走近这个地方。/你和那最没有朋友的最贫最贱最失所的人们作伴,我的心永远找不到那个地方。(第 10 首)

把礼赞和数珠撒在一边吧?你在门窗紧闭幽暗孤寂的殿角里,向谁礼拜呢?睁开眼你看,上帝不在你的面前!/他是在锄着枯地的农夫那里,在敲石的造路工人那里。太阳下,阴雨里,他和他们同在,衣袍上蒙着尘土。脱掉你的圣袍,甚至像他一样的下到泥土里去吧!(第 11 首)

这里,神不是高高在上,不是在虚无缥缈的天堂仙境,而是同劳动者在一起,同他们同体共存,共同体验生活的艰辛和困苦。在此,诗人还特别表示了对劳动者由衷的敬意。

诗人渴望的是爱,孜孜以求的也是爱:

灯火,灯火在哪里呢?用熊熊的渴望之火把它点上吧!……/灯火,灯火在哪里呢?用熊熊的渴望之火把它点上吧!雷声在响,狂风怒吼着穿过天空。夜像黑岩一般的黑,不要让时间在黑暗中度过吧。用你的生命把爱的灯点上吧。(第 27 首)

你是天空,你也是窝巢。/呵,美丽的你,在窝巢里就是你的爱,用颜色,声音和香气来围拥住灵魂。(第 67 首)

泰戈尔是"人类爱"的信奉者和宣扬者,他渴望用爱来解除人间的痛苦,虽然这种抽象的爱并不能解决不合理的社会问题,但他对劳动者的同情与爱却是真挚而深切的。

所以,诗人追求的理想,也不只是个人的自我完成,而是国家、民族、人民的自由发展。

在那里,心是无畏的,头也抬得高昂;/在那里,智识是自由的;/在那里,世界还没有被狭小的家园的墙隔成片段;/在那里,话是从真理的深处说出;/在那里,不懈的努力向着"完美"伸臂;/在那里,理智的清泉没有沉没在积习的荒漠之中;/在那里,心灵是受你的指引,走向那不断放宽的思想与行为——/进入那自由的天国,我的父呵,让我的国家觉醒起来吧。(第35首)

这种理想的追求,对于处在殖民统治和封建压迫下的印度社会现实来说,对比是多么鲜明,在当时无疑是有其积极意义的。

由于理想与现实存在深刻的矛盾,诗集中不免流露出求而无获的忧伤与痛苦,及失望所带来的迷茫情绪。如:

我今夜无眠。我不断的开门向黑暗中瞭望,我的朋友!我什么都看不见。我不知道你要走哪一条路!(第23首)

向宗教和爱寻求出路是不现实的,诗歌的音调是低沉的,但诗人的执着求索和诚挚情感却是震动了千万读者的心灵。

艺术上,《吉檀迦利》具有鲜明的独特性。首先是哲理性与抒情性的紧密交织。诗集处处充满人生哲理的沉思,又时时流露出丰富而真挚情感的抒发,带有浓郁的抒情味。泰戈尔说过:"诗的本质在于激情。"(《泰戈尔论文学》)情感是诗的灵魂,他以诗人的气质、诗人的心灵去感受生活,体察人生社会,将诗意熔铸在人生哲理的沉思中,抒发对人生理想的追求与渴望。诗集中把对人神同一理想的追求与对爱的渴求和发自内心的情感融化在一起加以诗意的表现。如:

离你最近的地方,路途最远,最简单的音调,需要最艰苦的练习。/旅客要在每一个生人门口敲叩,才能敲到自己的家门,人要在外面到处漂流,最后才能走到最深的内殿。/我的眼睛向空阔处四望,最后才合上眼说:'你原来在这里!'这句问话和呼唤"呵,在哪儿呢?"融化在千股的泪泉里,和你保证的回答"我在这里!"的洪流,一同泛滥了全世界。(第12首)

又如:

林野住了歌声,家家闭户。在这冷寂的街上,你是孤独的行人。呵,我唯一的朋友,我最爱的人,我的家门是开着的——不要梦一般的走过吧。(第22首)

读者在诵吟这些诗篇时,既受到对人生真谛深邃沉思的启发,又感受到深情诗意的强烈感染。

其次是散文诗的优美而富于变化的韵律。《吉檀迦利》由有韵的格律诗译成散文诗的形式,这是诗人的一次新的艺术创造。诗人说过:"无论是散文还是诗都有自己内在的韵律。""韵律就是和谐的限制所造成和制约的运动。"(《泰戈尔论文学》)可见散文诗的艺术魅力在于其内在的韵律。诗人时而采用诗歌中常见的重章叠句的结构形式,时而采用音节相同的原则,如前引第10首、第27首、第

35首等。这些诗篇情感深沉,语言简洁隽永,诗句回环往复。而散文诗又不像格律诗受诗体的严格限制,其韵律可以随诗意和情感的发展起伏而千变万化,给人以韵律无穷的感受。

其三是质朴自然而超逸的美学风味。印度人民生活是泰戈尔创作的源泉,印度人民朴素的日常生活和印度秀丽的风光在诗人笔端诗意盎然地表现出来,显现出诗集所特有的质朴自然的美感。由于泛神论思想的存在,诗人又总是把自己推到自然与神的面前,寻求同自然与神的对话、交感,展现神人同一的理想。诗集中还大量使用象征、比喻手法,使自然与抽象事物形象化、性灵化,因而整部诗集呈现出一种既质朴自然而又超逸朦胧的美的境界。

三、《戈拉》

《戈拉》是泰戈尔的长篇小说的代表作。作品以19世纪70至80年代孟加拉的社会生活为背景,通过爱国青年戈拉的进步活动和思想发展,及他同其挚友毕诺业与梵教姑娘苏查丽妲和罗丽妲的恋爱纠葛,展示了在英国殖民统治下印度尖锐复杂的社会矛盾,反映了印度人民反帝、反封建的斗争以及印度先进人物探索民族解放道路的艰苦历程。当时印度民族意识觉醒,民族解放运动积极开展,但在民族独立问题上,新印度教教徒和梵教教徒存在不同的思想观点。前者强调民族传统,恢复民族自尊心,反对崇洋媚外,但又主张严守印度教一切古老的传统;后者主张改革印度教,吸收欧洲文化,但一部分教徒轻视本国文化。教派之间的斗争甚为激烈。戈拉积极投身民族解放运动,有强烈的爱国热情。但他信奉印度教,存在盲目的宗教偏见,甚至为腐朽的传统辩护。他爱上了梵教姑娘苏查丽妲,教派的隔阂,又使他竭力压制自己的感情。最后是养父病危时,说出了他出身的真相,他并不是婆罗门的后代,而是一个爱尔兰人军官的后裔,他才猛然醒悟,终于彻底抛弃了宗教偏见和种姓的束缚,决心好好地为全印度人谋福利。《戈拉》是一部具有鲜明的时代精神的作品。作者以满腔热情赞美青年一代强烈的民族意识和高昂的爱国主义精神,有力地揭露和抨击了殖民主义的专横残暴,批判了阻碍民族解放事业的宗教偏见,及崇洋媚外,复古主义、维护种姓制度、歧视妇女等错误的思想,号召印度人民不分教派,不分种姓,团结一致,为祖国的独立自由,为民族的解放而奋斗。

但是,作品最大的成就还在于它塑造了各类知识分子的动人形象,小说的深刻主题思想和艺术感染力也正是通过这些人物形象体现出来的。

主人公戈拉是作者精心刻画的印度民主主义者和爱国主义者的典型。他是印度爱国者协会主席,印度教教徒青年们的领袖。他热爱祖国,有强烈的民族自尊心和斗争精神。对于奴役印度的英国殖民主义者,他无比憎恨,对那些崇洋媚外的民族败类,更是深恶痛绝。他生活的唯一目标就是要使祖国获得独立和自由。他说:"我们要怀着祖国必将获得自由的信念,时刻做好准备。"对祖国的自由解放满怀胜利的信心。他意志坚强、行动果断，敢于面对面地同英国殖民者进行斗争。当了解到英国殖民者的靛青种植园主勾结警察残酷掠夺压迫农民的罪行时，他义愤填膺，立即前往靛青种植园怒斥狗腿子马哈夫，并对巡官和县长提出警告。为了同胞和正义，他又奋不顾身地与武装警察搏斗，被捕后，斗志弥坚，威武不屈，坚决反对聘请辩护律师，也不肯接受保释，表现出崇高的品质和民族气节。他这种没有丝毫奴颜婢膝的品质是殖民地人民最宝贵的品质。但戈拉背负旧传统的重压，他反对崇洋媚外，却认为"祖国的一切都是好的"；为了唤醒人民，恢复民族自信与自尊，就必须无条件地遵守印度的一切传统，包括种姓制度、婆罗门特权、偶像崇拜、妇女无权等等腐朽反动的传统，他都为之辩护。对印度教一切教规他都严格遵守，身体力行。他拜神，行触脚礼，不喝异教徒手里拿过的水。还因为在监狱里无法不受玷污，决定举行印度教的涤罪礼。他的这种思想行为与现实发生了巨大的隔阂，也使他同周围的亲友产生了矛盾，特别是当他爱上梵教姑娘苏查丽姐之后，矛盾就更尖锐了。后来，他到农村旅行，接触了广大农民群众，目睹教派纠纷的危害，也看到了劳动人民打破宗教偏见一致反帝的事实，才逐渐挣脱种姓制度和种种旧传统的罗网。最后养父讲出了他出生的秘密，他才醒悟到再也没有什么束缚了。"今天，我真正是一个印度人了！在我身上，不再有印度教徒、穆斯林和基督教徒之间的对立了。""现在我真的有权为她（按：指印度）服务了。"戈拉的形象是对印度民族主义者的艺术概括，也是泰戈尔反帝反封建反旧传统的理想和精神的寄托者。

梵教姑娘罗丽姐是一个有理想有坚定信念的印度新女性。她爱憎分明，勇敢无畏，对殖民主义者和社会上一切恶势力无比憎恨，敢于冲破宗教偏见和旧礼教的束缚，敢于对社会公开挑战，不怕诽谤物议，特立独行。对迫害她的哈兰更是进行针锋相对的斗争，宁死不屈，寸步不让。她勇敢地追求新生活，也找到了个人的幸福，和相爱的印度教教徒毕诺业结合了。苏查丽姐和罗丽姐相互辉映，她温柔娴静，爱深思，虽不如罗丽姐那样勇于斗争，但有主见，同样是一个热爱祖国，寻求为祖国效力的开始觉醒的印度新型妇女。

罗丽姐的父亲帕瑞什和戈拉的母亲安楠达摩依是两个理想的老辈人物。帕瑞什是梵教徒，他思想开明，心胸宽广，谦虚纯朴。他反对种姓制度，反对教派偏见，尊重别人的信仰和个人自由，鼓励年青一代参与社会变革。当女儿爱上了印度教的毕诺业时，他予以坚决的支持。对来自亲友的反对辱骂，社会的攻击非难，甚至哈兰对他施加开除出梵教的惩罚，这一切他都不予理睬，独立料理了女儿的婚事。安楠达摩依是印度教徒，但并不严守教规，敢于抵制封建落后的风俗习惯。她心地善良慈和，性格坚强。她爱护戈拉，开导毕诺业，支持罗丽姐，是青年一代争取自由幸福的鼓励者和庇护人。

作品中反面人物哈兰的形象刻画也很成功。他在英国主子面前一副奴才相。他崇洋媚外,蔑视祖国文化遗产,为人卑劣无耻,是一个买办洋奴的典型。

作品艺术上突出的特色是论辩性和抒情性的结合。由于泰戈尔是一位诗人,他以诗人的气质、诗人的心灵去感受生活,体会书中人物;以诗的笔触、诗的艺术去处理题材,将诗意熔铸在作品的整体构思中。书中人物行动少,人物对话充满论辩性。作品通过人物之间的论辩探讨时代和社会的种种迫切问题,并借以刻画人物性格。但论辩过程自始至终充满浓厚的抒情气氛。作品中人物心理的细腻描绘,风景描写的诗情画意,情景交融,更使作品具有抒情风味。加之语言精辟优美,富于诗的韵味,因而有较强的艺术感染力。如作品结尾,戈拉激动地对安楠达摩依说:"妈妈,您是我的妈妈!""我到处寻找的妈妈原来一直坐在我的屋子里。您没有种姓,不分贵贱,没有仇恨——您只是我们幸福的象征!您就是印度!"这深情的话多么富有艺术的感染力。

第三节 伊克巴尔

一、生平和创作

伊克巴尔·穆罕默德(1877—1938),是对现代乌尔都语文学产生深刻影响的杰出诗人和哲学家。出生于旁遮普锡亚尔科特城一个商人家庭,他的祖先来自克什米尔,属于婆罗门种姓,17世纪皈依伊斯兰教,后迁至旁遮普省。诗人生前,印度和巴基斯坦还未分治,如今家乡已划归巴基斯坦。

诗人童年时代是在宗法家庭里度过的。父亲是一位虔诚的教徒,诗人从小勤学宗教经典,听讲往日伊斯兰强大的故事,家庭及周围环境都教育他忠实于伊斯兰信仰。后进入锡亚尔科特教会学校受初等教育,研读波斯文和阿拉伯文,学识渊博的老师米尔·哈桑,向他启示丰富的东方文化遗产,对未来诗人的精神发展影响很大。1895年进入拉合尔省立文科学院攻读哲学,这时在旁遮普青年人中,爱好乌尔都文的风气盛行,纷纷建立语言文学社团,常举办赛诗会。1899年诗人最初向听众朗诵自己的诗作《喜马拉雅山》和《孤儿的哭泣》,引起人们重视。同年他取得旁遮普大学文学硕士学位,毕业后任该校哲学讲师六年。1905年赴欧洲留学,先后在英国剑桥大学和德国慕尼黑大学学习,1908年获哲学博士学位。归国后,诗人的主要精力投入诗歌创作,并积极参加进步社会活动,对政治亦怀有强烈兴趣。1911年曾任拉合尔省立文科学院哲学教授,不久即辞职。1926年至1929年曾当选为旁遮普省议员。1930年首次提出建立巴基斯坦的主张,1930年12月被选为"全印穆斯林联盟"阿拉哈巴德会议主席。1931年和1932年曾代表"全印穆斯林联盟"两次出席在伦敦举行的英—印圆桌会议,并顺路访问欧洲数国。1933年还曾访问过阿富汗。

诗人通晓东西方多种语言,对东方文化,特别是哲学、宗教体系有较深的造诣。欧洲之行给他的思想和创作打下了烙印。西方资产阶级民主思潮和人道主义思想溶入了他的思想体系之中。他的哲学观则受到费希特、柏格森、尼采等人的唯心主义思潮的影响。但他的诗歌创作超越了他的唯心主义哲学框框,表现的是对生活和斗争的肯定及对人的尊重和真挚的爱。他的艺术观是基于现实主义的。他主张"艺术有责任鼓励人们面对一切现实问题"(《伊克巴尔诗选》,"译后记")。他认为艺术应当首先注意生活中主要的东西,应鼓舞人们为更好的生活而斗争。"诗歌应当像火一样燃烧,不能为人民服务的艺术是毫无意义的。""艺术的最高使命在于激励我们的意志,帮助我们勇敢地迎接生活的考验。凡是导致漠不关心或迫使我们忘却我们周围的现实,以及鼓吹生活就是向现实屈服的一切观点都是蜕化与死亡的象征。艺术不应引起甜蜜的幻想与不切实际的遐想。关于纯粹艺术的信条是文艺堕落的骗人的臆造,目的在于使人脱离生活,削弱人的力量。"[1]

伊克巴尔一生创作不息,留下十分珍贵的文学遗产,包括 10 部用乌尔都文和用波斯文写的诗集以及一些关于哲学问题的著作。主要诗集有《秘密与奥秘》(1915—1918)、《波斯雅歌》(1921)、《东方的信息》(1923)、《驼队的铃声》(1924)、《永生集》(1932)、《杰伯列尔的羽翼》(1935)、《格里姆的一击》(1936)、《汉志的赠礼》(1938)。

诗人生活和创作于印度民族解放运动高涨的时代,他的诗作具有鲜明的时代精神,成为鼓舞印度各族人民争取自由解放的有力武器。巴基斯坦立国后,将诗人的诞辰(11 月 9 日)定为"伊克巴尔日",每年举行纪念活动。伊克巴尔是中国人民的好朋友,他曾在他的诗中热情欢呼:"沉睡的中国人民正在觉醒,喜马拉雅山的喷泉开始沸腾。"(《侍酒歌》)他的诗为中印中巴人民架起了一座友好的桥梁。

二、诗歌作品

伊克巴尔有"东方诗人""生活诗人"之称。他的诗歌洋溢着爱国主义激情和反帝国主义、反殖民主义的斗争精神,充满对于东方民族的独立解放和对新生活的热情号召与信念。鉴于当时印度宗教教派之间的矛盾冲突阻碍了民族解放运动的积极开展,他的不少诗作特别注意呼吁印度各族人民摒除宗教纠纷,团结一致为祖国独立自由而斗争。尤为可贵的是,他的诗歌还有一些是以劳动人民和革命斗争为主题的。他也写了一些表达伊斯兰教理想和穆斯林道路的诗,就是这些宗教题材的诗作也不是基于逃避现实的思想,而是引导人们积极面对现实,面对生活与斗争,富有时代感和现实性。

---

[1] 转引自尼·弗·格列鲍夫等《现代乌尔都语文学》,王家瑛译,《东方文学专辑》(二),中国社会科学院外国文学研究所编,北京:中国社会科学出版社,1981 年。

《驼队的铃声》是一部汇集诗人早期大部分诗作的乌尔都语诗集,收诗约180首。诗集的中心主题是宣扬爱国主义思想。诗集题名含有深刻寓意,诗人将自己的诗歌比作驼队头驼的铃铛,意在以它那深沉而又响亮的铃声去唤醒人民大众,去燃烧起人们的爱国主义激情,团结一致,为祖国的独立自由,为民族的生存解放而斗争。诗集按写作时间分作三个部分。第一部分从1901年至1905年共60首,包括《喜马拉雅山》《苦难的图画》《印度人之歌》《新湿婆庙》等重要诗篇。第二部分是旅欧期间从1905年至1908年共约30首,包括《黄昏》《孤独》等抒写诗人心绪的诗篇。第三部分是旅欧归来,从1908年至1924年所写近90首,包括《抱怨》《对抱怨的答复》《蜡烛与诗人》《指路人黑哲尔》《伊斯兰的崛起》等名篇。

　　伊克巴尔是爱国诗人,他的诗情在印度人民争取自由解放的壮丽事业中得到热情的迸发,爱国主义是贯穿整部诗集的基本主题思想。他在《诗人》一诗中将诗人比作民族的眼睛:"音调铿锵的诗人是民族的敏锐的眼睛。/身体一处痛苦,眼睛就会哭泣,/眼睛是多么地同情整个躯体!"在《蜡烛与诗人》中,他更表示自己要像火炬那样燃烧,为爱国者照亮前进的道路。他怀着深厚的爱国之情哀叹印度的沦亡,民族的灾难,号召人民行动起来,积极投身民族解放事业:

　　　　哦!印度,你的容貌使我哭泣,/……/你还要多长时间这样默默无语,什么时候控诉你灾难的时日,/你应该存留在这大地上,而你的呼声应该高触天宇,/是不是你还不知道你将被毁灭,哦!印度的儿女。/甚至在民族史中也没有你的事迹。/这是自然的法则,这是自然的规律,/只有走上行动途径的对"自然"才算亲密。(《苦难的图画》)

　　诗人目睹宗教教派冲突对祖国解放事业造成的危害,在诗作中一再强调民族团结的重要性。《新湿婆庙》(1905)就是体现诗人爱国主义和提倡民族团结的优秀诗篇。诗人一开始就严厉谴责宗教上层狂热分子煽动和制造宗教纠纷,"从神像那里你学会了自相残杀"。诗人号召印度教徒和穆斯林以民族利益为重,把祖国的存亡置于一切之上,"揭去猜疑的帷幕""抹去分歧的裂纹""重修一座湿婆庙";诗人热诚地祈望"每日清晨神庙传出甜蜜的圣歌,给全体信徒都斟上爱的美酒"。深受东方文化熏陶并受过西方文化教育的伊克巴尔,将西方资产阶级的人道主义精神和自由、平等、博爱与东方苏菲派①的神秘的爱调和起来,提出"爱的信仰"。由于宗教教派矛盾的存在有着久远而复杂的社会历史背景,要真正解决这一矛盾自是不易。但面对殖民主义的压迫和有意制造挑动宗教冲突,诗人的

---

　　① 苏菲派:10—11世纪伊斯兰教中出现的一种神秘主义和禁欲主义的派别。苏菲(Sufi)一词来自阿拉伯语"苏夫"(suf),即羊毛,因该派教徒常穿粗制的羊毛衣服,以示节俭,故名。

号召就有其特殊的积极意义和现实的紧迫性。

诗人不仅通过其诗作表达鲜明的爱国主义,而且还探讨了伊斯兰民族的建设纲领。《指路人黑哲尔》(1921)就是诗人纲领性的力作。黑哲尔是伊斯兰教传说中的一位先知,他的使命是给误入歧途的人指明正路,故称"指路人黑哲尔"。20世纪初的巴尔干战争使巴尔干半岛上各民族人民摆脱了土耳其的压迫,取得了独立。但巴尔干的民族统一运动由于帝国主义列强的插手而复杂化了。一些伊斯兰国家或则落入英国等帝国主义势力的境地,或则成为帝国主义的附庸。诗人怀着悲愤的心情写下此诗。诗分两章。第一章《诗人》,诗人面对现状提出"什么是生命的秘诀"等一连串费解之谜。第二章《黑哲尔的答复》分五个方面回答了诗人的提问。这五个方面是《荒漠漂流》《生命》《国家》《资本与劳动》和《伊斯兰世界》。诗人强调生命就是斗争,号召穆斯林为理想的实现去奋斗。十分可贵的是,诗人受到时代先进思想的影响,看到了劳动大众与资本家之间的尖锐的矛盾,在《资本与劳动》中向受剥削受压迫的工人发出了有力的号召:

> 到劳苦的工人中去传布我的信息吧,/这岂是黑哲尔的,也是全宇宙的信息。/咳!狡猾的资本家喝你们的血,吃你们的肉,/你们的报酬多少世纪以来都挂在鹿犄①!/创造财富的双手得到的工资,/就像富人给穷人的一点布施。/资本家靠欺骗诡计赢得了这场竞争,/工人的失败是由于极端的纯朴真挚。/起来!现在的人间又是一度沧桑,/在东方、在西方,你们的时代已经开始。

《指路人黑哲尔》由于其思想的深刻性和艺术形式的创造性,被认为是现代乌尔都语诗歌的一个划时代的里程碑。

伊克巴尔后期诗作继续反帝爱国的主题,但更多的是对人的本质、使命和人与社会之间的关系进行哲理探讨。他从人道主义出发,肯定人的价值和力量,表达对生活的爱,对斗争的向往。他扬弃了苏菲派所宣扬的人神合一、静观无为的消极厌世思想,提出"痛苦的生活胜过永恒的安息"的论点。他主张爱、积极活动和创造性的劳动,寻求人获得解放的道路。他追求的是伊斯兰的乌托邦社会,但同情被压迫民族和劳苦大众。

《杰伯列尔的羽翼》汇编了各种长短诗180余首,其中有近80首抒情诗和海亚姆四行诗②40首,用乌尔都文写成。杰伯列尔是《古兰经》里一个天使的名字,诗人以此为题名,暗示这部诗集所具有的启示性。著名诗篇有怀旧的《科尔多瓦清真寺》、盛赞十月社会主义革命的《列宁》《侍酒歌》《致旁遮普农民》《鞑靼

---

① "挂在鹿犄"是句成语,意思是可望而不可即,这里隐喻工人得不到自己的劳动报酬。
② 欧玛尔·海亚姆(1048—1122),又译莪默·伽亚谟,波斯诗人,哲学家。他的四行诗细腻动人,富有哲理,其形式类似中国的绝句,一、二、四协尾韵。

人之梦》,以及突出歌颂叛逆英雄伊卜利斯的《杰列伯尔的伊卜利斯》《伊卜利斯的报告》等。还有许多诗篇未标诗题,只标第1首、第2首……整部诗集以阐述"呼谛哲理"为中心,设想伊斯兰也能经历一次狂飙运动,到处洋溢着战斗的激情。"呼谛"在波斯文和乌尔都文中都是"自我"的意思。作为宗教哲理概念,"呼谛"是人的灵魂,即个体中的神性。"呼谛哲理"即是要启发穆斯林认识自身所蕴藏的神性,修炼成为完人,按照伊斯兰教义建立理想的社会。诗人在这里讲的"呼谛"则含有依靠自己的力量,强调人的个性的意思,已带有近代资产阶级思想因素。诗人早期用波斯文写的诗集《秘密与奥秘》就已阐发过这一哲学概念。该部诗集的上篇《呼谛的秘密》(意即"自我的秘密")和下篇《贝呼谛的奥秘》(意即"非我的奥秘")肯定人的个性,提倡个人为社会服务,为国家民族作贡献。可见他的"呼谛哲理"归根到底就是尊重人肯定人的个性,肯定人的斗争与创造的权利,并向穆斯林发出与消极无为决裂,寻求获得解放的道路的号召。请看诗人是怎样吟唱的:

勇敢的人在呼谛里浮沉自如,/对懦弱的人不能指望什么!(《第21首》)

晨风给我带来了这样的信息,/领悟呼谛的人就像做了国王。/在呼谛中有你的生命,有你的荣誉,/有了呼谛就是国王,没有她脸上无光。(《第22首》)

生命的气息是什么!宝剑!/呼谛是什么!是宝剑的刃!/什么是呼谛呢?呼谛就是生命的内在奥秘!/什么是呼谛?呼谛就是整个宇宙的觉醒!/……/犹如苍天在你的瞳仁里,/呼谛的巢就在你的心间。(《侍酒歌》)

所以贯穿整部诗集的是对奴性的批判,对自由的歌颂,对行动与斗争的向往和召唤。

什么是奴隶性?丧失对善美的趣味。/只有自由的人认为美的,那才是美!/在人世间,不能依靠奴隶的眼力,/只有自由的人眼睛才能明辨真伪!/只有勇敢的人才配做今日的主人,/他能从时代的海洋里捞出明日的瑰宝。(《第1首》)

你是雄鹰,你的天职是飞翔,/在你面前,天外还有青天。/不要只局限于眼前的昼和夜,/你还有许多新的时间与空间。(《第40首》)

诗人的眼光还特别朝向劳苦大众,他热情地呼唤穷苦的人们行动起来,去捣毁旧生活,迎接新生活。

起来,去唤醒我的世界里的穷苦人!/去震撼富人宫廷府第的门窗墙壁!/用信仰的烈火使奴隶们的血液沸腾。/让那渺小卑微的麻雀敢向兀鹰进击。(《真主的命令》——长诗《列宁》中的一章)

> 让种族和种姓的偶像被捣毁吧！/让牢固地桎梏着人们的旧制度捣毁吧！/因为这才是"胜利"，这才是"信仰"的权力，/全世界民族的真团结应该开放花枝！/在你的人体土壤上投下心灵的种子；/明天的丰收将从那种子上开始。(《致旁遮普农民》)

伊克巴尔受过西方文化教育，受到有益的影响，但他并不盲目崇拜西方文明，对它的阴暗面有清醒的认识。长诗《列宁》中的一章——《在真主面前》最集中地表明了这一点：

> 东方的上帝是欧洲白人！/西方的上帝是亮光闪闪的金属！/……/表面上是交易场，实际上却是赌博，/一人得利，千百万人死亡！/什么科学、哲理、策略、政府，/唱的是平等，喝的是人血！/酗酒、淫逸、失业、贫穷，/欧洲文明的胜利品何止这些？/机器的统治意味着心灵的死亡！/机械损害了仁慈友爱的情操！

诗人最后发出了有力的呼声：

> 资本统治的帆船何时沉没？/你的世界在等报应日来到！

《格里姆的一击》是诗人晚期另一部用乌尔都文写成的重要诗集，收诗180余首，"格里姆"本意是对话者，是指同真主对话的人，即《圣经》中的摩西。诗集题名借喻摩西擘石、击海等奇迹，暗示诗人在这部诗集中倾吐他对西方政治、经济、社会、教育、妇女、文学艺术、宗教信仰等问题的见解。集内有《现代人》《知识与爱情》《命运》《东方民族》《西方的文明》《卡尔·马克思的声音》《布尔什维克俄国》《革命》《东方与西方》等重要诗篇，不少诗作揭露帝国主义的剥削压迫，批判西方资本主义的腐朽没落，剖析西方文明的阴暗面。诗人对西方文明的剖析是深刻而尖锐的：

> 西方文明是心和眼邪恶的产物，/它的灵魂毫无虔诚可言！/既然失去纯洁的灵魂，那清白的心地，/崇高的思想，高雅的情趣，也难再现。(《西方的文明》)

> 在崇拜偶像的西方圣殿，/在西方的讲坛和讲座里，/你们邪恶的空想喜剧的假面底下，/隐藏着贪心，和它的各种残暴罪行。(《卡尔·马克思的声音》)

在《现代人》中诗人更进而悲叹"爱已不复存在"，他指出现代人：

> 他虽然能够捕捉太阳的光线，/却不能把生命的黑夜变成黎明。

诗人之所以如此大力批判西方文明，归根结底还是为了启发东方民族的自信心，振奋东方的民族精神，去积极进行反对帝国主义，争取民族自由解放的斗

争。所以他反对"乞讨异邦人的思想和哲理",并特别指出:

> 治病的良方既不在日内瓦,也不在伦敦,/欧洲人的命脉掌握在犹太人的魔掌里!/我听说,民族要从奴役下得到解放,/必须培养栽植呼谛的志趣!(《致巴勒斯坦的阿拉伯人》)

总观诗人一生的创作,他的诗歌表达的是一种昂扬向上的精神,积极行动的精神。正如他在《生命和斗争》一诗中所咏唱的:

> "长远的年月都为我所有,"被海水冲击的岩石说,/"可是别教给我所谓'我'是什么东西。"/一个奔腾的浪嚷道:"然而/我运动,我才活着,假如我停留,我就会死去。"

他虽是一个忠诚的伊斯兰信徒,他的思想,他的行为,都脱离不了伊斯兰教义的规范;他主张通过律己虔诚的信仰、爱、积极活动和创造性劳动,达到"完人"的理想,他所追求的是伊斯兰式的乌托邦社会。但可贵的是,他特别尊重人,肯定人的价值和力量。他的许多诗以其有力的反神主题,表达出对人的伟大信念及渴望看到人成为自然主宰的心情,他甚至把人摆在与造物主对等的地位。如《神和人》一诗中人对神说:

> 你创造了夜,我制作了灯,/你创造了粘土,我制成杯盘;/你创造的是沙漠、山岭和溪谷,/我呢,建造了花床、公园和果园;/是我把石头磨成镜子,/是我,从毒物里酿出蜜汁。

在《大天使和撒旦》一诗中,他更是热情歌颂敢于反抗上帝的叛逆英雄撒旦。撒旦自豪地对大天使说:

> 你我之间,是谁敢于挑起暴风骤雨?/你的臣仆都是些苍白的幻影;我造成的洪水/却奔腾在所有的海洋、江河与小溪!/下次当你独自立在上帝面前,请你问他——/是谁的血把人类的历史渲染得如此灿烂光华?/我像一根刺人的荆棘,插在造物的胸怀,/你却只会永远呼唤:上帝呵上帝,至高无上的主宰!

在这里,诗人通过撒旦的形象,对上帝表示了极大的蔑视。正是这一切,显示了伊克巴尔诗歌的生命力和现实性。

艺术上,伊克巴尔诗歌创作的主要成就是把传统艺术形式手法同大胆探索新题材与艺术的革新结合起来。他善于用传统的诗歌形式抒写当代生活的新题材,把新的主题、新的人物、新的词汇,新的手法引入诗歌领域,在乌尔都语诗歌史上展开了新的一页。诗人诗歌中所用典故都来自伊斯兰经典和传说,所用比兴创作手法也都渊源于波斯古典文学。但他对古典诗歌传统的继承不是亦步亦趋,而是有所发展,有所创新。如名篇《侍酒歌》就来自于波斯文和乌尔都文古典

诗歌的一种传统形式,即用诗人和侍酒人谈话的方式表达诗人的思想。但此诗奏出的是一种全新的歌曲,诗篇一开始就欢快地咏唱道:

新时代,新天地,/新的乐器奏出新乐曲。

其次,伊克巴尔诗歌语言丰富,通俗,朴实多样,并以明快直率见长。如《杰伯列尔的羽翼》第7首:

什么是心灵世界?狂热,心醉,融合,渴望/。什么是形体世界?利润、交易、狡诈,伎俩。/心灵财富一朝得来,永不失散,/形体财富如同人影,来去匆忙。

第十四章 近代阿拉伯文学

第一节 概述

19世纪,随着西方各国对阿拉伯世界的渗透和进犯,以及阿拉伯各国民族资产阶级的产生、发展和阿拉伯民族民主意识的觉醒,阿拉伯世界掀开了近代历史的序幕。

1415年,葡萄牙攻占摩洛哥休达地区,以武力敲开了阿拉伯封建社会的大门,直到19世纪,英、法诸国相继侵入当时仍属土耳其奥斯曼帝国的阿拉伯大多数国家,阿拉伯人民的民族意识日益觉醒,开始了反对殖民主义侵略的斗争。埃及爱国军官阿拉比领导的反英斗争,阿尔及利亚民族英雄喀德尔领导的反法斗争等,虽然不同程度地动摇了殖民统治的力量,但最后都在封建势力的配合下,被残酷镇压下去。阿拉伯各国虽名义上还是隶属于奥斯曼帝国,但实际上大多数国家已沦为英、法等国的殖民地。

除武力征服外,西方国家十分重视对阿拉伯世界政治、经济、宗教、文化等各方面的渗透。意大利的托斯卡纳公国早在16世纪就和黎巴嫩缔结了贸易条约,欧洲传教士纷纷到黎巴嫩等阿拉伯国家办学校,宣传宗教思想。他们将西方书籍印成阿拉伯语,到处散发。18世纪末,拿破仑武装侵入埃及,也同时带去一批学者和工匠,以及一台阿拉伯文印刷机。这些学者在开罗创办学校,按法国科学院方式建立科学学会和图书馆、剧院、天文台等,客观上输入了西方资产阶级的文明,培养了一批崇尚欧洲文化、注重科学实干精神的人才,促进了阿拉伯社会的文化复兴和思想启蒙运动的勃起。

印刷术和报纸对阿拉伯社会近代化的影响也是巨大的。19世纪初,埃及首次建立国立印刷所,以后印刷所遍布阿拉伯。印刷术的推广,扩大了科学文化思想交流的范围,彻底打破了中世纪少数阶层垄断文化的局面,为宣传新思想,提高民族文化水平提供了可能。印刷业推动新闻事业的出现和发展。广泛发行的报纸、杂志,及时介绍西方的新思想、新动向,评论阿拉伯的社会现象,唤起了读者爱国主义和民族主义热情;而通俗流畅的报刊语言又加强了大众口语和书面文学语言的联系，报纸成为近代阿拉伯思想启蒙的媒介，在文化复兴运动中起到了无可替代的战斗作用。

宗教改革是阿拉伯近代文化启蒙运动的先声。近代以来，伊斯兰教国家备受西方列强欺凌，阿拉伯一些有识之士痛感伊斯兰教的软弱和涣散，他们觉悟到要振兴阿拉伯，首先要振兴伊斯兰，要发扬创教初期的伊斯兰精神。因此18世纪以来，出现了众多的旨在改革伊斯兰教的新教派，如瓦哈比派、赛努西派、苏丹马赫迪教派等。诸教派尽管学说不一，但其倾向大致有复古主义、自由主义、民族主义和改良主义四种。他们主张统一和复兴伊斯兰各民族，恢复伊斯兰教新精神，反对基督教统治，鼓吹只有阿拉伯人才有资格任哈里发，否定土耳其奥斯曼帝国在阿拉伯的统治，反对西方殖民主义侵略，甚至公开提出发动一场旨在反对奥斯曼和欧洲异教徒的"圣战"。近代伊斯兰国家的宗教改革是阿拉伯世界民族意识觉醒的一种体现，但它要人们回到穆罕默德时代和建立"扎维亚"（寨子）式封闭小王国的宗教理想，都深刻地反映了这一改革的不彻底性。但是，色彩纷呈的宗教改良主义思想却孕育了"泛伊斯兰主义"哲学。

"泛伊斯兰主义"的创始人是阿富汗人赛义德·哲马鲁·丁·阿富汗尼（1838—1897），其基本内容为：全世界穆斯林团结起来，在一个哈里发的领导下，建立统一的伊斯兰教帝国，共同反对欧洲基督教国家的侵略。在宗教思想上，他否定宗教信仰中超自然的内容，他认为真正的宗教信仰要有现实的依据。他重视理性，鼓吹用古老的伊斯兰文化统一阿拉伯民族精神，以对抗西方国家的武装侵略。但他不排除对西方先进的科学技术的吸收。阿富汗尼的后继者是埃及哲学家穆罕默德·阿布杜（1849—1905）。阿布杜坚持宗教改革，强调理性，认为宗教教条与理性冲突时，应以理性为准绳。他提倡将科学思想引入宗教，按照现代思想重新制定伊斯兰学说。他反对帝国主义侵略，但又主张将欧洲先进文化融于伊斯兰教的基本思想中，使伊斯兰教适应现代文明。"泛伊斯兰主义"排除门户之见和狭隘的民族主义，在反对西方国家殖民主义入侵的同时，提倡资产阶级理性，引进西方文明，改造阿拉伯文化，这充分体现了这一学说的思辨性，对阿拉伯世界思想的近代化、对阿拉伯资产阶级新文化的建设起到一定的推动作用。但是"泛伊斯兰主义"又以宗教改革代替社会改革，以共同的宗教感情掩盖阿拉伯地区的阶级矛盾，这又在一定程度上维护了封建统治者的利益。

近代阿拉伯的思想启蒙运动起于埃及和叙利亚。启蒙思想家们力图改变阿拉伯世界的落后现状，他们认为愚昧是造成贫困落后的主要根源，鼓吹欧洲的资产阶级文明，致力于自我教育、社会教育和社会风尚的改良。阿拉伯早期启蒙运动的倡导者是叙利亚人布特鲁斯·布斯塔尼（1819—1883），他在早期启蒙思想的宣传和学校教育方面做了大量的工作。黎巴嫩人布希利·舒马伊尔（1860—1917）被称为"阿拉伯思想家先锋中的先锋""他用新的发展哲学和唯物主义的方法找到了迷信与极端保守这两种东方祸根的唯一解毒药"①。他是阿拉伯地区第一个具有社会主义和无神论思想的学者。他崇尚理性和劳动,主张对旧制度的批判和改革,鼓吹社会主义。但他的社会主义除了人人劳动,按劳取酬外,还包含有斯宾塞的"平衡论"、人道主义和个人主义等多种思想因素,其启蒙主义理想只不过是与现存社会相抗衡的"乌托邦"幻想。阿拉伯思想启蒙运动引进了西方先进的科学理论,提出变革现实的政治思想。他们兴学校、办报纸、为宣传科学、普及教育呕心沥血。尽管他们的科学救国、教育至上设想不可能根本解决阿拉伯现实社会的主要问题,但却促进了资产阶级思想的传播,打破了封建思想一统天下的沉闷局面,迎来了阿拉伯思想文化界的开放和活跃,为近代阿拉伯文学的复兴开辟了道路。

阿拉伯近代新的社会生活孕育了全新的近代文学。和中世纪文学相比,近代文学不再是宫廷的摆设,也不再是为统治者歌功颂德的帮闲文学或达官贵人唱和应酬的文字游戏。文学走向了更为广阔的社会空间,表现更丰富的社会内容和更全面的人生。作家也不再是贵族豢养的文字奴隶,而成为具有独立人格和个人情感自由的艺术家。

在诗歌创作上,近代文学经历了传统和革新两个发展阶段。在第一阶段中,诗人们摈弃了土耳其奥斯曼帝国时期雕文饰辞的浮华诗风,提倡阿拉伯古典诗歌风格,特别是阿拔斯诗歌传统的复归,以重振阿拉伯文学的声威,激励阿拉伯民族的自信心和自尊感。这期间出版了大量早期阿拉伯古诗集和当时一些模仿前人的诗歌作品。但大多数仿古诗都是东施效颦,脱离社会生活,缺乏创新和个性。其中,唯有埃及诗人迈哈穆德·萨米·巴鲁迪在复兴阿拉伯诗歌传统,再现时代精神方面作出了较突出贡献。

巴鲁迪(1838—1904),生于埃及开罗一富庶之家,父亲曾做过朝廷高官。他军事学校毕业后,到英法学习军事,参加过俄土战争。他曾先后担任过埃及宗教基金部长、军需部长和内阁总理等职。他反对西方国家对阿拉伯的侵略,曾支持并参加埃及民族主义运动,因此被流放锡兰(今斯里兰卡)达17年之久。被赦免归国后,他专心于读书、创作,直到去世。巴鲁迪20岁时开始写诗,他阅读了大量的阿拉伯古诗,娴熟地掌握了阿拉伯古诗的格律等基本特征。他精通土耳其、波斯的语言和文学,并熟悉欧洲文学,广泛吸收多种文化营养,形成独特的创作个性。他一生创作诗集两卷,编选阿拉伯古代诗歌四卷。他的创作不仅恢复了阿拉伯古代诗歌"明白流畅、简洁达意和结构严谨的风格",而且用这种风格"来表达自己的精神和个性",使他的创作"成为体现诗人个性、环境和时代的诗歌,

---

① [埃]邵武基·戴伊夫:《阿拉伯埃及近代文学史》,北京:人民文学出版社,1980年,第77页。

成为描写诗人周围的、生动活泼的诗歌"①。巴鲁迪以他一生孜孜不倦的探索开创了新一代诗风,被后人尊奉为"阿拉伯近代诗歌的首创革新家"②,是近代阿拉伯诗歌复兴运动的先锋。

19世纪末叶,阿拉伯的诗歌创作从传统风格的复归进入对传统风格的革新和改造阶段。随着阿拉伯和西方国家的联系日益增多,一批有远见的知识分子从东西方文化的对照中,更深刻地了解到变革东方现实,摆脱传统封建意识和根除贫弱落后的必要。他们认识到阿拉伯的文学传统已负载不了这块古老的大地上日新月异的社会形势和瞬息万变的新生活,希望创造一种全新的文学,以适应新的时代和新的思想。

"承启派"是连接马鲁迪的创作和众多革新派诗人创作之间的桥梁。他们主张文学革新,但认为革新应建立在古代阿拉伯文学基础上,文学不能割断与历史的联系。他们不反对从西方文学中汲取营养,但关键在于要使之融入阿拉伯文学的血脉,用纯粹的阿拉伯方式和地道的阿拉伯语去表达,使之成为真正具有适应环境和时代的阿拉伯色彩的本土文学。"承启派"诗人大多恪守阿拉伯旧体格律诗形式,但扩大了传统诗歌表现的内容,反映近代阿拉伯社会、政治、民族、宗教等多方面的问题。其代表作家是被誉为埃及诗坛"三杰"的——艾哈迈德·邵基(1869—1932)、哈菲兹·易卜拉欣(1871—1932)和赫利赫·穆特朗(1872—1949)。

艾哈迈德·邵基出生于埃及一个具有多种血统的富贵豪华家庭。他的外祖父曾是宫廷几位亲王的侍臣。邵基毕业于法学院,在宫廷任职一段时间后,到法国学习法律。这期间,他接触了大量的法国文学作品,两年后回国,成为阿拔斯国王宠信的御前诗人。1915年英国人废黜阿拔斯,另立侯赛因为王,邵基被迫流亡西班牙。第一次世界大战结束后,他回到祖国,但他中止了与宫廷的一切联系,专心创作,成为阿拉伯地区驰誉遐迩的大诗人,1927年,被授以"诗王"称号。此后,他侧重于诗剧的创作,直到去世。邵基"出色地担负起巴鲁迪开始的复兴阿拉伯诗歌的任务",努力学习巴鲁迪和阿拔斯王朝时的诗歌,形成自己独特的风格。他因注重和维护阿拉伯文学传统而被一些人称为"保守派",但他绝不是抱残守缺、因袭旧制,而是自觉地接受法国文学的影响,并有意识地注入到自己的创作中,表现文化复兴时代人们关注的新思想。他效法拉封丹,创作了不少寓言诗;他模仿雨果的《历代传说》,写长篇叙事诗;他仿效欧洲的史诗风格,从他们凭吊古希腊罗马的遗迹所作的长诗中获得灵感,创作了《尼罗河谷大事记》《尼罗

---

① [埃及]邵武基·戴伊夫:《阿拉伯埃及近代文学史》,北京:人民文学出版社,1980年,第81页。

② 同上书,第77页。

河》等咏叹埃及古迹的著名诗章。晚年,他吸收法国古典派戏剧精髓,首次以阿拉伯诗歌形式创作诗剧,为阿拉伯世界开创了一种新的文学式样。邵基在维护阿拉伯优秀诗歌传统的前提下进行创新,通过一生的辛勤笔耕,"使新旧融合在一起,使阿拉伯风格与文化时代精神融合在一起"。把近代阿拉伯诗歌创作推向高潮。

20世纪初,一批新的诗人相继出现在阿拉伯诗坛,他们对"承启派"诗人尊奉的阿拉伯古典诗歌格律形式和在诗中表现民族、时代和历史的内容表示不满,公开批评邵基,甚至否定某些一直被推崇的阿拉伯古典诗歌的基本特点。他们崇尚英国浪漫主义文学,认为诗歌的宗旨在于表现人的心灵和大自然的奥秘。他们侧重于描写人生的善恶、痛苦与欢乐,细致入微地再现自然,并将个人的情感融入自然景色之中;认为传统的诗歌格律妨碍感情的酣畅表达,所以,他们的创作大都采用西方的无韵脚格律诗形式。这批革新的唯理诗人称为"诗集派"诗人,其中的佼佼者就是阿卜杜·拉赫曼·舒凯里(1886—1958)和阿拔斯·迈哈穆德·阿卡德(1889—1964)等。

阿卜杜·拉赫曼·舒凯里,生于埃及塞得港。父亲是一位爱好文学的摩洛哥籍军官,曾参加埃及民族主义运动,后半生郁郁不得志。舒凯里读大学法律专业时,因参加民主运动被开除,后到师范学院学习文学,并开始诗歌创作,曾留学英国。归国后在亚历山大市某中学任校长,并不断有新诗集出版。后在教育部属下学校任校长和督学等职。自后就没有出版过诗集,直到去世。舒凯里一生创作7部诗集,集中在1909年到1919年十年间。处女作《曙光集》(1910)以形式和内容上的标新立异成为阿拉伯"诗坛上的一个革命"[①]。从舒凯里的诗作看,他是一个典型的西方式抒情诗人。其诗集的主要题材是爱情,咏叹的又大多是受压抑的爱情。诗人通过对无望的爱情的描写,表现了人类面对宇宙、大自然无能为力的痛苦和悲哀。这在一定程度上体现了近代阿拉伯小资产阶级知识分子因生活艰难、前途渺茫而产生的绝望情绪。舒凯里的诗歌尽管格调低沉,表现的生活视野也比较狭小,而且其打破传统诗歌格律的新诗形式也没有立即被群众所接受,但是,他将阿拉伯诗歌从旧传统的束缚中解放出来,充分表达人的感情,在诗中对人类生活、宇宙自然进行独到的探讨,这在一定程度上扩大了诗歌的表现领域,在传统的阿拉伯诗歌中注入了新的血液。

侨民诗歌也是近代阿拉伯诗坛的一支劲旅。19世纪末叶,大批阿拉伯人迁居美洲。1893年以后,阿拉伯语的报纸、杂志像雨后春笋般地相继而起,侨民文学应运而生。代表诗人有纪伯伦和伊里亚·艾布·马迪(1889—1957)等。他们

[①] [埃]邵武基·戴伊夫:《阿拉伯埃及近代文学史》,北京:人民文学出版社,1980年,第126页。

与西方和解放了的美洲人民接触密切,受到西方浪漫主义文学的深刻影响,崇尚思想解放、个性自由,反对一切束缚思想的形式上的条条框框。他们主张对阿拉伯的陈规陋俗和古老的文学传统进行全面彻底的革命,要求全盘接受西方生活方式和西方文学模式,鼓吹文学上的大胆创新。其作品主要表现了对自由的向往,对美的追求和对祖国的怀念。其诗风明快,富于音乐感和想象力,在自由体诗上成就卓著。侨民诗歌以比较彻底的西方模式、离经叛道的精神和激越的思想,深刻地影响着阿拉伯本土文学,对阿拉伯诗歌的近代化作出突出贡献,为阿拉伯现代新诗的继续发展奠定了基础。

小说是近代阿拉伯文学复兴运动中从西方引进的一种新的文学样式。阿拉伯人有说故事的传统,中世纪还产生了玛卡梅韵文故事。19世纪以来,随着东西方的交流,欧洲小说传入阿拉伯,为阿拉伯知识界打开了一个认识生活和表现生活的新的文学天地。他们为欧洲小说高超的技巧和令人目不暇接的题材所折服,试图将这些小说译成阿拉伯语,介绍给国人。但是因为很多翻译者并不精通外语,或根本不懂外语,所以大多数的翻译小说实际成了阿拉伯化的再创造。20世纪初,阿拉伯地区还出现了一批专门刊登翻译小说、故事的报纸和杂志,其中较有影响的有《民间夜话》《说书人》等。一时读翻译小说成为时尚。一些作家也开始仿照这一西方艺术形式进行创作实践。埃及作家穆罕默德·穆韦利希(1868—1930)用玛拉梅韵文故事体裁与西方小说相结合的形式,创作了阿拉伯第一部带有小说特点的《伊萨·本·希莎姆对话录》(1906)。但是真正符合西方小说定义的第一部阿拉伯小说,是埃及作家穆罕默德·侯赛因·海卡尔(1888—1956)创作的中篇小说《宰乃白》(1914)。

海卡尔生于埃及一个有些财产和声望的农村家庭,曾就读于法律学校。学习期间,对文学产生浓厚兴趣,并得到著名的《新闻报》主编鲁特菲的帮助。毕业后到法国进修,获政治经济学博士学位,并创作了《宰乃白》。归国后和塔哈·侯赛因共同主办自由立宪党派《政治报》,热心于政治活动,撰写了大量的政治评论文字。晚年在政府部门任职,先后担任国务大臣、教育大臣、国会议长等。

《宰乃白》是海卡尔对阿拉伯近代文学的卓越奉献。小说叙述出身于乡村地主之家的知识青年哈米德爱恋堂妹阿齐宰,但迫于农村习俗不能表露感情。堂妹嫁人后,哈米德移情于雇农之女宰乃白。宰乃白因阶级地位的悬殊,没有接受哈米德的爱情,而情系青年雇工易卜拉欣。但由于家长的包办,她被迫嫁给自己不爱的青年。易卜拉欣到苏丹服役,哈米德离乡到开罗,宰乃白痛苦抑郁,患肺病而死。海卡尔在小说序言中表白:《宰乃白》是他侨居法国时"对祖国和祖国人民怀念的结果",同时也表达了"他对巴黎和法国文学的敬佩"①。小说中对主人公悲剧命运的喟叹和对阿拉伯落后风习的披露,寄寓了作者对祖国现状和前途命运的深切关注。在对阿拉伯秀丽自然风光的充分展示中又浸透了作家对故土一往情深的眷恋。小说对主人公悲惨结局的构想和温柔细腻的感情刻画,明显地显示出法国小说影响的痕迹。海卡尔用规范的阿拉伯语和埃及方言展示了埃及20世纪初的农村现实,描写了阿拉伯的风土人情,提出了阿拉伯世界最迫切的社会问题,对建立阿拉伯民族文学,确立小说这一新形式做出了巨大贡献。《宰乃白》当之无愧为阿拉伯小说的确立和发展"奠定了第一块基石"②。第一次世界大战后,阿拉伯终于迎来了小说发展的第一次高潮。

第二节 纪伯伦

一、生平与创作

纪伯伦·哈利勒(1883—1931),黎巴嫩著名的诗人、散文家、画家,20世纪初阿拉伯海外文学的杰出代表,阿拉伯现代文学的奠基者之一。

1883年12月6日,纪伯伦出生于黎巴嫩北部山乡贝什里村一个贫穷的马龙派③天主教家庭。母亲善良虔信,父亲好酒贪杯。当时正值土耳其奥斯曼帝国严酷统治,黎巴嫩人纷纷迁居国外。1895年,为求生路,母亲携12岁的纪伯伦和哥哥、两个妹妹远渡重洋到美国,父亲只身留在故乡。在美国,母亲和兄妹做工,纪伯伦刻苦读书,并在一些画家指点下自学绘画。1898年,他返回祖国,进入贝鲁特希克玛学校,学习阿拉伯语、法语和绘画。学习期间,他孤独、寂寞,思念远在大洋彼岸的亲人。其间他游历黎巴嫩和叙利亚的山山水水,增强他对大自然的感受力和艺术的表现力。他广泛接触阿拉伯社会,对祖国贫弱的现实极端不满,创办《真理》杂志,将愤懑凝于笔端,抨击时政,揭露社会黑暗和阿拉伯地区的陈规陋习。后来因为发表短篇小说《叛逆的灵魂》(1908),触怒当局,小说被没收,在贝鲁特市场上当众销毁,他本人被开除教籍,驱逐出境。纪伯伦返回波士顿不久,即赴法国艺术学院,师从大艺术家罗丹(1840—1917),学习绘画、雕刻,在文学上接受英国早期浪漫主义诗人威廉·布莱克(1757—1827)的影响。

---

① [埃及]邵武基·戴伊夫:《阿拉伯埃及近代文学史》,北京:人民文学出版社,1980年,第273页。

② 同上书,第276页。

③ 东仪天主教会(持有各种东方礼仪和典制的天主教徒和教会)之一。传说为叙利亚人马龙(? —410或433)所创。该派承认罗马主教的教皇地位,但继续持守原有礼仪和典制,神父可以结婚,主教自行祝圣,不由教皇任命。该派对黎巴嫩政治影响很大。总统应由马龙派教徒担任,议会议员也应有马龙派相当席位。

这期间,他访问了欧洲许多名城,受到欧洲文化艺术的熏陶,为他以后能兼收东西方文化之所长,形成独特的文学风格奠定雄厚的基础。1911年,纪伯伦返回波士顿,他怀着感恩的思想向资助他去法国学习的玛丽·哈斯凯勒求婚,但被拒绝。一年后,他带着刚完成的中篇小说《折断的翅膀》(1911)原稿和尼采的《查拉图斯拉如是说》,离开波士顿到纽约,专心于文学创作。1912年,黎巴嫩旅美作家努埃曼(1889—1988)发表文章《折断的翅膀》,纪伯伦惊喜地感到寻到知音。1916年,两人相见,成为文坛挚友。当时的纽约,是北美阿拉伯侨民文学家汇聚的中心。纪伯伦和旅居美国的阿拉伯作家广泛结交,组织并领导了在阿拉伯侨民文学中成就卓著的"笔会",形成了对阿拉伯世界影响深远的"旅美派文学"。纪伯伦终生未娶,但一生曾同几位女性有过交往。除玛丽·哈斯凯勒外,对他一生影响最大的就是侨居埃及的黎巴嫩女作家梅·齐亚黛。他们从1914年到1931年一直保持书信往来,经常凭借飞鸿讨论文学,交流思想,后来发展到爱情,但两人终生未谋一面。纪伯伦早年的贫困和以后紧张的创作、繁忙的文学及社会活动拖垮了他的身体。在疾病的折磨中,他不想屈服于死神,一再表示"写作和绘画""是我唯一的安慰","除了这两件事,生活就没有意义"。他不断地与病痛和死亡斗争,直到1931年4月10日与世长辞。根据他生前的愿望,他的遗体被运回祖国,安葬在故乡的玛尔萨尔基斯修道院的墓地中。

　　纪伯伦的一生充满着矛盾和痛苦,他的挚友努埃曼说:在他的身上,存在着禅房里的和世界上的两个纪伯伦的影像。作为"世界上的纪伯伦",他希望能够得到财富和人们的拥戴,以及世人所称颂的"美德"。他曾在高贵的精神恋爱和卑微的世俗爱情中彷徨;他曾买过股票,做过房地产生意的黄粱梦;他曾梦魂萦绕,要定居故里山乡,但又割舍不下美国的生活。作为"禅房里的纪伯伦",他鄙弃世人追逐的金钱、荣誉和"虔敬上帝"的"美德"。他沉溺在艺术的忘我追求中,终生探索,到死方休。他众多的作品是他一生苦苦寻觅的心声和足迹。

　　纪伯伦不是思想家,尽管他对人生、对社会曾经留下过很多精辟的议论。他的思想似乎是矛盾的,混杂的,虽然在他的身上可以感到泛神论、宿命论、泛爱思想,尼采的"超人"哲学等多种思想的影响,但其思想的核心还是人道主义。

　　纪伯伦的文学创作大致分三个阶段。

　　第一阶段,从20世纪初到1912年。漂泊海外的困顿生活给了纪伯伦以创作的灵感,他以绘画为职业,并从事文学创作。纪伯伦发表的第一部作品是音乐专论《音乐短章》(1903年完成,1905年出版)。在这部艺术论著中,作家讨论了音乐的本质和艺术欣赏的功能,显示了年轻的纪伯伦对艺术和美的独到见解。这一阶段他主要的文学成就是小说。他连续发表了两部短篇小说集《草原新娘》(1905)、《叛逆的灵魂》(1908)和一部中篇小说《折断的翅膀》(1914)。这些作品批判了封建政权统治和教会僧侣的罪恶,揭露了阿拉伯现实的黑暗和民族的苦难,推进了阿拉伯小说创作的发展和繁荣。其中最著名的是《折断的翅膀》。

这部小说叙述"我"与贝鲁特富家女萨勒玛相识相恋,但主教觊觎萨勒玛家财产,迫使她嫁给自己的侄子曼苏尔。婚后,萨勒玛因久不生育备受欺凌。"我"也因人言可畏离她而去。五年后,萨勒玛终于怀孕,但胎儿产下却死去,萨勒玛万念俱灰,终于离开人世。小说中,萨勒玛的父亲法里斯真诚地疼爱女儿,但他在为女儿铺设未来的生活道路时,却根本没有考虑女儿自身的感情需求,只是一味地迎合主教的意旨。法里斯的形象寓意深刻,它揭示了阿拉伯宗法制家庭中父权统治的冷酷和妇女的卑微地位。而保罗大主教更是利欲熏心,他凭借神职身份,操纵他人命运,是阿拉伯神权势力的象征。萨勒玛的悲剧是带有典型性的,她作为一个出身于富庶和谐家庭的金枝玉叶尚且如此,普通阿拉伯妇女的命运则可见一斑!从这一意义上说,萨勒玛的悲剧,不仅是阿拉伯妇女的悲剧,也是东方民族的悲剧。小说不以情节见长,注重于人物的心理刻画,感情的抒发和自然景物的精心描绘。小说讲究对仗,音调铿锵,比喻、拟人俯拾皆是,具有散文诗般的迷人魅力。读者从《折断的翅膀》中已能清晰地感受到独具特色的"纪伯伦风格"的端倪。

第二阶段,从1912年到1920年前后。这是纪伯伦的阿拉伯文散文诗的创作阶段。这时期,纪伯伦在文学和美术创作上进一步发展,他的人生经验也更加丰富。他接受了欧洲浪漫主义文学的影响,特别是他阅读了尼采的《查拉图斯拉如是说》以后,受到了尼采"超人"哲学的强烈震撼,小说和传统的阿拉伯格律诗形式已无法酣畅地表达他激荡澎湃的思想感情,他引入了散文诗的新形式,相继用阿拉伯语创作了散文诗集《泪与笑》(1913)、《暴风集》(1920)、诗集《行列圣歌》(1919)和一部埃及人编撰的带有拾遗性质的纪伯伦诗文集《奇谈录》(1923)等。

《泪与笑》在阿拉伯文坛上引起强烈反响,阿拉伯作家一致认为这是一部纪伯伦用"魔指拨动他们心弦"的动人之作。全书收录了50余篇散文诗,大多表现爱与美的主题。作者在结语中就公开袒露,"我来到世间,是依靠爱的荣耀和美的光明而生活。"他表示活着就要用耳朵、眼睛和心灵去感受和表现生活中的爱和美。但是青少年时期在底层社会磨难和挣扎的经历,使他深刻感受到在不同阶层中爱和美有着不同的内涵。在《泪与笑》中和《在死人城中》,他向人们展示了插金戴玉的奢靡之爱和困苦疾病下的真挚之爱以及贫富悬殊的死亡,这体现了他对下层劳动人民的同情和对造成不平等现状的社会的愤懑。

《行列圣歌》是一部长篇抒情诗。诗集以双方对话的形式,展示了诗人在现实与理想之间徘徊矛盾的痛苦和迷惘,表现了诗人即使一时找不到出路,也不放弃探索向前的矢志不渝的决心。

《暴风集》是纪伯伦这一阶段最主要的散文诗集,也是他接受尼采思想影响后,最集中体现其"超人"哲学的代表作。在散文诗集的开篇《暴风》中,诗塑造了隐士尤素福·法赫里形象,表现了他对现实法律、传统道德的否定和反叛精神;《掘墓人》是纪伯伦这一时期叛逆思想的纲领之作。作品中的"疯狂之神"是诗人心目中意志和神秘力量的象征,是尼采"超人"哲学影响下的高大形象。他充分体现了诗人决心摧毁传统的生活秩序和陈腐的法律原则的高昂意志,以及面对强大黑暗的现实既看不到前途,又找不到同盟者的孤独和绝望。

纪伯伦这时期的作品感情激越、亢奋、平直,色彩浓烈、感人肺腑,震颤人心,具有较强的社会性和批判性。

第三阶段,20年代以后。这是纪伯伦的英语文学创作阶段。这期间纪伯伦已成为蜚声阿拉伯的大作家。为了能使阿拉伯文学尽快地走向世界,为更多的人们所了解,纪伯伦开始用英语进行创作。和几年前相比,纪伯伦的地位发生了显著的变化,声名显赫,收入颇丰,优裕的生活减少了他对社会的敌意,削弱了他作品中的批判精神。他自称此时的作品是用"永恒的理智"颂扬纯朴的人类生活,"像一个饱经沧桑的老人,对年轻人讲些处世为人的哲理,在平静中却流露出淡淡的悲凉"(《先知·译本新序》)。

1918年,他尝试性地创作了一部英语散文诗集《疯人》。从1920年起,他几乎所有的作品都用英语写作,相继发表的有散文诗集《先驱者》(1920)、《先知》(1923)、《沙与沫》(1926)、《人子耶稣》(1928)、《先知园》(1931)、《流浪者》(1932)和诗剧《大地诸神》(1931)等。

《疯人》收录了30余篇以疯人之口叙述的寓言故事。疯人是一个因丢失了7幅假面而被他人嘲笑,因裸露了真实而激起内心真诚之爱的正常人。但是被人指斥的疯癫却使他得到了"自由和安全——孤独的自由和不为人所了解的安全"。离开假面真诚生活的人反被世人抛弃的构思融入了诗人对人生虚伪的清醒认识。短小精炼的寓言故事看似荒诞,但却包孕着深刻的哲理,闪烁着诗人幽默讽刺的才能。

《沙与沫》是一部包容200余则格言警句的汇编。在极精粹的文字中浓缩了诗人对人生的深刻思索和一些对文学艺术的精辟见解,初读时似乎平淡无奇,但细细玩味,却使人感到情趣无穷。

《人子耶稣》是诗人从青年时代起就酝酿的一部作品。通过几十位与耶稣同时代人的叙述得出的结论是振聋发聩的:耶稣是人,不是神,是人之子,不是神之子。这充分体现了晚年纪伯伦活跃的思维和冲决传统观念的无畏和果敢。

《流浪者》以一位流浪老人讲述的口吻,收录了50余则寓言故事,评判了社会上形形色色的人和事,浓缩了诗人对生活的高度概括。《石榴》中以主人请人无偿食用反被冷落,而高价推销却门庭若市的反差写了真诚和虚假的错位。《泪与笑》中,鳄鱼和鬣狗的喟叹寄寓了不被理解的孤独和悲哀;《珍珠》中忍受巨大痛苦的蚌在孕育一颗美丽的珍珠,而舒适健全的蚌却一无所有,这一构思给人以痛苦磨难造就成功的人生的启迪。

纪伯伦这一阶段的英语散文诗和他以前的阿拉伯语散文诗相比，篇幅更短小，语言更凝炼，同时也很少对社会表面现象或问题的直接披露，或诗人感情的直白抒发。诗人常常用很少的文字，从理性审视的高度，描绘出一个场景、一幅画面或一组对话等，使一个个似乎平淡无奇的故事包容进无限深厚的哲学意蕴。纪伯伦这一阶段的作品尽管缺少了他以前作品中那种强烈的撼动人心、催人猛醒的艺术力量，但他给人的感受却像在听一位温厚和善的睿智老人娓娓的说教，使人在恬淡欢娱中得到一种人生的训导和哲理的教诲。纪伯伦的英语散文诗构思更精巧，语言更精粹，想象瑰丽，内涵深广，几乎每一篇短小的文字都是一个玲珑剔透的艺术品，自然、高雅，令人赏心悦目，完美地体现了纪伯伦艺术的全部风采。

二、《先知》

1923年，纪伯伦的散文诗集《先知》问世了。整个阿拉伯世界为之震动。从此，纪伯伦的名字蜚声文坛。"那满含着东方气息的超妙的哲理的流丽的文词"（《先知·译本原序》），那深沉的感情，高远的理想，凝聚着深刻人生思索的哲理，吸引了一代代的青年读者。纪伯伦曾经说过："昨日只是今日的回忆，明日只是今日的梦想。"《先知》作为今日的回忆，不仅在世界各国人民中广为传诵，而且在阿拉伯文学史上成了一座高耸的丰碑。

《先知》是纪伯伦呕心沥血，用青春、热情和智慧浇灌出的一株璀璨的艺术之苑。据美国女作家巴巴拉·杨的一部有关纪伯伦的传记《这个人来自黎巴嫩》披露，《先知》的手稿竟伴随纪伯伦近三十年。纪伯伦18岁在黎巴嫩求学时就写下了《先知》的第一稿，但他自觉不够成熟而搁置起来未曾发表。两年后，他在美国波士顿曾将《先知》的片断读给母亲听。母亲为儿子的天赋而震惊，但又告诫他"还没到发表的时候"，他遵从了母亲的教诲。又过了十年，纪伯伦已定居美国，而且成为影响卓著的旅美派文学的旗手。这时，他写下了《先知》的英文稿，在此后的五年间，他又五易其稿，直到1923年，《先知》才得以面世。《先知》篇幅不大，但创作历程却如此漫长和不平凡，难怪纪伯伦动情地称它"是我的精神至今孕育的最好的胎儿"。

《先知》"像一个饱经沧桑的老人，对年轻人讲些处世为人的哲理，在平静中却流露出淡淡的悲凉"（《先知·译本原序》），这和纪伯伦几年前创作的《暴风集》中所表现出来的尼采式的愤世嫉俗大相径庭。努埃曼谈到纪伯伦向他介绍当时尚未出版的《先知》时说：在这本书中，他"已从对人们和其生活的叛逆一变而成对这种生活奥秘的理解，揭示其中美的成分，让美的清泉汨汨流出"[①]。这种色

[①] ［黎巴嫩］米哈依勒·努埃曼：《纪伯伦传》，程静芬译，长沙：湖南人民出版社，1986年，第194页。

调和内容上的强烈反差,与第一次世界大战后国际形势的相对稳定,纪伯伦地位变化后安逸舒适的生活,以及他思想的成熟、内心的平静,有着直接的关系。

尽管"纪伯伦要摆脱尼采思想的影响,然而又没有摆脱掉尼采的艺术和解释手法的影响。他并不知道自己未曾摆脱掉"①。《先知》从构思到布局,甚至在某些内容上都和尼采的《查拉图斯拉如是说》有着很多的相似之处。纪伯伦和尼采在这两部作品中都塑造了"超人"形象,但在对"超人"的理解上,两人却有着明显的不同。尼采的"超人"是对普通人价值的否定,他心目中的"超人"是人上之人,这种人要制定国家的法律,调节人们的生活,甚至决定着社会和人类的命运;这种人不仅可以心安理得地接受大群大群的人的牺牲,而且"有必要向群众宣战"②。这种"超人"显然是高踞于人类之上的"上帝",是世界的立法者和统治者。而纪伯伦心目中的"超人"恰恰是对普通人价值的肯定。一生的辛苦遭遇使纪伯伦很早就对上帝产生了怀疑,但是,他又看不到可以摆脱苦难的前景和途径。于是,他只能把未来寄托在虚幻的"超人"身上。纪伯伦笔下的"超人",是带领人类脱离苦海的生活舵手,是教导人类清洁廉正,摒祛邪恶的导师,是和人民休戚与共的"儿子和亲挚的爱者"。在灰暗冷酷的资本主义世界,纪伯伦的"超人"形象,凝聚着他的社会理想和追求,饱浸着他对现实社会的清醒批判。尼采和纪伯伦分别在各自的"超人"中融入作家自身的成分,使这一带有深刻哲学底蕴的形象在一定程度上成为作家的代言人。

《先知》中智者亚墨斯达法就是纪伯伦心目中的"超人"形象。他是"上帝的先知,至高的探求者",是在民众"中间行走的神灵"。他的"影儿曾明光似地照亮"民众的脸。总之,他先知先觉,具有非凡的能力和毅力,对民众充满了悲天悯人的爱。他在阿法利斯城生活了12年之后,要回归到他曾经生长的岛上去。《先知》记叙了他归去之前,应女预言者爱尔美差的邀请,回答阿法利斯城居民各种问题时的言辞。据努埃曼分析,《先知》的构思都是有一定的现实依据的。亚墨斯达法就是纪伯伦的化身,爱尔美差是指曾给他以巨大帮助的玛丽·哈斯凯勒,阿法利斯城是指美国或纽约,而令智者朝思暮想的岛国则是纪伯伦的祖国——黎巴嫩。

全书共分28节,分别探讨了爱与美、生与死、婚姻与家庭、劳动与娱乐、法律与自由、理智与热情、善恶与宗教等一系列人生和社会的重大问题。作品采用先知布道的形式,使众多的毫无关联的议论统一在一个假定的情节中,使一部似乎无结构可言的散文诗集竟能产生出戏剧的艺术效果。

---

① [黎巴嫩]米哈依勒·努埃曼:《纪伯伦传》,程静芬译,长沙:湖南人民出版社,1986年,第211页。

② [德]尼采:《权力意志》第622节,洪谦主编:《西方现代资产阶级哲学论著选辑》,北京:商务印书馆,1964年。

爱和死是文学的永恒主题，也是人生探索的两大奥秘。《先知》将爱与死作为女预言者爱尔美差请教的两个问题，在众人提出的26个发问中，以爱开启，以死做结。纪伯伦的这一安排绝非偶然，它体现了诗人对这两个问题的深切关注和独到的思索。

纪伯伦理想的爱，是"除自身外无施与，除自身外无接受，爱不占有，也不被占有，因为爱在爱中满足"，这种爱的观念的实质乃是人与人之间相互平等，相互尊重。爱的路程即使是"艰难而陡峻"；爱的剑刃即使会"毁伤"人身；爱的声音即使将"梦魂击碎"，似"北风吹荒林园"，但爱却能"磨砺你直至洁白""揉搓你直至柔韧"，爱使人在痛苦中纯洁、高尚，"爱没有别的愿望，只要成全自己""让你对爱的了解毁伤了你自己，而且甘愿地喜乐地流血"，爱就是一种真诚、忘我。纪伯伦意念中的爱不只是两性之间的沟通，它具有更为广泛的人生和社会的内容。纪伯伦说："生活是两个一半，一半是冰霜，一半是烈火，而爱正是燃烧的那一半。"[①]在诗人心目中，爱不仅占据着生活的重要比重，还被赋予平等和真诚的内涵，这在一定程度上体现了诗人对理想的人际关系和社会风尚的渴求与呼唤。

死在纪伯伦的笔下并不意味着生命的终结，它不过是和生同样的一种生命的存在方式，或者是生命的另外一种形式的转换或继续。他说："生和死是同一的，如同江河与海洋也是同一的。"在他看来，"气绝""不过是把呼吸从不停的潮汐中解放，随他上升，扩大，无碍地寻求上帝"，死对于生命来说，就如同"达到山巅时""才开始攀登""大地索取你的四肢时""才真正地跳舞"。纪伯伦对死的这种近于玄奥的理解，既体现了他对生命的执著和信念，但又多少使他的生命观念染上一层宗教的色彩。

美是纪伯伦一生思索和追求的内容。他在众多的作品中都咏叹过美，剖析过美。在《先知》中，诗人否定了社会上对美的种种世俗的理解。他轻蔑地指斥，那种美的实质是"未曾满足的需要"。他认为美"只是一种欢乐""她不是干渴的口，也不是伸出的空虚的手，却是发焰的心，陶醉的灵魂"，美是一种全身心的追求，一种毫无功利目的的心灵感应。"她不是你能看到的形象，能听到的歌声，却是你闭目时也能看见的形象，虽掩耳时也能听见的歌声。""它是一座永远开花的花园，一群永远飞翔的天使。"但美不是玄虚的，它就存在于每一个爱美的人的身边。"你们到处追求美，除了她自己做了你的道路，引导着你之外，你如何能找到她呢？除了她做了你的言语的编造者之外，你如何能谈论她呢？"最"圣洁"的美"就是生命""是永生揽镜的自照。但你就永生，你也是镜子"。纪伯伦将美的概念与人类自身联系起来，充分体现了诗人对现实人生的肯定，对人的价值的肯定。

纪伯伦洞析资本主义充分物质化后的感情危机，认为解决的最好途径是返

---

① 转引自伊宏：《纪伯伦和他的"先知"》，《外国文学研究集刊》，第11辑。

朴归真。诗人借智者回答泥水匠提出的"谈居室"的问题,批判了现实社会的弊端,形象地构筑了理想社会的蓝图。

智者首先告诫泥水匠"在城里盖一所房子之前,先在野外用你的想象盖一座凉亭",在智者眼中,"想象的凉亭"的重要性,远远超出于现实中"城里的房子",因为房屋充其量是"你较大的躯壳"。这就清楚地暗示出智者所议论的"房屋"绝非泥水匠用双手砌垒起来的真实的人类居所。智者用现实中城里的房屋象征资本主义世界都市生活和现代的物质文明,而想象中的凉亭,则是和谐质朴的大自然。灯红酒绿的物质追求,尽管能满足人们一时的感官享受,但它填补不了现代文明带给人的空虚。"有家可归"然而又寻求"归宿"的"漂泊的精灵",深刻地再现了资本主义世界普遍存在的精神危机,"迷茫"和"孤寂"正是这种危机的集中表现。

智者认为,摆脱这种危机的唯一出路是回归自然。在大自然的怀抱中去充实人生。智者描绘了一幅美好绝伦的乡间野景,他希望用乡间宁静的"山谷"代替都市喧闹的"街市",幽深的"绿径"代替狭窄的"里巷"。他希望人与人之间的关系带有自然的、美好的"大地的芬芳"。这里智者把都市生活和自然风光作了鲜明的对比,集中了对大自然美的歌颂,抒发了由此产生的爱的情怀,表达了智者对和谐、美好境界的向往,以及对现实世界中高度发达的物质文明的厌弃。面对现实,智者清醒地认识到,他的理想和追求"还一时做不到",众多的人们在筑垒的"城墙"中还不能自拔。这种举世皆醉我独醒的孤寂,更加强了智者要唤醒民众的责任感。为此,他深刻剖析了贪恋都市生活和物质文明的实质。他指出:那里既没有"那连跨你心峰的灿烂的天桥"的"回忆",更没有"那把你的心从木石建筑上引到圣山"的"美",有的只是"舒适和舒适的欲念"。这就无情否定了现代资本主义社会的物质文明在人们心目中的位置。飞速发展的物质文明是造成人们迷茫、隔膜、孤寂的罪魁;纸醉金迷的都市生活"戏弄"人类"健全的器官",并使它变异成为"脆薄的杯盘"。而醉死梦生的物质追求讥笑、嘲讽、戏弄着人类高尚的"肉体的尊严"。智者控诉了都市物质文明对人类心灵的诱惑,痛惜地指出:沉溺于这种文明的可悲结局——"杀害"人类"灵性的热情",使人类健康有为的肌体埋葬在"死人替活人筑造的坟墓里"。

纪伯伦在《先知》中,用全部的热情和智慧,虚构了理想的"超人"——智者形象。尽管这位智者能在平凡的琐事中透视出非凡的哲理,以启迪人们的心灵;能用博大的爱去温暖阴冷的人生;能用回归带有原始色彩的自然的社会理想,去催人警醒,但是,在现实的撞击下,这一切又显得那么无力和空洞。就连智者本人也清醒地意识到自己的一切努力不过是"空虚黑暗地举起我的灯",自己描绘的理想"还一时做不到"。尽管纪伯伦从主观上要把智者塑造成理想中的"超人",但是,无法排解的现实却使"超人"不可避免地染上普通人的矛盾和迷茫。在芸芸众生中,矛盾、迷茫着的智者,正是在资本主义物质文明的包围中矛盾、迷茫着的纪伯伦。这种矛盾和迷茫,就使纪伯伦的《先知》虽然清新,但却又蕴含着掩饰不住的抑郁和哀伤。

《先知》完成后,纪伯伦曾表示:这部书仅是他构思中的三部曲中的第一部。他说:"《先知》是一部奇书,……但它只是一部序言。我在这本书里谈了人与人之间的关系。今天在我脑子里有另外一本书,我在那里将要谈人类与自然界的关系,我将称它为《先知园》。我还要在第三本书里表明人类与上帝的关系,我将它称为《先知的死亡》,这样,这三本书就构成了完整的一体"。1933年,纪伯伦去世后第二年,《先知园》出版。书中记叙智者亚墨斯达法回到故乡后的情况。他独自在父母的墓地静思40天后,接待9位来客,回答了他们的诸多问题后,就到山岭岩石松柏之间,化作雾霭消失了。全书共16节,篇幅没有《先知》长,触及的问题也没有《先知》那么多,但它却进一步反映了纪伯伦的社会政治思想及其更为深邃的人生观感。按照纪伯伦的最初设想,《先知园》主要"谈人类与自然界的关系",但作品中的"自然"实际也包括了人类的社会和生活。由于作者的早逝,三部曲中的第三部《先知的死亡》终于没有完成,而成为文学史上的一大憾事。

《先知》是纪伯伦文学创作的峰巅,集中体现了他一生艺术探求的最高成就。纪伯伦善于吸收外来文化,他将西方的散文诗形式引入阿拉伯文坛,经过自己大半生的辛勤不懈的探索,形成了在阿拉伯世界闻名遐迩的"纪伯伦风格"。《先知》是体现这一风格的经典之作。从这部散文诗集中,人们可以品味出纪伯伦"如何用语言、线条和色彩把他在他的新世界里看到的美传达给人们"(《纪伯伦和他的〈先知〉》)的高妙技巧,窥视到阿拉伯一代宗师的艺术风范。

丰富的想象是"纪伯伦风格"的最突出的特点。《先知》的总体构思师承尼采而驰骋想象,作家没有把散文诗局限在传统单一的议论抒情的羁绊上,而是别出心裁,以智者发表训诫的形式,统贯26则散文诗,使分散、游离的内容形成一个有机的整体,给单纯的议论,抒情披上叙事的外衣。纪伯伦曾说:"虽然迭经忧患,但梦幻不灭,热情不衰,这种热情和梦幻作为永恒的精神存在着。"永炽不熄的激情所幻化出的想象,使纪伯伦的作品富有无限的艺术魅力。《先知》中,纪伯伦将孩子和母亲的关系想象成弓和箭。"射者在无穷之中看定了目标""使他的箭矢迅速而遥远地射了出去"诗人从"弦上发出的生命的箭矢"想到"他们(指孩子)是凭借你们(指母亲)而来""却不属于你们""你们可以给他们以爱,却不可给他们以思想。因为他们有自己的思想,你们可以荫庇他们的身体,却不能荫庇他们的灵魂,因为他们的灵魂,是住在明日的宅中,那是你们在梦中也不能想见的"。纪伯伦在他充满生机和智慧的想象中浸透了对生活的深刻理解和对人生的独到思索,在令读者叹为观止的画面中融入了博大精深的思想内涵。

浓郁的感情抒发和深刻的哲理性议论是纪伯伦风格的另一大特色。《先知》就是一部智者对众生的训诫录。作者的议论涉及人生、社会的方方面面，俯拾皆是而富有真知灼见的格言警句给人以启迪，使薄薄的一本《先知》，成为一部探求人生，聆听真理的智慧书。但智者的训诫不是刻板的说教，而是融入了浓浓的爱心，使抽象枯燥的哲理带有强烈的感情色彩。《先知》中的很多言辞都是发自肺腑，充满激情，这种充溢了胸臆的情绪的奔涌，就幻化成富有节奏感的音乐化的篇章，读起来悦耳动听，朗朗上口，增添了打动人心的力量。

比喻使纪伯伦的作品多姿多彩，气象万千。鲜明、生动的比喻在《先知》中似潮汐后沙滩上的贝壳，色彩斑斓，玲珑剔透，读者从一组组的比喻中能清晰地感受到诗人凌空翱翔的想象和寓意精深的人生训教。而在总体构思上的象征更使纪伯伦的作品别具风采。纪伯伦很少直抒胸臆，他只是把自己的思想聚拢起来，投影在一个意象鲜明的象征体上。然后，再通过象征体的折射，使读者领会到作家深刻、精辟的人生观感和社会理想，同时也含蓄地显示出作家的批判倾向。纪伯伦赋予象征体的象征意义与象征体的自身内涵比较接近，所以并不给人艰深晦涩之感。他以智者亚墨斯达法象征自己，以生长的岛国象征祖国黎巴嫩等。在"谈居室"中，作家赋予房屋以资本主义都市生活和现代物质文明的象征意义，这与作家的思想、经历和对祖国的思念，以及房屋供给人遮蔽风雨，休憩生存的自身内涵有着明显的相通之处。作品中选取的象征意象，有时是可感可触的形色俱全的静态物体，有时是栩栩如生的动态图像，有时又是构成强烈对比的事物，读者在纷繁的象征群体中驰骋想象，去领略作家深藏其中的丰富内涵。在"谈居室"中，作家将驯兽人象征为舒适的欲念，他描绘驯兽人说："他的手虽然柔软如丝，他的心却是铁打的。"作家抓住驯兽人的职业特点，通过手和心的力度的反差，准确地勾勒出一个表里矛盾的形象。细细玩味，读者会慢慢产生舒适的生活是怎样的诱惑人，又是怎样使人堕入可怕深渊的联想。这一联想，恰恰是驯兽人这一意象所包孕的象征意义。另外，纪伯伦从不拘泥于一个始终如一的象征体，他是在总体象征的构思中，将多姿多彩的象征体参差错落地组织起来。《先知》中智者、女预言者、阿法利斯城、智者生长其间的岛国等，都是具有一定象征含义的象征体。这些象征体统贯全文。但在智者的26段答辞中，作家又分别设计了形形色色的象征体，这样就使智者的议论活泼而不呆板。同时，众多的意象构成的客观图景与包含其中的主观意念交融在一起，扩展了作品的容量，增强了文字的表现力，使纪伯伦的作品带有令人回味不尽的余韵。

第四卷

现当代东方文学

第十五章　现当代日本文学

第一节　概述

日本没有"现当代"的说法。按日本文学史的时代划分,现代文学通常指自二战战败的1945年8月15日至今的文学。

1945年8月15日,日本宣布接受《波茨坦公告》,无条件向盟国投降。这意味着日本军国主义发动的、使亚洲2000万人民惨遭杀戮[①]的、"我们永久不能忘记的侵略战争"[②]已经结束。美军进驻日本后,以盟军总司令部的名义发布一系列使日本民主化的命令,如"关于言论及新闻出版自由"的命令(9月10日)、"第一批战犯逮捕令"(9月11日)、"关于释放政治犯的命令"(10月10日)、"五大改革令——解放妇女、鼓励成立工会组织、实现学校教育民主化、撤销秘密审问司法制度、经济机构民主化等,在此基础上制定自由民主的宪法"(10月11日)、"开除教育界军国主义者和极端国家主义者公职的命令"(10月30日)、"解散财阀令"(11月6日)、"冻结皇室财产令"(11月20日)、"农村土地改革令"(12月9日)、"国家与神道分离令"(12月15日)等。这些命令瓦解了军国主义统治体制的社会和经济基础,就此盟军总司令部于12月28日宣布:"一个接一个的指令剥去了旧体制的保护层,除去了封建主义的触角","天皇制正遭到破坏并面临消亡"[③]。1946年11月3日,战后新宪法公布,翌年5月3日开始实施。这标志着日本开始"把和平和民主主义定为国家的大政方针"[④]。

战后新形势给文坛的影响,首先是种种禁锢破除后文艺刊物的复活和诞生。1946年1月,埴谷雄高(1910—1997)、本多秋五(1908—2001)、平野谦(1908—

---

① 不含因战争丧生的310万日本人。
② 日本法政大学教授袖井林二郎语,《对谈·占领期的日本》,《日本历史大系月报15》第16页。
③ 参见[日]赤间刚:《昭和天皇的秘密》,东京:三一书房,1990年。
④ [日]藤原彰:《日本历史大系15·世界中的日本》,东京:小学馆,1989年,第9页。

1978)等同人创办了《近代文学》杂志。同年3月,新日本文学会①的机关志《新日本文学》创刊。《近代文学》的同人也全是新日本文学会的会员,但两者在战后文学的本质认识上存在着分歧,因而引发了"政治和文学"的论争。"近代文学派"标榜艺术至上主义,认为政治和文学不能等而视之,应确保文学脱离政治党派的自由,把功利主义从文学中排除出去。"新日本文学派"中有人斥责这一文学观无疑"是在向反革命文学献媚"②,坚持维护政治文学的地位。"新日本文学会"虽然是无产阶级文学运动的继续,但却把自己的文学活动命名为民主主义文学运动。这说明后者同前者是有区别的。

民主主义文学中最令人注目的作家是宫本百合子(1899—1951)。战争中被关进监狱并被剥夺了创作自由的她,战后有一种解放感,作品奔涌而出。《播州平原》(1946—1947)、自传小说《风知草》(1946)、《二个院子》(1947)、《路标》(1947)等,以明晰的思想性和精湛的艺术表现,成为民主主义文学的纪念碑式的作品。

战前的大作家也纷纷复活,创作出一批作品,如志贺直哉的《灰色的月亮》(1946)、正宗白鸟的《战争受害者的悲哀》(1946)、永井荷风的《舞女》(1946)等。战争中完成但不能公开出版发行的谷崎润一郎的巨著《细雪》也得以面世。中坚作家也活跃了起来:井伏鳟二的《日本休诊》(1949)、《遥拜队长》(1950)等,用幽默的笔法辛辣地表现了侵略战争的罪过;阿部知二的《黑影》(1949)等,是敏锐把握时代思潮的大胆的尝试作。

与成名作家的创作倾向不同的是,以自虐的姿势表现出对时代的批判精神的无赖派(也称新戏作派)作家们。坂口安吾(1906—1955)的一段话可看作这一派的美学基石:"人活着,人堕落,除此之外没有拯救人的便利门径。不是因战败而堕落,仅仅是因为是人而堕落,因为活着而堕落。"③在此基础上,他视成名作家的"逻辑和理性""严谨诚实"为虚伪,提倡"颓废文学",要求以可称为行动合理主义的大胆思考,来打破私小说的传统。无赖派作品有:坂口的《白痴》(1946)、太宰治的《斜阳》(1948)、织田作之助(1913—1947)的长篇小说《星期六夫人》(1946—1947)、田中英光的《野狐》(1949)、石川淳(1899—1987)的《黄金传说》(1946)、石上玄一郎的《自杀指导者》(1950)等等。这些作品以颓废的倾向展示了当时社会的一种精神思潮,具有一定的认识价值。

以近似于无赖派的手法而戏剧化地表现自我的,是被称作"旁观者式戏作派"的作家。伊藤整的《鸣海仙吉》(1946—1948),以战前、战中、战后知识人的迷

---

① 新日本文学会成立于1945年年末,发起人有秋田雨雀、江口涣、藏原惟人、德永直、中野重治、宫本百合子等,赞助会员有志贺直哉、广津和郎等。

② [日]中野重治:《批评的人性》,《新日本文学》1946年7月号。

③ [日]坂口安吾:《堕落论》,《新潮》1946年4月号。

惘与困惑为主题,把自我戏剧化地加以表现,其用心是要证明知识人的良心存在。高见顺(1907—1965)的《在我的心底》(1946—1947)、原民喜的《夏天之花》(1947)、坛一雄的《律子之爱》和《律子之死》(1950)等,均是这一派的代表作。

1946年至1950年,第一战后派和第二战后派作家相继登场。这些作家有一共同点,即追求包括方法和内容在内的文学革新,以对应年轻读者层精神迷离这一现状。他们都是二三十岁的青年作家,大部分人具有青春期参加马克思主义运动、后遭受挫折而转向的经历。战争中有的是军人、有的是工人、有的是被通缉的"罪犯"等,他们要把各自的体验转换成具有客观性的作品。由于各人在战争中都有一种最深切的体味,所以他们就具有了私小说式的日常性框架里容纳不下的构思。第一战后派的作品有:野间宏(详见本章第四节)的《阴暗的画》(1946)、梅崎春生(1915—1965)的《樱岛》(1946)、椎名麟三(1911—1973)的《深夜的酒宴》(1947)、武田泰淳(1912—1976)的《审判》(1947)、中村真一郎(1918—1997)的《死影下》(1946—1947)等。第二战后派的作品有:福永武彦(1918—1979)的《塔》(1946)、加藤周一(1919—2008)的《一个晴朗的日子》(1949)、大冈升平(1909—1988)的《俘虏记》(1948—1952)、三岛由纪夫(1925—1970)的《假面的告白》(1949)、安部公房(1924—1993)的《墙壁》(1948)等。

1955年是日本战后史上有转折意义的一年。这时百分之七十的国民不但不为食粮操心①,"三种神器"(洗衣机、冰箱、电视)已开始在家庭普及。这年7月,日本政府成立了经济企划厅,翌年发表了《经济白皮书——日本经济的成长和现代化》,书中使用的"从此不是战后"这句话,一下子成了流行语。这句话表明日本已走出战败后的混乱、贫困而迈向安定和繁荣。与这一转折同期,文坛上出现了"第三新人派"。这一派的作家们在感觉式的表现上近于私小说的传统,尽管他们有别于以前作家们经营文学的热情,因冷静而得名,但他们的作品以个人对时代的感慨独白居多。安冈章太郎(1920—2013)是这一派最具代表性的作家,《海边的光景》(1959)和《流离谈》(1981)为其代表作。吉行淳之介(1924—1994)的《原色街》(1951)和《火焰中》(1955)、庄野润三(1921—2009)的《游泳池边小景》(1954)、小岛信夫(1915—2006)的《美国流派》(1954)、阿川弘之(1920—)的《云之墓标》(1956)、三浦朱门(1926—)的《武藏野印第安人》(1981—1982)、远藤周作(1923—1996)的《海和毒药》(1957)等等,也以其鲜明的个性为这一派增添了光彩。大江健三郎(1935—)尤为突出(详见本章第五节)。

1955年,学生作家石原慎太郎(1932—)②以《太阳的季节》获芥川奖,这部作品本身并没有什么深刻的思想内容,但由于切中了青年人在日益优裕的生活

---

① 据1955年总理府公布的调查报告。
② 石原后成为国会议员,鼓吹新军国主义。

中无所寄托而躁动不安的情绪,以及报刊的商业化宣传,使这部作品红得发紫。正像平野谦后来指出的,这一现象说明"文学已发生了质的变化"①,即纯文学与大众小说相结合而产生的中间小说将日益发展。在这以前,井上靖(详见本章第三节)就以中间小说《斗牛》(1949)和《猎枪》(1949)登上文坛。曾以《某人的〈小仓日记〉传》(1952)获芥川奖的松本清张(1909—1992),从《点和线》(1956)起开始转向创作大众性的推理小说。以私小说起家的水上勉(1919—　)也推出了社会推理派小说佳作《雾和影》(1959)和《海之牙》(1960)。

在中间小说走红的同时,被称作国民文学的深泽七郎(1914—1987)的《楢山节考》(1956),以其独到的思考和优美的艺术表现轰动了文坛。女作家也不示弱,大原富枝(1912—2000)的《婉这个女人》(1960)、仓桥由美子(1935—2005)的《党派》(1960)、濑户内晴美(1922—　)的《夏天的终结》(1962)、河野多惠子(1926—2015)的《看幼儿》(1961)等等,使世人刮目相看之际,惊呼如今文坛是才女的时代。

约60年代后期,随着未来学②的风行,SF(科幻)文学兴盛起来。加之SF文学表现方法上的新颖性,不仅使SF文学在文坛上争得一席之地,而且对其他种类的小说创作产生了一定的影响。SF文学的代表作有:小松左京(1931—2011)的《日本的阿帕切人》(1964)和《日本沉没》(1972)、筒井康隆的《越南观光公司》(1967)、光赖龙的《丧失了的都市记录》(1972)、眉村卓的《消去的光轮》(1983)等等。

60年代到70年代,是世界史上的大变动时期,即长期占据世界中心位置的西方文明加速崩溃,从此世界文化迈入了多样化和均质化。"厌恶近代市民社会,要解体近代市民社会的世界性波动,在文学界也给所谓的'近代文学'③清清楚楚地打上了终止符号。所谓近代市民社会,已从初期的产业社会巨变为高度管理化、信息化社会,已经脱离了'近代'的神话。"④在这一背景下,战后出生的一批作家在70年代乃至80年代的日本文坛上刮起了一股新旋风,他们的作品表现了这一"崩溃"期、转换期青年人的心态。青野聪的《愚者之夜》(1979)和《尝试的犹太——共同扭曲》(1981)、宫内胜典的《告别格林威治之光》(1980)、高桥

---

① 参见[日]长谷川泉:《日本战后文学史》,李丹明译,北京:三联书店,1989年,第46页。

② 未来学——围绕人类社会面对的食粮、资源、人口、贫困、空暇时间、能源、环境保护、核战争等文明危机,用经济计划论、技术开发论、社会工学、生态学、文化人类学等诸学科的合作而探究未来社会和人类命运的新型人类的全体学。

③ 在日本,是指1868年明治维新以来的文学。

④ [日]柘植光彦:《新一代的海外感觉》,《国文学——解释和教材的研究》1987年8月号。

三千纲的《无聊的忍耐》(1974)等是其代表作。

在多样化的文坛上,思考女人性质的"女流文学"和表现当代青年的青春形象难于成立的"幼儿文学"也格外引人注目。三枝和子的《正在处刑》(1969)、大庭皆子的《食船虫》(1970)、高桥高子的《他的水音》(1971)、富冈多惠子的《植物祭》(1973)等,都从各个角度对传统的女性观提出质疑,呼吁必须在社会作用上认识女人的存在,确立具有独立人格的女人特性。"幼儿文学"这一称谓来自评论家川本三郎对村上春树的二部青春小说的一段论述:"在这里大概没有'生活',而且'生活'和'艺术'等这一古典的二分法好像不能成立,这是由于毕竟欠缺'生活'这一彻底性('幼儿'不会有生活)的缘故。"①然而,"幼儿文学"却"带有时代意义",即"在它的背后,有一种符合年轻人延期偿付情绪的意义。如不想大学毕业,不想就职,想拒否社会的事物,如果有只是音乐和自我封闭的小空间,即使孤身永远住在那里也行。所谓不需要既成的'生活',也是想追求完全有别的只是属于自己的'生活'这一自我限定、自我隔离愿望的表现。可以说村上文学充满着这种愿望,是同龄人共有的时代情绪的代言人"②。除村上春树的《听风歌唱》(1979)和《世界的终日和冷酷无情派的仙境》(1985)外,岛田雅彦的《为了亲切的左翼嬉游曲》(1983)和《密封仓中的桃太郎》(同前)等也是这一派的代表作。

战后诗坛可分为三大块:以"新日本文学会"为中心的无产阶级文学系列的杂志《宇宙》(1946年创刊)和《列岛》(1952年创刊)的同人们;以复刊(1946)后的《荒原》为阵地的同人们;以《历程》《VOU》等为园地的在战前已成名的诗人们,另外有诗学研究会的机关志《诗学》以及由此派生出来的《零度》(1949年创刊)和《棹》(1953年创刊)的同人们。

"荒原派"是经过现代派诗的创作尝试后从《纯粹诗》(1947年创刊)重新出发的诗人们,主要成员有鲇川信夫、田村隆一、北村太郎、黑田三郎、中桐雅夫等。他们借用英国诗人艾略特(1888—1965)的名诗《荒原》的创作倾向,把战后日本荒废了的社会精神现实视为荒原,要在诗歌语言产生的人间共感中寻求新人性的恢复。

无产阶级文学系列的《列岛》和《宇宙》诗志在创作倾向上有所不同:前者以关根弘为中心,同人看长谷川龙生、木岛始、黑田喜夫等,这些诗人们战前战后一直坚持社会主义立场;后者为了继承现代派诗歌的遗产,有一些属于无政府主义思想体系的诗人参加了进来。

---

① [日]川本三郎:《二部"青春小说"》,见《同时代的文学》,东京:冬树社,1979年。
② [日]栗坪良树:《从村上龙、村上春树到岛田雅彦——新一代的文学》,《国文学——解释和教材的研究》1987年8月号。

《椁》的同人有川崎洋、茨木则子、谷川俊太郎、吉野弘、大冈信等,他们以新式的抒情而令人注目,活跃了"荒原派"衰退后的诗坛。

《历程》和《VOU》的成名诗人们,战后创作硕果累累,有西胁顺三郎的《旅人不归》(1947)、村野四郎的《实在的岸边》(1952)、北川冬彦的《马和风景》(1952)等,特别应提到的诗作是战争中反抗军国主义的金子光晴(1895—1975)的《降落伞》和《人间悲剧》(1952)等。

战后短歌在桑原武无、小田切秀雄等评论家的"短歌否定论"[①]中发奋崛起,除原有的组织、短歌杂志迅速恢复外,还成立了新的歌人团体、创办了新杂志,创作上呈现出置于死地而后生的蓬勃局面。1953年,茂吉和迢空二大短歌巨星逝世,加之在这前后,久暮、薰园等的逝世(1951)和水穗等的逝世(1955),使人感觉到了一个短歌时代的结束。果不然,1955年后,以塚本邦雄(1920—2005)、冈井隆(1928—)、寺山修司(1935—1983)等为旗手的前卫短歌运动出现在歌坛上,他们不仅把现代派诗歌的表现手法导入短歌中,还使短歌具有浓烈的新社会意识。战后短歌界的又一成就是《昭和万叶集》(1976)的编成出版。这部歌集选编了从昭和元年至昭和五十年约14500位歌人的37200余首作品,对战后的短歌创作和研究贡献不小。

桑原武夫的"短歌否定论"其实是在否定俳句时旁涉到的,他指出,作为老人和病人的余技,作为消闲道具的俳句,应称作第二艺术与其他文学创作区别开来[②]。"第二艺术论"使战后俳句和短歌一样,不仅在否定声中全面复苏,而且加快了自身的革新,这表现在社会性俳句和前卫俳句的创作上。社会性俳句是香西照雄在《风》1951年3月号上发表的《19世纪的继承》一文中命名的,同人有泽木欣一、金子兜太、古泽太穗、铃木六林男等。他们在俳句创作中不受俳句篇幅狭小的局限,尽量追求与社会性事象相关的新素材和新表现。他们的创作为社会性俳句向前卫俳句过渡架起了桥梁。1956年,前卫俳句兴起,三年后,《徘句》杂志以《所谓难懂指什么?》为名出了专集。这一时期的前卫俳句有两种倾向:一是兜太、六林男、林田纪音夫等所代表的,从闭锁的自我中跳出来,以社会性的主体为表现目标,植根于现实感而拒绝俳句情绪的创作倾向;一是富泽赤黄男、三桥鹰女、高柳重信、三桥敏雄等所代表的,不关心社会性,重视语言美学和诗境而尽可能追求俳句表现性的创作倾向。战后俳坛的又一现象是女流俳人的涌现。1962年,"女性俳句恳谈会"结成,1971年后,女性主办的俳志接二连三问世。这些中年以上的女俳人构成了俳句创作队伍的主体,也使俳句增加了趣味性和社交性,知识性的俳句开始流行起来。

---

① "否定论"的基本观点是,短歌不具备作为当代文学的表现条件。
② 参见[日]桑原武夫:《第二艺术》,《世界》1946年11月号。

战后戏剧以话剧的复活而开场。属于筑地座流派的文学座以岸田国士(1890—1954)、岩田丰雄、久保田万太郎为中心,继承了艺术主义的创作、演出倾向。战争中组织在一起的俳优座以千田是也为中心,演出的所有剧目都以是否具有显明的社会主义倾向为选择标准,民艺剧团(前身是东京艺术剧场和民众艺术剧场)以久保荣、泷泽修、宇野重吉等为中心,沿着无产阶级戏剧的路线并立志要不断提高演出的艺术性。这三大剧团的骨干都是筑地座出身的演员,这说明筑地座对战后戏剧的萌发产生了很大的影响。另外,第二次世界大战后的短短几年,百余个剧团相继成立,这一数字标志着话剧运动进入了一个前所未有的大发展时期。

岸田国士因在战争中担任了"大政翼赞会"的文化部长,而被开除公职,但他创作的《速水女塾》(1948)、《女人渴仰》(1949)、《路还远吧》(1950)等,却使文学座的演出具有了活力。这些剧本一改岸田战前一边倒的艺术至上主义,喜剧式地表现了人的孤独和爱的主题。小山佑士虽然坚持战前的抒情风格,但《只是咱俩的舞会》(1956)、《蟹町》(1957)等剧作,明显地表明作家对核武器等社会问题的关注。和岸田、小山同属战前"剧作派"的田中禾夫,战后成了双料剧作家。从被评价为"存在主义"剧作的《云之涯》(1947)开始,他创作了《菜店阿七牢日记》(1972)、《左右来往》(1979)等表现主义、存在主义的剧本,但他还创作了《教育》(1954)、《玛丽亚的脖子》(1959)等心理主义戏剧的登峰造极之作。

战前的无产阶级剧作家这一时期也有力作问世,如久保荣(1901—1958)的《苹果园日记》(1947)和《日本的气象》(1953)、真船丰在战争中动笔的《中桥公馆》(1946)和《黄色屋子》(1948)、久板荣二郎(1898—1976)的《红羊毛衫》(1955)等。战争中由无产阶级剧作家转向虚无主义创作倾向的三好十郎(1902—1958),战后以存在主义的表现手法创作了《废墟》(1947)、《胎内》(1949)等反映社会和人生问题的力作,受到剧坛的称誉。

木下顺二(1914—2006)是战后具有社会主义倾向的剧作家中的佼佼者。他的剧作有:以民间故事传说为题材的民间剧《彦市传说》(1946)、《夕鹤》(1949)等,反映现当代生活的现代剧《山脉》(1949)、《阴暗的火花》(1950)等,历史剧《冬天的时代》(1964)、《神和人之间》(1972)等。木下的这三个系列的剧作有一共同点,这就是强烈的社会参与和变革现实的意识。其他站在社会主义立场上创作的剧作家的作品有:福田善之的《真田风云录》(1952)、宫本研的《日本人民共和国》(1961)等。

受到法国剧作家阿努伊(1910—1987)和季洛杜(1895—1970)影响的加藤道夫(1918—1953),以玲珑剔透的《女竹》(1946)而蜚声剧坛,后又有《插话》(1948)、《褴褛和宝石》(1952)等佳作,他的剧作表现出浓厚的艺术主义倾向。"艺术主义派"的剧作还有:矢代静一(1927—1998)的《城馆》(1954)、三岛由纪夫的《鹿鸣馆》(1957)、福田恒存(1912—1994)的《抚摸龙的男子汉》(1952)、山崎正和(1934—　)的《世阿弥》(1963)等。

50年代,萨特(1905—1980)、加缪(1913—1960)等的存在主义戏剧在日本话剧界流行起来。受此影响,最早创作了存在主义剧本的是小说家兼剧作家椎名麟三(1911—1973)和安部公房(1924—1993)。椎名的剧作有《第三证言》(1954)、《养蝎女》(1960)等;安部有《制服》(1955)、《被捕的奴隶》(同年)等。这两位作家的剧作最后都走上了反戏剧表现方法的道路。从60年代后期到70年代,戏剧界进入了一个全新的时期——被称为"地下戏剧"的前卫式小剧场蜂拥而出,反逻辑剧、荒诞剧成了主流,如唐十郎(1940—)佐藤信的帐篷剧场①,为小剧场运动的流行充当了马前卒的别役实(1937—)、铃木忠志,实验街头剧的寺山修司(1936—1983),从事荒诞剧创作演出的齐藤怜、山元清多等等,另外,冲破话剧以科白为中心的条规,重视形体动作,尽可能要求戏剧的舞台台本的作品也大量出现。在这一股戏剧新潮中,戏剧界开始探索这样一些问题:话剧和传统戏剧——能、歌舞伎如何交融?怎样发展超越斯坦尼斯拉夫斯基体系后的戏剧表现?等等。

第二节 川端康成

一、生平与创作

川端康成,明治三十二年(1899)6月14日生于大阪,中学时就开始发表作品,大正十三年(1924)大学毕业②后,走上了专业作家的创作道路,昭和四十三年(1968)荣获诺贝尔文学奖,晤和四十七年(1972)4月16日夜,在位于逗子市玛丽娜公寓的工作室含煤气管自杀。川端著作等身,生前担任过日本笔会会长、国际笔会副会长等职。除诺贝尔文学奖外,他还获得过国际国内十多种文学艺术奖。去世后,在他长期居住的镰仓市和少年时代生活过的茨木市,以及文学创作的福地——伊豆半岛先后建立了"川端康成纪念馆"和"川端康成文学馆",川端文学研究会还设立了"川端文学奖"。

川端虽然为西川流舞蹈写过台本,也为NHK电视台写过电视剧本,但他的主要创作是小说。③ 大体说来,川端的小说创作可分为以下三个时期:(1)"新思潮""新感觉派""新兴艺术派"时期(1921—1932),《伊豆的舞女》为其代表作。(2)战争时期(1933—1945),《雪国》是代表作。(3)战后时期(1945年8月15日至逝世),代表作有《千只鹤》《山音》《睡美人》《古都》等。

---

① 笔者1989年曾在京都大相国寺正门前西侧的一块空地上,观看过唐十郎"帐篷剧团"的演出。帐篷像一个大气球,直径约20米左右。

② 川端1920年考入东京帝国大学(现东京大学)英文专业,中途改学国文学专业。

③ 新潮社的最新版《川端康成全集》37卷(含"补卷"二卷在内)中,小说占去24卷,其他为随笔、评论等。

《伊豆的舞女》最初发表在"新感觉派"的机关杂志《文艺时代》1926年1、2月号上,后来出了单行本,并多次被改编成电影。《伊豆的舞女》的主要情节是广为人知的了:一位孤儿出身的大学预科生去伊豆半岛旅行,途中同流浪艺人结伴,而行,其间,青年学生对一位14岁的舞女产生了似恋非恋的爱慕之情。通过这一概括来理解《伊豆的舞女》的主题显然是远远不够的,因为这是用传统小说注重人物关系的眼光来看待《伊豆的舞女》,而《伊豆的舞女》"主题的本质部分决不位于外在的人物关系中"①。《伊豆的舞女》采用的是"为创造新小说形式作出最持久努力的"②现代派小说的先驱亨利·詹姆斯(1843—1916)在创作长篇小说《贵妇人的画像》(1881)时使用的"中心意识"主题法——用詹姆斯的原话来表述是:"我对自己说:'把主题的中心置于这个年轻女子(主人公伊莎贝尔——引者)的意识之中,你就找到了一个最有趣最漂亮的难题。继续抓住这个(意识)——把这作为中心;把最重要的分量放在这个天平上,这个天平大部分是她与她自身的关系。'"③也就是说,《伊豆的舞女》的主题是通过主人公青年学生的主观意识而表现出来的。

在青年学生的主观感觉、体验中,主要有以下几个印象系列:(1)中风老人的印象;(2)流浪艺人的印象;(3)茶店老板娘、旅店老板娘的印象;(4)孤儿及老奶奶的印象;(5)矿工、少年、抚慰老奶奶的轮船乘客等的印象。除了(2)、(3)之间有关系(被歧视和歧视的关系)外,其余几个印象之间没有什么外在联系,但这五个印象系列由青年学生的主观意识而有机地统一了起来:中风老人的病痛,被流感夺去父母生命的三个孤儿及失去儿子、儿媳的孤老奶奶的可怜,受人歧视的乡土艺人中又可分为:落魄潦倒的荣吉,流浪奔波而孩子早产夭折在旅途的荣吉的妻子千代子,哥哥不想让她当舞女但无奈还是当了舞女的薰子,迫于社会习惯自己也看轻女人的阿妈,离开故里亲人只身作了舞女的百合子等,这苦难、悲哀的印象同"因孤儿根性而扭曲了性格","不堪令人窒息的忧郁而来伊豆旅行"④的青年学生孤寂、忧郁的心灵产生了强烈的共鸣,形成了《伊豆的舞女》的悲哀基调。然而,薰子童女般的纯洁,"是个好人哪"——舞女对青年学生这一"带着单纯而坦率的韵味,是天真自然地轻轻抛出的带有感情倾向"⑤的赞扬,使青年学生的灵魂得到了洗礼,使《伊豆的舞女》悲哀的氛围中涌现出"洁白裸体"⑥般净

---

① [日]川端康成:《小说的研究》,东京:第一书房,1936年,第60页。
② [英]彼得·福克纳:《现代主义》,付礼军译,北京:昆仑出版社,1989年,第12页。
③ 同上。
④ 《伊豆的舞女》,引自《昭和文学全集》卷9《川端康成集》,东京:角川书店,1953年,第66页。
⑤ 同上。
⑥ 参见《伊豆的舞女》中关于薰子沐浴后裸体出现的描写。同上书,第61页。

化(灵魂净化)的崇高,涌现出心与心交流而获得信赖和自信的"温暖"①的爱之拯救。这净化的崇高和爱之拯救使青年学生从苦难、悲哀的印象群中得到开悟,他的"头脑变成了一泓清澈的水,它一滴一滴溢了出来,最后什么也没有留下——",他"心里快活得甜滋滋的"②。青年学生这一开悟是瞬间的主观的梦幻的,但它却是来自心灵的不受任何客观干扰、制约的心理永恒的、绝对的、理想化的。这就是《伊豆的舞女》的主题。它既是道德的、人生的,又是审美的、理念的。

《伊豆的舞女》的文体表现是现代派风格,但又同日本美学传统有着血肉般的联系,这主要表现在"象征"上。如《伊豆的舞女》舞女"洁白裸体"象征的净化就来自日本古代美学白色即净化的审美观念。③ 因此,我们说《伊豆的舞女》标志着川端式"现代派"加"传统"表现风格的形成。它的出现在日本近现代文学史上具有反近代文学主流(日本搬入的西欧现实主义、浪漫主义)和把日本传统美学表现现代化的双重意义。

《千只鹤》是川端战后第一作,包括续篇《波千鸟》在内,在《读物时事别册》等刊物上先后连载了五年多(1949年5月至1954年7月)。《千只鹤》(单行本)曾获1952年的艺术院奖,并被搬上银幕。这部作品不仅在日本颇有影响,还被20个国家翻译成43种版本出版,在川端作品的翻译出版数量上仅次于《雪国》,名列第二。

就在《千只鹤》正在连载的同时,川端战后的又一部代表作《山音》也开始连载(1949年9月至1953年11月),1954年出单行本,获野间文艺奖,同年被改编成电影。《山音》的美国译本曾获颇有影响的全美图书大奖(1971)。

这两部作品的一个显著特点,就是题材上的现实性和背德性。关于后一点,日本著名学者桑原武夫曾指出:"如果说到战前的恶文学,我认为就是介山和荷风④……不过,似乎现在在日本恶的文学也不太繁荣。川端康成又当别论……"⑤评论家大久保也指出:从这两部作品开始,"川端向恶魔出卖了灵魂"⑥。著名文化学者梅原猛则言辞激烈地抨击道:"明确地说,我以为战后的川端精神不正常起来。名声越大,他的人格越加崩溃。这一证据很多。"⑦

---

① 《伊豆的舞女》,引自《昭和文学全集》卷9《川端康成集》,东京:角川书店,1953年,第68页。

② 同上。

③ 在《古事记》等日本古典文献中,白色代表无邪、净化、高尚等。这一美学观念深深植根于日本宗教及大众生活习俗中,如神社的道路铺上白石子,神官着白衣,进神社参拜者先要在入口处用水净口、净手等。

④ 中里介山(1885—1944)和永井荷风(1879—1959)。

⑤ [日]桑原武夫:《文学序说》,孙歌译,北京:三联书店,1991年,第181页。

⑥ 见[日]林武志:《川端康成作品研究史》,东京:东京教育出版中心,1984年,第245页。

⑦ 同上。

其实，战前的《雪国》已带有"光源氏式"的背德性，却很少有现实的影子，它的作用在于折射女主人公的悲哀。《千只鹤》和《山音》就不同了，它们把背德性同战后的现实以及战争的体验紧紧连在一起，旨在探讨历史转折期道德和人性的衍变。

《千只鹤》的视点人物是二十五六岁的孤身男子三谷菊治，他同四个女人构成了三组人物关系：第一组是同"菖蒲似的稻村行子"，第二组是同父亲生前的情人太田夫人和她的女儿文子，第三组是同父亲前的另一个情人、胸口上长着黑痣的栗本近子。稻村姑娘是栗本近子介绍给菊治的对象，就像在日本古代风俗中有驱邪祛灾效用的菖蒲及它洁白的花朵一样，她美丽、清纯，代表着传统的女性美（第一次遇见菊治时，她手臂上挎着的桃红色包袱上的千只鹤图案也同菖蒲一样，象征着她的传统美）。太田夫人和女儿同菊治有暧昧关系，菊治感到自己"简直成了魔性的俘虏"①，但在菊治眼里，太田夫人就像白蔷薇和荷兰石竹花（日本名也叫荷兰抚子花），文子就像白色的夹竹桃花。这些花都是舶来品，它们同菖蒲和白鹤所代表的传统美不同，有着异样的艳丽和诱惑美。黑色在日本古典文献中代表着丑恶②，在菊治眼里，胸口上长有黑痣的栗本近子是丑恶的女性。

菊治为行子的清纯美、青春美所折服，但他怎么也捕捉不住行子的容貌和身段，牢记着的只是她身穿的和服、头上的发髻、手臂上挎的千只鹤图案的包袱、绣有菖蒲图案的和服腰带等。对于栗本近子，菊治多少同情她因父亲短期的并不专心的交情，而把自己作为女人完全寄托给父亲的痴心，但菊治从言行和内心都厌恶她。菊治同太田夫人和文子的感情纠葛就不像对行子和近子那样的单纯崇拜和厌恶。在同太田夫人的不伦关系上，菊治既感到她是"温柔"和"诱惑"的女人，又感到她是"给人母亲般感觉"③的女性（太田夫人死后17日祭时，菊治在灵前供奉了蔷薇和荷兰抚子花，后一种是日本母亲节时祝福母亲的象征性花卉），他既为同太田夫人的不伦关系深感自己"简直是罪人"，但又不能抗拒太田夫人那"冰冷而温暖似的艳丽的志野陶瓷般肌体"④的诱惑，而向往、陶醉于此。在同文子的暧昧关系上，菊治既感到了"太田夫人拥抱的气息"⑤，又从"扩张生命的唯有官能"的角度，"认为自己和文子的现实也是无垢的"⑥。这里，行子、近子、太田夫人和文子都具有象征表现意义，即行子寓意着战后传统审美观和道德观

---

① 《千只鹤》，第269页。
② 请参照[日]今道友信：《东方的美学》，蒋寅译，北京：三联书店，1991年，第181—184页。
③ 《千只鹤》，第245页。
④ 同上书，第282、281、284页。
⑤ 同上。
⑥ 同上。

正在变成形式美（近子的丑恶反衬这一美），战后青年菊治崇拜她，但同她有隔膜、在疏远；而太田夫人和文子寓意的官能美却牵动着菊治的神经，使他痛苦，使他陶醉。然而，《千只鹤》中的女性并非道具式的象征人物，川端式的传统加现代派创作方法中细腻的心理表现，又使这些女性独具活生生的个性，她们以各自的悲哀和痛苦丰富了《千只鹤》的主题，使读者对她们的悲哀和痛苦寄予了深切的同情。

《山音》和《千只鹤》一样，也是一部褒贬不一的作品。著名评论家山本健吉称道"这部作品是战后文学的最杰作之一，是川端文学的最高峰"①关于这部作品的题材性质，有人称是老人小说②，有人称是家庭小说③，有人称是反战小说④，等等。

《山音》的视点人物是62岁的一家之主信吾。之所以取名《山音》，是由于作品中有这么一段情节：夏日的一个月夜，信吾听到了山鸣的声音，他"第一次感觉到恐怖，打了一个寒战——这不是告知死期来临吗"⑤？就是说，"山音"象征衰老和死亡。与此相对，作品中的女主人公菊子及能面具⑥"慈童"⑦却象征着青春和永生。这两个象征可以说是体现《山音》主题的两条线索。

预感到死亡的老人信吾记忆力衰退、疲倦、精神恍惚，他恨不得"把头和身子分离一下，像洗衣服那样，放在大学医院，在医院洗脑或修理坏了的地方期间，三天也好，一个星期也好，身子美美地睡它一觉，睡下不醒来，连梦也不做"。⑧ 这就是信吾人生尽头的心理写照。一句话："的确疲倦了"⑨。预感到死期将至的信吾，免不了回顾过去的人生：比他大几岁的夫人保子并非他理想的女性，因为她不美（信吾理想的女性是保子的姐姐，她高雅漂亮），加上她50岁后又恢复了

---

① 见《小说中描写的现代妇女形象》，东京：讲谈社，1954年。
② ［日］中村光夫：《川端康成论》，见《文学界》1957年7、8、9月号。
③ ［日］川屿至：《醉心于美——从〈千鹤〉到〈睡美人〉》，见《川端康成的世界》，东京：讲谈社，1969年。
④ ［日］小川彻：《川端康成论》，见《赤门文学》1955年6月号至1956年3月号。
⑤ 《山音》，第289页。
⑥ 能乐剧演员表演时戴在脸上的道具。
⑦ 慈童也称为菊慈童，能乐《枕慈童》（也称《菊慈童》）中的人物名。慈童是中国神话传说中的人物；慈童服侍周穆王，深得宠爱，因误越王枕，获罪被放逐郦县山中。临行前，穆王心生怜悯，授以法语，慈童把法语记在菊叶上。后慈童饮菊叶上的露水成仙。《枕慈童》取意于此，其梗概为：魏文帝的臣下受敕命去郦县山寻长生药水之源，在那里会见饮菊露活了七百岁的仙人慈童。
⑧ 《山音》，第295、296、288、348、333、326、348页。
⑨ 同上。

婚前打呼噜的恶癖，"臃肿的身体"等，都使信吾"感到老丑"①。这说明信吾的过去和现在是不圆满的，而是疲倦的。

菊子美丽、善良、清纯，在信吾心目中就像慈童一样，是位"永远的少年"②。但与慈童因罪获得长生相反，菊子这位"永远的少年"却生活在代人负罪的气氛中，心灵上受着"不洁"的煎熬。这是由于她的丈夫修一是位战争中的"心灵负伤兵"③，他"没有感到菊子的纯洁"④，而同绢子这位战争寡妇堕落在一起。有这么一个细节：当菊子把能面慈童戴在脸上时，"二三行眼泪从下巴流向了脖子"⑤。这不就是菊子的青春、纯洁在受难而流出的苦楚的泪水吗？

即将画上句号的老年人的人生是不圆满的和疲倦的，青春当年的人生是负罪的和痛苦的。围绕这一主题，《山音》展现了较为广阔的生活画面：战争对家庭的破坏（如绢子失去丈夫的孤寂），战后青年夫妇的关系（如信吾女儿房子破裂的夫妇关系），新型男女青年交际所带来的社会问题（如女中学生的堕胎），美国军用飞机的影子所象征的朝鲜战争对人们、尤其是对信吾的外孙那般稚童（人类前途的象征）的威胁等。总之，《山音》是对人生之旅中的悲凉和痛苦的反映和思索，是在把人生中的斑斑阴影展现在阳光下。当然，这一主题同日本战败投降后川端的"亡国之民"⑥的颓丧心理是分不开的。

《睡美人》在《新潮》杂志上连载后（1960年1月号至1961年11月号），1961年11月出单行本（新潮社），同月获每日出版文化奖。

这部小说是相当有争议的作品，三岛由纪夫称它为"颓废文学的逸品"，"处于由语言而产生的观念性淫荡的极致"⑦。鹤田欣也认为："《睡美人》不是主人公被菩萨——娼妇的自我牺牲而从孤独中解救出来的作品，而是一部表明这样的解决法对现代的孤独一点也不起作用的作品。江口一边把空虚的身体躺在睡美人的裸体旁，一边漂流在亢奋的空想、恶梦及对过去的回忆中，这就写出了江口是何等地被抛弃了的孤独人。"⑧张石则认为："《睡美人》反映的是力图以模拟的死证明生的真实，却证明了生的虚假的主题，因此主题是由生向死的演进。"⑨

---

① 《山音》，第295、296、288、348、333、326、348页。
② 同上。
③ 同上。
④ 同上。
⑤ 同上。
⑥ 川端在《追悼岛木健作》一文中写道："我作为已经死了的人，悲哀的日本美以外的题材，今后一行文字也不想写。"见《新潮》1945年11月号。
⑦ 见新潮文库版（1967）《〈睡美人〉解说》。
⑧ 鹤田：《川端作品中的生命感和清纯》，见《川端文学的视界》，东京：东京教育出版中心，1992年，第111页。
⑨ 张石：《佛界易入，魔界难进》，见《读书》1991年第8期。

《睡美人》的视点人物是一位67岁的男性老人，名叫江口。这个名字让人自然想起约产生于日本15世纪早期的梦幻能（谣曲）《江口》，而《江口》又让人联想到唐李复言《续幽怪录》中的"普贤菩萨"①。因而，用"江口"来给视点主人公命名是别有深义的。

　　江口老人受木贺老人鼓动，从秋末到隆冬，先后五次来到位于海边密室的"睡美人屋"，躺在服过安眠药"死一般"昏睡着的裸体女子身旁寻求慰藉。江口老人来到这里的第一感受是，"再没有比躺在昏睡不醒的女子身旁的老人那样更丑陋的了"，"我难道不是追寻老丑的极境而来到这里的吗"②？与此相反，睡美人的"美丽""年轻"，使来这里的老人们产生了"好像同秘佛睡在一起"③的感觉。这是由于睡美人"不只使隐秘来密室的老人们痛切地悔恨逝去的青春"，还使"有些人忘记生涯中所犯的恶"，使"老人们既不感到羞耻，也不伤害自尊心，全身心自由地忏悔，自由地悲伤"④。江口老人感到"没有比年轻女子天真的睡容更漂亮的对象了"，"只要看看姑娘小巧的睡脸，似乎自己的生涯和日常的尘劳就都轻轻地去了"⑤。江口老人虽然不同于来密室的其他"已经不是男人的老人"，还有的男人的欲望使他三番五次想占有睡美人，但都在道德的自责下扼制住了自己的欲望，理智地维护了睡美人的"清纯"⑥。

　　不难看出，"江口"这个名字象征蕴含着作品的主题：行将就木的老人们在睡美人身旁得到了青春和灵魂的双重拯救，睡美人就是乘白象而去的江口君（即菩萨），就是州人为之建大斋起塔的锁骨菩萨。这一畸形的拯救和赞美、讴歌，难道不是逆向表现江口老人作为人"经常落入孤独的空虚、寂寞的厌世"⑦这一人间现实的悲哀和叹息吗？

　　《睡美人》在艺术表现上采用了日本和歌中传统的"取本歌"的手法，融唐小说《续幽怪录》和能乐《江口》于主题中，使作品呈现出幽深的艺术意境。

　　《古都》先在《朝日新闻》上连载（1961年10月至1962年1月23日），出单行

---

① 《续幽怪录》云：昔延州有妇人，白皙有姿貌，孤行城市，年少之子悉与之游，狎昵荐枕，一无所却，数年而殁。州人以其无家，瘗于道左。大历中，忽有胡僧见墓，遂跌坐，具敬礼焚香，围绕赞叹数日。人见谓曰，此淫纵女子，以其无属，故瘗于此，和尚何敬耶。僧曰，斯乃大圣慈悲，喜舍世俗之欲，无不徇焉，此即锁骨菩萨，顺缘已尽圣者。云尔，请众开墓视之，遍身之骨钩结，皆如锁状。州人异之，为设大斋起塔焉。

② 《睡美人》，见《日本文学全集·川端康成集》（二），东京：集英社，1967年，第278、279页。

③ 秘佛，放在隐秘处不公开跪拜的佛像，见《睡美人》第282、314页。

④ 《睡美人》，第312、291、315页。

⑤ 同上。

⑥ 同上。

⑦ 同上书，第334页。

本时(新潮社1962年6月),在语言上朝京都方言化方向做了较大的改动。这部作品是川端获诺贝尔文学奖的作品之一,曾多次被日本导演改编成电影、电视剧。

这部作品同川端战后其他代表作迥然相异,对此,评论家山本健吉曾说道:"作者是要描写美丽的主人公或主人公姐妹呢,还是要描写京都的风物呢?哪个是主,哪个是从?着实让人不得其解。"①

的确,《古都》堪称一部大手笔的"古都风物志",但正像比较文学学者武田胜彦指出的,《古都》不是"以描写风物为主的小说"②。

《古都》不像川端的其他主要作品,有一个观察、感觉其他人物的视点人物,它对比地描写了三组主人公——千重子和苗子、太吉郎和秀男、真一和龙助。

千重子是位"古都美人":相貌出众,声音"纯粹而澄静"③,喜着和服(不打算穿西装),性格柔中有刚(关于樟树的对话就是这一性格的体现)。她生活优裕,被父母宠爱,被男性青年所追求,但她却怀疑自己的"幸福"④是否存在,总感自己"是个弃儿"⑤。她觉得"幸福是短暂的,而孤寂是长久的"⑥。苗子同千重子是孪生姐妹,相貌如同一人,但她生长在山村的杉林里,"如同杉叶,好似自然的花朵"⑦,呈现出"健康的美"⑧。与其说苗子感到身份和教养与千重子不同,不能与她生活在一起,不如说是人生哲学观上的区别导致了她同千重子的分离:

"这个世上如果没有人类,也就没有京都的街市,有的是自然的树林,杂草丛生的草原。那这里不就是鹿呀野猪什么的领地吗?人类为什么要出现在这个世上。真是的,人类……"(苗子)⑨

"苗子,您讨厌人类?"(千重子)

"不,我太喜欢人类啦……"苗子答道:"再没有比人类更可爱的啦,但如果这个土地上没有人,会怎样呢?在山里迷迷瞪瞪打盹醒来,突然想到这些……"

"这不是苗子隐藏在心里的厌世情绪吗?"(千重子)

---

① 见《〈古都〉解说》,东京:新潮社,1965年。
② 武田:《〈古都〉论》,见《川端康成研究丛书·8》,东京:东京教育出版中心,1980年。
③ 《古都》,新潮文库1968年版第24页。
④ 同上书,第13、22、239、188、114页。
⑤ 同上。
⑥ 同上。
⑦ 同上。
⑧ 同上。
⑨ 同上书,第152、153、27页。

"我最讨厌厌世什么的。每天乐呵呵地劳动……可是,人类……"(苗子)①

一句话:千重子是古都的女儿,但又是原始自然的"弃儿",她的优雅、幸福时时被古都的孤寂困扰着;苗子是杉林的女儿,她缺少古都人工美的教养和品位,但却具有山野自然美的质朴和健康。

太吉郎具有古都的"名士气质",附庸风雅,但"讨厌同人打交道"②。他把女儿千重子当作自己审美对象的寄托,想尽力表现出自己的"名士"审美风度。可事与愿违,秀男用他那青年织工具有的青春炽热的审美心灵,使太吉郎老年病态的审美情趣相形见绌。

真一同千重子是青梅竹马的好友,但他的性格就像他的长相,是"美童子"般的女性气质。与此相反,哥哥龙助却具有千重子欣赏的"樟树"般威严的阳刚气质。所以,后者打动了千重子的爱心。

《古都》就是这样一部融"风物"于审美主题的作品,川端所要表现的是古都美的种种样相。

二、《雪国》

《雪国》是川端作品中写作时间跨度最长的作品(1935—1947),先单独以《暮色之镜》等题名分载于《文艺春秋》等杂志,1937年6月创元社出版了第一个《雪国》单行本(未完本),1948年12月同社出版了《雪国》的完结本。

《雪国》是"川端作品中的第一杰作,这在评论、研究界已成定评"③。据统计,《雪国》已被译成英、法、德、俄等三十个语种出版,是川端作品中的翻译出版之冠。

我们以为,对岛村这一视点人物的心态感觉的分析,是把握《雪国》主题的一个关键性问题,因为川端是通过岛村的心态感觉来统摄全篇、来反映作品主题的。也可以说,《雪国》是岛村的心态实录。打个比方,岛村是以驹子为半径画了心态感觉的半个圆,同时又以叶子为半径画了心态感觉的另半个圆,合起来就是岛村心态实录的全部——《雪国》主题的全圆。

"驹子"这一动物性名字取意于中国唐代小说《神女传·蚕女》④中马和青年女子的悲剧婚姻故事,是悲剧性人物的象征。岛村同驹子初次相会时是一般游客和艺妓的关系,但由于驹子对岛村毫不隐瞒甚至是疯狂的爱恋,使一般关系转变成了恋人关系。恋人关系中这一方的岛村的感受和反应,作者用三个象征场

---

① 《古都》,第152、153、27页。
② 同上。
③ [日]林武志:《川端康成作品研究史》,东京:东京教育出版中心,1984年,第164页。
④ 川端曾把《神女传》(孙颀辑)中的《蚕女》等五篇译成日文。

面做了递进式的描述。

第一、第二个象征场面,是岛村第二、第三次来雪国;第三个象征场面,是雪中火灾中岛村对银河的幻觉。在岛村看来,驹子是"为生活而生活"①的女性,从陪酒女郎到艺妓的经历,就是她为生活而奋斗的印证。她倾心于岛村,是为了得到一个青年女子应该享有的爱情。她具有主妇的作风——卧室里非常整洁,平时把要洗的衣服也叠得整整齐齐。她又极富人情味——从自己的收入中为少年时的朋友行男支付医疗费,照料生活上的"包袱"叶子。岛村清楚地知道驹子迷恋上了他,并从驹子火一般的爱情中感受到了驹子心灵的纯洁和感情的真挚,但他认为驹子的爱情追求甚至人的生存本身全是徒劳的、可悲的。他意识到了驹子为自己的无动于衷而悲伤,也意识到自己"虚伪的麻木不仁是危险的,它是一种廉寡鲜耻的表现"。"而且驹子越是寂寞难过,岛村对自己的苛责也就越是严厉,仿佛自己已离开人世。"但他"明知自己无情,却任其自然"。②

在日本文学史上,《古事记》(约成书于712年)中的悲剧母神形象伊耶那美③开其头,《万叶集》中为真情付出生命的女性④、《伊势物语》中超恩怨式的痴情女子⑤、《蜻蛉日记》(约成书于10世纪末)中道纲母爱情失落后的苦闷,《和泉式部日记》中和泉式部追求爱情所招来的诽谤和诬蔑,《源氏物语》中众多女子不堪爱情的苦果而饮恨出家的结局……一直到二次大战日本战败时的近现代文学作品中的许多女主人公等,女性形象在母爱和专情的女性文化氛围中,形成了一个长长的悲剧的、哀伤的人物画廊。在这里,女性形象在感情上付出得越多,心灵就越痛苦;在爱情上追求得越烈,心灵创伤就越深。驹子就是这个人物画廊中的一员,是一个被钉在十字架上的受难女性形象。在岛村心态实录中的驹子这半个圆中,岛村犹如一叶浮舟,在驹子"为生活而生活"、为爱情而爱情这一女性生存的悲哀的苦海里漂荡着,他的心也为苦涩所浸透。

同岛村和驹子现实的、肉体的关系形成对比,岛村和叶子的关系是间接的、空灵的。在岛村的感觉里,跟"算不上是个美人"的驹子相比,叶子的眼睛和脸美

---

① 川端在写作《雪国》之前(1933年)曾写过一篇怀念友人的《临终之眼》,文中引用了他所尊敬的芥川龙之介的话:"我深深感到我们人类'为生活而生活的可悲性'。"

② 《雪国》,引自《昭和文学全集·川端康成集》,东京:角川书店,1953年,本节中《雪国》的引文皆出于此。

③ 日本神话中第一对对偶神中的母神,在生第30个神子火神时被烫伤,后死去。

④ 《万叶集》卷16中咏唱了这样两位女子:两个男子同时恋慕上了一个名叫樱儿的女子,互不相让,这位女子在树林里自杀了;还有一位名叫缦儿的女子,由于三个男子同时向她求婚,她也自杀了。

⑤ 一个青年女子知道丈夫有了新恋人并去拜访她,不但不怨恨丈夫,还热情地为他送行,赋诗祝他一路平安。

得无法形容,她近乎悲戚的优美声音像是从什么地方传来的一种回音,她的眼睛里闪烁着看透了他和驹子的真实关系的"天真的光芒"。在对行男的态度上,两人也截然相反:行男死前,不管是在谈话中还是在行动上,驹子都尽量躲避行男,而叶子却慈母般、爱妻般地照拂即将死去的行男;行男临死时,驹子拒绝了叶子的请求,不愿去作最后的告别;而叶子却"快得简直令人难以置信"地返回去陪伴行男;行男死后,驹子一次也没有去过行男坟上,而叶子却经常虔诚地去为行男上坟。岛村由叶子"带着几分稚气的母亲"般的话语和优美的歌声幻想到她是绉纱产地的织女,又幻想她去尼姑庵里织绉纱该多好(这里岛村把叶子跟天女联系在一起)。叶子虽曾要求岛村带她去东京,做岛村的家庭女佣什么的,但岛村明白,这显然是驹子的安排。叶子在火灾中丧生后,仿佛置身于"银河"中的岛村感到天女叶子的死是"内在生命在变形",在升华。

在岛村心态实录中的叶子这半个圆中,叶子就是那冰清玉洁、超凡脱俗的天女辉夜姬①,就是那使死者复活的大慈大悲的神产巢女神②。叶子也有悲哀,但这悲哀并非是她个人的欲望和追求所导致,而是她目睹了驹子的生活烦恼和爱情痛苦,并感到无力去帮助驹子而产生的。她似乎忠情于命在旦夕的行男,可实际上这并非一般的儿女之爱,而是一种对行男所面临的死、对死者的菩萨般的救济爱。在岛村看来,叶子的死是她天女、复活女神的归宿。她的生活天地,位于同俗世有别的另一个世界——妣国(也称根国、黄泉国)③。

综上所述,《雪国》主题的基本轮廓是女性的受难和女性的归宿,是生的悲哀和死的大同。如下图所示。

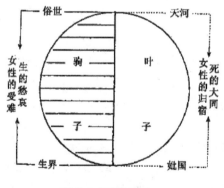

(岛村心态感觉的图)

---

① 《竹取物语》中的主人公,她拒绝了皇子、大臣的求婚,拒绝了天皇要她作宫女的皇命,离开俗世返回了月宫。

② 日本神话中高天原的三柱神之一,她可以使死者复活。

③ 第一对对偶神中的母神伊耶那美因生育受伤死后,去了黄泉国,故称妣国,即妈妈之国。

需要说明的是，《雪国》主题中涉及的宗教意识同基督教和佛教是有别的。基督教中耶稣的复活是得到上帝（父性神——绝对权威、信仰理念的象征）的救助，佛教则宣扬三世（前、今、来）善恶轮回。日本传统的神道教则宣扬生于母，归于母，是以母神（感情神、爱神、是非善恶不明确的神）为中心。[1]

《雪国》的艺术表现是川端多年来努力尝试的传统和西方现代派有机融合之树上的成熟之果。它通篇可见以和歌为中心的日本传统文学的"连想"和"幽玄"的表现方法，又无处不见西方象征主义的表现方法——理念的象征，两者水乳交融，创造了《雪国》抒情托言理而深邃、言理依抒情而幽玄的艺术表现天地。这里面虽有摹写现实的现实主义（如对驹子的性格刻画和一些环境描写）和抒发理想的浪漫主义（如结尾的处理）的因素，但整体上是感觉的、抒情的和省察的。也就是说，川端既是和歌式的"抒情诗人"[2]，又是幽玄而浓烈地表现自己主观意念的现代派小说家；《雪国》既是诗，又是在诗的氛围中隐含着抽象化哲理的散文。

第三节 井上靖

一、生平与创作

井上靖明治四十年（1907）5月6日出生在北海道上川郡旭川町，1991年逝世。他父亲原姓石渡，母亲井上家是静冈县田方郡上狩野村汤岛的医生世家。从3岁到13岁小学毕业，他离开父母，是在祖国（实际上是曾祖父的妾）的抚育下生活的。因父亲是陆军军医，任职地点经常变动，所以他的高小是在浜松、中学是在静冈沼津读的。中学高年级时，一度因成绩不佳，被寄放在下河原町的妙觉寺，从这时起，他对文学产生了兴趣。昭和二年（1927），井上进入金泽第四高等学校（大学预科）理科甲类学习，这时他开始写诗，成为东京的诗刊《焰》（福山正夫主办）的同人，还同他人创办了同人杂志《北冠》。"四高"毕业后，他报考九州帝国大学医学部落第，后考取同大学法文学部英文科。入学三个多月后，离校去东京住下，找来文学书滥读。1932年3月，他从九州帝大退学，4月，考入京都帝国大学文学部哲学科，师植田寿藏博士专攻美学。1933年9月，在《星期日——每日》[3]的有奖征集小说中，他的《三原山晴天》被评为佳作。1935年6月，他创作的歌舞剧本《明治之月》在《新剧坛》创刊号上发表（10月在新桥歌舞剧场公演）。9月，在《星期日——每日》的有奖征集小说中，他的推理小说《红庄

---

[1] 可参看［日］矶部忠正：《日本人的信仰心》，东京：讲谈社，1983年。
[2] 日本川端康成研究会会长长谷川泉在《康成和利一》（载《国文学——解释和鉴赏》1957年2月号）中指出："康成的本质是抒情诗人"。
[3] 东京每日新闻出版局的周刊杂志。

的恶魔们》入选。1936年3月,他从京大毕业。7月在《星期日——每日》的"长篇大众文艺"征稿中,以《流转》入选,并获千叶龟雄奖。8月,就职于每日新闻大阪本社《星期日——每日》编辑部。1937年9月,他被召集入伍,随部队来到中国北方,翌年1月,因脚气病被送回日本,4月离队,返回原编辑部。1950年2月,他以中篇小说《斗牛》获第22回芥川奖,在文坛上确立了自己的作家地位,这年他43岁。

如果说井上靖是大器晚成,那么,他成名之后的创作却显示出经久不衰的生命力,从《斗牛》到获得第42回野间文艺奖的长篇历史小说《孔子》(1989),在这近五十年间,共获得包括在日本被视为文化人最高荣誉的"文化勋章"(1976)在内的文艺、文学大奖十项,这在现当代日本文坛上是罕见的。除小说外,他还出版了多部诗集和《井上靖随笔全集》(全十卷,1983)、《井上靖自传小说集》(全五卷,1985)、《井上靖历史纪行文集》(全四卷,1992)。

井上靖不但是位小说家、诗人、随笔家,还是位热心于国内、国际文化事业的活动家,他担任过日本文艺家协会理事长、日本笔会会长、第47回国际笔会东京大会运营委员长等职,出访过埃及、伊朗、伊拉克、阿富汗、巴基斯坦、前苏联、美国等许多国家。他更是中国人民的老朋友——多次来我国访问,任中日友好21世纪委员会日方委员,被北京大学授予名誉博士学位等。

《斗牛》最初发表在《文学界》1949年12月号上,翌年3月由文艺春秋新社出版。这篇小说的主人公是《大阪新晚报》的编辑局长津上,他的内心总是感到虚无,而且这一虚无感膨胀时驱使他自暴自弃式地冲动,并转向无目的的行动。虽然他热衷于主办赌运气的冒险性活动,但又有不能完全投入此活动的旁观者式的心理空虚性,经常漂泊在"迷惑于去就的情人也不还是失败吗"这一抱有危惧般的深深绝望的影子中。他想把自己埋没于飘忽在无目的性的虚无感之中的行动,及靠此而哪怕暂时从绝望和虚无中解脱出来的粉饰了的心情,这是战争虽已结束,但还不知何去何从的一种知识人的时代精神的反映。

长篇历史小说《风林火山》先在《小说新潮》1953年10月号至翌年12月号上连载,1955年12月新潮社出了初版本。这部作品的题名根源于我国兵法家孙子"故其疾如风,其徐如林、侵掠如火,不动如山"[①]这几句,用此来象征作品中战国时期的武将武田信玄(1521—1573),因为信玄喜欢在军旗上写着"孙子之旗"。可是,这部小说的主人公不是信玄而是他的老军师山本堪助。堪助被青年武将信玄的雄才大略所感动而辅佐于他,但同领有信浓诹访地盘的豪族诹访赖茂的女儿由布姬邂逅相见后,堪助的内心开始微妙地发生变化,从此,堪助对美人由布姬的忠心甚于信玄。他爱她,爱她成为信玄侧室后生的儿子胜赖。他之

---

① 《孙子·军事篇》。

所以力劝信玄废了正室所生的儿子义信的继承权而立了胜赖，就是出于对由布姬的纯粹的爱。由布姬青春早逝后，堪助把胜赖委托给信玄的续弦于琴姬，自己义无反顾地献身于疆场。通过薄命美女由布姬和孤独忧愁而始终无偿献身于爱的堪助这两个主人公形象，读者体味到的是人生无常、人的悲哀这一从心头抹不去的诗韵般的主题。

中篇小说《天平之甍》初载于《中央公论》1957年3月至8月号上，同年12月中央公论社出了单行本，翌年获艺术选奖文部大臣奖。有人说这部作品表现了日本遣唐留学僧的意志和热情；有人说这是一部表现留学僧坎坷命运和苦难的历史小说；有人说小说主要表现了鉴真和尚的坚韧意志等等。这是由于这部小说没有把主人公集中于某个特定的人物，而是在鉴真渡日这一历史特大事件的骨骼上刻画了人物群像，读者站的角度不同，就有了多种读解结论。通过这些群像，我们看到的既是单个的人，也是8世纪日本国文化事业的栋梁，还看到了小国日本同政治、文化皆处于顶峰的大唐国之间有着显著的落差。因此，这些群像就势必面临以下两种选择：是采取个人式的生活方式呢？还是为日本国家而献身于使命？戒融、玄郎、景云等人物选择了前者，而荣睿、普照、业行、鉴真等人物选择了后者。作者没有从道德价值上去评论这两种人，而是描写了无论选择哪条道路都会浸透着难以言表的孤独和痛苦。这部作品的中文版1963年6月由作家出版社出版，日本学者安藤更生著的《鉴真大和尚传研究》也被译成中文出版，从而在中国掀起了一股"鉴真和尚热"。1973年，在扬州法净寺（旧名大明寺）模拟唐招提寺修建了鉴真和尚纪念堂。1980年，法净寺恢复原名大明寺，同年，日本著名导演熊井启把《天平之甍》搬上银幕（十分之九的镜头是在中国拍摄的）。毫不夸张地说，井上靖的这部反映中日文化交流的历史小说，为现代中日文化交流架起了一座新桥。

长篇小说《本觉坊遗文》在《群像》1981年1月至8月号上连载后，同年11月，初版本由讲谈社刊行，翌年5月，获新潮社第14回日本文学大奖。这部长篇不同于一般的历史小说，它以至今依然是个谜的千利休（1522—1591）的死为题材，展现了千利休这位杰出历史人物的内在气质和精神风貌。因此，作为不能利用史实的替代，作者大量采用了梦境和幻想以揭示出作品的意蕴：利休的茶道精神不是归结于"无"，而是达到"死"而完成。如太阁秀吉①和利休的幻想式对话的情节等，让读者体味到了深邃的生死观，即利休的茶道本质上是战乱时代的产物，茶道不外是给予武将们乃至秀吉的死的仪式，所以，利休也必须以切腹而完

---

① 即丰臣秀吉（1536—1598），战国时代（室町幕府和江户幕府之交的时代）的武将，1585年成为关白（摄政），1590年用武力统一全国后，辞去关白而成为太阁（把关白让给儿子的人）。

成茶道。评论家高桥英夫认为:"在这一逆说式的死的受容中,可以结合完全成熟了的作者对死的凝视来读,《本觉坊遗文》是1981年最深深感动人的作品。"①

长篇小说《孔子》是井上靖作家生涯中的最后一部小说作品,它连载于《新潮》1987年6月号至1989年5月号,1989年9月新潮社初版发行。与以孔子的传说为题材的中岛敦(1909—1942)的《弟子》(表现孔子与弟子之间友情的小说)不同,井上的《孔子》从某种意义上说不是所谓的历史小说,它是把通过《论语》而切近孔子精神作为主旨的一部作品。作者虚构了蔫姜这么一个叙述故事的人物,孔子的门生蔫姜同类似鲁都孔子研究会式的成员们一边进行讨论,一边去探索孔子言论的精髓,这就是《孔子》的结构。"西欧的哲学史整个是一部柏拉图的注释史——这是怀特海②的一句名言。从这个角度也可以说,日本近世的思想史是《论语》的注释史。从朱子的注释传入日本开始,提出了种种新解释的思想家的著述很多。可井上氏没有迷失在这座森林中,他在孔子死后33年、要在总体上回顾孔子遗业的时机终于成熟这一构思的基础上,把焦点仅仅集中在要学习孔子的'人生观'上。这就是这部作品把'天命'这个词作为特写的缘由。"③用作品中蔫姜的话说:"孔子研究的最重要的部分不就是'天命'吗?""'天命'也可以说是相当难于判明正体的、说合理也合理、说不合理也不合理的似乎定律般的东西。"这段话也是作者交给读者阅读《孔子》的一把钥匙。

二、《冰壁》

长篇小说《冰壁》初载于《朝日新闻》(1956年11月至翌年8月)上,1957年11月新潮社出版了单行本。1959年2月,井上靖由于创作了《冰壁》等优秀作品,而荣获日本艺术院奖。

1956年春天,《朝日新闻》编辑部约井上靖为该报写一部连载小说,但直到秋季作者还没定下来写什么。恰在思虑期间,从来没有登过山的作者参加了一次文人同行的登穗高山④观月活动,他被高山所特有的魅力迷住了⑤。随后,作

---

① [日]高桥英夫:《1981年文学概观》,见《文艺年鉴》,东京:新潮社,1982年,第48页。
② 怀特海(1861—1947),英国哲学家、数学家。
③ [日]野口武彦:《文艺时评1989年12月号》,见《文艺年鉴》,东京:新潮社,1990年,第98页。
④ 位于长野和歧阜县境的群山。
⑤ 1976年井上靖接受日本文化勋章时说:"我要去穗高山去观雪。"可见他对穗高山的感情之浓烈。

者读了《尼龙登山绳事件》①的小册子,决定以此事件为题材创作一部小说,这就是《冰壁》面世的最早动因。

日本著名近现代文学研究家长谷川泉指出,《冰壁》是"中间小说②最出色的旗手井上靖的代表作"③。的确,这部作品在井上靖的创作中、在日本战后文学中占有极其显著的地位。

这部作品主要刻画了两位女性、四位男性人物。这几位人物的关系是:美人八代美那子是原子能专家、东邦化工公司董事八代教之助的妻子(老夫少妻);在登高出版社工作的小坂乙彦和在新东亚贸易分公司工作的鱼津恭太是从大学时代开始就亲密合作的登山好友;小坂苦恋着美那子,小坂遇难后,鱼津也陷入了对美那子的爱恋中;与想极力摆脱小坂的追求相反,美那子把自己的青春和幸福同鱼津联系在了一起;阿馨是小坂的妹妹,她热恋着鱼津;常盘大作是新东亚贸易分公司的经理,是作者的代言人(作者的倾向性是通过这个人物来言明的)。

从人物关系中可以看出这部作品是富于戏剧性和充满浪漫情调的,但它实实在在又是格外深沉、清纯的一部作品。这首先表现在作品环境的设置上,即山岳和城市的对比上,而中心情节、作品的高潮都同登山联系在一起。作品第一章第一段就写道:

> 鱼津往常从山上下来,一看见这东京的夜景,便会产生一种迷惘的心绪。此时鱼津又被这种情绪缠住了。一度沉浸在寂静的山岭之中的身心,一旦重新返回到喧闹的东京城来的时候,往往会产生一种烦闷不安的心情……"走呀,往人们麇集的地方走吧!去呀,往众生熙攘的世俗旋涡中去吧!"……④

鱼津"既没有厌世之心,也没有什么特别孤僻的脾气"⑤,为什么有这种喜恶鲜明的感觉呢?这是由鱼津的人格和追求所导致的。当美那子怀疑小坂的遇难是否自杀时,鱼津断然予以否定,他认为,"要是这样做了,那就等于玷污了山,亵渎了神圣的登山运动。任何登山者,只要他带有登山运动员这个头衔,他就不会

---

① 1955年1月2日早晨,石原国利、若山五朗等三名大学生攀登穗高山东壁时,由于尼龙登山绳断裂而一人遇难。遇难者的哥哥石冈繁雄根据幸存者的目击叙述,认为弟弟的遇难同尼龙登山绳的缺陷有直接关系,要以弟弟的牺牲为代价,究明事件的真相,为登山运动员们提供前车之鉴。这就是所谓的尼龙登山绳事件。

② 位于纯文学和大众文学之间的小说,既有一定的艺术质量,又有受广大读者欢迎的可读性(故事性)。参见《文艺用语的基础知识》,至文堂1988年版第488、489页。

③ [日]长谷川泉:《日本战后文学史》,李丹明译,北京:三联书店,1989年,第42页。

④ [日]井上靖:《冰壁》,周明译,上海:上海译文出版社,1984年,本节有关《冰壁》的引文皆出于此。

⑤ 同上。

干出这种傻事来。登山运动员为了山,甘愿在山上舍弃自己的生命,但决不会是为了尘世间的乌七八糟的人事关系而轻生"①。鱼津本人遇难后,常盘大发议论道:"鱼津君为什么会死?这是明摆着的。因为他是个勇敢的登山运动员。"②

"山岳""登山"在这里蕴涵着深厚的日本自然宗教的理想,即日本修验道③的理想观。简言之,作为自然宗教的修验道有"体、相、用"三要素。所谓"体",是指礼拜的对象虽然是山或海,但不是把自然物本身当作神,而是把其中存在的灵(精灵)当作神;"相"是指对自然的信仰形态和表现出这一形态的实践形态(具体地说,人由于进入自然之中而和内在的神一体化,神力附身使人获得了超人的验力,然而,不仅具有山的灵威的神因是清净的化身而厌恶、忌讳不洁,还因为信徒们有神发怒会带来极其可怕的灾祸这一信仰,所以必须祛杂念、除秽行方可入山);"用"是指作为救济众生的效用,除了为信徒祈祷和预言托宣外,还有作为先锋引导新信徒参社和入山的义务。④ 也就是说,作登山运动员的鱼津具有拥抱"山岳"(身心洁净的象征)的人格,他追求的是同"山岳"融为一体。这一身心洁净对生活在 20 世纪 50 年代的鱼津来说并不是抽象的、超验的,它是实有所指的(通过常盘的议论表现了出来),即:

……每一个人都注定要死的,但我们并不带着暗淡的心情过日子。明知再过几年就要死,可也并不绝望,还是好好地活着。想尽可能正直地活下去。并且不仅是某几个人,而是整个人类都这样。以往一直认为人类不会灭亡的想法才是奇怪的。由于认识了人类随时都可能灭亡,道德、政治当然也会随之而改变。人们不仅仅从民族或国家这个立场去考虑问题,而将从人类这个更大的共同立场去考虑问题。⑤

……所谓勇敢的登山运动员,说得极端点,都是注定要死的……他以技术和意志为武器,向充满死亡的地方,向着大自然阻挡人们的地方挑战,这确是人们用以考验自己能力的伟大工作。自古以来,人类就是这样征服大自然过来的。科学和文化也是这样进步起来的。人类的幸福就是这样取得的……⑥

但鱼津并非不食人间烟火的理想形象,他是一个七情六欲俱全的活生生的人。

---

① [日]井上靖:《冰壁》,周明译,上海:上海译文出版社,1984 年,本节有关《冰壁》的引文皆出于此。

② 同上。

③ 修验道中虽包含着佛教和神道的成分,但与佛教和神道是一种文化宗教相对,修验道是一种自然宗教。

④ 参见五来重《日本的宗教和自然》,载《日本的美学》(季刊)第 10 号(日文)。

⑤ [日]井上靖:《冰壁》,周明译,上海:上海译文出版社,1984 年,本节有关《冰壁》的皆出于此。

⑥ 同上。

美那子的美牵动了他的心,他又接受了出水芙蓉般纯洁的阿馨的爱情。在对有夫之妇的非道德的爱和纯洁的爱情之间,鱼津毅然选择了后者。他要冒险登山,在"山岳"中洗涤自己的非道德的爱,以便不玷污纯洁的爱情。他为此而献出了年轻的生命,可阿馨"总觉得鱼津恭太正在朝着自己这边走过来","鱼津的头一定朝着自己,手也是伸向自己的"①。

这部作品是三峰情节高潮②,其中之一是山中小坂的葬仪:

> 不久,果真如 S 所说,月亮开始用它那略带浅蓝的亮光照明树林的一角。月亮一出,人们的面容、堆积着的木材和祭坛的模样也都看得清楚了。脚下覆盖着地面的积雪也反射出青白色的光亮。
>
> ……
>
> 验尸完毕后,遗体盖上了阿馨带来的白布,然后抬到枞树柴堆上。接着阿馨、鱼津、吉川、上条依次烧了香。虽然没有念经的声音,但在这高山上、树林中,月光下举行的烧香仪式是相当肃穆的。而后,上条和老吴把煤油浇上遗体和柴堆,阿馨在柴堆下面点燃了火。
>
> 大家围成一圈,注视着火势越来越猛的枞树堆。一会儿,小坂的伙伴们唱起了小坂生前喜爱的登山之歌:

冰雪啊/绿色的梓树啊/我们又来了/来到了冬天的穗高山。③ 月、雪、火、歌唱,这同信州新野传统的雪祭④高潮场面是何其相似:

> 1月14日午夜……在巨大松枝火把的照耀下,以划定范围的露天场地为舞台,戴着各种面具的神们向载歌载舞、沉浸在欢乐中的人们祝福。
>
> 恰好这时,从纷纷扬扬的漫天大雪之间,一轮满月露出了脸庞,火把光和月光使假面神们浮现出神秘的红光和白光……⑤

用诗情画意形容这一场面是再恰当不过了——唯有"登山运动员"(执着地追求身心纯洁和人类爱的人)才配在这一场面举行葬仪,也唯有这一神圣的场面才能安息登山运动员纯洁、高尚的灵魂。这一场面的气氛是深沉的,又是激动人心的,它充满追怀和向往,回荡着召唤和诱惑。在这一神圣而煽情的场

---

① [日]井上靖:《冰壁》,周明译,上海:上海译文出版社,1984年,本节有关《冰壁》的引文皆出于此。

② 一是山中小坂的葬仪,二是鱼津遇难后常盘在办公室的议论,三是阿馨幻想着鱼津正朝自己走来。

③ [日]井上靖:《冰壁》,周明译,上海:上海译文出版社,1984年,本节有关《冰壁》的皆出于此。

④ 日本传统的、至今流行的自然崇拜之一。

⑤ [日]田中英机:《月·雪及火的舞台空间——信州新野的雪祭》,载《日本的美学》(季刊)第10号。

面里,阿馨动心了,她有了向鱼津表达爱情的勇敢——纯洁的山、纯洁的月、纯洁的雪、纯洁的火、纯洁的情和爱,歌颂人际之间纯洁的爱和信任,这就是《冰壁》的主题。

通过"山中葬仪",我们也可看到《冰壁》的艺术表现特征——诗情画意。这同作者也是位诗人和美术评论家①有关。

《冰壁》初版发行5万册,这在当时是破天荒的数字,但很快又再版,发行了30万册,成为当时最畅销的作品,并于1958年被改编成电影。一时间,作品中描写的主人公登穗高山的人山口——上高地(位于长野县)成了旅游热点,从松本开往上高地的公共汽车趟趟超员,海拔1600米的德泽野营场搭满了帐篷,当地还出现了挂有"冰壁之宿"招牌的客店。在这部风靡全日本的作品发表后21年,日本有关部门公布了"登山绳安全标准",这说明在颇有争议的"尼龙登山绳事件"的公正解决中,《冰壁》发挥了相当大的社会效用。

第四节 野间宏

一、生平与创作

野间宏(1915—1991)是位诗人、评论家、剧作家、外国文学研究家、小说家②等。他的经历颇为曲折多样。11岁时父亲去世,母亲带着他和哥哥在贫困中度日。20岁时,他考入京都帝国大学(今天的京都大学)文学部法语专业。那时的京大是全国学生反对右翼法西斯势力的民主运动的中心,他加入地下学生组织"京大核心",从事反战活动。大学毕业后,他就职于大阪市政府社会部福利课,在工作中经常去"被差别部落"③,目睹了部落民被歧视的现状,从此同部落解放运动结下了不解之缘。26岁时,他被作为补充兵征入军队,翌年1月被临时召集到中国华中的江湾集中营,2月被派往菲律宾,3月参加了两次战斗,5月因患疟疾入野战医院,10月归国回原补充兵部队。1943年7月,因涉嫌违反治安维

---

① 井上靖曾担任过10余年美术记者,撰有《卡洛斯四世的家族》的美术评论集。参见《井上靖年谱》。

② 野间宏著有诗集《星座的疼痛》(1949)、《强忍鸟》(1975)、《野间宏全诗集》(1979)等;评论集《人生的探求》(1953)、《续集——文学的探求》(1953)、《文学的方法和典型》(1956)、《真实的探求》(1956)、《新时代的文学》(1982)等;舞台剧本《黄金的黎明》(1958)、广播剧《诞辰》(1959)等;专著《萨特论》(1968)、论文《现代文明和阿拉伯文学》(1974)、《〈戈拉〉论》(1982)等。

③ 所谓"被差别部落",是指在江户时代的身份制中被称作贱民而强迫其居住在某地,与其他身份的人相隔离的人们。进入近代以后,政府虽然废除了身份制,但直到今天,部落民还在为自身的完全平等而斗争。

持法而被关入大阪陆军监狱,后宣判服刑 4 年,缓期 5 年,年末出狱,回原补充兵部队监视服役。1944 年 2 月,部队再次向国外集结,因正在监视中,他被免除集结,但由于缓刑期未满,也不能复职于大阪市政府,只好在军队管理下的大阪军需公司国光制锁厂工作。1945 年 8 月 15 日战争正式结束,日本法西斯政府土崩瓦解后,他恢复了自由,来到东京,步入了他辉煌的、多有建树的作家、文化人的生活征程。野间宏对中国人民怀有友好的感情,1960 年和 1982 年曾两次率团(担任团长)来中国访问①,回国后,撰文介绍中国,为中日两国人民的交流、理解、友谊而尽心尽力。

野间宏是以短篇小说《阴暗的画》而蜚声文坛的,在他的"多栖"创作中,小说创作成就最著。

《阴暗的画》发表在 1946 年 4 月至 10 月号的《黄蜂》杂志上。人们公认它的问世宣告了"战后派文学"的诞生,"虽然战败后不久,有描写燃烧的残迹、黑暗的市街、娼妓街、外国兵等战后风俗的作品,但因为这些作品全是用战前的日本文学的方法描写战后的风俗,所以不能称作战后文学。在刻意从战争体验的穷究上开始呼唤新时代的声明这一点上,《阴暗的画》在思想上宣告了战后文学的诞生。这一思想的内容是以过去的左翼运动和战争体验的阴暗伤痕为依据,在战后社会中去探究彻底化的个人独立和自我完善的方向"②。这部作品的开头就给人一种"不曾见过的""发想和文体"、作者有着"完全异质的文学教养"的"吃惊"印象③:

> 没有草没有树没有果实的呼啸的雪风荒凉地吹过。远处高丘一带被云遮住的黑日烧焦了似的、划开了一暗一明的地平线的大地的这里那里滴滴答答地打开着黑色的漏斗形的小洞。那洞口处放射着像充满过度生命的嘴唇似的光泽,打开在堆得高高的土馒头正中的那个洞口,等受反复的、钝重而淫乱的触感,宛如属于软体动物的蠕动那样频频地向大地张着口。可以想定在那里摆埋着没有臀部、整个是性器的不可思议的女体。在彼特·勃鲁盖尔的画④里,因何感到大地上这般的烦闷和痛苦和创伤斑斑,难道只是因这烦闷和痛苦和斑斑创伤那似乎主张生存的黑色的圆形的洞口才打开着

---

① 第一次访问长达 2 个多月(5 月至 7 月)。

② [日]饭野博:《宣告战后文学诞生的纪念碑式的作品》,见《日本文艺鉴赏事典》第 14 卷,东京:晓星社,1987 年,第 76 页。

③ [日]平野谦:《象征主义和马克思主义的结合》,见《野间宏作品集》第二卷《解说》,东京:三一书房,1953 年,第 345 页。

④ 彼特·勃鲁盖尔(1525—1569),弗兰德尔(即比利时和法国的小部分)以农民生活为题材的画家,有"农民勃鲁盖尔"之称。

吗？……①

这种藤蔓缠结似的晦涩的文体，好像是从战争中走出来的、满是创伤的心扉和身体中挤出来似的。这一文体表现特点是同作品的主题——被强拖进战争这一特定历史的现实中生活的青年学生们的痛苦——相契合的。如果说志贺直哉（1883—1971）的作品以直接、明晰、清澄的文体表现而成为日本近现代文学的一种典范文体，那么，《阴暗的画》则与其相反，以粘着和晦涩而树起了"战后派文学"的新的旗帜。

短篇小说《崩解感觉》是野间宏的又一部代表性作品，它连载在《世界评论》1948年1月至3月号上。这部作品通过主人公及川隆一对战场的恐惧回忆和他同恋人仅仅是肉体关系的描写，入木三分地表现了这么一个主题：战争不只是给人们的精神和理性带来创伤，即使肉体和感觉也都蒙上了战争的残酷阴影。这部作品"不仅是作者纪念碑式的作品，对整个现代日本文学来说，面对今日依然为原子病困扰的人们的存在，也足以称得上是有相同分量的作品"②。

《骰子的天空》是继《真空地带》（详见后）又一部有代表性的长篇小说，这部作品初于《文学界》（1958年2月号至1959年10月号）上连载，文艺春秋社1959年12月出版了单行本。作品的背景是所谓"神武景气"③出现滑坡的1957年夏，主人公——大学毕业的股票商大垣元男在股票交易中击败对手，但是因国际形势的影响，自己掌握的人造丝绸的股票也一落千丈。这部作品顺着人们的欲望和欲望无限膨胀的复杂葛藤，从内侧解剖了现代资本主义股票市场的巨大结构。同时围绕从背后抓住年轻的主人公、并把他推向激烈的决斗场的是战争中以莫须有的罪名而死在监狱的父亲，以及主人公在贫穷的学生时代、用"爱情"交换金钱、同患病在身的资产阶级女子进行"恋爱"等情节，表现了战争时代法西斯统治的黑暗和阶级差别给主人公带来的屈辱感。

五卷本《青年之环》不仅是野间宏小说中篇幅最长的一部，也是日本近现代文学中罕见的巨幅长篇。这部巨作的第1部第1章发表在《近代文学》1947年6、7、9月号上，1970年9月，第6部最后一章脱稿。1971年1月，《青年之环》全五卷由河出书房新社出版。同年10月，获第7回谷崎润一郎奖④。1973年1月，又获被称作东方诺贝尔文学奖的第4回洛特斯（LOTUS）奖⑤。这部8000多页的超长篇描写的仅是1939年夏季三个月发生在关西的事件。通过作品中

---

① 拙译自《野间宏作品集》第2卷，东京：三一书房，1953年，第1页。
② 平野谦：《象征主义和马克思主义的结合》，第353页。
③ 指从1955年下半年出现的经济高度增长现象。
④ 日本著名的出版社中央公论社设立的文学奖。
⑤ 亚非作家会议设立的文学奖。

出场的 100 多个人物,作者揭示了当时的时代状况和人们的精神状态——"不管人们从此以后如何逃脱,如何挣扎,又如何表示各自充溢着的厌恶,都要不容分说地被抓住,并运往不知去处的与各人志愿毫不相关的地方,使人们的生命像泡沫似的逝去"①,这就是当时的时代状况。而因侵略战争而充满各种各样的苦楚,正是作品中所有人物的基本精神状态。矢花正行是作者肯定的知识分子形象。他学生时代参加过左翼运动,后在法西斯政府镇压下不得不停止了活动,尽管这样,经常还受到秘密警察的监视。大学毕业后,他就职于大阪市政府社会部,被安排从事他热心的部落融合事业②,他冒着生命危险站在为部落民谋利益的经济更生会一边,赢得了部落民的信赖。然而,时代现状与解决部落问题的对立使他深深陷入绝望和苦恼之中。与矢花相反,大道出泉是作者否定的人物形象,下面一段文字写出了他的无赖性:

> 似乎一条飘带呼啦在他的头后——几天来意识到的似乎从背后威胁他的不断挥动着飘带的那个追捕者,始终没有追到他的身后。(不,是他强迫那个追捕者从自己一边摘走了飘带。)为何把自己委托于那样的追捕者的手呢?这不正是证明大道出泉是一个人间的赝品吗?而且,因为他把人分为赝品和真货两种类型,所以对他来说,不是赝品这就比什么都重要。③

大道出泉是矢花高中时的上一年级学生,也是左翼学生运动的参加者,后因学生运动的挫折而逃入享乐颓废的自暴自弃之中。他虽是电力资本家敬一的长子,但他是敬一和情人的私生子,对此他有一种"差别"感。上面引用的那一段描写是他利用田口喜吉的部落民出身作为挟制对方的武器的一种心理反映。这段描写的表现风格貌似轻松,实际上却深含着苦涩,这也正是《青年之环》的艺术表现特点。

二、《真空地带》

长篇小说《真空地带》先分两回登载在《人间》杂志 1951 年 1、2 月号上。1952 年 2 月,增写后的《真空地带》④由河出书房出版。同年 11 月,获每日出版文化奖⑤,并很快被改编成话剧和电影公演。这部作品曾先后被译成法、荷兰、中、英、波兰、俄、捷克、匈牙利等语言出版。

---

① 拙译自《青年之环》。
② 部落即被差别部落,明治末期,政府着手制定了部落改善政策,但把"解放令"纳于明治天皇的圣旨,宣扬为了官民合作基础上的"国家"发展而改善部落,并以此为基准而具体实施,这就是所谓的部落融合事业。未解放的部落民对此持批判态度。
③ 拙译自《青年之环》。
④ 河出书房版《真空地带》第 1 章中 1、2 节是增写的。
⑤ 每日新闻社设立的文化奖。

《真空地带》一问世,立刻成为评论界的热门话题。在占压倒多数的赞誉评论中,有人称此作为"战后文学的最高杰作"[1],但也有人发表了否定的评论[2]。40年的历史间隔,使我们这部作品有了重新评价的余裕。

　《真空地带》以服刑假释犯木谷利一郎为第一主人公,以他的监狱生活和军队生活为主线,描写了日本皇军的丑恶内幕,揭露了这个军队的残忍本性和它赖以存在的专制思想特性。

　上等兵木谷在值勤路上拾到一个钱包,正等钱用的木谷没有把钱包交出去而据为己有,事败后,"钱包事件"成了军官们钩心斗角的焦点。中崛中尉一伙怕曾在军需室服务过、知道他们发军需财底细的木谷说出对他们不利的口供,于是从中调解从轻处理木谷。被排挤出军需室这个捞财捞物肥缺的林中尉,则要利用这一事件反击中崛中尉一党。中崛中尉一伙的"调解"行动使林中尉误认为木谷是中崛中尉手下的人而坚持把木谷送交军事法庭。法庭的审讯大出林中尉和木谷所料:林中尉把木谷送交法庭是想趁此抖出中崛中尉一伙大发军需财的底细,但这事正是检察官所忌讳的,因为军需部门从上到下都是一路货色,都干着见不得人的勾当。师团军需部的中心人物大山少校担心"如果事态扩大到危及师团部的安全,结果是会损害军部[3]的威信,对战局会发生非常坏的影响"[4],于是插手、左右了木谷的审讯。最后,木谷以具有"反军思想"等罪状而被判2年3个月的徒刑。

　木谷的悲剧并不在于冤枉他偷了钱包,而是在于他具有"对神圣不可侵犯的皇军抱凶恶的思想和情感"[5]实际上是在笔记本上对老兵虐待新兵,官长毒打士兵等事件发了几句牢骚,"对自己的长官和上司随便进行诽谤和批评"[6](实际上是在法庭上说林中尉干了比我坏得多的勾当一类的话)等在法庭看来非常危险的思想。法庭判木谷服刑,一是为了不致因"钱包事件"而暴露军需部门的黑幕;二是要士兵们服服帖帖地为皇军效力。

　实是冤鬼的木谷直到假释出狱还蒙在鼓里,倒是与此案毫不牵连而颇有些

---

　① ［日］栗林秀雄:《名作余话》,见《日本文艺鉴赏事典》第16卷,第95页。
　② 平野谦曾叙述道:"……批评经常有无对象地强求的一面,但在讨论会上否定的评价太过于无对象地强求了。本应占优势的积极肯定《真空地带》的意见,大有每每被对方否定的激烈意见压住的气味。《真空地带》是现代日本文学中不容含混的一部力作、一部杰作,我感到讨论会需要应在此明确的前提上深入开展批评的空气……会上还提出了《真空地带》中存在色情主义和商业化相结合的意见。我认为这一尖锐意见是对野间宏的根本性误解……"见平野谦《象征主义和马克思主义的结合》一文,第348页。
　③ 第二次世界大战期间日本军队的最高领导机关。
　④ ［日］野间宏:《真空地带》,萧萧译,北京:作家出版社,1956年,第354页。
　⑤ 同上书,第267页。
　⑥ 同上书,第267页。

"思想"的知识分子士兵曾田识破了这个军队的本质：

> 兵营乃是一个同甘苦,共生死的军人家庭,兵营生活的目的在于在起居之间培养军人精神,熟悉军纪,加强团结。①

这是军队内务守则纲领中的一条,但是,曾田却私自把它们改成下面的样子：

> 兵营乃是一个被军规与铁栅所包围的一百平方公尺方形的空间,是以强大压力造成的抽象的社会。人们生活在这个社会里,遂被抽去"人"的要素,而成为一个"兵"。②

兵营里面的确没有空气,里面的空气都被强大的力量抽空了,说它是真空管还嫌不够,它乃是制造真空管的地方——真空地带。人在这里面,就被剥夺了一定程度的本性和社会生活,而终于成了一个兵。

被当局美化、被用来实现"宏图大略"的皇军,它的兵营原来是非人性的"真空地带"——难怪这里老兵驱使、虐待新兵;官长任意惩罚、殴打士兵;上级压服、迫害下级等等,因为这里没有理性和自由的空气,而这正是侵略战争法西斯专制下日本当局极力维持的时代现状。这就是《真空地带》的深意所在。正像日本学者获久保泰幸指出的：这部作品"暂且把战争和军队分开考虑,深掘出'虽然为了国家的战争是不得已的,但军队令人厌恶'这一大众性的厌恶军队的心理,这是野间宏的独创"。另外,"野间宏通过木谷,描写了军队、陆军监狱、花柳街,这三处直接显露非人性状况的社会场所。这三个场所,从某种意义上说,不外是最直接、最集中地暴露民众不幸的场所。由此可以清楚地懂得所谓野间宏作为人和作家的观察力、想象力及爱情,是要穷究权力和支撑权力的社会秩序"③。围绕这一主题,作品中还安排了木谷、曾田、大学生兵安西等人的性爱情节,这些情节真实地反向表现了被剥夺了自由而极度压抑的士兵们的悲哀,"不,也更是全体日本大众被强使背负着的不幸"④。

由于作者有过军队生活的经历,那些丧失了人性的士兵们的痛苦、悲哀在作者笔下如泣如诉,加上大阪方言的使用,士兵们的形象活灵活现。这可以说是《真空地带》艺术表现上最突出的特点。

---

① [日]野间宏：《真空地带》,萧萧译,北京：作家出版社,1956年,第180页。
② 同上书,第181页。
③ [日]获久保泰幸：《关于〈真空地带〉》,见《国文学——解释和鉴赏》第485号。
④ [日]栗林秀雄：《详细执着地暴露军队生活的非人性实态的反战小说——〈真空地带〉》,见《日本文艺鉴赏事典》第16卷,第92页。

第五节 大江健三郎

一、生平与创作

大江健三郎,是继川端康成之后第二位获得诺贝尔文学奖的日本作家。1935年1月31日生于日本爱媛县,幼年丧父,原本家道殷实,第二次世界大战日本投降后,曾进行农地改革,受其影响,大江家开始败落。

大江自幼喜爱读书,儿时就已把村里阅览室的藏书全部通读了一遍,无书可读之后,甚至通过邮局购买了陀思妥耶夫斯基的《罪与罚》等书。小时候的博览群书,无疑是为他后来走上文学创作之路埋下的一粒种子。

1954年,大江健三郎19岁时考入东京大学,转而进入法文专业读书。但他从外地的农村一下子来到东京,很不适应都市生活,也不喜欢周围那种恶俗的气氛,大学期间的生活一直很孤独,故而曾一度接近学生运动。

在大江健三郎早期的创作道路上,有几个人对他产生过相当的影响。首先是他在大学读书期间的恩师——东京大学教授、著名的法国文学研究家渡边一夫先生。渡边教授著述甚丰,对法国文学尤其是拉布雷等作家有着高水平的独到的研究,在思想上,他主张人类不要作制度、机器、意识形态的奴隶,而应对所有的一切都保持着自由探讨的精神。大江健三郎一度将渡边教授作为自己的精神支柱,声称自己是渡边一夫在人生和文学两方面的弟子。

学习法文出身的大江健三郎,在精神生活及文学创作上受法国萨特的存在主义影响甚深。他在自述《我的文学之路》中坦言:自幼就读过萨特的小说,进入东京大学后,曾广泛阅读萨特、加缪等人的著作,而后更直接攻读萨特等人的法文原版的《自由之路》等作品,对萨特顶礼膜拜、佩服之至,同时萌发了自己写小说的念头。

此外,艾略特等人的诗歌也曾对大江走上文学之路产生过影响。他曾说:"从大学开始读的法文和英文诗没有诱使我去写诗,而是有些神奇地使我对小说的写作技法产生了梦想。在读英文诗的译作时,我觉得用这种文体可以写出自己隐约勾勒的这个国家所没有的小说,而且实际创作了短篇的习作。"显然,浮濑基宽翻译的《艾略特诗集》等,对大江健三郎的第一篇小说的写作及后来独特文体的形成,都曾有过不小的影响。

1957年大江健三郎首次出道创作的小说《奇妙的工作》,是为响应《东京大学报》的有奖征文而写的,经评审委员、著名评论家荒正人的推荐,终于获奖。小说用象征主义手法描写了日本战败后青年一代那种"无奈"的情绪,小说的情节及表现形式明显受到西方现代派文学的影响。著名评论家平野谦称赞大江的处女作是"富有现代性及艺术性的作品"。此句评语恰如其分地归纳了大江小说的特点,从此大江健三郎在日本文坛上开始引人瞩目。同年,他接连发表了《死者之骄》《他人之足》等佳作,作为一名学生作家,一时间声名鹊起,甚至被称为"川端康成第二"。翌年又发表小说《饲养》,并获得芥川奖,以此开始确立了他作为新生代作家的地位,并成为这一派作家的一面有代表性的旗帜。同年又发表了《人类之羊》以及首部长篇小说《拔芽打仔》。

1959年发表反映当代青年生活的长篇小说《我们的时代》,并从东京大学毕业。他的毕业论文题目是《论萨特小说中的人物形象》,可见其受萨特影响委实不小。而且,大江1961年访问欧洲时,还特意拜见了自己心仪已久的萨特先生。

大江健三郎于1960年结婚,新婚不久,即于5月份访问中国,并与日本文学代表团的其他成员一起在上海获得毛泽东的接见。此时正值日本全国开展反对日美安全条约的大规模民众运动。他日益关心政治,并加入了左翼的新日本文学会,然而翌年旋即宣布退会。这一行为反映出他当时既受到右翼的威胁,又受到左翼批判的两难处境。这使得他又一次陷入文学及精神方面的危机之中。后又发表了几部长篇小说,如《青年的污名》(1959—1960)、《迟到的青年》(1960—1962)、《日常生活的冒险》(1964)等。1964年完成的长篇小说《个人体验》,获得新潮社文学奖。这部小说的问世,令大江健三郎的创作跃上了一个新的高峰。大江夫人于1963年生下长子——大江光,孩子头部异常,是个先天的残疾儿,这令他们受到巨大的打击。后来大江以自己的亲身经历为蓝本创作了长篇小说《个人体验》。在这部小说中,他没采用日本传统的"自我小说"(即"私小说")那种琐事照录的手法,而是将生活经历进行巧妙的加工与艺术处理。小说的主人公是一名绰号"巴德"(鸟)的大学讲师,本来一直想去非洲探险,未料生下一子却是个先天性头盖骨缺损的残疾儿。他痛苦万分,并面临困惑的选择:要自身的肉体享乐,还是要孩子?是假他人之手将孩子埋掉,还是对孩子进行手术?最后,他选择了后者,人道主义的力量终于战胜了心中的恶魔。在决定授予大江健三郎诺贝尔奖时,瑞典皇家科学院曾这样评价《个人体验》一书:作家"本人是在通过写作来驱走恶魔,在自己创造出来的想象世界中来挖掘个人的体验,并因此而成功地描绘出人类所共有的东西。可以认为,这是在作了脑残疾病儿的父亲之后,才得以写出的作品"。

大江又于1964年发表了著名小说《万延元年的足球队》,并以此获得第三届谷崎润一郎文学奖。此小说将人类想象力发挥到了极致:虚幻与现实、过去与现在、农村与城市、西方与东方……时令景象迷离交错,故事情节荒诞离奇,很有些卡夫卡的色彩,反映了当代人对生活中种种离经叛道的现象感到惶恐不安的情绪。作者无疑在小说中寄托了自己对现今社会发展的看法与感受。要解读大江健三郎,此部小说是一把关键的钥匙。此外,他还发表了《洪水触及我们的灵魂》(1976)、《同时代游戏》(1979),以及纪实文学《冲绳笔记》等。

1994年，大江健三郎荣膺诺贝尔文学奖，是日本作家继川端康成之后第二次获此殊荣，两者相隔了26年之久。得知自己获奖后，大江曾表示："由于日本文学获奖，我想亚洲文学的发言权会因此而有所提高。希望能为亚洲文学做点儿什么。"本来大江健三郎的作品在日本读者中是以"艰深晦涩，难以解读"而著称，在获奖后却一时洛阳纸贵，他那50种共一万余册在仓库中睡大觉的作品，顷刻间销售一空。此种戏剧性的盛况，远超过川端康成获奖时的情景，颇令人深思。

在授予大江健三郎诺贝尔文学奖的颁奖词中，有这样一句话："人生的悖谬，无可逃脱的责任，人的尊严等这些大江从萨特著述中获得的哲学要素，贯穿作品的始终，形成大江文学的一个特征。"此话可谓一语中的，它拨开大江文学那斑驳陆离的表象，挖掘出了隐匿其中的深沉的底蕴。作为日本战后文学的旗手，大江一直在注视周围不断异化着的世界，并表现出极度的不安与绝望。他曾说："由于原子弹爆炸、奥斯维辛以及环境的破坏等，'大限'已经凸显出来，个人之死的上面笼罩着'大的时代之死'的阴影。我认为，在'死'这一事物面前，全世界都站在同一立场上。"这样一种观点贯穿在大江的大部分作品之中。请看今日之世界上，转基因食品、克隆、人类基因研究的飞速发展、纳米技术、二噁英、臭氧层空洞、疯牛症、埃博拉病毒、厄尔尼诺现象……想一想都让人头晕目眩。新技术的发展，环境的变化，使以前只能在科幻小说中想象的事情变成了现实，同时也在人们心中引起了一些不安的情绪。而大江健三郎在自己的作品中很高超地表现了人们对环境及未来的不安情绪。克隆等新技术，能为人类造福吗？抑或只是打开了潘多拉宝盒呢？带着这些悬念，再去读大江健三郎的作品，肯定会令读者别有一番心得。不过，大江先生最近说："显然21世纪由于精神问题、人口问题、环境问题，还有核武器问题而并不很光明，令人很感不安，但科学进步，并不意味着人类走入绝境。因为我想，现在这个时代，真正值得信赖的科学家们会用我们听得懂的语言和我们说话。"看来，他对未来还是乐观的。

大江健三郎是位富有人格魅力及政治良心的作家。他崇尚民主主义，痛斥石原慎太郎等右翼分子所作的国家主义宣传。在日本侵华战争的问题上，他主张日本要负"战争责任"，并提出"现在政府中的这些人与我同龄，我在现在的保守政权身上，看不到一点对中国的带人性的责任。所以我觉得，让更多的人作为个人感到对中国的责任，是最要紧的"。鉴于历史的原因，大江健三郎曾拒绝天皇颁发的文化勋章，并引发了一场轩然大波。然而他不惊不悔，处之泰然，他不愧是日本文学界的良心。

大江健三郎先后于1960年、1984年及2000年共三次访问中国。这前后40年间，中国与日本以及全世界都发生了巨大的变化。在这巨大变化的面前，大江提出了"共生"的概念。他说："中国人和日本人、韩国人一起，当然也包括和亚洲其他国家和地区的人们一起'共生',才是亚洲惟一的希望。日本年轻人和中国年轻人能够共生,是我对未来的展望中最为看重的事情。"日本人、中国人、亚洲人乃至世界各国各民族的人们,都能共同生存、和平共处,这无疑是大江健三郎真诚而美好的愿望。衷心希望他美梦成真,世界从此天下太平。

二、《死者之骄》

此部短篇小说于1957年8月发表在《文学界》杂志上,是大江健三郎的代表作之一,与其处女作《奇妙的工作》堪称为姊妹篇。

小说由第一人称写成,主人公"我"是大学法文专业的学生,有一次他同一位女大学生一起参加医疗专业的勤工俭学活动,工作是把浸泡在酒精槽中的尸体搬至新的药水槽中。尸体中甚至有战时被枪毙的逃兵。此情此景引起了"我"对战时的种种联想。怀孕的女学生因忍受不了药水味道及过重的体力劳动而晕倒,被送至医务室抢救。最后,他们终于将尸体搬运完毕,却发现这批尸体本应烧掉,不能置于新的药水槽中,因管理处的差错而导致出现如此尴尬的结果。副教授指示,明天早晨前必须把尸体全部搬出来,且表明对此种无效劳动不付予劳动报酬。

小说反映出日本五十年代青年们的精神状态:他们感到无助与无奈,看不到发展前景,认为现代社会使人们疲于奔命,结果却是一无所获,归于徒劳。此小说及《奇妙的工作》等大江健三郎早期的作品,奠定了他的现代派创作风格,且表现出作者对现代社会及人生的一种独特解读方式。这使他在世界文坛上形成了自己的鲜明特色,并由此获得诺贝尔文学奖。

三、《饲养》

发表于1958年,并获得当年的芥川奖(日本纯文学的最高奖,为纪念已故著名作家芥川龙之介而设),是大江健三郎早期创作中最具代表性的作品。在他的众多作品中,《饲养》是很罕见的直接描写战争时期生活的一部小说。其故事梗概如下:

我和弟弟在峡谷底部的临时火葬场中搜寻死人残骨,用以制作戴在胸前的证章。后来同朋友豁嘴儿约好一起去逮野狗时,看到一架敌机坠落下来。为了抓捕敌机上的飞行员,全村的男人都去搜山。被村中大人们逮到的飞行员原来是个黑人。村里人将他关在地窖中,决定先喂养他,就如饲养牲畜一般。我跟着父亲去镇上的镇公所报告抓到俘虏一事。村里杂货铺的老板娘不愿去地窖给黑人俘虏送饭,便轮到我跟父亲去送。黑人俘虏的双脚被套野猪用的粗大锁链拴在柱子上。我原以为那黑人看不上自己送去的寒酸的晚饭,不料他却急不可待地将食盒中粗糙的食物一扫而光。"书记"告诉村长:镇公所和派出所对黑人俘虏的处置竟然无能为力,在县里有明确的指示之前,看管黑人俘虏是村里的义务。在父亲的陪伴下,早晚两次给黑人俘虏送饭便成了我的特殊使命。白天,我和弟弟、豁嘴儿满不在乎地整天呆在关俘虏的地窖中,最初还能感到越轨的诱惑所带来的兴奋,但不久便对这一切习以为常了。黑人带着锁链的脚部开始发炎、流血。豁嘴儿拿来钥匙,打开了锁链。黑人俘虏仍像家畜一样驯服。"书记"在山林中摔了一跤,把假肢的金属环摔坏了。黑人将假肢修好,并在外面试验修好的假肢时,第一次走出了地窖。"书记"请黑人吸了口香烟,黑人将一个烟斗送给了"书记"。黑人开始像猎犬、孩子和树木一样,正在变成我们生活中的一部分。女人们也不再惧怕黑人,他有时直接从女人们那里得到食物。当决定将黑人押送县里时,黑人突然抓住我作为人质。父亲为解救我,用厚刃刀将我的左手与黑人的头颅一起打碎了。因为不准火葬,村民们只好将黑人的尸体放在矿井内。"书记"慨叹着战争的无情,最后自己也在乘爬犁时撞死在岩石上。

《饲养》在大江的创作道路上是一部具有里程碑意义的标志性的作品。大江以此部作品确立了自己作为新生代作家的地位,并成为一面具有代表性的旗帜。

《饲养》这篇小说的背景,似乎就是作者幼年生活过的故乡的山村。本来,"我"及弟弟等孩子们都在这个远离都市的小山村里,无忧无虑地生活着,然而战争也波及这个小山村。一个敌机的黑人飞行员的被俘,突然也将这个小山村卷进了战争的漩涡之中,并且由此改变了孩子们的人生轨迹。借用小说中的一句话:"战争,血流成河的旷日持久的大战争还在继续着。在遥远的国度里,尽管它像席卷羊群、柴草而去的洪水,但它绝没理由波及我们的村庄。可是,现在父亲却挥着厚刃刀扑上来把我的手掌打得粉碎。战争突然支配了村里的一切,使父亲也失去了理智。"大江通过这篇小说隐约地表达了他对那场侵略战争的看法。他在接受诺贝尔文学奖而发表演说时,曾坦言道:"就日本现代文学而言,那些最为自觉和诚实的战后文学者,即在那场大战后背负着战争创伤、同时也在渴望新生的作家群,力图填平与西欧先进国家以及非洲和拉丁美洲诸国间的深深沟壑。而在亚洲地区,他们则对日本军队的非人行为做了,痛苦的赎罪,并以此为基础,从内心深处祈求和解。"小说《饲养》便是理解大江这种战争观的注脚之一。

第六节　村上春树

一、生平与创作

村上春树生在京都市伏见区,长在兵库县西宫市与芦屋市。

父亲村上千秋,母亲村上美幸均为国语老师。他先后在西宫市、芦屋市、神户市完成了小学、初中、高中学习。

父母是国语教师,家中话题自然以日本文学为主,但村上对日本文学的内容兴趣索然,却热衷于欧美的翻译文学。整个少年时代,他读完了他父亲订阅的河出书房出版的《世界文学全集》和中央公论社出版的《世界的文学》的每一册。同时,从中学时起他反复阅读中央公论社出版的《世界的历史》全集。这些为他日后走上国际型作家之路打下了坚实的基础。

高中毕业过了一年失学的生活之后,1968年他考入早稻田大学第一文学部戏剧专业。在校期间,天天在戏剧博物馆中埋头阅读电影剧本,曾以电影的剧作家为目标动笔写过剧本。与此同时,他几乎不去上学,每天过着边在新宿的唱片店打工,边沉湎于进出歌舞伎町的爵士乐酒吧的日子。七十年代初,他成了位于东京都千代田区水道桥的爵士乐酒吧"水道桥摇摆乐"的员工。1971年,以大学生的身份与高桥阳子结婚,最初的一段时间里借住在文京区经营床上用品店的夫人家中。其后,年轻的夫妻为了生活也经营起了爵士乐酒吧。1975年他以《美国电影中的旅行思想》的毕业论文,结束了长达七年的大学生活。

1979年4月,他以中篇小说《且听风吟》(详见后)获第22届群像新人奖,在日本文坛上开始引人瞩目。同年6月,《且听风吟》被提名为第81届芥川奖以及第一届野间文艺新人奖候选作品。1981年,他决心成为专业作家,把爵士乐酒吧出让给其他人,全身心地投入文学创作中。

《且听风吟》是村上春树的第一部作品。人们常说,处女作中塞满了作家的一切。《且听风吟》一共四十节,最重要的是开篇第一节,这一节亮出了村上春树作品的主要特色,点出了其基本走向。村上春树自己也谈到这一点,他在一次接受采访时说:"自己想说的,几乎全部写在第一节那几页里面了"。

> 我这里所能够写出来的,不过是一览表而已。既非小说、文学,亦非艺术。只是正中画有一条直线的一本笔记本。①

一览表上的"一条直线"是什么?是分界线。其两边被分开的可能是"生与死",可能是"过去与现在",可能是"不安与希望"。归纳而言,《且听风吟》预示着村上文学的未来及基本走向。

如果说村上春树是"得奖专业户"亦不为过。从1979年《且听风吟》获奖,至2009年,分别获得以色列最高的"耶路撒冷文学奖"和"西班牙艺术文学奖",在这30多年间,日本国内他获得了除芥川奖以外、在国际上还获除诺贝尔文学奖之外的几乎所有的文学大奖。同时,自2006年始,他一直是诺贝尔文学奖的强有力的候选人。除小说外,他还着力介绍和翻译了许多现代美国的文学作品。

村上春树是日本作家之中少见的富有国际意识与实践的作家。他先后出访过希腊、意大利、英国、土耳其、中国、蒙古、德国、奥地利、美国等许多国家。他更是美国两所大学的客座研究员和客座教授。2008年6月,还被普林斯顿大学授予名誉文学博士学位。

---

① 拙译自《且听风吟》,东京:讲谈社,1989年,第12页。

村上春树的创作依据作品文体风格以及其本人活动空间的不同,可分为三期。

专心日本耕耘期。从他1979年开始创作至1990年止。这一时期主要是作家全面探索的时期,无论是作品结构还是语言风格,都表现出一种不断尝试、不断完善的过程。创作实践方面,既有长篇小说也有短篇小说,接连有几部卓有成绩的长篇小说出版,以及前后出版的《去中国的小船》(1983)、《旋转木马鏖战记》(1985)、《电视人》(1990)等六个短篇小说集,表现了村上多方面的创作热情,以及对现当代题材及年轻人之现状的敏锐洞察力。同时,其创作风格亦逐步定型。村上的创作有个明显的特点,即先发表短篇小说,然后在短篇小说的基础上发展为长篇小说。他作品的新颖之处除语言风格外,还在于他的作品主人公多为大学生,作品中出现的人物多用绰号,如鼠、羊男、突击队、羊博士、老博士等,其活动场所多为大学、图书馆。作品主要包括《且听风吟》(1979)、《一九七三年的弹子球》(1980)、《寻羊冒险记》(1982)、《世界尽头与冷酷仙境》(1985)、《挪威的森林》(1987)(详见后)、《舞、舞、舞》(1988)等。

长篇小说《一九七三年的弹子球》,发表于1980年3月《群像》杂志上,同年由讲谈社出版了单行本,当年被提名为第83届芥川奖及第二届野间文艺新人奖的候选作品。

《一九七三年的弹子球》作为《且听风吟》的续编,作品中"我"明确宣告:"1973年9月,这部小说从那里开始,那是入口。我想如有出口的话就好,如果没有的话,像写文章的意义之类则什么也没有。"[①]同时作品中写明,这部小说讲的是"我"与"鼠"的故事。与《且听风吟》所不同的是,"我"是以第一人称,"鼠"是以第三人称出现。"我"从事英语翻译工作,住在郊外能看到高尔夫球场的公寓里头,每天"上午十点到事务所,下午四点离开事务所",[②]生活虽平淡,"收入却不差"。1970年春,"鼠"从大学退学回到家乡,住在建于山上往下看能看到灯塔的公寓里,天天泡在杰氏酒吧喝啤酒,糊里糊涂过日子。1973年,某一天的早晨"我"睁开眼,发现睡在自己两侧的双胞胎姐妹俩,从此与她们一起生活,每天在平淡无奇中度过。话说"鼠",他从大学退学回到家乡以后,虽然与较自己年长在设计事务所工作的女性交朋友,但最终下决心离开这个城市。这样的两个人,曾经有过在杰氏酒吧对弹子球着了迷似的日子。有一天,"我"被曾经着迷的弹子球机所吸引,开始追踪其去向。

《一九七三年的弹子球》整部作品笼罩着"死"的意象。作品中首次出现了"直子"。直子是"我"20岁时的恋人,她三年前已死,自那之后直子的死向"我"

---

① 拙译自《一九七三年的弹子球》,东京:讲谈社,1980年,第25页。
② 同上书,第33页。

传导着"丧失感"。而"鼠"认为:"结果大家都消失了","只有活在世界上的悲哀充满着我们的周围。"①他的话语中充满了孤独感和绝望感。

值得注意的是,这部作品中就提及了入口与出口。它不仅是这部作品的要素之一,也是村上文学不可忽视的要素。在处女作中我们所看到的是村上世界的最初面貌,而《一九七三年的弹子球》则呈现出较之明确的形状。

长篇小说《寻羊冒险记》,发表于 1982 年 8 月《群像》杂志上,随后由讲谈社出版了单行本,当年获得第四届野间文艺新人奖。

《世界尽头与冷酷仙境》(1985)1985 年由新潮社出版,并获得第 21 届谷崎润一郎奖。

走向国外期。这一时期自 1991 年至 2001 年止。1991 年 1 月,42 岁的村上春树赴美国新泽西州普林斯顿大学任客座研究员。翌年改任客座讲师为研究生授课。1993 年又赴美国马萨诸塞州剑桥城塔夫茨大学任教,1995 年 5 月结束了 4 年多的美国生活归国。从美国回来后,他在东京采访了地铁沙林毒气事件的受害者。并前后出版了采访集《地下》(1997)和《约定的场所》(1998)。其中《约定的场所》获 1999 年度桑原武夫奖。这期间,他曾赴中国、蒙古及北欧旅行。作品主要包括《国境以南太阳以西》(1992)、《奇鸟行状录》(1994—1995)、《斯普特尼克恋人》(1999)等。

长篇小说《奇鸟行状录》(1995—1996)第一部首先连续刊载在 1992 年 10 月至 1993 年 8 月的《新潮》杂志上,其后,1994 年第一、第二部,1995 年第三部由新潮社出版。获第 47 届读卖文学奖。

《奇鸟行状录》描写的是"我"寻找失踪妻子的冒险故事。

作品的主人公是"我"(冈田亨),冈田久美子和绵谷升。"我"今年 4 月为止在律师事务所工作,现在没工作。"30 岁,身高 172 厘米,体重 63 公斤,头发较短,不戴眼镜"②家务事什么都能做,不吸烟。大学一年级时母亲去世了,父亲再婚。冈田久美子,"我"的妻子。杂志社的编辑,她父亲毕业于东京大学,现为运输省的优秀干部。母亲是高级官僚的女儿。久美子年幼时与奶奶在新泻县度过童年时光,后回到东京与父母一起生活。绵谷升是比久美子大 9 岁的哥哥。身份是经济学者,也是国会议员。最终学历是东京大学研究生院毕业。他与内弟的"我"脾气不合,在整部作品中是作为"我"应该与之对峙的反派角色来描写的。

故事主要发生在 1984 年 6 月至 1986 的冬天之间。"我"住在从叔叔那儿借来的、位于东京都世田谷区的一所房子里。跨过院子的水泥预制板砌的墙,前方就是出入口被堵住的胡同,胡同的尽头处是笠原梅的家与一所闲房。作品中

---

① 拙译自《一九七三年的弹子球》,东京:讲谈社,1980 年,第 82 页。
② 拙译自《奇鸟行状录》第一部,新潮社,1994 年,第 78 页。

"我"也有去品川、银座和新宿等处,但故事基本以世田谷"我"的家与闲房的水井为中心展开。失业中的"我",寻找丢失的家猫。在寻找的过程中出现了加纳马耳他,以及其妹妹加纳节子、笠原梅、挂电话来的神秘女人等。一方面,结婚已六年的妻子久美子没有任何先兆就失踪了。因此"我"决心钻进闲房的井中去找出久美子。但是由于内兄绵谷升的存在,以及围绕满洲的历史等,使"我"的世界变得复杂起来。为了夺回久美子,"我"钻进井里,"穿墙过壁"之后,在那边的世界与绵谷升对峙。

从作品中表现出某种"丧失感"而言,这部作品与村上的其他作品并无两样。但《奇鸟行状录》中有到其时为止村上作品中基本从未触及过的"家属"被描写到了;其次以很冷静应对为特征的村上作品的主人公,第一次以"斗争的姿态"出现了。作品中,"我"虽嘟嘟哝哝"哎呀呀"的,但对妻子久美子的搜索和救出从来未放弃。"我要带你回去"这种坚强的意志和活动能力成了使故事推进的动力。

"我"在找出久美子的过程中,不仅与加纳节子有了肉体关系,与各种各样的人都"有关系"了。同时也通过水井选择了"有关系"的道路。

从静变为动,从"无关系"变为"有关系",这些变化看来与《奇鸟行状录》的执笔期间村上在美国度过有一定的关系。从村上在这一时期的其他作品来看,可以说《奇鸟行状录》是作家的兴趣与创作立场从"无关系"向"有关系"转移的转折点。

"誉满全球"期。从 2002 年发表《海边的卡夫卡》至今,村上春树可以说是得遍了除诺贝尔奖以外的几乎所有的国际大奖。这期间村上春树的作品被译成英、法、德、俄、意、西等 40 多种文字,成为世界人民共享的文学作品,受到了普遍好评。在欧美国家,他被爱称为"世界的村上春树"。从 2006 年起,他还是诺贝尔文学奖的候选人。作品主要包括《海边的卡夫卡》(2002)、《1Q84》(2009—2010)、《没有色彩的多崎作和他的巡礼之年》(2013)等。

长篇小说《海边的卡夫卡》(2002)2002 年由新潮社出版,2005 年获得第 21 届奖。

长篇小说《1Q84》(2009—2010)2009 年由新潮社出版了 Book1、Book2,2010 年出版了 Book3。

《没有色彩的多崎作和他的巡礼之年》(2013)2013 年 4 月由文艺春秋出版社出版。讲述的是由赤松庆(赤)、青海悦夫(青)、白根柚木(白)、黑埜惠里(黑)及多崎作这三男二女所组成的完美结构的小群体的分崩离析的故事。

《没有色彩的多崎作和他的巡礼之年》在村上的作品中较为特殊,故事的背景中首次出现了外国——芬兰。主人公多崎作考上大学离开名古屋到东京,迄今为止一直住在继承了经营不动产的父亲位于东京自由丘的高级公寓里。多崎作现在在东京铁道公司工作,今年 36 岁。他常与抱有思慕之念的、较他年长的女性沙罗一起到"惠比寿酒吧"或"南青山的大楼地下的法国料理店"约会,他两人时而到银座的咖啡馆喝咖啡,时而去涉谷逛街。多崎作对工作没有什么不满意之处,但其内心深处却有很大的创伤。

那是发生在大学二年级暑假时的事情。他被一直认为是"完美结构的小群体"的高中时代的同学们断绝了关系,他百思不得其解。

多崎作常常回忆起名古屋郊外。当时的几个同学中,有两个现在还生活在名古屋。多崎作为了渡过16年前受到的"损伤",接受了沙罗的建议,应当敢于面对往昔的创伤。他先到曾经的好伙伴们住的名古屋,然后前往芬兰,开始了"巡礼之旅"。

《没有色彩的多崎作和他的巡礼之年》是村上春树思考人与人之间的"纽带"到底为何的作品。

其后,村上春树回归了短篇小说及随笔的创作。如:《没有女人的男人们》(2014)、《爱吃沙拉的狮子》(2015)等。前者通过对寂寞的解读,让读者看到了寂寞背后形形色色的男人们和女人们悲欢与忧喜;后者的52则随笔中流露出难能可贵的趣味(爱爵士乐、威士忌、爱猫咪),和性情(爱奇思妙想)。

大学时代村上春树经历了校园斗争等政治性的挫折,并由此产生了虚无感。因而在其后的文学创作上,他开始彻底地追求"个体"的问题,从中反而观照出个体与社会的关系。他富有感性地捕捉到了在人们日常生活之中所潜入非日常的、现代的哲学世界。用冷静而理性的手法进行了描写。

如今,村上春树在世界上已是日本的一种文化标志。

二、《且听风吟》

此部长篇小说于1979年6月发表在文学杂志《群像》上,同年由讲谈社出版了单行本,是村上春树的值得纪念的成名之作。1979年4月,《且听风吟》获得了《群像》杂志设立的"新人奖",而且五名评审委员是以全票通过的。评委之一的日本作家丸谷才一指出,《且听风吟》在"这方面的处理方式有一种或许应该称之为日本式抒情那样的情调"。[①]

《且听风吟》的故事背景,让人自然而然地联想到村上春树度过青春时代的兵库县芦屋市。

首先,作品中明确写着:"我出生、成长,并且第一次同女孩子睡觉的城市","前面临海,后面依山,旁边有座巨大的港口城市。实在是很小的小城市"。[②] 与这座"很小的小城市"相毗连的巨大港口城市不就是芦屋市边上的神户吗?

其次,作品中有记载:该小城市"人口七万略多一点"。实际上,1970年芦屋

---

① 评审委员的评语,1979年4月。
② 拙译自《且听风吟》,东京:讲谈社,1989年,第103页。

市的人口为7万938人(根据芦屋市政府的统计数字)。数字上正好相一致。

再次,芦屋市的高岗地带是关西地区屈指可数的高级住宅区。作品中有"我沿着高岗地带特有的弯弯曲曲的道路,转了一阵子,然后沿河畔下到海边"①之描写。那里有"鼠"的三层楼"沿斜坡开凿出来的",带地下车库的家。

这部作品主要人物是"我"、"鼠"及左手没有小拇指的女孩。其关系是:"鼠"是"我"大学一年级时认识的朋友,他是个经常开着涂着黑漆的菲亚特600型小汽车到处逛的有钱人,他大学退学,想当小说家。左手没有小拇指的女孩在唱片店打工,有一天,她在杰氏酒吧喝得烂醉时,"我"开车把她送回宿舍而相识。从人物关系看,这部作品较为简单,但它实实在在又是一部充满"日本式抒情"的作品。

《且听风吟》由四十节构成,采用类似蒙太奇的表现手段。读它比较轻松,犹如看电影。其中心情节为:29岁的主人公"我"讲述21岁时在东京读大学时的事情。那是1970年的夏天,大学生"我"回到海边的故乡过暑假,与"鼠"在杰氏酒吧以啤酒度日,"走火入魔般地喝光了足以灌满二十五米长的游泳池的巨量啤酒。"② 期间,"我"与左手没有小拇指的女孩相识,并来往,但两人的关系却没能深入、没有发展。"我"这19天的暑假就只能在这无精打采中度过。为何天天无精打采?因"我"有苦恼,有悲哀。这苦恼,这悲哀贯穿着全作品。作品开篇就写道:

> 每当我提笔写东西的时间,还是经常陷入绝望的情绪之中。因为我能够写的范围实在过于狭小,比如我或许可以就大象本身写一点什么,但对象的驯化也许什么也写不出来。八年之间,我总是怀有这种进退维谷的苦恼。③

作者无论是交代"我"与"鼠"及没有小拇指的女孩三人之间的关系,还是描写我的心情,均是非常巧妙地、隐蔽且复杂地展开。

作品中,"我"把喝得烂醉倒在卫生间地上的女孩送回她的宿舍后,陪着赤身裸体的女孩过了一夜,望着深睡的她:

> 我最大限度地张开手指,从头部开始依序量其身高。手指挪动腾了八次,最后量到脚后跟时还剩有一拇指宽的距离——身高应该在一米五八左右吧!④

---

① 拙译自《且听风吟》,东京:讲谈社,1989年,第101页。
② 同上书,第14—15页。
③ 同上书,第7页。
④ 同上书,第32页。

尽管同床而眠，但"我""什么也没做"。因为"我"内心有悲哀感，心里另有他人。悲哀的原因是，与"我"相识于大学并幽会的法文专业女生春天时上吊死了。因而"我感到自己失去了存在的理由，只落得顾影自怜"。① 正是抱着这种深深的悲哀心情，"我"与没有小拇指女孩之间的关系才显得那么微妙、那么漫不经心。

下面一段文字煞是精彩，既写出了他们两人之间难忘的时刻、惬意的时光，也描写出了两人之间微妙的关系：

> 她浅浅地露出笑意，点了点头，随即用微微颤抖的手给香烟点上火。一缕烟随着海面上吹来的风，穿过她的发侧，在黑暗中消失了。（中略）
>
> 我们再度陷入沉默，在沉默中屏息谛听着微波细浪拍击防波堤的声响。那是令人想不起来有多长时间的沉默。
>
> 等我注意到时，她早已哭了。我用手指轻轻刮了一下她那被泪水沾湿的脸颊，搂过她的肩。
>
> 好久没有感觉出夏日的气息了。海潮的气息，遥远的汽笛声，女孩肌体的感触，护发素的柠檬香气，傍晚的薰风，淡淡的希望，以及夏日的梦境……
>
> 然而，这一切就像错位了的复写纸一样，所有的东西都在一点一点地，却是与往昔简直有着无可挽回的差异。②

何等轻盈，何等散淡，何等抒情。"像错位了的复写纸一样"，不言而喻指的是"我"与法文专业女生，及没有小拇指的女孩三人之间的关系。而法文专业女生已去世，身旁所坐之人非心中所爱，现状自然是"与往昔简直有着无可挽回的差异"。

《且听风吟》中"我"对一切漫不经心；"鼠"无所事事；左手没有小拇指的女孩夜间在酒吧喝得烂醉等描写，艺术地展现了当代日本年青人的颓废倾向，充分反映了日本年青人的虚无感和孤独感。可以说，虚无感和孤独感是《且听风吟》的基本情调，它无法捕捉，又无所不在，轻盈散淡，飘散在整个作品之中。诚如评委之一的作家吉行淳之介所称赞："爽净轻快的感觉下有一双内向的眼，而主人公又很快将这样的眼转向外界，显得那般漫不经心。能把这点不令人生厌地传达出来，可谓出手不凡。"③

三、《挪威的森林》

长篇小说《挪威的森林》发表于 1987 年，分上下两册，是村上春树的文学创

---

① 拙译自《且听风吟》，东京：讲谈社，1989 年，第 94 页。
② 同上书，第 134—135 页。
③ 评审委员的评语，1979 年 4 月

作中最具代表性的作品。根据村上春树本人1987年6月在《挪威的森林》的《后记》中的介绍,为了专注于创作,这部作品是在南欧写的。1986年12月21日在希腊米克诺斯岛的小旅馆开始写,中途夹进意大利的西西里,后半段在罗马写就,于1987年3月27日在罗马郊外的公寓式酒店里完成的。由此可知,这部出身不凡的作品,是在四个月左右完成的。其实不然,它有原型——即短篇小说《萤火虫》。《萤火虫》发表在1983年1月号的《中央公论》杂志上。据说1982年底村上将它送去发表时,中央公论社的女性负责人建议他将《萤火虫》改写成长篇小说。在此背景下,村上开始写作《挪威的森林》。《挪威的森林》就是以《萤火虫》为主轴而完成的。具体而言,《挪威的森林》的第二章、第三章就基本全部是以《萤火虫》为内容的。

《挪威的森林》的主人公与《萤火虫》相同,"我"与直子。但在《挪威的森林》中"我"首次有了名字。此外,作品中出现的人物除了《萤火虫》中的口吃者变成"突击队"之外,还增加了小林绿、石田玲子、永泽等人。"我"从右翼经营的学生寮搬到了吉祥寺郊外的一所小房子里。直子原住在国分寺的公寓里,后来迁移到京都北部的疗养设施"阿美寮"。另外,小林绿的家在丰岛区北大塚的"小林书店"楼上。

"我"与直子重逢的那一天,两人先到四谷,然后"在饭田桥向右转,来到护城河边,然后穿过神保町的十字路口走上御茶水的斜坡,就那样一直走过本乡。并沿着都营电车的铁路走到驹込。相当有一段的路程。"①那时,"我"在新宿的唱片店和吉祥寺的意大利料理店打工,并经常出入爵士乐酒吧和台球店。作品中也描写了学生运动的兴盛与衰落等,反映了1968年至1970年当时东京年青人的风俗与生活方式。

必须指出的是,作品中虽将"我"设定为在东京都内上大学的学生,但却是来自神户,1968年考入大学、专业是戏剧等让人联想到村上本人的要素很多。

秋天,"我"到位于京都深山里的"阿美寮"看望直子。直子与石田玲子同住一屋。有天晚上下半夜二点或三点之时,"我"突然睁开眼时,直子坐在床前,两人的脸的距离不超过30厘米,"但却感觉好像远在几光年之外似的。"

> 我伸出手想触摸她时,直子便迅速地把身子往后退,嘴唇轻微颤抖。然后,直子抬起双手开始慢慢解开睡袍儿的纽扣。纽扣总共有七颗。我宛如还在继续做梦的心境,凝视着她那修长且美丽的手指依序将纽扣一个一个解开。那七颗白色的纽扣全部解开之后,直子便像昆虫脱皮时那样让睡袍儿从腰际滑溜溜地脱落,变成赤身露体。睡袍儿底下,直子什么也没穿。她身上只有蝴蝶形状的发夹而已。直子把睡袍儿脱掉之后,依然跪在地上看

---

① 拙译自《挪威的森林》上册,东京:讲谈社,2010年,第42—43页。

着我。直子的身体在柔和的月光照射下,就像刚刚才被生下来的新生肉体般,光洁柔润楚楚动人。她稍微活动一下身体——那只是微小的动作而已——月光所照射到的部分便微妙地移动,把晕染身体的影子形状也改变了。浑圆隆起的乳房,娇小的乳头,肚脐的凹洼,腰身骨盘和耻毛所形成粒状的粗黑影子,便像在静谧的湖面荡漾的波纹般变化着形状。①

直子奇怪的行动是被描写在梦和现实之中的。为了脱睡袍儿而解开纽扣,但应注意的是"美丽的手指依序将纽扣一个一个解开"。按常理应是"直子将纽扣解开",即"解开"的主体应是直子。而这里却是"美丽的手指"。换言之,此时"我"的视线并不在直子或其脸上,而是被其手指所吸引。同时,给人好像是解开纽扣和直子的意志无关,而是手指任意所动的印象。此外上文中有"我宛如还在继续做梦的心境"之句。使遇到上述不可思议场面的"我"的意识变模糊了。到底是梦还是现实,是幻想还是现实的分界线含糊不清。读者也在不知不觉之中被深深引入作品,以梦和现实的心境往下读。

上述描写体现了作者对梦与现实的共同性及微妙的差距之间的把握和巧妙构思。

《挪威的森林》描写爱情之美,刻画心理之细,结构安排之巧,都是村上以往作品难以企及的。村上本人说《挪威的森林》是"激烈、寂静、哀伤,100％的恋爱小说"。但它的主题却是严肃的。《挪威的森林》中铃木自杀了。直子在"阴暗的森林深处"②自杀了。"死不是以生的对极形式,而是以生的一部分存在着"。作品第二章最后的部分用黑体字印刷的这一行字,正是《挪威的森林》的主题。

---

① 拙译自《挪威的森林》上册,东京:讲谈社,2010年,第269—270页。
② 拙译自《挪威的森林》下册,东京:讲谈社,2010年,第58页。

第十六章　现当代朝鲜、韩国文学

第一节　概述

1910年日本帝国主义吞并了朝鲜,把朝鲜变成了殖民地。1919年在俄国十月社会主义革命的影响下,朝鲜爆发了"三·一"反日运动,民族解放斗争进入了新阶段。1925年4月17日,朝鲜共产党诞生,工人阶级作为革命的领导力量登上了历史舞台,马列主义开始传播。

就在这样的历史条件下,朝鲜文学进入了现代时期。1919年以后,出现了"创造派""白潮派""废墟派"等文学流派,把西方的唯美主义、颓废主义和自然主义等文艺思潮引进朝鲜。他们主张"纯文学",反对文学与政治发生任何联系,甚至反对文学表现民族独立斗争的内容。而他们所标榜的"纯文学"不过是宣扬颓废、感伤、世纪末等幻灭情绪。金东仁(1900—1951)、廉相涉(1893—1963)、朴钟和(1901—1981)、玄镇健(1900—1943)、朱耀翰(1900—1979)等,都属于这类作家。20年代中期无产阶级文学运动出现的时候,他们以李光洙(1892—1951?)、金东仁为首成了狂热的反对派。

1923年,一批要求进步的文学新秀,在"三·一"反日运动的鼓舞下,组织了"焰群社",开拓了与资产阶级文学截然不同的新的文学领域,所以被称为"新倾向派"文学。新倾向派文学是初期的无产阶级文学,它的特点是:第一,作品大多取材于下层人民的生活。如李箕永(1895—1984)的《穷苦的人们》(1924)、《农夫郑道令》等都是描写贫苦农民的生活和斗争的。第二,鼓吹反抗。新倾向派文学不是单纯、消极地反映劳苦人民的凄苦生活和悲惨境遇,而是着力描绘他们对不合理的社会的反抗。在崔曙海(1901—1932)的作品里这个特点最为突出,反抗的情绪尤为强烈,如短篇小说《朴石之死》(1925)、《饥饿与杀戮》(1925)。第三,对新的理想社会的向往。如李箕永的短篇小说《民村》(1925)的主人公昌淳曾设想未来理想世界的美景。在崔曙海的代表作短篇小说《出走记》(1925)里,朴君同样也有过自己美好的憧憬。第四,塑造了工农先进分子和革命者的形象。在新倾向派文学的作品里,劳动人民开始被作为历史的主人来描写,他们已经摆脱了消极、沉默和呻吟,代之以愤怒的勇猛反抗。新倾向派的代表作家有崔曙海、赵明熙(1892—1942)、李箕永等。

崔曙海是新倾向派代表作家之一,生于咸镜北道城津郡的一个贫寒家庭。1917年为生活所迫,流浪至中国东北,当过苦力、小贩,还做过豆腐生意。1923年返回祖国,开始文学创作。1924年在《朝鲜文坛》上发表了他的自传体短篇小说《故国》,1925年以后,相继发表了《出走记》《饥饿与杀戮》等几十篇短篇小说。

《出走记》是他的代表作,也是新倾向派的典型作品。它以书信的形式,通过主人公朴君给一位不赞成他"弃家出走"的金君的回信,详细追述了他出走前前后后的过程。五年前,他想"开辟新生活""满怀新的希望"扶老携幼来到间岛①。不料到了那里,想种地,租不到地,欲做工,没工做,最终被迫走上街头,给人修炕砌灶。他开始觉悟到"勤勉招福"是骗人的鬼话,而另一种思想却"像春草萌芽一样"在他脑海里滋长,他开始意识到社会"辜负"了自己,他成了"这险恶的社会的牺牲品"。对这样的社会制度他再也不能"置之不理"了,便毅然参加了"独立团"去履行"这个时代人民所担负的义务"。

《出走记》通过朴君的形象反映了劳动人民阶级意识的逐步提高,同时通过他的一家的遭遇,真实地反映了当时朝鲜人民水深火热的生活。

新倾向派固然具有强烈的批判精神、鲜明的阶级意识和初步的社会主义理想,但未能创造出同人民革命斗争密切结合的新型人物,只是用宣言的形式去表现其理想世界。

1925年8月"卡普"(朝鲜无产阶级艺术同盟的简称)成立,标志着朝鲜无产阶级文学的进一步发展。1927年9月"卡普"改组,制定了新纲领,宣布"卡普"是为无产阶级领导的民族解放斗争服务的无产阶级艺术队伍,在马克思列宁主义的旗帜下,反对日本帝国主义的侵略,反对封建和资产阶级思想意识,以自己的创作活动来教育人民,提高其觉悟,促进其团结。"卡普"改组后,卡普作家一方面学习苏联文学的先进理论和创作经验,对一切反动文艺派别,诸如资产阶级民族主义、世界主义、纯粹文学等进行了坚决的斗争,对无政府主义者和机会主义者进行了彻底揭露,还深入探讨了有关文艺理论方面的若干重要问题;另一方面,他们更以自己的实践显示了无产阶级文学的实绩。如赵明熙的短篇小说《洛东江》(1927)、李箕永的短篇小说《元甫》(1928)和长篇小说《故乡》(1933),韩雪野(1900—1976)的短篇小说《摔跤》(1929)和《过渡期》(1928),宋影(1903—1979?)的剧本《拒绝一切会客》(1929)以及朴也永(1902—)、金昌述(1906—1953)等的诗歌,已经开始描写工农有组织的斗争,出现了深入到群众中去的革命者的形象。李箕永的长篇小说《故乡》是"卡普"时期的代表作,它描写了20年

---

① 今中国吉林省。

代朝鲜农民反抗日本帝国主义和地主的残酷压迫和剥削,以及农民运动和工人运动的结合。韩雪野的长篇小说《黄昏》(1936),艺术地再现了30年代朝鲜工人阶级的斗争。它和李箕永的《故乡》可以说是30年代朝鲜无产阶级文学中的"双璧",在朝鲜现代文学史上占有重要地位。

1931年和1934年,日本帝国主义对卡普作家进行了两次大逮捕,"卡普"被迫于1935年宣布解散。"卡普"虽只存在十年,但对朝鲜现代文学的发展建立了不可磨灭的功勋。它高擎马克思列宁主义文学旗帜,打击了反动的资产阶级文艺,培养了一代文学新人,领导并推进了朝鲜无产阶级文学运动。

30年代金日成领导的抗日武装斗争,是朝鲜民族解放运动的新发展,革命文艺在武装斗争中产生和发展,它的形式丰富多彩,有诗歌、小说、戏剧以及政论等。其中成就最突出的是革命歌谣和戏剧;如革命歌谣《反日战歌》《民族解放歌》《反日革命歌》和戏剧《血海》(1936)、《卖花姑娘》(1930)等。

1945年世界人民反法西斯的第二次世界大战取得了胜利,朝鲜人民的抗日武装斗争经过了三十多年的浴血奋战,终于在1945年8月15日迎来了朝鲜的解放,从此朝鲜人民摆脱了日本帝国主义者长期的殖民统治。解放后,以金日成为首的朝鲜共产主义者在朝鲜北方创立了朝鲜劳动党,在朝鲜劳动党的领导下于1946年建立了朝鲜民主主义人民共和国,进行了土地改革等各项民主改革,致力于医治日本殖民统治者遗留下的深深的创伤,恢复和发展国民经济。1946年3月成立的朝鲜文学艺术总同盟,提出建设新文学的任务。朝鲜劳动党为文艺工作制定了方针和政策,朝鲜文艺呈现出一片新的繁荣景象。就在这样的历史条件下,朝鲜文学进入了当代时期,朝鲜当代文学以崭新面貌出现了。

朝鲜当代文学大致可以这样划分它的时期:自朝鲜解放至1950年6月卫国战争开始,是和平民主建设时期,这一时期的文学创作的基本主题主要有三个方面:

(1) 反映了民主改革、和平建设以及劳动人民的新生活。比较优秀的作品有:李箕永的长篇小说《土地》(第一部,1948)、李北鸣(1908—)的中篇小说《劳动一家》(1947)、千世峰(1915—)的短篇小说《土地的序曲》(1948)、赵基天(1913—1951)的长篇叙事诗《生之歌》(1950)、郑文乡的诗《走向绿色的田野》等。

(2) 歌颂民族解放斗争。比较著名的作品有:赵基天的长篇叙事诗《白头山》(1947)、韩明泉的长诗《北间岛》、朴世永(1902—1989)的《爱国歌》等。

(3) 表现朝苏人民友谊和维护世界持久和平。主要作品有诗集《永恒的友谊》、短篇集《伟大的功勋》等。

1950年至1953年,即卫国战争时期。朝鲜人民积极响应劳动党的号召,拥护"一切为了战争胜利"的口号,投入保卫祖国独立和自由的卫国战争。众多的文艺工作者也投笔从戎,走上前线,有的献出了宝贵的生命。这个时期,表现朝鲜军民爱国主义和革命英雄主义精神的作品大量涌现。如黄健(1919—　)的短篇小说《燃烧的岛》(1952)、千世峰的中篇小说《战斗的村民》(1953);赵基天的诗《朝鲜在战斗》(1951)和安龙湾(1916—　)的诗《我的转盘枪》;戏剧作品有柳基鸿的《侦察兵》(1951)、朴永浩的《绿色信号》(1951)等。这时期还出现了反映中朝两国人民用鲜血凝成的战斗友谊的佳作,如诗集《战友之歌》《在同一个太阳下》《光荣属于战友》,小说集《正义的朋友》和戏剧集《解冻的时候》等。

　　1953年7月至1958年为战后恢复建设时期。卫国战争结束后,摆在朝鲜人民面前的任务是使战争转变为持久和平,医治战争创伤,尽快恢复发展国民经济。在朝鲜劳动党的领导下,朝鲜人民超额完成了恢复发展国民经济的三年计划,农村走上了合作化道路。

　　战后的形势要求朝鲜文艺工作者深入生活,塑造社会主义新人的形象,以促进国民经济的恢复和发展。因此,反映恢复建设就成了当时朝鲜文学最重要的主题。在此期间,朝鲜作家们创作了许多优秀的作品,描写工人阶级的生活与斗争的有千世峰的长篇小说《在考验中》(1963),李根荣(1909—　)的中篇小说《第一次收获》(1957),则是描绘农民群众生活和斗争的佳作。还有描写千里马运动的小说和戏剧,如全炳勋的短篇小说《旅伴》、权正雄(1925—　)的短篇小说《百日红》、赵白岭的剧本《红色宣传员》(1961)等。

　　50年代的韩国,经济上完全依赖美国,对内执行高压政策,这时期文学领域出现了"战后文学派"。战后文学派主要是一批20来岁的青年,他们声称自己已是战争的体验者和受害者,怀疑人存在的价值,对人类的道德、伦理观念等发生了动摇。战后文学派作家与作品的主要特点是:对现实不满,愤世嫉俗,对战争受害者寄予同情,表现出一定的反抗意识。在创作方法上,他们竭力学习和模仿西方各种流派的表现手法,对西方"迷惘的一代"、卡夫卡、加缪和萨特等人感兴趣。因此,他们所塑造的人物多是一些绝望、失意、无气力、缺乏道德、孤立无援和倒霉的形象。

　　战后文学派的主要作家有孙昌涉(1922—　)、河瑾灿(1931—　)等,他们的作品有:《血书》(1945)、《人间动物园抄》《孤独的英雄》《剩余人》《受难的两代》(1957)、《回声》《明暗》等。

　　孙昌涉的短篇小说《血书》是战后文学派的代表作,描写了白痴小女昌爱、残废军人俊锡、失业者达寿、绝望诗人奎鸿等的不幸遭遇,他们在饥饿和死亡线上挣扎,他们麻木、漠然、反常,成了被社会所抛弃所遗忘的人。这些人的遭遇也正是社会的真实写照。

　　河瑾灿的短篇小说《受难的两代》也是战后文学派的代表作之一。作品描写一位曾被抓去修建日本飞机场时炸掉了一只胳膊的父亲,前往车站迎接从前线归来的儿子,不料儿子手拄双拐,清风吹拂着他一只空荡荡的裤腿。父子俩归家的路上要过独木桥,父亲用一只胳膊背着儿子艰难渡河。儿子在父亲的背上内疚地说:"爹,我咋活呀?""咋活?没丢掉性命就能活,瞧我,还不是活着,人家看着别扭些个,管他呢!"父亲嘱咐儿子,紧搂住自己,一边过桥,心里却暗暗哭泣:"可怜的东西,年轻轻的……都是世道不好。可怜,你的命不好,命就像个屎蛋、屎蛋!"作者对饱受战争之害的两代人的生存悲剧和不幸,寄予无限同情,并用特写镜头,把他俩安排在一根独木桥上。

同时,由于战争的影响和当时的某些政治因素,一些老作家也写了不少有关战争和反映战后思想状况的小说。这样,战后派文学和战争文学就成了韩国50年代文坛的主流。

60年代新感觉派的出现是韩国文坛上的一件大事。这一流派强调文学的技巧,特别是语言技巧,不重视文学的职能,他们特别注重语言的感觉、形象的跳跃和心理分析。他们宣称艺术创作的源泉应当到"无意识"中去寻找,并且要表现梦境和幻觉,竭力追求所谓"深奥的真实"。

新感觉派有一大批作家,如金承钰(1941—)、金成一(1940—)、徐廷仁(1936—)、朴泰洵(1942—)等,金承钰是公认的60年代新感觉派的代表作家。《汉城,1960年冬》(1965)、《生命演习》《雾津纪行》均为他的代表作。《汉城,1960年冬》,描写三个人:我、安和一个男人。这三个互不相识的人在茶馆相遇搭话。我和安因为呆在家里无聊而来到茶馆的,同样是为了看一些无聊的事情。而那个男人是因为自己的爱妻得急病死在医院里,他刚从医院领到一笔卖老婆尸体的钱。于是他要求我和安帮他花掉这些钱。他孤独、绝望、渴望与人在一起。于是三个人吃了一顿丰盛的晚餐,看了一场火灾,最后去住客店。男人要求我和安同他住一个房间,但遭我和安拒绝。第二天早晨,我和安发现那男人自杀了。作者曾说:"我不是夹在事物的中间,而是站在远处观察。"金承钰的作品更多的是反映黑暗、透不过气的世界。他几乎不描写明朗和肯定的人物,只写一些失意者和身边琐事。然而这些人物又不像50年代作品中性格被扭曲的人,而是有个性,企图要认清环境,从而要战胜环境的人。

随着新感觉派的兴起,韩国文坛上一向尖锐对立的另外两个文学派别——参与文学与纯文学的论战也加剧了。

主张纯文学的作家们认为,如果文学具有社会功利的目的,对文学的纯度是有害的;而主张参与文学的作家则认为,文学不只是观察和描写社会现实,而应当为更美好的社会做贡献,即要参与进去。主张参与文学(暴露文学)的作家,写了不少反映现实,暴露社会黑暗的作品。如金廷汉(1908—)的《人间田地》(1970),写麻风病人的悲惨遭遇,痛斥社会的非人道和麻木不仁。千胜世(1938—)的《麦田》(1965)描写社会最底层人物,主张人应有其正常的生存权利。他的《黄狗的悲鸣》(1974),写占领军的专横跋扈及兽性,同情出卖肉体的可怜女性。方荣雄(1924—)的《粪礼记》(1967),写一位出生在茅厕里的农家女孩子,被逼疯后在街头流浪的悲惨际遇。参与文学的缺陷在于往往只是提出社会问题,而未能找到解决问题的方法。

70年代是韩国经济面貌迅速改变的时代,随着"现代化"的进展,文坛上也出现了繁荣景象。引人注目的是商业文学抬头,作家和作品不胜枚举。作品中的人物上至达官贵人、下至妓女、女招待、临时工、保姆等,写出了有闲者在寻欢作乐,寻找刺激,小人物则苦恼重重,感到生存艰难。商业文学虽然迎合了中产阶层,即有闲阶层的口味,但是也在一定程度上揭露和批判了社会现实。如韩觉洙的《根子》(1978),描写了"经济繁荣"下的农村破产景象,以及被现代文明拔掉"根子"的人们。

70年代韩国工人阶级有所壮大,人民争取民主和祖国统一的斗争也有所加强,这样就出现了反映人民愿望和理想的进步文学。作家黄晢暎(1943—)的小说《客地》(1971),第一次提出了工人集体斗争和劳资矛盾的问题,成为韩国描写工人的文学作品的先驱。作家赵世熙(1942—)的12篇系列小说《矮子射向上空的小球》(1978),其中包括《刀刃》《宇宙旅行》《在陆桥上》《轨道回转》《机械都市》《克拉因世之病》《银江劳动家族的生计费》《神也有错》《游入我网中的刺鱼》等。这些作品在一定程度上堪称是韩国社会的缩影。它们也是近年来议论多,具有强烈反响的作品。矮子一家(父亲是矮子),是银江财团所属工厂的工人。他们善良,勤劳,乐于助人,但经常在失业和贫困的威胁中生活。只因父亲是矮子,而常受到上层人们的嘲笑。后因政府要拆掉他们的板子房,矮子父亲被活活气死。矮子的大儿子联合各企业的工人,向财团要求合理待遇,结果遭到拒绝。大儿子在盛怒之下,刺死了财团的第二头目。他因此被判以死刑。大儿子的死,使工人们开始酝酿更大的风暴,表现了工人的觉醒。

这12篇作品涉及问题深刻,说明作者洞察了韩国的现代化社会所包含的各种矛盾。他认为社会悲剧的根本原因是特权阶级的剥削。作者虽有一定的局限性,采取所谓的客观态度,但小说的社会意义是深远的。小说的写作方法也与众不同,有人认为是童话体小说,采用了西方实验小说的技巧:过去与现实重叠,幻想的环境,多变的视点,这在韩国小说史上是一次新的探索。

宋基元(1947—)的小说《何时彩虹当空》表达了韩国人民企盼祖国和平统一的愿望。与此同时,70年代韩国文学还出现了长篇作品大量产生的现象。如黄晢暎的长篇7卷小说《张吉山》(1976)、女作家朴景利(1927—?)的三部曲《土地》(第1部,1969;第2部,1972)等。

第二节 李箕永和韩雪野

一、李箕永的生平和创作

李箕永是朝鲜杰出的作家。1895年出生于朝鲜忠清南道牙山郡一个贫苦农民家庭,少年时代曾经饱尝丧母、失学和亡国的痛苦。1914年春,他再也不能忍受日本帝国主义者和地主的残酷剥削和压迫,毅然离开家乡,到矿山、码头、农村当矿工和打短工,找不到工作时便忍饥挨饿露宿街头。这期间,他广泛接触了社会现实和劳动人民,亲身体验到劳动人民的痛苦,对当时的社会矛盾有了一定的认识。可以说从1914年至1918年他上了一次社会大学,这所大学对他的思想发展影响很大,为他今后的创作打下了坚实的基础。

1919年3月1日,朝鲜爆发了反抗日本帝国主义、争取民族独立的"三·一"人民起义,这给在黑暗中为寻求光明而探索的李箕永带来了新的希望。1922年春,他怀着追求真理、拯救祖国的热切愿望,克服重重困难,到日本去半工半读。他一面做工,一面刻苦学习马列主义的著作,同时阅读了大量俄罗斯和苏维埃无产阶级文学名著,特别是高尔基的作品引起了他强烈的共鸣,觉得高尔基的自传体作品《我的大学》和他青年时期的遭遇那么相似,他发现了一个新的世界。这个新世界激发了他的创作热情。1923年他回到了祖国。

1924年他发表了处女作——短篇小说《哥哥的秘密信》,从此登上朝鲜文坛。

《哥哥的秘密信》发表后,他决心从事创作。1924年7月他去汉城找《朝鲜之光社》,因为这里是当时无产阶级作家聚会的地方。在赵明熙的帮助下,他当上了《朝鲜之光社》的记者,并和他们的战友一起为创建"卡普"("朝鲜无产阶级艺术联盟"的简称)而奔忙。在日本帝国主义的严厉镇压和残酷摧残朝鲜民族文化和无产阶级文学的险恶形势下,"卡普"终于在1925年8月24日成立了。"卡普"的成立不仅标志着朝鲜无产阶级文艺发展进入转折期,也是李箕永创作的转折点。

1925年至1927年间,他创作了大量的短篇小说,如《穷苦的人们》(1925)、《老鼠的故事》(1925)、《推销员和女传教士》、《民村》(1925)、《农夫郑道龙》(1926)、《朴先生》《恶人和善人》和《童养媳》等。这些作品内容丰富、题材多样,其中代表作是《穷苦的人们》和《民村》。《穷苦的人们》通过主人公成浩的贫困潦倒的生活,反映了日本帝国主义统治下的朝鲜人民的悲惨遭遇和反抗精神。《民村》描写了贫苦农民的女儿占顺被卖给朴主事的儿子作妾抵债的悲剧,揭露了造成这一悲剧的社会根源。这两篇作品不仅反映了20年代朝鲜农村的现实,而且塑造了先进知识分子成浩和"汉城客"的形象,指出只有革命的"暴风雨",才能摧毁"恶魔的世界"。同时通过他们在群众中进行的启蒙教育,展示了社会主义的美好理想。

20年代后期,朝鲜的工人运动从自发斗争发展到自觉斗争的阶段,抗日民族解放斗争更加蓬勃发展。工人运动和抗日武装斗争彼此呼应。在这种新形势下,1927年"卡普"进行了改组。改组后制定的新纲领,不仅大大推动了朝鲜无产阶级文学的发展,也给李箕永的创作开辟了广阔的道路。这一时期他的作品不仅数量多,而且思想性和艺术性都有很大的提高。主要作品有短篇小说《元甫》(1928)和《造纸工厂村》(1930)。在这些作品里,描写了当时朝鲜的工农运动,提出了工农联盟这个具有重大社会意义的思想,塑造了像石峰、"书生"那样的具有无产阶级世界观,积极向群众宣传先进思想,发动和组织工人,为反对日本帝国主义资本家的压迫和剥削而斗争的革命知识分子的形象。石峰和"书生"的形象是成浩、"汉城客"形象的进一步发展,如果说成浩、"汉城客"只是认识到只有革命的暴风雨才能摧毁旧世界,那么石峰和"书生"则懂得怎样进行斗争,才能推翻旧世界。从《穷苦的人们》和《民村》到《元甫》和《造纸工厂村》,可以看到李箕永已经成为朝鲜无产阶级文学的一位先驱者。

进入30年代,日本帝国主义加紧了对朝鲜民族解放运动的镇压,1931年和1934年对卡普作家先后进行了两次大逮捕,李箕永也两次被捕入狱,"卡普"亦于1935年被强行解散。但是敌人的残酷镇压丝毫也未能挫伤李箕永的创作热情,在狱中他不仅构思了小说《鼠火》和《人间课堂》,而且构思了批判资产阶级反动作家李光洙的文章。1936年1月李箕永出狱后仍然坚持进行创作活动。1930年至1936年间,他创作的短篇小说有《洪水》(1930)、《劳役》(1931)、《朴承镐》(1933)、《元治书》(1934)、《寂寞》等,中篇小说有《鼠火》(1933),长篇小说有《故乡》(1933)、《春》(1934)和《人间课堂》(1936)等。其中特别是长篇小说《故乡》,不仅是他成就最大的一部小说,而且是朝鲜现代文学的一部最有代表性的作品,在朝鲜文学史上占有重要地位。

长篇小说《故乡》描写在日本帝国主义统治下朝鲜南部的元德村,广大贫苦农民在日本帝国主义与地主的双重剥削压迫下,纷纷破产,这时具有先进思想的青年金喜俊回到故乡元德村,发动和组织领导农民进行了反抗地主残酷剥削的抗租斗争;同时,还组织城里的缫丝厂工人罢工与捐助,积极配合与支援了元德村农民的斗争。在工农联合斗争的强大攻势下,迫使二地主安承学不得不答应农民的要求,使元德村农民的抗租斗争取得了胜利。

《故乡》生动地描写了30年代初朝鲜农民反抗日本帝国主义和地主的残酷压榨以及农民运动和工人运动的结合。

《故乡》的结构严谨,脉络分明,它以元德村的农民抗租为主线,同时又穿插进缫丝厂工人的罢工斗争,把这两者巧妙地结合了起来。《故乡》还展示了一幅幅朝鲜农村的风俗画。如对于元德村农民的农乐队的描写,对农村的婚礼、过生日以及其他习俗的描写,都具有浓郁的乡土气息和民族色彩。《故乡》还使用了大量的民谚以及农民的口头语,富有表现力和生活气息,如俗语"斧子掉地,砸了自己的脚"(意为"自家人不认自家人")。

《故乡》的不足之处在于:过于突出了金喜俊个人的作用,对群众力量的描写着墨不多。其次,金喜俊的身上有时流露出比较浓厚的小资产阶级知识分子的思想感情,削弱了作品的力量和损害了人物形象的完美。

李箕永的创作活动一直持续到40年代初期,后来由于日本殖民当局的迫害加剧,李箕永不得不在1944年避居江原道金刚郡的一个山村里。

1945年朝鲜获得解放,李箕永以饱满的政治热情参加各种社会政治活动和新的文学队伍的组建工作,同时以大量的创作反映朝鲜解放后翻天覆地的变化。解放后不久他就当选为文学艺术总同盟第一任委员长,同时作为朝苏文化协会委员长、朝鲜文化人访苏代表团团长访问了苏联。他还参加了1954年在莫斯科召开的全苏第二次作家大会,并在会上就朝鲜文学作了发言。他既是作家也是著名的社会活动家,解放后他曾任朝鲜江原道人民委员会教育部长,1946年任朝苏文化协会中央委员会委员长,同时历任朝鲜民主主义人民共和国最高人民会议副委员长、朝鲜作家同盟中央委员会常务委员、朝鲜拥护和平全国民族委员会委员、世界和平理事会理事等职。

解放后朝鲜的现实给李箕永开辟了广阔的创作道路,更加激发了他的创作欲望。

1946年7月他创作的短篇小说《开辟》,反映了土地改革所引起的贫苦农民生活上的深刻变化,真实地描写了农民在土地改革后如何作为新国家的主人迈开了新的步伐。

短篇小说《开辟》也可以说是长篇小说《土地》的雏形。

1948年春至1949年,李箕永创作了长篇小说《土地》。

《土地》反映了土地改革以后,朝鲜农民在和大自然以及一切阶级敌人进行斗争时的英雄气概和崭新面貌;反映了人们对劳动的新态度与新观念,描写了新人的成长和新生活的创造过程。小说也指出了在土地改革实行过程中,工农联盟更加巩固,这个联盟将成为今后在建设民主独立国家的斗争中,取得胜利的重要保障之一,还表现了朝鲜劳动党在各项民主改革中的领导作用。

李箕永在长篇小说《土地》中塑造了一系列典型人物的形象,如爱国农民郭巴威、劳动党的优秀干部姜均、地主高秉相等。

《土地》的结构、细节选择和生活场景的安排,都体现了作者是独具匠心的,人物形象和景物描写均具有鲜明的民族特色。简洁的文体和通俗易懂是《土地》

的语言特色。

《土地》作为朝鲜解放后第一部描写土地改革的长篇巨著,在朝鲜当代文学史上具有重大意义。

1950年6月25日,美帝国主义者发动了侵略朝鲜的战争,朝鲜人民一致奋起投入了保卫祖国的正义战争。李箕永和广大的朝鲜作家一道,响应朝鲜劳动党和朝鲜民主主义人民共和国政府的"一切为了战争的胜利"的号召,以笔当作武器投入了打击美国侵略者,保卫祖国的战斗。这期间他写了许多文学作品和政论文章,其中有代表性的政论文有:《电话兵李应善》(1950)、《英雄金风浩》(1950)、《以血还血》(1950)、《复仇的记录》(1953)等。中篇小说《江岸村》(1954)描写了祖国解放战争时期朝鲜农民在残酷的战争环境中生产支前的动人事迹。

李箕永的长篇巨著《图们江》三部曲本来计划于50年代初执笔,祖国解放战争一爆发,他的创作计划不得不暂时中断。祖国解放战争胜利结束后不久,李箕永便集中精力写作《图们江》,第一部于1954年完成,第二、三部分别于1959年和1962年问世。

《图们江》以广阔的画面反映了19世纪末至20世纪初朝鲜人民反对日本帝国主义和封建主义的伟大革命斗争,艺术地再现了农民起义、爱国文化运动、义兵运动、反帝爱国的"三·一"运动和工人阶级领导的民族解放斗争的历史。

《图们江》在艺术上也比较成功。作品巧妙地将历史和艺术融为一体,也就是说实现了现实和历史的有机结合。作者娴熟地运用了典型化的手法,塑造了各阶层人物的典型形象,如朴熊孙、氏童、李真卿和韩吉柱等。在作品《图们江》中,李箕永不遗余力地发挥了语言大师的才智。作品中农民语言占有很大比重,他所运用的农民语言是丰富多彩的,如《图们江》第一部中所运用的忠清道农民的语言,第二部中所运用的咸镜道农民的语言。

革命历史题材的长篇小说《图们江》,是朝鲜解放后长篇小说的佳作,也是朝鲜小说发展史上的里程碑式的作品。

李箕永的作品形式多样,题材广泛,1961年创作的小说《红色分册》,通过对"李寿福英雄突击队"和"赵玉姬英雄突击队"的描写,表现了朝鲜工人阶级在铁路建设中所发挥的集体主义精神和伟大气魄。1963年他又创作了中篇小说《一个女人的命运》,通过主人公金弼女的形象,反映了在日本帝国主义统治下朝鲜妇女血泪交织的悲惨生活,也描写了她们的觉醒和成长过程。

李箕永于1984年病逝,他从事文学活动近六十年,创作了许多优秀作品,给朝鲜人民留下了一笔宝贵的精神财富,为朝鲜现代革命文学的发展作出了卓越贡献,起了奠基者的作用。

二、韩雪野的生平和创作

韩雪野是朝鲜著名作家。1900年8月3日他出生于咸镜南道咸州郡一个中农家庭里。

他在咸兴小学毕业后,于1916年进汉城第一高等普通学校学习,1918年又转入咸兴高等普通学校学习。1919年"三·一"运动的爆发给他思想的发展以巨大的影响。他参加了"三·一"运动,被日本帝国主义警察逮捕入狱,三个月后才被释放。被释后,他到北京自修文学,并学习关于宣传社会主义的书刊。1921年渡海至东京,在日本大学里取得了学籍,继续研究文学和马克思主义理论。

在日本大学毕业后,他于1924年回国。回国后在北青私立大成中学任教,这时他发表了短篇小说《在那天晚上》(1925)、《饥饿》《平凡》(1926)和《拂晓》,但他主要还是从事教育工作。他的文学创作活动是从"卡普"的建立和朝鲜无产阶级文学步入正轨时正式开始的。他和李箕永一起为创建"卡普"作出了积极的贡献。1926年他到中国东北旅行。1927年回国与李箕永、金北镇等人一起重建了"卡普",通过了以马克思主义为指导的新纲领,这时他拿起了笔,既从事文学评论,又从事创作实践,他写的评论《无产阶级艺术宣言》《阶级对立和阶级文学》等,揭露了资产阶级文学的反动性,谴责了民族改良主义者的欺骗性,宣传无产阶级文艺思想,主张为无产阶级利益而创作。短篇小说《过渡期》(1929)和《摔跤》(1929),就是这时期他根据"卡普"新纲领创作的作品。《过渡期》深刻反映出日本帝国主义入侵后朝鲜农村的破产和阶级分化的情况,再现了朝鲜农民从自己世代居住的土地上被赶出去,以及他们反抗、斗争、流浪,而最后又不得不到日本资本家的工厂里去受残酷剥削的悲惨命运。《摔跤》可算作《过渡期》的续篇,尽管两篇中的人物姓氏不同,但都是围绕着同一事件而展开描写的。在《摔跤》里,农民开始进行有组织的、群众性的反抗;而原先进入工厂的农民,这时不少人已经成长为有觉悟的工人。他们和农民联合起来,组织了劳动会和佃农组合,向资本家进行内外夹攻,使日本资本家在广大群众团结起来的力量面前感到惊慌失措,不得不答应他们的要求。这两篇作品反映了工人和农民的觉醒过程,显示出工农联盟的伟大力量和意义。《摔跤》《过渡期》和李箕永的短篇小说《元甫》《造纸工厂村》等同为朝鲜无产阶级初期文学中的优秀作品,在现代文学史上占有重要地位。

1930年,他参加了左翼杂志《朝鲜之光》的工作,编辑和刊行了《新阶段》。1932年他加入了《朝鲜日报社》,与社内的资产阶级民族主义者李光洙、朱耀翰等作过坚决的斗争。1934年他与二百多名卡普作家一起被日本帝国主义警察逮捕,被监禁在全州监狱。出狱后他和卡普作家们一起,继续坚持社会主义现实主义文学的道路,先后写出了《黄昏》(1936)、《青春期》(1937)、《草香》(1938)、《塔》(1941)等四部长篇小说。

长篇小说《黄昏》是韩雪野30年代的代表作。当时朝鲜由于受到1929—1933年整个资本主义世界经济危机的影响,产生了前所未有的工业危机。资本家企图把工业危机的负担转嫁给工人阶级,加强了对工人的剥削,实施所谓"产业合理化"政策。这一政策使得朝鲜工人的生活状况进一步恶化,大批工人失业,工人的工资大幅度降低,工人在政治上受压迫也越来越严重。这种情况引起了朝鲜工人阶级的强烈反抗,他们的斗争已从自发的斗争过渡到自觉的斗争,朝鲜的无产阶级已经发展成为一支重要的政治力量。长篇小说《黄昏》就是在这样的历史背景下产生的。

《黄昏》以某纺织厂工人反对资本家的"产业合理化"政策为题材,反映了30年代朝鲜现实的特点,体现了朝鲜工人阶级为争取实现社会主义的政治理想而斗争。这就是《黄昏》的基本主题。同时,《黄昏》还描写了在斗争中新人的成长,指出在工人阶级从自发斗争转变到自觉斗争的过程中,如何解决新与旧矛盾的正确方向与方法,也揭露了资本家的狡诈凶残和腐化堕落的本质,以及在工人运动中暴露出来的小资产阶级知识分子的动摇和堕落。

为了更好地突出作品的主题,作者精心塑造了众多的人物形象。作品的主人公俊植是一个先进的革命志士。他意志坚定,胸怀广阔,沉着冷静,有领导艺术和组织能力。他通过各种方式提高了工人群众的政治觉悟,谆谆善诱,指导与帮助丽顺成长为新人。他坚持原则,善于斗争,将在斗争中退出工人队伍的东弼争取过来。他对未来满怀信心,因为他认识到自己不是孤立的个人,而是工人阶级整体的一部分,并坚信纺织厂工人的斗争必将胜利。

俊植是一个革命志士的典型,他身上集中了朝鲜30年代工人阶级政治斗争的各种特点,其革命活动体现了30年代朝鲜工人阶级争取实现社会主义的理想。

丽顺是个善良聪明的女性。最初她对社会还缺乏认识,经过斗争磨练,她行动果断,不卑躬屈节。比起滔滔不绝而优柔寡断的京载,丽顺虽沉默寡言,但遇事冷静,有主见,不轻易妥协。在俊植的耐心教育和帮助下,经过阶级斗争的洗礼,她发展成一代新人。丽顺这一形象的意义在于体现了在工人阶级革命斗争过程中,新人成长的曲折性与必然性。另外丽顺的形象在作品的结构上具有将重要人物联系起来的穿针引线作用。

东弼这个人物,当工人阶级的斗争还停留在经济斗争的阶段时,还算是个热情的战士;但是,当工人阶级的斗争发展到政治斗争阶段时,他却迷失了方向,脱离了工人阶级队伍。他从狭隘的个人英雄主义心理出发,诽谤工人斗争的领导者俊植,不管他的主观意图如何,毕竟发展成为阻碍工人斗争健康发展的不利因素。但是,在俊植的高度革命原则性和具有说服力的分析面前,东弼终于认识到自己的错误,走上正确的道路,和工人们一起继续参加斗争。东弼这个人物的意义在于:如何正确解决在工人从自发斗争向自觉斗争发展过程中,先进思想与落后思想的矛盾。同时东弼这个人物告诉人们,只搞经济斗争决不能解决工人阶级的解放问题。真正的工人阶级先进战士必须把经济斗争有意识地引导到政治斗争上去。

京载这个人物,尽管客观现实发生了变化,他还为过去自己所谓的抱负而自豪。他清高自傲却又优柔寡断,动摇不定好似墙头草,一会儿倒向工人一边,一会儿又倒向资本家一边。在处理爱情问题上也是如此,他既爱丽顺,又舍不得玄玉,在丽顺和玄玉之间犹豫不决。由于他的动摇和妥协,他终于投入了玄玉的怀抱。京载是一个小资产阶级知识分子的典型,他没有克服自己的弱点,终于和没落的资本家一起步入了"黄昏的世界"。京载这个人物体现了工人运动在发展过程中,必然会出现动摇不定的小资产阶级知识分子走上堕落道路等现实特点。

安经理是个诡计多端,贪得无厌的资本家。他在和金载唐的竞争中,搞垮了他,使金载唐破产,并夺得了经理的宝座。他又施展"产业合理化"的诡计,企图把工业危机的负担转嫁给工人。但在工人识破了他的阴谋,燃起了反抗的烈火时,他却吓得惊慌失措,暴露了他极端虚弱的本质。安经理的形象暗示了资产阶级的必然灭亡。

作品中革命志士俊植的形象是《过渡期》中的昌善和《摔跤》中的明镐等人物性格发展的结果,同时也和韩雪野在朝鲜解放后的三部作《大同江》中的主要人物有着密切的联系。

长篇小说《黄昏》通过具体的情节、典型的事件和环境、生动的人物形象、严谨的结构,艺术地再现了 30 年代朝鲜工人阶级的斗争,是把工人阶级的斗争和马克思主义结合起来的优秀作品。它和李箕永的长篇小说《故乡》可以说是 30 年代朝鲜无产阶级文学中的"双璧",在朝鲜现代文学史上占有重要地位。

长篇小说《青春期》创作于 1937 年。《青春期》围绕着主人公泰浩,塑造了不同类型的知识分子的形象。通过主人公泰浩的形象,《青春期》回答了知识分子究竟应走什么样道路的问题。作者除了塑造经过曲折终于走上革命道路的知识分子泰浩的形象外,还塑造了在革命潮流面前醉生梦死,沉沦堕落的知识分子形象。

《青春期》是韩雪野继《黄昏》之后的一篇力作。作者站在无产阶级立场上,紧密地结合 30 年代的现实特点,通过对各种类型的知识分子形象的塑造,特别是对主人公泰浩性格的刻画,指明了知识分子所应选择的生活道路。但是,主人公泰浩的性格刻画并未能充分展开。另外,对另一个非常重要的人物哲洙也缺乏正面的描写,这或许是受当时日本帝国主义残酷统治的客观环境影响的结果。但是《青春期》表现出娴熟的艺术技巧,以及作品主题的多样化,使它无愧于 30 年代朝鲜无产阶级文学优秀之作。

1945 年朝鲜获得解放。1946 年,韩雪野在短篇小说《村里的人们》中,通过农民土地改革后开垦土地、扫除文盲等场景,反映了朝鲜农民崭新的精神面貌。

同年发表的另一短篇小说《煤矿村》描写了煤矿技校的学生成长为新一代劳动青年的过程。这篇作品对青年具有巨大的教育意义。1948年写的短篇小说《凯旋》描写的是金日成同志领导抗日游击队，经过15年艰苦卓绝的武装斗争，终于胜利凯旋归国的动人事实。短篇小说《兄妹》描写的是一对父母双亡、无依无靠的兄妹。哥哥元柱解放前在铁工场干活儿时被日军拉去当兵，由于备受折磨得了心脏病，妹妹顺妮在地主家当仆人。朝鲜解放后元柱进入苏联红十字医院治病，苏联女医生给予精心治疗，终于使元柱起死回生。这篇小说体现了苏联人民和朝鲜人民间的友好情谊，同时也是一篇将爱国主义和无产阶级国际主义统一起来的优秀作品。1952年发表的长篇小说《黄草岭》，通过女护士福实的形象，反映了朝鲜青年无比憎恨美帝国主义和无限热爱人民群众的高尚情操，1952年创作的长篇小说《大同江》(第一部)通过敌占城市的青年工人和少年的对敌斗争，反映了朝鲜人民强烈的爱国主义精神和战无不胜的力量。

韩雪野是一位多产作家，他在自己的文学作品中，广泛地反映了现实生活的各个方面，对现实生活中的问题进行了深刻而正确的评价，揭示了矛盾并指出了解决矛盾的方向与方法，他为朝鲜无产阶级文学事业的发展作出了很大的贡献。

第十七章 现当代印度尼西亚文学

第一节 概述

现当代印度尼西亚文学，是指 20 世纪自 20 年代一直到今天的印尼文学。以 1945 年 8 月 17 日印尼宣布独立这一历史性事件为界，前者为现代文学阶段，后者为当代文学阶段。

20 世纪前半期的印尼历史是屈辱的殖民地及沦陷区的历史。1942 年之前，为荷兰殖民主义统治时期；1942 年至 1945 年间，为日本帝国主义占领时期。但具有反殖反帝光荣传统的印尼人民，在近半个世纪里将其民族解放运动推向了高潮。现代印尼文学总体上可以说是这一政治斗争的产物。并由此形成自身的特点，直接或间接地反映了民族觉醒的过程。

依据社会历史进程，印尼现代文学可分两个时期：殖民主义统治时期(1920—1942)与帝国主义占领时期(1942—1945)。

1920 年至 1926 年的印尼民族大起义掀开了民族解放运动史册的新篇章。尽管它以失败告终，但却锻炼了人民，也锤炼出新文学。这就是现代文学史上的印尼无产阶级文学和资产阶级文学。

印尼的无产阶级文学是当时正处高涨时期的世界无产阶级革命运动的一个成果。它表达了印尼无产阶级的战斗心声，其主要锋芒是反帝反殖，作者以工人和进步知识分子为主，体裁主要是诗歌与小说。它是印尼无产阶级斗争的重要武器，也是教育和团结人民的有力工具。

马斯·马尔戈(1878—1930)是这一时期印尼无产阶级文学的杰出代表。他首先是职业革命家，其次才是革命作家。他是印尼共产党的创始人之一。一生多次被捕、被流放，最终死于荷印殖民政府的迫害。他在领导革命的新闻战线的同时，克服极大的困难，从事文学创作，将印尼无产阶级文学推上了高峰。

小说《自由的激情》(1924)是其代表作。通过主人公苏占莫背叛封建家庭，深入社会底层，接受革命启蒙教育，最终成为革命者的经历，形象地揭示出印尼无产阶级的成长、壮大过程。《自由的激情》的创作成就表明，马尔戈是印尼最早的自觉运用马克思主义指导其文学创作的作家。他的小说问世较早,极深刻地揭示出殖民地印尼的社会基本冲突,准确、生动地再现了印尼无产阶级的反帝英姿。

印尼无产阶级这一时期的文学力作还有鲁斯丹·埃芬迪(1903—1979)的诗集《沉思集》(1925)及诗剧《贝巴沙丽》(1924)。前者使诗人成为印尼新诗的开拓者;后者通过非现实性题材,运用象征手法,影射殖民统治的残酷,发出反帝救国的号召。

民族资产阶级文学是这一时期印尼文坛的主流。它是印尼民族资产阶级迅速发展并最终成为民族解放运动主将的产物。由于遭受强大的殖民统治,印尼民族资产阶级的成长异常艰难。这决定了他们同西方垄断资产阶级的利害冲突,从而构成其文学的一个基本主题:揭示民族矛盾,宣扬民族主义思想,表达民族资产阶级的种种利益要求。印尼民族资产阶级文学的这一文学主题的创作,客观上具有促进民族解放运动发展的作用。

印尼资产阶级这一时期的民族主义文学创作,在诗坛上的代表是耶明(1903—1962)与萨努西·巴奈(1905—1968)。前者以其坦荡的胸怀和炽热的激情,成为20年代印尼青年心目中的民族诗魂。其代表作《印度尼西亚,我的祖国》(1928)鲜明、完整地表达了印尼民族资产阶级的爱憎,形象记载了这一阶级民族思想情感的成熟过程;后者精神比较晦暗,思想上有更多的矛盾,但其通过吟咏人生与自然所表述的爱国激情,同样吸引并鼓舞了广大青年。

这类主题的小说创作,以阿卜杜尔·慕伊斯(1890—1959)的《错误的教育》(1928)为代表。他是印尼民族资产阶级第一个政治组织伊斯兰联盟的主要领导人。小说通过一个土著青年的爱情悲剧,否定了殖民主义的欧化——奴化教育,揭示了现实社会中深刻的民族矛盾与冲突,宣扬了伊斯兰精神所主导的民族主义情绪。但作品也表现出民族资产阶级的弱点:社会改良主义主张。

印尼民族资产阶级在这一时期还肩负着反封建的重任。这构成这一时期印尼民族资产阶级文学的另一重要内容,即通过新旧爱情观念的历史性冲突,表达个性自由的要求。马拉·鲁斯里(1889—1968)的小说《西蒂努儿巴雅》(1922)堪称此类作品的奠基作。

30年代印尼文坛的一场论战,揭开了贯穿20世纪印尼文学的"民族性与世界性争论"的序幕。这是民族解放运动在文坛上的一种影响与继续,但也显示出种种偏颇。围绕《新作家》(1933年创刊)这一最早的同仁性、全国性刊物,形成所谓"新作家派"。它以达梯尔(1908—   )为代表,否定民族文化传统,主张全盘西化。以萨努西(1905—1968)为代表的"东方派"则主张在建立新的民族文化时,以东方文化为主体,适当结合西方物质文明。这种思想以后为更多民族主义者所接受。

帝国主义占领时期的印尼文学总体上走的是一种夹缝中求生存的道路。民族资产阶级幻想利用帝国主义国家间的矛盾摆脱自己的殖民地命运。因此,一方面相信并效力于日本法西斯;另一方面也坚持并强化民族主义要求。这就形成所谓"两面刃文学"。三年沦陷期得以面世的作品,多属这种性质。它构成一种十分复杂的文学现象。其作品内容,既包含抗战的热情,也具有对反抗的疑虑;既洋溢着爱国主义激情,也宣扬了无政府主义、个人主义思想;既表达出人道主义者的同情,也夹带出苟且偷安者的漠然。诗歌创作的代表是凯里尔·安唯尔(1922—1949);小说方面的代表是伊德鲁斯(1922—1979)。后者创作于这一时期,发表于1948年的《地下随笔》,尽管瑕瑜互见,但仍是这一时期印尼文学的一种代表。在占领者铁蹄下挣扎的印尼文学,其更大价值在于众多文人于创作形式、写作技艺及语言方面的潜心探新。这对印尼文学的发展具有深远意义。

1945年8月17日,印尼宣布成立共和国。这是印尼历史上首次资产阶级民主革命的成功。它是印尼民族解放运动几百年来不断高涨的必然结果。如火如荼的"八月革命"掀开了印尼史册的新篇章,也揭开了印尼当代文学新的一页。

遵循社会历史的发展,可分为三个时期:"八月革命"时期(1945—1949);"旧秩序"时期(1950—1965);"新秩序"时期(1965—迄今)。①

民族解放运动仍是贯穿印尼当代文学的主线。但受国际政治格局变化及国内政权更迭的影响,它在不同时期有不同程度与不同形式的表现。总体上说,在60年代中期之前,印尼当代文学继承了现代文学反帝、反殖的传统,具有鲜明的倾向性、极大的战斗性,有力地配合了民族独立革命,在争取政治民主时期也发挥了巨大的鼓舞和教育人民的作用。1965年之后的印尼文学锐减了这种政治热情,个别作家除外,如普·阿·杜尔。民族政治斗争转化为文化建设指导方针上的"民族性"与"世界性"之争;更多则化解为演绎这种论争的具体创作。现代文学史中业已引发的那一场文艺思想论战,在当代印尼文坛持续并且波澜频仍。

"八月革命"时期的印尼文学适应了这一历史进程。革命进入高潮的前期,涌现出战士般的作家和战斗性作品;革命进入低潮,特别是在革命遭至失败的后期,文学成了民族资产阶级宣泄其悲观失望情绪的工具;更有甚者,表现出诋毁革命的错误倾向,如伊德鲁斯(1921—1979)的《泗水》(1948)等。

"八月革命"之初,这一时期文学的高峰期。作家均以战士姿态为荣;作品多表现革命斗争现实,内容充满激情与力量。

"八月革命"时期的文学战士多为洋溢爱国主义激情的青年。普拉姆迪亚·阿南达·杜尔·(1925—)是其最优秀的代表。"八月革命"点燃了他的创作热

---

① 苏哈托政权将1965年"九三〇事件"前的五六十年代谓之"旧秩序";其后为"新秩序"。

情。火山喷发般地形成巨大、耀眼的文学景象。他的《勿加西河畔》(1947—1951)是印尼文学史上最早正面反映"八月革命"的长篇小说。他在这一时期的代表作《游击队之家》(1950),也是"八月革命"初期印尼文学的代表作(详见本章第二节)。他备受荷兰殖民军迫害,但在狱中仍坚持创作,其战斗的姿态,足以成为这一时期印尼文人同仇敌忾的象征,连同他的作品,给印尼人民以极大鼓舞。

乌杜达·达唐·宋达尼(1920—1979)是这一时期又一位重要作家。他的剧本与小说,或以象征手法,或从历史选材,更加广阔地展示了印尼人民独立斗争的历程,揭露了殖民统治下的现实社会的黑暗。剧本《饭店之花》(1948),长篇小说《丹贝拉》(1949)等均产生了巨大社会反响。

凯里尔·安哇尔(1922—1949)在这一时期的创作也引人注目。他写了许多日本占领时期的作品,并在这一时期发表,其民族主义思想因符合时代精神而格外醒目,其中交织着的个人主义、无政府主义倾向则不再刺眼。

这一时期比较重要的作家还有伊德鲁斯(1921—1979)、阿赫迪亚·卡尔达·米哈扎(1911—)及克尔达巴蒂·鲁吉娅(1927—)。

"八月革命"时期文学的创作也带有明显的问题:前期具有因宣泄革命热情所导致的艺术加工粗糙的倾向;后期则表现为因不能正确区分革命与暴力的性质而导致的抽象人道主义倾向;尤其是革命失败带来的悲观主义、乃至颓丧情绪。普·阿·杜尔的小说,乌杜伊的短篇小说集《倒霉的人们》(1951),以及凯里尔的诗集《尖石、被剥夺者和绝望者》(1949)等都带有这一缺憾。

这一时期的文学创新有较大收获:总体上看,确立起民族化的正确方向,既摆脱了欧洲文学的束缚,也不唯民族传统是从;形式上更少贵族气,追求大众化。一些作家形成特色独具的艺术风格,对后人影响很大。如普拉姆迪亚作品中所表现出的"普拉姆迪亚风格"。凯里尔结合欧美现代派的诗歌技巧所进行的表现手法的改造,也开一代诗风。

1949年11月后,印尼文学进入又一个发展时期,即"旧秩序时期"。

这一时期的民族资产阶级政权,经历了政治上的软弱到成熟,由倾向于保守、专制到向社会主义思想体系开放的过程。印尼文学的发展,在这一政治背景下呈现出必然的复杂、多变。

总体上说,"旧秩序"时期的印尼文学仍然贯穿着民族解放运动主线;同时,争取民主、自由的思想倾向也日趋强化。反帝、反封建的民族、民主斗争仍是这一时期文学的基本主题。

印尼文学最初沉浸在失望、困惑与痛苦之中。"八月革命"失败的阴影一度笼罩在众多文人心头。经过短暂的沉默,也是一种必要的喘息,当代印尼文学掀起又一高潮。

1950年8月17日成立的"人民文化协会"(简称"人民文协")是印尼文学史

上最重要的全国性文艺组织。其主导性政治倾向为民主主义思想。这又使它成为印尼历史上最具革命性的进步文化团体。理论上，人民文协曾经热情宣传、积极运用过包括马克思主义文艺理论在内的无产阶级、社会主义及资产阶级民主主义文论。组织上，它首次在印尼历史上最大范围内团结了进步文人。思想上，明确确立起"文艺为人民服务"的创作宗旨。这在印尼历史上也是前所未见的民主化文艺思潮。人民文协这些特征表明这一文化组织继承并发展了现代文学的进步传统，并有意识地将进步文人的艺术生命植根于人民这一厚土沃壤之中。

人民文协以其进步的理论、正确的思想及有力的组织保障，掀起当代印尼文学的一个创作高峰。诗歌创作率先形成繁荣。克拉拉·阿库斯迪亚（1923— ）、阿南达古纳（1930— ）、阿卡姆·韦斯比这些著名诗人相继出版诗集。班达哈罗·哈拉（1934— ）、哈普（1921— ）的诗集《来自饥饿与爱情降临的地方》（1956）是这一时期个人诗歌创作的最高成就。此外，众多进步诗人还携手联袂，将个人的一腔激情汇聚成充满时代精神与民族热情的诗集，《米饭与茉莉》是这类群体性创作的代表。印尼诗坛迎来了一个春天。

这一时期的小说创作后来居上。卓别尔的短篇小说集《逐日》，苏吉亚蒂·希斯娃蒂的短篇小说集《天堂在人间》，及梭伯伦·艾地（1934— ）的中、短篇小说集《1926年火炬》与《来自流放地》，都是反响热烈的佳作。普拉姆迪亚这一时期尽管创作不丰，但其《南万丹发生的故事》与《铁锤大叔》也为这股热流推波助澜。

人民文协最著名的作家是巴赫迪尔·赛坎。他在文艺民主化浪潮的激励下，接连推出了《浪花与爱情》《蜜之囚》《墨拉比山谷中的红岩》等名剧。此外，朱巴尔·阿尤布的诗剧《西蒂·加米拉》也堪称这方面之代表。

人民文协在引导文艺界深入社会下层，克服脱离工农倾向方面做了大量卓有成效的工作。与此同时，它还在文艺思想战线，为捍卫印尼文学的民族与民主传统而战。当代印尼文学史上有两次著名的论战，无论是否定所谓"四五年派"的斗争，还是人民文协同文化宣言派的冲突，其实质都是捍卫文学的民族性与社会民主生活的战斗。

人民文协时期的印尼文坛呈现出欣欣向荣的景象。构成这一现象的重要原因，除了上述人民文协本身这一活跃因素外，还取决于其他性质迥异的众多文艺团体的存在与发展。正是通过这些不同政治立场、不同文艺观点的流派的共存与对抗，印尼文学才得以摆脱困惑，逐渐走向成熟。当时有较大影响的文艺派别，除了前面提到的文化宣言派，还有民族文化协会，及穆斯林艺术文化协会。前者以宣扬和捍卫民族主义为宗旨；后者则是当时最大的宗教性文艺组织。此外，崛起于文坛的一群青年，以阿育普·罗西迪（1938— ）为代表，形成所谓"最新一代派"。这些文学新人以其思想的激进及手法的创新，引起社会的注目。

1965年"九三〇事件"标志印尼历史发生重大转折,文艺界长期高涨的政治热情骤然冷却。一时间,民族、社会与政治被文人抛出其视野。非政治化的创作倾向大行其道。但印尼文学具有强大的生命力。至60年代末,印尼文坛又高潮迭起,进入另一繁荣期。

20世纪70与80年代的印尼文学,其发展朝向不同的两极,即所谓"通俗文学"与"严肃文学"。

通俗文学兴起于60年代后期。除了政治因素激发的文人逆反心理外,"新秩序"建立后推行全面向西方开放的国策,导致经济上升,都市发展,市民阶层膨胀,从而带来新的文化需求,这是通俗文学崛起更为直接的原因。由非政治化的创作倾向向商品化艺术生产转轨,情绪的偏激与投入的过度,致使这种文学开始一度陷入庸俗化的泥淖。以莫廷戈·布歇(1937—)为首的最初的这类创作,描写都市人的爱情生活,但渲染性爱,被斥之为"色情小说",产生过恶劣的社会影响,官方出面给予过批评。

进入70年代,通俗文学逐步走向正轨。在以大众化形式满足大众文化需求之时,更多作家注意保持作品的道德水准;同样是反映都市青年的性爱,但很少正面涉笔,更无渲染。同时,这一时期开始的通俗文学不再满足于仅向读者提供一种精神享受,还着眼于通过作品提高欣赏者的文化素质。这种提高文学品位的努力提高了通俗文学的社会地位。其影响自不待说。文化界内更有人赞赏这种"通俗小说",说其价值不亚于"严肃小说"。这方面创作的代表是女作家玛尔卡·T(1943—)和阿斯哈蒂·西里格尔(1945—)。前者的成名作《卡米拉》(1973)和后者的代表作《我的爱在蓝色校园里》都是70年代的畅销书,被誉为70年代通俗小说的"极品"。

"新秩序"时期文学的主潮是严肃文学。它显示着当代印尼文学承接历史进入未来的基本轨迹。这一时期的创作同样受社会政治变革的影响,由此又形成题材与风格不同的两种创作倾向。

印尼现代派文学。发轫于60年代后期。形成这一现象的内因是,许多作家对现实社会变革不满或不解,于是遁入纯文学性质的"试验探索",或借助非传统、非现实主义方式表达这种情绪。客观上,开放的国门涌进了五六十年代欧美现代主义文学。面对西方现代派的新观念、新方法,一些作家陷入简单、机械照搬的迷途。一些非文学、甚至反文学、反文化性质的文学"怪胎"竞相面世。但也有较为成熟的作家,透过色彩斑斓的外衣,去发现西方现代派文学有价值的特征。伊万·希马杜邦(1928—1970)是其代表。他在思想上接受存在主义哲学影响,以此形成自己审视社会的独特目光,加之运用"新小说派"的手法,表现他对五六十年代风云变幻的印尼社会之感受。他的这种艺术探索比较成功,获得了承认。于1967年发表的"反小说"《祭奠》被视作印尼现代派小说的先河之作,

1976年荣膺"东盟文学奖"。

严肃文学的另一类创作起步虽晚,但深沉稳健,逐渐取代其他文学,成为八九十年代印尼文坛的主流。这类创作以回顾民族历史为主题,焦点或定格在反思"旧秩序"年代的政治与社会弊端,或越过这段历史,深刻思索民族的文化历史进程。手法上遵循现实主义传统,且向民族化、大众化迈进。体裁上以长篇小说为主,很少中、短篇力作。由此形成了印尼文学史上罕见的长篇小说创作的繁荣期。着眼于批判"旧秩序"主题创作的代表作是达梯尔·阿里夏班纳(1908—),其代表作是发表于70年代的三部曲《蓝色洞穴》。放眼于更大的历史空间,思考民族觉醒进程主题的代表作,是普拉姆迪亚于80年代初陆续发表的布鲁岛小说四部曲。其中之一《人世间》属20世纪印尼文学的杰作。

这方面的重要作家与作品,还有莫赫塔尔·卢比斯(1889—1968)及其小说《虎!虎!》(1975),阿里·奥达(1924—)及其小说《光明之路》(1971),达梯尔及其小说《优胜劣败》,阿赫马·马哈多里的长篇小说《爪哇舞妓》《巴鲁村的舞妓》《清晨的扫帚星》(1981—1986)。这三部曲还被认为是将严肃文学与通俗文学较好结合起来的成功之作。

"新秩序"时期印尼文坛的诗歌与戏剧创作没有多少引人注目的成就。

第二节 普拉姆迪亚

一、生平与创作

普拉姆迪亚·阿南达·杜尔是印尼当代文学最优秀的代表,20世纪印尼文学史上最重要的作家。他的创作为印尼文学在当代赢得了世界性声誉。

1925年2月6日,普拉姆迪亚诞生于中爪哇的小城市布洛拉一教师家庭。其父曾是热情的民族主义者,后因受到政治迫害而消沉。母亲始终是虔诚的伊斯兰教徒。父亲的民族气节与母亲的坚韧美德深深影响了作家的生活与创作。

普拉姆迪亚的少年时光是在困苦与劳作中度过的。他较早承担起家庭的重担,照顾重病的母亲,抚养7个弟妹。他曾入泗水无线电专科学校学习。1942年7月,在雅加达为日本新闻机构做打字员时,开始爱好文学。日本战败后,普拉姆迪亚即投身"八月革命"。1945年10月成为印尼国民军前身——人民保安队成员,奔赴芝甘北前线。翌年,以中尉新闻军官身份参加著名的克拉旺-勿加西战斗,从事战地报道,开始创作生涯。

普拉姆迪亚的文学活动基本分三个阶段:

早期,亦即"八月革命"时期(1946—1949)。

普拉姆迪亚最早的文学作品是小说《七个尼加首级》。据说因出版社丢失了手稿,这一作品终未能面世。小说直接取材于"八月革命",反映作者亲历的民族解放斗争。由此开始的作家第一个时期的创作,主题基本如此。作家被捕前的最重要作品是《勿加西河畔》。它是印尼文学史上第一部反映"八月革命"的文学作品,最早塑造了抗战爱国战士的形象。

1947年,普拉姆迪亚到雅加达任自由之声出版社编辑。同年7月,奉命印发号召人民抵抗荷兰殖民军入侵的传单,被荷兰军队逮捕,投入狱中。直至1949年年底"移交主权"前夕,他才作为最后一批政治犯获释。

在殖民主义者的狱中,普拉姆迪亚迎来了他的第一个创作高潮。在短暂的两年时间里,他克服巨大困难完成了三部短篇小说集:《革命的火花》(1950)、《布洛拉的故事》(1952)和《黎明》(1950),计23篇;三部长篇小说:《追捕》(1950)、《被摧残的人》(1951)和《游击队之家》(1950)。短篇主要表现"八月革命"的斗争生活,同时也暴露出作家对战争、暴力乃至革命的模糊认识。这主要表现为以"普遍人道主义"思想理解战争,揭示它的残酷性。而三部长篇充分展示了普拉姆迪亚这一时期思想上的力量与弱点。《游击队之家》可谓代表。小说通过游击队员萨阿曼一家在三天里相继毁灭于战火的悲剧,展示出民族独立的斗争过程,尤其是这一斗争所付出的巨大代价。小说体现出作者的人道主义思想,特别是人性面临阶级性、民族性考验所表现出的矛盾性。

普拉姆迪亚早期的创作,以其重大的主题、激越的思想、鲜活的题材及可观的数量,引起社会轰动。它已基本显示出作家未来创作的政治倾向:坚定的民族主义立场和强烈的人道主义情怀。尽管这时的作品尚未达到艺术上的成熟期,但评论界已赞誉其小说之美为"普拉姆迪亚风格"。这主要是肯定他长于刻画人物内心世界,精于细节描写,敢于辛辣讽刺,及文约意丰,比喻生动等优点。

中期,摆脱彷徨走向政治成熟时期(1950—1965)。

这是普拉姆迪亚生命的旺季。但却不是他文学创作的黄金季节。对作家而言,在这十几年里他完成了世界观与文艺观的正确转变。1956年之前,他基本处于对现实社会的极度失望之中。50年代初的普拉姆迪亚,颇像歌德笔下的维特,因对上司不满而愤然辞去编辑职务,自办出版社又倒闭夭折;应邀去荷兰考察,但资本主义社会更令他失望。他甚至断言荷兰现实像"棺材"。国内国外的丑恶现实使他产生巨大烦恼,压迫着他东突西进。排遣这一"烦恼"的渠道只能是从事写作。这种心态下的创作,形成了以暴露、批判社会黑暗为主题的中、短篇小说。

《雅加达的故事》由12个短篇组成,均写作于1956年之前,集中展示半殖民地半封建的印尼首都底层挣扎着的穷人生活。两部中篇小说《雅加达的搏斗》(1953)与《镶金牙的美人米达》(1953)属同一题材,都较有深度地揭示了社会罪恶对男女青年的毒化。这一时期的另一部中篇《贪污》(1954)更有价值,其社会批判矛头指向官僚体制,通过政府一官员以权谋私、贪污腐化的堕落,抨击了现行的权力机构。

1957年2月,普拉姆迪亚发表《吊桥与总统方案》一文,这是标志作者摆脱前一时期政治徘徊,结束思想苦闷,确立新的世界观的政治文章。此前,他曾应邀来中国参加纪念鲁迅逝世二十周年纪念活动。新中国展示出的社会主义制度的强大活力,与其荷兰观感成鲜明比照。他开始向左的方面扭转自己的政治倾向。1958年,他再度访问中国。1959年,他参加人民文化协会,被选为副理事长。此时,他任《东星报》文艺版主编,同时在大学兼课,直至1965年"九三〇事件"后再陷囹圄。

这近十年的文学创作,体现出一个人民作家所具有的特征:克服知识分子易于摇摆及前一阶段的悲观情绪,确立文艺为人民的思想;在生活与创作上更加贴近人民;不再以抽象人性论去考察、表现具体的人民;发挥文艺在民族解放与民主斗争中的战斗作用等。

反映这种思想变化的作品是《南万丹发生的故事》(1958)及《铁锤大叔》(1965)。前者以50年代西爪哇的反革命叛乱史实为背景描写了农民反抗地主的斗争。后者依据1926年的印尼民族首次大起义之材料,表现了印尼工农的民族觉醒及民主斗争。尽管这一时期作家的创作实践尚未跟上其思想飞跃,但他的黄金创作季节已在酝酿之中。

后期,艺术创作的"黄金时期"(1966—　)。

这是普拉姆迪亚文学创作的收获季节。但却是在长达15年的监禁生活中创造的。直到1979年年底,普拉姆迪亚才获释。而1980年8月和9月,印尼就正式出版了作家70年代在囚禁地布鲁岛完成的"四部曲"之前两部:《人世间》《万国之子》。这构成为当代印尼文学影响最大的事件。仅一部《人世间》即在国内引起极大的反响,并被以最快速度译成多种文字,迅速传遍世界。[①] 在鹊起的赞誉中,有人认为这部小说"不会比那些荣获诺贝尔奖金的巨著逊色",这部小说"将进入世界文学之林",更有人疾呼提名他为诺贝尔文学奖候选人。[②] 普拉姆迪亚由此成为世界知名作家。

据说作家在拘留营中共创作了11部小说,其中7部为历史题材。作家反思历史的文笔一直追溯到16世纪上半叶,葡萄牙殖民主义者对印尼的首次入侵。

无论是质量还是数量,普拉姆迪亚这一时期的创作都达到了最高水准。经过15年的磨练,走出囚笼的作家向人民展示出他铮铮铁骨与不朽的思想。他这一时期的创作再次向人们显示出这样一个规律:困苦与逆境是诞生真正作家的

[①] 我国于1982年出版此书,后2部也已由北京大学出版社出版。

[②] 参见梁立基文章,《东方研究》论文集,北京:北京大学出版社,1983年,第219—220页。

温床。普拉姆迪亚的两次创作高峰均是在囹圄中形成的。

二、《人世间》

《人世间》是普拉姆迪亚"布鲁岛四部曲"之一,堪称作家整个文学创作的代表作。即使同这"四部曲"的其他三部(另两部为《足迹》《玻璃屋》)相比,在思想深度与艺术水准上也高出一等。

普拉姆迪亚这"四部曲"展示的是印度尼西亚从1898年至1918年间民族觉醒的历史画卷。《人世间》则着重揭示这一觉醒历史的起点。小说通过对温托索罗这一印尼土著妇女坎坷命运和倔犟成长的描述,揭露了殖民主义奴役印尼的血腥历史,肯定了印尼人民反抗外来压迫的正义斗争,弘扬了爱国主义、民族主义的伟大思想。

小说的基本情节是:温托索罗14岁时被父亲卖给荷兰人、糖厂经理梅萃玛当"姨娘"。这是没有合法地位与婚姻关系的侍妾,亦即妍妇的身份。温托索罗凭着顽强的信念和不屈的精神,利用一切可以利用的条件,学习外语和西方文化,通过管理农场的实践,成长为当地著名的女强人,"逸乐农场"的女主人。她站在民族主义立场,鼓励女儿安娜丽丝与土著青年明克相爱。这遭致其子,也是荷印土著混血血统的青年罗伯特的激烈反对。梅萃玛在荷兰的妻室不承认这一婚姻。他在荷兰的纯白人血统的儿子毛里茨突然来到爪哇,名为其母正名,实要侵吞温托索罗创造的财富。梅萃玛受此刺激颓靡不振,终日酗酒作乐于妓院,后中毒身亡。明克与温托索罗一度被指控是此案凶手,后被宣告无罪。明克中学毕业后力排众议,与安娜丽丝正式结婚。毛里茨干涉这一婚姻。依荷兰法律提出梅萃玛遗产继承权问题;依荷兰殖民法律否认安娜丽丝与温托索罗的母女关系,与明克的夫妻关系;称安娜丽丝未满18岁属未成年,不仅不可婚配,还要由他监护成长。温托索罗在法庭上义正词严地谴责了这些法律及这一强盗行径。但殖民法院宣布明克与安娜丽丝的婚姻不合法,接受毛里茨要将安娜丽丝遣送荷兰由他监护的无理要求。这一判决激起社会公众极度不满,甚至引发了土著居民的武装反抗。荷兰殖民统治者重兵弹压,软禁了温托索罗与明克,强行将安娜丽丝送上去荷兰的轮船。

温托索罗是印尼文学史上不朽的形象。她是印尼民族觉醒的妇女典型。她的觉醒与成长过程,象征着近代以来印尼人民在反殖、反帝斗争中的觉醒、进步过程。

坚韧不拔是这一形象性格上最突出的特征。从被卖给白人时起,她就开始在逆境中发展这一个性。最终正是依靠这种个性,温托索罗摆脱了殖民主义、封建主义戴给她的枷锁。她的坚韧首先表现在,她能利用一切可能,抓住命运给她的任何机会,创造自我解放的条件。她将受白人蹂躏的生活变成学习西方先进科学、进步文明的工作。自觉、自立意识促使她咬紧牙关,发愤图强,在受压迫状态下学会了荷兰语，各种文化知识，乃至经商、投资与企业管理方面的多方面技能。封建主义、殖民主义本来要剥夺她作人的权利，却将她造就成民族的精英。温托索罗这种特殊的成长历程，是对印尼民族性格力量的首肯，也是对殖民主义行为、西方文明的一种嘲弄。

异常强烈与鲜明的民族意识，是温托索罗最突出的思想特征。正是这一特征，使她成为20世纪印尼文学塑造的最成功的民族斗士形象。她与白人结合的这种特殊关系，将她推到了对抗殖民主义的前沿。由于印尼民族资产阶级发展的迟缓，她未能在自己的婚姻阶段捍卫自己的权力与尊严。但她将这场斗争延续到为争取安娜丽丝与明克的合法权益而战。她肯定并鼓励女儿对明克的爱，也赋予明克追求这种爱的勇气和信心。她不仅培育了这对青年挚爱的花朵，而且哺育了他们，特别是明克这一青年的民族自立意识。尽管她在法律上未能冲破种族歧视的罗网，但她用自己这方面的言行，点燃了当地人民反对殖民主义斗争的火焰。

温托索罗作为女性形象，其觉醒的意识及有力的行动还具有深层内涵。妇女处在封建制度、殖民统治及宗教教规合力压迫的最底层。写出社会下层女性中这类先进分子的觉醒，即写出了印尼民族最深刻、彻底的觉醒。此外，在对社会的不公正进行抗争的同时，作为女性，温托索罗自然要求男女平等。她在自己的农场，不仅实行男女同工，还特意安排由一女工领导挤奶组。这是进步的社会理想。它反映出作家的民主思想。温托索罗也是印尼文学不多见的带有女权主义倾向的理想形象。

温托索罗还具有聪明、慈善、正直、成熟等特点。对孩子，她怀有巨大的母爱。对下人及劳动者，她充满人道主义关怀。对恶棍，她则表现出毫不妥协的战斗精神。总之，她是闪烁着民主主义思想及民族理想的女性形象。

明克是觉醒的民族资产阶级知识分子形象。他出身土著贵族其父后来官至县长。他也为人赏识，副州长就希望他能成为受欧洲人欣赏的民族领袖。但她明确回答："不想当县长""只想当个自由人"。

与安娜丽丝产生爱情，是他思想发生变化，民族意识开始觉醒的起点。通过这一爱情，他得以结识温托索罗，这使他进入政治启蒙阶段。小说大幅度展示了温托索罗对他的教诲，其核心思想是帮助明克正确认识白人，肩负起民族复兴的使命。明克选择自己的政治与生活道路，主要是依照温托索罗的指引，参照温托索罗的觉醒历程。就这一点而论，他具有衬托温托索罗形象塑造的意义。

作为知识分子，明克的思想成长十分曲折。他是欧洲文明、西方文化进入东方、影响东方的产物。而这种影响是伴随资本主义、殖民统治而来的。它在襄助殖民统治之时，也具有科学普及、思想启蒙的积极作用。明克向温托索罗所学习的争取个人权利与自由，正是后者通过接受白人的影响而向西方学来的。在结识温托索罗之前,他只是空泛地理解这些字眼。经过温托索罗的政治启蒙后,他的西方资产阶级民主主义思想才有了用武之地。他的思想启蒙经历的这些特点,真实反映了那一时代印尼、乃至东方主要国家进步知识分子政治觉醒的复杂过程。

明克还具有热情、正直、善良、疾恶如仇等优秀品质。在后三部作品中,他成为主人公,摆脱了政治上的幼稚、经验上的不足。这表明印尼民族资产阶级中的进步知识分子逐渐成为民族解放斗争的中坚和骨干。

小说还成功地塑造了几个次要人物。安娜丽丝更能充分体现东方女性的性格特点:美丽、单纯、温柔,及软弱和缺乏独立自主意识。温托索罗的卫士达萨姆不同于西方文学塑造的仆人形象。他是印尼人民解放斗争的勇士化身。他忠诚、勇猛、情豪性烈,又鲁莽。冉·马芮是为印尼民族独立精神所征服、所改造过来的白人形象。通过他对自己充当殖民军的历史的否定,肯定并赞扬了印尼人民的反殖斗争。这一人物,连同他所描绘的那幅画,构成欧洲人民反对殖民主义、帝国主义行动的象征。梅萃玛这一形象着笔不多,但寓意深刻。他具有西方殖民者的典型特征:精明强干、专横任性、放浪形骸。他的结局表明他是资本主义国家殖民政策的牺牲品。

《人世间》艺术方面的成就巨大。它不仅反映出普拉姆迪亚成熟的小说创作艺术,而且堪称 20 世纪印尼现实主义文学的典范。这主要表现在:

卓越的典型化艺术。经过长期的艺术实践,加之自觉接受现实主义典型化理论的启迪,普拉姆迪亚在典型环境与典型人物的刻画上达到了新高度。

《人世间》所展示的印尼社会,以爪哇为大环境,以 19 世纪末 20 世纪初为背景。这体现出作家对社会与时代本质的深刻理解。爪哇尤其是泗水,是印尼历史发展的窗口,是民族文化与西方、乃至世界文化的接壤地,也是民族压迫导致的民族冲突的最前沿。世纪交替时期发生在这里的民族自觉运动,是现代印尼人民反帝、反殖斗争的序曲。《人世间》因此具有巨大的历史、社会容量。处于这典型的时代与社会氛围中心的,是温托索罗的"逸乐农场"。它是这段历史与当时社会的缩影,也是人物性格构成典型性的具体环境。殖民主义对印尼社会、经济、文化结构的改造,以及由此引发的各种冲突,通过这一家庭内成员间的矛盾、斗争,得到揭示,而且是深入到社会结构深层的本质性揭示。这种艺术见地与功力,在印尼文学史上是不多见的。

书中人物典型化的塑造不仅得力于这种典型化环境的构造,也有赖于作者的其他手段。如普拉姆迪亚注重挖掘人物形象蕴涵中的阶级、民族乃至阶层的代表性,再辅之以独白形式为主的心理刻画,通过尖锐矛盾或激烈冲突展示人物性格特征,及人物论战式的独白等。经过这种独具匠心的雕琢,书中的人物,哪怕是一个比较次要的形象也具有了一定的典型性。

象征手法的结合运用。这对创造人物与环境的典型性有画龙点睛的妙用。为人称道的是冉·马芮那幅揭露殖民军暴行的绘画。书中反复出现涉及这一画面的情节，意在强化这种象征。作家还有意淡化与主题和主人公无关的背景、人物，集中笔墨围绕有限的几处环境和两三个主人公，加之人物与环境本身所蕴含的典型性，构成颇具象征意义的泗水镇、"逸乐农场"、温托索罗家庭；及温托索罗、明克、安娜丽丝和梅萃玛、毛里茨等人物。

叙事结构的第一人称化。这是小说最鲜明的艺术特色之一。这个"我"并非作者这一叙事主体。作品内容基本通过明克、安娜丽丝及温托索罗三人之口娓娓道出。他们仿佛是三位主讲人，对听众讲述一个又一个故事。即使是涉及他人，也由这种"我"讲述。如，安娜丽丝转述温托索罗对她讲述的身世，明克转述的日本妓女吴姬的故事。这种叙事手法带有民间文学特色，适应作品通俗化的要求，同时也便于抒发情怀。明克与温托索罗的叙述均带有极强的感情色彩，这又构成小说另一突出的艺术特色——抒情性。

追求情节的戏剧性。这也是《人世间》兼具通俗小说特征的艺术特色之一。如，明克被押解回家跪见其父的情节；温托索罗、明克等人追踪一个杀手，至妓院意外遇到梅萃玛死亡及堕落的罗伯特等。这种手法不仅能增强作品的可读性，也直接服务于对人物性格的揭示。

小说语言体现了"普拉姆迪亚风格"，而且还有深化。除了强化语言的通俗性外，作品还显示出强烈的政论性语言色彩。这与人物的思想对垒、观念冲突占据大量篇幅有关。但对保证作品主题的严肃性、保持语言的文学品位具有重要意义。《人世间》的这一艺术特色使人联想起泰戈尔的名著《戈拉》。

第十八章 现当代印度文学

第一节 概述

印度现当代文学是指第一次世界大战结束后的印度民族运动高潮至今的文学,其间又以1947年印度独立为界分为两个大的阶段。①

独立以前的现代印度社会的主要矛盾是印度人民和英国殖民主义者之间的民族矛盾。一次大战期间印度以大量人力物力支持英国参战,战后,英国政府不但未予以回报,给印度自治权,反而实行更严厉的压制政策,1919年3月强行通过罗拉特法案,激起印度人民的愤怒。1920年甘地领导的国大党发动了非暴力不合作运动,得到全国各界响应。但由于当局镇压和暴力事件的发生,甘地于1922年宣布停止运动。经过一段低潮和准备以后,20年代末民族运动又掀起高潮,规模更大持续时间更长。两次运动虽然都遭到殖民当局残酷镇压,没有实现民族独立的目标,但却显示了印度人民的伟大力量,迫使英国政府实行有限度的政治改革。除民族矛盾外,印度社会还存在资产阶级、无产阶级和封建阶级之间的阶级矛盾以及印度教徒和穆斯林之间的教派矛盾。现代印度有三支重要的政治力量——国大党、穆斯林联盟和印度共产党。其中,国大党是资产阶级政党,力量最强,影响最大。穆斯林联盟代表伊斯兰教徒的利益。由于英国政府采取分而治之的政策,20年代后宗教矛盾加剧,穆斯林和国大党虽然在反对英国殖民统治方面具有一致性,有时联合行动,但对立多于合作,最终导致国家的分裂。印度共产党一成立就被列为非法组织,力量较弱,影响较小,但始终站在斗争前列。第二次世界大战爆发后,印度政治局面更为复杂。国大党反对英国政府把印度拖入战争,坚持不予合作,遭到当局镇压。共产党支持反法西斯战争,从而取得了合法地位。第二次世界大战以后,英国的力量削弱,不得不顺应潮流,给予印度独立,但印度各派之间又展开权力角逐,导致全国性的骚乱,广大人民深

---

① 本章一、二节主要参考了刘安武先生的《印度印地语文学史》等著作和译著,另外第一节还参考了倪培耕先生和石海军学友惠赐的部分著作手稿,特此说明,并致谢忱。

受其害。1947年8月15日印度宣布独立,建立印度和巴基斯坦两个自治领。1950年1月印度脱离英联邦,正式成立印度共和国。独立以后,印英间的民族矛盾基本解决了,宗教教派矛盾和阶级矛盾上升到主要地位。由宗教上层分子挑起的不间断的教派冲突,不仅引起独立前后的混乱,导致1971年的印巴战争,并且成为印度国内长期不安定的因素。贫富悬殊扩大,少数人成为巨富,广大人民群众依然生活在贫困之中,阶级矛盾更加突出。另外,独立前反殖救亡高于一切,反封建的民主启蒙相对软弱,很不彻底。独立后,虽然政府进行了一些改革,但几千年形成的旧势力还非常顽固,尤其在广大农村,种姓歧视根深蒂固,童婚和嫁妆制仍很盛行,宗教迷信也很有市场,反封建仍是独立后的一项重要任务。同时,城市文明和大工业的发展也带来另外的社会问题,传统道德的破坏,人性的异化,价值的紊乱,生存的艰难,引起青年人尤其是小资产阶级知识分子的困惑感、失落感、恐惧感和反叛意识。

现当代印度社会文化思潮也非常活跃,呈现多元多重的复杂局面。总的形势是东西方文化的冲突和融合。由近代印度复兴运动产生的印度民族文化复兴意识在现代时期继续发挥巨大作用。来自西方的以民主人道为核心的资产阶级思想文化随着西方式教育的发展也产生更广泛的影响,成为反封建的思想武器,但由于它不仅与传统文化相悖,而且与民族感情格格不入,加之殖民统治者常利用它来为自己服务,因此其作用是复杂的。为了抵制西方文化渗透,印度社会自近代兴起了各种名目的复古主义思潮,它们往往与宗教教派相结合,成为教派主义的温床。自20年代初开始,甘地成为印度的政治和思想领袖,以坚持真理和非暴力原则为核心的甘地主义,是民主人道思想和复古主义的结合,在独立前的政治和思想文化领域都产生了巨大影响。俄国十月革命以后,马列主义开始在印度传播,其接受者主要是一些进步知识分子,因而在文化领域产生的影响更大。印度独立后,印度共产党在一些省邦选举中获胜,说明共产主义成为更广大人民群众的信仰。西方20世纪初兴起的各种非理性的现代主义思潮也先后传入印度,独立前它只是在个别标新立异的青年知识分子中有影响。独立后,由于现实与人们的期望相差甚远,资本主义发展又带来新的社会问题,因此随着对传统价值观的怀疑,使更多的人对西方现代主义产生共鸣。以上各种思潮并非各自为政、自我封闭的,而是互相碰撞、互相影响,共同构成印度现当代文学的思想文化基础。

现代印度各地方语言的文学都有了蓬勃发展,这些语言的文学既各自独立,又相互影响,一种文学思潮往往先在一种语言文学中产生,又很快影响到其他语言文学,在大致相同的政治和文化背景下形成统一的印度现当代文学。

20年代初到30年代中期是印度现代文学发展的一个重要阶段,形成了民族主义诗歌、现实主义小说和浪漫主义诗歌三大文学潮流。

随着民族意识的觉醒和民族运动的不断高涨,民族主义几乎渗透在所有作家和创作之中,而首先唱出这一主旋律的是民族主义诗歌。诗人们自觉地与现实民族独立斗争相结合,把诗歌作为唤醒民族的号角。民族主义诗歌在近代后期兴起,20年代达到高峰。泰戈尔和伊克巴尔都发表了许多民族主义的诗歌。印地语诗人古伯德(1886—1964),孟加拉语诗人伊斯拉姆(1899—1976),泰米尔语的诗人巴拉蒂(1882—1921)和马拉雅拉姆语诗人瓦托尔(1879—1957)被称为印度现代四大民族主义诗人。古伯德在近代时期发表了著名长诗《印度之声》(1912),后来的诗集《祖国之歌》(1925)和《印度教徒》(1927)继续了爱国主义的主题,为祖国的多灾多难而悲伤,为祖国的自由解放而呐喊。古伯德的思想带有较浓的教派主义。伊斯拉姆是一位激进的具有民主进步思想的诗人,他受十月革命的影响,与共产党创始人交往密切。1921年他听到印度共产党将成立的消息,预感到革命风暴快要来临,心潮激荡,一夜之间,写出了气势磅礴、充满战斗精神的抒情长诗《叛逆者》。长诗以拟神手法,塑造出了一个以破坏旧世界为己任的"叛逆者"的形象,表现了英勇无畏的精神、排山倒海的力量和摧枯拉朽的气势。长诗产生了巨大影响,作者被称为"叛逆诗人"。他后来发表的诗集《燃烧的琵琶》(1922)、《毒笛》(1924)和《毁灭之歌》(1924)都遭到殖民当局的查禁。瓦拉托尔在1917年至1930年间共发表8本集子,抒情诗集《文学花束》中包括了大量的爱国主义诗篇,其中许多直接反映了民族斗争的现实。

现实主义小说是印度现代文学繁荣的主要标志。小说家们一方面继承了印度近代作家关注现实社会问题的传统,一方面从西方批判现实主义文学那儿汲取营养,使印度现代小说走向成熟。现实主义作家虽然没有共同的组织和纲领,但对文学的客观性和干预生活的社会作用有共识,因此他们在思想倾向、文化选择、美学理想和艺术表现等方面具有共同特征。他们中间诞生了被称为印度小说之王的普列姆昌德(详见本章第二节)。20年代至30年代重要的现实主义小说家还有印地语的高西格(1891—1946)、苏德尔辛(1896—1967),孟加拉语的毗菩蒂·菩山·班纳吉(1894—1950),泰米尔语的卡尔基(1899—1954)等。高西格的主要作品是长篇小说《母亲》(1929)和《女乞丐》(1929)。苏德尔辛以写短篇小说为主,发表《美丽的花朵》(1934)等小说集10余部。毗菩蒂的代表作《道路之歌》(1929),通过何利一家三代人的生活经历,展现了印度农村的衰败和人生之旅的艰辛,同时也通过细腻的生活描绘,表现了作者对大自然的热爱和对纯朴的乡村生活的留恋。

继民族主义诗歌之后兴起的浪漫主义诗歌,在文学主体性自觉方面标志印度现代文学的成熟。浪漫主义诗歌同样表现爱国主义精神,也同样关注社会现实问题,但它与民族主义诗歌和群体意识相比,更注重个人意识;与现实主义小说的客观性相比,更强调主观性。印度浪漫主义诗歌有西方浪漫主义的影响,但诗人们大多直接学习泰戈尔,并从传统的毗湿奴诗派中汲取营养,因此他们较少西方浪漫主义式的激情,而更多一些感伤和神秘色彩。浪漫主义诗歌在印度各语种文学中都有影响,其中最有代表性的是印地语文学中的"阴影主义"。阴影主义原是对新兴浪漫主义的贬称,后沿用下来,约定俗成,专指20年代至30年代印地语文学中的浪漫主义诗歌。诗人们思想上追求个性解放;创作中拓宽诗歌的题材范围,丰富诗歌的表现手法;形式上打破旧格律的束缚,提倡自由和创新。杰耶辛格尔·伯勒萨德(1889—1937)、尼拉腊(1896—1961)和苏米德拉南登·本德(1900—1977)被称为阴影主义三大诗人。伯勒萨德的诗集《山泉》(1918)被认为是阴影主义的开端。《眼泪》(1925)是他的代表作,包括194首四行诗,每首可以独立,但感情贯穿一致,可以看作一篇表现离愁别绪的抒情长诗。诗人既回忆与情人相会的欢乐,又因情人的离去而悲伤;既表达见不到情人的焦急和痛苦,又叙说与情人再见的渴望和追寻,情思绵绵、热泪点点。诗人受传统神秘主义诗歌美学的影响,诗中的爱情既是现实的境界,又是神秘的境界,是人与神亲密关系的象征。诗人的痛苦是在个人情感基础上的升华,是民族痛苦和人类悲剧的体现。长诗《迦马耶尼》(1935)被认为是现代印度文学中的"大诗",共15章4000余行,取材于印度古代神话中摩奴在大洪水之后重新创造世界的故事。摩奴先遇到美丽的姑娘夏塔,相爱结合,不久摩奴抛弃了夏塔,与名叫伊拉的姑娘一起创造新的国家并做了国王。后来国内发生纷争,摩奴感到失望痛苦,又思念夏塔。最后夏塔带领摩奴去往远离世人纷争的宁静和平的仙境。作品以象征手法表现了人性中情感与理智的矛盾和诗人对情感的崇尚,同时曲折地反映了现实矛盾。伯勒萨德在戏剧和小说领域也卓有建树,创作了《健日王塞健陀笈多》(1928)等12个剧本、《骨骼》(1929)等三部长篇小说和《神车》(1936)等70余篇短篇小说。尼腊拉是一位富于激情和斗争精神的诗人,他的一生是在与贫困作斗争、与社会和文学领域中的保守势力作斗争中度过的。他的代表作诗集《芳香》(1930)以磅礴的激情和自由的形式,在阴影主义诗歌中独树一帜。本德的成名作诗集《嫩叶》(1927)是阴影主义的代表作品之一,以歌颂自然为主,把自然人格化,抒发对生活的赞美之情。本德后期积极参加进步文学运动,成为进步主义文学的代表诗人。诗集《时代之声》(1939)、《村女》(1940)等表达了诗人对现实社会的憎恨和对新时代的向往,表现了对劳动者的同情。

30年代后期至40年代,印度文学出现了新的潮流,主要是在马列主义美学思想影响下的进步主义文学思潮和在西方现代派影响下的"实验主义文学"等现代资产阶级文学思潮。

1936年印度进步作家协会的成立,标志印度文学新时代的开始。它最初是作为"国际保卫文化大会"的印度分会,由印度作家穆克吉·安纳德(1905—)和沙加德·查希尔(1905—1976)在伦敦发起的,第一次大会在勒克瑙举行,普列姆昌德任主席。后来在全国许多省邦建立了分支机构,成为团结印度进步和民主作家的文学组织。重要的进步主义作家有印度英语作家安纳德,孟加拉语作家马尼克·班纳吉(1908—1976),乌尔都语作家查希尔和克里山·钱达尔(详见本章第三节),印地语作家本德和耶谢巴尔(1903—1976)等。这些作家大多接受马克思主义,有的加入了共产党。他们同情被压迫人民,揭露社会黑暗和剥削阶级的丑恶。安纳德少年时代随当兵的父亲遍游印度各地,广泛接触下层人民,大学毕业后去英国学习,1929年获哲学博士学位。在英期间结识了一些进步作家,研究过马克思主义。他30年代开始创作,先后发表长篇小说《不可接触的贱民》(1935)、《苦力》(1936)和《两叶一芽》(1936)。《不可接触的贱民》第一次把笔触伸向印度社会的最底层,写出了贱民们所受的物质和精神的压迫,从一个侧面展示了印度的社会生活。40年代初安纳德又发表了长篇小说《村庄》(1939)、《越过黑水》(1940)和《剑与镰》(1942)三部曲,以第一次世界大战为背景,通过一个农民的经历,反映了印度民族的觉醒。马尼克·班纳吉也是30年代开始创作,早期代表作是《帕德玛河上的船夫》(1936),小说描写穷船工库威尔屡遭不幸,最后被迫到一个荒岛上去给毒品贩子做奴隶,表现了下层人民走投无路的悲苦处境。马尼克是多产作家,一生创作了37部长篇小说和200多篇短篇小说。影响较大的长篇小说还有《近郊区》(1940—1941)、《镜子》(1945)、《比黄金还贵》(1951—1952)等。马尼克1944年加入了印度共产党。查希尔的代表作是中篇小说《伦敦一夜》(1937),它描写在英留学的印度学生的生活。耶谢巴尔是一位革命战士,早期主要从事地下革命活动,曾两次入狱,在狱中开始文学创作,40年代发表了《大哥同志》(1941)、《叛国者》(1943)、《党员同志》(1946)等重要作品,大多是政治小说,主要配合现实斗争,探索革命道路。他创作的高峰在独立以后。

40年代初与进步文学思潮对抗的是一些年轻的资产阶级作家的实验主义文学运动。他们接受了西方现代主义哲学和文学思潮的影响,在文学领域提倡革新和实验。印度现代主义文学并不始于"实验主义",早在20年代初,一些年轻的孟加拉语作家就作了现代主义的尝试。他们自称超现代派,全盘否定传统文化,追求内容与形式的创新。代表人物有高古尔·纳格(1895—1925)和吉班纳南德·达斯(1888—1941),他们于1923年5月在达卡创办《浪涛》月刊,发表新潮作品。早期的现代主义尝试缺乏现实生活基础,与民族运动蓬勃发展的时代格格不入,因而影响不大,也未能持久。40年代的实验主义文学主要在印地语文学中展开,倡导者和代表作家是阿葛叶(1911—1987)。他在1943年编辑出版的《七星诗集》序言中首先使用的"实验"一词,成为这一文学运动的名称。阿葛叶既是诗人,又是小说家,他早期代表作是长篇小说《谢克尔传》(1940—1944),主人公是个自我中心主义者,对整个社会怀有反抗情绪,他的反抗既表现在情欲方面,也表现在社会领域。作品深刻细致的心理分析和富有感情色彩的语言为人称道,但其思想倾向受到进步人士的批评。阿葛叶被公认为印度现代主义文学的领袖,独立后仍活跃于文坛。与阿葛叶类似的作家还有伊拉金德尔·觉西(1902—)和泊格沃蒂杰仑·沃尔马(1903—)等。觉西更多地接受弗洛伊德主义影响,他的代表作《鬼和影》(1944)主要描写人物的变态心理。

独立前后社会混乱带来的灾难和独立后严酷的社会现实,使作家们抛弃了幻想,更清醒地面对现实,因此50年代至60年代印度文学主流仍然是现实主义。独立后的进步作家协会组织虽然已经涣散,但进步作家仍然是文坛的支柱。耶谢巴尔、安纳德、克里山钱达尔等都在这时期达到创作高峰。被称为"战士作家"的耶谢巴尔在独立初期到50年代继续以笔为武器进行战斗,写下了大量的政论、杂文和革命回忆录,并写了许多揭露现实矛盾的短篇小说。如《施舍毯子》(1954)描写了一个资本家不择手段牟取暴利,却摆出慈善家的样子买几条毯子施舍给穷人。50年代末他的长篇小说《不真实的事实》开始在杂志连载,1960年出版全书。这是一部史诗般的巨著,分上下两部,分别以"故乡和国家""国家的前途"为副标题。小说以宏大的历史场景和真实的生活描绘,以前所未有的广度和深度,概括地反映了印度独立前后二十年间的社会生活。主人公达拉是女大学生,追求自由的爱情,但遭到家人反对,逼她嫁给一个她不爱的人。新婚之夜发生了教派骚乱,丈夫自顾逃命,达拉遭暴徒侮辱,几经波折由"故乡"拉合尔到了"自己的国家"德里。达拉的哥哥布利本是有理想的正直青年,后来变成唯利是图的商人。他同情妹妹的不幸,但为了自己的利益却与达拉的丈夫一起陷害妹妹,要挟她的恋人伯拉南。达拉对律师讲了与丈夫结婚这个"不真实的事实",终于争得了与伯拉南结婚的权力。布利的恋人格纳格是一个坚强果敢的女性,她大胆追求自由爱情与布利相爱,当发现他的卑鄙后又毅然和他分手。作品通过这些人物的生活和斗争,反映了封建传统观念和民主自由的新思潮之间的矛盾,反映了教派冲突给印度人民带来的灾难,反映了青年人特别是妇女争取婚姻自由和男女平等权力的斗争,同时描写了各党派的政治活动。小说情节跌宕起伏,波澜壮阔,是印度现当代文学中少有的史诗性作品。耶谢巴尔后期重要作品还有《为何陷于困境》(1968)、《我你他的故事》(1975)等。

50年代至60年代继承现实主义文学传统的文学流派是区域文学派。其主要特点是描写某一特定地区的风土人情,展现区域性的政治、经济、宗教、文化和社会习俗等方面的特点。作品大都不注重情节的铺叙和人物形象塑造,而着重以立体的画面展示区域生活的全貌。语言方面大量运用方言土语,增强生活气息。区域文学主要在印地语文学中展开,但并不局限于此。孟加拉语作家达拉巽格尔·班纳吉(1898—1971)被认为是区域文学的开创者和代表作家之一,他1942年发表的长篇小说《群神》已具有区域文学的特点。小说以人们在神庙中的闲聊为线索,描述孟加拉农村鲜为人知的风土人情。该小说独立后获多种文学奖。作家后期转向心理分析和细腻的人物刻画,代表作有长篇小说《医疗所》(1953)等。印地语小说家雷努(1921—　)是区域文学的重要代表,"区域文学"即源出他的长篇小说《肮脏的区域》(1954)。小说以人道主义的观点观察和描绘区域生活,力图从各个生活侧面描绘出乡村的全貌,成为50年代印度农村的缩影。区域文学重要作家还有那伽尔琼(1910—　)、拉琼特拉·阿沃斯迪(1931—　)等。他们或以马克思主义的观点、方法揭示区域生活中的阶级关系和阶级斗争,或追求纯朴的自然美和纯粹的艺术美。

独立前的实验主义文学到独立后演化成为新诗派和新小说派等现代主义文学流派。如果说独立前的现代主义是无根之本,是人工的移植或空洞的摹仿,那么独立之后,随着资本主义工业化的发展、阶级矛盾的加深,各种社会矛盾激化,人们普遍感觉恐惧、焦虑和不安,出现了人性的失落和价值的丧失等现代人的困惑,使现代主义文学有了一定的社会生活基础。它们是现代工业文明的产物,是现代意识的表现。其艺术表现一方面有西方现代派经典作品的影响和借鉴,另一方面经过印度几代作家的探索和实验,也逐渐臻于成熟。

1954年《新诗》杂志问世,创刊号发表了42位新潮诗人的新作,标志新诗派的诞生。无论是创作队伍还是创作特征,新诗派都是独立前的实验主义文学的延续。他们在突破传统、强调创新、追求瞬间感觉、突出自我中心,表达生存的苦闷和孤独感等方面都具有一致性。但在新的时代面对新的现实,新诗派也表现出新的特色,他们在思想上更多地接受了存在主义和西方马克思主义的影响,关注人的现实在在问题和人性异化问题,试图对现实作理性的抽象的形而上学的把握。在艺术表现工上,他们更多地接受了象征主义、意象主义和结构主义诗学原则,善于意象创新,追求象征暗示效果。代表人物阿葛叶、萨哈伊等都曾是实验主义文学的主将。阿葛叶的诗突出强烈的自我意识,在一首名为《江心洲》的诗中以江心洲自喻,江河必须围绕江心洲而流动,而江心洲却从不随波逐流,表现出典型的自我中心主义。在题为《舞蹈》的诗中写出了"在绷紧的绳上跳舞"的现代人的荒诞性存在。他的长篇小说《江心洲》(1951)和《视若路人》(1960)表现了与诗歌同样的主题,主人公都是孤高傲世、自命不凡、陶醉于自我之中的人物。新诗人中也有几种不同倾向,有的以对现实认同的态度作自我存在的素描;有的着力寻找自我感觉经验;有的以反讽笔调表现现代生活的荒诞;有的试图表现现代人自我的现代性和即时性。新诗派的代表诗人还有帕尔迪(1926—　)、萨格塞纳(1929—　)、德利巴蒂(1919—　)等。

新小说派发轫于50年代初。1955年前后《新小说》等杂志发表了大量的新颖小说,初步形成规模。1957年印度全国作家代表大会对新小说创作思潮进行了专题讨论,至此新小说作为一个文学思潮流派得以确立。新小说派也是实验主义文学的发展,但与实验文学主要受弗洛伊德影响不同,新小说派更多地受存在主义思想影响。他们也有自己的社会基础,不全是对西方现代派文学的摹仿。他们主要探索高度发展的工业社会中人的存在问题、人性的价值问题,表现在现代社会中人丧失存在意义、人性被扼杀等社会现实,是反映失落感、孤独感、陌生心理等所谓现代人的困惑。他们不注重对外界客观真实的描述,以心理图式代替传统的故事情节和人物刻画,更多地描写人物的潜意识活动,展示人物的自我心理冲突,表现出内向化的特点。同时象征寓意手法的大量运用造成意义的不确定性,意识流手法的大量运用又使作品时空错乱,显得晦涩难读,不易为广大群众接受。代表作家有莫汉·拉盖什(1925—1972)、克默什沃尔(1932—)、拉琼德拉·亚德沃(1929—)和沃尔玛(1929—)。拉盖什的《刀悬挂在头顶上》写出了现代人的不安全感,不知何时会大祸临头。《又一次生活》写一个与妻子离婚而失去家庭的知识分子,不能忍受精神的苦闷和空虚,匆忙再婚,婚后发现自己娶了个又疯又痴的姑娘,苦闷非但未减轻,反而增添了新的精神创伤。克默什沃尔的《丧失的方向》写一个在现代社会中丧失了方向,迷失了自我的人。沃尔玛的代表作《候鸟》写一个孤独的女教师,结识了同样怀有孤独感的两个男人,尽管可以相互做伴却无法沟通思想感情。三人犹如候鸟等候着他们之间的冰雪消融。拉琼德拉·亚德沃是介于现代主义和现实主义之间的作家,重要作品有《吉祥天女的囚室》《整个蓝天》和《失去联系的人》等,他后来担任印度民主作家联盟的主席。

  70年代至80年代,印度文坛出现了称为非诗歌派和非小说派的文学思潮和流派。他们一方面是新诗派和新小说派的延续和发展,另一方面也受到战后西方后现代主义解构思潮影响,打起了非理性、非人性、非人道、非价值性、非社会性的旗号,提倡否定一切。他们对新诗派和新小说派沉溺于自我的狭小天地、精心选择意象和语言的贵族式文学趣味不满,一方面要进一步揭下中产阶级所欣赏的虚伪的优美的人性面具,着力表现人的自然本性;另一方面语言运用不避粗俗,不加修饰,意象和象征更加生活化,表现出自然粗放的审美趣味。他们经常采用动植物和性的象征,表达人的精神困惑和生存危机。在性欲的表现方面他们比新小说派走得更远,尽管他们试图把性欲升华为人对自然本能的寻求和对人性自由的追求,但过多过滥的性欲表现还是损害了他们的文学形象。代表作家有吉格迪代、拉吉卡姆尔和乔塔利等。与此同时,反抗社会压迫的文学也重新兴起,具有代表性的是马拉提语地区的"被压迫文学"和印地语地区的"平行文学",它们继承和发展了现实主义文学和进步主义文学的社会批判意识和为被压迫人民声辩的功利主义传统。不同的是进步文学多数是出身中产阶级的知识分子,是作为局外人描写下层人民的生活和痛苦。而被压迫文学运动的作家则来自被压迫民族(贱民)和被压迫阶级(工人和农民)。他们依靠自己的力量,维护自己的生存权利,提高自己的社会政治地位。他们自己拿起笔,描写自己的生活和斗争。被压迫文学具有强烈的否定和反叛精神,否定旧的审美观和社会价值观,从而表达被压迫民族和人民的反抗呼声。他们的作品在起始阶段艺术上还比较幼稚粗糙,但具有真实感人的力量,因而具有强大的生命力。他们中间已产生了一些有影响的作家作品,如德亚帕瓦尔的《不可接触者》,杰格登·普拉萨德的《停尸间》等。此外,以印度近现代历史和近百年印度人民的生活变迁和斗争为题材的文学作品在当今印度文坛仍占重要地位,还有一些通俗文学作品也深受读者欢迎。总之,印度当代文学呈现出多元化和多重性交织发展的局面。

第二节　普列姆昌德

一、生平与创作

普列姆昌德原名滕伯德·拉伊·希利瓦斯德沃(或纳瓦布·拉伊·希利瓦斯德沃)①,出生于印度北方邦贝拿勒斯附近拉莫希村的一个印度教农民家庭。家有少量田产,父亲是邮政局的职员。母亲在他8岁时病逝。他小时曾在旧式的学校学习,10岁时跟父亲到镇上的正规学校上学。在校期间,他爱上了文学,阅读了大量文学作品,并练习写作。17岁时,父亲和继母通过包办的方式给他娶了妻子,婚后夫妻感情不好。不久父亲去世,他不得不分担家庭的重担,边上学边当家庭教师。中学毕业后没能考取免费大学,便当了小学教师。1902年他获得了到阿拉哈巴德师范学院进修的机会,在这里正式开始了他的创作生涯,写出了处女作中篇小说《圣地的奥秘》(1903—1905)。

普列姆昌德的思想和创作大致分成三个时期。

1902年到1917年为早期。这时期他思想上主要受"圣社"的影响,主张在复兴印度古代文化优秀传统基础上的社会改革。他也接受了印度民族独立运动的洗礼,运动领导者国大党温和派领导人郭克雷和激进派领导人铁拉克都曾对他产生了很大影响。在创作上,他一方面向班吉姆·查特吉和萨尔夏尔等印度近现代小说家学习,另一方面注意学习西方作家。他尤其推崇列夫·托尔斯泰,曾翻译过托尔斯泰的一些短篇小说。本时期以1908年为界又可分成两个阶段,前一阶段主要创作了4部中篇小说,思想和艺术都还比较幼稚。其中《伯勒玛》(1906)是一部较好的作品。女主人公伯勒玛和一个从事社会改革活动的青年律师阿姆勒德订了婚,保守的父亲解除了他们的婚约。后来阿姆勒德顶着社会压力和一个受人歧视的寡妇布尔娜结了婚;伯勒玛嫁给了另一追求者达那纳特,但

---

① 前者是父亲为他取的名字,后者是伯父为他取的名字。早期曾用后一个名字发表作品。

心中仍爱着阿姆勒德。达那纳特出于妒恨谋杀阿姆勒德,被有防备的布尔娜杀死,布尔娜也死在达那纳特的枪下。最后伯勒玛和阿姆勒德有情人终成眷属。作品表现了提倡社会改革,赞成寡妇再嫁的进步思想,主要人物也有鲜明的个性,只是情节上有人为的痕迹。这部作品也有作者个人生活的反映,1905年他的妻子与后母吵架后回了娘家,从此他们断绝了关系。第二年他与一个自幼守寡的妇女结了婚。这在当时也属不同凡响之举。

1908年6月出版的短篇小说集《祖国的痛楚》标志普列姆昌德的创作进入一个新阶段。这是在反映民族运动高潮影响下创作的一部主要表现爱国主义思想的作品,出版后遭到殖民当局的查禁。作品包括5篇小说,其中《世界上的无价之宝》以浪漫传奇的笔法,写一个公主向她的追求者要世界上最宝贵的东西,追求者拿来了强盗悔过的眼泪,寡妇殉夫的骨灰,公主都不满意;最后拿来了为国捐躯的战士流下的最后一滴血,公主满意了,认为这是世界上的无价之宝。在本时期创作的近70篇小说中,这种爱国主义思想的作品占有突出地位。短篇小说《沙伦塔夫人》(1910)是最后的名篇,塑造了一个酷爱自由,敢于反抗的王公夫人形象。关注现实生活中的问题,揭示农村中的阶级矛盾,是普列姆昌德本期创作的又一个基本主题。其中短篇小说《穷人的哀号》(1911)写一个寡妇老太婆的养老金被财主侵吞。她向村里的长老会申诉,长老会又偏袒财主,她由绝望而精神失常,最后惨死在财主的大门口。普列姆昌德在揭露社会矛盾的同时,也试图探索社会的出路。他在一些作品中描写了从事社会改革的正面人物,如《伯勒玛》中的阿姆勒德等,在另一些作品中则以对传统道德文化的肯定来表现他的社会理想。短篇小说《大家女》(1910)写一个大家庭中兄弟叔嫂之间发生矛盾冲突,大家庭面临解体的危险。大户人家出身的嫂子以自己的克己容忍维护了家庭和睦。《五大神》(1916)则歌颂了印度农村中传统的五人长老会①成员秉公办事,不徇私情的公正无私精神。这种在肯定传统文化基础上的理想探索,是近代印度文化复兴运动影响的结果。

长篇小说《服务院》(1918)的发表,标志普列姆昌德创作进入成熟时期。从1918年到1929年,十余年中共发表中长篇小说6部,短篇小说100余篇,是他创作的鼎盛时期。这时期他的社会思想除继续受"圣社"影响外,更多地接受了甘地主义的影响。1921年甘地发动非暴力不合作运动,普列姆昌德听了甘地的演说之后,辞去担任近二十年的教师公职,尽管这意味着失去可观的稳定工资收入和其他优厚待遇。在这同时,俄国十月革命胜利也在他思想中产生反响。他

---

① "五人长老会"音译潘查亚特,是印度传统农村公社制度的一种组织形式。由村民选举村中五位德高望重的人组成长老会,处理村社事务并调解民事纠纷。这种原始的村社组织形式在阶级社会中性质已发生变化,成为压迫农民的工具。

本时期的创作在思想和艺术上都更加成熟，基本确立了现实主义的创作方法。民族独立和社会改革仍是他作品的基本主题，对社会出路的探索更为积极，作品反映社会更广泛，更深入。当然，作者思想和创作中也存在着深刻的矛盾，主要表现为面对严酷现实的清醒的现实主义和希望在传统文化基础上解决社会问题的幻想之间的矛盾。

本时期，他的长篇小说创作成就突出，《服务院》首先为作者赢得了广泛声誉。女主人公苏曼由于没有嫁妆而嫁给了一个中年丧偶的小职员，又由于行为不检点，被丈夫赶出家门，沦落红尘。一位从事社会改革工作的律师将她救出火坑，安置在寡妇院里，因为身份暴露，被迫离去。后来她与妹妹一家一起生活，也受到歧视，被迫出走，最后被送进由律师兴办的"服务院"。这部作品继早期的《伯勒玛》之后，又一次把妇女问题作为中心主题。印度传统对妇女的压迫最重，所以妇女问题是最突出的现实社会问题之一。小说的成功之处在于塑造了苏曼这样一个被污辱与被损害的妇女形象。作品通过苏曼的遭遇揭露了道貌岸然的伪君子的卑鄙嘴脸，表现了冷酷的社会现实，同时也描写了一些致力于社会改革的正面人物，提出了社会改革的方案。但小说最后的解决方式显得不自然。

《博爱新村》(1922，又译《仁爱道院》)是作者第一部以农村生活为题材的长篇小说，写的是一个地主家年轻一代的兄弟俩，哥哥普列姆·辛格尔赴美留学，弟弟葛衍纳·辛格尔大学毕业后管理田产。葛衍纳野心勃勃而又贪婪成性，残酷地盘剥佃农，对反抗者更无情迫害。他对亲人也非常狠毒，由于怕留学回来的哥哥分走家产，便罗织罪名将其逐出家门；为了取得岳父的遗产而投毒谋害，并千方百计骗取了大姨子的家业。他的代理人仗势横行，被佃农杀死，他借机对佃农施行报复。普列姆则同情并帮助农民，对被捕的佃农多方援救，并且建立了"博爱新村"，使农民开始了新的生活。小说对社会矛盾的揭露和对社会出路的探索都达到了新的高度。葛衍纳这一形象有坚实的社会生活基础，因而显得真实生动，具有典型意义。普列姆这一形象则有些概念化。小说现实主义地描写了农村中尖锐的阶级对立和严酷的阶级斗争，又以改良的方式解决矛盾，表现了甘地主义的影响。

《舞台》(1925，又译《战场》)表现的是资本主义工业文明与印度传统农业文明之间的矛盾冲突。中心人物是一位低种姓的盲人乞丐苏尔达斯。他有一片祖传的荒地，资本家约翰·西瓦克要买他的这块地建卷烟厂，苏尔达斯认为工厂会导致社会道德败坏，坚决不答应卖地。资本家在土帮王公和政府官吏的支持下强行征用了土地，建起了工厂。苏尔达斯由于拒绝搬迁他的茅屋，被殖民政府官员开枪打死。在这部作品中，作者的思想矛盾达到了高峰，他对由英国殖民主义者带来的资本主义深恶痛绝，由于没有接受更先进的社会思想，他只能站在宗法制农民立场上批判资本主义工业文明，在传统文化中探索道德和社会理想。他把苏尔达斯塑造成传统道德文化的化身,他善良仁慈,正义无私。以德报怨,与资产阶级和封建贵族的自私自利、虚伪狡诈形成鲜明对比。他的道义力量征服了周围的人,人们为他树立了纪念碑。然而作者清醒的现实主义精神又使他客观地反映出保守落后的印度传统文明在资本主义强大势力的冲击下必然崩溃的现实。所以他没有虚构出苏尔达斯的胜利,而是为他唱了一曲无尽的挽歌。

中篇小说《妮摩拉》(1926)是继《服务院》之后又一部以妇女问题为中心的作品,写了不合理的婚姻所造成的家庭悲剧。作者没有人为地搬出一个解决矛盾的方案,表明他对改良主义已失去信心。作者此时深刻的思想矛盾还表现在长篇小说《新生》(1926)和中篇小说《誓言》(1927)中。前者情节荒诞,有迷信色彩。后者是早期小说《伯勒玛》的改写。作者认为《伯勒玛》中写了寡妇再嫁,损害了印度教妇女的形象。改写后的《誓言》中不仅布尔娜没有改嫁,阿姆勒德和达那纳特也握手言和了。这种倒退说明作家思想发展过程中的曲折和复杂。

本时期的一百余篇短篇小说中亦有不少优秀作品,基本主题与他的优秀长篇小说一致,有的揭示现实生活中的阶级矛盾,如《牺牲》(1918)、《半斤小麦》(1924)等;有的揭露批判宗教,如《害人是天职》(1926)、《神庙》(1927)等;有的描写妇女的不幸,如《老妯娌》(1920)、《依靠》(1926)等;有的歌颂传统美德,如《教义》(1926)、《咒语》(1928)等;有的表现爱国主义精神,如《烈女》(1927)、《辞职》(1929)等。自20年代后期开始,普列姆昌德的文学成就受到国内外关注。在国内,他的名字前加上了"小说之王"的称号,作品大量翻译成印度其他语言。在国外,东起日本,西到德国,都翻译介绍了他的作品。

20年代末30年代初,印度民族独立斗争又掀起新的高潮,作为一个民族主义者,用笔作武器的战士,普列姆昌德在他所主编的杂志上发表了大量政论文章,一方面为民族独立呐喊,另一方面也批判教派主义等不良现象。他的文学创作也相应有了新发展。首先是创作了《进军》(1930)、《献身》(1930)等一系列以反映民族斗争为题材的短篇小说。这些小说于1933年以《进军及其他》收集出版时,被警察没收。与此同时,他自1929年开始动笔的长篇小说《贪污》(《一串项链》),到1931年出版时主题也发生了变化,前半部分反映小资产阶级的虚荣心,后半部分主要揭露殖民当局对进步人士的迫害,由社会小说发展为政治小说。1932年出版的长篇小说《圣洁的土地》则是一部直接反映民族运动的作品,表现了30年代初印度人民在甘地的国大党领导下的反英斗争。但是,由于英印殖民当局的镇压和甘地非暴力主义的局限性,这场运动没有实现印度人民的愿望。普列姆昌德对甘地主义产生了进一步的怀疑。同时,马列主义在印度经过长期传播吸引了一批知识分子,印度共产党也登上了印度政治舞台,加上苏联的社会主义成就,对普列姆昌德的思想产生了深刻影响。他虽然最终也没有成为共产主义者,但在共产主义的理想中看到了人类的希望。从他晚年写的《共产主义的号角》(1936)和《商人的文明》(1936)等文章中可以看出,他的思想达到了一个新的高度。在思想发展的同时,他创作上现实主义进一步深化,晚年达到了创作的新高峰。除长篇小说《戈丹》(1936)外,许多短篇小说也体现了这种现实主义的深化。《可番布》写低等种姓的父子俩,懒惰成性而又精神麻木,媳妇难产,他们无动于衷,媳妇死后,他们拿讨来买可番布的钱下酒馆;喝醉后又唱又跳。这种懒惰和麻木是罪恶的种姓制度造成的,是印度社会的痼疾,也可以说是民族劣根性的一种表现。作者不露声色的客观描写,冷静刻画更加入木三分,令人深思。其他如《忘乎所以》(1934)、《彩票》(1936)等小说对虚荣心和利己主义的揭露和嘲讽;《解脱》(1930)、《地主的小井》(1932)等小说对农村中阶级矛盾的揭示;《丧宴》(1932)、《古苏姆》(1932)等对妇女不幸的反映,比前一时期都有发展和深化。现实主义的深化,还表现在他抛弃了改良主义的幻想,不再虚构一个解决矛盾的办法,也不再把印度传统的村社文明和道德视为理想,而是现实地提出问题,又现实地发展和结束。

1921年辞去教师公职后,他主要从事编辑工作,先后主编过《荣誉》《甘美》《天鹅》《觉醒》等杂志,他还创办经营名为"智慧之神"的出版社。这些工作耗费了他大量精力,出版社的一再亏损,更使他背上沉重的经济负担。为了弥补亏空,他曾应聘到孟买电影制片厂编电影脚本。过度的劳累损害了他的健康,晚年长期患病。但他仍为培养文学新人和为民族语言和民族文学的发展而奔波操劳。1934年他担任第23届印度文学大会主席,1936年他参与组织印度进步作家协会并担任第一届大会主席,会上发表了题为《文学的目的》的演说,阐述了文学应该批评生活,为被压迫人民辩护的现实主义文学原则。同年10月8日在贝拿勒斯逝世。

普列姆昌德是中国人民的朋友,30年代初他曾发表许多谴责日本帝国主义侵华罪行的文章,同情和支持中国人民的斗争。我国自1953年开始翻译介绍普列姆昌德的作品,现在,他的主要长篇小说、重要的短篇小说和文学论文已译为中文。

二、《戈丹》

长篇小说《戈丹》是普列姆昌德晚年抱病创作的一部力作,始于1932年,于1936年6月出版。小说主要描写了农民何利的一生。何利有自己的3亩地,又租了7亩,与妻子丹妮娅、儿子戈巴尔,还有两个小女儿终日辛劳,仍然入不敷出。何利最大的心愿是买一头奶牛,因为奶牛不仅能产奶,而且是体面农家的象征。他已经欠下了几百卢比的债,还是从牧人薄拉那儿赊买了1头奶牛。奶牛给全家带来了欢乐,却引起弟弟希拉的嫉妒,他怀疑当年分家不公,把牛毒死后逃走了。前来调查案情的警察局巡官想勒索一笔钱,要搜查希拉的家。何利为了维护弟弟家的体面,违心地说牛不是希拉毒死的,并借钱想贿赂巡官,被丹妮娅阻止。由于希拉出走,何利不得不把弟弟家庭的担子也担在自己肩上。戈巴尔在去薄拉家牵牛时,认识了薄拉守寡在家的女儿裘妮娅,两人偷偷相爱。裘妮娅怀了孕,无处容身,何利夫妇收留了她。这违反了教规,何利被村里的长老会开除了教籍。为了保住教籍,他接受了使他无法承受的罚款,不仅粮食颗粒不剩,连房子也抵押了。收留裘妮娅也得罪了薄拉,薄拉讨奶牛债牵走了何利的两头耕牛。戈巴尔"闯祸"后离家到城里,先当仆人,后当小贩,积攒了点钱。他一年后回乡,看到家里的惨状,既痛恨村里的头人,把他们挖苦一番;更对父亲任人宰割的软弱不满,与父母吵架后带着妻儿回到城里,进糖厂当了工人。因参加罢工被打伤,失去工作,后来受到一位阔小姐的照顾,给她当园丁。何利面临破产境地,嫁大女儿为了体面又负了一笔债。由于三年交不起地租,地主的管事要抽走他祖传的3亩地。为了保住土地,他不得不把十几岁的小女儿嫁给一个快50岁的老头儿,条件是不用陪嫁,还可以得到200卢比。戈巴尔在小妹出嫁时回来了。经过生活的磨难,他同情家里的境地,也理解了父亲,临走把妻儿留在家里。何利虽然已到山穷水尽的地步,但还想为孙儿买1头奶牛。为此,他拼命做苦工,白天掘石铺路,夜晚搓绳子,累得精疲力竭,终于有一天在搬石头时中暑倒下了。他买牛的愿望没有实现,身后剩下的20个安那作为"戈丹"礼交给了婆罗门。

小说成功地塑造了何利这个30年代印度农民的典型形象。何利是勤劳善良的农民,他为人正直,宁可自己吃亏也不沾人便宜,而且常常以德报怨。对弟弟希拉,他异常宽容,希拉出于妒忌毒死了他的牛,他不是以牙还牙去报复,而是为保存弟弟的面子而说谎,发假誓,贿赂巡官,并且担负起他的家庭担子。他有时也小心眼,也打小算盘,但临了他总是同情别人,为他人着想。对牧人薄拉,对儿子戈巴尔和儿媳裘妮娅,都显示了他的善良和宽容。但是,他身上也表现出典型的落后农民的缺点——性格软弱,胆小怕事,缺少反抗性。他的生活信条是"住在水里,不能和鳄鱼作对"。他有宿命思想,认为命中注定享福的才能享福,而自己的不幸则是前世没修好。对待压迫,他不敢反抗,而认为"别人的脚踩在自己身上,只得放聪明点,在那脚底板上抓抓痒"。所以他常到地主家去献殷勤。他受宗教的束缚很深,被开除教籍比要他的命还可怕,为了保住教籍,他宁可倾家荡产。何利还有讲面子,爱虚荣的缺点。本来是赊来的奶牛,他吹嘘是现钱买的。嫁大女儿时,他已一贫如洗,对方提出不要陪嫁了,他还要顾面子,借债给女儿办嫁妆。何利的一生充满了苦难,他拼命干活,也不能维持一家的衣食温饱。他只有一个不算太高的愿望——买1头奶牛,但终其一生也未能如愿。他一再遭受挫折,一向要强、要面子,以至于不得不变相地出卖自己的小女儿,他失败了,他心碎了,最后含恨离开了这个吃人的世界。何利的不幸主要是地主和村里的头人剥削压迫的结果。他终日辛劳,然而他的劳动成果都被掠夺去了。另外,他的不幸也部分地由于他自身的软弱,他思想上背着沉重的难以摆脱的精神枷锁,使他相信命运,依附宗教,害怕地主和官府,无法反抗社会压迫,只能逆来顺受。何利复杂的性格和不幸的命运,使这一形象具有深刻的典型意义。

丹妮娅是一个具有反抗精神的妇女形象。她是劳动妇女,和何利一样勤劳善良,但性格与何利不同。她倔强,泼辣,心直口快。毒死牛的事件发生后,她坚持报案,何利借钱贿赂巡官和头人们,她发现后当场数落何利死要面子,更理直气壮地揭露巡官和头人们的吸血鬼嘴脸。她对社会的认识比何利深刻得多。对何利去巴结地主,她不以为然,认为种地交租,并不欠人什么。他认为村里的头人们都是吸血鬼,之所以敢打劫穷人,是因为没有好政府,这真是一针见血的揭露。丹妮娅爱憎分明,对地主、头人,她敢于反抗;对不幸的穷苦人,她有一副慈母心肠。她顶着宗教舆论压力和村中头人们的敲诈,收留了未过门而怀孕的儿媳裘妮娅。当别人责难她不顾体面时,她说:"有钱有势的人也许把自己的面子看得比别人的命还贵重,我们的面子却不那么值钱。"后来她又收留了被骗怀孕后无处容身的低种姓姑娘西里雅。这一方面表现了她的善良,同情不幸者的慈母心肠;另一方面也是对教规和传统习俗的蔑视,对欺压穷人的头人们的示威。丹妮娅的大无畏精神使读者赞赏。当然丹妮娅身上也有爱面子,图虚荣的缺点,她坚持要给大女儿办嫁妆,使本来艰难的家境雪上加霜。这些缺点丰富了人物性格,显得有血有肉,生动真实。

戈巴尔也是小说中的一个重要形象,作者是将他作为新一代农民来描写的。他与父亲有不同的人生观。他认为人与人应该是平等的,说明他已摆脱了套在父辈身上的精神枷锁。他认清了地主莱易的虚伪面目,对父亲去巴结地主不以为然。他敢于爱上一个寡妇,说明他对宗教和社会习俗有反抗精神。他从农村去到城里,开了眼界,第一次从城里回来时,表现出新的精神风貌。他给了村里的头人们一些难堪,杀了杀他们的威风,充分表现了他的斗争精神。同时由于和父亲观点不同,处世态度不同,也激化了父子矛盾,再次离开家庭。如果他沿着这条路发展下去,有可能成为时代新人。但他第二次进城后的行为令人失望。他进糖厂当了工人,染上了酗酒的习气,不关心妻儿,致使孩子夭折。他虽然参加了罢工,但目的并不明确,受了伤,被工厂开除,再也无所作为。后来当了阔小姐的园丁。尽管戈巴尔还没有成长为新人,但他毕竟与何利为代表的老一代农民不同,他对社会,对生活有自己的认识,懂得要靠自己掌握自己的命运,而不能靠神灵或别的力量。第二次回乡时,他对农民的悲惨处境既同情又痛心,希望他们能够团结起来,改变自己的处境。这是戈巴尔,也是作者思想所能达到的最高境界。

《戈丹》通过何利一家的遭遇,深刻地揭示了30年代印度农村的阶级矛盾。何利一家辛勤劳作,仍然负债累累,陷于破产,其根本原因就是地主阶级的残酷剥削。地主和他的代理人以及高利贷者与婆罗门祭司串通一起,他们是一群吸血鬼,把何利这样的一代代农民的血汗吸尽,从而养肥了自己。小说中地主莱易老爷形象塑造很成功。他不像《博爱新村》中的葛衍纳那样穷凶极恶,而是更虚伪,更富有欺骗性。他是个民族主义者,因参加民族运动而坐过牢,还是国大党的党员。他表面上对农民和蔼可亲,但内心十分狠毒。他节日庆祝会要农民送礼金,他让农民服劳役,连饭也不给吃。他假惺惺地表示同情佃农处境,却还要增加地租。他还怀有政治野心,拼命向上爬,最后终于当上了议员和省邦的内政部长。他的所谓爱国也是虚伪的,他和英国殖民当局的官员保持着良好关系,在获得英国女王授予的"土王"封号时感激涕零。他生活奢侈,追求阔绰,交游广泛,是一个典型的资产阶级化的地主。正是在这样一个地主的田庄内,在他步步高升,飞黄腾达的同时,农民何利一家受尽盘剥,每况愈下。直接迫害何利的是村子里的几个头人,包括地主的代理人管事诺凯·拉姆和管账员巴泰西瓦里,放高利贷的金古里·辛,婆罗门达塔丁等,他们都是村长老会的成员,是地头蛇,作品分别写出了他们贪婪的本质和鲜明的个性。这些大大小小的吸血鬼构成了农村的统治阶级,他们依靠官府的支持骑在农民头上作威作福。小说对他们作了深刻的揭露和批判。

《戈丹》也表现了作者对社会问题的探索。像在其他长篇小说中一样,作者在《戈丹》中也描写了理想人物。哲学教授梅达在资产阶级圈子里没染上铜臭,经常接济贫穷的学生。医生玛蒂儿小姐在他的感化下由交际花变成助人为乐的人。虽然他们的活动解决不了社会苦难,他们的议论也空洞抽象,但毕竟体现了作者的人道主义思想和社会探索精神。作品中也表现了作者对甘地改良主义的深刻怀疑,他借丹妮娅的口说"坐牢是坐不出好政府来的",说明人民群众对甘地政策的失望。尽管作者还没有找到改造社会的正确途径,但破旧孕育了立新,戈巴尔最后希望农民们团结起来,显示了作者思想探索的新方向。

《戈丹》在艺术上取得了巨大成就,首先在人物塑造方面,普列姆昌德善于在事件的发展过程中展示人物的复杂性格。尽管小说不乏精彩的心理刻画,但作家主要不是通过心理分析剖露人物的内心世界,而是通过人物的言行来表现人物性格。《戈丹》从赊购奶牛这样一件农家生活中的普通小事写起,何利假说要帮薄拉找个寡妇续弦,以便向他赊奶牛,表现出自私的小心眼;但当他听薄拉诉说缺少草料之苦时,打消了赊购念头,反而要送草料,表现了他的同情心和不愿乘人之危的磊落。后来在薄拉的坚持下,他把牛牵回来,却对人说是现钱买的,故意拴在大门外引人注目的地方,表现了他爱面子、图虚荣的性格。他亲眼看见希拉把牛毒死,又不愿告发,表现了他的胆小怕事。巡官来调查,他又为维护弟弟的面子发假誓,借钱"孝敬"巡官,既表现了他对弟弟的以德报怨,又表现了他对压迫的逆来顺受。作品就通过这样一件小事的发展过程,把一个朴实善良,又有些落后意识的农民形象刻画得栩栩如生。作者还善于通过对比刻画人物。同是勤劳善良的农民,与何利的胆小怕事、逆来顺受不同,丹妮娅倔强泼辣,心直口快,无所畏惧。面对奶牛风波,何利宁可自己吃亏,只想息事宁人;丹妮娅却眼里揉不进沙子。儿子戈巴尔不仅人生观与父亲迥异,性格、行为也形成鲜明对比。他为父亲出气,当面指责头人,何利却害怕儿子给他惹祸。通过这样的互相对比、映衬,突出了人物各自的鲜明个性。

《戈丹》对农村生活作了真实生动的描写,被誉为 30 年代印度农村的史诗。作品对农民日常田间生活和家庭生活作了细腻精彩的描绘,表现出深厚的艺术功力。作品还通过地主莱易在城里的活动和戈巴尔进城做工,穿插描写了城市资产阶级和贫民的生活。这样把乡村和城市联系起来,扩大了生活画面,使作品反映社会更广泛、更深刻。但是城市生活描写没有农村生活描写得生动逼真,城乡两部分联系不够紧密,显得结构松散。尽管如此,《戈丹》仍不愧为印度现代文学中最杰出的作品,它一问世就受到广泛赞誉,至今仍被认为是印地语文学中最优秀的小说,已译成数十种语言在世界各地出版,产生了广泛的世界声誉。我国 50 年代出版了《戈丹》中文译本,几十年来,《戈丹》在我国也产生了很大影响。

第三节　克里山钱达尔

一、生平与创作

克里山钱达尔,1914 年生于旁遮普邦的拉合尔市(现属巴基斯坦)一个中产阶级家庭。父亲是医生,曾在克什米尔地区行医。克里山钱达尔跟随父亲在克什米尔度过了他的童年和少年时代,那里秀丽的自然风光和纯朴的风土人情给他留下了深刻的印象。1930 年他到拉合尔求学,先后在拉合尔神学院、法学院和旁遮普大学学习。大学期间,他主修文学和法律,并广泛涉猎政治学和经济学等领域,曾在他自己主编的校刊上发表有关政治经济问题的文章。他的思想比较复杂,既有甘地主义的影响,也有民主、人道主义和社会主义思想的影响。他积极投身于各种社会活动,参加过反英组织,曾被捕入狱;后来又投身提高贱民地位的社会改革活动,曾担任旁遮普贱民协会主席。1937 年大学毕业,获文学硕士学位和法学学士学位,先在《信使》《北方评论》等刊物当编辑,1939 年到全印广播电台担任编导。

克里山钱达尔大学期间开始文学创作。1937 年出版第一部短篇小说集《想象的魔力》。他的创作大致可以分成四个时期。

1937 年到 1943 年为早期。作为一个中产阶级的青年知识分子,他怀抱着人道主义的理想,对人生充满乐观和热情,把爱与美看成人生的主旋律。但这种理想与社会现实发生矛盾,他便把爱与美寄托于曾经使他陶醉的克什米尔美丽的大自然中，寄托在曾经给他留下美好印象的山村农民（特别是少女）身上。因此，他早期的作品大都以克什米尔山村为背景，描写秀美的自然风光和恬静的田园生活，在这种背景上编织爱情故事。短篇小说《月圆之夜》写一个山村少女和一个城里来的富家青年相爱，春天的月圆之夜他们私奔结婚，不久青年外出归来发现家中有陌生男人，怀疑妻子不贞而远走。40多年后他带着儿孙故地重游，两人再次相遇，才知道当年那个陌生男人是她的弟弟。姑娘等了他六年才嫁人，现在也儿孙满堂了。两位老人解除误会，沉浸于美好的回忆，而他们的孙子和孙女又成了好朋友。这里虽然也有遗憾和苦涩，但仍回荡着爱与美的主旋律。当然克什米尔山村并非世外桃源，作者在这里看到了社会矛盾，看到了封建制度、邪恶势力对人性和美的摧残，因而流露出感伤情绪。作者早期创作风格基本上是浪漫主义，表现为对大自然的陶醉，对宗法制农村田园生活的美化，也表现为传奇性的故事人物以及淡淡的感伤色彩和浓郁的抒情笔调。随着作家的不断成熟，作品中也表现出强烈的批判精神。长篇小说《失败》(1939)就是这类作品的代表。早期重要作品还有短篇小说集《流星》《克什米尔故事》(1939)以及中篇小说《人生的转折点》等。

1943年至1954年是克里山钱达尔创作的第二个时期。他于1943年辞去了电台职务，到夏里玛电影公司任编导，长期住在孟买。早在30年代后期作家就接受了马克思主义和进步文学思潮的影响。40年代初，进步文学运动迅速发展，1943年进步作家协会在孟买举行全国代表大会。孟买成为进步文学运动的中心。克里山钱达尔更积极地参加了进步作协的活动。创作上他逐渐克服了早期脱离现实的缺点，更加关注现实的民族独立斗争和阶级斗争。社会批判意识进一步增强，创作风格从浪漫主义转向现实主义，这一转变的标志是中篇小说《我不能死》(1944)。作品以1943年孟加拉大饥荒为题材，不仅真实地写出了饿殍遍地的现实，而且深刻揭露了帝国主义者和"高等印度人"的丑恶嘴脸。小说分三部分，第一部分以一个外国领事给上司的信的形式叙述灾情，他对印度人污辱性的口吻，幸灾乐祸的态度和趁火打劫的行为暴露了帝国主义的真面目。第二部分描写一个有钱的高等印度人假惺惺地为饥荒痛心，但又不愿放弃花天酒地的生活，于是决定举行募捐舞会来解决救灾和享乐的矛盾，对所谓的慈善家进行了深刻的讽刺。第三部分是一个灾民的亡灵叙述他一家逃荒的苦难经历。他以凄厉的语言对万恶的世道作了愤怒控诉。小说表现了现实主义的批判精神和杰出的叙述才能，发表后产生了轰动，提高了作者在印度文学界的地位和声望。

印度独立前夕，反英独立斗争进入最后阶段，教派冲突又给人民带来深重灾难，克里山钱达尔对这种复杂的现实作了准确地把握和及时的反映。短篇小说《三个流氓》(1946)描写了孟买皇家印度海军的罢工斗争。短篇小说集《我们是野蛮人》(1948)反映印度教徒和穆斯林互相残杀的悲剧。其中《白沙瓦快车》以一辆从白沙瓦开往孟买的旅客列车为叙述者,描述了沿途穆斯林和印度教徒之间疯狂的互相杀戮。作者不仅写出了触目惊心的事实,而且努力引导人们思考悲剧的原因。

印度独立之后,现实与人们的期待相差甚远。社会矛盾并没有缓解,而且贫富悬殊加剧,广大人民群众仍然受着沉重的剥削和压迫。克里山钱达尔在独立后的创作就集中反映了这样的社会现实。短篇小说《花是红的》(1950)描写工人的罢工斗争。主人公是一个12岁的盲童,他高举红旗走在游行队伍的前面,歌唱革命歌曲鼓舞工人斗志,最后献出了幼小的生命。"他的鲜血会开出红的花,自由的花。"《马哈勒米桥》以桥的左边晾晒的六条破旧纱丽为线索,描写纱丽主人的辛酸苦难的生活。她们住在贫民区,受着饥饿、失业、疾病和贫困的折磨。最后作者将它们与桥的右边富人家的华美纱丽相比较,引导人们认识和思考贫富悬殊的社会问题,呼吁人们走向左边。中篇小说《当田野觉醒的时候》(1952)取材于南印度特伦加纳的农民暴动,塑造了农民领袖拉库·劳的形象。作品的重大题材和现实意义受到进步文学界的赞扬,但由于对当地农民生活不熟悉,描写不够成功。

本时期作家还创作了一些国际题材的作品,如短篇小说《红心王后》和《给一个死者的信》谴责美帝侵略朝鲜的罪行;《无花果树》则描写了西班牙人民对佛朗哥集团血腥暴行的反抗。克里山钱达尔在独立后仍积极从事各种社会政治活动,他参与组织了1949年孟买举行的印度进步作家代表大会,后来曾担任进步作协的总书记。他发起并积极参加"保卫和平"运动,1951年当选为全印保卫和平理事会总书记和世界和平理事会理事。

50年代中期至60年代中期是克里山钱达尔创作的第三阶段。这一时期他的创作发生了重大变化,其特点是在继续保持前一时期社会批判精神的基础上,融汇了大胆奇特的想象和曲折离奇的故事,形成了独特的创作风格。作品以中长篇小说为主,比较接近于通俗的大众文学,优秀的作品达到雅俗共赏的境界,也有一些作品流于商品化。

长篇小说《流浪恋人》发表于50年代中期,主人公拉朱和塔尔娜是克什米尔山村的青年,拉朱的父亲被蛇咬死,耕牛被财主拉去抵债,他只身离开家乡去孟买闯荡。塔尔娜父母以750卢比的身价将她卖给年老的村长续弦,她为逃婚而离家出走。两人搭上同一辆运货卡车,由互相同情逐渐产生了爱情。他们身无分文来到孟买,几经波折加入了"便道居民"的行列,拉朱当了流氓头子——便道"国王"的打手。塔尔娜为便道居民的孩子办起"便道学校"。学校成为流氓头子的眼中钉,拉朱奉命去捣毁学校,与塔尔娜发生冲突。在庆祝独立日的晚上,拉朱冒险爬上高层楼顶接通电线,获得一笔赏金。塔尔娜拒绝了大老板的利诱,跟拉朱一起踏上了返回山村的路程。小说通过主人公的经历反映了印度独立后农民的贫困和城市贫民的艰难生活,揭露了两极分化的社会现实,具有深刻的现实意义。小说着力刻画了主人公酷爱自由的性格,给读者留下鲜明的印象。传奇式的情节引人入胜,大量的自然美的描述和小说结局再次表现出回归自然的浪漫主义特点。

长篇小说《一个姑娘千百个追求者》发表于50年代末,主人公拉基是一位吉普赛姑娘,由于美貌绝伦,成为众多男人追逐的对象。继父和母亲以350卢比的身价将她卖给部落头人。拉基为了赎回自己的自由,答应在三个月内还清这笔钱。她和情人古尔拼命工作攒钱,同情他们的苦力们也帮助凑钱,但凑齐的钱被人阴谋偷走了,拉基只好嫁给头人。她在结婚的舞会上杀死头人,被判监禁。在狱中,从典狱长到有钱的男犯人都追求她,她不为所动,坚持等待古尔。一场天花毁了她的容颜,她双目失明,奇丑无比,人人都厌恶她。她回到家乡,曾经追求过她的人都冷落她、欺侮她。最后连古尔也抛弃了她。小说通过拉基的命运,批判了社会的黑暗和人性的丑恶。小说题材的奇异,人物命运的剧变,善恶美丑的强烈对比,表现出浓郁的浪漫主义色彩。

60年代初发表的中篇小说《钱镜》和《一头驴子的自述》都采取了拟人化的手法,以貌似荒诞不经的情节揭露批判现实社会。《钱镜》以一张曾进入千家万户,经过各种各样人之手的10卢比钞票为叙述者,对印度50年代后期社会的各色人物和各种现象展开讽刺的笔触。女佣人为给女儿买药向主人借来10卢比,被丈夫抢去拿到赌场输掉了;寺庙长老带着教徒的香火钱进入高级妓院;贫穷潦倒的摄影艺术家拍了富翁嫖妓的镜头敲诈到巨款;乞丐摇身一变成为圣人"木头大师";印错的钞票身价万倍;打错字的速记员被老板解雇。一张钞票成为反映光怪陆离的资本主义社会的一面镜子。《一头驴子的自述》以一头会说话的驴子为叙述者,通过它的经历和见闻,广泛描写了印度的社会生活。驴子由于宗教骚乱而加入了流浪队伍,从巴拉本基到了德里,沿途目睹了印度教徒和穆斯林的互相残杀。在德里它为被鳄鱼咬死的洗衣工拉姆的妻儿申请救济,走遍政府各部,体验了政府官僚们的腐败作风,它因会见总理尼赫鲁而名声大振,投机商误以为它是一位大承包商,百般奉承,招为女婿,最后一无所获而将驴子痛打一顿。后来驴子到了孟买,曾帮人贩卖私酒,被当作特种马参加赛马,帮赌徒猜号赢了大笔钱,当上"驴子电影公司"的经理,和女演员恋爱,最后钱被骗光,又遭毒打。小说情节荒诞滑稽,文笔尖刻辛辣,对各种社会丑恶现象作了深刻的揭露和尖锐的讽刺。这类作品有利于广泛地反映社会生活现象,但其直线结构不利于集中情节,塑造典型环境和典型性格。过多的议论也有损于作品的艺术性。

作家本时期还创作了一些以资本主义金钱关系破坏艺术,毁灭艺术家为主题的小说,代表作品有《五十二张牌》(1956)、《银色的伤痕》(1964)等。还有以农村生活为题材的作品,主要反映独立后印度政府废除地主土地所有制以后农村的社会生活,揭示新的社会关系和社会矛盾,代表作品有长篇小说《心中的谷地沉睡了》和《痛苦的运河》(1963),此外还有童话小说《一棵倒长的树》等。

60年代中期以后是克里山钱达尔创作的晚期。本时期随着国际上社会主义阵营的解体,印度社会一定程度的稳定和发展,以及作家个人生活地位的不断提高,作家的思想创作发生了重大变化,政治思想倾向于改良主义,创作上受到颓废主义影响,社会批判意识减弱,晚年虽然不断写作,但深刻反映时代生活,具有重大社会意义的作品为数不多了。1977年克里山钱达尔逝世。

克里山钱达尔是现代印度以乌尔都语创作的最杰出的作家,他勤奋多产,共发表中长篇小说30余部、短篇小说400余篇、电影剧本30多个,还有大量报告文学、散文、杂文等。他的作品不仅在印、巴产生巨大影响,而且译成60多种文字在国外出版,享有较高的世界声誉。我国早在1953年就翻译出版了他的短篇小说集《火焰与花》,至今他的中长篇小说和短篇小说集中译本已有10余部,在我国也产生了较大影响。

二、《失败》

长篇小说《失败》是克里山钱达尔早期以自己的生活经历为基础创作的一部力作,发表于1939年。主人公夏姆是一位文学硕士生,他由拉合尔来到父亲任区长的克什米尔某山村度暑假。这里山清水秀,旖旎的风光令人陶醉,但并非世外桃源。美丽豪爽的姑娘金德拉与拉其普特青年莫汉辛哈相爱,遭到全村人的反对,因为她母亲早年违反教规与一个皮匠结了婚,被视为不可接触者。美丽文静的姑娘文蒂被族长萨鲁布吉欣看中,要强娶她做儿媳。文蒂的母亲恰娅黛维与一个教师相爱,被丈夫遗弃,带女儿回娘家,她拒绝认错忏悔,也不答应把文蒂嫁给族长又丑又蠢的儿子。莫汉辛哈打猎被野猪咬伤,金德拉前往看护,惹恼了族长,他纠集村里的婆罗门联合控告同意她看护的穆斯林医生,县里派来调查团解除了医生的职务。伤未痊愈的莫汉辛哈刺杀调戏金德拉的婆罗门巴森德吉欣,伤口复发,在警察的折磨下死去。金德拉发了疯。夏姆的父母为他找好亲事,并确定了订婚日期,但他爱上了文蒂,想拒绝父母包办婚姻又缺乏足够的勇气。文蒂母亲寻求法律保护,控告罗辛,撤销他的监护权,但区长没有接受她的诉讼。不久,罗辛将恰娅黛维锁到屋子里,强迫文蒂和杜尔迦达斯举行了婚礼。斗争失败的夏姆精神陷入麻木,任人摆布举行订婚仪式。文蒂听到夏姆订婚的消息后自杀了。

小说通过两对青年的爱情悲剧,揭示了农村的社会矛盾,表现了新的进步的民主力量同旧的顽固保守的封建势力之间的斗争。青年一代通过对自由爱情的追求表现了对封建秩序的反抗。他们的爱情都以悲剧结局,原因是封建势力还很强大,萨鲁布吉欣一伙凭借宗教神权、家族族权和村社政权镇压反抗者,维护摇摇欲坠的统治。他们虽然注定要灭亡,但暂时还很有力量,而且这种旧的恶势力又与现代文明的罪恶结合起来了,他们可以利用金钱收买人心,也可以调动法律和国家机器来镇压叛逆者。反过来说,殖民统治下的政府和法律也是为他们服务的,政府官员和地方封建势力是同流合污的。这种新旧恶势力联合压制,使具有民主自由精神的反抗遭到失败。这表现了"历史的必然要求和这个要求的实际上不可能实现之间的悲剧性的冲突"①,具有深刻的现实批判意义。同时作品也展示了民主自由的新潮流不断发展的趋势。金德拉的父母和文蒂的母亲都曾是旧制度的叛逆者,他们的反抗说明真善美的力量从来没停止过斗争。而新一代叛逆者比老一代反抗精神更强,斗争也更加激烈。他们的斗争虽然失败了,但包含着鼓舞人的力量,预示着"新生活的风暴"即将到来。

主人公夏姆是30年代印度青年知识分子的典型。这个形象具有自传色彩,他像作者一样是拉合尔某大学的文学硕士,陶醉于克什米尔美丽的自然风光,赞美恬静温馨的田园生活,欣赏纯朴自然的农村劳动妇女的美,具有回归自然的浪漫情趣。不仅如此,他也体现了作者的社会思想,他善于思考,对宗教、社会制度、妇女地位以及婚姻爱情等问题都有自己的看法。其思想以民主自由和人道主义为核心,又接受了社会主义等进步思想的影响。他正直善良,面对新旧善恶双方的斗争,自然地站在新思想一边,同情和支持金德拉、莫汉辛哈等人的反抗斗争,把他们的反抗看作是"风暴到来前的信号""未来新时代的反映"。但在现实斗争中,他却表现得非常软弱。他由旁观者逐渐卷入斗争的漩涡,父母为他张罗订婚,他心里反对,又无所行动;他与文蒂相爱,但面对文蒂被逼嫁的风暴,又有些胆怯,甚至寻找退却逃避的理由。他曾鼓起勇气抗争,但母亲的眼泪融化了他拒婚的决心,父亲的威严又使他望而却步。他唯一的行动是劝文蒂的母亲告状,诉讼不成他便再也无所作为了,只能怨天尤人。斗争的失败使他一蹶不振,陷入麻木状态。最后文蒂的死再次唤醒了他,他中断了订婚仪式冲了出去。这个形象表现了印度30年代资产阶级知识分子的进步性和软弱性。

小说塑造了几个较有光彩的女性形象。金德拉酷爱自由,性格泼辣。她憎恨周围的污浊环境,敢于和整个社会对抗。她公然蔑视教规,和不同种姓的青年相爱。她忠于爱情,婆罗门的威胁,母亲的劝告都不能使她动摇。调查团的到来使形势更加严峻,但她却表现得异常坚定和自信。莫汉辛哈杀人后被警察看管,她不顾嘲讽和威胁,坚持不离开医院,甚至想好了逃跑的计划。但她的力量与她所反抗的社会相比毕竟太弱小了,她被罪恶的社会吞噬了。与金德拉相比,文蒂显得文静内向,但她一样坚定地追求自由的爱情,敢于向旧世界挑战。她性格外柔内刚,面对强大的邪恶势力,她只能以死来保护自己的纯洁,表示对封建势力

---

① 恩格斯:《致斐·拉萨尔》,《马克思恩格斯选集》第4卷,北京:人民出版社,1972年,第346页。

的最后反抗。这样的善与美的毁灭，是对黑暗社会的有力控诉。

萨鲁布吉欣是封建卫道士的典型。他是封建领主，身兼族长、村长、婆罗门学者和官方祭司，掌握着族权、政权和教权。他不允许他的领地内出现任何叛逆行为，他把金德拉的母亲逐出教族，不让恰娅黛维返回家族。对金德拉和莫汉辛哈的公然反抗更不能容忍，他不惜一切手段，甚至煽起宗教矛盾以达到拆散他们的目的。他有庄严的外表，"像阿旃陀石窟的男神一样漂亮"，但心灵肮脏，虚伪奸诈。他逼文蒂嫁给自己的儿子，不过是想把她占为己有，为此他采取了威胁利诱等卑鄙手段。他是两个悲剧的直接制造者。他代表的是一个已经腐朽的注定要灭亡的阶级，他的时代已经过去，但他死而不僵，还很有能量，这说明反封建还是印度人民持久的任务。

著名作家阿南德曾将克里山钱达尔创作的艺术风格概括为"诗意的现实主义"，《失败》正是这样的代表作。"诗意"主要表现在三个方面。第一，大量的自然风光和民俗风情的描绘。小说用较多的篇幅描写了克什米尔山区变幻多姿、优美如画的自然景色，这些描写往往与主人公的思想感情相映衬。夏姆从城市来到山乡，欢快的心情使他处处感到赏心悦目；待到失败离去时，山川草木也显得凄楚苍凉。自然景观之外，小说穿插描写了许多人文景观，包括民俗风情、文物古迹、山乡庙会，以及打猎活动和劳动场面等该地区独具特色的区域文化，展示出一幅色彩奇异的风俗画。第二，强烈的对比效果。美丑善恶的强烈对比是小说的主要特色之一。善良天真的文蒂像一朵水莲花，美得晶莹剔透；而她所嫁的杜尔迦达斯则奇丑无比，又愚不可及，而且灵魂龌龊，心理阴暗，他夜晚在坟地舞蹈的场景使人毛骨悚然。美丑对比也表现在一个人身上，如萨鲁布吉欣有庄严漂亮的外表，内心却无比丑恶凶残。此外，还有自然美与现实丑的对比等等。第三，抒情笔调和感伤色彩。作者早期善于用优美的抒情笔调讲述动人的爱情故事，《失败》即体现了这一特色。由于主人公夏姆是位多情善感的大学生，作品主要围绕他的所见、所闻、所感、所思来描写，因而抒情味更浓，而且由于他的恋爱一开始就蒙上了阴影，故而更增添了几分感伤色彩。以上所谓"诗意"实际上就是作者早期创作所表现的浪漫主义风格。

《失败》的更高成就在于：它突破了早期作品中单纯的爱与美的追求，而注意描写现实矛盾；超越了返回自然等一般浪漫主义情趣，而着重表现现实斗争；并且由对宗法制农村的美化转向揭示旧村社的社会本质，形象地表现了"这些田园风味的农村公社不管初看起来怎样无害于人，却始终是东方专制制度的牢固基础"[①]从而使小说达到现实主义的深刻批判与浪漫主义的诗意表

[①] 马克思：《不列颠在印度的统治》，《马克思恩格斯选集》第 2 卷，北京：人民出版社，1972 年，第 67 页。

现相结合。

　　深刻的社会意义和高度的艺术成就,使这部早期作品成为作家整个创作活动中的代表作。不仅如此,《失败》也是 30 年代印度进步文学运动的创作实绩之一。这部乌尔都语小说不仅在印、巴有广泛影响,而且早已走向世界。我国 1984 年也出版了中译本。

第十九章 现当代伊朗文学

第一节 概述

1905年至1911年,受到俄国1905年革命的影响,伊朗爆发了资产阶级反帝反封建的民主主义革命,史称"立宪运动"。其基本目标是实行君主立宪,要求自由民主,进行民主改革,罢免贪官污吏。伴随着不断高涨的革命形势,传播新思想的文学创作出现了空前繁荣的景象。革命思想和革命文学是这一时期最显著的特点。许多作家利用各种出版物作为自己的喉舌,以朴实通俗的语言表达自己的爱国热情。

密尔扎·穆罕默德·塔吉·巴哈尔(1886—1951)早年以诗闻名,曾有"诗王"之称。立宪运动初兴,他即在秘密刊物《霍拉桑》上发表具有民族主义思想的诗歌。1909年他主持出版具有强烈反帝国主义性质的伊朗民主党刊物《新春》。被查封后,又出版《早春》,继续斗争。他的诗在形式和语言方面继承了波斯诗歌的优秀传统,充满了爱国主义激情和反帝反封建的战斗精神,对侵略者的暴行表示了极大愤慨,对人民的不幸深表同情。作为伊朗现代最杰出的诗人,他1946年主持召开了伊朗第一届作家代表大会,晚年还出任伊朗保卫世界和平委员会主席。

作家及诗人阿里·阿克巴尔·德胡达(1879—1956)是立宪运动时期最有影响的出版物《天使号角》周刊的主笔。他以犀利的"随笔",大胆揭露及谴责封建官僚制度的腐败、官场的堕落与昏聩、地主资产阶级的剥削与压迫,以及反动宗教人士的贪婪与虚伪。这些短小精悍、尖锐泼辣的杂文具有强烈的战斗性,使之成为立宪运动中杰出的斗士和作家。

立宪运动中另一具有广泛影响的杂志《北风》的发行者及主要撰稿人是诗人赛义德·阿什拉夫尔丁·喀兹文尼(1871—1934)。他发表了大量的讽刺诗,以朴实无华、嬉笑怒骂的文笔咒骂专制暴政,谴责卖国者,指出伊朗犹如是病人膏肓、无药可医的患者,激励人们警醒。

立宪运动时期另两位著名诗人是阿甫勒·卡赛姆·拉胡蒂(1887—1957)和

阿里夫(1882—1934)。拉胡蒂积极投身于立宪运动,大量发表具有激进民主主义思想的诗歌。他赞颂劳动人民是创造世界文明的重要力量,认为劳动是"人的意义"。他在诗中真实具体地记录了起义者与反动政府军的战斗,塑造了为人民利益而战的民主战士的形象。阿里夫是立宪运动时期的著名歌手,他以"小调"这种民歌体的诗歌形式,表达追求自由的渴望和爱国激情,收到特殊的宣传鼓动效果,被称为"爱国诗人"。

伊朗立宪运动时期的文学由于进步思想的影响,在思想内容和艺术形式上都发生了深刻的变革。文学开始冲出宫廷与贵族的樊篱,走上表现人民思想和生活的广阔道路,形成一种具有广泛民主性与人民性的新型文学。文学形式也开始突破传统的束缚,由于运用了更加接近人民大众的口头语言,因此诗歌与散文在表现力方面都有创新。这一切都标志着伊朗现代文学已经开端。

伊朗立宪运动遭到封建统治阶级的镇压,不少参加过立宪运动的诗人和作家受到迫害。蓬勃兴起的现代文学一度沉寂了近十个春秋。俄国十月革命的胜利促进了伊朗进步力量的壮大,1918年德黑兰出现了工会组织,1920年伊朗共产党成立,同年又爆发了反抗英国殖民统治的武装起义,现代文学在新的形势下开始复苏。但是,由于1925年至1941年礼查汗建立的巴列维王朝的统治,现代文学的发展仍然受到严重束缚。正如伊朗著名作家恒拉里所指出:"在过去的专制时期,没有出版自由,实行严格的检查制度,甚至抒情诗也要受到检查,报刊监督部门给诗人下达命令,不准写情调感伤的诗歌。"在如此严重的政治背景下,进步作家屡受迫害,或被监禁流放,或逃亡国外,有的甚至牺牲了生命。穆罕默德·礼查·埃师吉(1893—1924)是立宪运动后涌现出的诗人。他强烈反对帝国主义对伊朗的侵略和干涉,谴责伊朗反动统治者的卖国罪行。1919年他因写诗痛斥英伊条约而被捕。1921年礼查汗攫取军政大权,他因揭露夺权的阴谋而于1924年惨遭暗杀,年仅31岁。诗人法罗西·耶兹迪(1889—1939)因写诗抨击帝国主义侵略伊朗的强盗行径,不仅被捕入狱,而且被施以缝嘴的酷刑。1939年,诗人在受尽非人的折磨之后,惨死在礼查汗的屠刀之下。尽管如此,伊朗二三十年代的文学仍然艰难地向前发展。

这一时期除上述立宪运动时期的诗人继续进行诗歌创作外,还有一批新出现的诗人和作家。他们运用诗歌、散文和小说等形式,发泄自己对残酷现实的愤慨,描写社会的阴暗面,某些作品还具有理想主义色彩。

初登诗坛的诗人虽然面对的是艰苦的创作环境,但是他们并未放弃自己的社会职责和神圣使命,诗中所反映的是祖国的命运与前途,描写的是广大人民的痛苦生活,尤其是妇女的悲惨处境,喊出了人们不堪忍受迫害、欺凌甚至蹂躏的哀怨之声,但缺乏抗争的勇气和战斗激情。其代表诗人主要有伊拉治·密尔扎(1874—1925)、帕尔温·埃·堤萨米(1906—1941)和尼玛尤师奇(1879—1961)等。

密尔扎成功地将民众的口语加工为清新的诗的语言,赞叹惨遭毒手的爱国英雄,关心妇女解放等妇女命运问题,描写感情深厚真挚的母爱,歌颂劳动者的神圣,颇受人们欢迎。帕尔温是现代杰出的女诗人。她以极为丰富的感情和极其细腻的笔触,描写了无依无靠的孤儿,年迈贫困的寡妇和流浪街头的偷儿等下层人,并格外关注受种种压迫的妇女的处境与命运。她的诗既继承借鉴了古典诗歌格律和表现形式,又学习人民的语言,并努力将这两方面和谐完美地统一起来,表现出对仗工整和用词精巧的特色,取得了较其他诗人更大的成就。这个时期堪称革新派代表诗人的当推尼玛尤师奇。他竭力倡导自由体诗的写作,主张诗歌内容要用人民的语言反映现实生活,表现人民的苦难;要突破传统诗歌形式的限制,摆脱旧有格律的羁绊,要充分自由地表达个人情感。这些观点对促进伊朗诗歌的改革有积极意义。

1911年立宪运动之后,开始出现具有现代性质的散文体小说。其内容主要可分为历史小说和社会小说两大类。历史小说多宣扬历史上的帝王和英雄的文治武功,曲折地表达了深受帝国主义强权政治欺辱的伊朗民族主义情绪,往往带有理想主义色彩。社会小说多写爱情纠葛和社会阴暗面,大多表现妇女的悲惨命运,情节曲折动人。从塑造"典型"的角度分析,这些小说只是现代小说的前驱。

伊朗公认的现代小说出现于1921年,即贾玛尔扎德(1895—)的《故事集》。这部包括六个短篇的小说集与上述两类小说的不同之处,主要在于着重描写了典型环境和典型人物,并自觉运用人民大众的通俗语言反映伊朗现实生活中的矛盾,抨击虚伪卑劣的宗教人士,揭露卑鄙无耻的政客,表现出鲜明的政治倾向性。《故事集》中的《熊姨的友谊》,无论是思想内容上还是艺术手法上都属六篇中的上乘。它从一个侧面反映了1915年侵占伊朗的俄国哥萨克士兵的暴行。一个心地善良的伊朗青年,在旅途中救起一个即将冻死的俄国哥萨克士兵。但是当他找到部队后却恩将仇报,诬陷青年人曾虐待他,并伙同其他侵略军将救命恩人枪杀。原来他要得到伊朗青年装满金币的钱袋。作者以伊朗青年的慷慨善良与侵略者的贪婪凶残相对照,表达出强烈的爱憎情感。为了使作品的主题得到升华,作者将这一故事与任人践踏蹂躏的祖国相联系,使人感到格外感伤、遗憾。

继《故事集》之后,伊朗又出现了第一部现代长篇小说《恐怖的德黑兰》(上集《马胡夫》,1921;下集《回忆一个夜晚》,1924)。作者姆沙法格·卡泽米(1898—1978)是伊朗现代小说奠基人之一。他发表的长篇小说还有《蔫了的花朵》和《可贵的热忱》等。《恐怖的德黑兰》主要写男主人公法拉赫和其表妹玛辛在青梅竹马时订婚,后来玛辛的父母因嫌贫爱富而悔婚,玛辛生下法拉赫之子去世。最后法拉赫参加了哥萨克兵团回德黑兰报仇,与先前结识的妓女埃法特结合,共同抚养玛辛之子。小说以清新流畅、平实质朴的语言揭露了当年伊朗腐朽堕落的社会本质,形象地反映了妇女的无权和受尽欺凌的悲惨境遇,成功地塑造了不少艺术典型,给人以深刻的印象,但有自然主义倾向。

30年代初,在德黑兰出现了一个进步的青年文学家团体,名为"拉贝"(即"四人会"),它最初的成员有萨迪克·赫达雅特(1903—1951)(详见本章第二节)、伯佐尔格·阿拉维(1908—　)、马斯乌德·法尔扎德(1906—　)和莫杰塔巴·梅纳维。赫达雅特是"四人会"的"灵魂"。尽管他们4人创作个性不同,创作道路各异,但其共同的思想基础和对文学艺术的相同观点使他们联系在一起。他们介绍西方文学流派,反对文学创作中的保守思想,对伊朗现代文学的发展,尤其是对小说创作的内容与形式的现代化起了积极的推动作用。"四人会"中,除赫达雅特以外,伯佐尔格文学成就最大。由于参加了人民党,自1936年至1941年他度过了五年的铁窗生涯。在狱中他著有纪实小说《五十三人》和《狱中杂记》。中篇小说《五十三人》描述了包括他在内的53名革命者的被捕经过和他们在狱中的斗争生活。1952年发表的长篇小说《她的一双眼睛》是其代表作。小说以40年代的伊朗社会为背景,通过一个地下斗争领导人的斗争生活和爱情生活的描写,生动地揭示了进步与反动、民主与独裁之间的残酷斗争。小说正面描写革命者的地下斗争生活,在伊朗现代文学上尚属首次,具有开拓意义。

同期对伊朗现代文学具有重大影响的作家还有穆罕默德·赫加泽依(1900—1970)。他的三部小说《胡玛》(1928)、《帕丽切赫尔》(1929)、《泽巴》(1933)的主人公都是资产阶级中、上层妇女,作者对她们的批评显得软弱无力,其传播和影响远不如他的小品文。赫加泽依的小品文集主要有《沉思》《镜子》《旋律》和《高脚杯》等。这些小品文以十分纯正而规范的现代波斯语深入浅出地讲述每一件小事,主要宣扬在逆境中要退避忍让,追求道德上的自我完善,给生活在重压下的人们以精神上的慰藉,但从暴露与揭示生活本质的角度来分析,显得过于肤浅。

第二次世界大战结束以后,伊朗人民反对帝国主义和封建主义的民主斗争浪潮日渐高涨。1946年,在德黑兰召开了第一次作家代表大会,参加大会的有巴哈尔、尼玛尤师奇、赫达雅特、伯佐尔格、赫加泽依等许多著名的诗人和作家。大会在巴哈尔主持下探讨了诗歌、散文和文艺批评等现代文学发展中亟待解决的问题,会议还强调了文学的社会功能,为伊朗现代文学向当代文学过渡指明了正确方向。40年代末至50年代初,伊朗文坛出现了一批优秀的短篇小说,如赫达雅特的《明天》(1946),贾玛尔扎德的《诗集保管人》(1946),主拉尔·奥列阿赫迈德(1920—1969)的《我所忍受的苦难》(1947)、《多余的女人》(1952),萨迪克·秋巴克(1916—　)的《丧失了表演能力的艺猴》(1949),赛义德·纳菲斯(1895—1966)的《黑色星星》(1949),伯佐尔格的《一个吉兰人》(1952)、《水》(1952)等。

1953年,穆罕默德·礼查国王推翻了民族主义者摩萨台的政府,文学创作和出版事业又一次遭到沉重打击。伊朗当代文学的发展受到阻碍。在极其困难的条件下,一批进步的诗人和作家仍然坚持创作,发表了不少优秀作品。

　　阿卜杜勒·侯赛因·努申(1910—)发表了描写伊朗农民悲惨境遇的现实主义中篇小说《阿里穆拉德汗及其他人》(1959)。奥列阿赫迈德创作的短篇小说集《蜂窝的经历》(1958)、《校长》(1958)、《N和笔》(1961)、《大地的诅咒》等,主要抨击了社会弊端,揭露宗教制度的虚伪,控诉了封建专制统治,对下层人民表示出同情。秋巴克是伊朗现当代文学中的多产作家。他发表的讽刺剧《橡皮球》(1962),短篇小说集《墓穴中的第一天》(1965)、《最后一盏灯》(1966)和长篇小说《顽石》(1967)等,多以自然主义表现手法,反映中下层人民的生活和追求。戈利恩·侯赛因·萨艾迪(1935—)的著名中篇小说《恐惧与担忧》(1968)、《不幸的乡村巴雅尔》(1970)和《很少有人操心的忧虑事》(1970)等,在反映伊朗社会现实的基础上,突出描写了民族的苦难。女诗人贾莱(1922—)的长诗《燕子》(1960)和诗集《母亲要求和平》(1956)、《等候》(1967)、《候鸟》(1974)等,多抒发对祖国的热爱和对美好生活的向往,表达了作者关注和平与进步等重大社会问题。诗人凯斯莱(1926—)早期有取材于现实生活的诗集《呼声》(1958)、《阿拉什是名弓箭手》(1959)和《西亚伏什的血》(1963)等。1980年他又发表了赞颂民族革命、欢呼共和国诞生的著名诗集《从黑暗到黎明》和《美国!美国!》。纳德尔·纳德尔普尔(1929—)的诗歌受欧洲新思潮和西方诗歌形式的影响,写有以新形式反映新内容的诗集《葡萄的浆液》(1959)和《太阳的眉笔》(1960)等,其诗歌多用比兴手法,语言朴实。穆罕默德·阿里·阿富汗尼反映现实的长篇小说《阿胡夫人的丈夫》(1961)发表后引起广泛注意并得到很高的评价。书中深刻反映了伊朗妇女的不幸和宗法制的家庭关系,被公认为是伊朗现当代文学创作中最优秀的长篇小说之一。

第二节　赫达雅特

一、生平与创作

　　萨迪克·赫达雅特是伊朗蜚声国际的小说家、艺术家和语言学家。他以最杰出的现实主义小说为伊朗现代文学史增添了光辉,堪称一代宗师。

　　赫达雅特1903年2月17日生于德黑兰的一家书香门第。祖父是一位诗人,父亲是一位作家。他自幼受到良好教育,熟悉波斯和阿拉伯的古代文化。1925年在德黑兰圣路易中学毕业以后,遵从父亲让他学习理工科学的意愿,作为首批留学生赴比利时高等建筑工程学校学习。一年后,他转赴巴黎求学,研究法国语言文学,受到后期象征主义和超现实主义等现代文艺思潮的影响,并学会用法文创作小说。因为他不喜欢土木工程,对文学越来越有兴趣。1930年未毕业即回到伊朗。此后他和家庭渐生不睦,终于断绝了联系,靠微薄的薪金独立生活。

他先后在国家银行、贸易部及建筑公司任职。1936年在音乐学院任过职,还到美术学院任过翻译。其间一边工作,一边创作,并与三位文学同人组成文学小组探讨文学问题。1936年,他应邀去印度,在孟买从事创作并研究中古波斯文学。归国后不久,出于维护正义与民主的崇高意愿,他不避艰难与危险,为营救53位被囚禁的民主革命家而四处奔走。1944年,他应塔吉克大学的邀请访问了苏联。第二次世界大战以后,其创作热情又高涨起来,1946年还参加了伊朗第一届作家代表大会。1950年保卫世界和平大会邀请他出席,但政府不予批准。他在致电大会主席约里奥·居里时说:"帝国主义分子把我国变成一座大牢狱,在这里发表自己的意见和进行正常思维都被认为是犯罪。"1950年12月5日,他为逃避丑恶的现实离开伊朗前往巴黎,想寻找一个良好的生活与创作环境,但是他失望了,以致由于过度悲观而失去生活的勇气。1951年4月9日,在苦闷、绝望心理压抑之下的赫达雅特,万念俱灰,毁掉自己身边的许多手稿,在巴黎一家公寓打开煤气开关,结束了自己的一生。

赫达雅特主要以小说著称,同时也写剧本、散文、童话以及关于语言学、民间文学、文学评论等方面的文章。早在青年时代他就发表过一篇题为《海亚姆的短歌》(1926)的文章。文中从文学与哲学的角度对海亚姆的四行诗进行了独到的分析,尤为赞赏他对自由思想的追求,朴素的唯物主义世界观以及对彼世的否定并高度评价了四行诗的语言和形式。赫达雅特还积极从事民间文学的发掘、搜集、整理与研究工作,并出版过研究文集。此外,他研究过佛教,翻译过数种古代巴列维语古籍,著文评述过波斯语的文字改革问题等,表现出多方面的才华。

赫达雅特创作生涯不长,却为后世留下丰富的文学遗产。其创作活动始于1926年后在法国留学期间。第一部短篇小说集《活埋》于1930年回国后问世,其中收集了在法国写的4篇小说和回国初期写的4篇小说。此后,他又相继发表了短篇小说集《三滴血》(1930),收小说11篇;《淡影》(1933),收小说7篇,以及《野狗》(1942)等。他还发表了中篇小说《阿廖维耶夫人》(1933)、《盲枭》(1936)、《放荡无羁》(1944)和《哈吉老爷》(1945)等。此外,他还写过3部剧本,即《帕尔温·萨珊时代的女儿》(1930)、《马兹亚尔》(1933)、《创世记》,以及民间故事《拜火教堂》(1944)等。这些作品的基本主题表现了作者的爱国热忱和人道主义思想,流露出作者憎恨人剥削人的社会,以及同情受帝国主义、封建势力双重压迫的人民的强烈的爱憎情感。

1837年至1942年,出版刊物受到严格的检查与限制,赫达雅特自1936年赴印访问归来后,内心深深感受到这种政治重压,在这一期间,他实际上没有发表什么作品。这段空白使他一生的创作自然分成前后两个时期。

前期(1926—1937)作品取材广泛,内容丰富,艺术手法多样,既有现实主义成分,也有现代主义倾向,属赫达雅特探索和初试锋芒时期的创作成果。

在一些现实性较强的作品中,既反映了社会下层人民的痛苦与不幸,又揭露了社会上层人物之间的丑恶嘴脸。短篇小说《一个失去丈夫的女人》不仅描写了一个被丈夫抛弃的妇女那种复杂的心理活动,而且更多地描写了她的悲惨命运和她对幸福生活的向往。《兀鹰》无情地嘲笑了一个商人偶然中风,气犹未绝即被活埋后,他的两个妻子自私和贪婪的卑鄙行径。她们像兀鹰啄死尸一样"到处嗅着猎物",攫取钱财。其至当商人意外死而复生返回家中时,她们竟然把他说为鬼魂。这篇小说把资产阶级家庭中那种充满铜臭的拜金主义本质暴露无遗。在小说《达沙阔尔》里,作者塑造了一个正直善良的市民形象。达沙阔尔受一临终商人之嘱,为其照料其家的人财物,他尽心尽力,深埋感情,最后被宿敌重伤致死。在他身上体现了下层人民的舍己为人、胸襟坦诚、同情弱者等优秀品质。

但这一时期也有用荒诞、象征等现代主义手法写成的作品,令人深思。小说《黑屋》中的怪人孑然一身,远离社会,将自己禁锢在黑暗之中,像蝙蝠逃避光明一样躲避现实世界。《死胡同》中的小职员孤独寂寞,愁肠百转,生活犹如一泓死水,毫无生气,其人生就像步入死胡同一样没有出路。在印度写成的中篇小说《盲枭》是前期最重要的作品,折射出当时国内黑暗统治在作者心理上投下的一道阴影。小说以意识流的表现手法描绘出一个忧郁者的内心世界。在表现作者"人类存在本身就是荒唐的"悲观主义思想的同时,对复杂的人生作了哲理性的探索。小说运用第一人称,以时空倒错的叙述方法,随意识流动,写了两件表面似乎各自独立,实则深层相互关联的事。前一件事写居于荒郊的"我"在百无聊赖地画着同一题材的画。一天画中的景物活了,"天仙般的美女"在毕恭毕敬地向树下的一位驼背老人奉献睡莲,不曾想驼背老人突然狂笑起来,于是景象全无。它意在说明现实中的"真善美"犹如海市蜃楼,可望而不可即,是追求不到的。另一件事写"我"的妻子是个不贞节的"贱女人","我"在被她折磨得抱病卧床并失去理性后,用剔骨刀捅死了她。它意在表明现实中的"假恶丑"是无法摆脱的。小说表现了作者面对残酷现实的一种绝望心态,他宁肯耗尽生命与激情,也不会与之同流合污。

后期(1942—1950)作品逐渐摆脱了颓废主义的影响,走上现实主义道路。赫达雅特对半殖民地反封建的伊朗现实社会观察得更加仔细,认识得也更为深刻了。他努力从人们受社会恶德陋习的污染而表现出的千奇百怪的丑态中,汲取素材,写出许多具有现实主义思想倾向的作品。寓言小说《生命之水》写穷鞋匠的三个儿子寻找幸福的故事。长子驼子来到"黄金国",因国人都是盲人,他冒充先知,在双目失明后仍贪得无厌地积攒黄金。次子秃子来到"月光国",因国人都是聋哑人,他用计当上国王,压榨人民,腰缠万贯,最后成了聋子。三儿子克服艰难险阻来到"永春国"这里国泰民安,生活幸福,他认识了生活的意义。当他听说"黄金国"和"月光国"的人民过着愚昧痛苦的生活后,决心带着"生命之水"解救他们。经过流血苦战,驼子和秃子被消灭,人民过上幸福生活,三儿子也偕妻儿回到父母身边。在这个寓意深刻,象征性很强的故事里,生命之水虽属想象之物,却表达了作者对真理与正义的渴望。"永春国"人民浴血奋战,打败"黄金国"和"月光国",解救那里的人民,预示了苏联卫国战争的胜利,表明作者对世界人民必将战胜法西斯充满信心。短篇小说《明天》一方面抨击美国占领军在伊朗的暴行,另一方面从正面描绘了已经觉醒的伊朗工人形象,具有明显的民主倾向。1945年发表的以揭露国内反动势力为内容的中篇小说《哈吉老爷》是他后期创作的高峰。

二、《哈吉老爷》

《哈吉老爷》是最能代表赫达雅特现实主义创作风格的杰作,是伊朗现代文学史最著名的艺术瑰宝。小说以鲜明的时代特色和深刻的社会内涵赢得国内外的广大读者,但也使统治者憎恨,1979年2月以前,小说一直被列为禁书。

小说以1941年伊朗礼查汗国王被迫退位前后的社会现实为背景,塑造了堪称伊朗40年代大地主大资产阶级典型的哈吉老爷的形象。在这个主要人物周围聚集了形形色色的剥削者、寄生虫和旧时代的残渣余孽:大地主、奸商、贪官污吏、暴发户、丧失良心的政客、无耻的文人、记者等等。这些群丑构成伊朗上层社会舞台的缩影。小说深刻地揭露了这些人物的种种卑劣行径,指明这些败类腐朽虚弱的反动本质和必然灭亡的历史命运,从而唤起人们团结一致,从根本上铲除这些毒菌及其赖以滋生的腐恶土壤。

小说主人公哈吉老爷既从政,又经商;既为地主,又是资本家。在他身上集中了伊朗统治阶级的一切丑恶品质。他认为人生无非是集虚伪、谎骗、诡诈、阴谋和舞弊之大成为一体,因此他不惜采用假仁假义、阿谀奉承、蛊惑煽动等手段,进行所谓的立身扬名的事业。

作为政客,他善于伪装,随机应变,是个变色龙。他原是个彻头彻尾的亲德派分子,表面却像个正人君子,满口仁慈,内心却很残忍。礼查汗国王统治时期,他协助宫廷镇压人民,与国外情报机关相勾结,进行间谍活动,大肆敲诈勒索,捞取政治和经济上的好处。1941年8月苏、美军进驻伊朗,同年9月礼查汗国王被迫退位。在这政治风云突变的历史转折关头,他摇身一变,脱离亲德立场转而投靠英美。尽管他并非自愿,内心也不无痛苦,但还是迅速伪装起来,招摇撞骗。当时,他曾打算南逃,把钱转存美国银行,准备出国。但他很快发现,事态并非发生本质变化,原来那些胆战心惊的同伙,那些投机家、卖国贼、特务和罪犯,现在居然又"重新操纵起一切重大事情"。于是他像鳄鱼一样,伏俯在那里犹豫、观望、伺机而动。他不敢公开反对民主运动,在公开场合,他以冒牌民主派自诩,凡遇机会就立即标榜自己是"伊朗民主之父""革命之子"等,还喋喋不休地咒骂礼查汗国王的法西斯专政,以哗众取宠、收买人心。暗地里他却招兵买马,拼凑形形色色的反动势力,千方百计地制造混乱,挑起冲突,以便浑水摸鱼。他政治野心勃勃,不仅把手下走卒推到前台当部长大臣,而且自己也不甘幕后操纵而积极竞选议员,时时觊觎内阁首相的宝座。

作为商人,他利欲熏心,唯利是图,从不安分守己,几乎丧尽天良。为了赚钱,他不怕伤天害理,以种种卑鄙无耻的手段,朝思暮想扩大从奸商父亲那里继承下来的财产。他不仅从庄园、商店、澡堂、出租房屋、针织厂、纺织厂等工商企业中多渠道牟取暴利,而且靠买空卖空、投机倒把、伪造证券、套购物资、走私偷税,甚至倒卖枪支以及为别人买官鬻爵等,大发不义之财。只要有利可图,他可以凭借财势左右法律,把私吞公款、残害部落人民的军官推举为将军,可以把害死人的罪犯保释出狱。马克思在《资本论》中曾经指出:"在资本主义生产方式的历史初期——并且每个资本主义暴发户都必须个别地通过这个历史阶段——致富冲动和贪欲是当作绝对的情欲起统治作用。"哈吉老爷即这样的暴发户。

作为地主、资本家,在资本主义初期发展的伊朗社会环境里,他既是个丧心病狂、贪得无厌的吸血鬼,也是个嗜财如命、吝啬至极的守财奴。在他心目中,人与人之间的关系除去赤裸裸的利害关系,就是冷酷无情的现金交易。金钱主宰着他的灵魂,支配着他的言行。"他认为金钱才是他一生唯一的目的。金钱是能治他全部疾病的灵药,金钱给过他真正的乐趣,甚至也引起过一些恐惧。一提起'金钱'这两个字,一听见金币的叮叮当当声或是纸票的沙沙声,老头儿心里马上扑通扑通地跳,浑身都飘飘然起来了。"他发自肺腑地启发教育儿子:"你在这个世界上只要有了钱,光荣呀,信任呀,高尚呀以及名誉呀等等,你也统统都有啦。……总之,有钱的人就有了一切,没有钱的人就一无所有。"基于这些认识,金钱搅得他日夜不得安宁。他时常在睡梦中就已盘算着如何捞取金钱,醒来后更是无时无刻不想到钱。小说里有一处写他在手术后刚刚苏醒时,听说有人送给他一个金的果子盘,就立刻问:"是真金的吗?""给我摸一摸它……分量很重吗?"得到回答后,"一丝满意的微笑掠过哈吉干裂的唇边"。这一细节不仅活画出哈吉老爷的贪欲,也是对地主、资产阶级的金钱拜物教的真实、生动的写照。

极端的吝啬是作为地主、资本家的哈吉老爷另一性格特征。他拥有巨资,但平时总装出一副穷酸相,生怕暴露实情,造成破费。为了积财,"他从白水里也要榨出油来"!为了守财,"要是一只苍蝇落在他的痰上,他也要一直追到彼得堡去捉它"!为了控制家人吃用,每天由他亲自分发喝茶的糖,连家中做饭用的木柴他也要称斤论两。他检查饭后吃剩下的李子核,为判断买来的李子够不够分量。甚至连家中买不买葱也要及时请示他。他非常嗜好喝酒,在外作客时大喝特喝,毫不客气。可是在家却从不花钱买酒喝，即使是别人送礼给他的酒，他也要小心翼翼地把酒倒入坛子里，像服药似的慢慢饮用。根据伊斯兰教教规，每个虔诚的信徒要把每年收入的十分之一拿出来周济贫民。哈吉老爷为表示自己的虔诚，但又舍不得这点钱，就动用心机想出一个履行义务又不失钱财的两全之策。他把该施舍的这笔钱计算精确，先签成支票，放入盛满椰枣的提桶里，交给阿訇，施舍给贫民。但阿訇一提起枣桶，他就立刻借口孩子们想吃枣而按市价买下，然后再让阿訇用卖枣钱去周济贫民。他自己则销毁支票。这些举动完全暴露出一个吝啬鬼的卑贱灵魂。

作为伊朗40年代反动统治阶级的总代表，哈吉老爷性格中的另一特征是粗俗无知与愚蠢。他孤陋寡闻，却自作聪明，根本不懂历史，偏爱天南地北地胡扯历史上的事件。为了附庸风雅，他经常出席文学集会，每首诗朗诵之后，无论懂不懂，都抱以经久不息的掌声，以至事后手要疼好几天。他到处宣扬要写一篇论各地风俗的专题论文，可是却要别人代他执笔而又不取报酬。他不懂装懂，讲错了小学生课本上生词的含意，致使小儿子在学校受到老师责打。更为可笑的是，他竟然问一个即将赴美的人："您既然打算去美国，那为什么学英语呢？"他对自己如此的无知居然毫无察觉，有时为了沽名钓誉，胡说一通也绝无窘困之色，这是一种厚颜无耻的愚蠢。

此外，哈吉老爷还有一些根深蒂固的癖好。其一是贪吃。作者写道："只要谈到吃，老头脸上顿时眉飞色舞，唾液直往肚里咽，连他的瞳孔也豁然放大了""眼睛里燃烧着贪得无厌的饥火"。其二是贪色。他妻妾成群，六个离婚，四个故世，还有七个组成现在的家庭，而且内院后房里还有不少姘妇。即使如此，他只要"瞥见多少能引起他注意的女人……他那双眼睛照样骨碌碌地东溜西窜着"。其三是爱吹牛。他和仆人讲，其父生前曾邀请过20位部长大臣到家作客，他父亲是个奸商，他吹嘘成贵族；他明明没有读过近代诗人卡阿尼的作品，却在文学集会上极力赞颂。

哈吉老爷这个艺术典型，集中概括了伊朗封建地主阶级的粗俗、愚昧与野蛮；资产阶级的冷酷、贪婪与吝啬，揭示出伊朗上层统治阶级的丑恶本质及其必然没落腐朽的客观规律。

赫达雅特是一位杰出的讽刺作家和高明的语言大师。在这部作品里，他一反以往文学语言中堆砌词藻、晦涩难懂的倾向，别开生面地以自然准确、明快流畅、朴实风趣、讽刺性强的语言，塑造了以哈吉老爷为代表的伊朗上层统治者群众的形象。这种语言的成功运用，标志着从德胡达，经贾玛尔扎德，到赫达雅特，现代波斯语文学语言已经成熟。此外，这部小说不仅继承了波斯散文的优良传统，而且十分注意学习民间语言，叙述中经常插入一些富有生命力的民间俗语和谚语，增加了语言表现力。赫达雅特的笔触犀利，对事物本质的揭露与讽刺入木三分。他善于选择现实生活中平凡而又富有内涵的事例,运用细节的描写和典型环境的氛围,烘托、渲染与刻画人物性格,"将人生无价值的东西撕破给人看",深入开掘人物肮脏、鄙陋的内心世界,以及他们赖以生存的社会基础。

这部小说客观描写过多,情节结构不够清晰。尽管如此,这部小说蕴涵的深邃思想和尖锐的批判性,以及鲜明的语言特色,代表了伊朗现代文学的最高成就,同时在阿拉伯世界也享有盛誉,曾被译成多种文字。1958年,人民文学出版社出版的《波斯短篇小说集》中,收集了这篇小说的中译文;1962年,人民文学出版社又出版了《赫达雅特小说选》,其中也收入了这篇小说。中译本是潘庆龄从俄译本转译的,目前还未见波斯原文的中译本。

第二十章　现当代非洲文学

第一节　概述

非洲是一块古老的大陆,素称人类的摇篮。非洲创造了灿烂的古代文化:《塔西里壁画》在世界艺术史上遥遥领先;古代埃及文学是世界文学史上的第一块丰碑;埃塞俄比亚是个有 3000 年文明史的古国;即使在热带地区也存在有 2000 年历史的诺克铁器文化……更有源远流长的口头文学传统。从而不难看出,非洲有光辉的过去,非洲人的聪明才智对人类作出了不可磨灭的贡献。

可是 15 世纪以来,西方殖民主义者不断入侵非洲,残酷无情地掠夺非洲的财富和人口。1884 年柏林会议划分了西方列强在非洲的势力范围,从而确立了不同形式但性质完全相同的统治,对非洲社会、政治、经济和文化带来深刻的影响。非洲各国人民为反对殖民主义统治、争取国家独立和民族解放进行了持久不懈的斗争。

时至 20 世纪,社会变动席卷非洲大陆,引起文化领域中的变化,其中包括文艺创作方面的变化。文学是时代的风雨表,社会的透视镜,作为反映 20 世纪非洲社会现实和时代精神的非洲现当代文学则应运而生。

一般说来,20 至 30 年代,非洲现当代文学刚刚起步,受过西方教育的非洲知识分子在两种文化冲击下开始寻求自我文化归属,这算第一阶段。1939 年"黑人性"运动开始,乃是对法国同化政策作出的对抗性反应,也是对黑人文化价值的肯定,直至 40 年代,出现美化过去、颂扬过去的作品,这算第二阶段。及至 50 年代和 60 年代,国家要独立,民族要解放,反殖民主义的斗争浪潮汹涌澎湃,文学出现了空前未有的繁荣局面,这是非洲现当代文学的第三阶段,作家多,作品多,也可以说是"文学爆炸"阶段。第四阶段从非洲大多数国家获得独立开始,直至现在。作家转眼于非洲社会内部的问题,许多作家获得国际承认和国际荣誉,许多国家形成独立的国家文学,成为世界现当代文学宝贵的组成部分。

按地域划分,非洲现当代文学有埃及现当代文学、马格里布现当代文学、西非现当代文学、东非现当代文学、中部非洲现当代文学、南部非洲现当代文学和马达加斯加现当代文学。由于各地区的历史、社会及地理位置不同,各地区的现当代文学发展是不平衡的。

一、埃及现当代文学

自 1882 年英国占领埃及以后,埃及人民经过长期艰苦卓绝的斗争,直至 1953 年才获得真正的独立。埃及现当代文学,即以阿拉伯语创作为主体的文学,就是在埃及人民不断反抗英、法侵略和本国封建势力的漫长岁月中诞生和发展的,也是复兴阿拉伯伟大遗产和同欧美接触而带来的现代化影响两大势力的产物。复兴运动从 20 世纪初开始,持续到 50 年代,先驱者是迈哈穆德·萨米·阿里-巴鲁迪(1839—1904),杰出代表是诗人艾哈迈德·邵基(1868—1932)、哈菲兹·易卜拉欣(1871—1932)和哈里勒·穆塔朗(1872—1949)。他们的诗不是对阿拉伯古诗的简单摹仿,而是在继承古诗精华的基础上再创造,形成在古诗整体框架中溶进新时代精神和诗人个性的新诗风。30 年代,还出现了以《阿波罗》杂志为中心的浪漫主义诗派,把一种感伤诗引进埃及。第二次世界大战以来,诗歌写作偏离古典传统,倾向自由诗和散文诗,有清新活泼的精神,60 年代后即转入个人的沉思状态。80 年代以后,诗歌则不怎么引人注目。

1913 年,穆罕默德·侯赛因·海卡尔(1888—1956)发表长篇小说《宰娜白》,则是埃及小说创作开始的标志。诸如穆罕默德·台木儿(1892—1921)、叶海亚·哈基(1905—)等优秀作家出现在文坛。50 年代,埃及现代文学的主要成就是长篇小说,不仅内容具有深度和广度,而且创作风格和技巧更臻成熟。在埃及小说史上,塔哈·侯赛因(1889—1973)占有卓越地位,他的《日子》三部曲具有划时代意义。尤素福·伊德里斯(1927—)在短篇小说方面表现特殊的天才,他的作品不仅在技巧与主题方面展现了明晰的发展和进步,而且使用口语,句法别致,具有明快豁朗的风格。纳吉布·马哈福兹(1911—2006)是一位长篇小说大师,由于他在 40 年代和 50 年代所写的以开罗为背景的一系列长篇小说,把埃及长篇小说提高到完全成熟的水平。著名的长篇小说有《两宫之间》三部曲、《新开罗》《始末记》《我们街区的孩子们》《尼罗河上的絮语》《平民史诗》和《爱情的俘虏》等。1988 年,他被授予诺贝尔文学奖。

埃及现代戏剧虽然可上溯至 19 世纪,但真正的开始却是 1913 年上演法拉赫·安通的《古今埃及》。艾哈迈德·邵基是阿拉伯诗剧的创始人。他总共写了 8 个剧本,这些作品形式优美,题材新颖,词藻丰富。最为人称道的是《莱伊拉的情痴》(1916)和《克娄巴特拉之死》(1929)。前者描写纯洁的爱情,被称为"阿拉伯的《罗密欧与朱丽叶》";后者歌颂古代女王克娄巴特拉忍辱负重、自我牺牲的爱国主义精神,以古喻今,号召人民进行反英斗争。邵基的诗剧推动了后来戏剧的发展。30 年代和 40 年代,陶菲克·哈基姆(1898—)作为一颗新星出现在戏剧界,他写下几十个大、小剧本,剧中对话是阿拉伯口语,充满机智和紧张的戏剧气氛。哈基姆擅长哲理剧,是他把哲理剧引进阿拉伯文学。他被誉为阿拉伯话剧的奠基人。他的第一个剧本《洞中人》(1933)被塔哈·侯赛因称为阿拉伯文学史上的一个主要里程碑。1952年革命后,埃及戏剧史上最多产的20年从此开始。新一代剧作家,如努曼·阿舒尔、塞阿德·丁·瓦赫白、艾尔弗雷德·法拉吉、穆罕默德·迪亚布等登上文坛,他们在语言与形式两方面作出了具有重要意义的创新。甚至尤素福·伊德里斯也创作剧本《轻浮的人们》,郑重提出要探索埃及戏剧自身的特点,加强戏剧的民族化。

二、马格里布现当代文学

马格里布包括突尼斯、阿尔及利亚和摩洛哥三国,都受过帝国主义统治和奴役,法语文学和阿拉伯语文学都存在。但阿尔及利亚受奴役时间最长,反抗斗争最激烈,因而现当代文学也最发达。

从1920年开始直至取得独立的60年代,是阿尔及利亚现当代文学发展的第一个时期,即由觉醒到奋起反抗的时期。这个时期的诗人和作家是示威的一代、战斗的一代。在创作题材上,他们主要是反映觉醒的人民和不断高涨的民族解放运动。在艺术形式上既反对照搬现成的西方模式,也摒弃旧的阿拉伯古典文学的形式,而是进行新的探索,以反映现实。阿拉伯语文学的真正复兴是在1925年。诗人穆罕默德·阿里-伊德·阿里·哈里发(1904—1979)和他同代的其他诗人一方面继承阿拉伯古典诗歌的形式,一方面把政治主题和世界事务作为他们创作的题材。在短篇小说方面取得较大的成就的是穆罕默德·阿里-阿比德·阿里-季拉里(1890?—1967),他既批评殖民制度又批评自己社会的罪恶。另一作家阿赫麦德·里达·胡胡(1911—1956)对妇女遭受的不公正待遇、资产阶级腐败、知识分子中的虚伪以及恶劣的政治环境表示愤慨,他创作了阿尔及利亚第一部长篇小说《麦加少女》(1947)。在法语文学方面,著名的诗人有让·昂鲁什(1906—1962)、马立克·哈达德(1927—1978)等。但主要成就是长篇小说:穆鲁德·费拉翁(1913—1962)的《穷人的儿子》(1950);穆罕默德·狄布(1920—)的《大房子》(1952)、《火灾》(1954)、《织布机》(1957)、《非洲的夏天》(1959)和《记住大海的人》(1962);穆鲁德·马默里(1917—)的《公正人睡着了》(1955)、《被遗忘的山丘》(1952)和《鸦片与大棒》(1965);阿西亚·杰芭尔的《新世界的儿女》(1962)和《急不可待的人们》(1958)等。在1971至1972年间,阿尔及利亚在文化教育领域推行阿拉伯化,从而使现当代文学进入第二时期。阿拉伯语文学出现比较年轻的诗人,他们放眼于未来,拒绝把感情心绪交付于过去,用一种批评的眼光评估现在,采用自由的诗歌形式,重要代表有阿赫默德·汉迪(194?—)和阿赫拉姆·莫斯塔罕未(1953—)。长篇小说有阿卜杜·哈米德·本·海杜卡(1929—)的《南风》(1971)和《昨天的结束》(1975)。法语文学,由于阿拉伯化运动受到一定影响。但拉什德·布杰德拉(1941—)的长篇小说《侵略备用的理想地图》(1975)是一部重要作品;纳比尔·法雷斯(1941—)在《橄榄地》(1972)和《记住缺席者》(1974)中试图探索他的人民在遥远的过去所具有的本来面目。原先革命战争的题材在新作品中消失了。

20世纪前半期,突尼斯受到文化复兴与宗教改革运动的影响,现当代文学诞生。主要阿拉伯诗人有:塔希尔·哈达德(1899—1935),他用传统的诗歌形式表现革新的社会内容;阿卜·阿里-卡西姆·阿里-沙比(1909—1934)是突尼斯最著名的诗人,他反叛传统形式、繁文缛节、陈腐的意象和陈词滥调。他的诗集《生命礼赞》(1955)不但表达诗人要求摆脱暴政和压迫,追求自由的愿望,而且表现对殖民主义和封建统治下失去自由的人民的同情。堪称突尼斯现代诗歌的典范。30年代,突尼斯才有真正的散文作品,如阿里·杜阿济(1909—1949)的游记《地中海海滩游记》(1935)和优秀的短篇小说。40年代出现长篇小说,如马哈穆德·马萨吉(1911—)的《忘却的诞生》(1945)。1956年独立后,出现一批文坛新秀。巴希尔·赫莱伊夫(1917—)发表长篇小说《毁灭,或者你的爱情引诱我》(1957)、《一把枣》(1969);班契克(1929—)发表《我那份地平线》(1970)。最有影响的剧作是马哈穆德·马萨吉的哲理剧《水坝》(1955)。法语文学直到50年代才出现艾伯特·梅米(1920—)的长篇小说《盐塔》(1953)和《阿嘎尔》(1955)。后起之秀阿卜杜瓦-哈布·迈德布(1946—)的《护符》(1979)和阿尔及利亚作家卡塔布·亚辛的《娜吉玛》引起批评家的同样重视。赫迪·布饶伊(1937—)和穆哈默德·阿齐扎(1940—)等则是天才的诗人。女诗人阿米娜·赛义德(1953—)在1980年出版诗集《正在消失的夜晚》,着意探索北非妇女心理,引人注目。

摩洛哥现当代文学起步于20年代中期,当时仅有几个剧本。30年代中期和50年代中期,"反抗诗"得以发展,阿拉伯语诗歌按照古典诗的格律,但表现斗争、自我牺牲和确立平等公正的主题。短篇小说影响大的,有阿卜杜·阿里-马吉德·本-热伦(1919—)的集子《血谷》(1948)等。法语诗人穆罕默德·阿齐兹·拉巴比的诗集《希望的歌》(1952)和《苦难与光明》(1958)最为著名,描写了摩洛哥人民的苦难,也歌颂了灿烂的光明日子。阿赫默德·塞夫里奥伊(1905—)的法语短篇小说集《琥珀念珠》(1949)抒发了浪漫的爱国情感。60年代出现先锋派诗人和小说家穆罕默德·卡伊尔-埃迪尼(1941—)引人注目。塔哈尔·本贾伦(1944—)在1987年发表法语长篇小说《圣夜》,三个月后获龚古尔文学奖。

三、西非现当代文学

西非现当代文学是在20世纪上半期发生和发展起来的。然而这个时期的西非,除利比里亚外,都处在殖民统治下。前法属殖民地现当代文学发生和发展的情况,与前英属殖民地的情况有很大不同。

前法属西非殖民地包括毛里塔尼亚、塞内加尔、马里、几内亚、科特迪瓦（今布基纳法索）、贝宁和尼日尔。它们在19世纪末和20世纪初先后沦为法国殖民地，经过人民长期斗争，几内亚于1958年获得独立，其他七国在1960年相继独立。由于法国采取直接统治和同化政策，当地语言文学受到极大摧残和破坏。20世纪20年代，西非现当代文学首先以法语长篇小说形式出现。第一部长篇小说是塞内加尔作家阿赫默德·马派蒂·迪亚尼的《马立克的三个愿望》（1920），继而有巴卡里·迪亚洛的《善良的力量》（1926）、乌斯曼·索塞·狄奥普的《卡利姆——一部塞内加尔小说》（1935）和贝宁作家保罗·哈苏姆的《多吉西米》（1938）等。

30年代和40年代，塞内加尔诗人列奥波德·塞达·桑戈尔（1906— ）发起"黑人性"运动，旨在重新恢复非洲的文化遗产、它的价值观念和它的精神要求，简而言之，肯定非洲人的个性。他先后出版《阴影之歌》（1945）、《黑肤女人》（1945）、《祈祷和平》（1945）、《夜歌集》（1949），而且编辑出版《黑人和马尔加什法语新诗选》（1948），体现了"黑人性精神"。科特迪瓦诗人伯纳德·宾林·达迪耶（1916— ）在40年代末写下著名诗篇《你就是主人》，每个黑人就是"工厂的主宰""野田的主宰""你就是主人！"50年代，达迪耶出版《成长起来的非洲》（1950）和《日夜交替》（1956）；桑戈尔出版《埃塞俄比亚旋律》（1956）；塞内加尔另一诗人大卫·狄奥普（1927—1960）出版《锤击集》（1956）。这些诗作充分体现了"黑人性"精神，鼓舞了人民，促进了反殖民主义的解放运动，并且影响了新一代诗人，有不容低估的历史作用。直至独立以后，桑戈尔和达迪耶的新诗歌不断地发表。50年代，更是长篇小说繁荣的时代，几内亚作家卡马拉·莱伊的《黑孩子》（1953），科特迪瓦作家伯纳德·宾林·达迪耶的《克兰比埃》（1956）和《黑人在巴黎》（1959），喀麦隆作家蒙戈·贝蒂（1932— ）的《蓬巴的穷基督》（1956）、《完成的使命》（1957）和《痊愈的国王》（1958），喀麦隆作家斐迪南·奥约诺（1929— ）的《童仆》（1956）、《老黑人和奖章》（1956）和《欧洲的道路》（1960），还有塞内加尔作家桑贝内·乌斯曼（1923— ）的《祖国，我可爱的人民》（1957）、《黑色码头工人》（1956）和《神的儿女》（1960）等，都揭露了殖民统治的罪恶，肯定了非洲人的个性，是一批优秀的反殖民主义小说。

在戏剧方面，30年代在塞内加尔出现了威廉·蓬蒂学校学生编写的一批剧本。1949年，几内亚作家凯塔·福代巴创办非洲芭蕾舞剧团，也对法语戏剧作出了贡献。然而独立前最有影响的剧本是桑戈尔的历史诗剧《恰卡》（1956）和马里作家塞杜·库雅泰·巴迪安（1928— ）的《恰卡之死》（1962），都起到了振奋民族精神和反殖民主义的作用。

有些作家还做了收集和整理民间口头文学的工作，最大成就是几内亚作家吉布里尔·塔姆西尔·尼亚奈（1932— ）整理出版的英雄史诗《松迪亚塔》

(1960)。它不仅文笔生动,是部出色的文学作品,而且肯定非洲的光荣历史,具有文献价值,还破除了"非洲无史诗"的谬论。

然而,在这些国家独立后,有些作家当了总统或部长,时间限制了他们的创作;有些作家因不同政见受到压制,开始对独立和自己的社会进行反思。文学一度不景气。大约十年之后,达迪耶发表闹剧《托戈-格尼尼老爷》(1970),揭露非洲官员的丑恶行径;蒙戈·贝蒂发表长篇小说《记住路本》(1974)和《濒于完蛋的笑丑角》(1979),矛头对准喀麦隆国家元首阿希乔,揭露了政治腐败现象;塞内加尔作家桑贝内·乌斯曼又出版长篇小说《哈拉》(1973)和《帝国的末日》(1981)等,而且用民族语言沃洛夫语拍制电影,是当今非洲艺术成熟而又思想激进的少数作家之一。还有些作家着眼于婚姻问题,喀麦隆作家弗朗西斯·贝比(1929—)就是一例,他的长篇小说《阿加塔·穆迪奥的儿子》(1967)写了自主婚姻的胜利。

西非的前英属殖民地,包括冈比亚、塞拉利昂、加纳和尼日利亚。1957年,加纳独立。1960年,尼日利亚独立。不久,冈比亚和塞拉利昂获得独立。由于英国实行间接统治,教会又帮助非洲人创制文字或把原有的文字罗马化,所以现当代非洲语言文学有了很好的发展。早在30年代和40年代,尼日利亚作家皮塔·恩瓦纳发表第一部伊博语长篇小说《欧弥努科》(1933),阿卜卡尔·塔法福·瓦列瓦发表第一部豪萨语长篇小说《乌马尔教长》(1934),奥娄昂费米·法贡瓦发表第一部约鲁巴语长篇小说《神林奇遇记》(1938),阿卜巴卡尔·图纳乌的第一个豪萨语剧本《马拉发的故事》在1943年首次演出。加纳作家克瓦齐·菲阿乌的《第五个浅水湾》(1939)则是第一个埃维语剧本。独立后,非洲语言文学也有一定的发展。

然而英语现当代文学是这些国家的文学主流。20世纪初,加纳作家约瑟夫-凯瑟利·海福德发表长篇小说《解放了的埃塞俄比亚》(1911),号召黑人保卫自己的文化、成就和种族自豪感,团结起来争取独立,让民族复兴。

50年代和60年代,西非英语文学才真正发展起来。这些国家的作家大都没有经历前法属西非殖民地作家所经历的根除非洲人个性的阶段,大都在非洲本土受教育,对"黑人性"不以为然,但这决不排除他们具有的民族主义精神。因此英语诗歌具有体裁和主题多样化的特点。主要诗人有尼日利亚的约翰·佩珀·克拉克(1935—)、加布里尔·奥克拉(1921—)、沃尔·索因卡(1934—)和克利斯托弗·奥吉格博(1932—1967),冈比亚的伦里·彼得斯(1932—)。而且在长篇小说方面取得了卓越的成就:尼日利亚作家阿莫斯·图图奥拉(1922—)的《棕榈酒醉汉》(1952),故事奇特,风格别致,得到国际承认。钦努阿·阿契贝(1930—)写出了尼日利亚四部曲——《瓦解》(1958)、《再也不得安宁》(1960)、《神箭》(1964)和《人民公仆》(1966)。沃尔·索因卡出版长篇小说《解释者》(1965)。其中后两部作品更揭露了官场的腐败。尼日利亚的西普利安·艾克文西(1921—　)是多产作家,尤其擅长城市题材,长篇小说《城里人》(1954)、《艳妇娜娜》(1961)和《美丽的羽毛》(1963)等,则概括了现代非洲的困境,抨击了城市中的丑恶现象,他被誉为非洲城市小说之父。独立后有一批新作家崛起,加纳作家科菲·阿翁纳(1935—　),主要通过他的诗歌确立他作为一名当代非洲重要作家的地位,重要诗集有《重新发现》(1964)和《流血的夜晚》(1971)及长篇小说有《大地,我的兄弟》(1971)。艾伊·克威·阿尔马(1939—　)以犀利的文笔揭露独立后加纳社会的腐败。长篇小说《美好的人尚未诞生》(1969)、《碎片》(1970)、《为什么我们这样有福?》(1972)、《两千季》(1973)和《治病者》(1975)都是出色的作品,提高了非洲小说的整体地位。尼日利亚新一代作家科尔·奥莫托索(1943—　)的长篇小说《战斗》(1972)深刻揭露了尼日利亚内战带来的惨状。卓越的剧作家欧拉·罗蒂米发表剧作《诸神不该怪罪》(1968),把现代戏剧技巧同约鲁巴灵感结合成功。诸如钦努阿·阿契贝、西普利安·艾克文西和沃尔·索因卡等老一代作家依然新作迭出,受到欢迎。索因卡1986年成为非洲的第一个诺贝尔文学奖获得者。阿契贝1991年获美国休斯奖。1959年出生的本·奥克里以长篇小说《饥饿的道路》获英国布克奖。西非英语文学已获得卓越成就,尼日利亚的英语文学尤其发达,而且还有很好的发展趋势。

四、东非现当代文学

东非主要包括索马里、埃塞俄比亚和前英属殖民地坦桑尼亚、乌干达与肯尼亚。这些国家的现当代文学都包括民族语言文学和英语文学,而且前者起步比后者早。

索马里曾遭受英国和意大利的奴役和统治,1960年才获得独立。索马里现当代文学是从20世纪初开始在激烈的反对侵略者的斗争中发生和发展的。反英领袖穆罕默德、阿卜杜勒·哈桑就是一位优秀的诗人,索马里现当代文学的先驱和代表。在索马里语言的官方正字法于1972年公布后,出版了诸如口头诗歌集《哈桑诗集》(1974)、口头散文集《传统与故事》(1973)和《索马里故事》(1973),并且有一批新作问世,如法拉赫·M.J.奥勒(1937—　)的两部历史小说《芦荟恋歌》(1974)和《殖民的桎梏》(1978)等。索马里英语现当代文学的优秀代表是努汝丁·法拉赫(1945—　),他接连发表4部长篇小说《一根肋骨》(1970)、《赤裸的针》(1976)、《甜奶和酸奶》(1979)和《沙丁鱼》(1982),反映了现代索马里的生活,表现了人物心理深层的变化和富有诗意的景象,受到世界的好评。

埃塞俄比亚现当代文学是在非殖民地环境中出现的,安哈语是她的国语,第一部长篇小说《托彼娅》(1908)出自阿法沃克·格布莱·伊耶苏斯(1868—1947)的手笔,具有道德说教的性质。第二次世界大战后,现当代文学才真正发展起来，如塔西沙·艾巴的《突然的号召》(1948)、瓦尔达·格奥尔吉斯·约翰内斯的中篇小说《阿卡吉》、盖·杰克列·哈瓦利阿特的《阿拉亚》、克白德·米尔埃尔的诗集《理智之光》、阿·格布莱·马里亚姆的中篇小说《一去不复返》。有些作品还被译成英语出版，也出现了直接用英语创作的作品，如萨赫勒·塞拉西(1936—)的长篇小说《阿菲沙塔》(1968)等，从而证明埃塞俄比亚作家有才干有能力，对非洲文学作出重大贡献。

坦桑尼亚是60年代独立的新国家，1966年把斯瓦希里语定为国语。其实，斯瓦希里语有着悠久的历史。第一部现代长篇小说是詹姆斯·姆波台拉的《奴隶的自由》(1938)，第一部史诗是《德国人同海岸人民之间的斗争》(1905)，然而最有贡献的作家是罗伯特·夏巴尼(1909—1962)，他的重要作品有长篇小说《可信国》(1946)、《理想国》(1951)、《农民乌托波拉》(1968)和《勤劳者的岁月》(1968)以及关注第二次世界大战的《1939—1945年为自由而战的史诗》(1967)，从而在很大程度上促使斯瓦希里语在他的国家取得国语的地位。斯瓦希里语诗歌主要新潮流的创始人尤福里斯·凯齐拉哈比(1944—)，不仅同传统主题决裂，而且更为重要的是同传统形式决裂，重要诗集有《心痛如焚》(1974)。许多技巧娴熟的散文作家主要关注社会问题，主要主题是解放战争、城乡生活的对照和建设社会主义。还出现了爱情小说和侦探小说。重要剧作家有易卜拉欣·侯赛因和女剧作家帕妮娜·穆汉多。坦桑尼亚虽然出现用英语写作的作家，最值得称道的是W.E.姆库费亚，他发表完全城市型的长篇小说《邪恶的步道》(1977)，揭露城市官僚的腐败行径。

乌干达真正的当地文学创作在第二次世界大战后才开始，1962年获得独立后又有进一步发展。诗人奥考特·普比泰克(1931—1982)一生表现了他对他的土著文化和非洲标准与价值观念的一种"毫不遗憾的使命感"。他用罗语写出第一部长篇小说《你的牙齿白吗？那么笑一笑》、长诗《拉维诺之歌》(英文版1966, 罗语版1968)、《奥卡尔之歌》(英文版1970)、《囚徒之歌》(英文版1971)和《马来娅之歌》(1971)。后来崛起的英语作家塔班·罗·里翁(1938—)是个多才多艺的作家，已发表杂文、短篇小说、诗歌、长篇小说和口头艺术的录音十几本，其中包括杂文集《定论》(1969)、《不发达的歌谣》(1976)等。他同普比泰克完全相反，完全赞成现代事物，尽管他的观点和文学风格里铸有怪僻性。

肯尼亚已经产生用英语、斯瓦希里语、康巴语、吉库尤语和罗语等五种语言创作的书面文学，可是今天大多数作家用英语和斯瓦希里语创作。英语创作中出现了东非文学巨人恩古吉·瓦·西翁奥(1938—)，出版长篇小说《孩子，别哭》(1964)、《一河之隔》(1965)、《一粒麦种》(1967)、《血染的血瓣》(1977)等。他也写诗和剧本。他提倡并进行吉库尤语创作，有剧本《我想结婚就结婚》(1980)和长篇小说《钉在十字架上的魔鬼》(1980)，他思想激进，为政府所不容，现流亡国外。新一代作家有米佳·姆照吉(1948—)、查尔斯·曼古亚(1939—)和通俗作家大卫·梅鲁(1939—)等。最早的斯瓦希里作品是詹姆士·珠马·姆博蒂拉的《东非的奴隶解放》(1934),影响大的作品是 J. N. 松巴(1930—)的长篇小说《长寿短见多》(1968)等。肯尼亚出版社也积极出版非洲作家写的文学作品的斯瓦希里语译本。

五、中部非洲现当代文学

中部非洲包括前法属、比属殖民地加蓬、刚果、扎伊尔、卢旺达和布隆迪。卢旺达和布隆迪 1962 年独立,加蓬、刚果和扎伊尔 1960 年独立。由于法国在刚果实行愚民政策,文化教育落后,直至 50 年代,现当代文学才起步。让·马隆加(1907—)的《姆福穆·马·马佐纳的传说》(1954)、马夏尔·辛达(1930—)的诗作《起程的第一支歌》(1955)和契卡雅·乌·塔姆西(1931—)的诗集《坏种》(1955)、《林火》(1957)、《骗心术》(1960)、《历史概要》(1962)和《饱腹》(1964)则是第一批文学果实。70 年代前后,刚果现当代文学又有新的进步。塔姆西发表诗集《弯弯的竖琴》(1970);青年诗人让·巴蒂特·塔蒂-卢塔发表《海之诗》(1968)和《太阳的反面》(1970);圭·芒加发表小说《无谓的争辩》(1968),反映黑非洲独立以来的一系列悲剧的故事集《流浪汉公开的隐私》。剧作也有较大成就:圭·芒加写了不少剧本,其中包括《神示》(1968 年上演)和《科塔-蒙巴拉的锅》(1969);安托尼·勒唐busi-安毕利发表《被控告的欧洲》(1971);马提亚尔·马林达发表《地狱——奥尔费》(1971)。它们反映了刚果的社会现实,鞭挞了丑恶现象。

扎伊尔现当代文学是从 20 世纪 20 年代开始发生和发展的。主要代表作家有季叶顿涅·穆托姆波和安东-罗杰·波拉姆巴(1913—)。穆托姆波在 40 年代发表著名的中篇小说《爱情的胜利》(1943)和《我们的祖先》(1948)。波拉姆巴从 30 年代后期开始创作,50 年代出版了《意珊佐:献给我的国家的歌》(1955)和《习作集》(1956)。保罗·洛马米-契班巴(1914—)因长篇小说《鳄鱼》(1948)获比利时文学奖。独立后出现一批天才诗人:菲力普·马塞加比奥(1944—)发表诗集《第一要点》(1968),还有马塔拉·穆卡迪·齐亚卡顿巴(1942—)和穆卡拉·卡马迪-恩祖济博士(1947—)。文学戏剧的开山祖师是莫贝艾姆·M. K. 米坎扎(1944—),著有剧本《卡曼约拉之战》(1975);P. 恩干杜·恩卡夏马(1946—)著有剧本《伊隆加的解放》(1977),则颂扬自由的价值。在长篇小说方面有以扎蒙加·巴图凯赞加(1933—)为代表的具体主义派的作品;也有揭发暴政与腐败的新潮流派,V. Y. 穆迪姆比(1941—)的《两水之间》(1973)、《英俊的下流痞》(1976)和《鸿沟》写得非常出色。

此外,卢旺达也有自己的优秀长篇小说作家萨维约·奈纪齐基(1915—),他著有《卢旺达的埃斯卡帕拉》(1949)和《我三十岁时的烦恼》(1956),并且发表卢旺达的第一个剧本《乐天派》(1955);还有用卢旺达语写作的作家亚历克斯·卡加姆(1912—)。

六、南部非洲现当代文学

南部非洲的前葡属殖民地包括安哥拉和莫桑比克。安哥拉在19世纪中期沦为葡萄牙殖民地,而莫桑比克早在10世纪就成了葡属殖民地。直到20世纪中期,它们才获得独立。

安哥拉早在19世纪就出现用葡语创作的诗歌和长篇小说,但现当代文学从20世纪40年代才真正开始,而且是一种多种族联合反抗殖民当局的文学,具有社会主义的意识形态。金本杜族的安东尼奥·阿戈斯蒂纽·内图(1922—1979)、黑白混血人维里亚图·达·克鲁茨(1928—1973)和欧洲后裔安东尼奥·热辛图(1924—)等诗人的作品都富有战斗性。阿尔纳多·桑托斯(1936—)不仅写出表现社会与政治使命感的优秀诗作,而且在"沉默的10年"(即殖民当局残酷镇压的60年代)发表两个短篇小说集《昆纳希克斯》(1965)和《眩晕时候》(1968),借以打破殖民地的文化壁垒。1975年11月11日独立到来的时候,安哥拉文学开始了黄金时代,出现许多颂扬爱国主义的诗篇与故事,如:费尔南多·达·科斯塔·安德拉戴(1936—)的诗集《英雄谱》(1977)、阿尔林多·巴贝托斯(1940—)的《安哥拉,欢呼您安哥拉!》(1977)和马尼埃尔·路易的《11月的11首歌》(1976),马尼埃尔·路易的故事集《是,同志》(1977)、路易·杜阿特·卡瓦劳(1941—)的诗歌和故事集《时代的决定》(1976)和《仿佛世界没有东方》(1977)等。成就最大的安哥拉作家则是葡萄牙血统的若泽·卢安迪诺·埃维拉(1936—),作品有故事集《罗安达》(1964),长篇小说《多明戈斯·哈维埃尔正传》(1971)、《新生活》(1975)和《若昂·闻西奥:他的爱情》(1982)等,已经深刻地影响安哥拉新一代作家。

莫桑比克现当代文学产生在20世纪初,直至30年代和40年代才出现具有莫桑比克特色的文化融合的文学,如路易·德·诺罗尼亚(1909—1943)的遗著《十四行诗》(1949)和若安·迪亚斯(1926—1949)的遗著《戈迪多》(1952)。从50年代开始,文学界出现"为艺术而艺术"派同文学负有政治使命派的热烈争论。前者无甚地位;后者有出色的女诗人诺埃来亚·德·索乌托(1927—)她的肯定非洲的诗歌感人至深。若泽·克拉维尼亚(1922—)的诗歌《施古波》(1965)和《话说从前》(1974)蕴含着"黑人性"风格的战斗性,备受尊崇。路易斯·贝尔纳多·洪瓦纳(1942—)以短篇小说著称,出版集子《我们打死癞皮狗》(1964)。独立前的10年,文化气候冷清;独立后,也没带来文学活动的急剧发展。马塞林诺·多斯·桑托斯(1929—)在流亡中也发表诗歌;奥兰多·曼德斯(1916—)出版二卷本的《一个国家兴起了》(1975、1976),收入了爱国诗歌、故事和戏剧。穆提马提·伯纳比·乔奥(一个牺牲了的游击队战士)的诗集

《我，就是人民》(1975)都是孤立现象，但后来又有新秀出现：路易斯·巴特拉昆(1953—)的小本诗集《季风》(1980)，从艺术性来说，使他无愧成为克拉维尼亚的继承人。

南部非洲的前英属殖民地和"保护国"有博茨瓦纳、莱索托、赞比亚、津巴布韦和南非等。这些国家的现代文学具有一个共同的特征，即英语文学和非洲语言文学并存，而且非洲语言文学较非洲其他地区的发达。

南非曾是英国的自治领，1961年改称南非共和国。早在19世纪和20世纪之交，女作家奥里芙·旭莱纳(1855—1920)发表长篇小说《一个非洲农庄的故事》(1882)、《马绍纳兰的骑兵彼得·海尔凯特》(1897)，还有她的恢宏著作《人与人之间》(1926)，都表现出她对种族间、阶级间以及男女间的不平等的抗争。第一次世界大战后，罗伊·肯布尔(1901—1957)讽刺寄生殖民者的诗集《热情奔放的乌龟》(1924)和《威斯古斯》(1928)、萨拉赫·杰尔楚德·米林(1888—1968)叙述黑人命运的长篇小说《上帝的孩子》(1924)和威廉·普洛麦尔(1903—1973)的杰作《图博特·沃尔夫》(1925)等都是带有民主性的作品。第二次世界大战后，阿兰·佩顿(1903—1983)为黑人哀诉的《哭吧，亲爱的祖国》(1948)比较著名。也就是该书出版的那年，南非国民党上台，强化种族隔离制度，从此出现许多反种族主义的作品。女作家纳丁·戈迪默(1923—)坚决站在黑人一边，以笔作武器，写下10个短篇小说集和10部长篇小说，揭露种族主义的罪恶，其中有反映沙佩维尔事件的《已故的资产阶级世界》(1966)、反映索韦托流血惨案的《伯格的女儿》(1979)，还有设想南非前途的名作《朱利的人》(1981)等，并且在1991年荣获诺贝尔文学奖。戏剧方面，阿索尔·富加德(1932—)集中描写了种族隔离的牺牲品，创造一种戏剧模式和戏剧语言，既适应当地表达方式和多语种的需要，又符合西方戏剧和标准英语的要求，从而赢得国际声誉。

至于黑人和有色人的英语文学，也是成绩斐然。彼得·亚伯拉罕(1919—)写下许多长篇小说，《矿工》(1946)、《怒吼》(1948)、《野蛮的征服》(1950)、《献给乌多莫的花环》(1956)和《夜深沉》(1965)，着重反映南非黑人和有色人的悲惨生活和反抗种族主义的斗争。另外两位著名小说家是《沿着第二大道》(1959)和《漂泊者》(1971)的作者艾捷凯尔·姆赫雷雷(1919—)，《夜游》(1962)和《百劳鸟叫的时候》(1979)的作者阿莱克斯·拉·古玛(1925—1986)。他们真实地反映了黑人的概况，揭露了种族主义的罪恶，而且艺术水准较高。丹尼斯·布鲁塔斯(1924—)是位多产的诗人，主要诗作有《警笛、拐子和长靴》(1963)和《致玛塔的信》(1968)，写出了南非的苦难，表现了他对故国和人民的爱，把政治使命同高超的艺术紧密地结合起来。戏剧方面也有创新，主要剧作家是凯斯·姆达(1948—)。

南非的非洲语言文学发达。原因有二：在19世纪基督教会为传教而帮助各族黑人创制了文字和创办学校,培养一批知识分子;后来为了种族隔离,南非政府鼓励黑人学习他们的语言文字,为非洲语言文学培养了读者。皮得语的最早赞美诗是马姆舍·帕拉的《母牛怒吼》(1935)。60年代和70年代初期,重要诗人克加达姆·马采皮(1932—1974)发表6部诗集和9部长篇小说。埃里亚斯·马特拉拉(1913—)的诗体悲剧《犀牛》(1941)是一个纪念碑式的戏剧作品。最有才干的南非南苏陀语作家是索坡尼亚·马凯贝·莫福肯(1923—1957),出版过剧本《森卡塔拉》(1952)、短篇小说集《在旅途中》(1954)和随笔文集《在我心中》(1961)。新近最多产的作家是爱芙雷姆·阿尔弗莱德·莱索罗(1929—),他写过几个广播剧、许多诗集和两部引人注目的长篇小说《木炭变成灰烬》(1960)和《黑马布莱克摩尔》(1968),它们都是教诲故事。聪加语第一部长篇小说是丹尼尔·康奈尔·马里维特(1897—)的《萨萨沃纳》(1938),它旨在道德说教。60年代又出现关注社会的小说家D. K. M.姆托姆比尼(1926—1976)和F. A.图凯塔纳(1933—)。第一个聪加语剧本是萨谬尔·乔纳斯·巴娄伊的历史剧《恰卡》(1960)。重要诗人有温斯顿·辛吉瓦·恩康多(1941—)和M. M.马汉尼勒(1950—)。茨瓦纳语文学之父是D. P.莫娄托(1910—),他发表两部长篇小说《莫克维纳》(1940)和《一个迷途的人》(1953)。D. P.塞马卡连·莫尼爱西(1921—)发表两部长篇小说《混乱》(1961)和《近火者遭火烧》(1970),其风格独特,对话富有风趣。R. M.马娄普(1944—)发表关注青年问题的长篇小说《悲伤啊悲伤》(1980)和短篇小说集《姆缪亚勒比》(1982)。茨瓦纳文学在稳步发展。现当代文达语文学开始于50年代中期,有几部小说出版:长篇小说《记住》(1954)和《不是他》(1955)。诗歌由传统的赞美诗向现代诗歌发展,似乎是传统主题和传统形式同现代写作技巧和城市生活之类的题材相融合。科萨语文学是首先受到西方文学影响的文学,形成于两次世界大战期间。伊诺克·S.古玛的中篇小说《诺马利佐》(1918)具有说教性;盖伊邦·B.辛科写出几部现实主义的长篇小说,而且写出第一个科萨语剧本《戴比札的狒狒》(1925)。最优秀的长篇小说是阿尔基巴德·C.乔尔丹(1906—1968)的《祖先的愤怒》(1940),它处理了传统同需要现代化之间的冲突和婚姻自主问题。70年代出现最有发展前途的作家是齐托比勒·桑雪尼·宽古勤(1934—1982),他出版了诗集《长矛》(1970)和长篇小说《棍棒打斗》(1972)。第一位祖鲁语著名作家是约翰·L.杜贝(1871—1946),他发表祖鲁语第一部长篇小说《杰基——恰卡的保镖》(1951)。祖鲁语文学大都是经过艺术加工的民族领袖的传记。本奈迪克特·W.维拉卡兹(1906—1947)是最好的祖鲁诗人,出版过两本诗集《祖鲁人诗歌》(1935)和《祖鲁地平线》(1945)。最优秀的长篇小说家是C. L. S.尼安比兹(1919—),他出版反映城市生活的《我的孩子!我的孩子!》(1950)和讽刺黑人资产阶级的《来自彼得马里兹堡的大君》(1961)。流亡作家马兹西·库尼尼

(1936—)写出两部重要的祖鲁史诗《祖鲁大帝恰卡》(1979)和《几十年的圣歌》，并且亲自译成英文出版，被收入《非洲作家文库》。此外，南非还有一种阿非利肯语文学，即荷兰语吸收各种文化而混成的一种新语言被用作一种文学媒体，但完全属于20世纪的文学，主题有布尔战争、战后经济崩溃、反对种族隔离等。重要作家A.G.维塞尔(1878—1929)写作爱情诗歌。长篇小说家安德烈·P.布林克(1935—)的《注视黑暗》(1973)、《大风中的一瞬》(1977)、《雨的谣传》(1978)、《白茫茫的干季》《1979》和《一连串的声音》(1982)，都具有政治使命感，抗议种族制度。布里坦·布里坦贝奇(1939—)出版过几本双语(阿非利肯语和英语)诗集，他反对阿非利肯人的意识形态。展望未来，随着德克勒克总统的改革和新南非的出现，南非文学的基本主题将要发生变化。

赞比亚现当代文学发展平平，重要作品有福旺场加·穆里吉塔(1928—)的英语诗剧《恰卡：祖鲁英雄》(1967)和威廉·西穆克瓦沙(1948—)的反映政治动荡的长篇小说《政变》(1979)。

津巴布韦现当代文学与黑人反殖民主义紧密联系在一起，主要作品有恩达班宁济·西索莱(1920—)的三部长篇小说《奥贝德·穆台萨》(1970)、《多妻主义者》(1972)和《革命之根》(1977)，以及查尔斯·蒙戈希(1948—)的长篇小说《待雨》(1976)，后者具有清醒的现实主义特色。除英语文学外，恩德贝莱语文学在70年代初期出现长篇小说高潮，主题是社会性的，如西瑟姆贝莱·O.姆里洛(1924—)的《已经过时了》(1975)和《哈得兰纳的人们》(1977)等。绍纳语现当代文学有较好的发展，直至1982年，已经发表94部绍纳语长篇小说，而且绍纳语现代诗歌和剧本已经出现，在写作技法上受西方影响较大，1980年黑人多数统治开始，出现了新的发展。

博茨瓦纳在1961年独立。虽然茨瓦纳语赞美诗出现在40年代，后有茨瓦纳语诗集《欢乐的产粮区》(1961)和长篇小说《艾桑·皮兰酋长》(1958)问世，但真正引人注目的作家是出生在南非的有色人比西·黑德(1931—1986)，她发表长篇小说《当雨云集聚的时候》(1968)、《玛汝》(1971)、《权力问题》(1973)和短篇小说集《珠宝收藏》(1977)等，不但写出黑人与白人之间的问题，而且也反对传统的酋长权威，争取社会进步。

莱索托是个四面被南非包围的小国，南苏陀语文学有悠久的传统。1893年，阿扎里埃·塞克斯(1849—1930)出版《巴苏陀风情》。埃米里特·塞戈伊特(1858—1923)在1910年出版具有道德说教意义的长篇小说《富贵如云烟》。托玛斯·莫洛洛(1875—1948)更作出了非凡的贡献，发表了《东方旅行者》(1907)、《皮特森村》(1910)和《恰卡》(1925)三部长篇小说，引起世界注目。《恰卡》既是莱索托现当代文学的开始，又是"非洲对世界文学作出的第一个主要贡献"。阿特韦尔·西德韦尔·英佩利-保罗斯(1913—1960)又发表南苏陀语现代小说《私生子的月亮》(1953),描写村民进城;艾伯特·恩克亥古(1912—)发表抗议南非种族主义政策的《请安静些!》(1959);多产作家阿肯谬尔·恩采尼(1920—)不但写讽刺诗,而且写了四部长篇小说,其中包括《珍闻》(1961)和《这些人》(1968)。虽然本杰明·莱舒霭(1920—)写出第一本英语作品《莫西洛遇险及其他》(1968),但是大多数莱索托作家仍然用自己的语言创作,具有民族特色。

七、马拉加什现当代文学

马达加斯加在 1896 年沦为法国殖民地,1960 年成为独立的马拉加什共和国,1975 年又改称马达加斯加民主共和国。马拉加什语始于 19 世纪末。亚历克西·拉科托比、朱斯坦·拉尼扎纳博罗罗纳(1861—1938)和柴拉德拉·拉焦纳赫(1863—1931)三位跨世纪的人物创造了马拉加什语音乐喜剧。殖民地时期,莫里斯·拉萨缪尔大师(1886—1954)写出长篇小说《原先在曼加卡都里亚的时候》(1942)。最伟大的诗人是拉马南托亚尼纳(1891—1940)。剧作家罗德里希(1897—1967)发表严肃剧作《漩涡》(1926)和《残暴的花招》(1936),描写了受挫的爱情,也批判了土著种姓制度。后来出现弗雷迪·拉焦费拉(1902—1968)的马拉加什语抒情诗和 J.V.S. 拉札坎德尼(1913—)的剧作。独立后,在官方鼓励下,长篇小说迅速发展,如阿尔凤斯·拉沃亚加纳哈里的《极大的困境》(1967)、让·路易斯·拉萨米札费的《永远》(1967)、米歇尔·保罗·亚伯拉罕-拉札费马哈罗(1926—)的《罚罪》(1968)和 E.D. 安德里亚马拉拉的《婚约》(1971)就是很好的例子。马拉加什法语现当代文学开始于 20 世纪 20 年代,后来出现三位了不起的法语诗人:让-约瑟夫·腊伯阿里维洛(1901—1937),他发表了《灰之杯》(1924)、《树林》(1927)、《近乎幻想》(1934)和《译自夜的语言》(1936),把现代法国自由体诗同传统的"海因-切尼"(对话式的散文诗)结合起来,形成自己的独特风格,表现诗人内在的紧张感。他的《伊默里纳国土上的旧歌》(1939)完全以"海因-切尼"为基础。另外两位是第二次世界大战后的著名诗人雅克·拉贝马南雅拉(1913—)和弗拉文·兰纳依沃(1914—)。前者有重要诗集《马拉加什颂诗》(1956)、《朗巴》(1956)和《消毒剂》(1961),其主要剧作有《黎明的航海家》(1957)和《神宴》(1962),体现了"黑人性"精神;后者的主要诗作有《影子与风》(1947)、《我唱不完的歌》(1955)和《归来请罪》(1962),这些作品几乎完全仿照"海因-切尼"形式,从而展示了法语非常有效地表现马拉加什诗歌的细致微妙。独立后,马拉加什法语文学并没有很大发展。拉贝马南雅拉和兰纳依沃在 1972 年政变后反而在法国过流亡生活。

综上所述,非洲现当代文学基本上是 20 世纪的文学,由于历史的原因,几乎所有国家(埃及和莱索托例外)都存在欧洲语言文学和当地语言文学。正像尼日利亚作家钦努阿·阿契贝所说的那样:"非洲人民并不是从欧洲人那里第一次听说有'文化'这种东西的,非洲的社会并不是没有思想的,它经常具有一种深奥的、价值丰富和优美的哲学。"[①]非洲有伟大的文学传统,尤其是富有生命活力的口头文学传统,现代作家继承和发扬了这种文学传统,即使使用欧洲语言进行创作,也反映了非洲的过去和现在,非洲的背景和非洲人的心理,形成了独立的非洲文学。非洲不仅有纳丁·戈迪默、J.C.科以兹和本·奥克里获得英国布克奖,塔哈尔·本贾伦获得法国龚古尔文学奖,沃尔·索因卡、纳吉布·马哈福兹和纳丁·戈迪默摘取诺贝尔文学奖桂冠,而且出现了举世公认的诸如罗伯特·夏巴尼、托玛斯·英福洛、列奥波德·塞达·桑戈尔·桑贝内、乌斯曼·奥考特·普比泰克、丹尼斯·布鲁塔斯和恩古吉·瓦·西翁奥等几十位文学巨人。文学主题基本沿着道德教诲、反殖民主义和探索非洲社会内部问题的路子发展,既借鉴西方写作技巧又结合口头文学的形式,形成了具有非洲特色的文学。直至20世纪80年代,大约有40个国家有了自成一体的国别文学,出现了诸如埃及、阿尔及利亚、塞内加尔、尼日利亚和南非这样的文学大国。非洲现当代文学是伟大的文学,毫无愧色地立于世界现当代文学之林。

第二节 塔哈·侯赛因

一、生平与创作

塔哈·侯赛因是埃及现代最著名的作家、文学评论家、学者和教育家,同时又是一位睿智的思想家和社会活动家。他对阿拉伯古典文学和现代文学有精深研究,著述甚丰,涉及内容广泛,因而有"阿拉伯文学泰斗"的赞誉。

侯赛因1889年11月14日生于尼罗河畔马加城附近的贫苦农村,其父是甘蔗种植公司的小职员。他是家中13个孩子中的第7个。3岁时因患眼疾未能很好治疗而导致双目失明。这对他日后的人生道路产生了很大影响。迫于前途和生计,他只得顺从父母的意愿,入村塾学习《古兰经》。他天资聪慧,记忆力超人,很快就能背诵全部经文和许多古代诗文。1902年他只有13岁,就随哥哥来到开罗,入伊斯兰教最高学府、古老的宗教研究机构——爱资哈尔大学学习经训和教律等课程。他对那里的提倡改革,改革社会、宗教、教育以及妇女等问题的师生颇有好感,而对那里古板、枯燥的课程和陈腐守旧的教育制度感到厌倦和不满。这种思想上的冲突,使他于1908年转入新建的埃及大学,学习文学、历史、哲学和外语等现代新学科。在这个根据现代教育制度建立起来的新学习环境里,他努力接受新思想和新事物。尤其是欧洲东方学者运用现代资产阶级的学术观点和方法,对东方古典文学所进行的研究,为他展示了富有生机的学术新天地。1914年,他写出颇有科学见地和学术造诣的论文《纪念艾布·阿拉》,以新

---

① 《尼日利亚杂志》1964年6月号。

的文艺批评原则和标准对古代阿拉伯著名的盲诗人艾布·阿拉·麦阿里(973—1059)进行了观点新颖、论据充分的评价,博得一致好评。他也因此荣获埃及大学授予的第一个博士学位。

1914年底,他被埃及大学派往德国公费留学,先后在蒙彼利埃大学、巴黎大学素尔本学院、法兰西学院等研读古希腊罗马历史、哲学、语言和文学,兼攻欧洲尤其是法国近代文学。在学习期间,他有幸结识了一位品德高尚的法国姑娘,她帮助侯赛因克服了许多学习与生活上的困难,并成为他的终生伴侣。1918年,他以论述伟大的阿拉伯历史哲学家伊本·赫勒顿(?—1406)的论文《伊本·赫勒顿的社会哲学》,获得巴黎大学博士学位,成为第一个在国外获得博士学位的埃及人。1919年10月,他回到埃及大学讲授古希腊历史和文学,同时翻译、介绍古希腊、罗马的文学艺术和历史政治等,出版了《希腊诗剧选》和《雅典人的制度》等著作。当他发现埃及人难以接受古希腊文学时,又于1924年出版了法国著名作家的作品集《戏剧故事》。继后,他还翻译了法国拉辛的古典主义悲剧《安德洛玛克》和伏尔泰的哲理小说《查第格》等。

1924年,私立埃及大学改为国立开罗大学。侯赛因任文学院阿拉伯文学教授。1925年发表的历史评估《思想领袖》一书深刻地论述了西方思想和文化发展的几个历史发展阶段。1926年,他发表了富有挑战性的论著《论贾希利叶(蒙昧)时代的诗歌》,对伊斯兰教出现以前的诗歌进行了科学认真的分析,并对这些诗歌的真实性与可靠性等问题提出质疑。他主张,要提倡思想自由和批判精神;应允许对古代典籍和先知圣训取分析、怀疑、批判的态度;要敢于摒弃那些不符合理智和逻辑的东西。这些观点在埃及学术界引起轩然大波,甚至被一些保守分子视为"离经叛道",而受到围攻。爱资哈尔大学有的教师还指控他传播异端邪说,试图对他加以迫害。结果这部论著被当局查禁。但是经过长时间的激烈的学术争论,侯赛因的革新观念,最终得到学术界认同,这标志着一个新的文学批评标准和一代新的文学研究方法开始诞生。此后他还出版了《星期三谈话》(1925—1926),并开始思考、酝酿写自传体长篇小说《日子》。1928年以后,他曾几度担任开罗大学文学院院长。1929年发表长篇宗教历史小说《先知外传》三卷中的第一卷(其余两卷分别于1942年、1943年出版)。

1932年,他发表了1928年夏天在欧洲写的书信集《在夏天》,其中对自己青年时代求学情景的回忆与描写,洋溢着一股奋发向上的激情。1933年发表了具有比较性质的分析研究论著《哈菲兹和邵基》,对这两位诗人进行了客观的评价。1934年发表的题为《来自远方》的散文通讯集,收集了他在巴黎、比利时和维也纳时写的文章。其中关于笛卡儿及其怀疑论的文章写得最出色。同年出版的长篇小说《鹧鸪的唤声》,描写牧民的女儿与城市知识青年渴望爱情幸福,终因社会地位不同和礼法的阻碍而屡受挫折。鹧鸪和小说中的人物因遭受同样的痛苦而发出悲鸣。1935年发表的小说《一个文人》主要回忆和作者同时留学法国期间的一位同学的生活经历。1936年,侯赛因在编注了10世纪阿拉伯著名诗人穆太奈比(915—965)诗集的基础上,出版了论著《和穆太奈比在一起》,书中对这位古代诗人的生活和诗作进行了恰当的介绍与中肯的分析评价。同年还出版了《读诗和散文》一书,其中收入的《阿拉伯文学及其在世界几大文学中的地位》一文,客观地、旗帜鲜明地肯定了阿拉伯文学在世界文学中的历史地位和作用,强调向古代文学和外国文学学习的必要性,具有很强的说服力。侯赛因离开大学在任教育部艺术顾问时,仍然关心埃及的现代文化教育,并于1939年发表了两卷本的《文化的前途》,大力提倡埃及当代人要在继承阿拉伯文化遗产的基础上吸收西方文化的营养,要努力适应现代化生活的需求。

1940年以后,他开始担任阿拉伯语言学会委员,1942年被任命为亚历山大大学校长。在竭尽全力完成艰巨的建校任务的同时,他继续从事文学研究和创作,相继出版了《再念艾布·阿拉》《和狱中的艾布·阿拉在一起》《艾布·阿拉之声》等论著。小说《山鲁佐德之梦》(1943)利用阿拉伯古代民间故事集《一千零一夜》中山鲁佐德和山鲁亚尔之间的矛盾故事,以借古喻今的手法,提出剥削与压迫,暴政与自由、阶级与制度等各种现实的社会问题。1944年发表了重要的长篇小说《苦难树》,通过埃及一家三代人之间不同的生活方式和生活态度,反映了贫苦人民痛苦不堪的现实生活,以及他们把希望寄托于命运和真主的信仰,表现了科学、理性、进步的思想与愚昧、落后、保守的观念之间的激烈冲突。1948年发表的短篇小说集《大地受难者》则形象逼真地描绘出劳动人民在黑暗的封建王朝统治之下,一幅幅受苦受难的画图。同年,他还发表了宗教历史小说《真实的诺言》,散文通讯集《巴黎之声》,批评文集《文学与文艺批评论述》《文学良心明鉴》等。

1950年,他任教育部长以后,大力提倡教育机会均等,并签署了埃及历史上第一个免费教育法令。1956年,他被选为埃及作家协会首任主席,并任埃及政府关注文学艺术和社会科学最高委员会主席。1958年,他发表了《关于我们的现代文学》一文,高度评价了埃及当代文学的发展与美学价值。1959年,他获国家文学表彰奖。1964年担任阿拉伯语言学会会长。1965年获尼罗河文学奖。1970年,他发表学术论著《阿拉伯文学史论丛》,充分表现了作者身为文学史家与批评家的美学评价与科学分析两方面的学术功底。侯赛因晚年病魔缠身,瘫痪卧床,1973年10月28日在开罗去世。他生前还获得英国、法国、西班牙等7所大学授予的名誉博士称号和许多国家授予的勋章,并被许多国家的语文学会聘为院外理事。

侯赛因的创作生涯长达半个世纪之久,共留下70多部文学、历史、语言、哲学、教育、政治、宗教等方面的论著。这些论著成为沟通阿拉伯古代文学和现代文学、阿拉伯文学和世界文学的中介与桥梁。他在文学研究和小说创作等领域所开辟的全新道路,不仅在埃及文化启蒙运动中起了重要作用,也为丰富阿拉伯文学的研究领域和表现领域作出了卓越的贡献。他被公认为是现代阿拉伯文学史上最杰出的作家。

二、《日子》

长篇小说《日子》是塔哈·侯赛因的代表作,共分三部,分别完成于1929年、1939年和1962年。这部自传体小说始终被认为是现代阿拉伯文学最优秀的作品之一。

小说以作者自己坦诚叙述的形式,讲出一个自幼双目失明的主人公童年时的不幸与敏感,少年时的教育与希望,青年时的探索与追求。主人公的成长过程,不仅探知了一位盲人的内心世界是如何感知外部社会的心路历程,更重要的是从一个侧面概括了19世纪末、20世纪初的埃及知识分子所走过的学习、求索、反抗、改良的奋斗道路。在客观地反映当时社会的腐朽黑暗、人民的愚昧贫困、教育的的陈腐落后等严酷现实的同时,肯定了资产阶级具有启蒙性质的改良主义运动,在埃及社会走向现代化过程中的巨大作用,表明了作者积极的生活态度,以及乐观向上的精神面貌。

《日子》的第一部叙述了主人公在祖国灾难深重的岁月所度过的童年生活。主人公出生在一个普通的职员家庭,和12个兄弟姐妹生活在一起。3岁时,他因患眼疾被土医生胡乱治瞎了双眼,他那"活泼天真、美丽可爱"的小妹妹也因发高烧,父母不知怎样治疗而丧失了性命。不久,他那"心地最善良"的哥哥也被霍乱夺去了生命。双目失明的小主人公只好走上当时一般盲童的唯一生路,即在婚丧喜庆仪式上背诵《古兰经》以求生计。因此,他入村里的学塾学念《古兰经》。学塾里的教育极其封闭落后,教师思想庸俗,不学无术,学生只会时断时续地背诵《古兰经》。为了满足自己的求知欲,小主人公求教于神学院的法官,到督察员家里学习新的朗读方法,听学者们谈论,但都收获不大。总之,这个盲童只能"在家庭、学塾、法院、清真寺、督察员的住宅、学者们的座谈会和济克尔的会场上,度过既不甜也不苦的日子"。

《日子》的第二部分叙述了主人公外出求学在爱资哈尔大学——实际上即爱资哈尔清真大寺度过的8年单调而又枯燥乏味的生活。

创建于公元970年的爱资哈尔大学是伊斯兰教的最高学府之一。它曾对阿拉伯地区的文化、教育、科学等事业,做出过积极的贡献。16世纪,埃及被奥斯曼土耳其征服,爱资哈尔逐渐落后,它既不学曾在中世纪大放异彩的阿拉伯科学,也不重视哲学与文学,只注重盲目背诵、胡乱注释那些传统的圣训、教义、法律和文法。19世纪末20世纪初,受西方先进的科学技术与文化的影响,埃及先进的知识分子要求在政治、经济、文化诸方面进行改革。1849年至1905年,爱资哈尔的校务委员会主任穆罕默德·阿卜杜首先在学校进行改革的尝试,但在校内外保守势力的夹击下,他被撤职后不久,抑郁而死。主人公在爱资哈尔大学的8年,正是穆罕默德·阿卜杜试行改革和改革失败的时期。在此期间,他深受改革派的影响。思想上由对乡村学塾旧传统教育的朦胧不满,到对爱资哈尔典型经院教育的反抗,由厌倦坐在清真寺大理石柱下听毫无生气的说教,发展到嘲讽教师们那种拘泥不化的鄙俗陋习,最终和改革派站在一起;在精神上由对学术自由和科学进步的向往,到勇于和爱资哈尔的传统教育完全决裂。"他成了新旧斗争的焦点","他的新生活已经和旧生活完全没有联系了"。

《日子》的第三部描写主人公进入埃及大学以后的生活和在国外学习的情景。埃及大学完全不同于爱资哈尔大学,是一所新型的高等学府。在那里,那些新型的埃及学者和欧洲的东方研究专家们讲授的新知识、新观点,使主人公开拓了学习与研究的视野。他如饥似渴地在知识的海洋里"尽情痛饮",终于克服了生理缺陷,以优异的成绩获得埃及大学的第一个博士学位,并被派往法国留学。他身在异国他乡顽强克服了孤身生活和学习中的困难,结识了后来成为他妻子的法国姑娘。她使侯赛因"从贫困变成富足,从绝望变成满怀希望,从贫贱变成富贵,从不幸变成愉快和幸福"。小说还记述了他与同时代名人广泛的社交活动及其感受,表达了他迫切想以西方文明启迪人民、复兴祖国的热望。

小说《日子》概括了19世纪末20世纪初,埃及城乡的真实生活。从偏僻的乡村角落,到作为政治、文化中心的首都、学府,新旧思想的矛盾,进步与落后的冲突,科学与愚昧的斗争,无处不有。正是这种矛盾、冲突与斗争,推动了古老的埃及迈向现代的步伐。小说中所透露出的这一历史转变时期的所有信息,以及所传响起的这些杂沓然而却是沉重、坚定、一往无前的历史足音,正是这部作品具有的重要社会意义和全部美学价值。

19世纪末20世纪初,埃及在经历了百余年的动荡不安之后,逐渐被套上了英国殖民主义的枷锁,人民深受帝国主义、封建主义的压迫,处于水深火热之中。无论是乡村还是城镇,人们的生活不仅困苦不堪,而且没有文化。面对这样的现实,一些具有民族意识,并受到西方先进思想影响的知识分子,开始苦苦探索实现国家独立和人民幸福的道路,他们发现必须在文化上开展启蒙运动,在政治上推行改良主义。要达此目的,首先要对当时城乡极端落后的教育进行改革。但是,同历史上任何新思想的产生一样,它一开始就遭到旧的传统观念和习惯势力的反对。书中所描绘的新旧教育思想的对立,从主人公懂事时起,到他成为一代宗师时止,始终没有停止过。小说一方面写出这种动荡变革的历史背景,一方面又表现出主人公在资产阶级改良主义思潮的影响下,同积习深重的陈腐教育制度等社会现实之间的冲突。正如埃及现代文学史家与评论家邵基·戴伊夫在《阿拉伯埃及近代文学史》中所说,侯赛因"好像在他的脑子里装着一架精密的录像机,记录着学生们周围所发生的一切"。他还"好像变成了一架精密的地震仪,记载着周围大大小小的震动,然后他忠实地把这些记录摆在你的面前"。人们从小说细腻的描绘中可以看出,新的教育思想在与旧的传统教育的反复较量中,表现出强大的生命力,并已冲开旧的锁链,开始谱写新的教育篇章。

小说《日子》的主人公,是一个在祖国和个人苦难中勇于和命运搏击的生活强者的形象。他从一个为寻求生活出路而背诵《古兰经》的盲童,成为一个闻名阿拉伯世界的著名作家和学者,是他和命运抗争、刻苦求知、坚持真理、接受新思想的结果,而非凡的毅力和坚定的信念正是他成功的保证。

他双目失明以后,因过着没有光明、没有欢乐的凄苦生活,而苦恼,悲伤过。他不愿让别人怜悯并感受自己的不幸,在幼小的心灵里"忍受了他所能忍受的,甚至不能忍受的一切痛苦"。13岁时,他的妹妹和哥哥不幸又被病魔夺去生命,他已经变成能用理智克制感情,并把创伤深埋心底的成熟少年了。可是逆境未能吞噬掉他对美好生活的一切憧憬,反而激起他执着地追求所向往的新生和幸福。因此,在去爱资哈尔求学时,虽然"他身材瘦小,仪容不整,面色枯槁",但是,"他的脚步毫不蹒跚,走起来很果断,脸上丝毫看不出普通瞎子常有的那种阴影"。他一年到头只以爱资哈尔供给的饼子充饥,低头往返于崎岖坎坷的小路上,默默忍受着困苦生活的煎熬。但他内心却燃烧着要驾驭生活,向命运挑战的熊熊火焰。"他辛勤地劳动着,生活着。他热爱生活,热爱课业,虽然一无所有,但毫不觉得贫困。"他在求生存的奋斗中得到内心的满足,感到个人的充实,在命运的急流中鼓起生活的风帆,逆流而行。

他渴求知识,从不满足。刚到爱资哈尔大学时,他精神振奋,从蒙昧中苏醒,吮吸着他所不了解、但是热爱着并且渴望着的一点一滴的"学问"。在资产阶级改革教育的浪潮中,他茅塞顿开,追随要求进步、民主与科学的历史潮流,坚定地站在维新派一边,大胆向传统的教育提出挑战。当他听说要被开除时,他既不赔礼求情,也不奔走门路,而是写了一篇针锋相对的揭露文章送到报社。虽然学校悄悄撤销了对他的处分,但是他对爱资哈尔的厌恶日益加深,在这时,成天接触到的是他所憎恨的,却又不准他去追求他所衷心热爱的东西。从此,他躲进图书馆,在知识的海洋里遨游,培养自己成为志趣高尚、博学多才的学子。而当主张改革教育,学习"新学"的埃及大学成立时,他立即与爱资哈尔决裂。在埃及大学新的学习环境里,他努力学习,并被派往法国留学。这期间,他思想开明,勤奋苦学,彻底摆脱宗教思想的束缚,全身心地接受现代的思想、文化以及科学的研究方法,成为一个具有民主爱国思想的新型知识分子。他在与命运的搏斗中,赢得一个又一个胜利,并终于成为主宰自己生活与前途的强者。他的成功与胜利,预示了埃及人民必将摆脱黑暗的日子,迎来光明与美好的未来。

《日子》是一部用抒情性散文写成的长篇小说,被誉为现代阿拉伯抒情散文的典范。其语言柔和生动,自然流畅,简明朴实。小说多描写视觉以外的各种细腻的感觉,叙述平静,娓娓动听,沁人肺腑,富有感染力,犹如一部真实坦率的自白书。

由于作者认为真正的文学作品应该是既动听,又动人的作品,因而小说《日子》有意识地注意运用音韵谐调的语言,以独特的音乐性感染读者,并以丰富的语言音韵自然流畅地表达作品的思想内容。因此《阿拉伯埃及近代文学史》准确地指出:"塔哈·侯赛因在《日子》和其他著作中,最重要的特点是他那种充满音韵协调的语言风格。"

小说《日子》被公认为埃及现实主义文学的重要里程碑。无论其思想内容还是艺术形式,对阿拉伯文学都产生了广泛而深远的影响,堪称是崛起的阿拉伯新文学的代表作。这部小说已被译成英、法、俄、中和希伯来等多种文字,成为世界文学宝库中的一部分。

第三节 马哈福兹

荣获1988年诺贝尔文学奖的纳吉布·马哈福兹是当代埃及著名的小说家,他被称为当今阿拉伯小说世界中的一座"金字塔"。

一、生平与创作

马哈福兹全名为纳吉布·马哈福兹·阿卜杜·阿齐兹·易卜拉欣·萨比莱基,1911年12月11日生于开罗一个职员的家庭。父亲是虔诚的穆斯林,又是位民族主义者。所以,作家从小就受到宗教思想和民族思想的影响。1919年埃及爆发了反对英国统治的全民族的爱国运动,纳吉布亲眼目睹这场民族斗争,深有感受,使他从少年时起,就萌发了强烈的爱国情感。1930年他步入开罗大学学习,接触了西方民主思想和社会主义观念,逐步形成了科学、民主和社会主义思想。大学毕业之后,先后在宗教基金部、文化指导部和社会科学与文学艺术最高理事会任职。1970年退休,又在《金字塔》报工作,成为其专职作家。

纳吉布自大学毕业以后,曾撰写过有关哲学、神学、美学等学术文章,使他具有深厚的哲学修养。之后又放弃了哲学研究,选择了文学写作。他把小说看作是"一种无与伦比的艺术形式"。以自己的毕生的心血投入了小说创作的耕耘之中。1936年发表了第一部长篇小说《乡村之梦》,因遭到批评界的冷落而半途中止。但他没有为此气馁,以顽强的意志坚持文学创作道路。他认为"艺术是一种生活方式,既非职业,也非行当。……我自己唯求力所能及的耕耘,不求用汗水去换取名利"。

纳吉布半个多世纪的文学创作生活,硕果累累,写出了长、中篇小说及短篇小说集共50余部,其中多数改编成电影或电视片,搬上银幕,在阿拉伯地区和世界各国广泛流传。

纳吉布数十年的创作历程,大体可分为三个阶段。

早期,从30年代末到40年代中期。虽然第一部长篇小说出版未能成功,但是他没有停止自己的文学创作,在爱国和民主思想的支配下,开始了历史小说的创作。他借用英人比基编写的《古代埃及》中的史料和大学历史课程中所获得的资料,运用非凡的艺术想象力,以古埃及历史事件为题材,先后写出了《命运的嘲弄》(一译《最后的遗嘱》,1939)、《拉朵贝斯》(一译《名妓与法老》,1943)、《底比斯之战》(1944)等三部历史小说。第一部以著名的法老——胡福的时代为背景,描写了一位平民出身的英雄继承了王权,开创埃及历史的新阶段,表现了反对专制、独裁的思想以及王权世袭的观念,它是埃及民族历史的开端。第二部作品描述了一位法老的荒淫无耻,最后王权崩溃的故事,指明君主专制制度的黑暗和必然灭亡的历史趋势。第三部作品描写了古埃及人在底比斯王公的率领下,多次发动起义,历尽艰险,终于把侵略者赶出国境,建立了新的王国,揭开了古埃及历史新的一页——新王朝时代。这三部小说采用了借古喻今的手法,曲折地再现了英国殖民者扶持下封建王朝的黑暗,表达了埃及人民渴望自由、独立的强烈要求。正像纳吉布所说:"我并不是要把读者引向过去的生活,而是在不断地描写现在。"它们切合时代的要求,表现一位青年作家高昂的民主爱国的思想风貌。这是纳吉布为埃及现代文学做出的最初贡献。

这三部小说虽有历史事件为依托,但是更多显示了小说家的艺术才华,它们以丰富的艺术想象力突出了雄伟、壮丽的历史场面和人物性格,使作品富有色彩浓烈的浪漫风格。

中期,从40年代中期到50年代初期。纳吉布不满足历史题材的创作,他认为要"发动人们的良知去改变社会制度"。于是,他放弃了数十部历史小说的素材,转而注目现实生活,开始创作描写时代生活的现实主义小说。这个时期他精力旺盛,笔端如迅雷,写出一批具有社会倾向的长、中短篇小说,广泛地再现了社会生活,构成他的现实主义的小说系列。

1945年以小说《新开罗》为标志,开始了他创作的新时期。这部小说以年轻的大学生马哈诸布为主人公,描写他为挣脱贫困所经历的辛酸痛苦的生活,最后身败名裂而终。他大学毕业后,求职无方,只好以屈辱条件与一位要人的情妇结婚,成为要人的私人秘书。但是好景不长,当他们的"秘密"败露之后,女主人很快把他驱出家门,也遭到周围人的责骂。马哈诸布这段痛苦的经历说明现实是无情的,人际关系是冷漠的,在金钱主宰一切的社会里,人是自私的。小说的情节带有浪漫、传奇的色彩,但是描写的重点则是揭露现实生活的黑暗,现实主义精神是小说的主脉。

继后的小说《赫里里市场》(1946)发展了这一主题,继续描写了来自中下阶层的知识分子的生活困境。主人公阿基夫是一个善良、软弱的小人物,他无力抗争,对不公平的待遇逆来顺受。他过早地承担起家庭生活的重担,因而辍学未能深造,又念手足之情,放弃了与弟弟争夺爱人。他默默地工作20余年,还是个低级职员,孤独地寂寞地在贫困中度日。小说不仅揭示了造成阿基夫不幸的社会根源,也深刻地挖掘了人物灵魂中的弱点。他虽然忠厚善良,对污浊的世道忿忿不平,但他懦弱无能,缺乏勇敢争夺、反抗的精神,这种弱点也是促成他终生不幸的原因。

《始与末》(一译《尼罗河畔的悲剧》,1949)以悲剧形式进一步探讨了中小资产阶级知识分子的命运。主人公哈赛尼奈爱慕虚荣,羡慕上流社会的生活。他不顾父亲死后家庭经济的拮据,求助落入黑道社会的哥哥的帮助,进入学费昂贵的军官学校学习。他为了顺利爬进上流社会,又抛弃了多年相爱的未婚妻,借联姻的办法,想进入地位显赫的家族。后来他的姐姐菲赛因卖淫而被警方拘留,这有碍他"近卫军官"的名声。他不仅粗暴地对待菲赛因,而且逼迫姐姐自杀,还亲自把她送到河边桥头,令其跳水。然而,正是他的姐姐为了支撑家庭生活,不得不用不正当的手段挣几个钱维持生计。但当看到姐姐落水之后船夫们积极搭救的感人场面时,他良知顿悟,感到自己已经"堕入深渊",是"苦难的猎物",除了"痛苦和失望"之外,"没有任何希望"。他意识到自己已是个"罪人",比任何人都"丑恶"。最后他怀着忏悔的心情也投河自尽了。哈赛尼奈形象生动、深刻地揭示了他灵魂深处的卑劣,以及良知和恶念的冲突。他的悲剧说明了在封建统治和殖民统治的双重压迫下的社会里,来自中下层的青年知识分子即便不择手段,出卖良心,也难于摆脱苦难的命运。

纳吉布这一时期的创作主要是探索中小资产阶级知识分子的命运和思想变化的轨迹,同时也再现了中小资产阶级生活的状态。他说:"我是一个中产阶级的作家。"他关心本阶级的生存状态和命运,对本阶级也"持以批判的态度"。关于这一主题的艺术探索,在1952年完成的巨型小说《三部曲》达到了高峰,作了完美的总结,从而也结束了这个阶段的艺术创作。

纳吉布不单单关心本阶级的生活,他的视野十分广阔,也注视普通埃及人的命运。《梅达格胡同》(1947)描写了开罗旧区贫民的生活。小说中的人物,大都来自下层,他们有理发匠、小店主、小贩、媒婆、妓女、失意的文人等等,构成了一幅五光十色的城市普通居民生活的图景。小说最后以男女主人公的爱情失败,男主人公被"盟军"打死,女主人公自甘堕落为结局,表现了在殖民统治下,芸芸众生的悲剧。这是一部以人情和风俗的描写来寓含深刻的思想内容的佳作。

这时期的小说创作是以现实主义为基调,改变了早期追求传奇效果的浪漫主义倾向,注重人物性格的刻画,揭示人物心理的变化,对细节、情节的运用要忠实于现实,符合现实生活的真实性,因此形成了凝重、客观的写实风格。在艺术构思上，不断扩大作品的容量，从单一情节的描叙到多重情节的交织、演变，从某一人物为主人公到多种人物群为对象的刻画，从数年的生活场景到数十年人间沧桑的变化，逐渐形成全景式的叙述格局。

纳吉布是一位在艺术上不拘泥于某一艺术信条和风格的作家，他善于吸收、融化各种文学派别的风格，艺术视野开阔。虽然这一时期创作的是现实主义倾向的社会小说，但也利用自然主义的表现手法，意识流的心理分析手法以及隐喻、暗示、象征等艺术方法，呈现出多元化的艺术风格融合的倾向。

后期，从50年代到2006。1952年埃及的七月革命①是他创作的转折点。他说：革命之后"我就处于一个要研究新价值的地位上"。封建王朝和殖民统治的社会业已成为历史的陈迹，需要用新的内容、观念和艺术手法充实自己的创作。纳吉布辍笔六年，深入地观察了革命后的社会生活，认真地思考了新时期所提出的问题。他是一个富有使命感的作家，爱国忧民的意识和政治上的参与意识促使他在50年代末期又重新握笔进行创作。

后期的创作是丰富多彩的，不仅有揭露革命后的深刻社会矛盾的坚实之作，也有以寓言方式探讨人类历史发展真谛的珍品。在艺术上，写实的、象征的、荒诞的、心理的艺术手法熔为一炉，体现了作家多元化的艺术思想倾向。它们既保留了阿拉伯古典文学的叙述风格和形式，也继承"埃及现代派"文学的现实主义传统，同时也有西方现代派大师卡夫卡、普鲁斯特、福克纳的艺术影响，色彩斑斓，形式多样。但作品主流依然是民族叙事文学的风格和"以政治、信念、人为轴心"的倾向。

这一时期继续对知识分子命运探讨，写出了以此为主题的系列作品。它们与革命前的创作不同，是表现新时期知识分子生活道路的问题。1966年问世的《尼罗河上的絮语》，描写上流社会中知名人士的知识分子，他们从彷徨、苦闷到堕落，借毒品来麻醉自己，逃避现实。革命后的现实是强权政治和道德败坏，他们的理想破灭了，又无力改变社会，勇敢地与当局对抗。他们感到与时代脱节了，成为社会上的"多余人"，过着一种浑浑噩噩的生活。他们这种变态的心理和被扭曲的精神，是政治黑暗的反映，也是自我弱点的暴露。中篇小说《卡尔纳克咖啡馆》(1974)进一步大胆地描绘了新政权恐怖政策下的一代青年知识分子所蒙受的灾难。一群大学生追求理想、正义、言论自由，却遇到逮捕和拘禁，受到酷刑与凌侮。政治迫害使他们精神变态，感情阴郁，有的甚至发疯而亡。小说惊心怵目的描写，暴露了摧残人性的暴行，也显示了作家积极参与政治的意识。这类作品也讽刺和揭露了另一种知识分子，他们是革命的既得利益者，以"革命"为招

---

① 七月革命，又名"7·24"革命。1952年7月24日由纳赛尔率领自由军官组织推翻法鲁克王朝，建立了共和政体。

牌谋求权利。《米拉玛尔公寓》(1967)刻画了一个革命投机分子赛尔罕,他来自贫苦的农村,憎恶地主和贵族,可又羡慕上流社会的富贵生活。他是革命社团的领导人物,以社会主义者自居,为贪图财富,他抛弃了与其同居的妓女、与其相爱的女仆,爱上富有的女教师;同时还利用职权之便,与别人合谋倒卖棉纱,事发之后,自尽而亡。赛尔罕灵魂丑恶、行为卑劣,这说明革命并非彻底,只有精神上的普遍新生,才能组建美好的、和谐的社会。纳吉布对革命后的社会生活,态度是复杂的,虽有肯定,但是更多的是不满与失望,正如他笔下正直的知识分子一样,苦闷、迷惘,与现实格格不入。

描写"七月革命"后的知识分子命运的小说,仍以现实主义艺术再现为其主调,可是纳吉布锐意创新,大胆地运用新的艺术手段,丰富了作品的艺术表现力。《米拉玛尔公寓》是部新艺术探索的完美之作。小说以农村少女泽赫拉逃婚来到公寓作女仆和她在公寓里与各个房客的人际关系为内容,突破了单一情节的叙事方法,用四位房客的视角记叙公寓发生的事件,与泽赫拉的交往以及个人的经历、思想感情的变化等,构成一幅多角度、多层次的立体交叉的画面,增强了作品的直觉性和真实感。在一些短篇小说里,甚至运用荒诞的手法,寓言式的情节,揭示社会秩序的混乱和人精神的狂乱,具有艺术上的非理性色彩,如《黑暗》《反面》《蜜月》《金字塔高地上的爱情》等。

纳吉布这一时期的创作不完全以现实生活为题材,还用哲学家的思考,超越了自然形态的时空,思索人类发展的真谛,探索人类自我完善的途径。属于这一类主题的作品,先后有《我们区街的孩子们》(一译《街魂》,1957)、《平民史诗》(1977)、《千夜之夜》(一译《读天方夜谭》,1982)、《伊米·法图漫游记》(1983)等。

《我们区街的孩子们》是作者搁笔六年之后重新执笔的第一部著作,标志着作家新时期创作的开始。它不同于现实主义的社会小说,也不同于富有浪漫色彩的历史小说,以历史回顾的方式和说书人的讲述,描绘一个区街的发生、发展和演变过程。它没有历史事件的依据,也没有错综复杂的故事情节的综合,只是一代人接续一代人的变化。老祖父杰卜拉维是区街的创建者,又是造物主上帝的象征。他宣称:所有区街的人都是"我的子孙,都应该过上幸福的生活,享有同等的权利。"艾德海姆夫妇因情欲而被驱除宅院,开始了人类自身的艰辛生活。他们象征着人类的祖先。以后,区街的首领们争权夺势,为非作歹,欺压百姓。圣人吉拜尔和先知卡西姆先后除掉罪恶的头领,使区街人们平分了财产,过上幸福的生活。然而私欲又使人们重新堕入黑暗的深渊。救世主拉法阿的说教和倡导科学技术的巫师阿尔法的努力虽未能实现人类的大同,但是促进了人们的提高和发展。小说是寓言体的作品,借用了犹太教、基督教、伊斯兰教的许多神话故事,在区街的代表人物身上,可以看出上帝、亚当和夏娃、摩西、耶稣以及穆罕默德的身影。他们体现了人类发展的各个时代,这是在善恶之争、智慧愚昧之争中，经历了种种磨难，逐步进化和发展的。小说深刻地总结人类发展的经验，指出坚定信念，斗争不息，光明即在。《平民史诗》也是部寓言体的小说，叙述了车夫老阿舒尔创业的过程，而他的子孙放弃自食其力的生活，称霸、发财，甚至残害无辜，丧失了人性。最后一代小阿舒尔吸取了前人的经验，依靠劳动和群众力量，重新建造了人类的天堂。《伊米·法图漫游记》假托一位古代学者游历了世界各国，他见到有城邦制的出口国，那里人们愚昧、缺乏信念；有封建制的苦恼国，那里人们贫困，痛苦，无权无势；有自由的竞争国，那里人们享有高度的物质文明，但缺少信仰和道德观念，甚至以"自由"的名义侵犯别国的主权；有平静的安全国，那里人们表面平等、安定，但受到严格的纪律约束，缺乏个人的主见和创造性。学者伊米·法图漫权衡各国的利弊，认为它们都不是人类理想的国度，又继续前进，去寻求人类大同世界——天之国。这一系列的寓言体作品，倾注了作家变革现实，寻求理想王国的热情，也表达了作家开明的宗教观念：上帝是存在的，而人类的幸福只有人类自己去创造和寻求。

《千夜之夜》以13个故事汇编而成，但都以《一千零一夜》的国王山鲁亚尔为中心人物。他从生活实践中彻底认清了自我，除旧布新，最终放弃了王位。如果说以上的寓言体作品在广阔的时空之间，探索人类历史的奥秘，那么《千夜之夜》则深入人的内心深层，揭示人性的真谛。山鲁亚尔在王后山鲁佐德的故事里得到启发，停止了杀机，走出王宫，来到现实生活。又在许多现实故事里，他醒觉到人的自我更新就是不断地剪除邪恶之念，不断地认识自我，超越自我，而邪恶则是人性堕落的本原。

纳吉布晚年的寓言体作品与阿拉伯民族叙事文学的传统关系十分紧密。《我们区街的孩子们》《平民史诗》运用了民间文学里的玛卡梅体的韵文传奇的艺术形式，《伊米·法图漫游记》采用了古代游记的笔法，而《千夜之夜》则是《一千零一夜》的再编。作家并没有简单搬用传统文学的模式，而是加以创新和改革：说书人不仅是故事的讲述者，也是历史的见证人，对发生的事件予以评说，增加了作品的哲理性，也促进了读者对人生进行冷静的思考。在改写《一千零一夜》的故事《千夜之夜》里，保留了原有的人物和情节，以其深邃的思考扩大了故事的艺术空间，增强了作品的审美趣味；而且作家并不呆板地使用传统故事文学的表现方法，增加了现代小说的艺术手段，诸如对白、独白、联想、暗示、象征等等，创作了现代风格的寓言小说。

纳吉布是立足于本民族文学传统，又积极吸收西方文学营养的小说家，他对民族叙事文学的不断探索、开拓和创新，是对埃及和阿拉伯现当代文学的重大贡献。他开创了埃及现当代小说的"马哈福兹时代"，成为一代文学宗师。

二、《三部曲》

《三部曲》是纳吉布在爆发"七月革命"的1952年完成的长篇巨著，是他创作第二个时期的压轴大作,也是他赢得世界荣誉的杰作。小说发表之初,以《宫间街》为名。1956年正式出版时,分为《宫间街》《思宫街》《甘露街》三部曲,翌年便获得国家文学奖。

《三部曲》是反映从第一次世界大战开始直到第二次世界大战结束之后的30年埃及现代历史的社会内容。它以一个中等商人的家庭为核心,表现这个时代的历史风云、政治变化以及埃及人的民情民俗,突出时代的两大使命:反殖的爱国运动和反封建的民主斗争。小说以商人艾哈迈德的妻子艾米娜深夜等候寻欢作乐的丈夫回家起笔,最后以家庭老一代人艾米娜病故的葬礼和第四代婴儿即将出世而结束,整个家庭生活随着时代的变迁发生巨大的变化。

第一代艾哈迈德是典型的旧式商人,他具有多重性格特点,在外是一个具有好名声的商人,慷慨善施,奉仰真主,也为爱国运动所感动而出钱资助,并为爱国领袖的逝世而伤心落泪。外表严肃、庄重,可以堪称为令人敬重的君子。可是在家庭内部,却是一个封建卫士,冷酷的家长,对家庭成员施以暴虐,对妻子、儿女严加控制。妻子因外出瞻仰清真寺,违背了他的意志,他愤怒不已,大加责骂,还把妻子赶出家门,送回娘家,以示惩罚。他包办儿女的婚事,干涉孩子们的爱情,因此葬送了女儿阿漪莎和二儿子法赫米的初恋幸福。他对孩子们的进步思想和行为深恶痛绝,禁止法赫米参加爱国运动,指责小儿子凯马勒的科学进化论思想是大逆不道。他思想保守,维护封建传统以及家庭的绝对权威,一切有损于他的尊严、地位和荣誉的言行,均遭到他的严厉反对。可是他不能抑制本能的享乐欲望,纵情于酒色。每夜必出,在歌妓和"情妇"处过良宵美景,与十几个女性有过来往,在歌声、鼓声和情人的打情骂俏声中,得到情欲的满足。他虽然沉迷于声色之中,但又保持了某种节制,决不让放荡行为损害他的名誉,因此纵欲却不失体面。他是一个多种性格的矛盾体,而旧式商人的保守和对家庭、个人的利益的维护是他性格的主导方面。"时间"是严厉的。随着时间的前进,他不仅身体衰老,而且在家庭里的权威也江河日下。大儿子亚辛不仅和他争夺歌女,而且违背他的意志,和一个不名誉女人成婚;凯马勒拒绝他的要求,不以仕求荣,而进入师范学校,做一名追求学问的教员。最后他已经无力管束家庭成员,妻子、儿女在家庭里可以随意生活。不久他就病逝。他的死表明老一代的封建传统在民主、自由的社会思潮冲击下,已经瓦解、消亡,民主变革开始深入到家庭内部。

第二代主要人物是凯马勒。他不同于放荡、玩世的亚辛,也不同于富有浪漫气质、为国捐躯的法赫米。他自幼虽受父命的压制和宗教的影响,可是他善于思索,决不轻易改变自己的思想。1919年法赫来的牺牲,激发了他的爱国热情,参加了爱国的华夫脱党,立志做一个爱国的"思想家"。入大学之后,博览群书,追求科学、探索真理,这逐步使他陷入传统与革新、宗教与科学、现实与理想的矛盾深渊,出现了精神上的困惑和迷惘。这时他正热恋着一位受过西方教育的贵族小姐,终因"阶级差异"而失败,造成他精神和生活的双重失落。"无所归属"的感受深深渗透了他的身心,徘徊、犹豫、苦恼、伤感主宰了他的感情世界。他落入了精神危机之中。他的精神悲剧固然有来自他缺乏行动、性格软弱之点,但是却体现了埃及一代有思想的知识分子精神成长的过程,是新观念代替旧观念的过程中所产生的阵痛。凯马勒的思想矛盾实质就是如何以穆斯林的身份接受现代思潮的洗礼。他的心路历程也是作家自我精神探索经历的写照。

第三代人代表者是艾哈迈德的外孙爱哈麦德,其次是他胞兄蒙伊姆和亚辛的长子里德旺。他们各具特点,走了不同的人生道路。爱哈麦德从一个坚定的爱国者成为一个革命战士。他自幼受到舅父凯马勒的影响,具有爱国思想,在大学期间又受到共产主义思想的影响,确立了进步世界观。他有明确的反帝反封建的政治观念,同情劳苦大众,反对宗教,主张男女平等。他主办宣扬社会主义思想的杂志,并以自己的居室为课堂,为群众讲授马克思主义。他不怕风险,无所畏惧,被捕后仍然坚持自己的信仰,继续为崇高的理想而不懈工作。在生活上,他也是一个勇敢的追求者。他抛弃了只爱享受和地位的上流社会的小姐,突破了家庭门第观念和一位工人出身的女性苏珊结合,夫妻为共同的事业而斗争。蒙伊姆在政治上走了另一个极端,他是"穆斯林兄弟会"的主要人物,主张复兴伊斯兰教的传统,以宗教救国。他和弟弟一样热衷于自己的信仰,积极参加各种活动,最后也被政府逮捕。里德旺是一个自由派的政客,他能见风使舵,手段灵活,因而官运亨通,成为政府机构的部员。他们不同的人生道路反映了当时政治生活的复杂性。可是他们却有共同的特点,在他们身上既没有老一代人维护家庭荣誉的传统、保守观念,也没有第二代人的忧虑、痛苦和精神危机。在追求人生目的上,他们目标明确,行动果断,体现新一代人的力量和朝气。

《三部曲》用家庭内部三代人的变化,描写封建传统势力的衰落和崩溃,民主力量的增长和发展,也再现了爱国运动的成长。第一代人只有朦胧的爱国思想;第二代人有明确的爱国意识,并且付诸行动,可又抱着幻想的浪漫色彩;第三代人把救国与政治改革、社会革命结合起来,爱哈麦德为建立一个新的社会制度而奋斗。

《三部曲》是近百万言的长篇小说,篇幅较长,而构思严谨,布局完整。整部作品以老一代人的思想和活动贯彻始终,但是每部作品又各有侧重,《宫间街》以老家宅第的坐落街道而取名,以描写第一代人生活为重点;《思宫街》以一个孩子的宅第街道而命名,以描写第二代人的生活为重点;《甘露街》又用另一个孩子的宅院街道而用名,以描写第三代人的生活为重点。每部作品都由老家宅的生活起笔,然后又都由旧人亡故,新婴出生而结束,首尾照应,中心故事贯穿,形成了内在联系紧密,脉络清楚,层次分明的艺术整体。每部都以新人、旧人的交替来寓意时间的法则:它不断推移、延续,改变了现存的一切,不仅是生命兴旺、衰败和繁衍,也是历史除旧更新的演化。

其次,善于多角度地塑造人物性格,揭示人物内在复杂的人性底蕴。艾哈迈德、凯马勒是性格矛盾的人物。艾米娜也是如此,她既有宗法制受害者的一面,逆来顺受,温和恭驯,也有老一代人保守、固执的性格特点:法赫米严肃、热情,为国捐躯,可在关键时刻常常产生心理的羁绊,思想反复、犹豫,行动迟疑,内省精神强。放荡的亚辛,虽沉迷酒色,玩世不恭,可眷念兄弟手足之情,深切怀念生母(艾哈迈德的前妻),渴望安宁的家庭生活,也有善良的一面。作家还用对比的艺术手段强化人物性格的特点,艾哈迈德的专横与艾米娜的温顺,法米赫的纯洁、高尚与亚辛的放荡、堕落,凯马勒的迟疑、徘徊与艾哈迈德的坚定、果断,索伊姆的宗教狂热与艾哈迈德明确的政治信念等等,从而描绘出性格各异,色彩缤纷的人物群像。

小说还采用了现代小说的心理描写手法,开拓了人物内心世界,深化了人物性格。独白、对白交织的心理活动和心理分析的描写,潜意识、前意识的再现,都披露了人物复杂的内心世界和深刻的思想冲突。有时以第一人称描叙,有时又以第三人称表述,时而在情节中插入,时而又用整个章节完整地记叙,灵活多变的心理描写的手段,大大增强了作品的表现力,充实了作品的内涵。

《三部曲》没有直接描写埃及现代史上革命斗争的宏大画面,也没有编排悬念众多、勾人臆想的传奇性情节,只是写了日常生活,但它却融汇了当代的政治、文化、宗教、思潮和风俗为一体,具有高度的时代性和深刻的思想性,成为纳吉布的不朽之作。

第四节 沃尔·索因卡

一、生平与创作

沃尔·索因卡是当代尼日利亚最负盛名的剧作家、诗人、小说家、评论家和翻译家。他娴熟地运用英语创作了一系列戏剧杰作,以其丰富的文化视野及诗意般的联想影响了当代非洲世界,并获得1986年度诺贝尔文学奖,成为非洲第一位享有此殊荣的作家。

索因卡1934年7月13日生于尼日利亚西南部阿比奥库塔附近的农村。父母是土著约鲁巴族人,信奉基督教。其父为当地教会学校的督学,是个知识分子。古城阿比奥库塔盛行由传统祭祀仪礼演化而来的民间歌舞表演,在家乡度过童年和少年时代的索因卡深受这种传统文化的熏陶,幼时就对戏剧演出萌生了浓厚的兴趣。1952年,他18岁时前往尼日利亚中心城市伊巴丹求学。在伊巴丹大学学习期间,他对诗歌创作颇感兴趣,曾在有影响的《黑俄耳甫斯》杂志上发表了一些热情的诗歌,从此开始文学生涯。1954年,他争取到一笔奖学金,赴英国利兹大学研读英国语言文学,曾求教于当时著名文学评论家G.W.奈特。

当时利兹大学的戏剧活动丰富多彩,学生们经常在自己组织的剧团里,演出欧洲古典名剧和现代剧目,有时也演出一些自编自导的习作。如此浓郁的戏剧氛围与索因卡早年戏剧的兴趣产生了沟通与共鸣,使之在初入文学研究领域时,最先踏入戏剧艺术的高雅殿堂。于是他潜心研读各种有关西方不同流派戏剧艺术的书和西方各种文艺思潮的作品。因此,他以优异成绩于1957年毕业于利兹大学后,很快就进入伦敦皇家宫廷剧院,开始了戏剧实践。他先后担任过校对员、剧本编审、编剧等职。五六十年代,伦敦皇家宫廷剧院是英国戏剧活动的中心,许多剧坛泰斗都是从这里起步并崭露头角的,如约翰·奥斯本(1929—)、阿诺德·威斯克(1932—)、塞缪尔·贝克特(1906—1989)等。皇家剧院的工作使索因卡有机会广泛接触英美及欧洲各国的现代戏剧,提高了戏剧修养,拓宽了戏剧艺术的视野,并得以留心观摩许多名剧的编导过程和舞台美术设计的情况,使他有机会直接参与具体的演出和编导实践。

1959年,索因卡进行了自己作品的首次专场演出,剧目是处女作《新发明》。这出独幕剧以极其荒诞的情节,讽刺了南非白人政权的种族主义政策。南非偶然遭到一枚误射的美国导弹的袭击,因此黑人都失去了体内的黑色素,肤色全白。南非当权者惊恐不安,勒令科学家火速研究出鉴别人们种族身份的有效办法,以便重新将黑、白不同种族的人隔离开来。内容亦庄亦谐,令人啼笑皆非。50年代末,他于英国工作期间创作的剧本还有《沼泽地居民》(1958)、《雄狮与宝石》(1959)等。前者描写尼日利亚独立前沿海沼泽地一带的农村生活。由于殖民统治,城市畸形发展,农业经济受到严重冲击。农村青年一批批逃离故土,流入城市谋生,结果农村更加凋敝。农民身受数重盘剥,还要同自然灾害进行无望的斗争。青年农民在天灾人祸,无以为生之际,只好离开沼泽地的故乡,向金钱主宰下的罪恶之窟,使人性殆尽、骨肉相残的城市走去。剧本流露出一种悲观色彩。后者的女主人公希迪是村中最漂亮的姑娘,在众多的追求者中间,她宁肯选择精于世故的老村长,也不肯答应满嘴时髦名词的青年教师。他借此入木三分地讽刺了殖民主义奴化教育下的知识分子崇洋媚外的现象。

1960年,索因卡从伦敦回到阔别多年,现已获得独立的祖国尼日利亚。他不辞辛苦地深入各地采风,在搜集整理民间艺术传统的基础上,致力于将西方戏剧艺术同约鲁巴等西非土著民族的音乐、舞蹈、戏剧结合起来,力图创造出一种既有20世纪时代精神,又不失尼日利亚乡土气息与民族风格的新型戏剧。《森林之舞》即是这种探索的最初尝试。这个剧本是他为了庆祝1960年10月1日尼日利亚民族独立日而作,在独立庆典活动期间由他亲自创办的伊巴丹大学剧团公演,获得很大成功,引起热烈反响。这个两幕剧情围绕人类为庆祝民族团聚而举行的宴会(象征尼日利亚民族独立大会)展开。人们为了欢庆民族大团结的喜庆日子,请求森林之王准许他们死去的祖先,作为"民族杰出的象征"来参加盛会,不料想与会者竟是些不受欢迎的人,作者企图告诉人们,历史并不伟大,也没有过什么黄金时代,只有正视现实,面向未来,才能找到真正的出路,体现了作者对于民族命运的深刻思考。

60年代,其创作步入高潮,进入成熟阶段,艺术手法趋于隐晦,讽刺与寓意相结合,表现人类进步中的困惑。讽刺喜剧《热罗兄弟的考验》(1960)写一个江湖骗子利用社会上各种人的不同心理,诱人上当的故事。《强种》(又译《强大的种族》,1963)批评非洲社会迄今依然存在的不人道的蛮风陋习。《孔其的收获》(1965)抨击独立后的寡头专政现象,表现出作者对现状的不满和对未来的焦虑,以及由此产生的一种孤独失落感。《路》(1965)则是一部寓意性极强的剧目,是他的代表作之一。评论家认为它以"诡秘称奇"。这一时期的其他剧作还有《灯火管制之前》(1965)、《枝繁叶茂的柴木》(1965)等。

60年代后期,尼日利亚发生内战,索因卡痛感战争造成的生灵涂炭,而以人道主义精神置个人安危于不顾,奔走于交战双方的营垒之间,一再呼吁休战停火,结果却遭到逮捕,被军事独裁政府关押了近两年。1969年获释后,他前往邻国加纳和欧洲。著名讽刺剧《疯子和专家》(1970)反映了在非常严峻的时代,丧失人性和掠夺成性的主题,在美国上演后产生了世界性影响。闹剧《热罗的变形》(1973)作为《热罗兄弟的考验》一剧的续篇,仍然赞扬了江湖骗子的主人公那种机智与狡黠。《欧里庇得斯的酒神的情侣》(1973)则隐含了以当代尼日利亚事件为模式的各种场面,表现了作者鲜明的爱憎情感。《死神和国王的马夫》(1975)探讨自我牺牲的意义,赞扬忠于理想的精神。《旺尧西歌剧》(1977)是在英国约翰·盖依(1685—1732)的名剧《乞丐的歌剧》(1728)和德国布莱希特(1898—1956)的《三分钱歌剧》(1928)的基础上写成的,主要通过对广阔的社会风貌的描写,表现伦理道德及现实意义等问题。

1976年,他结束六年的流亡生活,重新返回祖国。曾在伊巴丹大学、拉各斯大学、伊费大学执教或从事戏剧研究,后又任伊费大学比较文学教授。他还担任过非洲作家协会秘书长。他还受聘为英国剑桥大学、舍费尔德大学和美国耶鲁大学、康奈尔大学的客座教授。1985年,他被任命为联合国教科文组织所属的戏剧学院院长。1986年,又被全美文学艺术院选聘为院士,同年摘取诺贝尔文学奖的桂冠。为表彰索因卡的文学业绩,尼日利亚政府授予他民族勋章,以及"联邦共和国司令"这一国家的最高荣誉称号。

索因卡是个具有多方面艺术才华的作家,其文学活动涉及了诸多体裁和各种题材。除戏剧创作为他赢得举世瞩目的声誉外,其小说、诗歌和评论也很著名。

他的小说同其戏剧一样,往往采用象征、寓意的手法,反映现实世界和作家的理想。第一部长篇小说《解释者》(1965,中译名《痴心与浊水》)主要描写一群知识分子、工程师、新闻记者、艺术家、教师、律师等,面临尼日利亚的社会现实,在选择历史传统与现代文化两种生存方式时所表现出的困惑心境,同时也揭露了现实中的不合理现象。第二部长篇小说《暗无天日的年月》(1973)以60年代尼日利亚内战为背景,以金钱权势的罪恶和平民百姓的遭遇相对照,表达了作家的社会观点和理想。另两部自传小说是:《那人死人:狱中纪实》(1972)主要回忆了他在狱中的生活及其在狱中所形成的一些新的思想认识;《阿凯的童年》(1981)则再现了作家早年的生活,因其成熟、优秀的散文叙事技巧,而被《纽约时报书评·副刊》评为1982年12部最佳图书之一。

索因卡的诗歌创作也颇引人注目。早在50年代初于伊巴丹大学读书时,他就曾在杂志上发表过热情的诗歌。1967年,又写出诗作《伊但纳及其他》,以表现自己在现实冲击之下的复杂情感和对某些事物的抒情式反思。《狱中纪诗》(1969)是他被拘押狱中写在草纸上,后来深受读者欢迎的诗集,主要描写他失去自由后的遭遇与种种感受,表达了他对自由与光明的渴望之情。1972年,他在此基础上又增添了若干首诗,以《地穴之梭》为名重新结集出版。长诗《阿比比曼大神》(1976)是为欢呼莫桑比克对白人统治的罗得西亚宣战而写的颂辞。这些诗意象丰富,饱含哲理,具有一种崇高的道义上的使命感。

他的文学论著《神话、文学与非洲世界》(1975)较为全面地反映了索因卡自己对文学与戏剧的独特认识与文艺观点。

索因卡以惊人的文学成就实践了自己的信念。他认为:非洲艺术家的作用在于"记录他所在社会的经验与道德风尚,充当他所处时代的先见的代言人。"①因此,他成功地让非洲以外的人们,用非洲人的眼光看待非洲人和非洲的事件。

二、《路》

两幕话剧《路》是一部寓意深刻的剧本,创作于1965年,一向被推为索因卡最有代表性的剧作之一,并是他荣获诺贝尔文学奖的主要作品。它表现了作家对国家前途与民族命运的一种深刻的思索,以及因为结论悲观所产生的一种内心的焦虑。

剧情主要描写一个发生在"车祸商店"周围的荒诞故事。教堂的晨钟惊醒了昏睡中的客车售票员沙姆逊、司机科托奴、萨鲁比和一个名叫穆拉诺的仆人,他们像往常一样开始一天的谋生活动。车祸商店的老板是个被称为"教授"的神秘长者。他曾当过主日学校教师、祈祷仪式的主持人等,现在经营车毁人亡的汽车配件和伪造的驾驶执照。无票可售的沙姆逊和无驾驶执照的萨鲁比以恶作剧的方式搞乱"车祸商店"的秩序,使得从车祸现场归来的"教授"误以为别人的处所

---

① [美]伦纳德·S·克莱因主编:《20世纪非洲文学》,李永彩译,北京:北京语言学院出版社,1991年,第182页。

而离去。不久镇长来这里秘密雇用以"东京油子"为首的流氓为他的党派效力，而"东京油子"也立即用刚从镇长手中得到的海洛因贿赂警察。

"教授"在这里继续从事寻找《圣经》的工作。在科托奴的询问下，"教授"讲述了仆人穆拉诺的往事。原来他是个被肇事车辆撞伤后弃之不管的人，"教授"发现后将他救助，并照料他恢复健康。穆拉诺虽然肢体伤残，但在"教授"心目中却是个道德高尚的圣徒和永恒真理的卫士，也是可以帮助他自己寻找和发掘《圣经》的助手和桥梁。科托奴不顾"教授"劝说，不愿再开车，原因在于对车祸的恐惧。原来早年其父死于车祸，其好友、一个缅甸中士也在车祸中丧生，而前些天又亲眼目睹了一起惨痛的交通事故，自己也险些翻下桥头。此外，他心里还隐藏着一桩心事：即司机节那天，他驾车遇到一个戴面具的车祸遇难者，为了避免嫌疑，只好将其藏在卡车挡板下，逃之夭夭。当警察搜查时，遇难者不知去向，只留下一个奥贡神的假面具。后来警察"爱找碴的乔"在调查汽车节汽车肇事一案时，在"车祸商店"发现了受害者所戴的假面具，众人又将它藏起来。仆人穆拉诺看出被藏在"教授"座椅下的假面具，竟拿起来若有所思地端详，"教授"告诉大家，穆拉诺这个呆子身上附有了神灵。

假面舞会又跳起来，"教授"依然用他对《圣经》及其教义的理解进行说教。舞会的参加者着魔似地越跳越疯，越舞越狂。与会的"东京油子"看到手下的流氓也加入跳舞者的行列，便大声喝止，而"教授"则鼓励人们尽情地跳，于是发生冲突。扭打之中，得到萨鲁比帮助的"东京油子"用匕首刺中"教授"，但他本人也被头戴奥贡神假面的人摔倒在地。"教授"在弥留之际向众人说了如下一番话："像路一样呼吸吧，变成路吧！你们成天做梦，平躺在背信弃义和欺骗榨取上，别人信任你们时，你们就把头抬得高高的，打击信任你们的乘客，把他们全部吞掉，或是把他们打死在路上。你们之间为死亡铺开一条宽阔的床单，它的长度和它经历的岁月，犹如太阳光一样，直至变成许多张脸，所有死者投射成一条黑影为止。像路一样呼吸吧，但愿能像大路一样……"

最后，"教授"在挽歌中死去，四周一片黑暗。

创作《路》剧的直接动因是作者有感于尼日利亚公路上频繁发生的交通事故，但是剧中却深透着作者对许多现实问题的哲理性思考。因此《路》剧深刻而富有象征意义。无论是剧情的衍变赓续，人物的对话独立，还是动作的语言启示，都流露出作家从人性、人道主义立场出发，对社会所进行的尖锐有力的批评。剧中虽不乏作者对现实的深思，却很少探讨时事性问题，对社会生活内含实质的分析多于再现生活，对于国家与民族问题的关注又多于希望与想象，因此，《路》剧表现出一种警世意义，一种对于未来难以名状的时代穿透力。

《路》剧上演时，尼日利亚已经独立五年。祖国独立之初，索因卡急切回国，渴望投身祖国的建设事业，但是很快他就从企盼百废俱兴、弃旧图新的狂热中冷静下来，并清醒地发现刚独立的民族国家并未能走上健康发展的道路。国家没有出现欣欣向荣的可喜景象，反而暴露出各种深刻的社会危机。执政者营私舞弊、肆意妄为，政党和部落之间纷争不断，连连发生冲突。广大人民贫困潦倒，怨声载道。独立不久的国家重新面临分崩离析的危险，处处散发着恶浊的腐败气息。因此，《路》剧中所展示的不再是独立初期创作的《森林之舞》中象征着民族独立、团结与蓬勃向上的狂欢歌舞，而代之以破烂的卡车、崎岖的道路、不断的车祸等客观物象。

《路》剧幕布拉开，出现在观众视野中的即是"车身歪斜，轮子短缺"，"车身后部朝向观众的四轮卡车"，一派破败不堪的景象。继后，卡车又以其丰富的象征意义不断出现在剧中。有的部件残缺、车身破损，有的用不配套的零件拼凑而成，有的则是旧车重新涂上漆等等。这些开起来嘎嘎作响的破车常被用来"运穷光蛋"，"运麻风病人"，以及运送许多乌七八糟的东西。它们行驶在高低不平，曲折狭窄的道路上，不仅"散发着腐烂食品和各种垃圾的臭味"，而且前途未卜，恰如其分地表现了尼日利亚广大人民不知去向何方的一种愚钝与困惑。作为主要象征物的"路"更是不堪入目。它自己不仅崎岖险恶，洞穴遍地，桥梁糟朽，无法承受车载，而且在如此破败的"路"上还寄生着流浪汉、毒品贩、巡警宪兵等，正犹如是尼日利亚社会的真实写照，这样的载体根本无法顺利安全地行驶车辆，因此车祸不断，使人心有余悸，也无法使人达到目的地，前景不乐观。而那些驾车的司机，常常置车毁人亡于不顾，毫无责任心。他们不是无法胜任工作，就是贪杯醉酒，更有甚者是没有执照的司机，或是惊魂未定的车祸肇事者。这些毫无责任感、草菅人命的司机正是当时尼日利亚执政者的象征，他们胡乱驾驶着满载的汽车，行驶在如此糟糕的"路"上，前途不堪设想。

《路》剧中表现出的探索精神，主要体现在对生存与死亡意义的理解上。剧中的怪老头"教授"经常实地勘察车祸现场，欲从血肉模糊的尸体和支离破碎的残车上寻找人生真谛的"启示"。为探求死亡的奥秘，他有时甚至丧尽天良地故意挪动路标，有意制造车祸。司机科托奴的父亲，一方面在路上与女人做爱，赋予他生命，另一方面死于车祸，又使他想离开路这一死亡的陷阱。而科托奴无论是主动求生存，还是被动逃离死亡，都不得不挣扎在一种绝望的困境之中。另外，剧中约鲁巴族信仰的奥贡神不时出现，他手执利斧开辟了连接神界与人世的通道，沟通了生存与死亡的两极，实际上是"路"的主宰。剧的最后，作者以"教授"作为自己理想的代言人，说出了路作为生死循环的象征意义，表现了作者面对现实所产生的一种绝望心理。当人们在现实中无所依存又生死不明的时候，当他们既不想成为政客的牺牲品，又不想让神主宰自己的时候，尽管"路"通向未知境界，但还是变成路，"把生死命运掌握在自己手里"。这是作者悲观情绪的反映，也是他思想矛盾的反映。

索因卡的戏剧艺术既深深地植根于民族生活和文化艺术传统的土壤，又受到西方生活和文化艺术的影响。他曾说过："虽然我受过西方教育，但是我把自己扎根于非洲人民，注重反映他们的现实，特别是他们蒙受的苦难和对未来的理想。但是我也接受西方文学、东方文学对我的影响，只要是有益的我都接受。"因此，《路》剧反映了传统的非洲戏剧艺术与现代欧洲戏剧艺术的双重熏陶，是西非约鲁巴部族的文化基因与西方现代戏剧的艺术技巧有机融合的结晶。这两种异质的艺术形成一种独具特色的戏剧风格而得到世界剧坛的认同。

首先，《路》剧不似一般剧作那样统一完整，缺乏贯穿始终的情节线索。它既没有重要的戏剧矛盾和冲突，也没有高潮和余波。它不注重表现和塑造常规式、程式化的人物，而以一种深沉的哲理性思辨为前提，对历史和现实进行反思。因全剧袭用西方现代派的表现手法，打破了写实戏剧因果逻辑的结构，并杂糅了非洲当地文化艺术中诸如图腾与舞蹈等延续性意象，因此，剧情显得扑朔、迷离、朦胧、神秘，颇有些荒诞不经的色彩。

其次，《路》剧打破了传统的戏剧时空关系，将人物内在的意识流程的心理时间同外在事物进展的物理时间相互融合，将不变的客观世界的时空同可变的主观感觉时空交叉表现，从而形成了戏剧时空的高度凝聚。《路》剧的情节只表现一个上午发生在一间名为"车祸商店"的小棚屋里，然而在如此有限的时空条件下，作者却从容地表现了许多戏剧角色对漫长生活经历的多方位、多层次的追忆。

另外，《路》剧以相对独立的情节单元结构全剧。剧中人"教授""东京油子"、沙姆逊、科托奴、穆拉诺以及早已离世的缅甸中士等，都以各自所关联的事件构成相对独立的情节单元，在分属他们各自的微小时空区域里，有的追忆以往的经历，有的求索人生真谛，有的以隐喻性事物揭示具体的现实内容，表现出人物意念流程的一种延伸，增加了戏剧的内涵与包容量。

不得不承认，索因卡在戏剧创作上，从内容到表现手法的创新，都能被不同文化心理素质的各区域人民所接受，确实难能可贵，这种能在世界范围内找到知音的戏剧家实属凤毛麟角。

第五节　纳丁·戈迪默

1923年11月20日，纳丁·戈迪默出生在约翰内斯堡附近的矿城斯普林斯镇。父亲是立陶宛的犹太移民，母亲是英国人。戈迪默先在特兰士瓦受教育，后来在约翰内斯堡的威特瓦特斯兰德大学就读。她未曾在南非以外长期居住，但在非洲、欧洲和北美洲有过广泛的旅游，而且许多次以演讲者的身份出现在国外，尤其是美国。

在孩提时代,戈迪默受到母亲的影响,贪婪地阅读,而且从此同文学结下不解之缘。9岁开始写作,15岁即在约翰内斯堡的《论坛》发表第一个短篇小说。此后的50年代,她就在文艺界确立了自己的作家地位。先后出版短篇小说集《毒蛇的柔和声音》(1952)和《六英尺土地》(1956),长篇小说《说谎的日子》(1953)和《陌生人的世界》(1956),被评论家称为"真正的作家"(《观察家》),是"从文学界内出的一颗最明亮的彗星"(《曼彻斯特晚报》)。

南非社会主要由黑人、荷兰裔白人、英国裔白人和有色人组成,少数白人统治南非。1948年,国民党上台。从此种族关系日益恶化,种族歧视和种族隔离日益法律化和制度化。黑人和有色人更处于无权地位,受尽压迫和剥削,不时地起来抗争。白人中的有识之士也对此愤愤不平,或同情或支持黑人的正义斗争。纳丁·戈迪默则站在激进的人道主义立场,揭露南非社会的丑恶行为,表现南非人民要求自由和平的愿望。她从生活于其中,并在其中进行斗争的社会中选取素材进行艺术加工,创作文学作品。她的主要主题(如果不仅仅如此的话),长期以来是以她恰当地称之为"种族政治"所造成的人类关系扭曲作为基础,主要关注南非几十年的种族隔离和政治动乱对个人生活的影响和人们对南部非洲政治局势的感情。

《说谎的日子》是戈迪默的第一部长篇小说,写的是被"种族政治"所扭曲了的人际关系。女主人公是一位矿场官员的女儿,爱上了在约翰内斯堡市土著事务部和黑人一道共事的小伙子,由于新政府(即1948年上台的荷兰裔白人马兰的政府)公开强化镇压措施,人们绝望了,这对青年恋爱事件也告吹了。故事结束时,女主人公在等候上船,以期在欧洲考察刚刚萌发的自由思想的根源,从而看出,英国裔白人在史末资政权垮台后的失落感。这部长篇小说对礼仪繁杂的采矿社区有许多精彩的描写和评论,同时也展现了作者的讽刺才能,用镜子强调英国裔白人的外部特征,借以表明不具备哪些特征的白人才是英国裔白人,确认自己的身份,有意识地扩大了他们无意识的恐惧。

第二部长篇小说《陌生人的世界》,像《格利佛游记》和《鲁滨逊漂流记》那样,用外地人作为叙事者。托比·胡德从英国来到南非,用自己的眼睛看,用自己的耳朵听,发现约翰内斯堡郊区的白人"世界"富有、奢侈和专为自己打算,但又与世隔绝,一片孤独;而约翰内斯堡的黑人"棚户区"彻底的贫穷,房子矮得人直腰走不进去。对白人和黑人双方来说,两个居住区就是互不了解的"陌生人的世界"。托比发现,他既要维持同约翰内斯堡中产阶级白人的友谊,又要维持同"黑人居住区"的黑人相识者的友谊,是办不到的。在艺术方面,小说充满许多插曲,塑造了几个令人难忘的典型形象,而且语言简洁,活泼生动。

1963年,戈迪默发表长篇小说《恋爱时节》,又对这个种族隔离社会的重压进行了描写。这个畸形的社会禁止不同肤色集团的成员之间的恋爱、结婚,所以书中一对不同肤色的青年的恋爱到头来成了一桩伤心事,尽管一个老太太竭力玉成他们,也无济于事。

在60年代初期,南非英语小说中有一种倾向:白人以欧洲人自居,直接接受宗主国的自由价值观念。纳丁·戈迪默则表示怀疑,这也是她同许多白人作家不同的一个方面。1960年南非当局制造沙佩维尔惨案之后,国内一片白色恐怖:非洲人国民大会和泛非国民大会被取缔,因而转向地下的时候,白人左派有的被监禁,有的流亡出走;黑人反对派群龙无首。在一般白人心目中,国民党政府似乎江山稳固。可是戈迪默对沙佩维尔惨案作出反应,写下《已故的资产阶级世界》(1966),开始更加关注重大的政治题材。戈迪默在小说中揭示欧洲人同欧洲人之间的鸿沟,指出白人要逐渐认识他们人种相同历史不同的现实,就要准备同非洲认同。这是跟当时许多白人作家不同的,而且激怒了南非反动政权,因而《已故的资产阶级世界》被列为禁书。

以大规模镇压作为目标的政权,表面是稳定的。随着时间的进展和人们觉悟的提高,反抗的潜流终究要变成浩大的洪流。70年代初,纳塔尔黑人产业工人接连罢工,以达到经济要求的目标;南非边界地区,游击队活动频繁,许多原来被取缔的群众组织成员纷纷投向游击队。尽管1976年南非当局对索韦托学生开枪,但也深感政权不稳。如此严酷的现实激发了戈迪默的创作灵感,于是她又写出几部长篇小说,在70年代取得了更大的成就。

在《尊贵的客人》(1971)一书中,戈迪默把场景移至南非之外,但保持了浓厚的政治兴趣,成功地表现了新独立国家赞比亚的现实。作者认真探索了非洲白人的身份,指出他们是非洲人,不是宗主国的欧洲人。

1974年,戈迪默出版长篇小说《自然资源保护论者》,背景是南非。她描写了一个非英国裔非荷兰裔的南非白人实业家梅林的垮台。梅林是个抱有世界主义的商业大亨,花钱买地,建立一个非洲农庄,到头来还是不能如愿以偿。虽然他可以"拥有",但决不是主人。黑人更需要土地。作者再次抨击白人把自己看成南非统治者的种种观念。这部作品更加发挥了戈迪默的艺术功力。她采用了密集的错综复杂的象征体系和以重叠与倒叙的复杂的故事结构。

戈迪默在70年代写的最后一部长篇小说是《伯格的女儿》(1979)。这是她对1976年索韦托流血事件作出的反应,也是一个催人泪下、痛心欲碎的故事。伯格博士是白人革命者,共产党人,因企图推翻资本主义国家制度而被捕,死在狱中。女儿罗莎·伯格本来可以利用祖宗遗留的特权在欧洲享受欢乐和自由,但是她还是回到南非,用她的理疗技术帮助医治索韦托事件中受伤的人,最后不经审讯被关进监狱。戈迪默在这里消除了同宗主国联系的神话。伯格的女儿是属于非洲的,她要在非洲生活,在非洲斗争,甚至在非洲受苦和坐牢。戈迪默还借伯格的口说明了南非的前途:"……意识形态的统一,20年辩证发展的综合……他为之奋斗终生的前途,只有依靠黑人和已经解决了黑人意识同阶级意识之间矛盾的少数白人革命者取得。"(《伯格的女儿》)这部作品在艺术方面也颇有独到之处,主要情节几乎全部在女主人公的内心活动中展开,时而回忆,时而又叙写现实,让读者看到女主人公的成长。语言颇具特色,清新秀美中凝聚着淡泊隽永,而且充满浓厚的散文诗的灵气。作者匠心独运,不直接刻画人物的感情,而心态反而跃然纸上,催人泪下,感人至深。

80年代,变化之风在世界激荡。南非种族政权受到世界上许多国家的抵制和制裁,南非黑人的斗争也日甚一日。戈迪默作为一名伟大的政治性作家,意识到南非正处于大变动的前夜。她把长篇小说《朱利的人》(1981)置于想象中的南非全面内战的背景下一个新旧政权之交的真空之中,以便审视在这种情况下长期实行种族隔离制度所造成的后果。正如卷首引语所说的那样:"旧的正在死亡,新的却无法降生,在这样一个政权真空中出现多种多样的病态症状。"《朱利的人》写的就是"多种多样的病态症状"。白人斯迈尔斯一家在南非全面内战时被黑人男仆朱利带回偏僻的家乡躲藏,严酷的现实改变了他们同朱利的关系,他们失去权威和社会地位,他们不得不像当地黑人村民一样生活。持有白人自由派观点的斯迈尔斯仍然相信黑人应该统治他们的国家。孩子们也适应了当地生活,但妻子就是不适应。戈迪默写得透彻生动,善于把人物的思想同人物的语言融为一体。她把故事情节同意识流和观点的转换结合起来,更使小说富有感染力,因而成为一部杰作,受到读者欢迎。同时,小说也证明一条真理:白人一旦失去政治和经济上的特权,便无种族优越可言。

1987年,戈迪默又出版一部长篇小说《大自然的运动》。它不再是在南非社会框架寻求自我,而是放眼整个非洲,在主题与艺术方面另辟蹊径。主人公是一个名字叫希来拉的白人女性,从小离开南非,到过罗得西亚(现津巴布韦)、东非、加纳、伦敦、东欧、美国,后来回到非洲,嫁给一个后来成为国家元首和非洲统一组织主席的黑人将军。在南非废除种族隔离制度后,她回到南非。她丈夫以非洲统一组织现任主席身份主持南非新秩序宣布仪式时,希来拉就站在身边。"她是白人妇女,但今天却穿着非洲礼服。"书中刻意描述希来拉的丈夫是"社会主义者",他的国家"实行混合经济"(《大自然的运动》),"他的人民相当富裕,没有严重的'盼望危机'威胁这个政权的稳定,油田、矿产和银行国有化,土地重新分配,有合作农庄。但农业,由于从别处的灾难中吸取教训,没有实行集体化……小店主连碰也没碰,黎巴嫩人还是最好看成信息灵通的金融老手,只要店铺后面的外币交易还在合理的范围内,最好别去管它"(《大自然的运动》)。当然"还有监狱"(《大自然的运动》)。由此不难看出,戈迪默为种族隔离制度废除后的南非提出了可供学习的样板,换句话说,戈迪默构想了南非未来的发展蓝图。南非是非洲的南非,不是欧洲的南非;南非是全体非洲人的南非,不是少数白人专有的南非。

就艺术而言，它是一部20世纪流浪汉小说，主人公似无定所，到处插手政治，但她确实热爱南非。全书分二十个部分，并且一一加上小标题，这是戈迪默以前作品中未曾有过的现象。整个作品"优美、深刻……把道德的、政治的力量裹进巧妙编织的插曲和明白晓畅的散文中，戈迪默还把政治事件渗透进个人的痛苦之中，而这里描述的痛苦……又引起共鸣"（《吉尔吉斯评论》）。《大自然运动》的确是一部引人入胜的长篇巨制。

1990年，戈迪默又写出一部长篇小说《我儿子的故事》，这部新作以仍然处于种族隔离制度下的南非为背景，是一部爱情小说。一个男青年在电影院里看见父亲同一名女子在一起。父亲是一名曾被监禁的黑人运动英雄，而他身边的女人却是个白人。儿子在小说中以第一人称叙述这个充满爱与恨的故事，同时小说也描述了主人公成为作家的过程，因为这个故事决定了儿子的志向。总而言之，这是一部深刻探讨一个南非有色人革命者家庭感情世界的作品，它不仅表现了作者对南非现实新的思考和认识，而且显示作者在创作题材上的新开拓。

戈迪默的确是一位长篇小说大师，熟练地掌握这种艺术形式，揭露南非种族政权的丑恶行径，表现南非人民的痛苦和希望，觉醒和抗争……这些作品是史诗性作品，喊出了时代的声音，体现了社会发展的烙印。

戈迪默不仅以长篇小说著称于世，而且是创作短篇小说的能手。从1948年以来，戈迪默先后出版了短篇小说集《面对面》《毒蛇的柔和声音》《六英尺土地》《弗拉迪的足迹》(1960)、《不是为了出版》(1965)、《利文斯通的伙伴》(1975)、《故事选集》(1975)、《肯定是某个星期一》(1976)、《战士的拥抱》(1980)、《那儿有什么事》(1984)和《跳跃》(1991)。其中早期作品多是她孩提时代和青年时代的经验，用她自己的话说，"全是儿女情长，人伦道德""但是……小说中的故事却发生在南非，发生在我熟悉的地方，在我生活的世界"。后来的作品则写富裕的白人的生活方式，大都是南非白人，海外的南非白人和到南非访问的白人，而这些人正是戈迪默予以冷嘲热讽的对象，她运笔自如，击中弊端。第三类而且是最重要的故事，则是写处在南非实际的和政治的困境中的人、他们的生活和行为。妇女和"女性次文化"，更是她作品中一个很有价值的内容。70年代和80年代的短篇佳作更集中写那个不稳定的时代：南部非洲的武装斗争显露南非种族隔离制度的脆弱性，强调南非的白人和黑人的生活与斗争。《那儿有什么事》中的短篇故事探讨了当代南非的不稳定形势，社会矛盾和政治都到了一触即发的地步。她的大多数故事都是许多事情交织在一起，使用一个故事线索则是罕见的，她以犀利的目光透视了南非变化中的历史。她的写作技巧可以同安东·契诃夫、居伊·德·莫泊桑和凯瑟琳·曼斯菲尔德的写作技巧相媲美。从基本方面说，结构紧凑，语言精练，表述客观，具有讽刺性。

此外，戈迪默还出版过文学评论集《黑人解释者》(1973)和《基本姿态》(1988)以及同他人合编的《今日南非创作》，这足以证明她是一位勤奋、多产的作家，南非最重要的作家之一。

戈迪默是一位不折不扣的政治性作家，但她始终不赞成把她的小说看成政治宣言。她说："作家不论写什么，他们总是在创造人物。"西方评论家普遍认为，戈迪默是一位创造人物、刻画人物的高手，如描写的无论是讲英语的白人中产阶级还是黑人和阿非利肯人（即南非荷兰人），都显得真实可信。评论家们还认为，戈迪默的作品尽管政治色彩浓郁，其风格却完全是有意识的、文学的，充满了象征主义、细腻的心理描写、出人意料的结尾和复杂的叙事方式。这些文学风格结合政治性的主题，使她的作品富于一种遒劲的力量，有很强的感人力量。一言以蔽之，她的作品是高度政治性与高度艺术性结合的典范。

戈迪默说，她的人生有两个角色："一个是作家的角色，另一个是为南非自由而奋斗的角色。"几十年来，她不仅紧握手中的武器——笔杆子同南非种族主义政权作斗争，而且支持一些黑人作家的文学活动，一直为非洲人国民大会感到骄傲。1988年，在非洲人国民大会被禁止、被政府当成头号敌人的时候，戈迪默临危不惧、挺身而出，为被判处"叛国罪"的非洲人国民大会成员辩护，她义正词严地告诉法庭："非洲人国民大会不是暴力组织，我在这里生活了65年，我非常清楚长久以来黑人一直避免暴力。我们白人要对暴力负责。"因此，南非反动当局骂她"叛徒"。由于戈迪默坚定果敢地反对种族主义，南非当局又怕又恨，在1953年、1966年和1978年先后三次把她的书列为禁书。但是她却受到南非广大人民的爱戴和各国文坛的注目。1961年以来，她在英国、美国、意大利、德国、法国和南非多次获得文学奖，其中包括著名的布克奖。

1991年10月3日，曾经获得六次提名的戈迪默，终于取得诺贝尔文学奖的桂冠，成为继尼日利亚作家沃尔·索因卡(1986)和埃及作家纳吉布·马哈福兹(1988)之后第三位获得诺贝尔文学奖的非洲人。正像瑞典皇家科学院所说的那样："她的文学作品在以深刻的洞见透视历史进程的过程中，帮助实现这一进程。""通过她恢宏的史诗般的作品对人类作出重大的贡献。"

后 记

经过近两年的努力,《东方文学史》即将付梓。这不论对作者还是读者,都是一件值得高兴的事。本书的撰稿者全是我国东方文学教学、研究第一线的专家学者。发挥专长,优势互补,是编写工作的一个原则。撰稿者如下:辽宁大学张朝柯(第一章);海南大学叶舒宪(第二章);河南大学梁工(第三章);深圳大学郁龙余(第四、五章);江西师大陈融(第六章);南开大学俞久洪(第七章);北京大学卢蔚秋(第八章);河北大学管三元(第九章);山西大学陈春香(第十章);天津师大孟昭毅(第十一章第一节,第十二章第一、第二、第四节,第十九章,第二十章第二、第四节);西北大学李均洋(第十一章第二、第三节,第十五章);天津师大何文林(第十二章第三节,第二十章第三节);中山大学易新农(第十三章);首都师大邢化祥(第十四章);北京大学何镇华(第十六章);辽宁大学刘铁(第十七章);青岛大学侯传文(第十八章);泰安师专李永彩(第二十章第一、第五节)。

在编写过程中,我们始终得到了老一辈权威学者的关怀与指导。北京大学季羡林教授为本书欣然题词:"振兴东方文化,迎接二十一世纪"。南开大学朱维之教授通阅了书稿,认为本书"颇多新思路,打破了东方的长处在过去的旧观念,可以闻到21世纪东方飞腾的气息"。

两年来,我们还得到了深圳大学、陕西人民出版社有关领导的大力支持。北京大学刘安武教授、唐仁虎教授及中国社会科学院倪培耕先生给予了许多指导。深大学报副主编王洪友先生放弃假期休息,为本书修改润色。在此,我们一并致以深切的谢意。

《东方文学史》编委会
1994 年 4 月 3 日

【附录】

东方文学研究著作要目

（1949—2015）

《东方文学专集》(1、2)，中国社会科学院外国文学研究所，北京：中国社会科学出版社，1979年。
《外国文学简编》(亚非部分)，朱维之等主编，北京：中国人民大学出版社，1983年。
《东方文学简史》，陶德臻主编，北京：北京出版社，1985年。
《外国文学》(上册，东方部分)，中山大学中文系主编，南宁：广西人民出版社，1985年。
《东方文学简编》，张效之主编，济南：山东教育出版社，1985年。
《东方文学史话》，彭端智等，武汉：湖北教育出版社，1986年。
《东方文学作品选》(上、下)，季羡林主编，长沙：湖南人民出版社，1986年。
《亚非文学参考资料》，穆睿清编，北京：时代文艺出版社，1986年。
《简明东方文学史》，季羡林主编，北京：北京大学出版社，1987年。
《东方文学作品选》(上、下)，俞灏东、何乃英编选，北京：北京出版社，1987年。
《东方文学名著讲话》，陶德臻等主编，银川：宁夏人民出版社，1987年。
《东方文学50讲》，邓双琴等，贵阳：贵州人民出版社，1987年。
《外国文学》(上册 亚非部分)，陶德臻、陈惇主编，北京：高等教育出版社，1988年。
《亚非文学200题》，全国高等师范院校外国文学教学研究会，南宁：广西教育出版社，1988年。
《东方文学鉴赏》(上、下)，温祖荫著，福州：福建教育出版社，1988年。
《东方文学名著宝库》，傅加令编著，北京：工人出版社，1989年。
《新东方文学史》(古代、中古部分)，梁潮等著，桂林：广西师范大学出版社，1990年。
《东方文学鉴赏辞典》，彭端智主编，武汉：华中师范大学出版社，1990年。
《世界文学名著选读》(1卷，亚非文学)，陶德臻、马家骏主编，北京：高等教育出版社，1991年。
《亚非文学简史》，张朝柯主编，沈阳：辽宁大学出版社，1991年。
《东方文学辞典》，季羡林主编，长春：吉林教育出版社，1992年。
《东方文学简史》(亚非其他国家部分)，何乃英，海口：海南出版社，1993年。
《东方小说史话》，张明著，海口：海南出版社，1993年。
《东方诗歌史话》，范军著，海口：海南出版社，1993年。
《东方戏剧史话》，谢岩津著，海口：海南出版社，1993年。
《东方文学与中国》，敏夫著，海口：海南出版社，1993年。
《东方文学名著鉴赏大辞典》，陶德臻主编，郑州：河南人民出版社，1994年。

《东方文学史》(上下册),郁龙余、孟昭毅主编,西安:陕西人民出版社,1994年。
《东方文学史通论》,王向远著,上海:上海文艺出版社,1994年。
《东方现代文学史》(上、下),高慧勤、栾文华主编,福州:海峡文艺出版社,1994年。
《东方文学史》,季羡林主编,长春:吉林教育出版社,1995年。
《外国文学史》(亚非部分),朱维之主编,天津:南开大学出版社,1998年。
《外国文学简编》(亚非部分)(修订本),梁立基、陶德臻主编,北京:中国人民大学出版社,1998年。
《亚非文学作品选读》,梁立基、陶德臻主编,北京:中国人民大学出版社,1998年。
《东方文学概论》,何乃英主编,北京:中国人民大学出版社,1999年。
《波斯文学史》,张鸿年著,北京:昆仑出版社,2003年。
《日本文学史》(古代卷)(上下册),叶渭渠、唐月梅著,北京:昆仑出版社,2004年。
《日本文学史》(近古卷)(上下册),叶渭渠、唐月梅著,北京:昆仑出版社,2004年。
《梵典与华章》,郁龙余等著,银川:宁夏人民出版社,2004年。
《简明东方文学史》,孟昭毅、黎跃进著,北京:北京大学出版社,2005年。
《印度的罗摩故事与东南亚文学》,张玉安、裴晓睿著,北京:昆仑出版社,2005年。
《中国印度诗学比较》,郁龙余等著,北京:昆仑出版社,2006年。
《梵语诗学论著汇编》(上下卷),黄宝生译,北京:昆仑出版社,2008年。
《简明东方文学史》(修订版),孟昭毅、黎跃进著,北京:北京大学出版社,2009年。
《东方文学史论》,黎跃进著,北京:昆仑出版社,2012年。
《东方文学史通论》(增订版),王向远著,北京:高等教育出版社,2013年。
《外国文学史》(东方卷),王立新、黎跃进编,北京:高等教育出版社,2013年。
《印度近现代文学史》(上下卷),薛克翘、唐孟生、唐仁虎、姜景奎著,北京:昆仑出版社,2014年。
《印度中世纪宗教文学》(上下卷),唐孟生、薛克翘、姜景奎等著,北京:昆仑出版社,2014年。
《中国东方文学翻译史》(上下卷),孟昭毅等著,北京:昆仑出版社,2014年。
《阿拉伯古代文学史》,仲跻昆著,北京:昆仑出版社,2014年。
《印度文化论》(上下卷),尹锡南著,成都:巴蜀书社,2015年。